SABINE WEISS

Die Perlenfischerin

Weitere Titel der Autorin:

HISTORISCHE ROMANE
Hansetochter
Das Geheimnis von Stralsund
Die Feinde der Hansetochter
Die Tochter des Fechtmeisters
Die Arznei der Könige

AUS DER REIHE UM LIV LAMMERS
Schwarze Brandung
Brennende Gischt
Finsteres Kliff

Sabine Weiß

Die Perlenfischerin

HISTORISCHER ROMAN

lübbe

Dieser Titel ist auch E-Book erschienen.

MIX
Papier aus verantwortungsvollen Quellen
FSC® C014496

Originalausgabe

Lektorat: Dr. Stefanie Heinen
Textredaktion: Dr. Ulrike Strerath-Bolz, Friedberg
Umschlaggestaltung: Johannes Wiebel | punchdesign, München
Unter Verwendung von Motiven von © akg-images und
© shutterstock: Marben | Poter_N | Roberto Castillo
Karte: Markus Weber, Guter Punkt, München
Satz: two-up, Düsseldorf
Gesetzt aus der Caslon
Druck und Verarbeitung: GGP Media GmbH, Pößneck
Printed in Germany

ISBN 978-3-404-17775-2

3 5 4 2

Sie finden uns im Internet unter luebbe.de
Bitte beachten Sie auch: lesejury.de

Wir steigen in denselben Fluss
und doch nicht in denselben,
wir sind es, und wir sind es nicht.
Heraklit, Fragmente

Es war schön verziert
Und prächtig geschmückt
Mit Perlen und Bändern.
Heinrich von Veldeke
im Eneasroman über Didos Jagdgewand

Die Flussperlmuschel, deren Schönheit ich in
Die Perlenfischerin feiere, ist heute vom Aussterben bedroht
und auf der Roten Liste der gefährdeten Arten.
Nur konsequenter Naturschutz kann die Flussperlmuschel
retten, deshalb danke ich allen, die sich für den
natürlichen Erhalt unserer Flüsse und Bäche einsetzen.
Ihnen ist dieser Roman gewidmet.

Personenverzeichnis

Die Perlenfischerin ist eine Reise in eine faszinierende, bewegte Epoche. Das zwölfte und dreizehnte Jahrhundert waren Zeiten des Umbruchs, auch in der Ritterschaft. Damals drehte sich das Rad der Fortuna unaufhörlich. Ein Bauer konnte zum Ritter aufsteigen, ein Ritter zum Bauern herabsinken. Viele hörige Dienstmannen, die sogenannten Ministerialen, wurden je nach Talent, Willen oder Schicksal zu Edelfreien oder zu Bürgern. Der besseren Lesbarkeit halber habe ich aber zum Teil »Adeliger« und »Ritter« synonym verwendet.

Ida, Perlenfischerin
Gerold Ostmann, ihr Vater und Baumeister
Magda, ihre Mutter
Bendix, ihr Bruder und Goldschmied

Neslin, Wurzelweib
Esko, ein junger Slawe
Otmar und Rasmoda, seine Eltern
Svea und Arndt, seine Geschwister

Jusarius von der Heien, Edelmann
Lentz, sein Schildknecht

Historische Persönlichkeiten:

Kaiser Otto IV.
Wilhelm von Lüneburg
Helena von Dänemark

Pfalzgraf Heinrich
Otto iuvenis, auch genannt Otto das Kind
Kaiser Friedrich II.
Hermann von Salza
Heinrich von Schwerin
Winno von Rohrbach

Prolog

Tiefblauer und smaragdgrüner Grubenschmelz schimmerten durchscheinend auf dem Edelmetall, ganz so, als sähe man direkt auf einen Fluss. Die Perlen waren wie hingetupft. Sie hatte nicht gewagt, den juwelengeschmückten und mit Silber beschlagenen Prachteinband anzurühren, sondern nur ihre Augen über die Oberfläche wandern lassen. Nun strich sie doch sanft über das Perlmutt. Warum denn nicht? Perlen liebten die Haut, sie wollten getragen werden, sonst vergingen sie, lösten sich auf und wurden zu Sternenstaub. Behutsam hob sie den schweren Deckel an. Das Buch darunter war dünn, ein Bändchen nur. Unter ihren Fingern knisterte das Pergament wie brechende Eierschalen. Die Buchstaben waren kleine Kunstwerke, von liebevoller Hand gemalt.

Das Buch der Perlen, las sie.

Über die Perlen und ihre Schöpfung und warum sie allen Heiligen, Kaisern und Edlen als Schmuck dienen. Von den Legenden und Geschichten dieser Schätze der Natur sowie ihrer Verwendung zu Gottes Ruhm und des Menschen Freude.

Die Wertschätzung des Allerhöchsten ist es, die es mich wagen lässt, diese Zeilen niederzuschreiben, denn Perlen finden schon Erwähnung in der Heiligen Schrift. So wird in der Offenbarung die heilige Stadt Jerusalem beschrieben:

»Und die zwölf Tore waren zwölf Perlen
und jedes Tor war aus einer einzigen Perle
und der Marktplatz der Stadt war aus reinem Gold
wie durchscheinendes Glas.«

Die Heiligkeit der Perlen zeigt sich auch an den Gewändern, in die die Päpste und die Höchsten dieses Reiches gehüllt werden. Mit Hunderttausenden von Perlen sind die Gewänder des Kaisers und des Königs geschmückt, wenn diese in ihren heiligen Stand erhoben werden. Wer einmal den perlenübersäten Mantel oder die perlengetupften Handschuhe des Krönungsornats gesehen hat, wird diesen Anblick nie vergessen. Perlen zieren Altarkreuze und Kelche, Broschen und Ringe, Schwerter und Helme.

So stehen die Perlen also, diese lieblichen Kinder der Muschel, zwischen Himmel und Erde, zwischen Wunder und Wahrheit, zwischen Leben und Tod. Sie heilen die Krankheiten des Herzens, des Leibes und des Geistes. Derart begehrt sind Perlen, dass sie der Gegenstand von Liebe und Hass sein können. Ja, für Perlen soll sogar getötet worden sein …

Die Bilder, die diese Worte in ihr wachriefen, überwältigten sie. Perlenschmuck auf dem nackten Leib einer Frau. Rote Blutspritzer auf dem weißen Schimmer der Perlen. Eine Perle auf der welken Haut einer Toten. Ihr Blick verschwamm, und beinahe wäre eine Träne auf das kostbare Pergament gefallen.

I

Bardowick, im Jahre 1189 nach der
Fleischwerdung des Herrn, 26. Oktober

Wenn doch das Seil um ihren Bauch nicht wäre, das sie zurückhielt! Ida zerrte an dem Hanf, kam aber keinen Schritt tiefer in den Fluss. Nur ein kleines Stück fehlte. Sie streckte sich noch einmal. Als es ihr endlich gelang, das Leinenhemd in die Strömung zu halten, war die Sechsjährige so gebannt von dem Anblick, dass sie kaum mehr spürte, wie ihr Körper eingeschnürt wurde. Immer neue Formen und Muster nahm der Stoff im Spiel der Wellen an. Wolkengleich waberte er, verwandelte sich in ein Schiff und gleich darauf in ein springendes Pferd.

»Ida, bist du denn noch nicht fertig? Deine Hände und Füße sind bestimmt schon halb erfroren!«

Das war ihre Mutter! Vor Schreck ließ Ida das Hemd los. Oje, sie hatte geträumt! Das Hemd sank, verschwand beinahe in den Strudeln, gerade noch konnte sie den letzten Zipfel packen. Wieder schaute sie den Bildern zu, die der Fluss ihr vor Augen stellte.

»Obacht!«, schrie ihre Mutter.

Im gleichen Augenblick wurde Ida am Seil zurückgerissen. Wasser spritzte auf ihren hochgeschürzten Kittel.

Ihr Bruder stand am Ufer, das Seil in den Händen. »Siehst du den Prahm denn nicht, Trödeltrine?«, fragte Bendix. Bis an den Rand war das Boot mit Salzfässern beladen und hielt direkt auf sie zu.

»Aua! Das tut doch weh!«, schimpfte Ida.

Es war doch gar nichts passiert! Was Bendix sich einbildete!

Dabei war er gerade mal acht, bloß zwei Jahre älter als sie. Ida fuhr mit der Zunge in die Zahnlücke, die ihre Vorderzähne hinterlassen hatten. Da war er, der neue Zahn; eine Spitze schaute schon heraus. Bald war sie groß, dann konnte sie machen, was sie wollte. Dann musste sie nicht mehr am Flussufer festgebunden werden. Sie konnte es kaum erwarten!

Ida stakste an den Frauen vorbei, die ebenfalls an der Furt wuschen oder Wasser holten.

Ein Pferd wieherte nervös. Wie immer warteten an der Hügelburg am anderen Ufer der Ilmenau Frachtwagen darauf, nacheinander die schmale Holzbrücke zu überqueren, die einzige weit und breit. Pferden machte der breite Fluss ebenso viel Angst wie ihrer Mutter; Magda sagte immer, die Ilmenau sei unberechenbar. Auch Ida hatte schon gesehen, wie ein Reiter in der alten, halb vergessenen Furt weggespült worden war – im Nu hatten die Fluten das kräftige Pferd mitgerissen. Das angstvolle Wiehern des Tieres war das Schrecklichste gewesen, das Ida je gehört hatte.

Die Mutter und Bendix hatten die saubere Wäsche bereits auf der Wiese zum Trocknen ausgelegt. Am Ufer nahm Magda Ida das Hemd ab und wrang es aus.

»Du bist ja ganz nass!« Ihre Mutter musterte sie streng. Ida schaute zu Boden und ließ andächtig den Flusssand zwischen ihren Zehnen hindurchquellen. »Ich glaube, wir werden auch dich in der Sonne ausbreiten müssen, was meinst du, Bendix?« Ihre Mutter umfasste sie wie ein Paket. Feixend ergriff ihr Bruder Idas Fußknöchel. Sie trugen Ida ins hohe Gras und kitzelten sie durch. Ida giekste und strampelte erleichtert, denn sie fand es ganz schrecklich, wenn ihre Mutter zürnte. Als sie vor Lachen nach Luft japsten, ließen die Geschwister sich auf die Wiese fallen, doch ihre Mutter scheuchte sie wieder hoch.

»Steht auf! Die Erde ist schon zu durchgekühlt, ihr holt euch was weg. Hoffentlich lässt das bisschen Herbstsonne unsere

Hemden überhaupt trocknen. Vor dem Frühling werden wir kaum noch einmal waschen können«, sagte Mutter.

Bendix war mit einem Satz auf dem Findling, aber Ida versuchte erfolglos, sich hochzuziehen, bis ihr Bruder sich erbarmte und ihr half.

Erst jetzt bemerkte sie, wie kalt ihr geworden war, und schmiegte sich an ihre Mutter. Die drei sahen dem Spiel von Sonne und Wolken auf der sanften, von Flussarmen durchzogenen Landschaft zu und beobachteten Schiffer, fahrende Kaufleute und Wäscherinnen. So wohlig und geborgen fühlte Ida sich, dass ihr die Lider schwer wurden. Müde ruhte ihr Blick auf Magdas Kette. Das Lederband mit einem Kreuz aus kleinen Flussperlen in der Mitte, das von Kugeln aus Bernstein, Glas und Holz eingerahmt wurde, baumelte über dem lindgrünen Kleid und war wunderschön, wie Ida fand. Wie herrlich die Sonnenstrahlen die Glasperlen zum Funkeln brachten! Und wie geheimnisvoll das Perlweiß schimmerte! Die Kette war zauberhaft – genauso wie ihre Mutter selbst. Magda hatte volles honigblondes Haar, reine Haut und kastanienfarbene Augen. Obgleich Ida kaum noch die Lider aufhalten konnte, mochte sie doch den Blick nicht von dem Farbenspiel abwenden.

»Erzähl uns die Geschichte von den Perlen«, bat Ida ihre Mutter schläfrig.

Magda kraulte ihr den Rücken. »Eines Abends, nachdem dein Vater ein paar Muscheln geerntet hatte und wir uns zu einer Muschelmahlzeit niedersetzten …«

»Nicht diese Geschichte. Die ist langweilig!«, unterbrach Bendix sie.

»Welche dann?«

»Na, die Geschichte … du weißt schon, Mutter …« Ida fiel es schwer, die richtigen Worte zu finden.

»Darüber, woher die Perlen wirklich kommen«, half Bendix ihr. Ida nickte.

»Ihr fragt mich, wie Perlen entstehen?« Ihre Mutter lächelte versonnen. »Es heißt, Perlen sind befruchtete Tautropfen. In klaren Nächten steigen die Muscheln an die Ufer und empfangen den himmlischen Tau. Danach ziehen sie sich zurück und ruhen, bis sie ihre Perlen gebären können. Manche behaupten allerdings auch, dass Perlen die Tränen der Engel sind. Und das Wunderbare ist: Flussperlen sind vollkommen, von Natur aus. Nichts kann der Mensch ihnen hinzufügen, um sie zu verbessern. Wir dürfen einfach nur über ihre Schönheit staunen. Glasperlen hingegen …«

Ihre Mutter beendete den Satz nicht, denn plötzlich begann die Glocke von Sankt Petri zu läuten, als hätte sie Schluckauf. Ida rieb sich überrascht die Augen. War schon wieder Zeit für die Messe? Jetzt stimmten auch die Glocken von Sankt Stephan an der Hude sowie der fünf weiteren Bardowicker Kirchen ein.

Bendix sprang auf. Seine Augen – so warmbraun wie die ihrer Mutter – waren weit aufgerissen. »Brennt es irgendwo?«, fragte er. Über den hohen Wall aus Erde und angespitzten Pfählen lugten die Holz- und Strohdächer der Häuser und Kirchen. Rauch war nicht zu sehen, doch das Glockengeläut ging weiter.

Magda war ebenfalls hochgeschnellt. »Ich weiß es nicht. Aber wir müssen auf jeden Fall in die Stadt zurück! Eilt euch!« Schon zog sie ihre Kinder mit sich. Auch die anderen Frauen rannten nun, als ginge es um ihr Leben. Was war denn nur los?

»Mutter, die Hemden!«, rief Ida.

»Was nützen euch die Hemden, wenn es euer Leben kostet!«, rief ihnen Zwartje, die Frau des friesischen Schiffers Poppo, im Vorbeirennen zu. Ihr Gesicht war rot und fleckig, und sie hinterließ vor lauter Eile eine Spur aus Wäschestücken.

Trotz der Mahnung klaubten Magda und ihre Kinder die Leinenhemden und auch Zwartjes Wäsche auf.

Am Stadttor, wo die Wachen den Eingang kontrollierten, herrschte Gedränge. Bauern und Handwerker, die auf den Feldern vor der Stadt gearbeitet hatten, stürmten genauso hinein wie die Händler, die auf dem Heerweg unterwegs gewesen waren. Ida machte dieser Tumult ganz kribbelig. Bendix hingegen schien Angst zu haben, obgleich er doch der Ältere war. Ida nahm seine Hand, bis sie endlich hinter dem schützenden Stadtwall angekommen waren.

Die Mutter fragte Vorbeieilende, warum die Sturmglocken läuteten, bekam aber keine Antwort. Das Gerüst des Fachwerkhauses, das ihr Vater gerade errichtete, war verlassen. Ein halb angesägter Balken, frischer Lehm und biegsame Ruten für das Flechtwerk lagen bereit. Wo war der Vater?

Magda schob ihre Kinder weiter. »Nach Hause, schnell!«

Idas Herz klopfte wild in ihrer Brust, und auch Bendix' Hand war schon ganz schwitzig.

An ihrer Hütte kam Vater ihnen entgegen. Ida und Bendix flogen ihm in die Arme, und er hob sie beide hoch, als wären sie federleicht. Gerold Ostmann trug einen Dolch am Gürtel und war gerade dabei gewesen, sein dickes Lederwams zu schnüren. Er war ein Mann, den so schnell nichts ins Wanken brachte, mit starken Muskeln, kantigen Gesichtszügen und widerspenstigem dunkelbraunen Haar. Gleichzeitig hatte er ein empfindsames Gemüt, das ihn über aus dem Nest gefallene Vögel genauso weinen ließ wie über einen schönen Sonnenaufgang. Aber was Ida am besten fand, war seine Schnitzkunst. Erst vor ein paar Tagen hatte sie ein handtellergroßes Holzpferd von ihm bekommen.

Jetzt waren Gerolds Gesichtszüge von Besorgnis verfinstert. Er küsste seine Kinder auf die Stirn und setzte sie ab. Ida klammerte sich an ihn, sie wollte ihren Vater nicht loslassen. Aber Gerold umfasste Magdas Schultern.

»Geht in die Hütte und bleibt dort. Wenn es brenzlig wird, lauft rüber zur Petrikirche, dort seid ihr in Sicherheit«, sagte er eindringlich.

»In Sicherheit? Was ist denn los?« Ida fiel auf, dass die Stimme ihrer Mutter viel höher und dünner klang als sonst.

»Herzog Heinrich zieht mit seinen Truppen auf Bardowick.«

Die Augen ihrer Mutter weiteten sich angstvoll, was Ida nur noch mehr erschreckte.

»Herzog Heinrich ist doch nach England verbannt!«, sagte Magda und begann, die letzten Bänder an Gerolds Lederwams zu schließen, als könnte sie sich damit beruhigen.

Gerold sah sich fahrig um. »Nicht mehr. Lüneburg war ohnehin sein Eigengut, das konnte man ihm nicht nehmen. Jetzt hat er ein Heer um sich gesammelt und will das Herzogtum Sachsen wieder in Besitz nehmen, das meldete ein Bote. Stade hat sich ihm anscheinend schon unterworfen. Angeblich will Herzog Heinrich nun die Schmach rächen, die die Bardowicker ihm bei seiner Abreise zugefügt haben. Der Löwe will uns Klauen und Zähne spüren lassen.«

Ida hatte schon Bären und Wölfe gesehen, die gefährliche Klauen und Zähne hatten und im Winter um die Stadt strichen, aber was war ein Löwe? Ratlos sah sie ihren Bruder an. Auch Bendix schien nicht zu verstehen, worum es ging. Dass die Lage jedoch ernst war, begriffen sie beide.

2

Zu den Waffen! Zu den Waffen!«

Jungen trommelten die wehrfähigen Männer Bardowicks zusammen. Auch Gerold schlängelte sich zwischen den kopflos fliehenden Menschen hindurch, um sich zur Stadtverteidigung zu melden. Hirten trieben Ochsen, Schweine und Ziegen über den Marktplatz. Bauern blockierten mit ihren Karren die Gassen, ohne zu wissen, wohin. Die Erde um Bardowick war fruchtbar. Um diese Zeit wurden vor allem weiße Rüben und Zwiebeln geerntet; die Schweine mästete man in den Wäldern mit frischen Eicheln. Jetzt allerdings riss eine Schweinehorde den Zaun eines Stadtgartens um und machte sich über die Gemüsefelder her, von denen wohl nicht viel übrig bleiben würde. Zwischen dem Stadtbauern und dem Hirten brach sofort ein Streit aus. Und noch immer drängten sich Schutzsuchende durch das westliche Stadttor, durch das der Hellweg, der Haupthandelsweg, führte. Unerbittlich kündigte sich die Dämmerung an. Bald würden sie Freund und Feind nicht mehr unterscheiden können.

Nun rächte es sich möglicherweise, dass ihr Lehnsherr, Herzog Bernhard von Sachsen aus dem Geschlecht der Askanier, den Stadtwall nicht hatte ausbessern lassen. Mit düsterer Miene reihte Gerold sich ein, um eine Waffe in Empfang zu nehmen.

In einiger Entfernung beobachtete er, wie Hermanus von Sturtenburtle vom Wehrgang aus seinen Rittern Anweisungen erteilte. Ein weiterer Ritter wies den Häuslingen ihre Aufgaben zu. Auch Johan und Waldeko, zwei von Gerolds Bauhelfern, waren im ersten Trupp. Auf der anderen Seite des Platzes informierte Ratsherr Beringius Tode die Bardowicker Bürger. Viele der Kaufleute hatten prächtigere Harnische und Schwerter als mancher Ritter, doch man merkte ihren ungelenken Bewegungen an, dass das Kämpfen ihnen nicht im Blut lag.

Jetzt kam auch Gerolds Freund Poppo heran. Der friesische Schiffer, der erst seit ein paar Jahren in Bardowick lebte, schwitzte so stark, dass seine weißblonden Locken sich wild kräuselten. »So eine Hatz! Hätte eine Salzfracht bis Artlenburg gehabt und musste stattdessen ein paar Leute bezahlen, damit sie meinen Prahm und die Fässer in Sicherheit bringen. Dabei wird die Ware an der Elbe erwartet! Die Verzögerung könnte mich den Kunden kosten!«

Ein fein gekleideter Tuchhändler, dem es sichtlich missfiel, Schlange stehen zu müssen, musterte Poppo missbilligend. »Stadtverteidigung ist die erste Bürgerpflicht!«

»Mit Verlaub: Was glaubt Ihr, was ich hier tue?«, fragte Poppo beherrscht und sah auf den Mann hinab, was ihm bei seiner Größe nicht schwerfiel. Dann neigte er sich Gerold zu und senkte die Stimme: »Ich verstehe die Panik nicht. Ich denke, dieser Heinrich ist verfemt, verbannt, rechtlos. Warum machen wir nicht die Tore zu und warten ab, bis der Spuk vorüber ist?«

»Weil es leider kein Spuk ist. Herzog Heinrich will Rache, heißt es«, mischte sich Rikolf ein. Der Gehilfe des Münzers hatte das Reihenende ignoriert und gesellte sich gleich zu seinen Freunden, was Unmut bei den Wartenden auslöste. Niemand wagte jedoch, sich zu beschweren, denn Rikolf genoss seiner Position wegen Respekt.

»Rache wofür?«, fragte Poppo.

Rikolf ließ einen Bardowicker Pfennig von seinem Daumen springen und fing ihn geschickt wieder auf, schwieg aber.

Gerold hob die Schultern. Obgleich es schon acht Jahre her war – er hatte damals gerade seinen zwanzigsten Sommer gesehen –, machte ihn die einstige Dummheit etlicher Bewohner Bardowicks noch immer wütend. »Meine Schuld war es nicht«, knurrte er schließlich.

Fragend sah Poppo von einem zum anderen. Schließlich erbarmte Gerold sich, seinen Freund ins Bild zu setzen. »Heinrich war zu jener Zeit Herzog von Sachsen und Bayern und kämpfte mit Kaiser Friedrich Barbarossa um die Macht. Der Löwe gegen den Rotbart – das weißt du, oder?«

Poppo nickte ernsthaft.

»Als Herzog Heinrich unterlag, wurde er in die Verbannung nach England geschickt. Auf dem Weg suchte er in Bardowick Quartier – aber die Bewohner sperrten ihm die Tore. Ja, mehr noch: Sie verspotteten ihn wegen seines Wappentiers als zahnlosen Löwen. Manche zeigten ihm sogar den nackten Arsch. Das hat er wohl nicht vergessen«, berichtete Gerold. Vor ihnen bekam ein Küfer einen rostigen Wurfanker zugeteilt. Gleich wären sie an der Reihe. Es wurde auch Zeit, denn das Getrappel auf dem Wehrgang nahm zu. »Wer hätte denn auch ahnen können, dass Herzog Heinrich zu neuer Macht kommen würde?«, setzte Gerold hinzu.

Noch einmal ließ Rikolf seine Münze hochschnellen. »Der Herzog hat die passende Gelegenheit erkannt. Gerade erst ist der Kaiser zum Kreuzzug ins Heilige Land aufgebrochen. Außerdem ist Heinrichs Weib in Braunschweig gestorben. Er ist sozusagen gezwungen, zurückzukehren und seine Besitzungen für sich zu reklamieren.«

Nun bekamen sie ihre Waffen in die Hand gedrückt. Skeptisch wog Gerold das schartige Kurzschwert in den Händen. Damit sollte er Ritter bekämpfen? Vielleicht sollte er lieber seinen Nachbarn, den Schmied Claus bitten, ihm einen anständigen Zweihänder zu leihen.

»Weiß man, wie viele auf Bardowick ziehen?«, fragte Gerold den Waffenmeister.

»Ein paar Hundert, heißt es. Graf Bernhard von Ratzeburg sowie die Grafen von Wölpe und Schwerin unterstützen Herzog Heinrich, genauso wie manche Lüneburger Edelleute.«

»Und unser Stadtherr? Wurde Herzog Bernhard von Sachsen zu Hilfe gerufen?«, wollte Poppo wissen, während er eine stumpfe Pike in Empfang nahm.

»Was geht's dich an!«, blaffte der Waffenmeister ungeduldig und wedelte sie weiter. »Tut eure Pflicht und schnackt hier nicht herum!«

Schon wurden sie von den Rittern auf den Wehrgang getrieben. Als sie hinaufgeklettert waren, berichtete Rikolf: »Die Boten an Herzog Bernhard sind unterwegs, das weiß ich von meinem Meister. Der Askanier ist zwar für den Landfrieden verantwortlich, aber ob er Bardowick zu Hilfe eilen wird, bezweifelt Meister Aluardo. Dieser Ort hat seine besten Zeiten hinter sich, meint er. Als die Stadt noch an der Grenze zum Heidenreich lag, war Bardowick bedeutend. Aber heute, wo die Grenzmarken viel weiter im Osten liegen, werden die wichtigen Geschäfte in Lübeck gemacht. Die Lüneburger hingegen wollen schon lange das alleinige Münz- und Zollrecht für die Gegend. Der Bardowicker Denar soll der Vergangenheit angehören. Die wollen verhindern, dass andere Orte an ihrem weißen Gold, ihrer ach so kostbaren Saline mitverdienen. Dabei gab es Bardowick schon lange, bevor ein Jäger einer weißen Sau nachstellte und so die Salzquelle entdeckte.« Rikolf spielte auf die Gründungslegende Lüneburgs an, die besagte, dass ein Jäger eine schneeweiße Wildsau verfolgt und herausgefunden hatte, dass sie sich in der Sole gesuhlt hatte.

»Solange Lüneburg keinen anständigen Hafen hat, ist es auf Bardowick angewiesen«, meinte Gerold.

»Das ist nur eine Frage der Zeit«, war Rikolf überzeugt.

Gerold fürchtete insgeheim, dass sein Freund die Lage richtig einschätzte. In den vergangenen Jahren waren bereits viele Handwerker aus Bardowick abgewandert. Noch konnte man in der Stadt gut leben. Magda wollte ihre Heimat um keinen Preis verlassen, schließlich war ihr Vater hier Stadtschreiber gewesen.

Sie hatten ihre Posten eingenommen. Hochkonzentriert

suchte Gerold die Landschaft ab. Von wo würden die Truppen kommen? Vermutlich von Westen, schließlich war Herzog Heinrichs letzte Station Stade an der Elbe gewesen. Dieser Angriffspunkt wäre vorteilhaft für die Bardowicker, weil dort der hohe Wall und ein Graben die Stadt umspannten, auch machten Seitenarme der Ilmenau die Gegend tückisch. Auf der Ostseite Bardowicks, bei der Hude und der Kirche Sankt Stephan, war der Wall deutlich niedriger. Gerold war für eine Erhöhung des Walls gewesen, aber die Räte waren der Meinung gewesen, dass der Fluss Schutz genug bot. Breit und tief war die Ilmenau ja, aber im Osten befanden sich auch die Brücke und die alte Furt.

Noch war kein Feind zu sehen. Gerold holte den Schleifstein aus seinem Beutel. Während er die Klinge des Kurzschwerts bearbeitete, sah er auf Bardowick hinunter und dachte darüber nach, was sein Gefährte gesagt hatte. Bardowick war ein kleines Städtchen mit einer großen Geschichte, worauf die Bewohner sehr stolz waren. Der legendäre Kaiser Karl hatte Bardowick vor einigen Hundert Jahren als einen von neun Grenzhandelsplätzen zwischen Elbe und Alpen benannt und hier Heerlager gehalten. Von hier aus wurden die Slawen zum christlichen Glauben bekehrt, von hier aus wurde der Handel mit den östlichen Völkern getätigt, von hier aus wurde der Waffenhandel mit den Nachbarn kontrolliert. Auch die Kaiser Lothar und Friedrich waren hier zu Gast gewesen. Hier kreuzten sich die Handelswege, die Ostsee und Flandern, Nordsee und Alpen verbanden.

Und vor allem: Hier war seine Heimat. Gerold war in der Nähe auf einem Hof geboren worden und hatte als Junge in Bardowick Arbeit gefunden. Mit Fleiß hatte er es vom Handlanger zum Zimmermannslehrling gebracht, hatte gelernt, Häuser aus Fachwerk zu errichten, und galt inzwischen als bester Baumeister der Stadt. Er konnte sich nichts Schöneres vorstellen, als Familien ein bequemes Zuhause und Bürgern einen angenehmen

Ort für ihre Geschäfte zu bauen. Wenn es so weiterging, könnte er sich bald ein eigenes Fachwerkhaus leisten. Kaum konnte er es abwarten, seiner geliebten Frau und seinen Kindern ein besseres Leben zu bieten. Für sie war er sogar bereit, eine Waffe in die Hand zu nehmen.

In diesem Augenblick trug der Wind das Donnern von Hufen zu ihnen. Aus dem Wald brachen die ersten Ritter. Poppo stieß einen wilden Kampfschrei aus und reckte seine Pike in die Höhe, als müsste er sich selbst Mut machen. Es ging los.

Noch nie hatte Gerold ein derartiges Aufgebot gesehen. Etliche Hundert Ritter, die in ihren Kettenhemden und mit den Topfhelmen, die das ganze Gesicht verbargen, einschüchternd wirkten. Schlachtbeile, Streitkolben und Breitschwerter blitzten im fahlen Licht. Dazu die prächtigen Schlachtrösser, die farbenfrohen Fahnen und Satteldecken. Das Fußvolk beeindruckte durch die schiere Menge. Nun öffnete sich die Menge wie von unsichtbarer Hand und machte einem Reiter Platz, der sich gemessen auf das Stadttor zubewegte. Er war nicht besonders prächtig gekleidet, aber die Ehrerbietung, mit der ihm alle begegneten, ließ Gerold ahnen, dass er Herzog Heinrich vor sich hatte. Der Adelige vom Stamm der Welfen war alt, bestimmt schon sechzig, aber noch von kräftiger Gestalt. Das Leben hatte tiefe Furchen in sein Gesicht gegraben.

Der Bannerträger neben dem Herzog hob die Stimme: »Öffnet die Tore und huldigt eurem alten und neuen Lehnsherrn Herzog Heinrich von Sachsen, genannt der Löwe!«, forderte er.

Hermanus von Sturtenburtle deutete vom Stadtwall aus eine Verbeugung an. »Wir grüßen den edlen Herzog Heinrich respektvoll. Wir können ihm und seinen Mannen jedoch kein Quartier gewähren, denn er ist nicht mehr unser Herr«, antwortete er ruhig.

Ein Raunen ging ob dieser Provokation durch die Reihen der Bardowicker. Nicht jeder schien mit dem Verhalten des Ritters von Sturtenburtle einverstanden, und manche verließ wohl auch angesichts des feindlichen Heeres der Mut.

Die Antwort wurde nicht gut aufgenommen; noch mehr Ritter schlossen zu ihrem Anführer auf. »Wisset, dass dieses Betragen als Verrat am Herzog der Sachsen gewertet wird und ihr bestraft werdet«, verkündete der Fahnenträger.

Das Murren der Bardowicker wurde bei dieser Drohung lauter. Hermanus von Sturtenburtle ließ sich davon nicht beirren. »Wir verraten den Herzog der Sachsen nicht. Im Gegenteil: Wir stehen fest zu Herzog Bernhard aus dem Hause der Askanier«, verkündete er.

Lautstark schmähten die fremden Ritter sie jetzt als Verräter. »Der Askanier ist ein Raubritter. Er hat sich Unser Lehen widerrechtlich angeeignet«, widersprach Herzog Heinrich nun selbst.

»Hütet Eure Zunge, Herzog. Die Entscheidung des Kaisers solltet auch Ihr anerkennen.«

»Nicht, wenn der Kaiser ungerecht entschieden hat.«

Auf einmal ging alles sehr schnell. Herzog Heinrich machte eine knappe Geste, und gleich darauf flogen Befehle von Mann zu Mann und lösten eine Kette von Handlungen aus. Die Schützen legten ihre Armbrüste und Bogen an. Ritter zogen ihre Schwerter oder hieben mit der flachen Seite ihrer Streitäxte auf ihre Schilde. Das Getöse ließ Gerold erschaudern. Söldner schwärmte aus. Wenig später hörten sie es in dem benachbarten Wäldchen hämmern und krachen. Fußtruppen schafften Erde und Buschwerk heran, um den Graben vor dem Stadtwall zuzuschütten. Noch konnten die Bardowicker nichts tun, als zusehen. Die erzwungene Untätigkeit brachte Gerold beinahe zum Platzen.

Rikolf hielt ihm bebend seine Waffe hin. »Ich fürchte, jetzt wird es ernst«, sagte er. Gerold schliff sogleich los. Mit einer stumpfen Pike würde sein Freund nichts gegen den Feind ausrichten.

Ein Warnschrei erklang. Instinktiv duckte Gerold sich hinter die Palisade. Der erste Pfeilschauer der feindlichen Bogenschützen pfiff über sie hinweg. Er fuhr herum. War schon jemand getroffen worden? Ein Brandpfeil hatte ein Strohdach am Marktplatz entflammt. Frauen und Kinder rannten mit ledernen Löscheimern herbei, doch das Feuer war für sie unerreichbar.

Bardowick stand in Flammen.

Die Erregung durchzuckte Gerolds angespannte Muskeln. Er musste etwas tun! Die Bardowicker Bogenschützen feuerten nun ihrerseits Pfeile ab, aber Gerold und seine Gefährten waren weiter zur Untätigkeit verdammt. Als Rikolf bei den Löscharbeiten helfen wollte, befahl ein Ritter ihn zurück an seinen Platz. Gerold sah am Fluss etwas aufflammen – die Mühle brannte! Und da war etwas auf dem Wasser: Angreifer hatten einen Nachen gefunden und steuerten nun von der Flussseite auf die Stadt zu.

»Achtung! Angriff am Fluss!«, brüllte Gerold und konnte sich gerade noch ducken, als etwas an ihm vorbeipfiff. Der Armbrustbolzen schlug einem seiner Kampfgefährten in die Brust. Sogleich eilten andere herbei, um ihm zu helfen. Aus seinem Versteck beobachtete Gerold, wie Bardowicker Bogenschützen auf die Marianus-Brücke rannten und mit Brandpfeilen der Bootsfahrt ein Ende machten. Als der Nachen in Flammen aufging, retteten sich die Angreifer an Land, wo sie weiter beschossen wurden. Alle wussten, wie ernst die Lage war. Wenn ein feindlicher Trupp den niedrigen Abschnitt des Stadtwalls oder die Brücke erreichen würde, sähe es übel für Bardowick aus.

Nun stürmte der erste Kampftrupp über den zugeschütteten Graben und versuchte, das Stadttor aufzuhebeln. Von der Brustwehr aus wurden Pfeile auf die Angreifer abgefeuert, prallten jedoch zumeist von deren Rüstungen und Kettenhemden ab.

Das Fußvolk kam aus dem Wald zurück, die Männer rannten mit eilig zusammengestoppelten Leitern zum Stadtwall. Auch an ihrem Abschnitt der Palisade kraxelten die ersten Angreifer hoch. Poppo versuchte, mit einer Hakenstange die Leiter umzustoßen, was aber nicht gleich glückte. Gerold warf Rikolf seine Pike zu, der sie geschickt auffing und dem ersten Mann, der sich am oberen Ende der Brustwehr sehen ließ, in den Leib rammte. Halb im Taumel gelang es dem Angreifer, Rikolfs Arm zu packen, sodass der Münzgehilfe halb über die Brüstung gerissen wurde. Gerold hechtete zu ihm und ergriff den Freund gerade noch am Gürtel. Aneinandergekrallt hingen Angreifer und Verteidiger über den spitzen Pfosten.

»Stich ihn ab!«, schrie Rikolf panisch.

Gerold holte aus, doch sein Blick verfing sich im Gesicht seines Feindes. Von Schmerzen und Pockennarben gezeichnet, mit trüben Augen, die nicht weniger angstvoll wirkten als Rikolfs. Gleichzeitig gelang es dem Pockennarbigen, den Arm um Rikolfs Hals zu legen und ihn zu würgen.

»Mach schon!«, presste Rikolf hervor.

In einer fließenden Bewegung bohrte Gerold die Pike tiefer in die Brust des Angreifers und hämmerte ihm dann gegen die Brust, bis der Griff sich löste. Kurz wankte der Mann – dann stürzte die Leiter um. Gerold riss seinen Freund zurück. Rikolf landete sicher auf dem Wehrgang. Aufatmend sahen sie hinab. Am Fuße der Holzpalisade rappelte sich ihr Angreifer wieder hoch – da gab ihm ein Pfeil den Rest. Andere waren sofort da, um die Leiter wieder aufzurichten.

Ein weiterer Trupp Fußvolk brach aus dem Wald. Die Kerle schleppten einen mächtigen Baumstamm, den sie an einem Ende grob behauen hatten.

»Mauerbrecher«, konstatierte Rikolf tonlos. »Ich mu… muss mir eine neue Waffe holen.«

Gerold stieß scharf die Luft aus. »Rammböcken wird der Stadtwall kaum standhalten.« Kurzentschlossen drückte er seinem Freund sein Kurzschwert in die Hand und sprintete den Wehrgang hinunter.

Auf dem Marktplatz herrschte Tumult. Verwundete wurden weggetragen, aber Gerold sah auch schon Tote. Die Kirchen Sankt Fabiani und Sankt Petri wurde verrammelt. Frauen und Kinder bildeten Ketten von den Brunnen zu den Bränden. Gerold erstarrte, als er seine Kinder unter den Helfern entdeckte. Er hatte Magda doch befohlen, in der Hütte zu bleiben! Eilig rannte er zu ihnen und fasste seinen Sohn an der Schulter. Bendix war der Ältere, der Vernünftigere, wenn er auch für sein Alter sehr verträumt war. Der Junge schrak bei seiner Berührung heftig zusammen.

»Was macht ihr denn hier?«, fragte Gerold donnernd. Bendix' Lippen bebten, als würde er gleich weinen. »Wo ist eure Mutter?«, setzte Gerold hinzu und bemühte sich, seine Stimme im Zaum zu halten.

»Mutter hilft in der Petrikirche den Verletzten. Da sind wir aber nur im Weg. Wir …«, stammelte Bendix.

»Vater!« Ida hatte ihn erst jetzt bemerkt. Sie umarmte ihn überschwänglich. »Wir wollten auch helfen!«

Plötzlich angerührt, sah Gerold in die Gesichter seiner Kinder. Wie mutig sie waren, aber auch wie zart, wie zerbrechlich! »Seid vorsichtig, hört ihr! Wenn Gefahr droht, dann lauft zu eurer Mutter oder versteckt euch in der Hütte. Bleibt immer zusammen! Und passt aufeinander auf!«, sagte er eindringlich.

Hinter ihnen krachte etwas gegen das Stadttor. Holz splitterte. Gerolds Augenlid zuckte vor Erregung. »Ich muss weiter!«

»Kannst du nicht bei uns bleiben?«, flehte Bendix.

»Ich werde woanders dringender gebraucht!« Das Herz pochte wie eingeschnürt in seiner Brust, als er sich abwandte. Was redete er da? Wer konnte ihn schon dringender brauchen als seine Familie?

Einige morsche Pfosten des Stadtwalls hatten bereits nachgegeben. Eisenbewehrte Hände versuchten, den Spalt von außen aufzuhebeln, während sich die Ritter im Inneren bemühten, sie aufzuhalten.

»Wo ist der edle Herr zu Sturtenburtle? Oder Ratsherr Tode? Wir müssen Holz heranschaffen! Ich muss …«, sprach Gerold verschiedene Kämpfer an. Doch niemand schenkte ihm Gehör. Schließlich entdeckte er die beiden. Offenbar trug der Vertreter des Lehnsherrn mit dem Repräsentanten der Bürgerschaft ein hitziges Wortgefecht aus. Die Ritter und Kaufleute, die sich ebenfalls in der Nähe der leer geräumten Waffenkammer befanden, lauschten dem Disput angespannt. Reichte es nicht, dass sie von außen angegriffen wurden? Musste auch im Inneren Zwietracht herrschen?

»Wir brauchen Holz, um die Stadttore und den Wall zu verstärken!«, platzte Gerold zwischen die Männer.

Der Ritter sah ihn unwirsch an. »Was will er? Hat er nichts Besseres zu tun, dieser Nichtsnutz?!«

Ratsherr Tode sprang Gerold bei. »Das ist Meister Gerold, unser bester Zimmermann. Wenn er sich weiter so auszeichnet, könnte er unser Baumeister werden. Sein Wort hat also Gewicht«, erklärte er. Hinter ihnen war das erneute Krachen des Mauerbrechers zu hören. Der Ratsherr zuckte zurück. »Jetzt ist nicht der richtige Zeitpunkt für die Planung von Bauten«, versuchte er, Gerold nun doch abzuwimmeln.

»Mit Verlaub: Jetzt ist der letztmögliche Zeitpunkt, um die Stadttore und den Wall auszubessern, bevor sie vollständig aufbrechen und wir überrannt werden«, beharrte Gerold.

»Wir werden doch ohnehin überrannt!«, nahm Harksen, ein älterer Pelzhändler, Gerolds Worte auf. Die Angst stand dem Händler ins Gesicht geschrieben, und er hatte den Kopf so tief zwischen die Schultern gezogen, als wollte er am liebsten in seinem Otterfellmantel verschwinden. »Warum huldigen wir nicht einfach dem Löwen? Was hat Herzog Bernhard denn schon für uns getan?«, richtete Harksen jetzt das Wort an die Zuhörer. »Nie lässt er sich hier blicken. Die Besatzung, die er in Bardowick eingesetzt hat, ist gerade groß genug, um uns auszupressen – aber nicht groß genug, um die Stadt zu schützen.«

Beifällige Rufe waren zu hören. Auch Gerold hätte beinahe eingestimmt. Hermanus von Sturtenburtle und seine Männer waren hartherzige Besatzer, die nur die Einnahmen des Askaniers, nicht das Wohl der Stadt im Sinn hatten.

»Herzog Heinrich hat sich schon früher großzügig gegenüber Bardowick gezeigt«, mischte sich ein Fischhändler ein.

»War das bevor oder nachdem er Lübeck und Lüneburg den Vorzug gab?«, ätzte ein Ritter aus Sturtenburtles Gefolge.

Der Pelzhändler machte eine wegwerfende Handbewegung. »Wenn wir uns dem Löwen unterwerfen, wird er uns vielleicht wieder in seine Gunst aufnehmen. Er kann ja jetzt jeden Verbündeten gebrauchen.«

Die Männer, die bislang nur zugehört hatten, redeten nun durcheinander. Die Ritter beschimpften die Kaufleute als Verräter, die Bürger die Adligen als leichtsinnig.

Plötzlich ein Brüllen: »Habt ihr Waschweiber wirklich nichts Besseres zu tun, als hier die Zeit mit Gezeter zu verplempern, während an der Kampflinie die Menschen verrecken?!« Hermanus von Sturtenburtle war hochrot angelaufen. Beschämt und wütend senkten die Ritter die Augen. Sturtenburtle wies auf den Pelzhändler. »Werft diesen Aufrührer in den Kerker!«, befahl er.

»Ich habe nichts getan!«, protestierte Harksen.

Der Ritter spie vor ihm aus. »Nichts getan?! Hochverrat nenne ich das, wenn Ihr dazu aufruft, zu Herzog Heinrich überzulaufen! Für diesen Verrat würde ich Euch töten, wenn dieser Tag nicht schon genug Blut gesehen hätte!«

Die Adligen packten Harksen, aber der Pelzhändler bäumte sich in ihrem Griff auf. »Es ist doch wahr! Wo bleibt denn die versprochene Verstärkung? Herzog Bernhard lässt uns hängen! Ich bin nicht der Einzige, der so denkt. Er ist ein schlechter

Stadthe…« Das letzte Wort ging in einem Stöhnen unter, denn Sturtenburtle hatte ihm mit dem Eisenhandschuh eine Maulschelle verpasst.

Der Ritter sah in die Runde. »Gibt es sonst noch jemanden, der sich gegen Herzog Bernhard aussprechen möchte?«

Eingeschüchtert zogen sich die restlichen Bürger wieder auf ihre Posten zurück. Hermanus von Sturtenburtle zog seinen Handschuh wieder hoch. »Und du kommst mit«, wandte er sich an Gerold und stiefelte voraus.

Beunruhigt folgte Gerold. Was hatte der Ritter vor? Wollte er ihn bestrafen, weil er es an Respekt hatte mangeln lassen?

Erst am östlichen Stadtwall hielten sie an. Hier an der Hude wurden Güter zwischengelagert und Boote ausgebessert. Gerold erkannte Kisten mit Krügen aus dem Rheinland, Specksteinschalen aus Schweden und einzelne Mühlsteine. Der Stapel Bauholz war jedoch kümmerlich, denn die Bretter und Balken waren dünn und kurz. Damit konnte er nichts anfangen.

Der Ritter ließ das Tor im Stadtwall öffnen. Sogleich flüchteten Bogenschützen von der Brücke in den Schutz des Walls. Auf dem Fluss trieben die brennenden Reste eines Frachtkahns. Vor der Motte im gegenüberliegenden Vresdorp tobten ebenfalls Kämpfe. Neben ihnen schlugen zischend Pfeile ein.

Sturtenburtle wies auf die Brücke. Er hatte tatsächlich eine Aufgabe für ihn.

3

Als Ida erwachte, war sie allein. Sie zitterte vor Kälte. Der weiche Körper ihrer Mutter, der sie im Schlaf gewärmt und geschützt hatte, war verschwunden. Die Hand ihres Bruders ebenso. Und ihr Vater? Wo war ihr Vater? Das Mädchen fuhr auf. Bleiches Mondlicht sickerte durch die Ritzen der Hütte, aber das zaghafte Singen des ersten Vogels verriet ihr, dass es bald dämmern würde. Leises Schnarchen drang an ihr Ohr. Konzentriert spähte Ida ins Dunkle. Die alte Ermengard und die vier Mägde lagen noch immer vor dem Herd. Sie hatten von einem Meierhof in die Stadt fliehen müssen; Mutter hatte sie gestern aufgenommen. Nein, vorgestern war es gewesen. Die Zeit flog nur so dahin, seit sie eingeschlossen waren.

Ida dachte an den Moment zurück, als alle Glocken zu läuten begonnen hatten. Zweimal war es Nacht geworden, seit die bösen Ritter angefangen hatten, Bardowick zu belagern. Bendix und sie hatten geholfen, die Feuer zu löschen, bis ihre Beine sie nicht mehr hatten tragen können. Kaum eines der unzähligen Häuser war abgebrannt. Es war beinahe wie ein Spiel gewesen – wenn die Großen nur nicht so ernst gewesen wären. Allerdings hatte sich der Schreiner-Jan bös die Finger verbrannt, als er eine Feuerkugel aus einem Strohhaufen geklaubt hatte. Er hatte sehr geweint, und Ida hatte ihn nicht trösten können. Jan war zu den Verletzten in die Petrikirche gebracht worden.

Ihren Vater hatte Ida nur kurz gesehen. Er hatte mit anderen Männern die Brücke teilweise abgerissen. Sie hatte sich darüber gewundert; die Brücke war doch so wichtig für die Stadt! Aber Mutter hatte erklärt, so solle verhindert werden, dass Feinde über den Fluss in die Stadt eindrangen. Mit dem Brückenholz waren die Stadttore und der Wall verrammelt worden. Nicht dass sie dabei zugesehen hätte – sie hatten so viel zu tun! Gestern war Ida vor lauter Erschöpfung beinahe im Stehen eingeschlafen. Auch jetzt musste sie wieder gähnen. Es war aber auch sehr stickig in ihrer Hütte! Seit sie die fremden Frauen aufgenommen hatten, war es viel zu eng hier. Die Mägde weinten oft, und die alte Ermengard hielt selbst im Schlaf ihren Tontopf umklammert wie einen Schatz. Merkwürdig! Ida hätte nur zu gern gewusst, was darin war.

Ida umschloss ihr Schnitzpferd mit der Hand und schlich auf Zehenspitzen zur Tür. Als sie diese aufschob, gackerte und flatterte es laut. Dieses dumme Huhn! Hoffentlich hatte es auf der Türschwelle wenigstens ein Ei gelegt – aber nichts da. Es war dunkel und still. Waren die grimmigen Männer verschwunden, die Pfeile über die Holzpalisade geschossen und mit Feuerkugeln geworfen hatten? Die Rücken der Tiere, die sich auf der Straße drängten, ragten im Nebel auf wie Hügel. Pferde standen mit tief hängenden Häuptern, Ochsen scharrten schnaubend im Straßenkot.

Da bog ein Mann um die Ecke. Mit halb gespanntem Bogen schob er sich durch die Herde. Er entdeckte Ida sofort. »Was willst du hier draußen, Kind? Geh wieder ins Haus, aber schnell!«, befahl er.

Eingeschüchtert schloss Ida die Tür. Ermengard stöhnte im Schlaf. Also war die Gefahr noch immer nicht gebannt. Idas Hals wurde eng, und sie fuhr mit der Zunge in ihre Zahnlücke. Sie wollte nicht bei diesen Fremden sein! Warum hatten ihre Eltern und Bendix sie alleingelassen?

Entschlossen schob Ida sich zurück auf die Straße. Der Bogenschütze war weg. Sie huschte im Schutz der Holzmauern gen Petrikirche. In einiger Entfernung sah sie den Stadtwall. An dem Wehrgang lehnten Gestalten; bei einem der Männer schien es, als würde nur noch sein Speer ihn aufrecht halten. Schliefen sie etwa? War ihr Vater einer von ihnen? Wie gerne würde sie mal über die Holzspitzen der Stadtmauer blicken! Aber erst musste sie ihre Familie finden. Vielleicht würde ihr Vater sie nachher mitnehmen, damit sie die fremden Ritter zu sehen bekäme. Glänzende Rüstungen hatten sie gehabt und bunte Federn auf den Helmen, das hatte zumindest der Sohn des Schmieds erzählt. Auch die Pferde der fremden Ritter sollten angeblich groß und schön sein.

Ein zweiter Bogenschütze kam vorbei. Ida versteckte sich hinter einem Karren. Ihr Holzpferdchen presste sie gegen die Brust, und sie erstarrte, als wäre sie eine der Heiligenfiguren in der Kirche. Er bemerkte sie nicht. Schließlich war er außer Sicht. Sie war schon immer die Beste im Versteckspiel gewesen! Besser als ihr Bruder Bendix allemal.

Endlich ragten die hölzernen Türme von Sankt Petri vor ihr auf. Sie war die größte Kirche Bardowicks, und manche nannten sie einen Dom, obwohl das nicht stimmte, sagte Vater. Der Kirchenraum war durch Talglichter und Kerzen spärlich erhellt; das leise Stöhnen der Verletzten drang an Idas Ohr. Der Kirchenboden war ein einziges Deckenlager. Es stank so sehr, dass Ida ein flaues Gefühl im Magen bekam. Vor dem goldverzierten Altar, den Holzstatuen und den Silberleuchtern knieten die Stiftsherren und beteten, wispernd wie Mäuse auf dem Dachboden.

»Da bist du ja, Schlafmütze!« Ida zuckte zusammen. Bendix war neben ihr aufgetaucht. Er hatte einen Ledereimer mit Wasser vor der Brust, den er am Boden untergefasst hatte, weil er so schwer war.

»Warum habt ihr mich nicht geweckt?«, fragte Ida vorwurfsvoll.

»Das haben wir versucht, aber du hast geschlafen wie ein Murmeltier. Nicht einmal meine Hand wolltest du loslassen, du Dummerchen.«

Sie war kein Dummerchen! Ida schluckte ihren Ärger herunter. »Warte, ich helfe dir!« Vorsichtig senkte Bendix den Eimer ab. Sie teilten sich den Griff und balancierten das Wasser ins Kirchenschiff, ohne einen Tropfen zu vergießen. Ihre Mutter kniete zwischen den Verletzten und half einem Mönch, einen Pfeil aus dem Rücken eines Mannes zu ziehen, der ohrenbetäubend brüllte. Ida stellte den Eimer ab und kam verängstigt und zugleich fasziniert näher. Am liebsten hätte sie sich sofort in die Arme ihrer Mutter geworfen. Da löste sich mit einem Ruck die Pfeilspitze aus dem Fleisch. Der Schrei brach ab. Ihre Mutter drückte einen Lappen auf das Loch, aus dem das Blut pulste.

Trost suchend wollte Ida sich an den Rücken ihrer Mutter schmiegen. »Jetzt nicht!«, wies diese sie scharf ab. Ida zuckte. Plötzlich war ihr zum Weinen zumute. Sie wollte, dass alles wieder so war wie früher. Sofort!

Bendix nahm ihre Hand. »Komm, lass uns gehen«, flüsterte er.

In diesem Augenblick wandte ihre Mutter sich um. Ihr Gesicht war beinahe so blass wie das Flussperlenkreuz, das an ihrer Kette hing. Feine Falten zeichneten ihre Wangen und die Stirn. »Wir brauchen mehr Tücher, um die Blutung zu stillen!«, rief sie.

»Tücher? Aber woher?«, wollte Bendix wissen.

»Sucht die anderen Helfer, euren Vater – einerlei! Aber schnell, Kinder, schnell!«

Bendix lief los. Er wollte Idas Hand abschütteln, aber Ida mochte ihren Bruder nicht loslassen. Der Blutgeruch überall verursachte einen ekligen Geschmack in ihrem Mund.

»Geht schon, worauf wartet ihr noch!«, trieb ihre Mutter sie an.

Ida folgte Bendix, bei ihm fühlte sie sich wohler. Glücklicherweise fanden sie einen der Stiftsherren, der ihnen die Beschaffung der Tücher abnahm, sie dann allerdings aus dem Gotteshaus scheuchte.

Draußen atmete Ida auf. Sie war froh, wieder an der frischen

Luft zu sein. Gerade trieb die Sonne einen rosa Keil in das Grau des Oktoberhimmels. Bald würde es hell werden.

Erneut tastete sie nach Bendix' Hand, doch dieses Mal entzog sich ihr Bruder ihr gleich. Ida wurde traurig. »Wo ist Vater?«

»Weiß nicht. Bei dem edlen Herrn von Sturtenburtle? Seine Männer haben einen von Herzog Heinrichs Rittern gefangen genommen. Wollen wir uns mal hinschleichen, um uns die Rüstung anzusehen? Ganz aus Gold soll sie sein.«

Skeptisch sah Ida ihren Bruder an. »Woher weißt du das?«

»Der Schreiner-Jan hat's erzählt.«

Dann würde es wohl stimmen. Der Schreiner-Jan log nicht. »Wollen wir nicht lieber bei Mutter bleiben?«, fragte Ida unsicher.

»Der sind wir nur im Weg.«

»Oder was spielen? Verstecken vielleicht?«

»Bei Nacht? Außerdem sollen wir nicht draußen rumlaufen. Da gehen wir lieber in die Hütte zurück.«

»Nicht in die Hütte.« Ida schob die Zunge in die Zahnlücke. Konnte es nicht wie früher sein? Wenigstens für einen kurzen Moment? »Bitte, lass uns was spielen, nur ganz kurz«, quengelte sie.

Ihr Bruder verdrehte die Augen. »Na gut, aber lauf nicht zu weit weg. Versteck dich, ich zähle.« Bendix legte die Handflächen über die Augen und drehte sich um.

Ida hatte kaum damit gerechnet, dass ihr Bruder zustimmen würde, und blickte sich eilig um. Wo sollte sie sich nur verstecken? Und nicht so weit weg, was sollte das bedeuten? Zu leicht durfte sie es Bendix auch nicht machen. Vielleicht hinter die nächste Häuserreihe? Sie steckte ihr Holzpferdchen in die Gürtelschnur und sprintete los, tapste durch Schweinekot, versuchte, ihn von ihrem Lederschlappen abzuschütteln, hüpfte weiter, verschwand hinter der nächsten Ecke. Sie wollte in einen Verschlag, aber da tauchte die rotfleckige Schifferfrau Zwartje mit einem großen Balken in den Händen auf und fauchte sie an, sie solle sich verziehen, hier würde jetzt abgesperrt.

Was für eine komische Frau, dachte Ida. Zwartje hatte sich nicht einmal bedankt, als sie ihr die verlorenen Wäschestücke zurückgebracht hatten. Mutter hatte gemeint, sie solle sich darüber nicht grämen, manche Menschen mache die Angst eben schroff.

»Ich komme!«, hörte Ida aus der Ferne Bendix' Stimme.

Idas Kopf flog herum. Jetzt schon? Noch immer hatte sie kein gutes Versteck. Vielleicht an der Hude? Waren an der Flussseite nicht die Fässer, Ballen und Karren der Händler gelagert worden, die beim Angriff der feindlichen Truppen in Bardowick Schutz gesucht hatten?

Nach einem kurzen Lauf war sie da – und erstarrte. Warum trieben sich die Ochsen jetzt ausgerechnet hier herum? Die gewaltigen Tiere jagten ihr eine Heidenangst ein. Aber die Ochsen würden Bendix vielleicht auch irritieren, was wiederum gut für ihr Spiel war. Ida duckte sich und schlug einen Bogen um die Herde. Zwischen Bauholz und Küferwerkzeug lag ein Fass auf der Seite – das war genau richtig! Ida schlüpfte hinein, zog die Beine an und schlang die Arme darum. Ganz klein machte sie sich. Ihr Atem klang laut in dem Fass, und es stank nach altem Fisch. Vielleicht sollte sie sich doch ein besseres Versteck …

Gerade als sie von Neuem den Kopf aus dem Fass steckte, entdeckte sie die Gestalt. Hochgewachsen, in feinem Umhang. War das ein Mann oder eine Frau? Und was tat die Gestalt hier? Mit der Rute trieb sie die Ochsen beiseite, schlug sie immer wieder, weil es ihr nicht schnell genug ging. Ein Hirte war das nicht, dafür war der Umhang zu fein. Die Gestalt hatte den Holzwall erreicht und machte sich an der Pforte zu schaffen. Stark war sie – das musste ein Mann sein! Aber was wollte er da? Schon flog das Tor auf. Ida sah den nebelverhangenen Fluss und die halb abgebrochene Brücke. Gebannt beobachtete sie, wie sich die ersten Strahlen der aufgehenden Sonne auf der Wasseroberfläche spiegelten. So hoch stand die Ilmenau, dass die Hufe der Ochsen, die der Mann nun aus dem Tor trieb, schmatzend einsanken. Wollte er die Tiere ertränken? Sie mochte Ochsen nicht besonders, aber einem Lebewesen so etwas anzutun war grausam!

»Ida? Wo bist du?«

Die Stimme ließ Ida zusammenzucken und erfüllte sie gleichzeitig mit einem warmen Gefühl.

Was machte ihre Mutter hier? Sie wollte kein Donnerwetter hören!

»Komm zu mir. Komm in die Kirche, dort ist es sicher. Ich wollte vorhin nicht …« Mutter sorgte sich! Ida wollte gerade aus dem Fass klettern – da wurde der Tonfall ihrer Mutter schrill: »Was tut Ihr da?« Unwillkürlich zog Ida sich wieder ins Fass zurück. »Bitte nicht!«, schrie ihre Mutter.

Etwas fauchte, gefolgt von einem dumpfen Schlag. Ida spürte es in ihrem Hals puckern; das Blut rauschte in ihren Ohren. Was war geschehen? Sie musste sich zwingen, über den Fassrand zu lugen. Ihre Mutter lag auf der Erde. Die Gestalt stand über ihr und hieb und trat auf sie ein.

Tränen schossen in Idas Augen. »Mutter!«, schrie sie.

Die Gestalt fuhr herum und suchte die Umgebung ab. Ehe Ida wieder im Fass verschwunden war, hatte sie halb verschwommen das Gesicht des Schlägers gesehen. Sie tastete nach ihrem Holzpferdchen, wollte es tröstend an sich drücken, doch es war nicht mehr da. Sie musste es verloren haben, aber wann?

In diesem Augenblick brach die Hölle über sie herein. Getöse neben ihr. Ein Lärm, wie sie ihn noch nie gehört hatte. Sie zuckte bis zum Fassboden zurück. Ein Brüllen, als ob sich jemand sehr wehgetan hätte. Scheppern von Metall. Etwas platschte durchs Wasser. Krachen. Knirschendes Holz.

Ida hielt sich schluchzend die Ohren zu. Schrie von Neuem:

»Mutter! Vater! Hilfe!« Wie gellend ihre Stimme klang! Ein gleißender Pfeil bohrte sich vor dem Fassrand in die Erde. Was sollte sie tun? Da wurden die Flammen schon vom Schlamm gelöscht. Durchdringend roch es nach Feuer. Sie musste ihrer Mutter zu Hilfe kommen! Und was war mit Bendix? Ob ihr Bruder ebenfalls zur Hude gekommen war? Ida wischte sich Schnodder und Tränen in den Ärmel, kroch schneckengleich zum Fassrand und schob ihren Kopf hinaus.

Sie sah den Pferdehuf nicht kommen. Das Hufeisen schrammte an ihrem Kopf entlang und hieb ihn in die weiche Erde. Wie weh das tat! Funken tanzen vor ihren Augen. Panisch rang Ida um Atem, sog Schlamm ein, schmeckte Dreck. Sie stemmte sich mühsam hoch, aber es war, als könnten ihre Arme sie nicht halten. Alles drehte sich um sie – glänzendes Metall, bunte Pferdedecken, blitzende Schwerter. All ihre Kraft musste sie zusammennehmen, um nach ihrer Mutter zu sehen. Überall waren jetzt Ritter, Pferde und Ochsen. Ein Gewirr von Hufen und Beinen, besudelt und um sich tretend. Wie sollte sie nur durch das Getümmel zu ihrer Mutter kommen? Aber sie musste es wagen! Ida nahm ihren Mut zusammen. Sie zitterte so sehr, dass ihre Zähne aufeinanderschlugen. Brandpfeile trafen auf die gegenüberliegenden Holzhütten. Schon loderten die Flammen auf – niemand war da, um sie zu löschen. Sie musste zwischen den unzähligen Beinen zu ihrer Mutter kriechen, wollte bei ihrer Mutter sein, ihre Mutter würde sie in Sicherheit bringen. Sie kam auf die Knie, noch immer halb im Fass, als wäre es ihr Schneckenhaus. Etwas Heißes rann über Idas Gesicht, fahrig wischte sie es ab. Rote Schlieren auf ihrer Haut. Sie verstand nicht, was passiert war, begriff es einfach nicht.

Ein Poltern hinter ihr, ein Schatten – zu schnell. Ida fuhr herum. Sie konnte dem Reiter, der über Holzstapel und Fass sprang, nicht ausweichen. Ein Ritter von finsterer Gestalt, das Gesicht von einem Helm verdeckt, dunkle Schlitze statt Augen.

Ein Hinterlauf des Pferdes blieb am Holz hängen. Schon gerieten die die Balken und Bretter ins Rutschen. Das erste Brett traf sie im Rücken, schmetterte sie erneut in den Dreck. Gerade noch konnte Ida die Arme um ihren Kopf schlingen, als eine Holzlawine auf sie niederging.

4

»Magda! Bendix! Ida! Wo steckt ihr?«

Gerold drängte sich zwischen den Fliehenden hindurch, die von panischem Schrecken erfasst durch die Gassen liefen. Die Nachricht, dass die feindlichen Truppen durch das östliche Stadttor gebrochen waren, hatte sich in Windeseile unter den Eingeschlossenen verbreitet. Viele Häuser brannten; Flammen schlugen hoch in den Himmel. Die vielen Toten, Verletzten, die Zerstörung schmerzten ihn – etliche der Häuser hatte er mit seinen Helfern errichtet. Er sah sich um. Überall wurden erbitterte Kämpfe ausgetragen. Ritter hieben mit ihren Langschwertern scheinbar wahllos auf die Menschen ein. Welcher Weg war überhaupt noch sicher?

Vor ihm trat einer der Angreifer die Tür der Schmiede ein und zerrte Claus an den Haaren heraus. Weitere Kämpfer drängten sich an ihnen vorbei ins Haus. Gerold müsste dem Schmied zu Hilfe kommen, aber er hatte seine Waffe verloren. Während er sich noch hilflos umsah, wurde Claus das Schwert in die Brust gerammt. Erschrocken wich Gerold zurück. Claus war ein gottesfürchtiger Mensch und ein ehrlicher Handwerker gewesen; dieses Schicksal hatte er nicht verdient – das hatte niemand verdient. Das Kreischen einer Frau war zu hören, Kinderweinen. An der nächsten Ecke wurde einer Bürgerin vor den Augen ihrer Kinder Gewalt angetan. Gerold wollte es nicht sehen – und sah es doch. Die Hilflosigkeit trieb ihm die Hitze ins Gesicht. Es waren zu viele Angreifer – er konnte nichts tun, um der Frau zu helfen. Seine Sorge war beinahe übermächtig. Seine Frau und seine Kinder – er musste zu ihnen!

Gerold zog den Kopf zwischen die Schultern und taumelte

weiter. Versuchte, den Kämpfen aus dem Weg zu gehen, und musste doch an ihnen vorbei. Aus dem Augenwinkel sah er den Dolch, der in seine Richtung ausgeholt wurde – gerade noch konnte er sich wegducken. Geistesgegenwärtig warf er sich dem Kämpfer in die Beine und riss ihn um. Bevor dieser den Dolch von Neuem erheben konnte, hatte Gerold ihn schon mit einem Faustschlag unschädlich gemacht. Er konnte zwar nicht mit dem Schwert kämpfen wie die Ritter – aber stark und wendig, das war er als Zimmermann! Gerold entrang dem leblosen Mann den Dolch und hastete weiter. Gleich hatte er seine Hütte erreicht.

Als er die offen stehende Hüttentür und die abgerissenen Fensterläden sah, schwante ihm Böses. Aus dem Inneren seines Hauses war Gepolter zu hören. Er stürzte hinein. Ihre wenigen Habseligkeiten lagen verstreut herum. In dieses Haus waren sie als frisch vermählte junge Eheleute eingezogen, hier hatten sie zwei Kinder bekommen und großgezogen – und jetzt war alles zerstört. Sein Zirkel und Magdas Stickrahmen – zerbrochen. Idas Stoffpuppe – zerrissen. Die Flöte, die er für Bendix aus einem Schwanenknochen geschnitzt hatte – kaputt. Magdas guten Umhang hatte einer der Krieger, die ihre Habseligkeiten durchwühlten, übergeworfen. Erinnerungen überschwemmten Gerold, ungefragt und in dieser Situation unerwünscht. Das Geld für den Stoff hatte Gerold sich vom Mund abgespart. Magda hatte das Leinen selbst gefärbt, ein Kleid und einen Umhang daraus genäht und beides sorgfältig bestickt. Mit geballten Fäusten wollte Gerold sich auf den Plünderer stürzen – doch im letzten Augenblick zog er sich zurück. Es war sinnlos, sich auf noch einen Kampf einzulassen. Er musste Magda und die Kinder finden. Das war das Einzige, was zählte. Aber wo waren sie? Wieder auf der Straße, sah er sich ratlos um.

Zwischen den Trümmern der gegenüberliegenden Häuserzeile entdeckte er Muhme Ermengard. Sie kauerte auf der Erde.

Mit einer Hand grub sie, mit der anderen presste sie den Tontopf an sich.

Gerold packte ihren Arm. »Wo ist meine Familie?«

Die Alte heulte auf, ihr Gesicht angstverzerrt. »Was weiß denn ich?« Sie riss sich los, um weiterzugraben.

»Ihr müsst meine Fam…« Bevor er weiterfragen konnte, schleuderte ihn unvermittelt ein Tritt zu Boden.

»Hau ab, das ist meine Beute! Gib her, Alte!«

Ein hagerer Kerl mit brennendem Blick versuchte, Ermengard den Tontopf zu entringen, doch die Greisin klammerte sich daran fest. Gerold sprang auf die Füße und stürzte sich auf den Mann. Der Plünderer wehrte sich verbissen. Er warf Gerold eine Handvoll Dreck in die Augen und trat ihm gegen die Brust. Gerold krachte auf einen Schutthaufen und rang nach Luft.

»Her damit!«, hörte er den Plünderer zischen.

Halb blind rieb Gerold sich den Sand aus den Augen. Jetzt sah er, dass der Plünderer den Tontopf an sich gebracht hatte und ihn auf den Schädel der Greisin niederkrachen ließ. Mit einem dumpfen Knacken brach der Topf, und Münzen ergossen sich über den Körper der alten Frau. Woher hatte Ermengard das Geld? Dieses Geheimnis würde sie wohl mit ins Grab nehmen, denn ihre blutüberströmten Züge wirkten schlaff. Triumphierend raffte der Plünderer das Geld auf.

Die unmenschliche Grausamkeit ließ Gerold aufbrausen. Wutentbrannt stürzte er sich auf den Mann. Der Plünderer war jedoch durch seinen Erfolg gestärkt und skrupellos. Sie kämpften erbittert. Gerold drohte schon zu unterliegen, da trieb jemand dem Plünderer einen Dolch in den Hals, und er sackte schwer verwundet über Gerold zusammen.

Sein Retter war Meister Volkwart, der Ratsherr, für den er das Fachwerkhaus errichtete; das stellte Gerold fest, als er sich hochrappelte. Überrascht dankte er ihm. »Habt Ihr meine Familie gesehen?«, setzte er etwas atemlos hinzu.

Volkwarts Augen wanderten ungläubig über Ermengards Münzschatz, der auf der Erde verstreut war. »Ich habe schlechte Nachrichten. Mein Fachwerkbau ist ein Raub der Flammen geworden. Ihr werdet neu anfangen müssen. Wenn wir denn überhaupt überleben und von meinem Besitz noch etwas übrig ist«, sagte er abgelenkt.

Was interessierte Gerold jetzt die Baustelle? Häuser konnten wieder aufgebaut werden! »Meine Familie. Habt Ihr sie gesehen?«, insistierte er.

»Nein. Ihr solltet es in der Petrikirche versuchen. Dort haben sich einige Frauen und Kinder verschanzt«, sagte er. »Und mein Haus …« Der Ratsherr wischte den Dolch an Ermengards Kleid ab.

»Über den Bau sprechen wir, wenn wir das hier hinter uns haben«, versicherte Gerold ihm. »Gott sei mit Euch.«

Noch immer stand Volkwart über die Tote gebeugt. »Und mit Euch«, sagte er abwesend.

Gerold wandte sich ab. Er wollte gar nicht wissen, ob Meister Volkwart die Gelegenheit nutzte, um Ermengards Münzen an sich zu bringen. Er hatte nur ein Ziel: die Petrikirche!

Auf dem Weg kamen ihm Bardowicker Bürger und Handwerker entgegen. Obgleich die meisten nur mit Speeren und Forken bewaffnet waren, wirkten sie wild entschlossen.

Der Münzmeister Aluardo sprach Gerold an: »Komm mit! Am Flussufer wird jeder Mann gebraucht!«

»Dort sind unsere Feinde also eingedrungen? Ich wusste es – der Wall war dort zu niedrig!«

Der ältere Mann stützte sich auf sein Schwert und presste nach Luft ringend die Hand in die Seite. »Ich glaube kaum, dass das der Grund für den Angriff dort war. Angeblich tauchte aus dem Nichts ein Ochse auf und wies den Feinden den Weg durch die Furt. Jetzt hält die Ilmenau sie nicht mehr auf. Hermanus von Sturtenburtle versucht, die Feinde mit seinen Mannen zurückzudrängen, aber Herzog Heinrich hat einfach zu viele Ritter bei sich«, sagte Aluardo.

Er wollte Gerold mit sich ziehen, doch dieser zögerte. »Was ist mit den Frauen und Kindern?«, fragte er.

»Wenn es uns nicht gelingt, die Stadt wieder abzuriegeln, werden auch unsere Familien nicht überleben!«

Quälend langsam kämpften sie sich ins östliche Stadtviertel vor. Während rund um die Kirchen viele Häuser von den Flammen bislang verschont geblieben waren, lag hier alles in Trümmern. Gerold fiel es schwer hinzusehen. Nur selten entdeckte er ein Wirtshausschild im Dreck, einen ausgehöhlten Baumstamm, der als Brunnen diente, oder die Reste eines Grubenhauses. Überall säumten Leichen den Weg, und Körperteile ragten zwischen dem Schutt auf. Vereinzelt bargen Mutige die Verletzten und schafften sie auf Tragen oder mit Karren fort.

Gerade erst war es Meister Aluardo und ihm gelungen, einen feindlichen Ritter niederzustrecken. Allerdings hatte sich Gerold bei dem Kampf eine Armwunde zugezogen. Er riss einen Streifen vom Wams des Ritters und verband mit zusammengebissenen Zähnen den Schnitt in seinem Oberarm, der dumpf pulste. Er war kein Krieger, war es nie gewesen, und er wollte es auch nicht sein. Er wollte aufbauen, nicht vernichten! Als er fertig war, sah er sich um – und stutzte. Das Muster auf dem Fensterladen kam ihm bekannt vor. Hier hatte das Haus seines Freundes Poppo gestanden! Jetzt war der Besitz des Schiffers ein einziger Trümmerhaufen.

Hatte sich dort etwas bewegt? Wie betäubt ging Gerold auf den Hausschutt zu. Er meinte, ein leises Wimmern zu hören. Aluardo mahnte zum Aufbruch, doch da hob Gerold schon das halb verbrannte Holz weg. Ein Haarschopf kam zum Vorschein, ein fleckiges Gesicht – Zwartje. Poppos Frau lebte noch! Gerold rief nach seinem Kampfgefährten. Gemeinsam befreiten sie die Frau aus dem Schutt. Zwartje war schwer verletzt. Ihre Augen fanden nichts mehr, woran sie sich festhalten konnten, und ihr Atem ging schnell. Jetzt, wo sie vor ihm lag, wagte Gerold nicht mehr, sie anzufassen.

»Für die können wir nichts mehr tun! Wir müssen zur Hude!«, drängte der Münzmeister und hielt ihm das Schwert hin, das er dem Ritter abgenommen hatte. Doch Gerold kniete sich neben die Schwerverletzte.

»Die Balken haben … unser Heim nicht geschützt …«, stieß Zwartje keuchend hervor. »Wo ist … Poppo? Ist er … in Sicherheit?«

Gerold hatte den Schiffer seit ihrem Kampf auf dem Stadtwall nicht mehr gesehen. Er spürte, wie sein Hals eng wurde. Er kannte Zwartje nicht gut, wusste eigentlich nur, dass sie Heimweh nach Friesland hatte. Das friesische Salz hatte sie nach Bardowick geführt, den Tod hatte sie gefunden. Wie schrecklich es sein musste, unter Trümmern eingeschlossen diese Qualen zu erleiden! Ohne den Trost eines Priesters dem Tod entgegenzusehen! Das Mitleid niederkämpfend räusperte er sich. »Poppo hat zuletzt auf dem Wall gekämpft. Hast du Magda gesehen? Oder meine Kinder?«

Zwartje wisperte leise etwas, aber Gerold verstand sie nicht. Er beugte sich über sie. Ihr heißer Atem traf seine Wange.

»Ida … sie war hier … aber ich habe …« Zwartje bäumte sich in einem Krampf auf, und Gerold fürchtete schon, sie würde es nicht mehr schaffen, den Satz zu vollenden.

»Was hast du?«, fragte er eindringlich.

»Ich habe sie nach Hau… Hause geschickt. Ida sollte … Aber sie ist … sie ist … Und dann kam … Magda vorbei …« Gerolds Herz setzte bei der Erwähnung seines geliebten Eheweibes einen Schlag aus. Zwartje rang nach Luft. Ihr Blick flackerte und hielt sich urplötzlich an Gerolds fest. »Ich habe … solche Angst … zu sterben. Das Fegefeuer …«, stieß sie hervor. Ihre Finger zuckten über die Erde wie Spinnen im Todeskrampf.

Gerold überwand seine Scheu und umfasste Zwartjes Finger, was die Frau sichtlich beruhigte. Aus dem Augenwinkel nahm er wahr, wie Aluardo angespannt die Umgebung kontrollierte. Jeden Augenblick konnten weitere Angreifer auftauchen. Aber Gerold musste wissen, was mit seiner Frau und seinen Kindern geschehen war.

»Magda und Ida, du hast sie gesehen …«, versuchte er, sie zum Reden zu bringen.

»Sie sind … gelaufen. Erst die eine … dann die … andere. Richtung … östliches Stadttor …« Der Mut sank Gerold, als er dies hörte. Jetzt ging ihm auf, dass noch etwas nicht stimmte: Warum war immer nur die Rede von Magda und Ida? Wo war Bendix geblieben?

»Was ist mit meinem Sohn? Hast du Bendix auch gesehen?« Zwartjes Kopf zuckte. Er hörte das Hämmern von Hufen und das Klirren von Kettenhemden näher kommen.

Aluardo ging in Angriffsstellung. »Komm jetzt endlich!«

Gerold versuchte, sich von Zwartje loszumachen. Sie hatten keine Zeit mehr. Doch die Sterbende krallte sich in seine Hand.

»Bitte lass mich nicht … allein …«, flehte sie.

Schwerter trafen aufeinander. Gerold musste dem Münzer zu Hilfe kommen. Er zeichnete Zwartje mit dem Daumen ein Kreuz auf die Stirn und riss sich los.

Ausgepumpt und verwundet kamen sie am östlichen Stadttor an. Der letzte Ritter hatte sie beinahe erledigt, doch dann war dessen Pferd in einen mit Schutt bedeckten Brunnenschacht getreten und gestrauchelt, was ihnen den entscheidenden Vorteil verschafft hatte. Doch der Anblick, der sich Gerold nun bot, raubte ihm jegliche Hoffnung. Zu beiden Seiten des Stadttors war der Holzwall aufgesprengt. Die Erde war von unzähligen Füßen und Hufen aufgewühlt und mit Blut und Löschwasser getränkt. Überall wurde gekämpft. Die Feinde hatte bereits einen Gutteil des Hude-Endes eingenommen, nur ein kleiner

Trupp aus Bardowicker Rittern und Bürgern hielt sie noch auf. Gerold brannte darauf, das Gebiet nach Magda und Ida abzusuchen – doch noch war keine Zeit dafür.

Gerade wollte er sich erneut neben Aluardo in den Kampf werfen, als er etwas im Matsch entdeckte. Filigran und hölzern – er erkannte es sofort. Stundenlang hatte er an Idas Pferdchen gefeilt … Es stimmte also wirklich, seine Tochter war hier gewesen. Mit bebenden Fingern klaubte er Idas Spielzeug auf – und wurde just in diesem Moment niedergestreckt.

5

Bendix kniete vor dem Altar und betete. Ganz kraus war seine Stirn, weil er sich so auf die richtigen Wörter konzentrierte. *Here Ihesu Crist de du wonest an deme himmelschen temple unde richtest mit …*, betete er die Worte, die seine Mutter ihnen eingeprägt hatte. Aber seine Augen wanderten immer wieder zum Altar. Milchweiße Perlen, blaue Falten, die goldene Krone … *mit dyner keyserliken kraft* … Wieder verlor er den Faden. Die Schönheit des Altarbildes beruhigte ihn, er musste einfach hinsehen.

Lautstark fiel die Kirchentür hinter ihm ins Schloss. Ida? Mutter? Vater? Es waren jedoch nur Halbwüchsige, die den nächsten Schwerverletzten hereintrugen, einen Ratsmann. Doch der Tod machte keinen Unterschied zwischen den Ständen, das hatte Bendix gelernt. Er hatte hier Mönche und Ritter genauso sterben sehen wie Bürger und Bauern. Wenn er gewusst hätte, wohin, wäre er schon längst geflohen. Das Bein des Ratsmanns war mit einem fleckigen Tuch umwickelt. Moment mal, Bein? Bendix wurde übel, als er erkannte, dass das, was von dem Bein noch da war, viel zu kurz war. Jetzt drang auch wieder das Weinen und Klagen der anderen Menschen, mit denen er das Kirchenschiff teilte, in sein Bewusstsein. Draußen musste es noch schlimmer zugehen, denn das Getöse von Schwertern und das Geschrei waren stetig angeschwollen.

»Betest du noch, Kind? Sonst mach Platz für andere, die dringender Gottes Trost benötigen.« Die Stimme des Geistlichen ließ ihn erneut auffahren. Pater Gottschalk war ein alter Mann mit schütterem Haarkranz und knubbeliger Nase, der in der Heilkunst erfahren war und sauer roch; er war der Plebanus, also der Laienpriester, für die Stiftsherren.

Bendix sprang auf die Füße. Er wagte nicht einzugestehen, wie abgelenkt er gewesen war. »Ich habe mein Gebet beendet, Pater.«

»Wo ist deine Mutter, Kind? Wir brauchen ihre heilenden Hände dringend.«

Bendix' Blick verschwamm. »Ich weiß es nicht, Pater.« Er schniefte. »Mutter ging hinaus, um Ida zu suchen. Meine Schwester, Pater. Sie …«

Aber da wurde der Priester schon gerufen, um einer Frau die Sterbesakramente zu spenden, und Bendix blieb allein zurück. Trotz der vielen Menschen fühlte er sich verlassen. Das Kirchenschiff war inzwischen bis in den letzten Winkel mit Verletzten, Alten und Kindern besetzt. Fast alle hatten ihre Verwandten oder ihr Zuhause verloren und wussten nicht wohin. Zu seiner Verzweiflung und der Trauer kamen Hunger und Durst. Das Wasser war knapp, und zu essen gab es kaum. Die Stiftsgeistlichen und ihre Helfer waren derart mit Angelegenheiten von Leben und Tod beschäftigt, dass sie an Alltägliches anscheinend keinen Gedanken verschwendeten – oder die Vorratskammern des Domstiftes waren bereits leer.

Bendix jedoch spürte vor allem diese brennende Scham. Wie hatte er Ida nur erlauben können, Verstecken zu spielen! Aber was er danach getan hatte, beschämte ihn noch mehr.

Bendix wurde beiseitegeschoben, weil Helfer einen mit einem Tuch bedeckten Körper aus der Kirche trugen. Wieder suchte er nach einem bekannten Gesicht in der Menge. Da waren Nachbarn, Bekannte seiner Eltern, andere Kinder. Kinder, die an ihren Schnurrern zogen oder sonstwie spielten. Wie konnten diese Kinder nur ans Spielen denken! Jetzt kam es ihm falsch vor, aber vor ein paar Stunden …

Die Erinnerung daran, wie Ida in der Dämmerung verschwunden war, quälte ihn. Bendix hatte bis zehn gezählt, danach aber gar nicht nach Ida gesucht. Er hatte gewusst, dass er seine kleine Schwester so schnell nicht finden würde. Außerdem hatte die goldene Rüstung des fremden Ritters ihn weit mehr interessiert. Also hatte Bendix seinen ganzen Mut zusammengenommen und war ebenfalls hinausgegangen. Er hatte gehofft, dass es bald dämmern würde, aber dann war es doch so finster auf den Straßen gewesen, dass er bereits nach wenigen Schritten umkehrt und in die Kirche zurückgeflohen war. Im Schatten der Kirchenpforte hatte er versucht, den Mut aufzubringen, nach Ida zu suchen. Wenn er sich auf der Straße schon so ängstigte, wie sollte es dann erst seiner kleinen Schwester gehen? Aber dann hatte seine Mutter ihn zu sich gerufen und nach Ida gefragt. Bendix hatte gestehen müssen, was er getan hatte. Mutter hatte geschimpft wie noch nie. Dann war sie, mit blutbeflecktem Kleid und verschwitzt, wie sie war, hinausgerannt, um Ida zu suchen. Seitdem hatte Bendix weder Ida noch seine Mutter wiedergesehen. Wie er sich dafür schämte, was er getan hatte! Hatte sein Vater sie nicht ermahnt, aufeinander aufzupassen? Er war ein schlechter großer Bruder! Das Einzige, das ihm geblieben war, war Mutters Almosenbeutel, den diese in der Kirche gelassen hatte und in dem sich kleine Tücher, Bänder und ein Lederheftchen mit Nadeln befanden – alles, was Mutter lieb und teuer gewesen war.

Inmitten der Menschenmenge sank Bendix zusammen.

»Was hast du denn da Schönes, Junge?« Ein Mann hatte ihm den Almosenbeutel aus der Hand gerissen. »Das brauchst du doch überhaupt nicht.«

Bendix wollte den Beutel an sich ziehen. »Gebt es zurück, das gehört meiner Mutter!«

Der Mann hielt ihn auf Armlänge von sich. »Hau ab, das gehört jetzt mir!«

Plötzlich trat jemand zwischen sie. Es war der Schreiner-Jan. »He, lasst sofort meinen Freund in Ruhe! Gebt ihm den Beutel zurück!«

Der Mann lachte Bendix' Freund aus. Da trat Jan ihm kräftig gegen das Schienbein und riss ihm den Almosenbeutel weg. Gerade, als der Dieb Jan eine Maulschelle verpassen wollte, brachen die Kirchenpforten krachend auf. Ritter stürmten herein, furchterregend in ihren Rüstungen. Bendix erstarrte. Hinter den schmalen Augenschlitzen glaubte er den Teufel selbst lauern zu sehen.

6

Gerold kämpfte beim Aufwachen mit Übelkeit und Schmerz, dennoch musste er nur einen einzigen Blick auf die Holzdecke über ihm werfen, um zu wissen, wo er war: Sankt Viti. Mit Holzarbeiten kannte er sich aus, und das Tonnengewölbe, das die Baumeister des Klosters Corvey hatten errichten lassen, war unverwechselbar. Er versuchte, sich aufzusetzen, doch seine Armwunde und sein dröhnender Schädel machten jede Bewegung zur Qual. Außerdem hatte man ihm die Hände vor dem Bauch zusammengebunden; sie waren taub. Nur zäh sickerte die Erinnerung in ihn ein. Die Sorge um seine Familie, die verzweifelte Suche, die Zweikämpfe, Zwartjes Tod und … Idas Holzpferd. Das kleine Schnitzwerk lag neben ihm, er musste es bis zuletzt umklammert haben. Gerold stöhnte voller Seelenqualen auf. Alles war verloren. Niemanden hatte er mehr! Er verbarg den Kopf in den Händen, die höllisch kribbelten. Gleich darauf schalt er sich. Er musste sich zusammenreißen.

Er rappelte sich auf und sah sich um. Von der Vitus-Kirche aus verwaltete das wohlhabende Kloster Corvey seinen Grundbesitz im Bardengau. Die hiesigen Kirchenschätze waren jedoch verschwunden. Kahl waren Altar und Sakristei. Nur eine schlichte Holzstatue des heiligen Vitus blickte noch auf die Männer herab, die sich im Kirchenschiff drängten. Gefesselt allesamt und von Verletzungen gezeichnet. An den Kirchentüren standen Wachen. Neben ihm starrte ein Bauer auf den Kirchenboden.

»Was … was ist passiert?«, fragte Gerold mit rauer Stimme.

Der Bauer hob kaum den Blick. »Bardowick ist besiegt. Beinahe drei Tage haben wir Widerstand geleistet. Jetzt herrscht Herzog Heinrich über die Stadt«, sagte er matt.

»Kämpft denn keiner mehr?«

Müde sah der Bauer auf. »Kämpfen? Es ist ja kaum noch einer da, der kämpfen kann. Die Ritter und Räte sind geschlagen, viele sind tot. Wir Bauern konnten allein nichts ausrichten.«

»Und die Frauen? Die Kinder?«

Der Bauer hob nur leicht die Schultern. »Nicht mal vor der Petrikirche haben die Ritter haltgemacht.«

Gerold wurde von abgrundtiefem Kummer ergriffen. Selbst wenn seine Frau und seine Kinder sich in die Kirche gerettet hatten, könnten sie jetzt tot sein. Hatte sie denn niemand gesehen? Er stemmte sich hoch, suchte in der Menge nach bekannten Gesichtern. Da war ein Nachbar! Gerold stolperte zwischen den Körpern hindurch. »Hast du meine Frau gesehen? Meine Kinder?«, fragte er.

Der Nachbar schüttelte den notdürftig verbundenen Kopf.

Von der Kirchenpforte her ertönte ein Befehl: »He, du da! Hinsetzen!«

Gerold reagierte nicht. Er hatte auf der anderen Seite noch jemanden entdeckt: Johan. Der verwitwete Schreiner und dessen Sohn Jan halfen oft auf Gerolds Baustellen. Nun lehnte Johan an einer Säule und schlief. Schon wankte Gerold weiter.

»Setz dich sofort hin, oder du wirst dafür bezahlen!«

Gerold ignorierte den Rufer. Niemand würde ihn aufhalten! Er kniete sich neben Johan und sprach ihn an, doch dieser reagierte nicht. Also berührte Gerold seinen Arm. »Wach auf! Hast du meine Magda gesehen oder …«

»Was hast du denn da um den Arm? Warte, Bürschchen!«

Hinter ihm klirrte es. Gerold sah sich nun doch um. Ein Ritter stürmte durch die Menge und stieß dabei achtlos die Gefangenen aus dem Weg. Mit seinem verbeulten Harnisch, dem schartigen Schwert und dem speckigen Lederwams wirkte er schäbig; sogar das Wappen mit der blauen Leiter machte nichts her. Wo wollte der Ritter hin? War er etwa gemeint? Egal …

Nun rüttelte Gerold die Schulter seines Gehilfen. »Johan …«

Der Körper löste sich von der Säule und fiel um. Erst jetzt sah Gerold das Blut, das den Boden neben ihm tränkte. Zutiefst erschrocken sackte er in sich zusammen. Ein weiterer guter Mann war Opfer dieses ganz und gar sinnlosen Angriffs geworden. Ob nun der eine oder der andere über Bardowick herrschte, hätte man doch auch am Verhandlungstisch …

Gerold konnte den Gedanken nicht zu Ende bringen. Ein sporenbewehrter Fuß traf klirrend seinen Nacken, sodass er auf die Leiche geschleudert wurde. Ein weiterer Tritt traf seine Flanke. Gerold krümmte sich vor Schmerz. Was hatte er diesem Ritter denn nur getan?

Nun zerrte der Ritter den Verband von Gerolds Arm. »Das ist doch vom Wams meines Kampfgefährten Helmbrecht! Hast du ihn etwa auf dem Gewissen?«, zischte er und trat Gerold erneut.

Plötzlich Getrappel. Und eine weitere Stimme: »Lasst ihn in Ruhe … edler Herr von der Neetz! Wir sind doch schon gefangen – was wollt Ihr denn noch?«

Tritte und Schläge hörten auf. Gerold blinzelte benommen. Da waren mehrere Schatten über ihm, mehrere Hände, mehrere Stimmen. Gerold sah in ein Gesicht, das sich über ihn beugte. Er erkannte Poppo, seinen Freund. Ihm fiel Zwartje ein, die vor seinen Augen gestorben war, und er umarmte den Schiffer. Wie sollte er ihm die Nachricht nur beibringen?

»Hast du … vielleicht meine Frau …«, brachte Gerold heraus. Seine Stimme versagte, als ihn eine neue Schmerzwelle überschwemmte. Neben ihm waren laute Männerstimmen zu hören.

Poppo legte tröstend die Hand auf Gerolds Schulter. »Soweit ich weiß, sind Magda und Ida in der Nähe der Hude gesehen worden«, sagte er leise.

Mit diesen Worten schwand Gerolds letzte Hoffnung. Es hatte keinen Sinn, länger herumzufragen, er musste der Wahrheit ins Auge sehen. Seine Kopfhaut prickelte. Ohnmächtiger Hass bemächtigte sich seiner. Die Ritter hatten die ganze Stadt zerstört und Frauen und Kinder niedergemetzelt. Ohne seine Familie war sein Leben nichts mehr wert Aber wenigstens würde er sie rächen! Gerold raffte seine letzten Kräfte zusammen und sprang auf. Er rammte von der Neetz, der gerade mit seinen Spießgesellen diskutierte, den Kopf in den Rücken. Scheppernd flog der Ritter zwischen die Gefangenen. Manche von ihnen lachten schadenfroh.

Gerold warf sich auf den Ritter und legte die Hände um dessen Hals. Ganz fest drückte er zu. Der Adelige strampelte unter ihm, aber Gerold war groß, schwer und zu allem entschlossen. »Ihr habt meine Familie auf dem Gewissen! Ihr Mörder!«, brüllte er.

Starke Hände rissen ihn zurück. Zu seinem Entsetzen waren es nicht seine Feinde, die ihn aufhielten, sondern andere Bardowicker. Auch sein Freund Rikolf war dabei. Der Gehilfe des Münzmeisters wisperte: »Reiß dich zusammen! Du willst hier doch lebend herauskommen! Ich habe Bendix in der Petrikirche gesehen. Er war in Sicherheit, bis zuletzt.«

Gerold starrte ihn an. Warum erfuhr er das erst jetzt? Dann hätte er doch nie … Doch es war zu spät. Die Ritter drängten die Bardowicker beiseite und nahmen Gerold in Gewahrsam. Der Ritter mit dem Leiterwappen rappelte sich hoch und rieb sich Hals und Nacken.

»Für diese Frechheit wirst du aufgeknüpft! Raus mit ihm!«, bellte er.

Gerold blinzelte panisch. Was sollte er nur tun? Was für eine Dummheit hatte er da begangen! Solange auch nur einer seiner Lieben am Leben war, musste auch er leben. Er wollte um sein Leben flehen, doch die Erniedrigung fiel ihm schwer, und die Worte wollten ihm nicht über die Lippen.

»Bitte … haltet ein …«, stammelte er.

Die Ritter schleiften ihn aus der Kirche und warfen ihn auf

die Erde. Blattlos reckte die alte Linde auf dem Vorplatz ihre Äste in den Himmel. Noch immer stiegen Rauchfahnen aus den Trümmern auf. In einiger Entfernung begutachtete ein Trupp Reiter das Ausmaß der Zerstörung. Überall lagen Tote. Und gleich würde auch Gerold zu ihnen gehören.

Der Ritter zückte seinen Nierendolch. »Reißt ihm das Hemd auf – ich will ihm mein Zeichen in die Haut ritzen, bevor ich ihn töte. Jedermann soll wissen, dass Ritter unantastbar sind und man sich mit dem edlen Herrn von der Neetz schon gar nicht anlegt!« Sogleich zerrissen die Ritter Gerolds Leinenhemd. »Lasst die anderen Gefangenen ruhig zusehen. Dann wissen sie, was sie erwarten können …« Rufe wie aus der Ferne. An der Kirchenpforte bewegte sich etwas. Gerold nahm es kaum wahr.

»Ich fleh … bitte … edler Herr …« Es würgte ihn vor Selbstekel. »Ich …«

Der Ritter spie mit einem höhnischen Schnauben aus und setzte die Schwertspitze auf Gerolds Brustbein. Ein fester Stich, und es wäre um ihn geschehen. Wie würde es dann seinem Sohn ergehen? Todesangst schnürte Gerold die Kehle zu. Mit gemächlicher Grausamkeit schlitzte der Ritter den ersten Strich seines Wappens in Gerolds Haut.

So fest biss Gerold die Zähne aufeinander, um keinen Schmerzensschrei entweichen zu lassen, dass er Blut schmeckte und die Kiefer knirschten. Was konnte er nur tun, um sein Leben zu retten? »Edler … Herr, habt Erbarmen …«, stieß er heiser hervor.

Der Ritter setzte die Dolchspitze für die zweite Leitersprosse an. »Knüpft schon mal das Seil an den Baum. Ich will den Kerl baumeln sehen!« Mit einem harten Riss zeichnete der Ritter Gerolds Haut.

»ERBARMEN, EDLER HERR!« Gerolds verzweifelter Ruf hallte weit über das zerstörte Bardowick.

Da nahten stampfende Hufe. Eine scharfe Stimme scholl über den Platz. »Was geht hier vor?«

Sein Peiniger drehte sich um. Gerold stöhnte nun doch vor Schmerz auf. Angstschweiß brannte in seinen Augen. Er wollte nicht sterben! Er wollte leben – auch für seinen Sohn! Jetzt sah er, dass Herzog Heinrich in Begleitung seiner Leibwache vor ihnen stand. Das also waren die Reiter gewesen, die ihr Werk begutachtet hatten. Hass und Hoffnung überrollten ihn gleichzeitig. Heinrich der Löwe. Dieser Mann hatte sein Leben zerstört. Aber dieser Mann konnte auch sein Leben retten.

Von der Neetz senkte das Knie vor seinem Herrn. Auch seine Kumpane verneigten sich tief.

»Was hat dieser Gefangene getan?«, wollte der Löwe wissen.

»Er hat einen Ritter und meinen Kampfgefährten ermordet.«

»Das habe ich nicht! Ich habe dem Toten nur ein Stück seines Wamses abgenommen, um meine Wunde zu verbinden«, verteidigte Gerold sich.

»Und dann hat er es gewagt, mich anzugreifen.«

Ein Ruf aus den Reihen der Gefangenen: »Nachdem der Ritter ihn in der Kirche zusammengetreten hat!«

Herzog Heinrich schnalzte missbilligend. »Kirchen sind heilige Orte, das wisst Ihr wohl«, sagte er. »Es ist bereits genug Blut geflossen. Wir werden uns wie würdige Sieger verhalten, nicht wie Schlächter. Schafft die Gefangenen wieder hinein.«

»Ich bin noch nicht fertig mit ihm!«, protestierte von der Neetz.

»Das ist ein Befehl!«

Unwillig trieben die Ritter Gerold und die anderen Gefangenen zurück in die Vitikirche. Gerold konnte sich kaum aufrecht halten. Mit seinem Hemd versuchte er, das Blut zu stillen, das aus den Schnitten auf seiner Brust rann. Plötzlich waren da Poppo und Rikolf, die ihn stützten. Auch der Herzog ging in die Kirche. Mit einer Selbstverständlichkeit, als sei er ein Priester, schritt Heinrich vor den Altar. Was hatte er vor?

Der Herzog ließ seinen Blick über die Reihen wandern. Seine

Wangen waren eingefallen, die Augen stumpf. Auf einmal wirkte er uralt. Doch aus seiner Stimme sprach ungebrochener Wille. »Männer von Bardowick. Heute, am Tag der Apostel Simon und Judas, wurde eure Stadt für ihren Ungehorsam bestraft. Die Zeit der Strafe ist noch nicht vorbei. Bardowick ist Unsere Stadt. Wir haben Bardowick gefördert, und Wir entscheiden über ihr weiteres Schicksal. Wir verkünden euch: Bardowick wird seine Rechte verlieren. Eure Abgaben entrichtet ihr zukünftig direkt auf Unserem Familiensitz Lüneburg. Den Bürgern dieser Stadt steht es frei, Uns nach Lübeck oder Lüneburg zu folgen; es soll euer Schaden nicht sein. Fügt euch und tut, was Wir von Euch erwarten, und ihr werdet überleben. Weigert euch, dann wird Unser Zorn euch treffen.«

Er hielt einen Augenblick inne, damit jedem der Sinn seiner Worte klar wurde. Die meisten Männer warfen sich vor ihm in den Staub und murmelten, dass sie ihm gehorsam sein wollten.

Wie können sie sich diesem Schlächter anbiedern?, dachte Gerold zornig. Gleichzeitig nagte es in ihm: Auch ich muss mein Leben und das meines Sohnes retten.

Der Löwe schien zufrieden. »Dann an die Arbeit mit euch. Denn es liegt noch viel Arbeit vor euch, bevor wir von Bardowick abziehen. Und schafft Uns einen Holzschnitzer heran. Wir haben eine Aufgabe für ihn.« Etliche Männer boten ihre Dienste an. Es war, als hätte die Angst jeglichen Stolz gefressen. Gerold schwieg halsstarrig.

»Nehmt Gerold. Er ist Baumeister und der beste Schnitzer, den ich kenne«, sagte jemand. Es war Rikolf. Gerold funkelte seinen Freund strafend an. Er wollte diesem Teufel aus dem Hause der Welfen, der seine Familie auf dem Gewissen hatte, nicht zu Diensten sein! Doch da gab der Herzog seinen Mannen schon einen Wink, und ein Hauklotz wurde vor Gerolds Füße geworfen.

Söldner trieben die Kinder auf die Straße. Bendix gehorchte stumm und umklammerte seinen Ledereimer. Seine Hände waren schon rissig und wund. Er hasste die Angst, den Dreck und den Hunger. Am meisten aber hasste er die unflätigen Gestalten, die sie herumkommandierten. Wenigstens hielt die Arbeit ihn vom Grübeln ab. Er und die anderen Kinder hatten viel zu tun.

Bendix stellte sich beim Brunnen an und schaute sich in der Hoffnung um, endlich eine Spur von Ida oder seinen Eltern zu entdecken. Doch was er sah, ließ ihn erschaudern. Noch immer wurden unter den Trümmern Leichen geborgen, noch immer Häuser geplündert. Ja, mehr noch: Bretter und Pfosten, die noch brauchbar waren, wurden abgerissen und weggeschafft. Wo sollten sie denn leben, wenn es keine Häuser mehr gab?

Er war an der Reihe und hielt dem Schreiner-Jan seinen Eimer hin. An den Händen hatte dieser Brandblasen, dennoch hängte er scheinbar gleichgültig den Eimer ein und bewegte die Winde. Blass stach seine Haut gegen die igelartigen Haare und die grünen Augen ab. Sein Vater Johan war erst gestern unter den Toten gefunden worden, das hatte Bendix mitbekommen. Jan ist ein zäher Bursche, dachte er.

»Jemand hat deinen Vater gesehen«, wisperte Jan.

Bendix sah überrascht auf, senkte aber schnell den Blick, als er den Welfenritter bemerkte, der auf der Straße Wache ritt. »Meinen Vater? Wo? Geht es ihm gut?«, flüsterte er.

»Bei den Gefangenen in der Vitikirche. Wohl nicht allzu schwer verletzt.«

Ihm wurde heiß vor Glück. »Warum sucht er mich nicht? Wo ist Mutter? Und Ida?«

Die Wache kam näher und musterte sie finster. »Arbeiten sollt ihr, nicht schwatzen!«

Jan kurbelte den Eimer hoch, schüttelte aber den Kopf. »Er ist gefangen und kann nicht raus, glaube ich. Vielleicht weiß ich beim nächsten Mal schon mehr«, sagte Jan leise.

Bendix schleppte den Eimer zurück ins Krankenlager in der Petrikirche, und obwohl ihm noch immer ganz flau war und seine Knie vor Schwäche zitterten, durchströmte ihn neuer Mut.

»He, Kleiner, fass mit an!«

Bendix zuckte zusammen. War er gemeint? Er musste eingenickt sein. Die bärbeißige Frau, die hier das Regiment führte, und ein Stiftsherr standen bei einer Leiche und starrten ihn auffordernd an. Bendix hatte seit Stunden Eimer geschleppt oder den besudelten Boden gefegt, ohne auch nur eine Schale Brei zu bekommen. Jetzt sollte er auch noch eine Tote tragen? Ekel kroch seinen Rücken hoch. Außerdem fürchtete er sich. Die Seele der Toten war sicher noch ganz in der Nähe. Er schüttelte den Kopf.

Die Frau hob drohend die Hand. »Du fasst jetzt mit an, sonst …«

Der Kanoniker unterbrach sie. »Stell dich nicht so an. Die Leiche muss raus. Wiegt ja kaum was, die Alte. Geht auch ganz schnell. Und anschließend sorge ich dafür, dass du was in den Magen bekommst.« Ob er sein Versprechen wohl halten würde? Bendix musste es riskieren. Keinen Augenblick länger hielt er den Hunger aus.

Er drängte seinen Widerwillen zurück und ergriff den nackten Fuß der alten Frau. Trocken und kalt war er und fühlte sich kein bisschen lebendig an. Sie legten die Leiche hinter der Kirche ab, wo sich am Rande des Friedhofs schon etliche Körper unter einer dünnen Sandschicht abzeichneten, ein stummes Heer der Toten. Bendix grauste es. Er wollte nur noch weg von diesem Ort. Doch da blieb sein Blick an einem Stück lindgrünem Stoff hängen. Das Kleid seiner Mutter hatte diese Farbe gehabt. Es war aufwändig gewesen, den Stoff zu färben, das wusste Bendix noch genau. Erst hatte Magda es mit Waid blau gefärbt und anschließend noch mit Berberitzen gelb. Wie schön das Grün zu

Mutters honiggoldenem Haar gepasst hatte! Und dann hatte sie es noch eigenhändig mit Borten und Stickereien versehen …

Wie von einem unsichtbaren Band gezogen, ging Bendix auf das Kleidungsstück zu. Immer besser erkannte er den Körper, der diesen Stoff trug. Es war eine Frau. Bendix fühlte sich zerrissen. Nichts wünschte er mehr, als seine Mutter zu finden. Aber jetzt und hier … Nein, das wollte er nicht! Gerade als er sich umdrehen und weglaufen wollte, bemerkte er eine Bewegung. Der Körper hatte gezuckt. Unmerklich fast, nur eine Veränderung der Stofffalten. Bendix überwand sich und ging darauf zu.

Lindgrünes Leinen, fleckig und zerfetzt. Weiße Haut, zerschunden und verfärbt. Er schob einige Strähnen des verdreckten Haares beiseite. Das Gesicht seiner Mutter war so geschwollen, dass Bendix es kaum wiedererkannte. Und doch hob und senkte sich Mutters Brust.

Sein Schrei hörte sich fremd an, als gehörte seine Stimme jemand anderem.

7

Drei Arten von Löwen gibt es. Von einer will ich dir jedoch nur erzählen: Grimmig sind die langgestreckten Löwen mit glatter Mähne. Gesicht und Schweif verraten ihre Laune, denn du musst wissen: Ihre Tapferkeit hat ihren Sitz in der Brust, ihre Standhaftigkeit im Kopf.«

Der geschwollene Ton des jungen Knappen stand in krassem Gegensatz zu dem engen, finsteren Verschlag, in dem Gerold seiner Arbeit nachgehen musste. Kaum vierzehn und fadendünn, schien das Bürschchen froh, in diesem Schuppen seiner Gelehrsamkeit zu frönen, statt draußen die Besiegten zu beaufsichtigen. Ungeduldig hörte Gerold zu. Nur ein Kienspan erhellte Holzklotz und Werkzeug, was dazu führte, dass er sich des Öfteren auf die Hände schlug. Gerolds ganzer Körper brannte vor Schmerz, Hass und Müdigkeit, doch er ließ es sich nicht anmerken.

»Eines darf man im Umgang mit Löwen nie vergessen: Nur wenn sie verletzt sind, geraten die Löwen dem Menschen gegenüber in Zorn.«

Gerold hätte beinahe bitter geschnaubt, konnte es sich aber gerade noch verkneifen. *Als ob du je eines dieser exotischen Wesen gesehen hättest! Wenn es sie denn überhaupt gibt. Und der Löwe, mit dem wir es hier zu tun haben …*

»Ihre Gutartigkeit offenbart sich …«

Gutartigkeit des Löwen? »Habt Dank, ich denke, ich komme jetzt zurecht«, versuchte Gerold schroff den Sermon des angehenden Ritters abzukürzen.

Der Knappe ließ sich nicht beirren. »Ihre Gutartigkeit offenbart sich immer wieder. Jeden, der sich vor dem Löwen als Gefangener zu Boden wirft, den verschont er vor dem Verderben.«

Bei diesem Hohn rutschte Gerold der Beitel ab und fuhr in das weiche Fleisch zwischen Daumen und Zeigefinger. Scharf sog er die Luft ein. Gab es einen Teil seines Körpers, der noch nicht verletzt war? Immerhin lenkte ihn der Schmerz seines Leibes von der Seelenqual ab. Seine Hand blutete heftig, und der Knappe, der einen solchen Anblick wohl nicht vertrug, verabschiedete sich schnell. Endlich!

Gerold wartete einen Augenblick und ging ihm dann nach. Wohin war seine Wache verschwunden? Die Nacht hatte sich über Bardowick gesenkt, und die meisten Arbeiten waren eingestellt worden. Nur in der Münze, wo der Herzog Quartier genommen hatte, brannte noch Licht. Die Gelegenheit war günstig, und er konnte nach Bendix …

Eine Schwertspitze senkte sich auf seine wunde Brust. Von der Neetz hatte sich aus dem Schatten der Hütte geschält. Auf dem nur halb von fernen Lagerfeuern erhellten Gesicht des Ritters prangte ein Grinsen. »Endlich kann ich mein Werk vollenden. Ich glaube kaum, dass mich zu dieser Zeit jemand davon abhalten wird.«

Gerold wich zurück. »Und ich glaube kaum, dass es dem Herzog gefällt, wenn Ihr seinen Befehlen zuwiderhandelt.«

»Ich werde einfach sagen, dass du zu fliehen versucht hast.« Der Ritter setzte nach, noch immer grinsend, doch Gerold konnte ihm ausweichen und in die Sicherheit der Hütte zurückfliehen. So gerne er Bendix auch sehen wollte, dieses Risiko durfte er nicht eingehen.

In der Morgendämmerung thronte die Holzskulptur über der Pforte der Petrikirche. Der Löwe reckte das Mähnenhaupt in die Höhe. Der kräftige Leib war gespannt, aber die Zähne zu fletschen hatte er nicht nötig. Wenn Gerold sich auch beim Aussehen des exotischen Tieres hatte beraten lassen müssen, über die Pose hatte es keinen Zweifel gegeben: Dieser Löwe war der unumstrittene Herrscher über sein Reich. Es hatte Gerold einige Mühe gekostet, die Figur auszuführen, und noch mehr, sie anschließend nicht einfach mit der Axt zu zerschlagen. Zufrieden ließ Herzog Heinrich von seinem Ross aus den Blick zu der darunter hängenden Tafel wandern. Gerold hatte nach der Skulptur die lateinischen Wörter »Leonis Vestigium« in ein Brett ritzen müssen: »Des Löwen Spur«. Tafel und Skulptur waren ein Hohn für alle Bardowicker und an Arroganz nicht zu überbieten. Der Herzog hatte Bardowick nicht nur aus politischer Notwendigkeit überrannt, sondern er war auch noch stolz darauf. Es war ein Fanal, wie man es nicht deutlicher hervorbringen konnte.

Jetzt kniete der Baumeister zu Füßen des Herzogs, flankiert von Rittern und Kriegern, die Fackeln in den Händen trugen. Gerolds Augen brannten; er fühlte sich wie zerschlagen. Die ganze Nacht hatte er im Schein eines Kienspans gearbeitet. Nun nahm er seinen Mut zusammen. Er musste es wagen. Es war seine einzige Gelegenheit. »Ich hoffe, dass Ihr zufrieden seid, Durchlaucht. Wenn ich nur eine Bitte äußern dürfte. Meine Familie …«

Der Herzog schnitt ihm das Wort ab: »Du darfst Uns nach Lübeck begleiten und dich in Unserer Stadt nützlich machen. Lübeck muss zu Unserem Ruhme ausgebaut werden.«

Widerspruch brandete in Gerold auf, unbezähmbar. »Aber Hoheit …«, wollte er protestieren.

Von der Neetz kam auf seinem Pferd näher. Doch er sollte auch dieses Mal nicht die Gelegenheit bekommen, seine Rache zu vollenden.

Herzog Heinrich wandte sich seinen Männern zu. »Auf, auf! Wir haben keine Zeit zu verlieren! Wir müssen vor Einbruch des Winters Sachsen zurückerobern und auch Lübeck wieder in Besitz nehmen!«, feuerte er sie an.

Gerold wurde zu den anderen Bardowickern getrieben. Er entdeckte Poppo und schleppte sich zu ihm. Der Freund sah zerschmettert aus, durchscheinend beinahe. Kein Wunder, auch er hatte alles verloren.

Befangen legte Gerold die Hand auf seine Schulter. »Ich muss dir danken. Wenn du nicht dazwischengegangen wärst, als von der Neetz mich angriff, stünde ich jetzt nicht hier.«

Poppos Blick war so kraftlos, dass er Gerold kaum erreichte. »Du hättest dasselbe für mich getan.«

Gewissensbisse wurden in Gerold übermächtig. Wie sollte er es seinem Freund nur sagen? »Ich … ich habe … Zwartje …«

Sein Freund schloss die Augen, als hätte er keine Kraft mehr. »Zwartje ist tot.« Er wusste es also schon.

Gerold räusperte sich, um die Enge in seinem Hals zu bezwingen. »Vor ihrem Tod habe ich …« Poppo sah auf. »Ich habe sie gesehen. Wir haben gesprochen, kurz. Ich war bei Zwartje, als sie starb«, gestand Gerold.

Gefühle wischten über Poppos Gesichtszüge. »Also ist sie nicht allein gestorben? Ist es das, was du mir sagen willst?« Nicht ganz, dachte Gerold, aber da nickte er schon. »Hat sie noch etwas … gesagt? Für mich?«, fragte der Freund hoffnungsvoll.

Gerold berichtete von dem kurzen Gespräch. »Sie hat an dich gedacht … wollte sicher sein, dass es dir gut geht.«

Sein Freund umschloss Gerolds Hände und drückte sie. Er wollte etwas sagen, doch seine Stimme brach immer wieder. »Ich habe Zwartjes Leiche gefunden, achtlos unter die anderen geworfen. Der Tod meines geliebten Weibes ist ein großer Verlust. Du ahnst nicht, wie viel mir deine Nachricht bedeutet. Dass ihr jemand beigestanden hat in dieser Stunde der Not …«, brachte er schließlich heraus. Poppo wischte sich über den Mund, um seiner Gefühle Herr zu werden.

Ein Reitertrupp machte ihrem Gespräch ein Ende. Die gefangenen Ritter wurden von der Wache hergeführt; für sie würde Herzog Heinrich ein hohes Lösegeld verlangen. Nun wurden sie durch die zerstörte Stadt getrieben. Es war ein gespenstisches Bild. Nur noch die Kirchen und das Münzhaus ragten am Ilmenau-Ufer auf. Alles brauchbare Holz war weggeschafft worden. Gerolds Hände umklammerten Idas kleines Holzpferd. Alles, was er besessen hatte, war vernichtet. Nicht einmal seinen Sohn Bendix hatte er bislang wiedergesehen. Jeder seiner Versuche, zu den anderen Gefangenen zu gelangen, war gewaltsam unterbunden worden. Sie waren so nah beieinander – und doch so weit entfernt.

Rikolf schloss sich seinen Freunden an. Er zog einen kleinen Karren hinter sich her, auf dem sich ein paar Habseligkeiten befanden. Gerold dankte auch ihm, aber sein Freund winkte nur ab. »So konnte ich dir wenigstens helfen – bei meinen Eltern kam ich zu spät«, sagte er. Die Erschütterung war ihm deutlich anzusehen.

Unfähig, seine Frage auszusprechen, starrte Gerold ihn an. Sein eigener Verlust hatte ihn so in Beschlag genommen, dass er ganz vergessen hatte zu fragen, wie es seinem Freund ergangen war.

»Ich habe ihre Leichen in der Nähe des Kirchhofs gefunden. Wenigstens starben sie nicht allein«, sagte Rikolf gefasst.

Bald hatten die Männer die Petrikirche erreicht, wo die Frauen und Kinder bereits warteten. Voller Hoffnung suchte Gerold die Menge ab, doch Bendix entdeckte er nicht. Aus der Kirche humpelten Verletzte, etliche weitere mussten getragen werden.

»Die Krüppel bleiben hier! Nur diejenigen kommen mit, die laufen können«, befahl ein Ritter.

»Aber wo sollen wir leben? Unsere Häuser sind zerstört, und bei den Geistlichen können wir nicht bleiben!«, rief ein Bürger im feinen, aber verdreckten Zwirn von einer Trage. Seine Beine waren notdürftig verbunden und geschient.

Der Adelige sah auf ihn herab. »Was kümmert's uns! Ihr seid niemandem mehr von Nutzen!«

Der Verletzte versuchte, sich von der Trage zu erheben, und fiel um. »Helft mir auf! Ich verspreche euch reichen Lohn, wenn wir in Lübeck sind!«, bettelte er. Seine Träger, einfache Bauern, halfen ihm, doch er konnte nicht eigenständig stehen, geschweige denn gehen.

»Ihr bleibt hier, aus Euch wird nichts mehr!«, spottete der Ritter. »Für Eure Träger haben wir hingegen Verwendung, das scheinen kräftige Kerle zu sein. Los, ihr Burschen!« Tatsächlich folgten die Männer seinem Ruf, sosehr der Bürger auch um Hilfe bettelte.

Gerold war dazu übergegangen, die Vorbeieilenden nach seiner Familie zu befragen. Da kam ein Junge auf ihn zugerannt – der Schreiner-Jan. Trauer überfiel Gerold, weil er daran dachte, wie er Jans Vater in der Vitikirche tot aufgefunden hatte. So viele gute Männer waren bei diesem Angriff gestorben!

»Meister Gerold, der Bendix und Euer Eheweib … Sie sind in der Kirche!«, platzte Jan heraus.

Gerold wurde heiß und kalt zugleich. »Meine Frau lebt?«

Jan biss sich auf die Unterlippe. »Irgendwie schon«, sagte er zögernd. »Aber sie … sie kann nicht laufen.«

Gerold stürzte ihm nach in die Petrikirche, wo es nach Krankheit und Tod roch. Vereinzelt machten sich die Stiftsherren bereits daran, den Boden zu fegen und die besudelten Laken auf Haufen zu werfen. Sofort entdeckte Gerold seine Frau und seinen Sohn. Als er aber sah, wie es um Magda stand, schwand seine Hoffnung. Schwer verwundet und leblos lag sie auf einem schmutzigen Strohsack. Was hatte man ihr nur angetan! Mit rauer Kehle und brennenden Augen schloss Gerold sie in die Arme.

»Magda, Liebes«, flüsterte er, doch sie reagierte nicht. Nun erst bemerkte er Bendix, der stocksteif und bleich, mit zerschundenen Händen, neben seiner Mutter stand. Gerold streckte seinen Arm nach Bendix aus und drückte auch ihn an sich. Als wäre ein Damm gebrochen, brach Bendix in Tränen aus. Von draußen waren ungeduldige Rufe zu hören. Die letzten Gefangenen wurden aus Bardowick getrieben. Sie durften den Anschluss nicht verlieren.

»Was ist mit Ida? Hast du sie gesehen?«, fragte er.

Sein Sohn verneinte in einem erstickten Schluchzer. »Suchen wir … Ida jetzt?«, fragte er.

Gerolds Hals war wund, als er antwortete: »Uns bleibt keine Zeit. Ich wüsste auch nicht mehr, wo.«

Die Ritter drängten zum Aufbruch. Gerold hob seine leblose Frau hoch. Ihren vertrauten Leib zu spüren, die schweren Brüste und den weichen Bauch, berührte ihn in seinem Innersten. Wenn er sie bis Lübeck tragen müsste, er würde es tun.

Da versperrte Pater Gottschalk, der Laienpriester und Heilkundige des Klosterstifts, ihm den Weg. »Euer Weib hat uns hier bei der Versorgung der Verletzten sehr geholfen. Aber nun ist auch sie innerlich zerbrochen. Der Herrgott wird sie bald zu sich rufen. Quält sie nicht. Lasst sie im Angesicht Gottes sterben.«

»Ich kann sie nicht hier zurücklassen. Wenn Magda schon sterben muss, dann im Kreise ihrer Familie«, brachte Gerold hervor.

Pater Gottschalk hob seine Hand, um die Familie zu segnen. »Es ist Eure Entscheidung. Dann müsst Ihr auf Gott vertrauen.«

Wenig später schlossen sie sich dem Zug der Vertriebenen an. Gerolds Schritte waren schwer; Tränen trübten seinen Blick. Es war nicht nur der Kummer über seine Frau, der ihn quälte, es war ebenso der Verlust seiner Tochter. Irgendwo hier war seine kleine Ida verschwunden. Er konnte nicht glauben, dass sie tot war, und doch musste es so sein. Niemand hatte sie seit dem Überfall gesehen. Es brach ihm das Herz, die Hoffnung aufzugeben.

Sie kamen am Ilmenau-Ufer an. Die Ritter hatten ein Seil über den Fluss gespannt, an dem man sich festhalten konnte. Dennoch war es gefährlich, die Furt zu durchqueren. Gerold ging zweimal, trug erst seine Frau und dann seinen Sohn und den Schreiner-Jan auf die andere Seite. Das eiskalte Wasser ging ihm bis zur Brust. Angst hatte er jedoch nicht. Gott hatte ihn die Belagerung Bardowicks überleben lassen, er würde ihn wohl nicht ausgerechnet jetzt ertrinken lassen.

Obwohl es helllichter Tag war, zeichnete orangerotes Licht den Horizont. Der Wind trieb Rauchschwaden hinter ihnen her. Heinrichs Truppen hatten als Letztes das Gebäude angesteckt, in dem die Münze gewesen war. Anscheinend sollte nichts mehr an die einst blühende Stadt erinnern. Herzog Heinrich und seine Mannen setzten sich an die Spitze des Zuges. Söldner und Kaufleute folgten, zuletzt kamen die Flüchtenden und eine Nachhut Ritter. Gerolds früherer Helfer Waldeko verabschiedete sich mit anderen; sie würden in Lüneburg ihr Glück versuchen.

Frachtwagen schaukelten an Gerold vorbei. Etliche der Ratsmänner und Kaufleute hatten Teile ihres Besitzes retten können. Gerold erkannte seinen alten Auftraggeber. »Meister Volkwart, auf ein Wort«, rief er. Das Pferd wurde gezügelt. »Meine Frau ist verletzt. Erbarmt Euch, und lasst sie mich auf Euren Wagen betten.«

Der Kaufmann sah auf ihn herab. »Ich kann Euch nicht helfen. Ihr seht doch, wie sehr mein Gaul jetzt schon zu kämpfen hat.«

Gerold fand schon, dass man einige Ballen hätte umlegen können, um Platz für Magda zu schaffen. Aber wenn auch Meister Volkwart nach Lübeck ging, konnte er eines Tages auf dessen Hilfe angewiesen sein.

»Nichts für ungut«, murmelte er und senkte den Blick.

»Ärgere dich nicht über ihn«, flüsterte Poppo. »Gib sie mir. Ich kann sie dir ein Stück abnehmen.«

»Und ich auch«, setzte Rikolf hinzu.

Gerold drückte seinen Rücken durch. Gut, dass er Freunde hatte. »Vielleicht komme ich später auf euer Angebot zurück.«

Am Abend breitete sich die Elbe vor ihnen aus. Der Anblick schüchterte ihn wie stets ein. Gerold mochte kaum glauben, dass man diesen breiten Fluss im Sommer auf einer Furt durchqueren konnte. Selbst die Fährfahrt erschien ihm wie ein Abenteuer. Sein Rücken schmerzte inzwischen, als müsste er durchbrechen. Seine Arme und Beine wurden von Krämpfen geschüttelt. Seine Wunden waren auf ihrem Marsch immer wieder aufgebrochen. Erst als er beinahe getaumelt war, hatte Meister Harksen sich ihrer erbarmt und Magda das letzte Stück auf seinem Wagen transportiert. Der Pelzhändler war guter Dinge. Herzog Heinrichs Vasallen hatten ihn aus dem Kerker befreit, und er hoffte nun darauf, dass er von den Siegern für seine Loyalität belohnt werden würde. Gerold hatte Bendix an die Hand genommen und war mit Poppo und Rikolf neben dem Wagen hergelaufen. Nur wenig hatten sie gesprochen – worüber denn auch? Sie hatten alles verloren.

»Ist das die Ertheneburg?«, fragte Gerold jetzt und wies auf eine kleine Ortschaft am diesseitigen Elbufer.

»Das ist Nova Ertheneburg«, wusste Rikolf. »Die alte Burg befand sich am gegenüberliegenden Flussufer. Herzog Heinrich setzte sie im Jahre 1181 auf seiner Flucht vor Friedrich Rotbart in Brand. Die Reste wurden abgetragen und zur Errichtung der Polabenburg ein Stück flussaufwärts verwendet.«

»Es scheint, dieser Herzog erschafft und vernichtet Orte mit einem Handstreich«, sagte Gerold bitter.

»Und wir sind nur Spielsteine, die der Adel zu seinem Vergnügen von einem Ort zum anderen schiebt«, setzte Poppo ebenso düster hinzu.

Sie fanden einen freien, halbwegs trockenen Lagerplatz. Bendix breitete den fleckigen Umhang aus, und Gerold bettete seine Frau darauf. Er mochte Madgas blau geschwollenes Gesicht kaum anschauen. Noch immer war sie nicht zu Bewusstsein gekommen, und vielleicht war es auch besser so. Etliche der Alten und Verletzten hatte ihr Trupp in den letzten Stunden am Rande der Salzstraße zurücklassen müssen. Ihr Schicksal war ungewiss. Wo sollten sie hin, jetzt, wo es Bardowick nicht mehr gab?

Er bemerkte, dass Bendix einige Worte mit Jan wechselte. Es tat Gerold weh, die beiden Jungen zu sehen. Worauf sollten sie nun ihre Zukunft bauen?

Da fragte Bendix, ob Jan sich ihnen anschließen dürfe: Er hatte doch sonst niemanden mehr.

Noch ein Maul zu stopfen? Noch ein Leben zu verteidigen? Gerold nickte trotz aller Bedenken. »Wir haben zwar nichts, aber wenigstens sind wir nicht allein«, sagte er. Da alle in Trauer versunken schienen, setzte er hinzu: »Als Erstes müssen wir Wasser und etwas zu essen beschaffen.« Bendix wollte mitgehen, doch Gerold hielt ihn auf. »Du kannst doch deine Mutter nicht allein lassen. Stell dir vor, sie erwacht, und niemand ist bei ihr. Oder sie …« Gerold konnte es nicht aussprechen.

»Du hast recht, sie soll nicht allein sterben«, sagte Bendix tapfer und ganz leise.

Also zogen sie los. Über hundert Menschen hatten Herzog Heinrichs Soldaten aus Bardowick vertrieben, doch an ihre Versorgung hatte anscheinend niemand gedacht. Während die Ritter und Söldner sich aus den Tonnenwagen mit dem geplünderten Gut bedienten, fielen für die Flüchtlinge nur Brosamen ab, um die auch noch heftig gestritten wurde. Nachdem sie erfolglos versucht hatten, Brot, Gemüse oder Getreide zu ergattern, schlug Gerold vor, sie sollten Fische fangen.

Rikolf schnalzte unwillig. »Auch dabei werden wir nicht die Einzigen sein.«

»Ich kenne einen Schiffer in Nova Ertheneburg. Vielleicht hilft er uns in dieser Notlage«, meinte Poppo.

»Dann versuch du dort dein Glück. Wir gehen ans Ufer. Da können wir auch gleich Schwemmholz für ein Feuer suchen«, beschloss Gerold. Poppo zog in Richtung des kleinen Ortes ab.

Das Flussufer war mit Matschkratern übersät, das Wasser trüb vom aufgewühlten Sand. Ernüchtert stellten sie fest, dass die hungrigen Menschen alle Fische in der Nähe entweder gefangen oder vertrieben hatten. Der geschickte Jan stöberte immerhin noch einige Flusskrebse auf. Die Männer liehen sich einen verbeulten Topfhelm, um damit Wasser zu transportieren.

Im Lager hielt Bendix immer noch die Hand seiner Mutter, als sie zurückkamen. Während Jan und Rikolf ein Feuer entzündeten, flößte Gerold seiner Frau etwas Wasser ein. Ihre Haut war wächsern; er musste Kräuter finden, die gegen das Fieber halfen, oder noch besser einen Heiler. Wie aber sollte er ihn bezahlen? Gerold kniete sich zu Bendix und legte den Arm um ihn. Deutlich spürte er, wie der Junge zitterte; ihren einzigen Umhang hatte Magda.

»Ist sie aufgewacht?«, wollte Gerold wissen.

»Nein.« Bendix griff unter seinen Kittel und holte etwas hervor. »Aber ich habe … das hier.«

Gerold nahm ihm die Kette ab und betrachtete sie. Das Lederband war gerissen, aber die Perlen und das Perlenkreuz waren noch vorhanden. Es war wie ein Wunder, dass dieses Schmuckstück, das seiner Frau so viel bedeutete, den Plünderern entgangen war. »Wo hast du die Kette gefunden?«

»In Mutters rechter Faust. Sie hatte sie umklammert, als ich sie fand. Ich möchte sie heilmachen.«

Gerold musste seine Gefühle niederkämpfen. »Ja, tu das«, sagte er mit brüchiger Stimme; vielleicht würde der Schmuck seine Frau stärken. Aber erst einmal verstaute er die Kette in Magdas Almosenbeutel.

Bendix' Blick verschwamm. Ihm schien etwas auf der Seele zu liegen. »Ich wünschte, ich könnte etwas für Mutter tun. Und Ida … wo ist sie denn nur? Glaubst du, sie ist … tot? Das ist alles … meine Schuld!« Er schlug weinend die Hände vor das Gesicht.

Die Trauer seines Sohnes überforderte Gerold. Hilflos strich er ihm über den Rücken. »Du hast nichts falsch gemacht«, sagte er.

»Aber Ida … sie …« Bendix stockte. »Wir haben gespielt. Ich sollte sie suchen, aber ich habe es nicht getan.«

Gerold starrte ihn fassungslos an. »Ihr habt Verstecken gespielt? Während der Belagerung?«

Sein Sohn stieß einen erstickten Laut aus. »Ida … sie wollte es unbedingt. Und ich …«

Gerold ließ ihn nicht ausreden. »Was passiert ist, ist passiert«, sagte er brüsk und sprang auf, weil er die Situation kaum ertrug. »Wir müssen Ida vergessen.«

8

Bardowick, knapp zwei Tage zuvor

Zuerst waren da Schmerz und Enge, dann Finsternis und Lärm. Ida war eingezwängt. Die kleinste Bewegung fühlte sich an, als würde ein Splitter zwischen ihre Augen getrieben. Zumindest war das der Gedanke, der ihr in den Sinn kam. Denn einmal, als sie ihrem Vater auf der Baustelle helfen wollte, war ein Splitter tief unter ihren Daumennagel geraten – hundsgemein hatte das wehgetan. Wie kam sie nur darauf? Ganz wirr war sie im Kopf. Übelkeit stieg in ihr auf. Sie versuchte, den bitteren Geschmack hinunterzuschlucken, und rang nach Luft. Doch es wurde immer schlimmer – sie musste sich übergeben. Die säuerlich stinkende Masse rann ihre Wange hinab. Sterne tanzten vor ihren Augen. Wo war sie? Was war geschehen? Sie wusste es nicht mehr. Aber warum nicht? Bei der Frage wurde ihr der Hals eng.

Keine Zeit, darüber nachzudenken, denn in diesem Augenblick krachte etwas auf sie. Holz bohrte sich in ihren Bauch und ihren Rücken, in Arme und Beine. Sie keuchte. Es war zu eng! Zu stickig! Wo auch immer sie war, sie wollte raus hier, raus! Doch nichts bewegte sich. Nun war sie nur noch Herzschlag. Rasend. Dumpfes Trommeln in ihrem Inneren. Sie zuckte, zerrte, drehte und wand sich – nichts half. Sie weinte, schluchzte und brüllte – vergeblich. Finster war es, finster blieb es. Finster, eng und laut. Ruhig atmen! Nicht mehr weinen! Um sich zu beruhigen, versuchte sie, die Geräusche zuzuordnen. Das Klirren von Metall. Das Krachen von Holz. Die Schreie von Menschen. Und dann noch: Wasser. Platschendes Wasser, sprühendes, tropfendes, brodelndes Wasser. Ihre Beklemmung ließ nach. Plötzlich kam etwas Neues hinzu – Licht. Ein zarter Schein erst, gelblich-rot. Durch sein Strahlen sah sie, dass sie in einem Käfig aus Brettern eingeschlossen war. Aber es war kein ordentlicher Käfig wie bei den Marktleuten, sondern wirr zusammengestoppelt. Wie war sie in diesen Käfig gekommen?

Schweiß brannte in ihren Augen. Wie heiß es auf einmal war! Nun wusste Ida, woher der warme Schein rührte. Es brannte! Sie kämpfte gegen die Käfigstäbe an, gezielter dieses Mal, weil sie nun sah, wo sie anpacken konnte: Mit Holz kannte sie sich aus. Dennoch bewegten sich die Balken keinen Fingerbreit. Ihr fielen die Qualen des Fegefeuers ein, die der Priester ihnen so oft in der Kirche ausgemalt hatte, und sie fürchtete sich sehr. Das Licht wurde gleißender, die Hitze unerträglich. Ein Strahlen, durch das Brettergewirr gebrochen, wie der schönste Stern. Gab es nicht Engel, die die armen Seelen aus dem Höllenfeuer retteten? Bitte, liebe Engel, rettet mich, wimmerte sie. Inzwischen kam es ihr vor, als trüge sie einen Helm aus Schmerz. Etwas pochte in ihrem Hals, in ihren Ohren, in ihrem Bauch – war das etwa ihr Herz?

Erneutes Krachen. Alle Luft wurde aus Idas Brust gepresst. Es fühlte sich an, als würde sie zerquetscht. Ihr wurde schwarz vor Augen. Ein Stoß. Dann plötzlich Leichtigkeit. Bretter lösten sich, gaben einen Spalt frei, der größer und größer wurden. Gleichzeitig streckten sich Flammen nach ihr aus, leckten an ihrem Kleid, fraßen sich in ihre Haut. Wie weh das tat! Unbeschreiblicher Schmerz ließ sie aufheulen. Sie wollte aufspringen, weglaufen, aber das konnte sie nicht. Eine Stichflamme, ganz nah an ihrem Kopf. Ida rollte sich im Dreck. Jetzt waren die Flammen zwar aus, aber ihre Haut brannte wie Feuer.

Bitte, lieber Gott, lass es aufhören!

Ins Wasser, sie musste ins Wasser! Weinend kam sie auf die Knie, auf die Füße. Wankte im Chaos. Um sie herum waren Männer, Pferde, Ochsen, gespenstisch und riesenhaft. Schwerter und Harnische im Feuerschein. Die Luft flirrte. Spritzendes Blut. Todesschreie. Sie wurde gestoßen. Gepackt und aus dem Weg geschleudert. Rappelte sich wieder hoch. Bekam einen Schlag ab und taumelte weiter. Dieses fürchterliche Brennen – wann hörte das endlich auf? Da, der Fluss!

Sie lief, doch ihre Füße waren so schwer und die Erde so weich. Schmatzend umfing der Matsch sie, als wollte er sie festhalten. Endlich konnte sie sich ins Wasser werfen. Über ihrem Kopf schlugen die Wellen zusammen. Eiskalt war der Fluss und nachtschwarz, höllenschwarz. Aber er linderte ihre Qualen ein wenig. Da riss die Strömung ihr schon den Boden unter den Füßen weg. Das Wasser trug sie fort, sog sie ein. Wasser in ihrem Mund, in Augen und Ohren. Sie keuchte, hustete, atmete Wasser. Auf einmal spürte sie eine weitere Strömung. Zart wie ein Windhauch umspielte sie Idas Knöchel, drehte sie wie einen Kreisel im Fluss und stieß sie mit Schwung an die Oberfläche. Luft, endlich Luft! Ein entwurzelter Baumstamm trieb im Wasser, gar nicht weit weg. Die Verbrennungen machten jede ihrer Bewegungen unerträglich. Dennoch schlug sie mit Armen und Beinen, so fest sie konnte – und bekam ihn zu fassen. Mit letzter Kraft zog Ida sich auf das Holz, dann schwanden ihr die Sinne. Dass der Fluss sie weiter und immer weiter trug, bekam sie nicht mehr mit.

9

Neslin ließ das Blut auf die Erde tropfen und vergrub die Eingeweide an der Baumwurzel.

Dass ihr das Eichhörnchen zunächst aus der Schlinge entwischt war, ärgerte sie – das war ihr noch nie passiert. Sie hatte die Schlinge neu ausgelegt und war gerade dabei gewesen, ihre geschwollenen Knie mit Leinenstreifen zu umwickeln, als Wolf ihr das Eichhörnchen vor die Füße geworfen hatte. Ihr treuer Gefährte … Noch etwas, wofür sie den Göttern zu danken hatte.

Bedächtig ließ sie ihre Hände über die Eiche wandern. Haut und Rinde waren gleichermaßen faltig, beinahe knorrig. Landschaften eines langen Lebens. Sie musterte den Baum wie einen alten Freund. Abgebrochene Äste, moosige Polster, Flechten, so zottelig wie der Bart eines Greises. Ein Blitzschlag hatte einen wulstigen Riss in der Eichenrinde hinterlassen. Doch diese Narbe war auch zu etwas gut, das bewiesen die Haselnussschalen, die ein Specht in den Spalt geklemmt hatte, um sie aufbrechen zu können.

Ein Knacksen riss sie aus ihrer Andacht; sie fuhr herum. Eigentlich war sie weit genug von allen Trampelpfaden und Anlegestellen entfernt. Nichts zu sehen. Nebel hing über dem Fluss, als die Sonne durch das Schilfdickicht brach. Vermutlich war gerade ein Biber auf dem Weg in seinen Bau vorbeigetapst, angenagte Baumstämme gab es hier jedenfalls einige. Oder war es Wolf, der seine Jagd beendet hatte und nun wieder ihre Nähe suchte? Sie hatte das wilde Tier vor Jahren aus einer Falle befreit. Seitdem war Wolfs linker Hinterlauf steif, und die anderen Tiere mieden ihn, weshalb er sie als Teil seines Rudels zu betrachten schien. Doch auch von Wolf war nichts zu sehen.

Als sie sich davon überzeugt hatte, dass sie allein war, setzte sie sich an ihr kleines Lagerfeuer und spießte das ausgenommene, gehäutete Eichhörnchen auf einen Stecken. Mit einem Stein schabte sie das letzte Fleisch von seinem Fell ab. Nach einer Weile stieg verführerischer Bratenduft auf, und sie warf einige Blätter Wiesen-Salbei in die Glut, um ihn zu überdecken. Sie konnte keine ungebetenen Gäste gebrauchen. Vielleicht suchte man schon nach ihr. Noch einmal schalt sie sich für ihre Dummheit. Hätte sie sich doch nie auf dieses Unterfangen eingelassen! Das Geld, das sie für ihre Arbeit erhalten hatte, lag schwer in ihrem Beutel. Sie ahnte, dass es ihr Ärger einbringen würde. Ein, zwei Tage Fußmarsch noch, dann wäre sie endlich wieder in ihrer Hütte und in Sicherheit.

Wieder knackste es. Es war aus Richtung des Flusses gekommen.

»Wolf? Musst du mich denn so erschrecken? Komm heraus, du grauer Zausel!«, zischte Neslin.

Doch Wolf war nicht in Sicht – und auch sonst kein Lebewesen. Kurz überlegte Neslin, ob sie Beutel und Stab schnappen und verschwinden sollte. Aber gleich wäre das Eichhörnchen gar, und sie brauchte vor dem Marsch eine Stärkung. Wenn sie sich davon überzeugt hatte, dass ein harmloser Flussbewohner das Geräusch verursacht hatte, könnte sie in Ruhe essen. Sie schob widerspenstige weiße Haarsträhnen unter die Kapuze ihres Umhangs und huschte lautlos zum Schilfdickicht. Vor ihr flüchtete ein Otter in den Fluss. Ein Lächeln zupfte an ihren Mundwinkeln. Also doch …

Neslin wollte sich schon abwenden, als sie das Wimmern hörte. Leise und doch durchdringend, ließ es eine Gänsehaut über ihre Arme prickeln. Sie wusste, dass sie fliehen sollte – sofort. Was es auch war, es verhieß nichts als Ärger. Und Ärger war das Letzte, was sie gebrauchen konnte. Zurück am Lagerfeuer nahm sie bedauernd ihren Bratspieß und schippte mit den bloßen Füßen Sand über die Glut. Mit einem Ast verwischte sie ihre Spuren. Sie würde das Eichhörnchen später verspeisen. Und Wolf wäre es ein Leichtes, ihre Fährte wiederaufzunehmen.

»Neeeeiiinnn!«

Das Stöhnen ließ Neslin zusammenzucken. War es ein Fehler, nicht nach der Quelle des Wimmerns gesehen zu haben? Was hatten die Götter mit ihr vor, dass sie sie derart prüften? War es zu ihrem Wohl oder Weh? Mit einem Stoßseufzer nahm sie Bratspieß, Beutel und Stab. Wenn es gefährlich würde, müsste sie wenigstens nicht zu ihrem Lagerplatz zurück. Sie schlich am Schilf vorbei und spähte durchs Erlendickicht. Da lag ein Körper am Ufer. Blasse Haut und Haar in der Farbe der goldenen Abendsonne. Klein wie ein Kind oder eine – Neslin zuckte zurück.

»Wo … bin … ich?«

Eine Frage. Gepresst ausgestoßen, wie mit dem letzten Atemzug. Jetzt war es um sie geschehen. Es war wichtig, die Flussgeister zu unterscheiden, damit man ihren Fängen entwischen konnte, also schlich Neslin schicksalsergeben näher.

»Am Ufer der Ilmenau«, sagte sie.

War es eine Rusalka oder eine Vila? Hatte die Nymphe sie schon gesehen? Der Kopf bewegte sich, aber der Körper lag so schief am Ufer, dass Neslin das Gesicht nicht erkennen konnte. Ein Keuchen schüttelte den Leib, als würde das Wesen nach Luft ringen. Krampfhaftes Atmen, kehlig und unheimlich. Wieder bewegte sich der Kopf.

Neslin stutzte. War es gar kein Flussgeist, sondern doch ein Kind? Schwer zu sagen. Rusalky waren die Seelen von Kindern, die ohne Taufe gestorben waren, oder von Frauen und Mädchen, die Selbstmord begangen hatten. Mensch oder Geist – beides war also möglich. Sie musste klug handeln.

»Wo ist … Mutter?«

Die zweite Frage. Jetzt wurde es ernst. Neslin schluckte trocken. »Nicht hier.«

Ein paar Schritte noch, dann hatte sie den feuchten Ufersaum erreicht und konnte sich Klarheit verschaffen. Eine Bö fegte die Kapuze von ihrem Kopf und ließ ihr weißes Haar im Wind flattern. Jetzt erkannte Neslin, womit sie es zu tun hatte. Ein Mädchen lag am Ufer, vielleicht sechs Jahre alt. Der Zustand des Kindes ließ Neslin erschauern. An der einen Körperhälfte war die Haut aufgerissen und blaurot geschwollen. Brandwunden zeichneten eine Hand und Teile von Schulter und Hals. So heiß war das Feuer anscheinend gewesen, dass sich die Kette des Kindes in die Haut gebrannt hatte. Neslins Blick verharrte an dem Anhänger. Ein schönes, ganz besonderes Stück.

Die Kleine neigte den Kopf, sodass sie Neslin ansehen konnte. Ihre Lider flatterten, und sie wimmerte herzerweichend. Für einen Augenblick war es, als blickte Neslin dem Tod selbst ins Auge.

Doch dann stellte das Mädchen die dritte Frage. Die wichtigste Frage, wenn man mit Flussgeistern zu tun hatte. Die Frage, die über Leben und Tod entschied. »Bist du ... ein Engel?«

»Nein!«, rief Neslin und lief los.

Obwohl sie die Wahrheit gesagt hatte, rechnete sie doch jeden Augenblick damit, von einem Blitzschlag oder einer anderen göttlichen Strafe getroffen zu werden, weshalb sie kopflos floh. Erst langsam beruhigte sich ihr Atem wieder, und die Anspannung flaute ab. Sie hatte alle drei Fragen richtig beantwortet, also hatte der Flussgeist keine Gewalt über sie. Trotzdem musste sie zusehen, dass sie hier wegkam. Schon eilte sie los, doch je weiter sie ging, desto schleppender wurden ihre Schritte.

Schließlich blieb sie stehen. Neslin kniff die Augen zusammen und schüttelte den Kopf. *Belüg dich nicht selbst! Du weißt genau, dass sie weder eine Rusalka noch eine Vila ist! Es ist ein Mädchen, das dort am Flussufer liegt. Ein Mädchen, das stirbt, wenn ihm niemand hilft.* Aber nicht ich, dachte Neslin, und setzte trotzig wieder einen Fuß vor den anderen, nicht ich.

Atem, der keinem natürlichen Rhythmus mehr folgte. Krampfhaftes Krümmen des Körpers. Um das Mädchen stand es nicht gut! Neslin konnte es jetzt gar nicht mehr schnell genug gehen. Sie humpelte durch das Dickicht am Flussufer und ließ sich neben dem Kind auf die Knie sinken. Eine erste Untersuchung. Das Gesicht war, abgesehen von ein paar oberflächlichen Rissen und Prellungen, unverletzt. Die Brandwunden an der Hand waren auch nur oberflächlich. Aber Schultern und Hals …

Neslin legte ihre Hände sanft auf Schläfen und Wangen des Kindes und suchte seinen Blick. Das Mädchen riss die Augen auf und starrte sie an. So erschrocken war die Kleine, dass sie das Atmen ganz vergaß.

In einem leisen Singsang redete Neslin auf das Mädchen ein. »Ruhig, nur ruhig, die alte Neslin ist da, um dir zu helfen. Keine Angst.«

Panisches Lufteinsaugen. Keuchen. Die blauen Augen flackerten.

»Sieh mich an, dir wird nichts Schlimmes widerfahren. Ich kümmere mich um dich. Ich helfe dir. Neslin hilft dir. Hab keine Angst. Wie heißt du?«

Das Gesicht verzog sich zu einer schmerzerfüllten Grimasse. Ganz heiß war die Haut, was nichts Gutes verhieß. »Ida … Es tut so … weh!«, stieß das Mädchen hervor.

»Ich weiß, du arme Kleine. Neslin wird dir helfen, Ida. Neslin kümmert sich um dich. Ruhig, bleib ganz ruhig.«

Das Mädchen hielt ihren Blick fest wie eine Ertrinkende das rettende Ufer. »Was ist denn nur … passiert? Wo sind denn … alle?«

»Das werden wir herausfinden, wenn es dir wieder gut geht. Jetzt musst du dich beruhigen, damit Neslin dir helfen kann. Ida, hör mir gut zu: Dein Atem fließt ruhig, ganz ruhig.« Neslin machte es ihr vor und atmete geräuschvoll ein und aus. Tatsächlich passte sich das Mädchen nach einer Weile ihrem Atemrhythmus an. Nun löste Neslin ihre rechte Hand und holte ein kleines Tonfläschchen aus ihrem Beutel. Als sie das Fläschchen an Idas Lippen legte, zuckte diese zurück. »Hab keine Angst, das hilft dir gegen die Schmerzen. Vertrau mir.« Der Trank war stark, und Neslin musste aufpassen, dass Ida nicht zu viel davon einnahm. Die Lider des Mädchens senkten sich, ganz flach atmete die Kleine jetzt.

Neslin hob das Mädchen hoch und trug es ein Stück ins Dickicht hinein. Es gefiel ihr ganz und gar nicht hierzubleiben, zu groß war die Gefahr, dass sich jemand hierher verirrte und ihnen den Garaus machte, aber es blieb ihr wohl nichts anderes übrig. Sie fand eine Senke zwischen Erlenwurzeln und bettete das Mädchen hinein. Wenn sie sich zwischen den Wurzeln auf die Erde legten, würden selbst Wanderer sie nicht sehen. Behutsam löste Neslin die Kette vom Hals des Kindes und steckte sie ein. Manche Heiler meinten, Eiter müsse die Wunde reinigen, aber davon hielt sie nichts. Zu oft hatte sie schon beobachtet, dass Wunden sich verschlimmerten, wenn sie verschmutzt waren. Auf dem Rückweg zum Flussufer hatte sie einige frische Holunderblätter gepflückt und legte sie nun auf die Brandwunden. Die Schulter des Mädchens war stark gerötet und von prallen Brandblasen übersät; die kleinste Berührung musste starke Schmerzen verursachen. Mehr Sorge machte Neslin jedoch die verbrannten Stellen an Hals und Nacken. Sie waren hell, fast weiß, die Blasen waren aufgeplatzt, und die Haut schien fast taub zu sein. Anschließend benetzte sie mit Wasser aus ihrem Schlauch ein Leinentuch und reinigte die zahlreichen Schürfwunden. Was war diesem Kind nur widerfahren? Wo kam es her? Würde es sie in Schwierigkeiten bringen oder ihr unter den Händen wegsterben?

Es dauerte lange, bis sie alle Wunden behandelt hatte. Schließlich häufte Neslin etwas Reisig auf und entzündete mit Birkenschwamm und Stein ein Feuer. Aus zerkleinerten Bucheckern und dem geschnittenen Eichhörnchenfleisch bereitete sie einen Brei. Sie mussten essen. Es konnte Tage dauern, bis die Kleine gehen konnte – wenn sie sich denn überhaupt erholte.

»Ein Wolf!«

Neslin fuhr auf. Gedankenverloren hatte sie gerade das Fett eines Murmeltiers ausgelassen. Drei Tage hatte sie um Idas Leben gekämpft, hatte ihre Wunden versorgt und ihr Essen und Trinken eingeflößt. Immer wieder hatte sie die Rufe von Schiffern und Wanderern gehört, doch glücklicherweise hatte sie niemand entdeckt. Inzwischen wagte sie sogar schon zu hoffen, dass ihr letzter Auftrag sich doch noch zum Guten gewendet hatte. Trotzdem wog der Lohn schwer in ihrem Geldbeutel.

»Scht! Das ist nur Wolf! Er wird dir nichts tun«, wisperte Neslin.

Ida hatte sich halb aufgesetzt und starrte den riesigen grauen Vierbeiner an. Es war nicht hilfreich, dass Wolf die Lefzen hochzog und ein dumpfes Grollen hören ließ.

»Wolf, alter Zausel, Ida tut mir schon nichts!« Neslin warf ihrem Gefährten den Kopf des Murmeltiers zu, den sie eigens für ihn aufgehoben hatte. Misstrauisch schnupperte Wolf, schnappte sich dann aber die Gabe und zog sich einige Schritte zurück, um sich hinzulegen. Der Schädel knackte, als Wolf ihn zerbiss. Neslin war beruhigt: Wenn Wolf fraß, drohte ganz sicher keine Gefahr.

Jetzt erhob sie sich etwas schwerfällig und ging zu Ida zum anderen Ende der Senke.

»Was will der Wolf hier? Und wer bist du?«, fragte Ida argwöhnisch.

Neslin kniete sich neben sie. Das Mädchen beobachtete sie mit gerunzelter Stirn. Die Wunden zeichneten Idas Körper, sie war mager, und ihr Haar hing schwer herab, aber die blauen Augen waren klar und wirkten zum ersten Mal fast munter.

»Ich bin Neslin. Ich habe dich gefunden und dir geholfen. Und das ist Wolf. Er begleitet mich manchmal.« Diese Antwort schien das Mädchen zufrieden zu stellen.

Vorsichtig hob Neslin die Holunderblätter von den Wunden, die sie in den vergangenen Tagen immer wieder gegen neue ausgetauscht hatte. Die Brandblasen waren aufgegangen, und die Rötungen hatten nachgelassen, aber an Hals und Nacken wirkte die Haut wie tot.

Ida sog die Luft ein. »Was ist mit mir passiert?«, fragte sie gepresst.

»Erinnerst du dich nicht?« Ida schüttelte ruckartig den Kopf. »Ich weiß es auch nicht. Ich fand dich in diesem Zustand am Flussufer.«

Ida starrte ins Wurzelwerk neben ihr, als könnte sie die Antwort darin finden. Dann versuchte sie aufzustehen. Obgleich ihr jede Bewegung Schmerzen zu bereiten schien, gab sie nicht auf, was Neslin Respekt abnötigte. Als sie endlich auf den Füßen war, schwankte sie unsicher. Neslin reichte ihr eine Hand, und Ida hielt sich daran fest. Wolf grollte leise.

»Wohin willst du?«

»Ich muss mal.«

Neslin nickte. »Ein Stück vom Fluss entfernt habe ich eine Grube ausgehoben und mit Ästen bedeckt. Ich zeige sie dir.«

Lauschend und um sich spähend führte sie Ida durch den Wald. Das Mädchen ging unsicher und musste oft verschnaufen. Trotzdem war es ein Fortschritt. Bald werde ich meine Heimreise fortsetzen, dachte Neslin, und zwar allein.

Am nächsten Morgen legte Neslin dem Mädchen einen Beutel mit Nüssen und Früchten hin. Ida und sie hatten gestern kaum gesprochen. Neslin war froh darüber gewesen, denn sie wollte gar nichts über das Mädchen wissen. Sie hatte sie jedoch beobachtet – Ida war so weit.

»Das wird dich nähren, bis du wieder zu Hause bist.«

»Du lässt mich allein?«, fragte Ida erschrocken.

Neslin verhärtete ihr Herz. »Auch ich muss meinen Weg fortsetzen. Es geht dir gut genug, um den Weg zurückzufinden. Gute Reise.« Sie wandte sich ab. Wolf war nicht zu sehen, aber sie hatte gestern gehört, wie er den Mond anheulte, und spürte, dass er in der Nähe war. Wenn sie sich beeilte, konnte sie vielleicht schon morgen Abend an ihrer Hütte sein. Hastig setzte sie Fuß um Fuß auf den weichen Waldboden, ohne auch nur ein Geräusch zu hinterlassen.

Schritte hinter ihr.

Neslin hastete weiter.

»Warte!«

Neslins Schultern sanken. »Was willst du noch?«

»Ich kann nicht so schnell.«

»Und ich kann nicht auf dich warten.«

»Aber ich weiß nicht, wo ich hinsoll!«

Neslin wandte sich um. Ida stand hinter ihr, an einen Baum gestützt. Den verbrannten, zerrissenen Kittel hielt sie mit einer Hand fest. »Du bist doch auch irgendwoher gekommen. Als ich dich entdeckte, hast du nach deiner Familie gefragt, deiner Mutter«, sagte Neslin.

Das Gesicht des Mädchens verschattete sich. Gleich würde die Kleine wieder anfangen zu weinen.

Sie ist vielleicht sechs, erinnerte sich Neslin, und ganz allein. Wie albern, dass ich sie für einen Flussgeist gehalten habe! Dennoch musste sie weiter. Eine alte Frau und ein Kind allein auf weiter Flur – sie waren leichte Beute. Über ihr raschelten die letzten Blätter einer Buche im Wind. Neslin sah unwillkürlich hoch. Hinter dem Geäst des beinahe kahlen Baumes taumelten tiefgraue Wolken über den Himmel. Eisige Tropfen klatschten ihr ins Gesicht. Der Winter nahte. Es war Zeit heimzukommen.

»Du musst dich doch an etwas erinnern! Ist eure Hütte auf

dieser Seite des Flusses oder der anderen?«, versuchte sie Ida auf die Sprünge zu helfen.

Ida überlegte angestrengt. Als sie sprach, klang sie, als wäre sie gar nicht ganz bei sich, als wäre sie noch immer betäubt. »Ich weiß nicht mehr. Auf der anderen. Vielleicht.«

»Ist dein Vater Fischer? Hat er ein Boot? Warst du deshalb am Fluss?«

Stille. Das Mädchen schüttelte den Kopf. »Ich glaube nicht. Aber … ich weiß nicht.«

»Habt ihr Wäsche gewaschen am Fluss? Bist du ins Wasser gefallen?« Idas Gesicht erstarrte; eine echte Reaktion. Aber woher rührten dann die Brandwunden? Neslin ging langsam die Geduld aus. »Lebst du auf einem Bauernhof? Auf einem Rittergut? Hütest du Ziegen?«

Heftiges Kopfruckeln. »Ich mag Ziegen«, sagte Ida leise und sah sich um. »Wo ist Wolf?«

»Er mag die Menschen nicht.«

»Ich hab keine Angst vor ihm. Kann ich bei dir bleiben, bitte?«

Der flehende Tonfall und die Hilflosigkeit des Mädchens weichten Neslins Schutzpanzer auf. Sie seufzte.

Ida schloss zu ihr auf. Neslin knotete den zerrissenen Kittel der Kleinen zusammen und legte ihr eine Decke um. Dann hakte Ida sich bei ihr ein, als wollte sie Neslin daran hindern wegzulaufen. Sie schlugen sich in der Nähe des Flusses durch die Auen und Wälder. Neslin versuchte weiterhin, Ida nach ihrer Familie und ihrer gewohnten Umgebung auszufragen, doch das Kind war wieder in Schweigen verfallen. Als die Sonne kaum im Mittagshoch war, brach Ida zusammen. Ein kurzes Stück trug Neslin sie, doch dann war sie ebenfalls erschöpft. Am liebsten hätte sie Ida zurückgelassen, hatte aber das Gefühl, damit ihrem Schicksal zuwiderzuhandeln. Also suchten sie erneut ein Versteck für die Nacht.

Am nächsten Morgen wirkte Ida noch immer benommen. An ihren Wunden lag es allerdings nicht, die heilten gut, soweit Neslin es beurteilen konnte. Ihr langsames Tempo gefiel Neslin ganz und gar nicht. Mit jedem Tag, den ihre Reise länger dauerte, wuchs die Gefahr, dass etwas passierte. Einmal trabte Wolf hinter ihnen her, und kurz danach mussten sie sich im Dickicht verbergen, weil Reiter vorbeipreschten. Schließlich kreuzten sie einen von Rädern, Hufen und unzähligen Füßen zerfurchten Weg.

Ziemlich viel Betrieb für diese Jahreszeit, in der sonst die meisten Kaufleute das Reisen einstellten, dachte Neslin. Sicherheitshalber suchte sie beim Weitergehen erneut den Schutz von Bäumen und Büschen. Jetzt tauchten Kirchtürme auf der anderen Flussseite auf – Bardowick. Der Anblick verlieh Neslin neuen Schwung, nun war es nicht mehr weit. Doch was die Aussicht mit jedem weiteren Schritt enthüllte, ließ sie erstarren. Geschwärzte, zerwühlte Erde. Verkohlte Holzreste. Kein Stadtwall mehr, kein Haus. Weder Mensch noch Tier. Da sackte Ida neben ihr zusammen. Das Mädchen war leichenblass und ohne Bewusstsein. Neslin kniete sich neben sie, versuchte, sie hochzuziehen, und klopfte ihr, als sie es nicht schaffte, auf die Wangen. Mit einem erstickten Laut, als steckte ihr ein Pflaumenkern im Hals, schlug Ida die Augen auf. Dann weinte sie und schlug um sich, als hätte sie den Verstand verloren.

Neslin begriff nicht, was auf einmal mit dem Mädchen los war. Aber sie ahnte, dass Idas Zusammenbruch mit Bardowick zu tun hatte. Stammte die Kleine von hier? War die Stadt überfallen worden? Hatte Ida diesen Überfall erlebt? Das würde ihren Zustand erklären. Neslin zerrte das bitterlich jammernde und weinende Kind über die Flussau, bis sie außer Sicht waren. Lange redete sie besänftigend auf das Mädchen ein, aber erst ein paar Tropfen ihres Bilsenkraut-Tranks sorgten dafür, dass Ida sich beruhigte. Ein Gespräch war jedoch völlig unmöglich; es war, als hätte Idas Geist sich ganz in sich zurückgezogen. Nur mit Mühe konnte Neslin sie dazu bringen weiterzugehen. Die beiden sahen nicht mehr zurück.

Durch Lüneburg zu gehen erschien Neslin zu gewagt, weshalb sie einen Bogen um die Stadt schlugen. Idas Schritte waren noch schleppender geworden, die Verschnaufpausen länger. Nicht noch eine Nacht in der Wildnis!, dachte Neslin, aber es ging nicht anders. Als der Mond aufging, bereiteten sie in einem Wäldchen ihr Lager. Ida schlief sofort ein. Während Neslin ihre schmerzenden Knie mit Murmeltiersalbe einrieb, beobachtete sie Ida im Schlaf. Das kleine Ding war zäh. Sie würde es auch allein schaffen, bald.

Nieselregen peitschte über die Felder. Die ganze Nacht über hatte es geregnet, und sie waren durchnässt bis auf die Haut. Ida ging, als ob sie schlafwandelte, aber jetzt, so kurz vor dem Ziel, mochte Neslin sie weder zurücklassen noch eine weitere Rast einlegen. Sie war froh, als sie am Waldrand Bauernhof und Pferch entdeckte, und noch glücklicher, als sie ihr Vieh gesund und munter zwischen den anderen Tieren sah. Ziege, Schaf und Hühner waren ihr kostbarster Besitz.

Hinter dem Hof trat Bartel hervor, die Forke in der Hand. Ida versteckte sich bei seinem Anblick hinter Neslin.

»Ach, du bist es«, brummte der Bauer und hieb die Forke in die Erde. Er grinste schief. »Wollte schon meinem Herrn Bescheid geben, dass er die Hand auf Vieh und Flussland legen kann«, fügte er hinzu.

»Und wovon träumst du nachts? Du weißt doch, dass es rechtmäßig mir gehört.« Es reichte schon, dass der Graf von Schwerin hier etliche Lehen besaß, die er auspressen konnte – da brauchte er nicht auch noch ihr Land. Neslin ging zu ihren Tieren und begrüßte sie liebevoll. Etwas versöhnlicher fragte sie: »Wie geht es der Familie?«

»Alle gesund, dem Herrgott sei Dank.« In diesem Augenblick kamen zwei Kinder lachend aus dem Gebäude getollt, gefolgt von einer hochschwangeren Frau. Die Kinder liefen neugierig auf Ida zu, aber ihr Vater hielt sie mit einer vagen Geste auf. »Was ist mit ihr?«

Ida sah Bartel und seine Familie an, als hätte sie einen Geist gesehen. Sie war wie erstarrt. »Ich habe sie gefunden, flussabwärts. Sie ist verletzt«, sagte Neslin.

Misstrauisch beäugte der Bauer das Mädchen. »Verletzt? Oder verseucht?«

»Kannst du nicht gucken? Das sind Brandwunden an ihrem Hals.«

»Wo ist sie her?«

»Sie erinnert sich nicht.« Neslin kam eine Idee. »Kann sie nicht bei euch bleiben? Ein Kind mehr oder weniger …?«

»Bist du narrisch? Krank ist sie so oder so – ich hole mir doch nicht den Tod ins Haus!«, blaffte der Bauer.

Neslin wandte sich an seine Frau. »Sieh sie dir an, die Kleine braucht Hilfe. Ich komme auch jede Woche zu euch, um nach ihr zu sehen, und wenn die Zeit deiner Niederkunft da ist, stehe ich euch ohne Lohn bei.«

Die Bäuerin bekreuzigte sich. »Hörst du schlecht? Wir wollen sie nicht!«, fauchte ihr Mann. »Und nun nimm dein Vieh und verschwinde. Mach, dass du nach Hause kommst, es sind unsichere Zeiten.«

»Was ist in Bardowick …«

»Hast du's denn nicht gehört? Bardowick ist von Herzog Heinrichs Truppen dem Erdboden gleichgemacht worden. Alle Bewohner wurden getötet, der Rest vertrie… Was hat sie denn? Sie ist verseucht – ich sag es doch!«

Neslin fuhr herum. Ida war zusammengebrochen und zitterte unkontrolliert. Neslin eilte zu ihr und legte die Hände an die Schläfen des Mädchens. Nicht schon wieder!

»Ruhig, nur ruhig. Alles in Ordnung!«, redete Neslin in einem weichen Singsang auf sie ein. Es war Ida doch schon etwas besser gegangen!

»Haut ab jetzt, bevor ich euch Beine mache!« Der Bauer hatte den Pferch geöffnet und Neslins Tiere hinausgetrieben, die aufgescheucht über die Wiese liefen. Sie mussten sie wieder einfangen!

»Helft mir, die Tiere zusammenzuhalten!«, rief Neslin den Bauernkindern zu.

Die Kinder wollten schon loslaufen, aber der Bauer hielt sie zurück. »Einen Teufel werden sie!«

Neslin schüttelte Ida leicht und bekam sie tatsächlich wach. »Reiß dich jetzt zusammen! Wir müssen das Vieh einfangen. Meine Ziege, das Schaf und die Hühner. Wir müssen sie nach Hause treiben!« Beinahe hatte das Schaf schon den Wald erreicht, die Hühner waren im hohen Gras verschwunden, und die Ziege trabte Richtung Fluss davon. Entschlossen zog Neslin Ida hoch und sah ihr in die Augen. »Du holst mein Schaf, ich halte die Ziege auf. Schnell, Ida, ich brauche dich!«

»Gleich haben wir es geschafft. In meiner Hütte können wir verschnaufen, dann sehen wir weiter. Dort wird niemand unsere Ruhe stören. Der Weg ist versteckt, dafür habe ich gesorgt …«

Inzwischen war es Neslin ein wenig, als redete sie, um sich selbst zu beruhigen. Diese Reise hatte mehr unerfreuliche Wendungen gebracht, als sie erwartet hatte. Zielstrebig ging sie auf den dichten Auenwald am Fluss zu und schuf mit dem Stab eine Schneise zwischen zwei Dornenbüschen. Ida scheuchte die Tiere hindurch. Das Mädchen war noch immer sehr bleich und ließ die Schultern hängen, aber die Aufgabe lenkte sie offenbar ab. Erinnerte Ida sich wirklich nicht, was geschehen war – oder wollte sie sich nicht erinnern? Neslin hoffte, dass Idas Seele wieder ins Gleichgewicht geraten würde, so wie ihre Wunden heilten. Wenn es gar nicht anders ging, würde sie sich in Bardowick nach Ida und ihrer Familie erkundigen müssen. Dabei mied Neslin größere Ortschaften eigentlich, wo sie nur konnte. Viele Menschen bedeuteten viel Ärger, ganz besonders für eine wie sie, diese Erfahrung hatte sie in den sechs Jahrzehnten ihres Lebens immer wieder machen müssen.

Unvermittelt standen sie vor einer moosbewachsenen und efeuumrankten Hütte. Eine knorrige Eiche breitete ihre Zweige über dem Hüttendach aus. Idas Blick wanderte von dem kleinen Pferch zu den Kräutern, die vom Dach hingen. Neslin sah dem Mädchen an, dass es am liebsten davongelaufen wäre. Aber Ida schien das Alleinsein noch mehr zu fürchten als die fremde Umgebung. Neslin hätte nichts dagegen gehabt, wenn die Kleine abhauen würde, denn ihre Vorräte waren knapp, und es würde nicht leicht werden, sie beide durch den Winter zu bringen.

Das Vieh wurde unruhig, und Ida hatte Mühe, es beisammen zu halten. War Wolf in der Nähe? Die Handlanger ihres Auftraggebers waren zumindest nicht hier gewesen, und das war ein gutes Zeichen.

In diesem Augenblick bemerkte Neslin die fadendünne Rauchfahne, die aus ihrem Rauchabzug in den Himmel stieg. Panik ergriff sie, und gleichzeitig sah sie glasklar, was passiert war. Abgeknickte Äste auf der anderen Seite der Hütte, Abdrücke wie von Stiefeln. War sie denn blind gewesen?

»Verschwinde, Ida! Nimm die Tiere, und versteck dich!«, wisperte sie.

Doch es war zu spät.

10

Ein ähnliches Klirren hatte Ida schon früher gehört, und es jagte ihr sofort Todesangst ein. Der Ritter war aus der Hütte getreten. Groß gewachsen, mit wildem Bart und Ringen in den Ohrläppchen, gerüstet mit Brünne und Schwert. Ida wich zurück, stolperte beinahe über einen Ast, drehte sich um, wollte wegrennen – und prallte gegen einen Ringelpanzer. Ein zweiter Ritter hielt sie fest. Ida schrie und strampelte mit den Beinen, aber er ließ nicht locker, sondern hielt ihr auch noch den Mund zu, sodass sie kaum Luft bekam. Sie begriff nicht, was gerade passierte. Es war, als wäre sie in einem endlosen Albtraum gefangen. Hatten Verwirrung und Schmerz denn nie ein Ende?

Der bärtige Ritter hatte Neslin an der Kehle gepackt und sie gegen die Hüttenwand geworfen. Jetzt kam ein dritter Ritter aus dem Gebüsch. Er war so dick, dass sein Bauch über seinen Gürtel quoll, und schleifte die Ziege an den Vorderbeinen hinter sich her. Das Tier blutete aus einer tiefen Halswunde.

»Ich habe unser Abendess…«, der Dicke verstummte und ließ die Ziege fallen.

»Was hast du mit dem Sohn unseres Herrn gemacht, du alte Hexe?«, fragte der Bärtige.

Die Augen der alten Frau waren weit aufgerissen. »Nichts habe ich getan! Er war doch schon … krank, als … Euer Herr mich rief!«, presste Neslin heraus.

»Was redest du da? Der Junker hatte ein wenig Fieber, aber seit du da warst, ist er dem Tode nahe.« Der Bärtige zückte ein Messer und hielt es Neslin an die Kehle. »Rück das Gegengift heraus, damit wir ihn wieder gesund machen können!«

Neslin keuchte. »Es gibt kein Gift … und kein Gegengift!«

»Du willst es wohl nicht anders. Fessle sie!«

Der dicke Ritter band Seile um Neslins Fußgelenke, dann wurde die alte Frau kopfüber an einem Eichenast hochgezogen, sodass ihr Kopf eine Handbreit über der Erde baumelte. Ihr Kittel rutschte herunter und enthüllte einen mageren, faltigen Körper; der Beutel mit dem Geld fiel leise klirrend zu Boden. Neslin bat mit dünner Stimme um Gnade, aber die Männer lachten nur hämisch.

Mitleid verlieh Ida neuen Mut. Die alte Frau hatte ihr geholfen – sie musste etwas tun! Ida riss den Kopf herum, bekam den Mund frei und biss dem Ritter in den Arm.

Der Ritter nahm ihren Kopf nur noch fester in den Schwitzkasten und zischte: »Du hast doch sicher schon gesehen, wie einem Huhn der Hals umgedreht wird. Gib Ruhe, sonst macht es Knacks!« Ida erstarrte.

Inzwischen hatte der Bärtige Neslins Beutel ergriffen, zog einen Ledersack heraus und kippte Münzen auf seine Hand.

»Unserem Herrn ist sein Sohn lieb und teuer.« Er wog den Beutel in seiner Hand. »Aber das hier ist Blutgeld. Hexengeld.«

»Nimm das … Geld! Aber lass mich in Frieden!« Neslins Blick flackerte zu Ida. Das Gesicht der alten Frau schwoll dunkelrot an, die Adern traten hervor, und die Augen wurden glasig. Unheimlich sah sie aus mit ihrem zerknitterten Gesicht und den weißen Haaren, gar nicht mehr wie der Engel, für den Ida sie bei ihrem Erwachen am Fluss gehalten hatte. »Lass uns … leben!«, forderte Neslin.

Der Bärtige nestelte den Beutel an seinen Gürtel und senkte sein Messer auf ihre kahle Scham. »Mach den Zauber rückgängig, Hexe!«

»Es gibt keinen Zauber! Ich habe dem jungen Herrn ein Heilmittel gegeben!«

»Ein Heilmittel?! Das sagt ihr Hexen doch alle! Und warum ist er dann todkrank?«

Als der Bärtige die Messerspitze über Neslins nackten Leib gleiten ließ, hinterließ sie eine feine Blutspur. Neslin schrie.

»Ein Stich, ein Ruck – und du bist ausgeweidet. Willst du das?«

»Bitte nicht! Lass Gnade walten! Ich flehe Euch an, Herr!«

»Rück das Gegenmittel heraus!« Er senkte das Messer tiefer in die Haut. Ida tat es schon beim Zusehen weh.

Neslin warf den Kopf herum. »Es gibt keins!«

»Du gibst also zu, dass du ihn vergiftet hast?«

»Nein, ich … NEIN! Ich …« Immer tiefer senkte er das Messer. Der Schmerzensschrei der alten Frau gellte in Idas Ohren. Sie konnte kaum noch sehen vor Tränen.

Doch da brach etwas durch das Dickicht – ein grauer Schatten, gewaltig groß. Nach einem weiten Sprung hatte Wolf den Bärtigen zu Boden gerissen. Mit gefletschten Lefzen und seinen nadelspitzen Zähnen verbiss er sich im Arm des Ritters. Der Dicke umkreiste mit seinem gezückten Dolch das Tier, um eine Schwachstelle auszumachen, wagte aber nicht anzugreifen.

»Mach das Viech kalt!«, trieb der Ritter, der Ida umklammert hielt, ihn an. Wolf hatte inzwischen den Arm des Bärtigen weit aufgerissen. Als der Dicke noch immer nicht reagierte, wurde Ida ins Gebüsch geschleudert. Ida wollte weglaufen, mochte aber Neslin nicht allein lassen. Die Situation erinnerte sie so intensiv an etwas, dass sich um sie herum alles zu drehen begann. Verängstigt kauerte sie sich hinter einen Dornenbusch.

Der Ritter mit dem schwarzroten Brustpanzer hatte sein Schwert gezückt und holte gegen Wolf aus. Dumpf traf die Klinge in die Flanke des Tiers und riss Wolf von dem verletzten Ritter. Blutrot färbte sich das Fell. Wolf grollte furchterregend. Von Neuem setzte er zum Sprung an, und ehe sichs der schwarzrote Ritter versah, hatte sich Wolf in seiner Kehle verbissen. Ida kniff die Augen zusammen und presste die Hände auf die Ohren, doch der grauenvolle Schrei ließ sich nicht unterdrücken.

Als sie wieder aufsah, hatte der Dicke dem bärtigen Ritter aufgeholfen. Sie schulterten ihren schwer verletzten Gefährten und flohen von der Lichtung. Wolf wandte sich Neslin zu, die bewegungslos und blutend am Baum hing. Dann jaulte er leise und setzte humpelnd den Rittern nach.

Ida war immer noch dabei, ihre Angst niederzukämpfen. Schließlich kam sie auf die Füße und lief zu Neslin. Sie mied den Anblick der Wunde in Neslins Leib und berührte vorsichtig das prallrot geschwollene Gesicht. Neslins Augenlider flatterten – sie lebte noch! Eine Welle der Erleichterung überflutete Ida. Jetzt zählte jeder Atemzug! Sie kletterte auf die Eiche, um die Seile zu lösen, und achtete dabei nicht auf das stechende Brennen und Ziepen ihrer frischen Narben. Der Knoten ging einfach nicht auf! Ein Sprung hinunter, die Füße im nassen Laub. Irgendwo musste es doch ein Messer … Neslins Beutel! Da war er! Doch von der Erde aus kam Ida nicht an die Seile – also wieder hinauf, das Messer zwischen den Zähnen. Die Klinge ans Seil angesetzt. Sie säbelte und säbelte. Wie lange es dauerte! Ida ertrug es kaum. Endlich geschafft! Ein Fuß löste sich, der Körper schwankte, Neslin stöhnte kehlig.

»Gleich! Ich hab es gleich!«, rief Ida ihr zu. An nichts dachte sie in diesem Moment, nur an das Seil unter ihren Fingern.

Ein Ruck – der Körper fiel. Wieder sprang Ida. Als Erstes zog sie Neslins Kleid ein wenig hinunter, um ihre Blöße zu bedecken. Sie wollte die Wunde nicht sehen, die tief und fleischig war.

Da ergriff die Alte ihre Hand und sprach, und ihre Stimme klang dabei wie das Reiben brüchigen Schilfes. »Ich … sterbe. Brauche Perlen. Geschenk für … die …. Totengöttin. Kann sonst nicht … gehen.«

Welche Totengöttin?, fragte sich Ida. Davon hatte sie noch nie gehört. »Deine Wunde … Was kann ich denn nur tun?«

»Perlen für … die Göttin … ins Totenreich«, presste Neslin erregt hervor.

Sie musste verwirrt sein! Es gab keine Totengöttin, sondern die Engel geleiteten einen in den Himmel. Überhaupt kannte Ida nur Gott, die Mutter Maria, den Herrn Jesus und die Heiligen. Die Augen der Alten wurden langsam wieder klarer, und die rote Schwellung ihres Gesichtes nahm etwas ab.

»Totenreich? Du kommst bestimmt nicht in die Hölle, sondern in den Himmel!«, wollte Ida die Verletzte beruhigen.

Neslin packte jetzt Idas Kittel und zog sie an sich. Ihre Augen brannten förmlich vor Ernst. Jedes Wort war für sie ein Kraftakt. »Die Perlen, ich … bitte dich. Der Fluss … eine Muschelbank, ein Stück nach … rechts. Unter dem Baum mit der Sonnenscheibe. Dort wirst du eine … Perle finden. Ich weiß … es. Ganz bestimmt … findest du sie.« Flehend sah sie Ida an. »Nimm das Messer und tauche … für mich … zum Dank.« In einem Krampf bog die Alte den Kopf zurück und verzog das Gesicht.

Ida durfte nicht zögern, wenn sie der Sterbenden diesen letzten Wunsch erfüllen wollte. Sie sprang über Wurzeln und krabbelte unter Dornenhecken hindurch. Perlen, tauchen … Die Gedanken schwirrten durch ihren Kopf. Da war der Fluss, dunkel glucksend unter dem Herbsthimmel. Der Regen war weitergezogen, ein zaghafter Sonnenstrahl brach durch die Wolkendecke. Ida stapfte hastig am dicht bewachsenen Flussufer weiter, glitschte aus, fiel hin. Jeden Baum suchte sie ab und entdeckte noch nichts. Ein Baum mit einer Sonnenscheibe … da war er, direkt an der Neigung des Flusslaufs! Die verwachsene Erle hatte vor Jahren wohl direkt am Stamm einen Ast verloren, und die Baumnarbe sah tatsächlich wie die Sonne aus, deren Strahlen sich über die Rinde ausbreiteten.

Der Fluss strömte schnell an dieser Stelle, was Ida gehörigen Respekt einflößte. Hatten ihre Eltern sie nicht immer vor der Ilmenau gewarnt? Ihre Eltern … Die frischen Narben auf ihrer Haut pulsierten schmerzhaft, quälender jedoch war die Leere in ihrem Kopf und ihrem Herzen. Es war, als hätte ihre Mutter ihr etwas aufgetragen, das sie beim Spielen vergessen hatte. Ihre Mutter – wo war sie nur? Warum hatte sie Ida allein gelassen? Und wo war der Rest ihrer Familie? Sie hatte doch eine Familie? Alle hatten sie verlassen. Sie musste etwas Furchtbares angestellt haben, das war die einzige Erklärung dafür. Wenn sie sich nur erinnern könnte, was es war! Nur die alte Frau war für sie da gewesen. Immer wieder hatte Neslin nach Idas Familie gefragt und nach Bardowick. So hieß doch der Ort, in dem Ida eigentlich lebte! Doch auch das wusste Ida nicht mit Sicherheit. Es war, als ob ein Schleier ihre Gedanken verhüllte. Als ob Sand in einem Teich aufgewühlt wurde und das klare Wasser verdunkelte. Ida schüttelte die Grübeleien ab. Jetzt musste sie Neslins Wunsch erfüllen, auch wenn sie nicht wusste, wie sie es anstellen sollte.

Ida setzte den Fuß in das Wasser. Es war eiskalt. Die Strömung streichelte ihre Haut. Ida schob ihre Zunge in die Zahnlücke und beobachtete die Bewegungen auf der Wasseroberfläche. Sie hatte kein Seil, mit dem sie sich am Ufer festbinden konnte. Sollte sie zur Hütte zurücklaufen und eins holen? Aber dann wäre Neslin vielleicht schon tot, bevor sie überhaupt eine Muschel gefischt hatte. Entschlossen zog sie ihren Kittel aus und warf ihn ans Ufer. Die Messerklinge zwischen die Zähne. Wie sollte sie die Muscheln nur finden? Natürlich hatte sie schon welche gesehen. Sie saßen am Flussgrund, leicht konnte man sich an ihren scharfen Kanten schneiden. Als sie tiefer ins Wasser ging, tastete sie mit den Zehen den Sand nach Muschelkanten ab. Etwas Glitschiges unter ihrer Haut. Kiesel. Ein Schreck, als ein Fisch an ihren Beinen entlangglitt. Sonne glitzerte auf der Wasseroberfläche. Sie war durchgefroren, ihr Kiefer ganz verkrampft. Das Wasser spülte über ihre Wunden und nahm ihr kurz den Atem, dann aber linderte die Kälte ihren Schmerz.

Konzentriert tastete sie sich weiter. Da war etwas Scharfkantiges, dicht an dicht aneinandergereiht, wie Mehlsäcke im Lager eines Müllers. Waren das die Muscheln? Woher hatte Neslin gewusst, dass sie hier Muscheln finden würde? Wie sollte sie die richtige finden, diejenige, die eine Perle trug? Sie holte Luft und ließ sich hinabsinken. Das Rauschen in ihren Ohren und die plötzliche Ruhe unter Wasser gefielen ihr. Wie friedlich es hier war! Aber sie kam nicht tief genug. Strampelte mit Armen und Beinen. Trieb wieder auf. Noch einmal hinunter. Von unten wirkte das Wasser blassgrün und durchscheinend. Sonnenstrahlen brachten die Kiesel zum Glitzern, als wären es Edelsteine. Pflanzen wiegten sich schlangengleich im Strom, Fische blinkten im Licht und verschwanden im Dunkel der Uferböschung. Ida hatte keine Zeit für diese Schönheit. Sie musste irgendwie den Flussgrund erreichen! Zornig schnaubte sie. Luftblasen stiegen vor ihr auf. Sie streckte die Arme ganz aus – und sank!

Endlich konnte sie die Finger hinter einen größeren Stein krallen, der im Flusssand feststeckte. Kleine schwarze Augen schienen sie anzusehen – die Muscheln standen einen Spalt offen, es war, als würden sie Ida beobachten. Sie ergriff eine Muschel und brach sie aus dem Untergrund. Nach Luft japsend stieß sie durch die Wasseroberfläche. Sie zitterte jetzt am ganzen Leib.

Unscheinbar war die Muschel, rotbraun bis schwarz. Das seltsame Auge war verschwunden. Die Schalen waren dick, vorne rund und hinten verlängert, wie eine Zunge. Wie knackte man die Muscheln auf? Ida schob die Messerspitze zwischen die Schalen und bog – die Muschel brach auf.

Weißblau und schillernd war die Innenseite, stellte Ida verzaubert fest. Eine Art Zähnchen hielt die Schalen zusammen. Ein glibberiges Etwas schimmerte im Weiß, nichts sonst. Enttäuscht warf Ida die Muschel ans Ufer und tauchte wieder unter. Noch eine Muschel. Keine Perle. Wieder und wieder tauchte sie. Diese nächste Muschel war wulstig und rissig. Als Ida sie öffnete, sah sie etwas Winziges, Weißes mit den acht Beinen einer Spinne. Erschrocken klappte sie die Muschel wieder zu und ließ sie im Sand verschwinden. Endlich, nachdem sie beinahe ein Dutzend Muscheln aufgebrochen hatte, entdeckte sie etwas Kugeliges, Schimmerndes im Muschelfleisch. Ihre Brust weitete sich – eine Perle! Sie hatte eine Perle gefunden! Also doch! Hier, an dieser Stelle des Flusses, waren die Engel gewesen – sie hatte den Beweis. Beinahe hätte sie aufgelacht. Mit spitzen Fingern holte sie die Perle hervor. Etwa so groß wie ein Weizenkorn war sie und hellbraun, aber trotzdem schön! Ida wünschte, sie könnte sie ihrer Mutter zeigen. Mit einem Mal war ihre Freude wie weggeblasen. Alle hatten sie verlassen, und nun würde auch Neslin gehen …

Sie schüttelte das Wasser aus dem Haar und kämpfte sich zurück an Land. Keine Zeit, den Kittel überzuziehen. Die Lichtung bot ein Bild des Grauens. Die Blutlache, wo Wolf den Hals des Ritters aufgerissen hatte. Die tote Ziege. Und Neslin. Unbewegt lag sie im Laub. Ihr Kittel war tiefrot. Die Hand hatte sie auf die Wunde gepresst. Bewegte sich ihre Brust noch? Ida ließ sich neben sie sinken. Die Lider der Alten flatterten.

»Leg sie … auf meine … Stirn«, wisperte die Alte.

Ida tat wie ihr geheißen. Tiefe Trauer überfiel sie beim Anblick des eingefallenen Gesichtes, und sie faltete die Hände, um zu beten. Ungehindert ließ sie ihre Tränen fließen. Sie war müde, so müde! Warum konnten ihre Eltern nicht einfach kommen und sie holen?

II

Lübeck, November

Bitte, allmächtiger Gott, lass meine Magda wieder gesund werden. Strafe mich nicht auch noch durch den Tod meines geliebten Eheweibs. Ich bin doch schon genug gestraft. Nimm unsere geliebte Tochter Ida in dein Reich auf …

Jeder Schritt, den Gerold auf Lübeck zutat, war ein Gebet. Auch sein Sohn, dessen Hand er hielt, schien den ganzen Weg über um himmlischen Beistand zu flehen. Bei jeder Messe, die der Priester las, der den Flüchtlingszug begleitete, hatten Bendix und Jan inbrünstig gebetet. Gerold hingegen war lieber bei Magda geblieben. Keinen Atemzug wollte er seine Frau allein lassen, weil er fürchtete, es könnte ihr letzter sein.

Regen umwehte sie, und Gerold kontrollierte, ob der Umhang, der Magda auf dem Frachtwagen bedeckte, auch nicht verrutscht war. Es war wenig genug, was er für sie tun konnte. Ihre äußerlichen Wunden hatten er und Bendix notdürftig gereinigt, aber Magdas Leib war noch immer blutunterlaufen und heiß. Manchmal schlug sie die Augen auf; ihre Pupillen schwammen dann ziellos hin und her, was Gerold fatal an Zwartjes Todeskampf erinnerte. Auf Worte reagierte Magda nicht. Allerdings war es in diesem Zustand leichter, ihr etwas Wasser und Brei einzuflößen. Mit seinen eigenen Wunden befasste sich Gerold kaum, aber Bendix achtete darauf, dass auch sie versorgt wurden. Schwermütig ließ Gerold die Finger über Idas kleines Holzpferd gleiten, das er in der Tasche trug. *Bitte, lieber Herrgott …*

Rikolf schloss zu ihnen auf. Wie sie alle wirkte er abgehärmt und verdreckt. Eine Woche unter freiem Himmel und ohne genügend Verpflegung forderte ihren Tribut. Allerdings hatte Rikolf im Gegensatz zu seinen Freunden den Austausch mit anderen Flüchtigen und sogar den Rittern des Herzogs gesucht. Gerold hatte das nicht nachvollziehen können, aber tatsächlich hatten ihnen Rikolfs Erkundigungen Vorteile bei der Lagersuche und Verpflegung eingebracht.

»Es ist nicht mehr weit. Bald müsste Lübeck in Sicht kommen«, sagte der Münzgehilfe. »Ich habe vor ein paar Jahren Meister Aluardo dorthin begleitet, als sich dieser in einer hochoffiziellen Angelegenheit mit dem Lübecker Münzmeister beriet.«

Poppo seufzte vernehmlich. »Du hast es gut, du hast einflussreiche Bekannte. Der Lübecker Münzmeister kann sicher etwas für dich tun. Dir Arbeit beschaffen, zum Beispiel.«

Rikolf wog das Haupt. »Lübeck ist groß, und die Münze hat durch den weit verzweigten Handel viel zu tun. Die ganze Ostsee steht den Lübecker Kaufleuten offen, zumindest wenn die Schiffe sie so weit tragen und die Heiden am anderen Ufer sie am Leben lassen«, sagte er. »Aber auf mich haben die Lübecker nicht gewartet. Münzgehilfen haben sie selbst genug, denke ich. Da wirst du es als Schiffer leichter haben.«

»Dein Wort in Gottes Ohr«, sagte Poppo und hielt seine Augen stur auf den Weg vor ihnen gerichtet.

Gerold wies auf Jan. Der Junge sprach kaum ein Wort. »Denkst du, du findest jemanden, der Jan aufnimmt? Der Junge hat sonst niemanden.«

»Warum sollte das jemand tun? Aus purer Mildtätigkeit?« Rikolf schnippte seine Münze hoch, es gelang ihm jedoch nicht, sie im Gehen aufzufangen, und sie landete im Matsch.

Bendix bückte sich, um Rikolf die Münze zurückzugeben. »Kann Jan denn nicht bei uns bleiben, Vater?«, fragte er.

Gerold mied seinen hoffnungsvollen Blick. »Ach, Bendix. Ich weiß doch selbst kaum …«

In diesem Moment hielt Rikolf unvermittelt inne. »Da ist es endlich: Lübeck«, verkündete er mit großer Geste.

Gerold war enttäuscht. Er hatte sich die Stadt imposanter vorgestellt. Aber vielleicht täuschte der erste Eindruck, oder der Regen verschleierte ihm zu sehr die Sicht.

»Da gibt es ja nicht mal so viele Kirchen wie in Bardowick«, stellte Bendix ein wenig altklug fest.

»Lübeck hat weniger Gotteshäuser als Bardowick, das ist richtig«, bestätigte Rikolf. »Du darfst nicht vergessen, dass die Stadt zwar ebenso alt ist, aber oft zerstört wurde. Die geschützte Lage in unmittelbarer Nähe der Ostsee macht sie begehrt. Der Streit zwischen den Grafen von Holstein und Heinrich dem Löwen um Lübecks Reichtum dauert schon Jahrzehnte an. Nach einem Brand im Jahre 1157 übergab Graf Adolf dem Herzog die Stadt. Erst seitdem, also seit etwas über dreißig Jahren, wird Lübeck entschlossen aufgebaut.«

»Das verstehe ich nicht. Warum wollte Herzog Heinrich die Stadt jetzt angreifen, wenn sie ihm doch gehört? So kriegswütig kann doch nicht mal der Löwe sein«, wunderte sich Gerold.

»Seit seinem Sturz vor knapp neun Jahren gehört Lübeck dem Löwen nicht mehr.«

»Sondern dem Askanier Bernhard von Anhalt, oder? Ihm sind doch nach Heinrichs Verbannung das Herzogtum Sachsen und auch Bardowick zugesprochen worden.«

»Nein. Lübecks Lage ist kompliziert, das ist ja das Problem. Soweit ich von Meister Aluardo weiß, kam der Kaiser höchstselbst im Jahr 1181 nach Lübeck. Friedrich stellte die Stadt unter seinen Schutz. Die Hälfte der Einkünfte verlieh er jedoch an Graf Adolf von Holstein. Es gibt also keine klaren Machtverhältnisse in Lübeck, und der Kaiser ist weit weg, was dazu führt, dass viele Grafen und Edelherren um Lübeck kämpfen.«

Hinter einer Mühlenbrücke stiefelten sie durch sumpfiges Land. Nur der Weg aus Holzbohlen verhinderte zu tiefes Einsinken. Leicht ging es auf einem Hügelsporn bergan. Zu ihrer Linken erstreckte sich ein eingewalltes Gelände, über dessen Mauern sich eine Holzkirche sowie Gerüste und Backsteinmauern erhoben; Rauchfahnen zeigten an, dass hier gearbeitet wurde. Die Baustelle war das Erste, was nach dem Überfall Gerolds Interesse weckte. »Was wird da gebaut?«, fragte er.

»Vor einigen Jahren wurde der Bischofssitz von Oldenburg nach Lübeck verlegt. Jetzt wird der hölzerne Behelfsbau gegen einen Dom aus Stein ersetzt. Eine kostspielige Angelegenheit, weil es hier keinen Steinbruch gibt, sondern das ganze Material für Ziegel herangeschafft werden muss. Aber den Ruhm Gottes lässt sich der Bischof etwas kosten, meinte der Münzmeister«, erklärte Rikolf.

»Und warum lässt der Bischof so weit außerhalb der Stadtmauer bauen? Ist das nicht gefährlich?«, wunderte sich Gerold.

Der Freund hob nur die Schultern.

Zu beiden Seiten des Hügelsporns lag das Land brach, lediglich eine kleine Holzkirche trotzte dem sumpfigen Erdreich. In einer breiten Flussschleife im Westen lagen Schiffe. Der Stadtwall erstreckte sich von einem Flussufer zum anderen. Einzelne Abschnitte der Holzpalisade waren durch Mauerwerk ersetzt worden, was Gerold so noch nie gesehen hatte.

»Der Wall ist unversehrt. Sieht nicht so aus, als ob die Stadt angegriffen worden wäre«, konstatierte Poppo.

Herzog Heinrich war vor einigen Tagen mit einem Trupp Ritter vorausgeprescht. Gerold war erleichtert gewesen, dass auch von der Neetz abgezogen war, denn dieser hatte es nicht lassen können, ihn erneut zu bedrohen. Gerold hoffte, dass der Ritter seinen Angriff in der Vitikirche vergessen würde, aber so recht glaubte er nicht daran. Er hatte unüberlegt und anmaßend gehandelt, und das bereute er jetzt zutiefst.

Da einer der Welfenritter vorausgeritten war und sie angekündigt hatte, öffneten sich ihnen die Stadttore. Die Flüchtigen strömten in die Stadt. Nur Rikolf hielt an, um mit den Stadtwachen zu reden. Gleich darauf berichtete er: »Die Lübecker haben dem Löwen freiwillig die Tore geöffnet. Sie haben sich ihm unterworfen und lediglich freien Abzug für den Verwalter der Grafen von Holstein gefordert. Bardowicks Beispiel ist den Lübeckern Warnung genug gewesen.«

Poppo spuckte verächtlich aus. Auch in Gerold brannte der Hass auf den Sachsenherzog und seine Spießgesellen.

Ein Gewimmel von Fachwerkbauten, Holzhäusern und Zelten breitete sich vor ihnen aus. Aus einem Haus stieg der verführerische Duft von frischem Gebäck. Ein Ziehen ging durch Gerolds Magen, das er bislang beharrlich ignoriert hatte und auch weiterhin ignorieren musste; Geld hatten sie nicht. Die Menschen gingen beim Anblick der Bardowicker Flüchtlinge auf Abstand. Gerold senkte den Blick. Bendix umklammerte Gerolds Hand fester. Mit der anderen Hand berührte Gerold seine Frau.

»Wir sind da, Magda. Nun werden wir endlich jemanden finden, der dir helfen kann.« Er hoffte, dass sie ihn hören konnte, auch wenn sie es nicht zeigte.

Auf einem Pferdemarkt zerstreute sich der Trupp. Jeder hatte es eilig, in Lübeck unterzukommen. Meister Harksen sah ungeduldig den anderen Bardowicker Kaufleuten nach, die mit ihren Wagen den Stichstraßen gen Hafen folgten. »Ladet Eure Frau ab«, forderte er Gerold auf. »Auch ich muss sehen, wo ich bleibe. Sonst haben meine Kollegen mir jeden halbwegs bezahlbaren Lagerraum weggeschnappt.«

Gerold wagte nicht, um etwas mehr Geduld zu bitten; der Pelzhändler hatte schon viel für sie getan. Er nahm Magda auf den Arm und dankte Harksen, der kaum hinhörte und eilig davonfuhr. Poppo und Rikolf fragten Gerold, ob er noch Hilfe benötige, doch auch sie schienen begierig, sich einen Platz in der Stadt zu sichern, und so lehnte er dankend ab. Immerhin nahm Rikolf Jan mit. Die beiden Jungen verabschiedeten sich stumm. Gerold hielt einen Heringshöker auf und fragte diesen nach einem Hospital.

»Versucht es im Johanniskloster, da kümmern sich die Mönche um die Siechen.« Der Höker wies ihnen den Weg zum Ostteil der Stadt.

Schon vor dem Siechenhaus warteten Kranke und Pilger. Als Gerold mit seiner Frau auf dem Arm näher kam, gaben sie ihm den Weg frei. Im Kloster lagen die Kranken eng an eng, und obgleich die Strohsäcke sauber wirkten, musste Gerold gegen seinen Abscheu ankämpfen, so sehr stank es nach Ausscheidungen und Tod. Ein Mönch in schwarzer Kutte begrüßte sie.

Gerold kam gleich zur Sache. »Meine Frau wurde bei dem Angriff auf Bardowick verletzt. Der Heilkundige des dortigen Petri-Stifts meinte, in ihrem Inneren sei etwas zerbrochen. Wir hoffen, Ihr könnt ihr helfen, Pater. Wir haben schon unsere kleine Tochter bei dem Angriff verloren. Ein weiterer Verlust wäre …« Gerolds Stimme brach.

Der Mönch nickte mitfühlend. »Gott der Herr hat in seiner unendlichen Voraussicht die Sorge für die Kranken an die erste Stelle in unserem Orden gesetzt, das ist richtig. Die Heilung jedoch liegt ganz in der Hand des Allmächtigen. Ihr müsst auf ihn vertrauen.«

Er führte sie durch den Krankensaal. Auch im Frauentrakt waren alle Plätze belegt. Einzig am Durchgang zum Hinterhof wurde gerade Stroh neu aufgeschüttet. Hatte eine Gesunde das Lager verlassen, oder war hier jemand gestorben? Gerold hoffte auf ein gutes Omen. Es war ein unruhiger, zugiger Ort. Ständig kamen Kinder vorbei, die volle Eimer zur Sickerkuhle schleppten. Neben ihnen hustete eine Frau zum Gotterbarmen, auf der anderen Seite erbrach sich ein Mädchen. Obgleich eine Wärterin mit einem Putzlappen zur Stelle war, musste Gerold gegen seinen Ekel ankämpfen. Es wäre besser, wenn sie eine andere Unterkunft fänden – und zwar so schnell wie möglich.

Magda stöhnte, als Gerold sie auf das Stroh bettete. Er strich ihr über die Wange. »Wach auf, Liebes, so wach doch auf«, flüsterte er beschwörend, doch die Züge seiner Frau blieben unbewegt. Sie hatte immer viel Wert auf ein gepflegtes Aussehen gelegt, aber nun war ihr Kleid besudelt. Es blieb ihm nichts übrig, als Magda auszuziehen. Während Bendix hinausging, um das Kleid notdürftig auszuwaschen, reinigte Gerold den Körper seiner Frau sanft, die Rundungen, die er so sehr liebte und deren tröstliche Lebendigkeit er so sehr vermisste.

Als Gerold Magdas Blöße wieder mit ihrem Umhang bedeckte, war auch Bendix zurück. Gerold wandte sich seinem Sohn zu. »Pass eine Weile auf sie auf«, sagte er.

Der Junge sah ihn unsicher an. »Wohin gehst du?«

Raus hier, nur raus, dachte Gerold, sagte aber: »Ich suche Arbeit und eine bessere Lagerstatt für uns.«

»Und wenn ein Mönch kommt und etwas von mir will? Almosen oder so?«

»Dann vertröstest du ihn. Er wird euch schon nicht hinauswerfen.« Das hoffte er zumindest.

Als er aufstand, trat Bendix unruhig von einem Fuß auf den anderen. »Du … kommst doch zurück?«

»Natürlich, was denkst du denn? Es dauert nicht lange. Ich bin gleich wieder da.«

Trotz dieser Versicherung klammerte sich Bendix an ihn. Magda hatte ihren Sohn wirklich zu sehr verwöhnt! In Bendix' Alter ernährten andere Jungen schon ganze Familien.

Gerold schämte sich ein wenig dafür, aber er atmete auf, als er die Straße betrat. Es tat ihm gut, dem bedrückenden Anblick seiner Frau für einige Zeit zu entkommen. Er liebte Magda innig, und er hatte sie stärker begehrt als jede andere Frau. Sie aber in diesem Zustand zu sehen quälte ihn zutiefst. Er passierte einen Marktplatz, wo Stände mit Äpfeln und Birnen, Kürbissen und Pastinaken ihn lockten. Um die Höker mit Teigfladen und

Bierkannen schlug er einen Bogen. Ihm war schon ganz schwach vor Hunger. Ein paar Stunden noch ohne eine Mahlzeit, und er würde für nichts garantieren können – und zum Dieb werden wollte er wahrlich nicht. Als Erstes brauchte er Geld, dann eine ordentliche Unterkunft. Wohin sollte er sich wenden? Er kannte in Lübeck niemanden, außer den anderen Geflüchteten. Eine Baustelle hatte er jedoch schon gesehen. Und zwar eine sehr interessante …

Je näher er dem Dombezirk kam, desto mehr vergaß er seinen Kummer. Neugier ließ seine Schritte schneller werden. Als er den Domwall betrat, verharrte er staunend. Weit lagen die durch Pfosten markierten Baubereiche auseinander – so etwas Gewaltiges hatte Gerold noch nie gesehen. Offenbar wurde der Bau von Osten und Westen gleichzeitig begonnen, die erste Altarnische war bereits fertiggestellt. Und erst das Material: hohe Gerüste, lange Leitern, Laufschrägen und vor allem ein Laufkran, von dessen Existenz Gerold bislang nur Wanderarbeiter hatte sprechen hören, die beim Dombau zu Ratzeburg dabei gewesen waren. Wie hatte er nur ernsthaft denken können, ein Baumeister zu sein? Das hier war wahre Baukunst! Dabei war erst ein winziger Teil des Gebäudes fertig. Rotbraune Mauern, stark und fest, damit sie in Ewigkeit das Lob des Herrn verkünden könnten. Arbeiter schleppten die Ziegel auf Tragbahren, Mönche zogen den Mörtelkorb an einem Säulenkran an den Mauern empor.

Gerold ging zu den rauchenden Öfen in der Nähe des Flusses. Stapelweise lagen die roten Ziegel bereit. Die Regale waren mit Ziegeln gestützt und trotzdem teilweise in den weichen Untergrund eingesunken. Fasziniert nahm Gerold die Ziegel in Augenschein, die auf Regalen zum Trocknen lagen.

Er schlenderte weiter durch die Ziegelei. Keiner der Ziegler oder Kalkbrenner sprach ihn an; vielleicht hatte er auf der Flucht einen Rest seiner Autorität als Baumeister retten können, die man ihm noch immer ansah.

Männer hackten Holz und feuerten den Ofen an, mischten Lehm mit Wasser, streuten feinen Sand auf Bretter oder strichen Lehmklumpen in Formen, die sie mit einem Holzscheit glätteten.

Ein älterer Mann mit wallendem Bart kontrollierte die Rohziegel. »Nimm diesen da heraus – er taugt nichts«, wies der Bärtige einen Jungen an. Eifrig kam der Junge, dessen Nase hellrot in seinem Gesicht leuchtete, der Aufforderung nach. Gerold konnte nicht genau erkennen, was der Bärtige tat, und trat näher – er drückte eine Art Stempel in den Lehm.

Jetzt bemerkten die Arbeiter, dass er nicht zu ihnen gehörte, und sprachen den Bärtigen an, der sich Gerold zuwandte. »Was hast du hier zu suchen?«, fragte er.

»Ich suche Arbeit.«

»Ich bin der Werkmeister.«

Beinahe verlegen erwähnte Gerold, dass er Baumeister war. »Ich habe aber nur Holz- und Fachwerkhäuser errichtet. Das ist nicht zu vergleichen mit … dem hier.« Er setzte hinzu: »Wie schafft ihr es, dass die Ziegel der Witterung standhalten? Das erscheint mir beinahe wie ein Wunder. Üblicherweise lösen sich Lehmziegel bei Regen in Matsch auf. Es muss an dem Brand liegen. Oder ist es eine besondere Mischung, die die Ziegel so haltbar macht?«

»Für wie dumm hältst du mich, Kerl, dass ich dir meine Berufsgeheimnisse preisgebe?«, brummte der Werkmeister.

Gerold merkte, wie Unmut in ihm aufwallte, und versuchte, in dem Gesicht des Bärtigen zu lesen. »Ich halte Euch nicht für dumm, Meister. Im Gegenteil, ich bewundere Eure Arbeit. Wenn Ihr so gut seid, wie es den Anschein hat, wird dieser Dom der Ewigkeit standhalten. Und glaubt mir: Für jemanden, der gerade die Zerstörung seiner Heimat erleben musste, hat diese Aussicht etwas außerordentlich Tröstliches.«

Der Werkmeister zeigte nun etwas mehr Interesse. »Welche

Neuigkeiten bringt Ihr mit Euch? Was habt Ihr erlebt? Woher kommt Ihr?«, fragte er.

Gerold war kalt; er wusste nicht, ob es die klamme Feuchtigkeit war, die vom Fluss zu ihm aufstieg, oder die Erinnerung an seinen Verlust, die ihn frösteln ließ. Er trat näher an den Brennofen heran und berichtete von der Zerstörung Bardowicks.

»Jetzt muss ich in Lübeck ein Auskommen finden. Ich wollte in der Stadt nach Arbeit suchen, aber meine Schritte führten mich sogleich hierher. Meine Frage nach den Ziegeln war reine berufliche Neugier. So etwas Beeindruckendes wie diese Baustelle habe ich noch nie gesehen.«

Sichtlich zufrieden nahm der Bärtige Gerolds Lob auf. »Wir sind ja noch beinahe ganz am Anfang. Bis zur Weihe des Backsteindoms wird wohl noch ein halbes Menschenleben ins Land gehen. Glaubt mir, ich weiß, wovon ich spreche. Beim Bau des Domes von Racesburg …«

»Ihr wart in Ratzeburg dabei?«

Der Werkmeister nickte. »Ich bin aus der Gegend, habe als Lehrjunge am Dom von Racesburg mitgearbeitet und an der Basilika in Segeberg.« Er wischte den Holzstempel an seiner Lederschürze ab. »Ihr müsst wissen, dass an jedem Ort andere Regeln für die Herstellung von Ziegeln gelten. Ein allgemeingültiges Rezept könnte ich Euch also nicht verraten, selbst wenn ich es wollte. Zu unterschiedlich sind Ton und Sand, aus dem die Grünlinge hergestellt werden. Auch der Ziegelbrand ist eine Wissenschaft für sich.«

»Das glaube ich wohl.«

»Allerdings …«

»Der Schaffner«, zischte einer der Arbeiter.

Der Bärtige unterbrach seine Rede. Ein Geistlicher kam den Hügel heruntergestapft. Ein magerer junger Mönch trug ihm diensteifrig Wachstafeln und Griffel hinterher. Hektische Betriebsamkeit setzte unter den Arbeitern ein.

»Was schwatzt ihr? Habt ihr nichts zu tun? Ich werd euch Beine machen!« schimpfte der Schaffner. Als er bemerkte, dass der Lehrjunge mit der roten Nase gegen ein Regal mit Ziegeln stieß und einige herunterriss, versetzte er ihm eine Maulschelle. »Pass doch besser auf, Tölpel! Dein Name?«

»Hans«, sagte der Junge leise, dessen Wange nun auch das Hellrot seiner Nase annahm.

»Notiere, dass wir Hans' Lohn kürzen werden«, sagte der Schaffner, und sein Begleiter ritzte es gehorsam in die Wachstafel.

Der Lehrjunge wagte nicht zu protestieren. Der Werkmeister jedoch hob die Stimme: »Nicht doch, der Schaden ist halb so schlimm …«

»Es geht ums Prinzip, Meister Ulricus, das sollte Euch klar sein«, unterbrach der Schaffner ihn schroff. »Wenn hier erst mal der Schlendrian um sich greift, wird der Dom nie fertig. Der Winter ist nah, und bis dahin sollte der nächste Bauabschnitt beendet sein. Außerdem solltet Ihr Euch an die eigene Nase fassen. Wer ist das? Mit wem schwatzt Ihr hier?« Sein kritischer Blick ruhte auf Gerold.

Diesen hatte das Benehmen des Schaffners erbost, aber er musste sich beherrschen, denn nichts wäre reizvoller für ihn, als hier auf der Dombaustelle Arbeit zu finden.

»Gott zum Gruße, verehrter Herr. Ich bin Baumeister und neu hier in der Stadt. Ich suche eine Anstellung«, sagte Gerold.

Der Mann musterte ihn. »Fremd bist du, was? Baumeister haben wir selbst. Aber für Handlangerdienste könnte ich dich wohl gebrauchen, du siehst kräftig aus.«

Was er mit Handlangerdiensten verdiente, würde für sie drei kaum zum Überleben reichen, das wusste Gerold. »Ihr habt mich wohl nicht richtig verstanden: Baumeister bin ich. In Bardowick habe ich …«

Ein ungeduldiges Schnalzen. »Ach, du bist einer dieser Bardowicker Hungerleider, die in Lübeck angekrochen kommen, um unseren guten lübischen Männern die Arbeit wegzunehmen.«

Gerold erbitterte dicse Reaktion, aber gleichzeitig wusste er, dass er nicht wählerisch sein durfte. Der Schaffner wandte sich ab. Gerold wollte ihn aufhalten und berührte impulsiv seinen Arm.

Der Mann schlug Gerolds Hand weg. »Was erdreistest du dich, du Strolch!«, sagte er so laut, dass die Arbeiter sich noch ein wenig mehr duckten. »Verschwinde wieder in dein Kaff, bevor ich die Büttel rufe, weil du es gewagt hast, Hand an mich zu legen.«

Das Blut rauschte in Gerolds Ohren; sein Magen hatte sich in einen Stein verwandelt. Am liebsten hätte er den Schaffner geschlagen. Es täte gut, seiner Erbitterung in einer Prügelei Luft zu machen; als junger Mann hatte er das oft getan, aber seit dem Überfall auf Bardowick ekelte ihn jegliche Gewalt an.

Er musste die Entschuldigung herauswürgen: »Verzeiht, ich wollte nicht …«

Doch der Schaffner wandte sich schon den Ziegelstapeln zu und gab seinem Schreiber Anweisungen. Meister Ulricus bedachte Gerold mit einem beinahe entschuldigenden Blick und ließ ihn stehen.

Beschämt floh Gerold aus dem Dombezirk. Erst hinter dem Stadttor hielt er inne, stützte die Hände auf die Knie und wartete, bis sein Atem sich wieder beruhigt hatte. Sein Magen krampfte. Hart presste er die Faust in die Kuhle unter den Rippen. Gesenkten Hauptes stürmte er durch die Straßen; kaum wusste er, wohin er ging. Erst auf dem Marktplatz an der großen Holzkirche hatte er sich einigermaßen wieder gefangen. Einer breiten Straße folgte er zum Hafen. Hier schienen die reichen Kaufleute zu wohnen, denn die eingezäunten Grundstücke waren groß wie Gehöfte. Hofhunde bewachten Reit- und Zugpferde und auch das Vieh. An der Front ragten die Giebel der teilweise mehrschiffigen Pfostenhäuser hoch auf, dahinter lagen massive Ständerhäuser. In Warenkellern und offenen Läden wurden Pelze, Tuche, Wachse und andere Güter feilgehalten.

In der Flusssenke gab es ebenfalls Häuser. Etliche hatten sich jedoch abgesenkt, bei anderen waren die Tragbalken morschgrün, und eines war so schief, dass man es mit Pfosten abgestützt hatte. Das Land wurde anscheinend öfter überschwemmt.

Gerold passierte das Stadttor und erreichte eine notdürftig mit Planken befestigte Uferfläche. Der Hafenbereich war überfüllt. Zwischen den Warenstapeln und Verkaufsbuden des Fischmarktes drängten sich Arbeiter mit Lastkarren, Träger und Frachtwagen. Im Fluss lagen so große Schiffe, wie Gerold sie noch nie gesehen hatte. Ruderboote pendelten, beladen mit Fässern und Ballen, zwischen den Frachtschiffen und dem Anleger. Hinter den Hütten entdeckte er Arbeiter, die Karren mit Steinen zum Hafenrand schoben. Als er näher kam, erkannte er, dass sie dabei waren, das Hafengelände zu erweitern, indem sie ein seichtes Stück Schwemmland abtrennten und mit den Steinen auffüllten. Er hatte in Bardowick ebenfalls mit einem ausufernden Fluss zu tun gehabt und war nicht sicher, ob diese Technik auf lange Sicht Erfolg versprach.

Gerold suchte den Vorarbeiter und fragte auch ihn nach Arbeit. Der Mann war freundlicher als der Domschaffner, konnte ihm aber nicht weiterhelfen. »Im Winter, wenn viele Kaufleute ihre Reisen einstellen, suchen die Hafenarbeiter nach neuer Beschäftigung, da gibt es kaum freie Stellen. Und wir stellen ebenfalls die Arbeit ein, wenn der Frost das Erdreich endgültig hartfriert«, sagte er. »Ihr müsst Euch wohl bis zum nächsten Frühjahr gedulden.«

Gerold sank der Mut. Ohne Heilkräuter und Hilfe wäre Magda im nächsten Frühjahr vermutlich längst tot, und Bendix und er wären verhungert.

Ein Sonnenstrahl brach durch die regenschweren Wolken, als

Gerold zurück zum Hospital ging, doch ihm war ganz und gar nicht hoffnungsvoll zumute. Auf dem Weg diente er sich immer wieder bei Händlern und Handwerkern als Arbeiter an. Einmal packte er mit an, weil an einem Hang der Tragbalken eines Hauses vermodert war und der Besitzer nun hektisch versuchte, die Wände mit Pfosten zu stützen; allerdings hatte der Hausbesitzer anschließend kein Geld, um Gerold zu entlohnen. Ob es Poppo und Rikolf besser erging? Er würde bei Gelegenheit nach ihnen suchen.

Gerold graute vor dem Spital. Er schaute nicht links und nicht rechts, als er zu seiner Familie ging. Als er seinen Sohn erblickte, erschrak er, so zart und zusammengesunken sah Bendix aus. Der Junge kniete neben der Mutter und war gerade dabei, deren Kette zu reparieren. Magda schien zu schlafen. Immerhin heilten ihre Wunden langsam, die Schwellungen ließen nach, und die Prellungen in ihrem Gesicht färbten sich gelblich.

»Ist sie aufgewacht?«, fragte er Bendix mit einem Funken Hoffnung.

»Mutter hat die Augen vorhin aufgeschlagen. Aber sie sieht mich einfach nicht. Sie reagiert auch nicht, wenn ich etwas zu ihr sage. Ich habe ihr schon vorgesungen, Mutters Lieblingslieder und Idas.« Seine Augen wurden feucht, aber er biss sich auf seine Unterlippe und weinte nicht. »Dafür gab es eine Mahlzeit. Ich habe aufgepasst, damit sie niemand stiehlt.« Bendix holte unter seinem Kittel eine Holzschale hervor. Gerold nahm seinen Löffel aus dem Gürtel. Er musste sich beherrschen, um den Eintopf nicht herunterzuschlingen. Langsam begann er zu essen. Der Eintopf war kalt und dünn, aber besser als nichts. »Dann haben die Mönche zur Messe gerufen. Ich bin lieber nicht gegangen, auch wenn ich gern gewollt hätte.«

Gerold stellte die leere Schale ab, erhob sich und reichte ihm die Hand. »Lass uns gemeinsam unsere Gebete verrichten«, sagte er.

Bendix zögerte. »Aber Mutter …«

Sie gingen die wenigen Schritte zur Johanniskirche. Ihr Schicksal hatte sich anscheinend herumgesprochen, denn ein Mönch fragte, ob Gerold eine Seelenmesse für seine Tochter lesen lassen wollte. Gerold musste verneinen, er hatte kein Geld dafür. Aber wie sollte seine Tochter ohne diese Fürbitten in den Himmel kommen? Still flehte Gerold um Hilfe bei der Bewältigung ihres Unglücks. Tief in seinem Inneren fühlte er sich haltlos. Seine Welt war aus den Fugen geraten. Wie konnte Gott es zulassen, dass ein Adeliger ungestraft ihre Stadt zerstörte, dass er so vielen Menschen das Leben nahm und ebenso viele entwurzelte? An einem reich verzierten Altarkreuz blieb sein Blick hängen. Bergkristalle und Perlen zierten das Gold. Bei ihrem Anblick regte sich etwas in Gerold. Magdas Kette war das einzige von Wert, was sie noch besaßen.

Als sie ihr Gebet beendet hatten, bemerkte Gerold, dass der Abt die Kirche betreten hatte und mit dem Mönch sprach; dann wandte er sich ihnen zu. Er war um die vierzig, einen Kopf kleiner als Gerold, hatte einen wachen Blick und neben dem Abtsring Tintenflecke auf den Fingern.

»Seht meinem jungen Bruder seine Unwissenheit nach. Die christliche Nächstenliebe gebietet es, eine Seelenmesse für Eure Tochter lesen zu lassen«, sagte der Abt. »Ich würde es zu schätzen wissen, wenn Ihr anschließend die Zeit fändet, mich aufzusuchen.«

»Habt Dank, hochwürdigster Herr …«

»Arnold ist mein Name. Ich bin der Abt dieses Klosters.«

»Habt Dank für Eure Güte«, stotterte Gerold.

Anschließend kehrte Gerold mit seinem Sohn zu Magda zurück. Ihr Zustand hatte sich nicht verändert. Gerold bat einen Mönch, ihn zum Abt zu führen. Abt Arnold stand im Schein eines Kienspans vor einem Pult und kratzte Tinte von einem großen Pergamentstück.

»Ich hörte, Ihr seid dem Kampf um Bardowick entronnen. Erzählt mir davon«, forderte er Gerold auf. »Ich arbeite an einer Chronik, müsst Ihr wissen. Alles, was Lübeck berührt, interessiert mich.«

»Herzog Heinrich, den man den Löwen nennt, hat die Stadt überrannt. Er ist für unser Unglück verantwortlich. Bei seinem Angriff haben wir in Bardowick alles verloren. Dieser verdammte Löwe ist …«

Mitgefühl hatte sich auf das Gesicht des Abtes geschlichen, doch nun sagte er scharf: »Hütet Eure Zunge. Herzog Heinrich von Sachsen ist ein gottesfürchtiger Heidenkrieger. Er war es, der die Ungläubigen nicht nur in Nordelbien bekehrt oder vertrieben hat. Er war es auch, der den Grundstein für den Dom zu Lübeck legte, und er ist einer der Gönner unseres Klosters.«

»Das wusste ich nicht«, sagte Gerold rau. Beherrschter berichtete er dem Abt von der Belagerung und den Kämpfen.

Abt Arnold unterbrach seinen Bericht gelegentlich durch Fragen und notierte sich immer wieder etwas auf einer Wachstafel. Schließlich sagte er: »Wisset, dass nach Herzog Heinrichs Sturz kein König in Israel war, wie man so sagt; ein jeglicher tat, was ihm recht deuchte. Nicht jede Tat des Herzogs mag gottgefällig sein, aber wir hoffen, dass der Löwe unserer Stadt wieder Frieden bringen wird.« Der Abt begann, seine Schreibfeder anzuspitzen. »Ich rate Euch, an der Heilig-Blut-Reliquie zu beten, die Herzog Heinrich diesem Kloster schenkte – sie wird auch Euch Frieden schenken.«

Gerold bezweifelte das, schluckte aber eine Entgegnung hinunter.

12

Magda fieberte heftig. Die Krankenwärterinnen hatten sie in Decken gepackt, damit sie das Fieber ausschwitzte, doch das schien nicht zu helfen. Sein Weib brauchte Heilkräuter, brauchte einen Medicus! Nachdem Gerold gemeinsam mit Bendix am Morgen die Kranke versorgt hatten, eilte er aus dem Hospital. Wieder fragte er überall nach Arbeit, wieder wurde er abgewiesen. Er traf einige ehemalige Bardowicker, denen es ähnlich ging. Auch ihr Hass auf Herzog Heinrich wuchs mit jeder Abfuhr und jedem Tag, am dem sie hungern mussten. Andere hatten sich schnell mit der neuen Situation arrangiert: Kaufleute wie Meister Harksen und Meister Volkwart verkauften bereits aus neuen Lagerräumen ihre Waren. Auch die Lübecker schienen froh darüber zu sein, dass der Löwe wieder ihr Stadtherr war; er galt als Wohltäter, schließlich hatte er ihnen den sicheren Handel über die Ostsee ermöglicht.

Als Gerold am Nachmittag wieder mit leeren Händen zu seiner Familie zurückkehren musste, war er so verzweifelt wie noch nie. Schweren Herzens nahm er Magda die geflickte Perlenkette ab. Gemeinsam mit Bendix suchte er Goldschmiede, Paternostermacher und Tuchhändler auf. Da sie lediglich diese wenigen Perlen besaßen, wollte er nicht auf das erstbeste Angebot eingehen. Wenn es ihnen eines Tages besser ginge, würde er Magda eine neue Kette kaufen, die noch länger und schöner war, versprach er sich.

Es zeigte sich, dass es gut gewesen war, Bendix mitzunehmen. Die Anwesenheit des Kindes sorgte für eine freundliche Verhandlungsatmosphäre, auch machte er damit seinem Sohn eine Freude. Es war deutlich zu sehen, wie fasziniert Bendix von den

Auslagen in den Geschäften war. Im Gegensatz zu Gerold, den die Pracht der Waren eher einschüchterte, bestaunte Bendix unbefangen dic Vielfalt und Farbenpracht der Stoffe, der Pelze und Metalle.

Bei einem Goldschmied in der Nähe der Marienkirche wurden auch edelsteinbestickte Kleidungsstücke hergestellt, was Bendix besonders zu fesseln schien. An dem offenen Fenster bewegte ein Halbwüchsiger einen schmalen Schaft aus Eisen und Holz mittels eines Riemens, dass es nur so flirrte. An der gegenüberliegenden Ecke des Raumes heizte ein Mann einen Ofen ein. Der Goldschmied prüfte Magdas Kette und schaute sich besonders ausgiebig das Perlenkreuz an, was Gerold ganz nervös machte.

»Was machst du da? Ist das schwierig? Darf ich es auch mal probieren?«, hörte er seinen Sohn da sagen.

Gerold entdeckte Bendix bei dem Lehrjungen und entschuldigte sich bei dem Händler, um ihn zurückzuholen. »Du darfst doch den Lehrling nicht bei der Arbeit stören«, ermahnte er Bendix.

»Oh, das macht meinem Lehrjungen sicher nichts aus. Meinolf schätzt diese Arbeit ohnehin nicht sehr.«

»Das stimmt nicht, Meister Faber!«, verteidigte sich der Vierzehn- oder Fünfzehnjährige. Bereitwillig zeigte er ihnen die kleine Perle, die er in eine bewegliche Leiste am Tisch eingespannt hatte. »Das ist eine ganz schöne Fummelarbeit. Aber Edelsteine kann man für einen Seidenschleier nicht gebrauchen«, sagte er und kratzte sich an einem Pickel.

»Natürlich nicht! Dann würde der Schleier ja herunterhängen wie ein Fischernetz!«, stimmte Bendix zu und musste bei der Vorstellung lächeln. Jetzt hatte er das Mädchen entdeckt, das zum Hinterhaus hin etwas sortierte, und ging zu ihr. »Die Perlen sind aber schön! Wir haben auch Perlen mitgebracht – Tränen der Engel.«

Neugierig sah das Mädchen ihn an. »Wie meinst du das?«

»Perlen entstehen, wenn Engel weinen.«

»Engel weinen doch nicht!«

»Doch, manchmal schon …«

Nun rief der Goldschmied nach Gerold. Sofort eilte dieser zu dem Verkaufstresen.

»Sie sind sehr klein, diese Flussperlen. Woher habt Ihr sie?«, fragte der Mann.

»Aus der Ilmenau. Mein Weib hat mit der Nadel die Löcher hineingebohrt.« Gerold erinnerte sich noch gut daran, wie schwierig es gewesen war, die Perlen festzuklemmen, damit sie weder wegkugelten noch zermahlen wurden.

Der Goldschmied hielt das Perlenkreuz in den schmalen Streifen Sonnenlicht, der durch das Fenster brach. »Ihr Glanz ist schön, deshalb würde ich sie Euch abnehmen«, sagte er schließlich.

Die Summe, die er vorschlug, war höher, als alle anderen ihm angeboten hatten, aber niedriger, als Gerold gehofft hatte. Dennoch schlug er ein. Sogleich zählte der Goldschmied ihm die Münzen auf die Hand. Als er den Faden des Perlenkreuzes auftrennte und die Perlen auf ein Samittuch kullerten, wandte Gerold den Blick ab.

Bendix drängte sich an ihn. »An Mutters Hals haben sie mir besser gefallen«, murmelte er und schob mit spitzen Fingern die Perlen auf dem Tuch herum.

»Mir auch. Mutter wird eine neue Kette bekommen, irgendwann. Und nun lass sie lieber – die Perlen gehören uns nicht mehr.«

Den Rest des Nachmittags verbrachte Gerold damit, nach einem Quartier zu suchen. Das Perlengeld öffnete ihm Türen, und schon am Abend konnte er Magda aus dem Hospital holen. Zwischen Johanniskloster und Wakenitz war er bei einer Töpferfamilie fündig geworden. Es war ein beengtes, schmutziges

Stadtviertel, durch das die Hirten ihr Vieh zum Schlachten trieben. Die Schlachtbänke befanden sich über dem Wasser, damit Blut und Unrat gleich weggespült wurden. Die im Hinterhof gelegene Kammer war zugig und feucht. Außerdem hatte ein Gerber im Hof Felle zum Trocknen aufgespannt, die unangenehm rochen. Aber wenigstens hatten Gerold und seine Familie einen eigenen Herd und ihre Ruhe. Es gab sogar etwas Feuerholz und einen verbeulten Grapen, den sie fürs Erste benutzen konnten.

Gerold schickte Bendix zu einem Garbräter und erwärmte Wasser. Als er Magdas geschundenen Körper wusch, hoben sich ihre Lider, und ihre Augen flackerten durch die Kammer, als wunderte sie sich, wo sie war. Sanft sprach Gerold sie an, doch Magda antwortete nicht. Dennoch ließ er sich nicht beirren und erzählte ihr, was in den letzten Stunden geschehen war und was ihm sonst noch so durch den Kopf ging. Als Bendix mit dem Essen kam, setzten sie sich zu der Kranken ans Bett und aßen zusammen. Es war das erste Mal seit dem Überfall, dass sie in Ruhe eine gemeinsame Mahlzeit einnahmen. Er dachte an Ida, die so gerne das Tischgebet gesprochen hatte, und ein scharfer Schmerz durchfuhr ihn. Nach dem Essen krabbelte Bendix zu seiner Mutter und legte sich an das Fußende des Bettes. Ausgelaugt und nach Trost suchend legte Gerold sich an Magdas Seite unter die Decke und schmiegte sich an den leblosen und doch lebendigen Körper. Vielleicht verlieh seine Nähe Magda neue Kräfte. Morgen würde er nach einem Medicus suchen. Etwas Geld hatte er ja noch.

13

Schattierungen von Braun, wohin er auch sah. Rauchgefärbte Holzwände. Gestampfter Lehmboden, laubfarbenes Leinen. Bendix langweilte sich. Er merkte, dass er traurig wurde, wie immer, wenn er nichts zu tun hatte. Wie gern würde er die Gegend erkunden – aber dann müsste er ja seine Mutter allein lassen. Seine Gedanken drehten sich im Kreis. Der Überfall, die verführerische Rüstung, über die er die Sorge für seine Schwester vergessen hatte, seine zornige Mutter und wieder der Überfall. Bendix kniff kummervoll die Augen zusammen und sprang auf. Was konnte er nur tun? Er durchmaß die Kammer, tippte die eine Wand an und nach vier Schritten die andere. Hin und zurück. Langweilig. Er hatte im Hof Lehmreste eingesammelt, daraus Perlen geformt und verziert, aber jetzt war der Ton alle, und es hatte so lange geregnet, dass draußen alles vermatscht war. Seine Mutter ruhte. Am Morgen hatte er die Laken gewaschen, die seine Mutter nachts beschmutzte, dabei war das doch Frauenarbeit! Anschließend hatte sein Vater einen Medicus geholt, der ihr Handgelenk befühlt und ihr dann einen Kräutertrank verabreicht hatte. Kurz hatte Bendix gehofft, dass Mutter danach die Augen aufschlagen würde, als wäre sie auf wundersame Weise geheilt, aber nichts dergleichen war geschehen. Trotzdem hatte Vater dem Arzt Geld geben müssen. Anschließend war Gerold von Neuem losgezogen, um sich Arbeit zu suchen. Bendix' Aufgabe war es, auf die Mutter und das Herdfeuer aufzupassen. Aber das war so langweilig! Wenn er wenigstens etwas zu tun hätte! Bendix betrachtete eingehend die Tonperlen. Manche waren rund, andere birnenförmig oder länglich. Mit der Nadel hatte er Muster hineingeritzt. Wie gerne würde er sie jemandem zeigen!

Bendix beugte sich über seine Mutter. »Ich habe selbst Perlen gemacht, Mutter, schau doch mal«, sagte er leise. Keine Reaktion, nur der gleichförmige Atem, der seine Wange streifte. Bendix nagte an der Unterlippe. Mutter würde es gar nicht mitbekommen, wenn er wegginge – nur ein kleines Weilchen …

Kurzerhand schlich er aus der Kammer. Er wusste noch genau, wo die Goldschmiede war. Die Fenster des großen Holzbaus gegenüber der Marienkirche standen offen. Bendix linste hinein. Meister Faber stand über den Werktisch gebeugt.

»Hättet Ihr die Freundlichkeit, ein wenig beiseitezutreten? Ihr steht mir im Licht …«, sagte der Goldschmied und sah auf. Vor ihm lag ein Goldblech, das so fein war, dass es bei der kleinsten Bewegung erzitterte. In der Hand hielt er ein Messer. Der Goldschmied lächelte. »Ach, du bist es. Habt ihr etwa weitere Perlen zu verkaufen?«

»Wir haben keine Perlen mehr, die wir verkaufen könnten«, sagte Bendix geknickt. »Was macht Ihr gerade?«

»Ich stelle Goldlahn her.«

»Das sieht schön aus. Wofür braucht man die denn?«

»Ein Lahn ist ein Faden aus Gold. Sie werden beim Weben eingearbeitet oder um eine Fadenseele aus Leinen oder Seide gewickelt. Man verwendet sie für besonders kostbare Gewänder. Entweder zum Besticken oder um Perlen darauf zu befestigen. Aber das ist …«

»Eine Fummelarbeit?«

»Etwas für geschickte Finger«, sagte der Goldschmied lächelnd. »Manche Kinder können es auch gut, meine Tochter zum Beispiel. Sie hilft mir manchmal.«

»Darf ich es mal probieren?« Als der Mann zögerte, stellte sich Bendix auf die Zehenspitzen und hielt seine Perlen hoch. »Die hab ich gemacht.«

Der Goldschmied betrachtete sie eingehend. »Du hast sie hübsch verziert. Wie hast du das Muster hineingeritzt?«

»Mit der Nadel meiner Mutter.«

»Sie ist sicher eine geschickte Näherin.«

Traurig scharrte Bendix' Fußspitze auf der Straße. »Mutter kann nicht mehr sticken.«

»Nein?«

»Sie ist sehr krank. Als die Ritter Bardowick überfielen, starb sie beinahe. Ich fand sie auf dem Friedhof. Aber meine Schwester ist wirklich tot.«

Der Goldschmied sah ihn mitleidig an. »Das tut mir leid. Wo ist deine Mutter jetzt?«

»In unserer Kammer. Sie schläft. Hoffentlich wacht sie irgendwann wieder auf.«

»Und dein Vater?«

»Der sucht Arbeit. Die Perlen sind ja schon alle weg.«

Aus der Werkstatt war eine Mädchenstimme zu hören. Der Goldschmied gab Bendix die Tonperlen zurück. »Man kann schöne Perlen aus Hirschhorn formen.«

»Ich hab aber kein Hirschhorn.«

»Dann nimmt einfach Knochen. Gutes Gelingen!« Der Mann machte sich daran, die Fensterläden zu schließen.

Auf dem Rückweg rannte Bendix – er war schon viel zu lange fort gewesen!

Zurück in der Kammer, flößte er seiner Mutter etwas Brei ein und wusch sie. Dann suchte er in dem Abfallgraben neben der Straße nach Knochen. Es war eine ekelhafte Aufgabe. Die Knochen stanken erbärmlich, und er wusste nicht, wie er sie sauber bekommen sollte. Wie wunderbar es wäre, immer von so schönen Dingen umgeben zu sein wie der Goldschmied!

Doch viel zu schnell kehrten Langeweile und schuldbeladene Gedanken zurück. Als es dunkel wurde, gesellte sich die Angst dazu. Im Schein des Kienspans geisterten unheimliche Schatten über die Wände, in den Ritzen heulte es, und Ratten fiepten in den Ecken. Bange legte sich Bendix zu seiner Mutter ins Bett. Er zitterte, was auch an der Kälte lag, die vom gestampften Lehmboden aufstieg. Wo blieb Vater denn nur?

Es klopfte. Bendix wäre vor Schreck beinahe vom Bett gefallen. Er schlich zur Tür. Lauschte.

»Perlenjunge? Bist du da drin?« Eine männliche Stimme. Neugierig öffnete Bendix. Es waren der Goldschmied und seine Tochter. Ihr Lächeln beruhigte Bendix sofort. »Jetzt musst du uns aber erst mal sagen, wie du heißt. Wir können dich ja nicht nur ›Perlenjunge‹ nennen.«

»Ach, das gefällt mir ganz gut«, meinte Bendix verlegen. »Ich bin Bendix«, setzte er schnell hinzu.

»Und ich bin Trudeke«, sagte das Mädchen. »Wir haben dir was mitgebracht. Dürfen wir kurz hereinkommen?«

Bendix zögerte. Er wusste nicht, ob sein Vater damit einverstanden wäre. Dennoch gab er die Tür frei. Trudekes Blick blieb an Magda hängen.

»Es ist, als ob sie schläft«, sagte Bendix leise.

»Sicher wird Gott irgendwann eure Gebete erhören, und sie kehrt zu euch zurück«, sagte der Goldschmied aufmunternd. Er kramte in seinem Almosenbeutel und holte ein seltsames Stück heraus, das entfernt an einen Knochen erinnerte.

»Das ist Horn. Es wurde bereits in Öl gekocht, sodass du es gut verarbeiten kannst.«

»Ist das für mich?« Bendix konnte es kaum glauben. Außer seinen Familienmitgliedern hatte ihm noch nie jemand etwas geschenkt.

»Damit kannst du …«

Schritte unterbrachen sie, und einen Augenblick später stand Bendix' Vater in der Tür. Seine Schultern und Mundwinkel hingen. Er wirkte wie die traurigen Bären, die er schon auf Jahrmärkten gesehen hatte. Der Anblick des Goldschmieds und seiner Tochter verwirrte Gerold sichtlich. »Was macht Ihr hier? Wir haben kein Geld für diesen Tinnef!«, sagte er barsch.

Bendix nahm das Horn an sich. »Das ist ein Geschenk!«

»Wie kann das sein? Was wollt Ihr dafür von uns? Wir haben nichts mehr, das wir Euch geben können!«

Das Lächeln des Goldschmieds war wie weggewischt. »Nachdem Euer Sohn mir heute von Eurem Schicksalsschlag erzählt und seine Tonperlen gezeigt hat, wollte ich ihm lediglich eine Freude machen.« Er legte den Arm um seine Tochter. »Wir wissen nämlich, was es heißt, jemanden zu verlieren.«

Gerold wandte sich nun an seinen Sohn. »Heute? Hast du Mutter etwa allein gelassen?«

Reue überfiel Bendix. »Ganz kurz nur. Du warst so lange fort. Ich wollte nur meine Tonperlen …«, verteidigte er sich. Seine Stimme brach.

Sein Vater ließ sich auf den Schemel fallen und streckte die Hände zum Herdfeuer hin aus. »Schon gut«, sagte er matt, als wären die Besucher gar nicht mehr da. »Gibt es etwas zu essen?«

»Ich habe Brei warm gehalten.« Bendix wollte ihm gerne etwas auffüllen, wagte aber nicht, das Geschenk abzulegen, aus Furcht, jemand könnte es ihm wegnehmen. »Darf ich das Horn behalten? Bitte, Vater!«

Gerold nickte gedankenverloren.

Ein warmes Gefühl breitete sich in Bendix aus. »Danke«, sagte er zu dem Goldschmied und dessen Tochter, die schon in der Tür standen.

»Komm vorbei und zeig mir, was du geschnitzt hast«, bot Meister Faber an, bevor sie gingen. »Aber nur, wenn du deine Pflichten darüber nicht vernachlässigst, Perlenjunge.«

14

Raureif glitzerte auf den Straßen, und um die kahlen Äste und Baumstämme hatte sich ein eisiger Film gelegt. Gerold hauchte in die Hände und stiefelte über hart gefrorenen Straßenmatsch. Er hatte noch einmal den Medicus kommen lassen und von dem letzten Geld Feuerholz bezahlt. Magdas Fieber war gesunken, ihre Wunden verheilt, und immer öfter schlug sie die Augen auf, aber ihr Blick war starr und leer wie der einer Statue. Der Medicus hatte ihr einen neuen Kräutertrunk zusammengestellt und gemeint, sie müssten Geduld haben.

Gerold ging an den Bettlern vorbei auf das Stadttor zu, da entdeckte er ein bekanntes Gesicht unter den Bettelkindern – Jan!

»Was tust du denn hier? Ich dachte, Rikolf hätte sich um dich gekümmert!«, sprach er den Jungen an.

»Herr Rikolf hat dafür gesorgt, dass ein Wirt mich aufnahm, aber unter dem lästerlichen Volk hab ich es nicht ausgehalten. Ich möchte nicht, dass Gott mich noch mehr straft. Könnt Ihr mich nicht aufnehmen?«

Die jähe Hoffnung im Gesicht des Jungen berührte Gerold. »Wir haben selbst nichts«, murmelte er, überlegte aber fieberhaft. Es musste doch einen Handwerker geben, der einen Laufburschen gebrauchen konnte. Ein Kind nahm wenig Platz ein und aß auch nicht viel, das brachte man doch irgendwie über den Winter! »Was kannst du?«, fragte er schließlich.

»Ich kann gut schnitzen«, sagte Jan stolz. »Das habe ich von Vater gelernt.«

Gerold legte ihm eine Hand auf die Schulter und schob ihn aus der Reihe der Bettler. »Dann wird es auch jemanden geben, der dich aufnehmen kann«, sagte er, als müsste er sich selbst davon überzeugen.

Die nächsten Stunden lief Gerold mit Jan die Gassen ab. Die Mühe lohnte sich. Fündig wurde er in der Nähe des Marktplatzes, wo sich ein Drechslermeister bereit erklärte, Jan aufzunehmen, wenn dieser sich als fleißig und anständig erwies. Jan versprach es.

Gerold war froh, dass der Junge nicht mehr auf der Straße war. Wenigstens etwas. Ein wenig hoffnungsvoller machte er sich zur Dombaustelle auf. Obgleich der Frost eingesetzt hatte, wurde am Dom gearbeitet. Bevor er es sich anders überlegen konnte, klopfte er in der Hütte, in der der Schaffner sein Kontor hatte, an.

»Gott zum Gruße, Pater. Ich wollte mich als Handlanger bei Euch andienen«, sagte Gerold.

Der Schaffner kratzte sich mit dem Schreibgriffel im Ohr. »Du bist doch der unverschämte Kerl von neulich!«

Innerlich grollend, senkte Gerold das Haupt. »Ich bedaure, Euren Unwillen geweckt zu haben.«

»Das hättest du dir früher überlegen sollen.«

Was sollte er nur tun, wenn er nicht einmal als Hilfsarbeiter ein Auskommen fand? Gerolds Kopf und seine Schultern wurden schwer. Es kam ihm vor, als könnte er die Not und Verzweiflung keinen Augenblick länger ertragen. »Bitte, Pater …«, begann er.

»Ich habe nicht den Eindruck, dass dir dein unverschämtes Benehmen wirklich leidtut«, sagte der Schaffner kalt.

Bitterkeit brannte in Gerold. Was sollte er denn noch tun? Erniedrigt ließ er sich auf die Knie sinken. »Ich bin stark und kundig. Ich übernehme jede Arbeit, die nötig ist. Aber bitte, Pater, meine Frau ist krank, und ich habe einen kleinen Sohn …«

Der Schaffner beugte sich über seine Wachstafeln und schwieg lange. »Ich bin ja kein Unmensch«, sagte er schließlich.

»Bestimmt nicht, Pater. Ich bereue mein Benehmen zutiefst.«

Ein Seufzen war zu hören. Gerold sah auf. Großmütig sah ihn der Schaffner an. »Geh zu meinem Schreiber und lass dir Arbeit zuweisen.« Gerold eilte hinaus.

In den nächsten Tagen schuftete er vom ersten Anzeichen der Morgendämmerung bis zum letzten Sonnenstrahl. Baumstämme und Sand waren im Hafen angekommen, und Gerold half, das Baumaterial wetterfest zu verstauen. Ihm wurden die niedrigsten und anstrengendsten Arbeiten zugewiesen, und die Bezahlung war schlecht. Bald waren seine Hände wund und rissig, und er konnte sich vor Rückenschmerzen kaum noch rühren. Viele der Arbeiter waren jedoch freundlich; vor allem mit dem Werkmeister unterhielt Gerold sich in den Pausen angeregt. Ansonsten tat er vor allem eines: Er beobachtete die Abläufe auf der Baustelle und die Schritte bei der Ziegelherstellung ganz genau. Es war doch nicht verboten, mit den Augen zu stehlen? Apsis und Chorquadrat des Doms waren bereits errichtet. In der Ziegelei gab es anscheinend Probleme, weil der Nachschub an Holz fehlte, was den Schaffner zur Weißglut trieb.

Als der Geistliche die Arbeiter für die Missstände am Bau büßen ließ und zudem bei den täglichen Gottesdiensten Herzog Heinrich in den Himmel lobte, platzte Gerold der Kragen. Die körperliche Verausgabung hatte ihn dünnhäutig gemacht. So gab ein Wort das andere, und schon war der nächste Streit mit dem Schaffner vom Zaun gebrochen. Obgleich Gerold sich sogleich entschuldigte, wurde er hinausgeworfen. Wie er sich über sein loses Mundwerk ärgerte! Ausgerechnet im Winter musste er sich eine neue Arbeit suchen. Um diese Zeit gab es nur noch einen Baubetrieb, der am Laufen gehalten wurde. Es hieß, Herzog Heinrich habe angeordnet, die Stadtbefestigung zu verstärken. Gerold musste seinen Widerwillen überwinden und bei der herzoglichen Burg um Beschäftigung bitten. Wenn er nicht genügend Geld für die nächsten Monate zusammenbekäme, würde ihr Vermieter sie auf die Straße setzen. Der Töpfer und seine Familie waren zwar freundlich, aber selbst sehr arm. Nun war derjenige, der Gerolds Leben zerstört hatte, wieder seine letzte Hoffnung. Gerold betete, dass er nicht erneut Ritter von der Neetz begegnen würde.

Gerold verließ Lübeck durch das nördliche Stadttor und wanderte auf dem Hügel zum Burgwall. Lübeck war eine dreigeteilte Stadt, das konnte man von hier aus gut sehen. In der Mitte der Halbinsel thronte der enge, hauptsächlich von Bürgern und Handwerkern bewohnte Bezirk. An den Landengen im Norden und Süden befanden sich Dom und Burg. Die Feste lag strategisch günstig am einzigen Landzugang zur Halbinsel, nach Westen hin fiel ein Hang steil zum Fluss ab. Wälle, Holz- und Ziegelpalisaden und Gräben sicherten die Burg ab. Jeder Siedlungsbereich musste für sich verteidigt werden, was Gerold unpraktisch erschien. Dazwischen waren Brachen, sumpfig und unbebaubar – eine ungeheure Platzverschwendung, wenn man die Enge in der Bürgerstadt bedachte.

Im Burghof herrschte Gedränge. Ab und zu wurden Hilfesuchende in die Burg eingelassen, doch mehr noch strömten nach. Gerold musste einem Schreiber seinen Namen angeben und mischte sich dann unter die Wartenden. Es waren Landbesitzer, die um einen Schiedsspruch ersuchten, Lehnsleute, die Bericht erstatten, oder Händler, die ihre Waren feilhalten wollten. Gerüchte machten die Runde, dass Herzog Heinrich mit seinen Rittern gerade die Polabenburg eingenommen hatte. Damit hatte Herzog Bernhard seine wichtigste Festung verloren. Jetzt rächte sich, dass der Askanier sich dem Löwen bei Bardowick nicht entgegengestellt hatte. Ort für Ort musste er dem Schicksal überlassen.

Nur selten wurde jemand zum Burgvogt Walter von Lütjenburg vorgelassen. Mittags hieß es, man solle am Nachmittag wiederkommen, aber niemand ging fort, um seinen Warteplatz nicht zu verlieren. Auch Gerold harrte den ganzen Tag aus, von zunehmender Ungeduld erfüllt. Was für eine vergeudete Zeit! Ein halbes Fachwerkgerüst hätte er in diesen Stunden errichten können!

Schließlich hörten sie Pferdewiehern und metallisches Klirren aus dem Burghof. Sporen trafen auf gestampften Lehmboden, Schwertgriffe auf Brustharnische. Alle Wartenden eilten zur Pforte und sahen, dass die Ritter den Saal durch eine Seitentür verlassen hatten und ihre Rösser bestiegen. Diener komplimentierten die Bittsteller aus der Halle. Der Burgvogt brach zur Jagd auf, hieß es; man solle es in ein paar Tagen wieder versuchen.

Erbittert wollte Gerold hinausstürmen, da traf ihn er Anblick wie ein Schlag: Von der Neetz war unter den Rittern. Schnell senkte Gerold den Kopf, doch es war zu spät. Sein Erzfeind schoss auf ihn zu. »Dass du es wagst, dich hier sehen zu lassen! Packt ihn!«

Gerold sah auf. »Ich habe Euch nichts …«

Doch da hatten andere Ritter schon seine Arme umfasst und hielten ihn fest. Von der Neetz trat näher. »Wir waren noch nicht fertig miteinander.« Er riss Gerolds Hemd auf. Weiß und verletzlich bot Gerold seine Brust dem Feind dar. Die Narben, die dessen Dolch hinterlassen hatte, leuchteten rot. Der Ritter setzte die Klinge an Gerolds Kehle.

Gerold sog scharf die Luft ein. Wäre er nur nie in diese Burg gekommen! Wäre er doch nie von der Neetz begegnet! Hätte Herzog Heinrich doch nie …

»Lasst mich! Ihr habt mich doch schon genug gestraft! Ihr guten Leute, helft mir!«, schrie er.

Aus dem Augenwinkel sah er, dass die anderen Bittsteller zurückwichen. Er glaubte ein bekanntes Gesicht in der Menge zu erkennen – Rikolf. Was machte sein Freund hier?

»So helft mir doch!«, rief Gerold wieder.

Ein Mann trat zu ihnen, der Tracht nach ein wohlhabender

Bürger. »Was er Euch auch getan hat, hoher Herr, hier ist nicht der Ort, um es zu klären«, mischte er sich respektvoll ein.

»Du hast einem Ritter gar nichts zu sagen!« Das Messer stach in Gerolds Haut, ein heißer Tropfen rann über seine Haut.

Magda, Bendix – was sollte ohne ihn nur aus ihnen werden? »Bitte, helft mir!«, flehte Gerold.

Tatsächlich traten andere Bittsteller nun näher. Doch auch der Griff um seine Oberarme wurde fester.

Eine Stimme neben ihm, durch die Zähne gezischt. »Verpass ihm eine, und lass gut sein. Wir sollten uns nicht mit dieser Lappalie aufhalten. Lass uns endlich auch zur Jagd aufbrechen, die anderen sind schon weg.« Der zweite Ritter, der Gerold festhielt, nickte.

Mit zwei kräftigen Bewegungen zog von der Neetz den Dolch über den Leib seines Opfers. Als Gerold zusammensackte, knallte ihm der Ritter das Knie ins Gesicht.

»Damit du nie vergisst, wem du die Füße zu küssen hast«, sagte von der Neetz und trat Gerold die schmutzige Schuhspitze auch noch in den Mund. Zähne splitterten, Gerold schmeckte Blut. Dann war der Ritter fort.

Wieder Füße neben Gerold. Stimmengewirr. »Tragt ihn raus, aber schnell. Bevor der edle Herr es sich anders überlegt.«

Rikolf, dachte Gerold und packte das Handgelenk seines Freundes. »Was machst … du hier? Wieso hast du mir … nicht geholfen?«

Doch der Freund gab keine Antwort. Knechte schleiften Gerold vor das Burgtor. Auf einmal war er allein. Mit letzter Kraft raffte Gerold seinen Umhang um sich und schleppte sich nach Hause.

Bendix erschrak fürchterlich, als sein Vater blutbeschmiert in der Kammer zusammenbrach. Glücklicherweise waren die Wunden nicht so tief, dass sie Gerolds Leben kosten würden.

Als Bendix dabei war, die Wunden zu versorgen, kam Besuch. Erst jetzt bemerkte Gerold die feine Samitrobe, die Rikolf trug. Zorn wallte in ihm auf. Er hatte seine Freunde überall in der Stadt gesucht, hatte sich um sie gesorgt. Rikolf zumindest war es gut ergangen.

Zu seiner Überraschung fuhr Rikolf ihn an: »Was hast du dir denn nur dabei gedacht? Von der Neetz könnte dich töten – und niemand würde sich nur einen Deut darum scheren!«

Gerolds Lippen waren geschwollen; die frische Zahnlücke pulsierte. »Der Burgverwalter ist meine letzte Hoffnung«, nuschelte er. »Das Gleiche … könnte ich dich fragen! Wie siehst du überhaupt aus?«

Rikolf sah an sich herab. »Wieso? Stimmt etwas mit meinem Wams nicht?«

»Wieso die Verkleidung?«

»Ich bin jetzt Schreibergehilfe beim Burgverwalter. Das ist ein vielversprechender Posten für einen Neuling.«

»Wie kannst du für denjenigen arbeiten, der uns das angetan, der uns alles genommen hat?«, meinte Gerold fassungslos.

Rikolf rümpfte die Nase. »Du bist doch auch zur Burg gekommen, weil du Arbeit gesucht hast, oder? Dabei hättest du dir denken können, dass es Probleme geben könnte.« Dem konnte Gerold nichts entgegensetzen, und er schämte sich dafür, dass ihn seine Notlage dazu getrieben hatte.

Sein Freund wechselte das Thema: »Warum hast du dich denn nicht bei mir gemeldet? Vielleicht hätte ich etwas für dich tun können. Schließlich habe ich auch Jan geholfen.«

»Nein, danke!«, zischte Gerold.

Sie schwiegen. Was war nur aus ihrer Freundschaft geworden? Gerade in dieser Notsituation brauchte er jeden Freund! Gerold ignorierte seine Schmerzen und erhob sich. »Du hättest dich nach uns erkundigen können, statt einfach so zu verschwinden.«

»Ich war im Hospital des Johannisklosters und habe dort nach euch gefragt. Aber niemand wusste, wo ihr geblieben seid«, verteidigte Rikolf sich.

Ob das stimmte? »Und was ist mit Poppo? Ich habe ihn überall gesucht, genau wie dich!«

Rikolf winkte ab. »Dem geht es auch nicht gut. Hat er sich denn nicht bei dir gemeldet? Poppo wird wieder aus Lübeck abreisen, bald schon.«

Bendix wollte sich als Laufbursche verdingen, damit sein Vater ausruhen konnte, aber Gerold bestand darauf, dass der Junge sich weiter um Magda kümmerte. Als Gerold das Haus verließ, um von Neuem auf Arbeitssuche zu gehen, wartete zu seiner Überraschung Poppo vor der Tür. Die Männer versicherten einander, wie sehr jeder den anderen gesucht hatte.

»Warum hast du draußen gewartet? Du hättest hereinkommen können«, sagte Gerold.

Poppo schien geknickt. »Ich habe von Rikolf gehört, dass es Magda noch immer schlecht geht, und wollte nicht stören. Aber ich konnte Lübeck doch nicht verlassen, ohne mich zu verabschieden. Wer weiß, ob wir uns je wiedersehen«, sagte er. »Es hilft aber nichts. Ich kriege hier keinen Fuß auf den Boden.«

»Merkwürdig. Es gibt doch so viele Schiffe in Lübeck«, meinte Gerold.

»Ja, aber von November bis Februar liegen die meisten im Hafen. Außerdem ist Flussschiffahrt etwas anderes als Seeschifffahrt. Die Winde auf der Ostsee sind rauer, die Strecken weiter. Man muss die Küsten gut kennen, um sich überhaupt zurechtzufinden, sonst läuft man auf Sandbänke oder Riffe. Und im Osten besteht die Gefahr, falsch anzulanden und von den Heiden massakriert zu werden«, sagte Poppo.

Das klang tatsächlich gefährlich. »Was hast du nun vor?«, wollte Gerold wissen.

»Ich will nach Süden zurück und werde in Lüneburg mein

Glück versuchen. Dort kennen mich wenigstens einige Händler und wissen meine Dienste zu schätzen. Außerdem bin ich dann dem Grab meiner Zwartje näher.«

Sie gedachten einen Augenblick Poppos toter Ehefrau und der vielen anderen Toten.

»Mir geht es nicht besser als dir. Niemand kann meine Dienste gebrauchen. Und beim Herzog ankriechen – das widerstrebt mir zutiefst. Ich werde mich nicht noch einmal derart erniedrigen«, brach Gerold schließlich das Schweigen.

»Du musst Geduld haben. Kaufleute wie Harksen oder Volkwart haben hier schon neue Kunden gefunden. Wenn sie erst wieder zu Geld gekommen sind und einen Baumeister brauchen, werden sie sich deiner erinnern.«

»Nur leider habe ich nicht so viel Zeit.«

»Es gibt andere, alteingesessene Bardowicker in Lübeck. Reiche Leute. Habe von einem Elver von Bardewik gehört. Kam Ende der Sechzigerjahre mit dem ersten Schwung Siedler hierher. Vielleicht könntest du bei einem von ihnen vorsprechen. Außerdem ist Bendix doch alt genug, um sich zu verdingen.«

Gerold schüttelte düster den Kopf. »Und wenn schon! Ich muss Geld verdienen – nicht mein Sohn.«

Poppo kniff die Augen zusammen und sah an Gerold vorbei. »Immerhin *hast* du eine Frau und einen Sohn. Dafür solltest du dankbar sein.«

15

Die Knochen stanken noch immer, obgleich Bendix den Straßenkot am Brunnen abgewaschen hatte. Wie so oft in letzter Zeit hatte er nach dem kurzen Kirchgang die Abfallgruben abgesucht. Es war eine widerliche Arbeit, aber anders kam er nicht an Knochen, denn Geld, um Fleisch zu kaufen, hatten sie nicht mehr. Er wuchtete den Wassereimer hoch und füllte den Grapen. Es würde vermutlich lange dauern, bis die Knochen ausgekocht waren. Hinter dem Herd huschte eine Ratte. Hinein mit den Knochen – aber einer war zu groß. Bendix kratzte sich den Kopf, der nervtötend juckte. Wenn sie wenigstens einen Nissenkamm hätten! Es half nichts – der Knochen musste zerteilt werden. Nur wie? Er stellte sich auf das eine Knochenende und versuchte, das andere hochzuziehen – nichts passierte. Stellte den Knochen schräg an die Ummauerung des Herds, sprang darauf, rutschte ab und stürzte gegen den Schemel. Noch immer war der Knochen ganz.

Aus alter Gewohnheit sah er zu seiner Mutter – als ob etwas, was er tat, diese stören oder gar wecken könnte. Doch sie rührte sich wie erwartet nicht. Die Schatten ließen ihr Gesicht unheimlich erscheinen. Bendix fröstelte. Es war bald Nacht, aber er konnte nicht schlafen. Sein Vater war wieder auf Arbeitssuche, den ganzen Tag schon war er unterwegs. Als er vorgestern blutverschmiert nach Hause gekommen war, hatte Bendix gedacht, er würde auch sterben. Am liebsten hätte er ihn nie wieder fortgelassen.

Bendix strich mit der Hand über die Hornstücke, die er ausgeschnitzt und fein verziert hatte. Er hatte überlegt, ob er eine Kette für seine Mutter daraus machen sollte, doch vielleicht würde der Goldschmied ihm die Stücke auch abkaufen. Allerdings mussten erst noch Löcher hinein, und er wusste nicht, wie er das anstellen sollte. Leise klackten die hellen Kugeln. Es gefiel ihm, sie zusammenschnippen zu lassen, als wären es Murmeln. Sicher hätte auch Ida Spaß daran gehabt, damit zu spielen, dachte Bendix. Er fühlte sich so allein. Früher war immer jemand bei ihm gewesen, mit dem er reden und albern sein konnte.

Immerhin hatte Jan ihn vorhin besucht. Er hatte von dem gottlosen Wirtshaus, der Zeit als Bettelkind und der Drechslerfamilie erzählt. Jan hatte versprochen, bald wieder vorbeizukommen.

Bendix nahm die Nadel seiner Mutter aus dem Almosenbeutel. Mit zwei Fingern hielt er das Hornstück fest und versuchte, mit der Nadel ein Loch hineinzubohren.

»Wenn ich Ida nur verboten hätte, Verstecken zu spielen«, murmelte Bendix und sah nach, ob sich schon etwas getan hatte. Es war schwierig, ein Loch in das Horn zu bekommen. Immerhin steckte das Metall fest. Drehen ging nun allerdings nicht mehr. Schade, dass er keinen dieser praktischen Bohrer hatte. Er bräuchte irgendetwas zum Hämmern. Vielleicht die Ofenschaufel? Bendix holte sie und kontrollierte dabei gleich das Feuer in der Herdstelle. Es glomm, aber sie hatten nur noch zwei Scheite, mit denen sie bis zum Morgen auskommen mussten. Dann musste Vater neues Holz beschaffen, irgendwie.

Er hielt Horn und Nadel fest, holte aus und versuchte, die Hand rechtzeitig wegzuziehen. Scheppernd traf die Schaufel auf den Tisch, das Horn war umgefallen. Noch ein Versuch. Dieses Mal klemmte Bendix sich die Finger. Er heulte auf. Und niemand war hier, um ihn zu trösten. Oft hatte Ida ihn zum Lachen gebracht, wenn er sich wehgetan hatte, und er sie ebenso.

»Arme Ida … meine Schuld … wenn ich ihr wenigstens nachgelaufen und sie schnell wieder eingefangen hätte.« Er hob wieder die Schaufel. Hämmern, scheppern. Die Nadel war verschwunden. Oje – wie sollte er sie bloß wieder aus dem Horn herausbringen? »Wenn ich nur nicht diese blöde Ritterrüstu…«

Ein Krächzen unterbrach ihn: »Ida, wo bist du … denn nur?«

Es waren nicht die Worte, die Bendix zusammenfahren ließen. Es war die Stimme, die gesprochen hatte. Bendix wurde ganz schwach zumute. Mutter.

Magdas Blick wanderte durch den Raum. Dann sah sie ihren Sohn an. Ihr Blick war von Liebe und Verzweiflung erfüllt und gleichzeitig völlig klar. »Bendix, hilf mir. Ich finde Ida einfach … nicht.«

Gerold hielt seine Frau ganz fest. So muss es sein, wenn man eines Wunders ansichtig wird, dachte er. Hatte nicht Jesus Kranke geheilt und sogar den toten Lazarus auferstehen lassen? Als ihre Tränen versiegt waren, machte er sich von seinem Weib los. Seine Kleidung war noch immer feucht und dreckig, denn er hatte einem Kutscher geholfen, dessen Frachtwagen auf der gefrorenen Straße ins Rutschen gekommen und in einem Graben gelandet war.

Magda runzelte die Stirn, als überlegte sie angestrengt. »Wo … sind wir? Wo ist … Ida? Habt ihr sie … gefunden?« Sie sprach undeutlich, als wäre ihre Zunge taub. Vor allem aber hatte sich etwas in ihren Zügen verändert. Eine Gesichtshälfte bewegte sich nicht. Sie wollte aufstehen, konnte aber kaum den Kopf heben.

»Sag es … mir.« Sie bäumte sich auf und zitterte dabei vor Anstrengung. »Gerold, ich … bitte dich.«

Gerold nahm ihre Hand, ihre Finger blieben jedoch schlaff. Wo sollte er nur anfangen? »Woran erinnerst du dich denn?«, fragte er.

Magda schloss die Augen. Fast fürchtete er schon, sie würde wieder wegdämmern. »Da waren die … Ochsen. Ich fürchtete …

Ida wäre unter ihre Hufe … geraten. Aber dann …«, sie sog schwer Luft ein. »Dann habe ich den Mann … gesehen.«

»Mann? Du meinst einen Ritter? Sind die Ritter in diesem Moment durch das Stadttor gebrochen?«

Magda schüttelte den Kopf. »Kein Ritter. Ein Mann, Gerold, es war ein Mann in einem … Umhang. Der … Verräter. Die … Ochsen. Aber … keine Ida.«

Verräter? Ochsen? Magda sprach wirr. Das war ja auch kein Wunder, nach der langen Zeit des Dämmers. Er musste Geduld mit ihr haben. Oder war der Teufel in sie gefahren? Nur das nicht! Gerold sprach besänftigend auf seine Frau ein.

Ihre Lider senkten sich, aber dann riss sie sie wieder hoch. Es schien sie ungeheure Kraft zu kosten, die Augen aufzuhalten. »Ist sie … hier?«

Konnte er Magda die Wahrheit zumuten? Bendix, der befangen am Bett gestanden hatte, nahm die Hand seiner Mutter. Gerold schluckte gegen die Enge in seinem Hals an. »Wir haben Ida nicht gefunden. Sie war beim Angriff der Ritter an der Hude, so viel wissen wir.«

Magdas Blick krallte sich in seinen. »Warum … suchst du … sie nicht? Bardowick ist doch nicht … so groß.«

Gerold schluckte schwer. »Wir sind nicht mehr zu Hause. Bardowick ist zerstört. Herzog Heinrich hat uns gezwungen, Bardowick zu verlassen. Wir sind in Lübeck.«

Magdas Blick brannte. »In Lübeck? Du hast sie … zurückgelassen? Du hast unser kleines Mädchen … zurückgelassen?«, presste sie hervor.

Kaum ertrug er die Anklage in ihren Augen. »Ich habe Ida gesucht, Bendix hat sie gesucht, und auch du hast sie gesucht.« Er strich über ihre Hand, die so blass war, dass die Adern blau hervortraten. »Ida ist tot. Wir müssen weiterleben, ohne sie.«

Seine Frau wandte den Kopf ab und weinte. Trost suchend tastete sie nach ihrer Kette, doch da war nichts mehr.

Schnell holte Bendix die Hornstücke. »Schau mal, Mutter, die habe ich geschnitzt. Ich kann dir eine Kette daraus machen«, sagte er eifrig.

Doch Magda schwieg. Kein Wort sprach sie mehr, sondern sie weinte und weinte, bis die Erschöpfung sie übermannte und sie einschlief.

Gerold eilte durch die Straßen. Nach dem kurzen Frost taute es wieder. Den Novembergriesel und den Matsch, der durch seine Lederschlappen drang, nahm er kaum wahr. Dass Magda gestern Abend erwacht war, hatte ihn die Ängste und Strapazen vergessen lassen. Allerdings redete Magda noch immer wirr. Ihre Erinnerung an den Abend des Überfalls war verschwommen. Sie sprach von tobenden Ochsen und einem Mann, der etwas Schreckliches getan hatte. Beschreiben konnte sie diesen Mann jedoch nicht. Und was er getan hatte, wusste sie auch nicht mehr genau. Dieser Fremde war wie der Schatten aus einem Albtraum, der einen auch noch bei Tag verfolgte. Sie beschrieb ihn wie einen Teufel in Menschengestalt. Wenn sie sich nicht bald beruhigte, würde er einen Teufelsaustreiber suchen müssen. Dabei wunderte ihn dieses Verhalten eigentlich nicht. Aus Trauer um Ida war sie in Trübsinn verfallen. Sie machte sich Vorwürfe, weil sie Ida nicht gefunden hatten. Er würde Magda helfen müssen, ins Leben zurückzufinden. Und ja, er würde dafür sorgen, dass sie sicher und gut lebten – mit aller Kraft.

Auf dem Markt fragte er sich nach Elver von Bardewik durch, den Poppo erwähnt hatte. Der Kaufmann wohnte in einem der Pfostenhäuser am Hafenrand, die durch den feuchten Untergrund bedroht waren. Vor dem Haus lagen faustgroße Steine und beschädigte Fassdauben, die Arbeiter durch die Kellerluke trugen. Gerold fragte nach dem Hausherrn und stellte sich vor.

»Wir haben bereits einen Zimmermann, der sich um das

Haus kümmert, und den wird mein Herr sicher nicht entlassen, nur weil Ihr ebenfalls aus Bardowick stammt«, sagte der Gehilfe.

»Aber vielleicht wird Euer Herr ihn entlassen, weil seine Methoden unnütz sind«, sagte Gerold selbstbewusst. »Mit Steinen und Holzschutt könnt ihr bei diesem Erdreich nichts ausrichten. Ihr benötigt …«

Er wurde unterbrochen, weil der Zimmermann, der aus dem Keller heraus ihr Gespräch anscheinend verfolgt hatte, auf ihn zuschoss und ihn wüst beschimpfte. Gerold wollte sich nicht auf eine Prügelei einlassen und zog sich zurück. Er hatte es bei dem Bardowicker versucht – nun würde er andere Wege gehen müssen.

Das einsturzgefährdete Haus, bei dem er schon einmal Hand angelegt hatte, fand er sofort. Noch immer war es notdürftig mit Pfosten abgestützt. Gerold stach mit einem Stock in die Erde. Tief drang das Holz ein, und als er es herauszog, war es nass. Die Pfosten nützten auf lange Sicht nichts, sie vermoderten einfach. Der Boden musste verdichtet werden, damit das Haus wieder sicher stand. Aber wie? Gerold spielte in Gedanken einige Techniken durch, die er in Bardowick angewendet hatte.

Der Besitzer trat aus dem Haus und wollte ihn wegschicken, aber Gerold ließ sich nicht beirren. »Ich habe kein Geld, um Eure Dienste zu bezahlen«, sagte der Hausbesitzer schließlich.

Gerold hob seine Mundwinkel zu einem Lächeln; die Freundlichkeit kostete ihn viel Kraft. Er wollte keine Almosen – er wollte nur für seine Arbeit anständig bezahlt werden! »Wenn Ihr mir zur Hand geht, repariere ich Euer Haus mit dem, was zur Verfügung steht. Ihr bezahlt mich mit dem, was Ihr erübrigen könnt, und empfehlt meine Dienste weiter.«

»Das wird nicht reichen. Ich habe nichts.«

»Holzreste, einzelne Schindeln, Korn, Tuchfetzen – jede Kleinigkeit ist mir recht, denn ich habe gar nichts mehr. Aber etwas tun, das müsst Ihr. Es ist nur eine Frage der Zeit, bis Euer Haus zusammenstürzt und alle Bewohner unter sich begräbt. Dann könnt Ihr nicht behaupten, Ihr hättet nicht um die Gefahr gewusst. Also, was meint Ihr?« Gerold hielt ihm die Hand hin.

»Kleinigkeiten, wie?« Gerold nickte. Nach einigem Zögern schlug der Mann ein. Gerold lief los, um Bendix zu holen; er brauchte Hilfe.

Einige Tage später hatte Gerold die Mauer wieder einigermaßen gerichtet. Der Hausbesitzer bezahlte ihn mit einigen Pfosten, die er nun nicht mehr benötigte. Diese Pfosten verwendete Gerold bei der Reparatur eines Lagerhauses, was ihm wiederum als Lohn ein Dutzend Holzschindeln einbrachte. Natürlich fand er nach den Herbststürmen auch ein Dach, das dringend ausgebessert werden musste.

Als er gerade auf dem Dachreiter saß und mit den Schindeln ein Loch flickte, rief jemand zu ihm hoch: »Seid Ihr Gerold Ostmann?«

Gerold sah auf einen Mann hinunter, der in seinem Pelzumhang fast wie eine Kugel wirkte. »Wer will das wissen?«, fragte er vorsichtig, denn einige Lübecker Handwerker hatten sich bereits über seine Geschäftsgebaren beschwert.

»Elver von Bardewik ist mein Name. Ihr wolltet mich vor einigen Tagen sprechen. Kommt nachher vorbei, dann reden wir. Ihr wisst ja, wo ich wohne.«

So schnell hatte Gerold noch nie gearbeitet. Er steckte die Schindel fest und ließ sich behände am Dachtrauf hinunter. Aufgeregt und verschwitzt kam er an dem Pfostenhaus an. Magda war auf dem Wege der Besserung, und jetzt bekam er vielleicht seinen ersten richtigen Auftrag – sollte sich doch noch alles zum Guten wenden?

Er wurde eingelassen und durch eine hohe Diele in eine Schreibstube geführt. Gerold bestaunte Wachstafeln, eine Feinwaage und verschiedene Handelsmarken auf einem Pult.

Elver von Bardewik begrüßte Gerold leutselig und schenkte ihm einen Würzwein ein, der in seinem Becher dampfte. Gerold war jedoch zu aufgeregt, um zu trinken. Von Bardewik wies auf einen Klappstuhl und nahm selbst in der Nähe einer Feuerpfanne Platz. Er steckte sich ein Stück Ingwerkonfekt in den Mund, bot Gerold davon an, der ablehnte, und sagte: »Mein Diener erzählte, Ihr hättet vor ein paar Tagen nach mir gefragt und Euch dabei gleich unbeliebt gemacht.«

»Mag sein. Aber der Feuchte des Erdreichs werdet Ihr nicht mit Schutt und Kieseln Herr. Da braucht es bessere Methoden. Das Fassholz gammelt viel zu schnell, und die Kiesel werden fortgespült, wenn nach Regenfällen oder der Schneeschmelze das Grundwasser steigt oder der Fluss über das Ufer tritt.«

»Was schlagt Ihr also vor?«

»Ihr braucht eine Art Raster aus Baumstämmen, das das Füllmaterial – das kann ruhig Bauschutt sein – festhält. Noch besser wäre allerdings ein Fundament aus Ziegeln, wie sie beim Dombau verwendet werden.«

»Beides ist sehr kostspielig.«

»Nicht kostspieliger, als alle paar Jahre das Fundament zu erneuern und trotzdem auf lange Sicht die Festigkeit Eures Hauses zu gefährden.«

»Ihr seid aus Bardowick?«, fragte der Kaufmann nach einer Weile. Gerold erzählte seine Geschichte.

Der Kaufmann drehte den feinglasierten Tonbecher in seinen Händen, wobei seine Ringe leise klirrten. »Ich war unter den ersten Bardowicker Kaufleuten, die im Jahre 1159 der Einladung Herzog Heinrichs folgten und nach Lübeck zogen. Der Sachsenherzog schickte Botschafter in alle Himmelsrichtungen, machte den nordischen Herrschern Friedensangebote und versprach den Händlern aus dem Rheinland, Friesland und Westfalen günstige Handelsrechte, wenn sie sich in Lübeck ansiedelten. Er nahm die auf der Insel Gotland beheimatete Handelsgesellschaft, der auch viele Lübecker angehören, unter seinen Schutz und verhalf ihr zu einer sicheren Position auf dem Markt von Nowgorod«, erläuterte er. »Ich handle mit flandrischen Tuchen, Nowgoroder Pelzen und vielen anderen Waren und bin damit reich geworden. Lübeck bietet jedem, der guten Mutes ist, viele Möglichkeiten, sein Glück zu machen. Nur fleißig und findig muss man sein, und man darf kein Risiko scheuen, dann wird man auch von Fortuna belohnt.«

»Davon habe ich noch nicht viel mitbekommen.«

»Ihr seid aber auf einem guten Weg. Ihr seid mutig und findig. Was haltet Ihr davon, fürs Erste meine Lagerräume wieder trocken und sicher zu machen?«

»Ich würde sehr gerne für Euch arbeiten. Aber was heißt ›fürs Erste‹?«

»Ich plane, ein Grundstück in Hafennähe zu kaufen und ein Haus dort errichten zu lassen, und zwar von Grund auf. Schließlich ist es eine Sünde, die Güter, die unter Lebensgefahr aus anderen Ländern hierhergeschafft und mit Gold aufgewogen werden, in einem muffigen Lagerhaus vergammeln zu lassen. Führt also meinen ersten Auftrag zu meiner Zufriedenheit aus, dann sehen wir weiter. Mit meinem Geld und Eurem Talent können wir viel bewegen, im wahrsten Sinne des Wortes.« Als er geendet hatte, hielt Elver von Bardewik Gerold seinen Becher hin. »Auf die Gesundung Eures Weibes und einen glücklichen Neuanfang in Lübeck. Wenn Ihr mich fragt, hat die Glücksgöttin hier ihren Sitz. Fortuna lebt in Lübeck. Ihr werdet schon sehen.«

Gerold hoffte, dass der Kaufmann recht behalten würde.

Tatsächlich ging es jetzt bergauf. Um die Jahreswende konnten Gerold und seine Familie in eine bessere Kammer umziehen. Magda gesundete nur langsam. Noch immer war ihre rechte Körperhälfte gelähmt. Auch Albträume und Trübsinn plagten sie nach wie vor. Man sagte, ein Kind zu verlieren sei das Schlimmste, was jemandem zustoßen kann, und sie beide wussten, dass das stimmte, wenn sie auch nie darüber sprachen, um nicht in gegenseitige Vorwürfen zu verfallen. Ida hätte bestimmt nicht gewollt, dass sie für immer unglücklich waren.

16

Im Lüneburger Land, Frühjahr 1190

Die dünne Eisschicht knackte unter ihren Füßen. Neslin ahnte, wie sehr Ida das splitternde Gefühl unter ihren Fußsohlen gefiel. Dennoch konnte sie sich einen Hinweis nicht verkneifen: »Wenn wir heute noch einen Fisch braten wollen, dann solltest du nicht so lärmen wie ein wilder Waldmann!«

Ida drehte sich um, und der Hauch eines Lächelns deutete ihre Grübchen an. Wenn die Narben auf ihrer Haut und der Ernst in ihren Augen nicht wären, der so gar nicht ihrem Alter entspricht, könnte man sie für ein normales Kind halten, dachte Neslin. Idas verbrannte Haare waren nachgewachsen, und auch ihre Zahnlücke schloss sich langsam.

»Ich könnte mich tiefer in den Fluss stellen. Dann würde ich bestimmt einen Fisch fangen«, schlug Ida vor.

»Nein! Du fängst vom Ufer aus einen oder gar nicht!«

Bis Frost und Schnee Einzug gehalten hatten, hatte Neslin Ida jeden Tag davon abhalten müssen, an oder gar in den Fluss zu gehen. Und letztlich war es ihre Schuld. Wenn sie Ida vor fünf Monaten nicht ins Wasser geschickt hätte, um eine Perle zu fischen …

Das Erste, woran sie sich erinnerte, seit sie sich ins Leben zurückgekämpft hatte, waren Idas neugierige Fragen über Perlmuscheln gewesen. Vor allem die eine: Woher hatte sie gewusst, dass Ida eine Perle finden würde? Neslin lächelte in sich hinein. Es gab so vieles, was sie wusste und was anderen verborgen blieb. Das war ihr Wald, ihr Fluss. Sie war Teil dieser Landschaft. Sie konnte mit ihr verschmelzen wie ein Baum, wie ein Stein.

Neslin nahm die trockenen Kräuterbüschel und streifte die Blätter in eine Schale. Für Heilkräuter gab es in Bardowick immer einen Markt, früher war es auf jeden Fall so gewesen. Und nach Bardowick musste sie. Sie konnte es nicht mit ihrem Gewissen vereinbaren, länger zu warten.

Während sie die Blätter in ein Ledersäckchen füllte und sich die nächsten Kräuter vornahm, ließ Neslin in Gedanken die letzten Monate an sich vorüberziehen. Den Hinterhalt der Ritter sah sie noch so detailgenau vor sich, dass es ihr einen Schauer über den Rücken jagte. Wie sie aufgeknüpft worden war und ausgeweidet werden sollte – mit dem Stich endete ihre Erinnerung. Ida hatte ihr später erzählt, was geschehen war, als sie an der Schwelle des Todes gestanden hatte. Wolf hatte die Ritter angegriffen, diese waren geflohen, und Ida hatte Neslin in die Hütte gezerrt und die Bauchwunde versorgt. Dieses Mädchen war stark, es hatte verborgene Kräfte, von denen es selbst nichts ahnte.

Neslin beobachtete, wie Ida auf einen Fisch lauerte. Vollkommen konzentriert, ganz eins mit dem Moment. Unwillkürlich strich sie über die Narbe an ihrem Unterleib, die dick und wulstig war. Von Anfang an hatte sie geahnt, dass die Ritter ihr Probleme bereiten würden. Als im Herbst der edle Herr von Sankt Dionys nach ihr geschickt hatte, weil sein Sohn krank war, hatte sie noch überlegt, ihn abzuweisen. Der Ritter war für sein hitziges Temperament bekannt. Außerdem war ihr die Reise nach Sankt Dionys zu weit. Aber die Aussicht, vor dem Winter noch ein hübsches Sümmchen zu verdienen, hatte sie schwach werden lassen, und so war sie zu der Adelsburg nördlich von Bardowick gewandert. Doch als sie an das Bett des Jungen geführt worden war, hatte sie gewusst, dass sie ihm nicht würde helfen können. Sie hatte diese Krankheit schon erlebt. Die meisten Kinder starben daran oder blieben gelähmt – für beides würde der Ritter sie nicht belohnen. Trotzdem hatte sie ihr Bestmögliches getan und war schnell abgereist, als das Kind kurzfristig Zeichen der Besserung zeigte. Sie hatte gefürchtet, dass der Edle sie für den Zustand seines Sohnes zur Rechenschaft ziehen würde und sein Geld wiederhaben wollte. Es war leichtsinnig gewesen, zu ihrer Hütte zurückzukehren. Aber sie liebte diesen Ort so sehr. Sie konnte nur hoffen, dass die Ritter davon ausgingen, dass sie ihren Verletzungen erlegen war. Neslin begriff nicht, wie sie überhaupt hatte überleben können. Mit Heilkunst oder Glück hatte das nichts zu tun. Die Götter hatten noch etwas vor mit ihr, das war die einzige Erklärung für ihre Genesung.

Sie sah zu Ida hinüber, die jetzt ihren selbst geschnitzten Speer ins Wasser stieß und wieder hochriss. Die Speerspitze war leer.

Auch Ida hatte ihre Verletzung überstanden. Sie hatte jedoch nicht nur körperliche, sondern auch seelische Narben davongetragen. Ida redete wenig, weigerte sich, die Hütte zu betreten, hatte Albträume und nässte manchmal ein. Vielleicht war es Idas Rettung, dass sie sich um mich kümmern musste, dachte Neslin, und ließ die Finger gedankenverloren durch die Fenchelsamen gleiten. Die Sorge um mich, die Furcht davor, dass die Ritter zurückkommen könnten, und der Kampf ums Überleben hatten Ida davon abgelenkt, über ihr eigenes Schicksal nachzudenken.

Neslin zerkleinerte mit dem Stößel die Samen und genoss den süßlichen Duft, der aus der Schale aufstieg. Dann mischte sie den zerstoßenen Fenchel mit anderen Kräutern. Ein Platschen ließ sie aufblicken. Ida hatte einen Fisch gefangen, und ihre sonst so ernste Miene brach zu einem Lächeln auf. Neslin freute sich mit ihr – endlich würde ihre Mahlzeit einmal nicht nur aus Pilzen, Beeren und Nüssen bestehen!

Neslin dankte dem Fisch, es war ein Lachs, für sein Opfer, danach tötete sie ihn, weidete ihn aus und warf die Gedärme als Göttergabe in den Fluss. Eigentlich war diese Fischart Eigentum des Herzogs, und sie müsste ihn abgeben, aber glücklicherweise verirrten sich dessen Vasallen so gut wie nie hierher. Den

Lachs würden sie über dem Feuer rösten. Sie konnte etwas Kräftigendes vor ihrer Wanderung gut gebrauchen.

Als Neslin am nächsten Morgen ihr Bündel schnürte, bemerkte sie eine Bewegung im Dickicht und schrak instinktiv zusammen. Sie hatte Ida ausgeschickt, frische Ahornrinde zu ernten, damit sie etwas zu essen für unterwegs hatte, und es beunruhigte sie immer, wenn das Kind allein unterwegs war. Doch dann hörte sie ein leises Japsen. Wolf schob sein struppiges Haupt aus dem Gebüsch. Auch ihm hatte die Verletzung zugesetzt, und ohne die gelegentlichen Gaben, die sie ihm an den Rand der Lichtung gelegt hatten, hätte er wohl kaum überlebt. Die Ohren des Tiers zuckten nervös.

»Du hältst es für keine gute Idee, Ida hier allein zu lassen?«, sagte Neslin leise zu ihm. »Ich auch nicht. Aber was soll ich machen? Der Winter kann noch einmal zurückkehren. Ohne Getreide überleben wir nicht. Außerdem muss ich mich nach Idas Familie erkundigen. Ich muss wissen, woher sie kommt und was ihr widerfahren ist. Das bin ich ihr schuldig.« Ihre Schicksale waren verknüpft, da konnte Unwissenheit schwerwiegende Folgen haben.

Wolf grollte leise und schüttelte dabei die Mähne.

»Ich soll sie mitnehmen? Bist du närrisch? Am Ende bricht sie mir wieder zus…«

Ein Rascheln. Das Tier verschwand. Gleich darauf betrat Ida aus der anderen Richtung die Lichtung. »Ist Wolf schon wieder weg? Sieht er besser aus? Glänzt sein Fell wieder mehr?«, fragte das Mädchen besorgt.

»Struppig wie eh und je ist er. Aber das wird schon wieder«, versicherte Neslin ihr und nahm die Rinde an sich. Mit dem Messer schälte sie die dünne Schicht zwischen Borke und Baum ab, die zwar etwas zäh, aber nahrhaft war. In einem Wald konnte man nicht verhungern. Irgendeines der Waldwesen würde für einen sorgen. Auch deshalb würde sie dieses Fleckchen am liebsten nie verlassen.

»Musst du wirklich fort?« Ida wirkte ein wenig bange.

»Nicht für lange. Mit Glück bin ich schon morgen wieder da.«

»Lässt du Wolf da, damit er auf mich aufpasst?«

Neslin wog ihr Haupt. »Du weißt doch: Wolf macht, was er will. Bleib am besten in der Hütte.«

Heftig schüttelte Ida den Kopf. Sie hatte selbst bei scharfem Frost draußen geschlafen. »Ich bleibe *bei* der Hütte.«

»Na, meinetwegen. Aber wenn jemand kommt …«

»Verstecke ich mich.«

Noch einmal sah Neslin dem Mädchen fest in die Augen. »Und, Ida: Geh nicht in den Fluss. Das Wasser ist zu kalt, und die Strömung könnte bei diesem Tauwetter von einem Augenblick auf den nächsten reißend werden. Versprichst du mir das?«

Ein Schatten huschte über Idas Gesicht, als erinnerte die Mahnung sie an etwas. Sie nickte stumm.

Bardowick war nicht wiederzuerkennen. Raureif hing über einer zerwühlten Landschaft, die die Natur noch nicht wieder in Besitz genommen hatte. Niemand war zu sehen. Kein Haus, aus dem Rauch aufstieg. Kein Mensch, kein Tier. Nur die Kirchen mit ihren Türmen, unbeeindruckt vom Schicksal der Menschen. Neslin steuerte auf die Petrikirche zu. Sie wusste, dass der dortige Heilkundler gerne Kräutermischungen ankaufte. Hoffentlich würden die Stiftsherren sie für einen Augenblick einlassen. Sie fror, und außerdem hatte die stundenlange Wanderung sie geschwächt.

Der Pförtner öffnete das Sprechfenster. Er wollte sie abweisen, aber Neslin eilte sich, ihm zu erklären, was ihr Begehr war. Lange musste sie in der Kälte warten, bis Pater Gottschalk die Pforte öffnete. Dieses Mal musste sie das schwache Mütterchen nicht vorspielen.

Pater Gottschalk ließ sie etwas unwillig ein. »Die Vorsichtsmaßnahme ist leider nötig. Ihr wisst ja sicher, dass wir in dieser finsteren Zeit sogar die Kirche verriegeln müssen«, begrüßte der Geistliche sie. »Was treibt Euch bei dieser unwirtlichen Witterung hierher?«

Neslin schlurfte in die Vorhalle, in der es fast genauso kalt war wie draußen, und ließ sich auf eine Bank fallen. Sie fror bitterlich, trotz der Lumpen, die sie zum Schutz um die Handflächen gewickelt hatte. »Ich bringe Euch Heilkräuter, um sie gegen etwas Getreide zu tauschen, Pater.« Sie hauchte in ihre Hände. »Habt Ihr in Eurer Mildtätigkeit wohl etwas Warmes für ein altes Weib, das einen weiten Weg gelaufen ist, um dem Hunger zu entrinnen?«

Ihr Ansinnen passte Pater Gottschalk nicht, aber er schickte dennoch einen jüngeren Kanoniker in die Küche. Als sie sich beide die Hände an einem Becher Würzwein wärmten, meinte Neslin: »Wie Ihr wisst, lebe ich beinahe als Einsiedlerin. Das weltliche Leben ist mir fremd geworden. Deshalb weiß ich auch nicht, was in Bardowick vorgefallen ist.«

Der Priester berichtete ihr von der Belagerung durch Herzog Heinrich und die anschließende Zerstörung der Stadt.

»Das ist ja schrecklich«, sagte Neslin ehrlich berührt, obgleich sie so etwas befürchtet hatte. Die Herrschenden kümmerte es nicht, wenn sie bei ihren Rangkämpfen das einfache Volk zwischen sich zermahlten; am besten, man hielt sich von ihnen fern. »Was ist mit den Bewohnern geschehen?«

»Viele sind gestorben. Die anderen wurden vertrieben.«

»Auch die Frauen und Kinder?«

»Auch sie.«

Unwillkürlich tastete ihre Hand zu ihrem Almosenbeutel, in dem sich Idas Kette befand. »Ich kannte eine gottesfürchtige Familie hier, reizende Leute, die Tochter heißt Ida«, sagte sie auf gut Glück.

»Ich kenne kein Kind dieses Namens.« Pater Gottschalk trank aus. »Also, was habt Ihr für mich? Sprecht, denn Ihr könnt hier nicht über Nacht bleiben, das wisst Ihr wohl. Und eine Herberge gibt es in Bardowick nicht mehr.«

Neslin holte die Lederbeutel hervor und erklärte ihm auch, welche Kräuter sie gemischt hatte. Er schnupperte daran. »Viel Getreide kann ich Euch dafür nicht geben. Wir haben selbst kaum noch Vorräte«, sagte er.

»Alles, was Ihr mir gebt, ist recht.«

Wieder schickte er den jungen Kanoniker los. Jetzt oder nie, dachte Neslin und zog den Kettenanhänger hervor. »Als ich Ida das letzte Mal traf, verlor sie ihre Kette. Leider weiß ich nicht, wo die Familie wohnt. Erinnert Ihr Euch vielleicht …«

»Ich kenne keine Ida …« Der Priester zuckte beim Anblick der Kette beinahe unmerklich.

»Schaut sie Euch genau an. Habt Ihr möglicherweise diese Kette …«

Pater Gottschalk nahm den Anhänger in die Hand. Er überlegte. »Unter den Opfern der Belagerung war ein Kind, das eine ähnliche Kette trug. Die Mutter wurde bei dem Angriff schwer verwundet.«

Neslin stockte der Atem. Ein Kind? Er musste Ida meinen! Ida und ihre Mutter waren hier gewesen! »Was geschah mit der Familie?«

»Sie verließen mit den anderen Flüchtlingen die Stadt. Ich weiß nicht, wohin. Ich vermute, nach Lübeck. Ich warnte den Vater noch, dass sein Weib die Reise nicht überleben würde. Sie war dem Tode nahe.«

Der Kanoniker kam mit einem kleinen Beutel Hirse zurück. Lange würde auch dieser Vorrat nicht ausreichen. Hoffentlich war der Winter bald vorbei.

»Wisst Ihr noch mehr über die Familie?«

Pater Gottschalk schüttelte den Kopf.

Neslin steckte die Kette wieder ein und machte sich nachdenklich auf den Weg zurück. Was war mit Ida und ihrer Familie auf dem Weg passiert? War die Mutter gestorben? Wieso war Ida von ihren Eltern getrennt worden? Wo waren die Eltern geblieben? Und, das war die größte Frage von allen: Sollte sie Ida erzählen, was sie in Erfahrung gebracht hatte?

17

Im Lüneburgischen, Juni 1199

Ida tanzte auf den Flammen. Sie wollte das Feuer abschütteln, wollte weglaufen, aber es klebte an ihren Füßen wie feuchtes Laub. Trotzdem rannte sie, rannte um ihr Leben. Vor ihr war nur Schwärze, dann tauchte aus dem Nichts eine Wand auf. Sie wollte sie wegschieben. Wollte daran vorbei. Die Wand ließ sich nicht bewegen. Da waren weitere Wände. Sie war eingeschlossen. Die Wände schoben sich auf sie zu. Wie in einem Kamin züngelten die Flammen an ihrem Körper, fraßen sich in ihre Haut, höher und höher …

Sie zuckte hoch und schimpfte leise, als ihr Kopf gegen einen Ast stieß. Immer wieder dieser Traum! Er müsse mit dem Brand zusammenhängen, der ihre Narben verursacht hatte, meinte Neslin, aber Ida konnte sich an nichts erinnern. Vielleicht wollte sie sich auch nicht daran erinnern. Es hatte ein Leben vor Neslin gegeben, aber wie dieses Leben ausgesehen hatte, darüber dachte sie schon lange nicht mehr nach, es schmerzte zu sehr. Seit sie denken konnte, war die alte Frau für sie da gewesen – das allein zählte.

Während sich Atem und Herz beruhigten, kontrollierte Ida ihre Umgebung auf drohende Gefahren. Trotz der Nachtstunde sah sie gut, denn der Vollmond goss milchiges Licht zwischen die Bäume. Sie lauschte. Das Knispeln einer Maus im Untergrund. Der Schrei einer Eule. Das Plätschern des Flusses und Neslins leises Schnarchen. Vor der Hütte glomm ihr Lagerfeuer nur noch und sandte eine zarte Rauchsäule aus. Ida drehte sich auf die Seite und schloss die Augen, um wieder einzuschlafen, doch ihre Zehen wackelten nervös, und ihre Gedanken machten Bocksprünge. Sie warf sich auf den Rücken und sah durch das Blätterdach zum Himmel. Der Mond blinzelte schimmernd durch das Geäst.

Dies könnte eine der Nächte sein, in der die Muscheln vom Flussgrund aufsteigen, um die Tränen der Engel aufzufangen, dachte Ida. Schon immer hatte sie sich gewünscht, die Geburtsstunde einer Perle zu erleben, und obgleich sie schon seit neun Wintern an diesem Ort lebte, hatte sie sie nie beobachten können. Vielleicht war dies die Nacht der Nächte.

Sie schlug das Schaffell zurück und stand auf. Barfuß und ohne ein Geräusch zu verursachen – wie lange hatte sie das als Kind geübt! – schlich sie zur Hütte. Sie legte noch einen Scheit auf das Feuer, damit es nicht verlosch, und entfernte sich von der Lagerstatt.

Der Fluss war ein Seidentuch aus Grau und Weiß, abwechselnd gleißend und matt. Hinter dem wulstigen Erlenstamm verbarg sie sich und spürte, wie der würzige Duft von wilder Minze und Morast auch den letzten Rest des Albdrucks vertrieb. Ida ließ ihre Augen auf der Wasseroberfläche ruhen und wartete darauf, dass sie von den halbrunden Spitzen der Muscheln durchbrochen würde. Jetzt war sie überhaupt nicht mehr ungeduldig, sondern ließ ihre Gedanken wandern. Der Fluss – so viel hatte sie in den letzten Jahren über ihn gelernt. Sie wusste ihn zu lesen wie Neslin das Wetter. Neslin hatte einmal gemeint, der Fluss kenne nur zwei Jahreszeiten: die des Lebens und die des Todes, des Werdens und Verblühens von Frühjahr bis Herbst und des Winters. Aber Ida fand, dass das nicht stimmte. Selbst im tiefsten Winter gab es noch Leben am und im Wasser, es war nur schneckengleich verlangsamt. Selbst wenn eine Eisschicht den Fluss bedeckte, sah sie noch das Wabern des Seegrases, als bewegte sich dort ein geheimnisvolles Wesen.

Ohren gespitzt! Das eifrige Nagen des Bibers verklang. Wenig später beobachtete Ida, wie der Luchs die Uferböschung hinuntertänzelte, um aus dem Fluss zu trinken. Seine aufgerichteten Ohrpuschel und der wachsame Blick verrieten, dass er wusste, dass sie da war – aber er fürchtete sie nicht. Im Gegensatz zu dem Biber, der sich vermutlich tief in seinen Bau zurückgezogen hatte. Ida war ein Teil dieses Waldstücks, genau wie die Eichhörnchen in der alten Linde und die Otterfamilie, die ihre Versuche, die Muschelbank zu plündern, dank Idas Wachsamkeit endlich eingestellt hatte. Das silbern aufblitzende Schuppenkleid einer springenden Forelle durchbrach den gleichförmigen Rhythmus des Flusses. Sein Plätschern ließ Ida wieder müde werden.

Als ihr gerade die Augen zufielen und sie beschloss, dass sie auch im Schutze der Erle schlafen könne, hörte sie Geräusche. Das Wasser gluckste unregelmäßig, als ob sich jemand darin bewegte. Mit einem Mal war sie hellwach. Da war jemand! Waren die Engel wirklich vom Himmel herabgestiegen? Ging ihr Traum in Erfüllung? Vorsichtig wandte sie sich um. Der Anblick brachte ihre Gedanken zum Springen wie Flöhe auf einem alten Fell. Mondweiße Schultern ragten aus dem Wasser. Ein Arm, der sich zum Himmel ausstreckte. Dunkel schimmernde Haare. Die Gestalt kam näher, tauchte weiter aus dem Wasser auf. Eine leise Enttäuschung: Eine muskulöse Brust – es war ein Mann! In der Hand trug er etwas. Er hatte es hochgehalten, damit es trocken blieb. Als er – erstaunlich leise – aus dem Fluss stieg, war Ida sicher, dass sie keinen Engel vor sich hatte. Aber auch keinen Ritter, denn er trug weder Schwert noch Sporen bei sich. Bauer Bartel vom benachbarten Hof war es ebenfalls nicht. Die Beinlinge klebten nass an seinem Körper.

Ida versteckte sich hinter einem Baumstamm. Was wollte der Fremde hier? Sie vernahm das Knacksen kleiner Äste und feuchtes Seufzen des Waldbodens. Er ging auf Neslins Hütte zu! Ida verfluchte ihren Leichtsinn. Warum hatte sie das Lagerfeuer noch angefacht, jetzt konnte man es sehen und den Rauch deutlich riechen! Sie musste ihn aufhalten! Immerhin hatte sie ihre Steinschleuder dabei. Idas Gedanken gingen durcheinander. War es einer der Herumtreiber oder Diebe, die sich manchmal hierher verirrten? Warum nur war Wolf nicht mehr bei ihnen? Ihr Beschützer war seit dem vergangenen Winter verschwunden. Keine Zeit mehr, zu hadern oder einen Plan zu entwerfen! Sie musste den Eindringling aufhalten! Ob es einen Sinn hatte, mit ihm zu reden? Sicher würde er sich kaum von einer jungen Frau etwas sagen lassen. Und sie würde nicht zusehen, wie er Neslin angriff, so wie die Ritter es damals getan hatten! Sie musste ihm klarmachen, dass dieses Lager bewacht wurde, dass er kein leichtes Spiel haben würde.

Ida zückte ihre Steinschleuder, holte einen der runden, flachen Kiesel aus ihrer Gürteltasche und schlich neben ihm her, bis sie freie Schussbahn hatte. Stein in die Lederausbuchtung legen, die Schleuder schwingen und ein Ende des Bandes loslassen. Aus dem Dickicht heraus, in das sie sich nach dem Abschuss geworfen hatte, sah sie, dass der Kiesel den Mann an der Stirn getroffen hatte. Alarmiert hielt er sich die schmerzende Stelle und suchte die Umgebung ab. Würde er umkehren? Nein, er ging weiter! Gleich hatte er die Hütte erreicht. Ida legte einen weiteren Kiesel ein, wirbelte ihn herum, ließ ihn losschnellen. Der Mann duckte sich – das Geschoss ging ins Leere. Schlimmer noch: Mit großen Sätzen sprang der Kerl durchs Buschwerk direkt auf sie zu. Bevor Ida fliehen konnte, hatte er sie schon gepackt und auf die Erde geworfen; er war tatsächlich tropfnass.

»Wer bist du, und was soll das?«, fauchte er.

Ida versuchte, ihm zu entwischen, doch da hatten seine Oberarme bereits ihre Knie fixiert, und er versuchte, ihr die Schleuder abzunehmen. Jetzt erkannte sie, dass er ein junger Mann war, nur einige Jahre älter als sie, vielleicht siebzehn oder achtzehn. Seitlich auf der Stirn schwoll eine Beule von ihrem Treffer. Seine hellen Augen funkelten im Mondlicht. Er roch nach Kiefernnadeln, Fluss und Moos, kein Wunder, dass sie ihn nicht früher bemerkt hatte; sonst stanken die meisten Männer, denen sie begegnet war, auf Meilen gegen den Wind.

Als er ihr ins Gesicht sah, gab sein Griff ein wenig nach. »Ein Mädchen …«, stammelte er verdattert. »Was willst du von mir? Warum greifst du mich an? Du hast hier nichts zu suchen!«

»*Du* hast hier nichts zu suchen!«, stieß Ida hervor.

Sie spürte seinen Körper auf ihrem und wand sich unter ihm. Noch nie war sie einem Mann so nah gewesen. Was hatte sie sich nur dabei gedacht, ihn anzugreifen? Er quetschte ihr Handgelenk, bis Ida die Schleuder losließ. Körperlich kam sie gegen ihn nicht an.

»Jetzt wollen wir doch mal sehen …«, meinte er.

»Verschwinde, Diebsgesindel, sonst setzt es was!« Ein Ast flammte auf und fuhr zwischen sie. Neslin!

Der Mann erstarrte. »Bei allen Göttern, was ist denn nur hier los? Neslin, erkennst du mich denn nicht? Ich bin es, Esko!«

Die Fackel leuchtete ihm ins Gesicht. »Egal, wer du bist – lass ab von ihr!«, befahl die Alte.

»Sie hat mich angegriffen!«

»Lass ab, sage ich!«

Der Fremde ließ Ida los und stand auf, die Hände beschwichtigend erhoben. Sogleich schnappte sich Ida ihre Schleuder wieder. »Erkennst du mich denn nicht? Ich bin Esko, der Sohn von Otmar und Rasmoda«, rief er Neslin zu.

So nah kam Neslin jetzt, dass der junge Mann sich zurückneigen musste, um nicht versengt zu werden. Lange musterte sie ihn, dann senkte sie die Fackel. Ida sah, dass die alte Frau bebte, und eilte zu ihr, um sie zu stützen. Neslin machte ihr in letzter Zeit Sorgen; sie schlief viel und war schnell erschöpft.

»Endlich kommst du zur Besinnung! Mein Vater ist sehr krank – er braucht deine Hilfe. Deshalb bin ich rübergeschwommen und wollte mich gerade bemerkbar machen, als mich diese Wilde hier angesprungen hat!« Esko betastete wütend die Stirnbeule. »Ein wenig weiter seitlich, und du hättest die Schläfe getroffen – dann wäre es aus mit mir gewesen! Was hat ein Mädchen überhaupt mit einer Steinschleuder zu schaffen?«

»Ich bin keine Wilde! Selbst schuld, wenn du nachts hier so herumschleichst!«, fauchte Ida.

»Gebt Ruhe!«, ging Neslin dazwischen. »Ich muss mich setzen. Mir ist ein wenig … schwindelig.« Neslins Hand krallte sich in Idas. Esko fasste sie ebenfalls unter und geleitete sie zum Feuer. »Ida, hol etwas feuchtes Moos, um Eskos Beule zu kühlen.«

Widerstrebend kam Ida der Aufforderung nach. Schroff reichte sie dem jungen Mann das Moos. Esko hatte in der Zwischenzeit seine nasse Kleidung in der Nähe des Feuers über den Verschlag gehängt. Er setzte sich in den Schneidersitz, presste das Moos auf die Beule und musterte Ida. Es schien ihm nichts auszumachen, dass er halbnackt vor ihnen saß. Obgleich sein Gesicht schmal und feingeschnitten war, schienen Augen, Nase und Mund etwas zu groß zu sein. Die blauen Augen unter den dichten Brauen blickten aufmerksam; nichts schien ihnen zu entgehen. Verlegen zupfte Ida eine Haarsträhne über Hals und Busen. Sie mochte die bestürzten Blicke der anderen nicht, wenn sie ihre Narben entdeckten. Ein weiterer Grund, warum sie sich immer bei der Hütte und am Fluss aufhielt.

»Vater schickt mich nach Heilkräutern. Es eilt, denn es geht ihm schlecht«, sagte Esko. Seine Stimme hatte sich beruhigt, sie klang jetzt tief und voll. »Ich konnte nicht tagsüber kommen. Auf dem Hof ist zu viel zu tun, und jetzt, wo das Fest ansteht, erst recht.«

»Ich hatte ihm doch erst beim letzten Kirchgang ein Kräutersäckchen zugesteckt«, wunderte sich Neslin. Mancher aus der Gegend suchte bei der alten Kräuterfrau Rat, aber Neslin wollte kein Aufsehen erregen, um ihre alten Feinde nicht auf sich aufmerksam zu machen, also ging sie unauffällig vor. Gleichzeitig sahen die Geistlichen derartige Heilkünste nicht gern.

»Otmars Beschwerden haben zugenommen, und er hat sich öfter als sonst den Trank bereitet.«

»Vielleicht hat er sich damit eher geschadet.«

Esko hob ratlos die Schultern. »Du hast doch noch davon?«

»Ich muss ihn erst anmischen«, sagte Neslin zögernd. »Hat das nicht bis morgen Zeit?«

»Ich muss gleich in der Frühe wieder auf dem Hof sein.« Immerhin schien Esko die Dringlichkeit seines Ansinnens unangenehm zu sein. Er senkte die Stimme. »Es ist doch für Vater.«

Neslin seufzte resignierend. »Sind es die gleichen Beschwerden wie beim letzten Mal?«

»Sein Kopf schmerzt, als ob er zu platzen droht, und Lichtblitze tanzen vor seinen Augen. Vater sagt, er könne kaum klar denken. Erst gestern ist er gestürzt, weil ihm auf einmal taumelig wurde.«

Neslin nickte ernst. Ida musste die Greisin stützen, als diese sich erhob. In der Hütte gab Neslin Ida Anweisungen; der Schein des Unschlittlichts war zu schwach, um die Zutaten genau erkennen zu können, aber Ida kannte sich inzwischen gut aus.

Esko steckte den Kräuterbeutel in eine Tasche aus gewachstem Leinen, die er im Fluss hochgehalten und vor Nässe bewahrt hatte. Eine dunkle Haarsträhne rutschte über seine Stirnbeule. »Die ewigen Streitereien zehren an Vater. Kramm und seine Leute machen Druck; es ist ein richtiger Kleinkrieg. Es wird uns guttun, beim Fest mal wieder über die Stränge zu schlagen. Du kommst doch auch? Dann kannst du dir Vater ja gleich mal anschauen.«

Neslin stand die Müdigkeit ins Gesicht geschrieben. »Wir werden sehen«, sagte sie vage.

Der junge Mann verstand, dass er die alte Frau genügend

strapaziert hatte. Er dankte ihr und verschwand im Dickicht. Gleich darauf hörte Ida das Plätschern des Wassers. Noch einmal hatte er dieses Fest erwähnt, vermutlich meinte er das Hochamt zum Johannistag, das alljährlich um diese Zeit in der Georgskirche gefeiert wurde. Aber wie sollte dabei jemand über die Stränge schlagen? Und wie sollte Neslin dort einen Mann untersuchen?

Sie konnte nicht nachfragen, denn die alte Frau verkroch sich in ihrer Hütte. Ida legte sich ebenfalls hin; die Morgendämmerung würde noch auf sich warten lassen. Ihre Gedanken waren bei dem überraschenden Besucher. Sie ahnte, aus welchem Dorf Esko stammte; vor langer Zeit war sie einmal mit Neslin dort gewesen. Eskos Worte hatten geklungen, als würde Neslin das Dorf und seine Bewohner genauer kennen. Manchmal hatte die alte Frau sie für ein paar Tage allein gelassen – war sie dann dort gewesen? Am Anfang ihrer gemeinsamen Zeit war Ida dann bei der Bauernfamilie geblieben, aber seit Bartel Neslin zusetzte, damit sie ihr Land verkaufte, war der Kontakt abgebrochen. Als Witwe hatte Neslin es schwer, ihre Rechte zu wahren, also musste sie der Auseinandersetzung aus dem Weg gehen. Zuletzt war Ida bei Neslins Wanderungen allein geblieben; sie fürchtete sich nicht im Wald, konnte sich gut verstecken und auch verteidigen. Das hatte sie zumindest bis vorhin noch gedacht …

Der Gesang des Regenpfeifers weckte Ida. Entgegen ihrer Gewohnheit schlief Neslin noch fest. Die Sonne spitzte durch das frische Eichengrün, als Ida sich schlaftrunken auf zum Fluss machte. Dabei scheuchte sie den Vogel auf, der ein Stück auf seinen staksigen Beinen rannte, dann die Flügel ausbreitete und sich auf den Boden drückte; er war mit seinem braunen Gefieder gut getarnt, nur seine großen Augen leuchteten angstvoll. Ida schlug einen Bogen, um ihn nicht noch mehr zu verängstigen. Sie liebte es, morgens früh ein Bad zu nehmen. Es war eine

Gewohnheit aus ihrer Kinderzeit. Damals hatte Neslin so lange mit ihr im flachen Wasser geübt, bis Ida tief tauchen und weit schwimmen konnte.

Neslins Hütte befand sich an einem Seitenarm der Ilmenau; hier waren kaum Wanderer und noch seltener Boote zu sehen. Ohne die Fußspuren hätte sie den nächtlichen Besuch von Esko für ein Hirngespinst gehalten. Ob der junge Mann auf dem Hinweg die Muscheln erschreckt und so ihr Aufsteigen verhindert hatte? Gähnend reckte Ida sich und schälte sich aus ihren Kleidern. Sie schwamm eine Weile mit dem Strom, dann gegen die Strömung, und schließlich tauchte sie zu den Muscheln hinab, um zu schauen, ob die Otterfamilie wieder zugeschlagen hatte. In Reih und Glied standen die Perlmuscheln da, die Schalen einen Spaltbreit geöffnet. Sie hatte lernen müssen, dass Perlen selten waren und langsam wuchsen – dass sie damals für Neslin überhaupt eine gefunden hatte, erschien ihr aus heutiger Sicht wie ein Wunder. Überhaupt waren diese Muscheln geheimnisvolle Wesen. Ida war sicher, dass manche ihren Platz verließen, aber beobachtet hatte sie diese Bewegung noch nie.

Nach dem Bad schürte Ida das Feuer, versorgte die drei Hühner, den Hahn und die Ziege. Anschließend bereitete sie den Brei aus Rispenhirse zu. Noch immer war Neslin nicht aufgestanden. Die unterbrochene Nachtruhe setzte der Alten wohl mehr zu als gedacht. Ida aß und süßte Neslins Brei mit Honig, dann begann sie mit ihrem Tagwerk. Als die Sonne im Mittagshoch stand, sorgte sie sich doch. Von außen sperrte sie die Fenster auf und öffnete die Tür weit. Obgleich der kleine Raum jetzt lichtdurchflutet war, lag Neslin reglos auf dem frischen Farnkraut. Es würde Ida nichts anderes übrig bleiben, als hineinzugehen. Immer noch fiel es ihr schwer, die Hütte zu betreten. So flach atmete die Greisin, dass Ida zunächst fürchtete, Neslin könnte gestorben zu sein. Der Gedanke keimte in ihr, was aus ihr werden sollte, wenn Neslin starb. Sie hatte doch sonst niemanden! Aber nein, sie durfte nicht daran denken, ihre Ziehmuhme war zäh. Zart berührte sie Neslins Hand, die trocken war wie schütteres Laub. Nur langsam wurde Neslin wach.

»Ich habe dir deinen Hirsebrei gemacht«, sagte Ida.

Die Lider der alten Frau flatterten. »Ist es schon spät? Wir wollten heute doch …«

»Das habe ich schon erledigt. Soll ich dir aufhelfen?«

Neslin nickte. Jede Bewegung schien sie anzustrengen. Ida rieb ihr die Gelenke mit schmerzstillendem Öl ein und half ihr hinaus.

An diesem Tag übernahm sie alle wichtigen Arbeiten. Neslin blieb vor der Hütte, spann ein wenig und nickte dabei immer wieder ein. Erst am Abend schien sie etwas von ihrer Kraft zurückgewonnen zu haben. Als Ida mit einem Wildkaninchen zurückkehrte, das sie mit ihrer Steinschleuder erlegt hatte, sprach Neslin einige Worte über dem Kadaver, dann weidete sie das Kaninchen aus und zog es ab. Die Innereien begutachtete sie und vergrub sie anschließend am Fuß der alten Eiche, wie es ihre Gewohnheit war. Neslin sprach mit den Tieren und den Bäumen, und sie redete von den Göttern, wie andere von den Heiligen sprachen. Sie ging aber auch zur Kirche, beichtete und gab Almosen. Ida wunderte sich nicht mehr darüber – so war Neslin eben.

Als sie darauf warteten, dass der Braten gar wurde, sagte Neslin unvermittelt: »Pack dein gutes Kleid ein und mach das Boot bereit. Wir brechen Morgen in aller Frühe auf.«

Ida, die gerade dabei war, einen neuen Löffel zu schnitzen, hielt inne. »Das Hochamt ist doch erst in ein paar Tagen.«

»Wir gehen ins Dorf.« Das war selbst für Neslins Verhältnisse, die nie große Worte machte, arg knapp.

»Aber warum …«, begann Ida.

Neslin fiel ihr ins Wort. »Otmar ist ein guter Mann und ein alter Freund. Ich fühle mich verpflichtet, nach ihm zu sehen.«

Ida wollte nicht ins Dorf gehen. Viele Menschen an einem Ort schüchterten sie ein. Als sie einmal mit Neslin in Lüneburg gewesen war, um ein paar Perlen zu verkaufen, hatte sie vor lauter Aufregung Bauchkämpfe bekommen. »Aber unsere Tiere …«, wandte sie ein.

»Die sperren wir mit genügend Futter in die Hütte. Das werden sie schon überstehen.«

»Und wenn Bauer Bartel kommt?«

»Wäre es dir lieber, du wärst hier, wenn er kommt? Das glaube ich kaum. Außerdem habe ich ihm beim letzten Mal die Urkunde gezeigt.« Das kleine Stück Pergament, auf dem Neslins Ehemann ihr das Grundstück vermacht hatte, war ihr wichtigster Besitz. »Er kann zwar nicht lesen, aber er war von dem Siegel angemessen beeindruckt. Bartel wird Ruhe geben, bis ich mein Leben aushauche.« Entschlossen nahm Neslin das Kaninchen vom Spieß. »Esko hat uns im Namen seines Vaters eingeladen, und wir nehmen diese Einladung an. Wir beide.«

Am Morgen bat Ida noch einmal darum, bei der Hütte bleiben zu dürfen, aber Neslin ließ sich nicht erweichen. Die Alte sperrte die Tiere ein, was Ida sehr missfiel, obgleich sie für genügend Futter und Wasser gesorgt hatte. Ida befreite ihr Ruderboot aus seinem Versteck im Brombeerbusch und ließ es zu Wasser. In einem Beutel trugen sie ihre Besitztümer mit sich. Sie war nervös, als sie Neslins Anweisungen folgte und das Boot gegen den Strom auf den Hauptarm der Ilmenau ruderte. Vereinzelte Fracht-Nachen kamen ihnen entgegen, deren Schiffer sie neugierig beäugten. Der Fluss schlängelte sich gemächlich durch die Landschaft. Schließlich zeigte Neslin Ida den Ort, an dem sie das Boot an Land steuern sollte.

Ida war mulmig zumute. »Ich könnte zurückfahren und dich in ein paar Tagen wieder abholen«, sagte sie. »Dann müssten wir auch nicht riskieren, dass das Boot gestohlen wird.«

Neslin schüttelte unwillig den Kopf. »Du kommst mit. Mach dich zurecht, wie es sich gehört.«

Ida holte ihren Lederreif aus dem Beutel und legte ihn um die Stirn. Die Haare zupfte sie so, dass die dichten blonden Strähnen ihre Narbe am Hals verdeckten. Dann warf sie ihr Tuch über die Schultern, obwohl es ihr bei diesem Wetter viel zu warm erschien.

Zwischen Findlingen versteckte sie das Boot. Eine Weile liefen sie querfeldein, ehe sie einen Weg erreichten. Das Gehen fiel Neslin schwer; sie musste oft verschnaufen. Mittags rasteten sie lange. Ida hatte es nicht eilig, das Dorf zu erreichen. Sie wunderte sich nur, dass Esko diese weite Strecke in einer Nacht zurückgelegt hatte. Bald kamen sie öfter an Gehöften und Feldern vorbei. Kinder umschwirrten sie neugierig, als sie sich einer von Hecken eingefassten Häuseransammlung näherten.

»Hast du uns was mitgebracht?«, riefen die Kinder Neslin zu.

»Hab ich euch schon jemals etwas mitgebracht? Verschwindet, ihr Zwerge, sonst erzähle ich euch die Geschichte vom Wolf, der mich verschlungen und wieder ausgespuckt hat!«, giftete Neslin.

Die Kinder kicherten und gingen sicherheitshalber auf Abstand. Ida sah den Schalk in den Augen der alten Frau. Ein Mädchen näherte sich Ida und zupfte vorsichtig an ihrem Haar. »Du siehst so schön aus. Ist das gesponnenes Gold?«, fragte sie und enthüllte dabei eine Zahnlücke.

Seltsam berührt bei diesem Anblick schüttelte Ida nur stumm den Kopf.

Um einen Platz gruppierten sich Blockbohlenhäuser, an die merkwürdige Hütten gebaut waren. Diese waren halb eingegraben, sodass nur die grasbewachsenen Dächer aus der Erde herausschauten. Hinter jedem Gehöft erstreckte sich ein Pferch, in dem sich Tiere tummelten. Am Giebel des größten Hauses breitete etwas seine Schwingen aus. Es war eine Eule, die der Besitzer dort als Schutz vor Blitzschlag angenagelt hatte; ein grausamer Aberglaube, wie Ida fand.

Ein Mann mit einem halb kahlen Schädel und einem wallenden Bart trat aus einem der größeren Höfe. »Habt ihr nichts zu tun, ihr Gören? Geht, und helft auf den Feldern!«, rief er. Schon stoben die Kinder davon. Brummelnd begrüßte er Neslin: »Du bist zu früh, das Fest ist erst in zwei Tagen.«

»Hab Dank für die freundliche Begrüßung, o weiser Otmar«, sagte Neslin mit einem ironischen Unterton. »Dein Sohn bat mich, nach dir zu sehen.«

»Ach, dieser Nichtsnutz! Deinen Heiltrank beschaffen, das sollte er!«

Neslin stützte sich auf ihren Stock. »Bietest du uns deine Gastfreundschaft an, oder muss ich mich den weiten Weg zurückschleppen?«

Der Mann machte eine einladende Handbewegung. »Natürlich, du und deine Begleiterin seid mir willkommen. Das ist also deine Enkelin. Warum hast du sie so lange vor uns versteckt? Ich sehe nichts an ihr, was uns erschrecken könnte.« Er musterte Ida erwartungsvoll. »Oder ist sie etwa stumm?«

Neslins Stockspitze hackte auf Idas Fuß.

»Nein!«, stieß Ida hervor. Sie war gesellschaftlichen Umgang nicht gewöhnt. »Habt Dank … für Eure Gastfreundschaft.«

Otmar nickte und ging voraus. Noch bevor er die Tür erreicht hatte, rief er: »Weib, wir haben Gäste – mach zwei Lager bereit, und bring uns Honigwein! Ich könnte auch was zu beißen vertragen.«

Hinter dem Holzhaus stieg Rauch auf; Schmiedehämmer waren zu hören. Innen war es dunkel und wuselig, was Ida erstarren ließ, aber Neslin stieß sie hinein. Schlagartig hatte die Beklemmung Ida im Griff. Nachdem sich ihre Augen an die Dunkelheit gewöhnt hatte, erkannte Ida eine hohe Diele, von der einige Nischen abgingen. Frauen werkelten geschäftig, Kinder krabbelten über den gestampften Lehmboden, Hunde dösten neben dem Eingang, eine Katze sprang über die Dachbalken, und über einer großen Herdstelle hing ein großer Kessel. Kräuterbüschel verbreiteten Wohlgeruch, und auf den Bänken lagen bunte gewebte Decken oder Felle. Die Bewohner waren in einfache, aber saubere Kittel oder Kleider aus ungefärbtem Tuch gekleidet und begrüßten sie freundlich. Eine kräftige Frau mit breitem Busen lächelte sie erwartungsvoll an. Ida blinzelte verwirrt. Ihr war eng um die Brust, und das Blut rauschte so laut in ihren Ohren – hatte die Frau sie angesprochen?

»Alles in Ordnung?«, fragte die Fremde.

Ida konnte ihr schlecht sagen, dass sie es, obgleich das Haus gemütlich wirkte, hier kaum aushielt. »Draußen ist es so schön«, murmelte Ida.

Die Frau strahlte. »Das ist wahr! Den Sonnenschein muss man genießen! Otmar, Herzchen, ich bring euch Bier und Wurst hinaus!«, verkündete sie lauthals. Dann wandte sie sich noch einmal Ida zu. »Ich bin Rasmoda – willkommen in unserem Heim!«

Otmar, der sich bereits auf einen pelzbedeckten Armlehnenstuhl hatte fallen lassen, erhob sich gehorsam und stiefelte auf den Hinterausgang zu. Ida eilte ihm nach. Draußen atmete sie auf. Wie saftig grün die Wiesen vor dem Blau des Himmels standen! Butterblumen leuchteten wie hingetupft, und auf einem Beet reckte sich das Gemüse zur Sonne. An der sonnenbeschienenen Rückwand des Hauses nahmen sie auf Bänken Platz. Ein Stück weiter befand sich die Schmiede, vor der gerade ein Pferd beschlagen wurde. Neben der Schmiede saßen Frauen unter Bäumen um einen Kuppelofen.

Unter den Arbeitenden entdeckte Ida auch Esko. Als die Männer die Neuankömmlinge bemerkten, entspann sich zwischen demjenigen, der das Pferd hielt, und Esko ein scharfer Wortwechsel. Dem dunklen Schopf nach zu urteilen mochten die beiden Brüder sein. Waren Neslin und sie hier doch nicht willkommen? In diesem Moment brachten die Hausherrin und ein Mädchen in Idas Alter ihnen Bierkrug, Humpen und eine aufgeschnittene Wurst. Wie Esko hatte auch das Mädchen schwarze Haare und blaue Augen.

Rasmoda legte eine Hand auf Neslins Schulter. »Gut, dass du da bist, um nach Otmar zu sehen«, sagte sie. »Seit der Ärger mit Meister Kramm so unerträglich …«

»Ach, hör auf damit, Weib. Massier mir lieber den Nacken!« Mit einer steilen Falte auf der Stirn ließ Otmar den Kopf kreisen. Rasmoda klopfte und drückte ihm die Nackenmuskeln, dass es Ida schon beim Zusehen wehtat.

»Greift zu!«, forderte das Mädchen sie auf. »Wir haben noch reichlich davon!«

Ida nippte an ihrem Getränk. Das Bier war so stark, dass es ihr auf der Zunge brannte.

»Dein Kräutertrunk bessert die Schmerzen nur für wenige Stunden, dann funkt und blitzt es in meinem Kopf, als ob er unter einem Schmiedehammer läge«, sagte Otmar.

Neslin zerkleinerte die Wurst mit dem Messer und steckte ein Stück in den Mund; da sie kaum noch Zähne hatte, musste sie sie mehr lutschen als kauen. »Ich werde sehen, was sich tun lässt. Ida kann in der Zwischenzeit mit im Haus anfassen. Vielleicht kann Svea sie an die Hand nehmen.«

Ida protestierte leise: »Ich muss dir doch helfen, wenn du Kräuter sammelst oder einen neuen Trank ansetzt.«

Der Blick der alten Frau war unergründlich. »Ich lasse dich rufen, wenn ich dich brauche. Geh lieber mit Svea und mach dich nützlich.«

Die junge Frau erhob sich. Ida tat es ihr notgedrungen nach.

»Am besten helft ihr, die Brotfladen zu backen«, rief Rasmoda ihnen nach und hämmerte mit den Handkanten auf die Schultern ihres Mannes, bis er dumpfe Seufzer ausstieß. »Nun stöhn doch nicht so, als wärst du ein brünftiger Stier«, sagte sie lachend.

Als sie ein paar Schritte gegangen waren, wandte Svea sich Ida zu. »Du bist also Idas wehrhafte Enkelin, die Esko das Fürchten gelehrt hat. Wir wussten ja gar nicht, dass es dich wirklich gibt. Neslin hat so ein Geheimnis um dich gemacht.«

»Und ich wusste nicht, dass es euch gibt«, sagte Ida und hoffte gleich darauf, dass es nicht zu schnippisch klang.

»Stimmt auch wieder.« Svea lachte. »Ich hatte eigentlich gerade Hirse gestampft, aber Fladen backen ist auch gut. Für den Festschmaus brauchen wir reichlich.«

Sie gingen an der Schmiede vorbei zu dem Kuppelofen, vor dem einige Mädchen und junge Frauen saßen, Teig kneteten, flache Fladen formten und diese auf einem heißen Stein buken; der Geruch von Rosmarin brachte Idas Magen zum Knurren.

»Normalerweise dürfen wir nicht naschen, aber für unseren Gast machen wir eine Ausnahme.« Svea stibitzte einen Fladen, balancierte den heißen Teigling auf den Fingern und warf ihn Ida zu, die ihn überrascht auffing.

»Danke«, sagte Ida, die tatsächlich Hunger hatte; auch spürte sie, wie der kleine Schluck Bier ihren Magen in Aufruhr versetzt hatte.

Sie bekamen Arbeitswerkzeug gereicht. Ida legte das Brett, auf dem sie den Teig formen sollte, auf ihre Knie und aß erst mal ein Stück Brot. Der Fladen schmeckte wunderbar.

»Woher kommst du?«, fragte ein dralles, etwa gleichaltriges Mädchen namens Kethe, das die dicken haselnussfarbenen Zöpfe wie einen Kranz um den Kopf gelegt hatte.

»Ich lebe mit Neslin am Fluss.«

»Ich glaube, ich hab dich schon mal in der Kirche gesehen. Hier warst du noch nie, oder?«

Ida schüttelte den Kopf.

»Du redest nicht viel, was?«

Wieder schüttelte Ida den Kopf. Was sollte sie auch dazu sagen? Sie steckte das letzte Fladenstück in den Mund. In diesem

Augenblick näherte sich eine Frau mit einem Vorratssack in den Armen, die Ida sogleich anfuhr: »Wer hat dir erlaubt, von den Fladen zu nehmen?«

Ida wagte kaum, ihren letzten Bissen hinunterzuschlucken. Der kräftige Leib der Frau war von einem wallenden Kittel umhüllt, aber ihr Gebende war so eng, dass sie den Kopf kaum bewegen konnte. Das Gesicht wirkte teigig und starr. Auf ihrer Brust trug sie eine Kette mit einem schlichten Holzkreuz. Die Frau stellte den Sack ab und stützte die Hände in die Hüften.

»Hier wird nicht genascht, das solltet ihr jungen Weiber wissen! Wer bist du überhaupt?«, fuhr sie Ida an.

Ida schluckte und stellte sich vor. »Ich bin mit Neslin hier. Sie ist meine … Großmutter.«

Das schien der Frau gar nicht zu gefallen. »Dann stünde es dir erst recht gut zu Gesicht, die Regeln unseres Zusammenlebens einzuhalten.«

Bevor Ida sich entschuldigen konnte, grätschte Svea dazwischen: »Ich habe Ida den Fladen gegeben. Sie war lange unterwegs.«

»Soso«, sagte die Frau missbilligend. Svea zu maßregeln wagte sie aber offenbar nicht. Stattdessen schickte sie sich an, das Feuer zu schüren. »Habt ihr euch denn um gar nichts gekümmert, sondern nur geschwatzt?«, nörgelte sie.

Ida wurde eine Teigkugel gereicht, die sie durchknetete und mit der Faust plattwalzte. Eine ganze Weile arbeiteten sie still vor sich hin. Als die strenge Frau zum Holzschuppen ging, atmeten die Mädchen auf. »Jetzt hast du auch Anne kennengelernt, meine Schwägerin«, flüsterte Svea.

Ida war erstaunt. »Eskos Frau?« Ein ungleicheres Paar konnte sie sich kaum vorstellen.

Die Mädchen kicherten bei dieser Frage.

»Nein, Anne ist mit Arndt verheiratet, unserem älteren Bruder«, erklärte Svea.

Nun beugte sich Kethe zu Svea und den anderen Mädchen vor und flüsterte: »Hab ihr schon das Neueste gehört? Die Jungs vom Nachbardorf haben sich angeblich einen finsteren Geheimplan überlegt, um unser Feuerholz abzufackeln. Dein Henniko hat sie belauscht.«

Ida bemerkte, wie Svea rot anlief. »Er ist nicht *mein* Henniko!«

»Tu doch nicht so! Ich weiß, dass ihr euch abends heimlich hinter dem Haus trefft«, wisperte Kethe.

»Ach ja? Vermutlich, weil du dort mit Beppo herummachst!«

»Ich doch nicht!« Kethe richtete entrüstet ihre Zöpfe, und alle lachten wie über einen Witz, den Ida nicht verstand.

Anne schien gute Ohren zu haben, denn vom Holzschuppen aus rief sie: »Hier auf diesem anständigen Hof macht überhaupt niemand herum!« Die Mädchen verdrehten die Augen, arbeiteten aber still weiter.

»Warum will jemand euer Holz abbrennen?«, fragte Ida nach einer Weile leise.

Die Mädchen sahen sie verdutzt an, dann erklärte Svea: »Jedes Dorf will das größte und schönste Johannisfeuer haben. Die jungen Männer versuchen, die Feuer der anderen Dörfer vorher abzufackeln, das ist eine Art Wettkampf. Aber unser Feuer wird dieses Mal prächtiger als je zuvor brennen, dafür werden Vater und die Jungs sorgen – die haben längst einen Wachdienst organisiert.«

Kethe lachte. »Zu hoch darf das Feuer aber auch nicht werden – wir wollen ja schließlich drüberspringen.«

»Scht! Das können wir ohnehin erst, wenn Kramm und seine Bagage gegangen sind.«

Ida reichte den nächsten Fladen zum Backstein. Svea erklärte es ihr ungefragt: »Über das Johannisfeuer zu springen, das soll Glück bringen.«

»Sag bloß, du warst noch nie bei einem Johannisfeuer?«, fragte Kethe.

Ida verneinte. Sie würde auch nicht freiwillig in die Nähe des Feuers gehen, das wusste sie gewiss – und schon gar nicht über die Flammen springen.

Nun überboten sie sich gegenseitig damit, Ida zu erzählen, was es mit dem Fest auf sich hatte. Ihre Vorfreude ließ sich fast mit Händen greifen. Bald wusste Ida mehr über die kommenden Tage, das Fest und die Dörfler, als ihr lieb war. Ihr schwirrte schon der Kopf. Redeten alle Frauen so viel?

Als der Teig verbacken war und während Anne die Fladen sicher vor Mäusen und Naschkatzen verwahrte, halfen Ida und Svea im Haus. Neslin ließ sie nicht rufen, aber auch so ging der Tag schnell herum. Sie unterbrachen die Arbeit nur, als Svea darauf bestand, auf dem nächsten Brachfeld beim Bogenschießen zuzusehen. Offenbar hatten Henniko und Esko sich neue Bogen gebaut und wollten nun herausfinden, welcher am besten schoss. Bald hatte sich jeder Hofbewohner, der nichts Dringliches zu erledigen hatte, auf dem Feld eingefunden, und ein Wettkampf entbrannte, den Esko mit knappem Vorsprung gewann. Svea erzählte, dass Henniko den Hof seiner Eltern verlassen hatte, um von Otmar zu lernen. So, wie sie von ihm redete, schien sie tatsächlich sehr von ihm eingenommen zu sein. Die Eindrücke prasselten nur so auf Ida ein. Sie war es nicht gewöhnt, viele Menschen um sich zu haben, und tat sich schwer mit den fremden Namen und Gesichtern.

Am Abend trudelten die Jungen und Männer von den Feldern ein, und die Stimmung wurde noch quirliger. Alle gingen nun ins Gehöft, und auch Ida musste der Höflichkeit Genüge tun. Immerhin machte die Diele durch die freiliegenden Deckenbalken einen luftigen Eindruck, sodass sie ihre Beklemmungen unter Kontrolle halten konnte. Überall wurde gescherzt, gesungen und getrunken. Die Luft war warm und würzig, denn über der Feuerstelle drehten sich Kräuterhühner am Spieß. Die Tafel wurde verlängert, indem kurzerhand Holzbretter auf Böcke gelegt wurden. Neslin wirkte munter, vielleicht hatte sie sich zwischendurch etwas hingelegt. Otmar hingegen war käsig.

Der kräftige Mann mit der schwarzen Mähne, der vorhin an der Schmiede das Pferd gehalten hatte, trat nun mit ein paar Knechten ein. Raumgreifend zog er die Aufmerksamkeit der anderen auf sich. Nur Otmar gegenüber zeigte er sich ehrerbietig. Neslin begrüßte er reserviert, aber Ida sprach er an und stellte sich als Arndt vor.

»Du bist es also, die meinem Bruder das Horn verpasst hat?«, fragte er und wandte sich grinsend Esko zu. »Und so einem Weibchen hast du dich nicht erwehren können?«

»Das hätte ich gerne gesehen, wie du den Flug des Geschosses im Voraus erahnt hättest«, gab Esko spöttisch zurück, zupfte aber eine Strähne über die Schwellung, die sich anschickte, blau zu werden.

»Im Voraus ahnen – Unfug! Ich rede über Reaktionsvermögen.« Arndt wollte Esko bei diesen Worten einen Klaps auf das Horn geben, aber dieser fing geschickt seine Hand ab.

Ida ahnte, dass es bei diesem Gestichel nicht um sie ging, sagte aber: »Schon ein paarmal haben sich Halunken in unseren Wald verirrt. Ich konnte nicht ahnen, dass Neslin Esko kennt.«

Arndt machte mit einem Ruck seine Hand los. »Musst ja ganz schön verzweifelt sein, dass du des Nachts eine alte Vettel aufsuchst«, sagte er zu Esko.

»Verzweifelt? Höchstens wegen Vaters Zustand.«

Otmar trat zwischen seine Söhne und reichte ihnen je einen Humpen. »Das Tagwerk liegt hinter uns, jetzt haben wir Gäste. Lasst uns anstoßen!« Die drei Männer ließen die Becher krachen und tranken sie in einem Zug aus; Arndt war am schnellsten. Kethe beeilte sich, ihnen nachzuschenken. Ida hatte sie wegen des familiären Tons für eine Verwandte gehalten, tatsächlich aber war Kethe Magd auf dem Hof. Als sie Esko Bier einfüllte, berührte Kethe wie beiläufig dessen Hand, und er ließ es geschehen.

Die Tafel war errichtet. Der Hausherr und seine Familie nahmen am Kopfende Platz. Neben den erwachsenen Kindern von Otmar und Rasmoda saßen drei kleine; das jüngste war wohl erst drei Jahre alt. Dann folgten Neslin und Ida und schließlich das Gesinde, insgesamt waren sie an die zwanzig Personen. Noch nie hatte Ida mit so vielen Menschen an einem Tisch gesessen. Zu sehen, wie liebevoll Svea und Esko mit ihren kleinen Geschwistern umgingen, versetzte ihr einen Stich. Auch sie hatte einmal eine richtige Familie gehabt, das spürte sie, wenn sie sich auch nicht mehr daran erinnern konnte. Als sie merkte, dass ihr weinerlich zumute wurde, schüttelte sie den Gedanken schnell ab. Sie versuchte, sich auf die Gespräche zu konzentrieren, verlor aber immer wieder den Faden.

Schließlich sprangen die jungen Männer auf und verließen das Haus, um am Festplatz Wache zu halten. Auch Ida wäre gerne hinausgegangen, bekam aber von Svea eine Handspindel gereicht. Am Feuer wurden nun Geschichten erzählt, und es wurde musiziert. Neslin und Otmar redeten ernst miteinander, und manchmal wanderten ihre Blicke zu Ida. Ging es etwa um sie? Unsinn! Was bildete sie sich ein! Sie sollte sich lieber darauf konzentrieren, die Spindel gleichmäßig schnurren zu lassen.

Ein plötzliches Verstummen der Gespräche ließ sie aufsehen. Zwei Männer wurden von einem Knecht hereingeführt, ein kleiner, fetter und ein jüngerer, beide hatten auffällige Spitznasen.

Otmar erhob sich. »Meister Kramm, was verschafft mir die Ehre?«, begrüßte er den Feisten.

»Ich hatte nach Euch schicken lassen«, sagte dieser und zog sich, ohne eine Einladung abzuwarten, einen Stuhl heran. Die Frauen erhoben sich und zogen sich in die Kammern zurück, auch Neslin. Ida nutzte die Gelegenheit, um ins Freie zu verschwinden.

Beim Hinausgehen vernahm sie noch den Fortgang des Wortwechsels.

»Ich muss mit Euch über das Waldstück sprechen.«

»Ich hab Euch doch schon gesagt, dass ich nicht verkaufen will«, gab Otmar kühl zurück.

Die Sterne funkelten am klaren Nachthimmel und verhießen einen schönen nächsten Tag. Befreit sog Ida die frische Luft ein und genoss es, wie sich ihre Brust weitete. Sie dachte an ihre Hühner und die Ziege, die noch immer eingesperrt waren, und fragte sich, ob es ihnen wohl gut ginge. Zwei Tage noch, dann wäre sie wieder zu Hause. Der Disput der Männer war nun so laut, dass er die Nachtgeräusche übertönte. Es ging wohl darum, dass Meister Kramm ein bestimmtes Waldstück abholzen lassen wollte. Die Sülfmeister in Lüneburg boten gutes Geld für das Holz, betonte er. Otmar hielt gerade diesen Wald jedoch für wenig geeignet. Ida fielen ob der langwierigen Auseinandersetzung und des ereignisreichen Tages schon die Augen zu. Ob sie sich einfach unter der Holzbank einrollen sollte? Neslin hätte sicher Verständnis dafür, wenn sie draußen schlafen würde. Das Moos- und Grasbett unter der Bank war weich, und Ida legte sich hinein. Schnell fielen ihr die Augen zu.

Esko wickelte sich in den Umhang und machte es sich auf dem dicken Ast der Eiche bequem. Von hier aus hatte er einen guten Blick auf das Gehöft und das seltsame Mädchen, das es vorzog, unter einer Bank zu schlafen und nicht in dem bequemen Langhaus. Die alte Neslin hatte ihn eben noch zu sich gerufen; danach hatte er das Haus leise durch den Vordereingang verlassen und sich in einem weiten Bogen zu der Eiche geschlichen. Er hoffte, dass Arndt nichts davon mitbekommen hatte, denn sein Bruder war ohnehin wenig begeistert gewesen, die Kräuterfrau zu sehen. Arndt und seine Frau hielten nichts von Neslin und ihren Künsten. Wenn er erst das Regiment in diesem Haus übernahm, würden andere Zeiten anbrechen, so viel stand fest.

Am Winkel beim Abort erlegte eine Katze mit einem geschickten Hieb eine Maus; Esko glaubte, das panische Flackern in den Augen des kleinen Tieres zu sehen. Wenig blieb ihm verborgen. Selbst bei Nacht sah er klar und weit, worum andere ihn manchmal beneideten. Die zweite kurze Nacht wartete auf ihn, aber das machte ihm nichts aus. Wie die Pferde und die Mauersegler brauchte er nur wenig Schlaf. Esko trainierte seinen Körper darauf durchzuhalten, ob es beim Laufen war, beim Bogenschießen, im Ringkampf oder eben beim Wachdienst. Auf ihr Johannisfeuer würde nun Henniko aufpassen, zum Bedauern seiner Schwester Svea, vermutete Esko. Wenigstens ließ Svea Vorsicht walten. Meister Kramms Besuch verhieß nichts Gutes. Der Dorfverwalter zog die Schlinge enger. Esko hatte seinen Vater oft gewarnt, aber Otmar hatte nicht hören wollen.

Ein huschender Schatten schreckte Esko aus seinen Gedanken. Sein Körper spannte sich an. Er war bereit, vom Baum zu springen und den Fremden anzugreifen, wenn er sich dem Mädchen nähern sollte. Dann sah er jedoch, dass es nur Beppo war, ein Knecht, der seine Finger von keinem Rock lassen konnte. Heute Nacht hatte Beppo jedoch kein Glück, denn keines der Mädchen reagierte auf sein leises Pfeifen. Oder doch, da war etwas – ein zweiter Pfiff ertönte. Gespannt linste Esko in die Dunkelheit. Beppo eilte erwartungsvoll hinter die nächste Ecke – und bekam den Besen übergezogen. Anne! Sie packte Beppo am Ohr und las ihm anscheinend gehörig die Leviten, während sie ihn zum Tor schleifte. Leise lachte Esko in sich hinein, doch dann fiel ihm Ida ein. Hoffentlich wachte sie nicht von dem Getöse auf und Anne wurde nicht auf sie aufmerksam. Seine Schwägerin hätte ganz sicher kein Verständnis für die Tollheit des Mädchens. Sich einfach draußen schlafen legen – für eine anständige Jungfrau schickte sich so ein Verhalten ganz und gar nicht. Als er Neslin gefragt hatte, warum Ida nicht im Langhaus schlief, hatte sie nur abgewinkt und ihm stattdessen geraten, seine ziependen Muskeln mit der Wolfsblume zu belegen. Vermutlich hatte ihr jemand von seinem ausufernden Bogentraining erzählt – aber wer? Oft genug nutzte er die Stunden, in denen er eigentlich Bienenkörbe bauen sollte, zum Üben. Er war überzeugt davon, dass ihr Leben von der Möglichkeit abhing, sich zu verteidigen. Sie durften sich nicht von dem bequemen Dasein als Bauern einlullen lassen. Leider ließ der Kampfgeist seines Vaters immer mehr nach, und sein großer Bruder war schon vollständig verweichlicht.

Unter der Holzbank war keine Bewegung mehr zu erkennen. Schlief Ida bereits? Ein wenig neugierig machte das Mädchen ihn schon. Ida war auf eine ungezähmte Art hübsch. Abgesehen von ihrer üppigen blonden Haarpracht, war nichts Gefälliges an ihr. Sie hatte keine ausgeprägten weiblichen Formen, wie die Männer im Dorf sie schätzten, stellte ihre Vorzüge nicht durch Haarbänder oder Gürtel heraus, suchte nicht seinen Blick und sah dann kokett weg, wie Kethe es tat. Kurz: Sie benahm sich nicht besonders fraulich. Im Gegenteil, das Horn auf seiner Stirn, über das sein Bruder sich lustig gemacht hatte, schmerzte noch immer – auch wenn er das natürlich nie zugegeben hätte.

Esko legte den Kopf an die Rinde und ließ seinen Blick schweifen. Es machte ihm nichts aus, draußen zu schlafen, im Gegenteil. Diese Vorliebe teilte er schon mal mit der fremden jungen Frau. Ida, dachte er, verrat mir, was du erlebt hast, dass du die Gesellschaft der anderen so meidest …

Ida fuhr aus dem Schlaf hoch. Das Schreien eines Uhus, ein Schatten über dem Haus. Stimmen hörte sie nicht mehr. Die Stille dröhnte in Idas Ohren. Waren die Männer gegangen?

Auf einmal ein Ruf: »Neslin!«

Ida schüttelte die Schläfrigkeit ab und rannte ins Haus. Rasmoda beugte sich über Otmar, der auf dem Boden lag. Neslin humpelte aus einer der Kammern heran.

»Er ist nach dem Streit mit Kramm einfach umgekippt!«,

stieß Rasmoda mit dünner Stimme hervor. »Svea, hol die Jungs!« Das Mädchen rannte sogleich los.

Neslin öffnete ein Tonfläschchen und ließ Otmar daran schnuppern. Der kräftige Mann stöhnte, krümmte sich und umklammerte seinen Schädel. Sie mussten ihn festhalten, damit Neslin ihm einen Kräutertrank einflößen konnte. Nun kamen auch Esko und Arndt hereingestützt. Mit besorgten Gesichtern trugen sie ihren Vater in sein Bett.

Neslin legte Otmar die Hände auf die Brust. Ihre Augen waren geschlossen, als fühlte sie sein Herz. Als sie von Otmar abließ, sagte sie: »Er wird jetzt schlafen. Morgen wird er aufwachen und sich fühlen, als hätte er zu sehr dem Met zugesprochen. Aber um ihn wirklich zu heilen, muss ich einen weiteren Trank ansetzen.« Dann schlurfte sie hinaus.

Ida folgte ihr, verharrte aber auf der Schwelle zu ihrer Kammer. Sie hatte sich so sehr an die geräumige Diele gewöhnt, dass sich ihr Atem beim Anblick des schmalen Raums, in den gerade mal ein Farnlager passte, erneut beschleunigte.

Neslin wandte sich zu ihr um. Sie schien zu ahnen, wie es um Ida stand. Seufzend reichte die Alte ihr ein Fell. »Bedeck dich wenigstens, wenn du schon draußen unter der Bank schlafen musst. Und morgen musst du etwas für mich tun.«

»Was auch immer«, erwiderte Ida bereitwillig.

18

Mit den ersten Morgengesängen der Vögel schüttelte Ida den Schlaf vollends ab. Die Aufregung um ihren Gastgeber hatte sie nur noch oberflächlich wegdämmern lassen. Sie hatte das Wispern von Stimmen, das Jagen der Nachtiere und das Rascheln in der Eiche gehört, für das sie einen Baummarder verantwortlich machte. Wie sie sich nach der Stille des Waldes sehnte!

Als sie einen Eimer im Brunnen hochzog, um sich zu waschen, trat unvermittelt jemand neben sie. Es war der junge Knecht, über den die anderen Frauen gestern gesprochen hatten. Hellbraunes Haar, grüne Augen, das Kinn durch ein Grübchen gespalten, die Lippen schmal. Wie hieß er noch? Ben … Beppo.

»Guten Morgen! Wir haben uns ja gestern kaum unterhalten können«, sagte Beppo und legte die Hände neben ihre an das Seil. »Du bist Ida, nicht wahr? Ich finde es gut, dass ihr zum Fest hier seid. Je mehr wir sind, desto lustiger.«

»Ja, ich … freue mich auch darauf.« Was sollte sie auch sonst sagen? Und es stimmte tatsächlich, wie sie überrascht feststellte. Die anderen Mädchen hatten sie neugierig gemacht.

Mit so viel Schwung holte Beppo den Eimer hoch und stellte ihn auf die Brüstung, dass ein Schwall Idas Kleid nass machte.

»Oh, das tut mir leid«, sagte er und wischte mit den Händen über den Stoff, als könnte er ihn trockenreiben. Deutlich spürte sie seine Berührungen, die im Nu auch dorthin wanderten, wo gar kein Wasser gelandet war, vor allem zu ihren Brüsten. Impulsiv versetzte sie Beppo eine Ohrfeige und flüchtete. Was bildete der Kerl sich ein?

»Bleib noch ein wenig, du wolltest dich doch waschen – ich helfe dir gerne!«, rief Beppo ihr nach, und sie meinte, sein Grinsen hören zu können. Noch heißer brannte ihre Verlegenheit, als sie neben der Schmiede Esko stehen sah, der sie beobachtet hatte. Was sollte er nur von ihr denken?

»Wir müssen Aqua Perlata ansetzen«, erklärte Neslin. »Perlenwasser.«

Das war schon die zweite Überraschung für Ida an diesem Tag. Zu ihrer Freude war Neslin schon wach gewesen, als sie sich durchgerungen hatte, die Kammer zu betreten. Ida hatte Neslin kaum stützen müssen, und auch beim Morgenmahl hatte die alte Frau kräftig zugelangt. Otmar war ebenfalls wieder obenauf, wenn er auch von seiner Frau und seinen Kindern besorgt beäugt wurde. Beppo hingegen hatte Ida vom Gesindetisch aus frech angegrinst.

»Ein uraltes Heilmittel. Otmar hat sich zwar wieder erholt, aber sein Zustand ist so ernst, dass er die beste Medizin braucht. Leider hat er keine Perlen, und ein Händler ist anscheinend auch nicht in der Nähe. Deshalb musst du etwas für mich tun.«

Ida straffte die Schultern. Sie hatte verstanden. Dass die Aufgabe, die Neslin für sie hatte, so erfreulich sein würde, hätte sie nicht gedacht. »Ich gehe sofort los. Bis zum Abend müsste ich vom Fluss zurück sein.«

»Nimm Kethe und Esko mit. Rasmoda sagt den beiden gerade Bescheid.«

»Ist das nötig? Sie können mir doch ohnehin nicht helfen, die richtigen Perlen ausfindig zu machen!«, protestierte Ida. »Außerdem habe ich meine Steinschleuder und kann mich verteidigen.«

»Trotzdem muss es sein. Ich möchte, dass Esko auf dich aufpasst. Und da es nicht schicklich ist, wenn eine junge Frau mit einem jungen Mann allein herumspaziert, muss die Magd euch begleiten. Wir haben schon viel zu lange nur nach unseren eigenen Gesetzen gelebt«, sagte Neslin.

Kethe bemühte sich zwar um gute Laune, aber Ida spürte, dass sie viel lieber auf dem Hof geblieben wäre. Auch gefiel der Magd das Wandern nicht, Esko dagegen umso mehr. Er hatte seinen Bogen und den Köcher über die Schulter gelegt und spazierte vor sich her pfeifend neben ihnen. Ida hielt leicht mit ihm Schritt. Der Sonnenschein, die laue Luft und die Vorfreude trieben sie an. Sie genoss es, bei diesem Wetter unterwegs zu sein. Die Ackerleute auf den Feldern sahen ihnen neugierig nach. In sanftem Bogen zog sich der Weg, bis er in einem Wald verschwand, an dessen Rand die Birken frischgrün leuchteten.

»Gut geschlafen?«, fragte Esko Ida plötzlich.

Sie warf ihm einen kurzen Blick zu. Esko sah etwas übernächtigt aus, und als ihr Blick auf sein Stirnhorn fiel, schämte sie sich. Schnell wandte sie den Blick ab. »Natürlich. Ihr habt ein sehr schönes Haus«, sagte sie.

»Vor allem unsere Besucherkammern sind beliebt. Aber wir haben auch schöne Bänke.« Er lächelte, dass seine blauen Augen blitzten.

Wusste er, dass sie nicht im Haus geschlafen hatte? Das konnte doch nicht sein! War er es etwa gewesen, den Anne gestern vor dem Haus ausgeschimpft hatte? Wenn sie an Kethes Blicke und deren Bemerkungen dachte, könnte es wohl sein. Aber eigentlich wollte sie nichts wissen von den Tändeleien, die hier im Dorf vorgingen. Wenn sie auch zugeben musste, dass Esko ihr gefiel.

Die Magd schob sich zwischen sie. »Du hast es gut, dass du mit Neslin eine Kammer für dich hast. Wir Mägde teilen uns eine, und das ist ganz schön eng. Außerdem verschwindet da manchmal etwas. Meine schönen Haarbänder für das Fest beispielsweise. Ich hatte sie mir beim letzten Jahrmarkt von meinem Ersparten gekauft. Andere wollen wohl auch mal so hübsch aussehen wie ich«, sagte Kethe geknickt.

Esko war erbost. »Trotzdem ist es nicht recht zu stehlen. Schon gar nicht in unserem Haus. Hast du es Anne gesagt?«

Kethe freute sich sichtlich über sein Interesse. »Nein. Ich weiß ja nicht, wer es war. Und Anne ist immer so streng. Sie will ohnehin nicht, dass wir unserer Eitelkeit frönen, sagt sie.«

»Ich kann mit Rasmoda sprechen. Du bekommst deine Bänder sicher zurück.«

Die Magd strahlte. »Damit würdest du mir eine große Freude machen.«

Sie folgten nun dem Hohlweg in den Wald hinein. Ida bemerkte, dass Kethe sich ihnen näher anschloss und sich immer wieder umsah.

»Ich bin nicht gerne im Wald. Hier ist es so unheimlich, finde ich. Eines Tages möchte ich in einer Stadt arbeiten, wo alles viel sauberer und ordentlicher ist. Ich kann gut verstehen, dass ihr lieber bei Meister Otmar wohnt als in der einfachen Hütte«, plapperte Kethe drauflos.

»Wir werden seine Gastfreundschaft nicht lange strapazieren«, meinte Ida, die sich nach ihrem Auenwald sehnte und an ihre Tiere dachte. Ob Futter und Wasser wirklich ausreichten?

»Aber warum denn nicht? Ich finde es gut, dass ihr da seid. Neslin ist so eine weise Frau! Und du … stimmt es wirklich, dass du Perlen fischen willst? Die Vorstellung finde ich grauslich.« Kethe schauderte. »Aber wenn ich ein paar Perlen hätte, würde ich meinen Schleier oder mein Kleid damit besticken. Das sieht wunderschön aus!«, schwärmte sie gleich darauf.

Vor ihnen raschelte und knackste etwas im Geäst. Ida tastete unauffällig nach der Steinschleuder und den Kieseln in ihrer Gürteltasche. Auch Esko umfasste den Bogen fester. Ihre Blicke trafen sich in stillem Einverständnis. Sie wollten Kethe nicht beunruhigen.

»Es ist so viel zu tun! Ich hoffe, die anderen werden mit der Arbeit fertig, wenn ich nicht da bin. Schließlich ist heute der letzte Tag vor dem Fest, und morgen soll alles bereit sein«, sagte Kethe leichthin.

Erneut waren Geräusche im Wald zu vernehmen. Dieses Mal hörte die Magd sie auch. Ihr Blick flog zu Esko. Er schob Kethe mit der einen Hand hinter sich und schwang mit der anderen den Bogen vor die Brust. Geschickt legte er den Pfeil an. Ida hatte inzwischen einen Kiesel in die Lederschlaufe gleiten lassen.

In diesem Augenblick brach ein Pferdekopf aus dem Waldrand. Mit einem Sprung war das ganze Tier auf dem Weg; ein Schlachtross war das nicht, eher ein Ackergaul. Den Reiter erkannte Ida. Beppo hob die Hände und lachte auf. »Oje, schießt nicht! Ich ergebe mich ja schon!«

Kethe stürmte zu ihm und hämmerte ihm spielerisch die Hände auf den Oberschenkel. »Du Kindskopf! Du hast uns einen Schrecken eingejagt!«, schimpfte sie.

Esko senkte den Bogen nur leicht. »Was machst du hier? Werdet ihr zwei nicht auf dem Gutshof gebraucht?«

Beppo grinste. »Ich kann doch zwei so liebreizende Damen nicht zu Fuß gehen lassen.« Er sprang ab. »Steigt auf. Mein Pferd kann euch Fliegengewichte leicht tragen. Ich helfe euch hoch.«

Ida lehnte ab, aber Kethe war begeistert, auch wenn Eskos Missbilligung deutlich zu sehen war. »Ach bitte, lass ihn doch! Ich fühle mich sicherer, wenn ihr beide dabei seid«, warf Kethe ein.

Abwägend sah Esko den anderen jungen Mann an, ging dann aber weiter. Beppo gefiel es sichtlich, Kethe zu Diensten zu sein; er machte eine Räuberleiter und legte die Hand auf ihren Hintern, um sie ganz auf die Kruppe des Pferdes zu schieben. Zu Esko sagte er: »Ich habe gut vorgearbeitet und mache eben nachher etwas länger. Weder Meister Kramm noch dein Vater werden mich vermissen.«

Heiße Sonnensplitter brachen durchs Laubdach. Ida genoss den Anblick der unzähligen Grün- und Brauntöne, die die Sonne zum Vorschein brachte, und versuchte, Kethes Geplänkel mit den beiden jungen Männern zu überhören. Dann hatten sie die Ilmenau erreicht. An der Mündung des Wegs bildete der Fluss eine sanfte Ausbuchtung. Um eine Anlegestelle war jeglicher Bewuchs platt getrampelt. Hier würde sie nichts finden. Eine unbestimmte Erregung erfasste Ida. Der Fluss und seine Umgebung sahen an dieser Stelle anders aus als zu Hause. Wie sollte sie in diesem unbekannten Terrain Muscheln, geschweige denn Perlen finden?

Esko schloss zu ihr auf. »Wie geht es jetzt weiter?«

»Ich brauche etwas Zeit«, sagte Ida abwesend.

Beppo half Kethe vom Pferd. »Was habt ihr überhaupt vor?«, mischte er sich ein.

»Ida will ein paar Perlen für Meister Otmar fischen«, verriet die Magd, bevor sie Eskos warnenden Blick bemerkte.

Beppo lachte glucksend. »Perlen fischen? Und gleich ein paar? Das will ich sehen!«

Doch Ida lief schon weiter am Fluss entlang, betrachtete Aussehen und Bewuchs des Ufers, die Strömung, die Farbe des Wassers und die Tiere, die sich dort sehen ließen. Hier gab es zu viel Wassersterne am Uferrand; die krautigen Pflanzen traten vor allem auf, wenn es sumpfig war. Nach einer Weile begann Kethe, sich über die lange Wanderung zu beklagen. Ida wurde unruhig. Sie musste ins Wasser, musste den Flussgrund unter ihren Füßen spüren – und sie brauchte ihre Ruhe.

»Am besten wartet ihr hier. Ich rufe nach euch, wenn etwas sein sollte.«

Die Magd und Beppo suchten sich einen Platz auf der Wiese. »Setz dich zu uns«, lud die Magd Esko ein, doch Ida sah aus dem Augenwinkel, dass er stehen blieb und ihr nachblickte. Sie schürzte den Rock ein Stück und ging ins Wasser. Weiter und weiter watete sie, bis sie hinter der Flussbiegung verschwunden waren. Ihre Begleiter waren nicht mehr zu sehen; endlich war sie allein. Ein Eisvogel sauste an ihr vorbei. Wasserläufer tanzten auf der Oberfläche. Der silberne Rücken einer Forelle. Da war eine Stelle, die vielversprechend aussah! Ida zog ihr Kleid aus und warf es an Land. Den Beutel mit ihren Utensilien band sie um ihre Taille. Das Wasser durchdrang ihr Leibhemd im Nu. Algen unter ihren Fußsohlen, Kiesel, etwas Scharfkantiges – waren das Muscheln? Sie schloss die Augen, um sich besser auf ihre Empfindungen zu konzentrieren. Nein, es waren nur Steine. Langsam watete sie weiter. Dann spitzten unvermittelt Muscheln aus dem Sand. Oft hatte Ida Perlen in seltsam gekrümmten, verformten Muscheln gefunden, manchmal aber auch in welchen, die an einer Seite eher flach gewesen waren. Konzentriert betastete sie die Muschelbank mit den Füßen. Schließlich holte sie ihre Holzklammer für die Nase, die mit Öl getränkten Stofffetzen für die Ohren und das kleine Messer aus dem Beutel und tauchte hinab. Zuerst suchte sie einen großen Stein, der sie unten halten würde. Ihre Augen unter Wasser aufzuhalten fiel ihr nicht schwer, das hatte sie oft genug geübt. Der aufgewirbelte Sand wurde im Strom fortgetragen, flinke Gründlinge und Krebse huschten davon. Drei vielversprechende Muscheln löste sie aus ihrem Bett, eine vierte tastete sie ab. Noch hatte sie genügend Luft, um weiterzusuchen.

Ein dumpfes Rauschen über ihr. Was war das? Sie tauchte auf, rupfte schnell die Klammer von der Nase und den Stoff aus den Ohren.

»Ida?« Hinter ihr Esko, halb im Wasser, die Kleidung nass. »Du warst so lange verschwunden. Ich dachte schon, du wärest ertrunken!«

Sie lächelte über die Besorgnis in seinem Blick. »Ich hab welche gefunden!«

»Perlen?

»Erst mal Muscheln.«

Sein Gesicht verdüsterte sich etwas, als sich sein Blick an ihren Narben verfing. Beschämt wandte sie sich ab. Was starrte er sie so an? Sie wusste selbst, dass sie entstellt war! Wieso war er ihr nur nachgekommen? Am liebsten wäre sie wieder abtaucht.

»Willst du sie nicht öffnen?«, fragte Esko.

Er hatte recht, je eher die anderen hier wegkamen, desto besser. Ida schob ihr Messer vorsichtig zwischen die Lippen der ersten Muschel und öffnete sie. Milchiges Muschelfleisch, sonst nichts. Schnell machte sie sie wieder zu und steckte sie in den Beutel, der im Wasser trieb. Als sie die zweite öffnete, kamen Kethe und Beppo heran, das Pferd an der Trense.

»Hast du Muscheln gefunden? Ich könnte eine Mahlzeit gebrauchen!«, rief Beppo. Schon warf er sein Hemd ab und sprang in den Fluss, tauchte einmal unter, dann drehte er sich um und spritzte Kethe nass. Kreischend sprang die Magd zurück, aber Beppo setzte ihr nach, nahm sie auf den Arm und warf sie ins Wasser, ohne sich um ihr Zappeln zu kümmern.

Japsend tauchte Kethe wieder auf. »Schau nur, was du getan hast!«, schimpfte sie.

»Also, mir gefällt, was ich sehe!«, sagte Beppo und ließ seinen Blick auf ihrem Busen ruhen, der sich nun deutlich unter dem nassen Kittel abzeichnete.

»Du Wüstling!«, schimpfte Kethe. Eine Weile spritzten sie sich nass, dann umfasste Beppo das Mädchen noch einmal und warf sich mit ihr tiefer ins Wasser. Am gegenüberliegenden Ufer flatterten Vögel schimpfend auf. Auch Ida fühlte sich gestört.

Kethe war jetzt komplett nass, und ihre Zöpfe hatten sich halb aufgelöst. »Meine schönen Haare! Ich werde mir den Tod holen!«, quengelte sie.

»Lass sie, wenn sie nicht will!«, ging Esko jetzt dazwischen.

»Hilfst du mir ans Ufer?«, bat Kethe ihn. Esko nahm ihre Hand und zog sie heraus.

Beppo hingegen stakste übermütig auf Ida zu. »Jetzt bist du an der Reihe.«

Sie wich zurück. Nun bemerkte auch er ihre Narben, und sein Grinsen schwand. »Was ist dir denn passiert? Das sieht ja gruselig aus!«

Ida spürte die Blicke auf sich lasten wie einen Vorwurf, verschloss Nase und Ohren wieder und tauchte erneut ab. Unter Wasser hatte sie ihre Ruhe. Sie wollte die geöffneten Muscheln wieder an ihre Stelle setzen, wusste sie doch, dass sie weiterwuchsen, wenn man behutsam vorging. Da bemerkte sie Beppo neben sich, der sie wegschob und Muschel für Muschel herausbrach – auch die unreifen. Sie zerrte ihn hoch.

»Was tust du denn da?«, fuhr sie ihn an.

»Uns eine Mahlzeit beschaffen! Vielleicht finde ich dabei eine Perle – die schenke ich dann Kethe. Und du schenkst mir dann etwas anderes, nicht wahr, Süße?«, rief er der Magd zu. »Wenn du diese Kostbarkeit denn noch hast!«

»Fieser Kerl«, schniefte die Magd.

Ida hatte die Nase von Beppo voll. »Aber die Muscheln sind noch gar nicht reif!«, wandte sie ein.

»Ist doch egal.« Er platschte ans Ufer, um die Muscheln abzuwerfen, dann wollte er wieder hinein.

Esko hielt ihn auf. »Du reitest besser zurück«, sagte er und legte die Hand auf Beppos Schulter.

Beppo schlug die Hand weg. »Du willst die Mädchen doch nur für dich allein haben! Hier hast du mir gar nichts zu sagen!« Doch dann besann er sich ihres Standesunterschiedes, sammelte die Muscheln auf und setzte sich zu Kethe ins Gras. Die Magd rutschte ein Stück von ihm weg. Sie hatte ihr Kleid im Gras zum Trocknen abgelegt und saß bibbernd im Leibhemd da.

Beppo wollte den Arm um sie legen.

»Geh weg!«, fauchte Kethe.

Der Knecht grinste schief. »Nicht doch! War nur Spaß! Wollen wir mal sehen, ob ein Perlchen für dich dabei ist?«

Mehr hörte Ida nicht, denn sie tauchte wieder unter.

Als sie endlich ihre erste Perle entdeckt hatte, hatten die anderen ein Feuer entzündet und bereiteten die Muscheln auf einem heißen Stein zu. Beppo aß mit Appetit, doch die Magd schmollte noch immer. Ida hatte keinen Hunger – ihr Glücksgefühl überdeckte alles. Die Perle war klein und birnenförmig, und ihr Schimmer war von einem zarten Grün. Neslin sagte ihr immer, grüne Perlen stünden für Zufriedenheit, weiße für Freiheit und gelbe für Wohlstand.

Kethe nieste und flehte Esko an, endlich zurückzugehen. Die Sonne war bereits ein gutes Stück über den Himmel gewandert.

Ida hatte gar nicht gemerkt, wie schnell die Zeit vergangen war. »Ich tauche noch ein letztes Mal«, sagte sie.

Esko nickte. »Dann machen wir schon mal alles zum Aufbruch bereit.«

Später, als sie ihr Kleid überwarf, hatte sie vier Perlen in ihrem Beutel – eine einzige Muschel hatte drei getragen. Kethe wollte sich nicht mehr auf den Gaul setzen, sondern ging langsam hinter ihnen her, während Beppo vorausritt. Vor ihnen lag eine Biegung, hinter der er verschwand.

»Beppo hat nicht recht gehandelt, als er die unreifen Muscheln brach. Der Mensch muss die Natur achten – dazu gehört auch, sie zu kennen und sich nur so viel von ihr zu nehmen, wie man wirklich braucht«, sagte Esko zu Ida. Er sah sie von der Seite an und setzte hinzu: »Deine Perlen sind wunderschön. Ich hätte nie gedacht, dass du eine findest, geschweige denn mehrere. Woher wusstest du, dass sie hier sein würden?«

Ida lächelte und hob die Schultern. »Ich habe es einfach gewusst.«

»Das ist unnatürlich. Mädchen sollten nicht so schwimmen können. Wir sind doch keine Fische«, warf Kethe etwas eingeschnappt ein.

»Jeder, der am Fluss lebt, sollte schwimmen können. Ich kann es dir gerne zeigen, wenn du willst«, bot Ida an.

Schimpfen unterbrach sie. »Da bist du ja endlich! Wo warst du, Bürschchen?«

»Ich …« Sie hörten Beppos stockende Stimme.

Scharfes Zischen. »Wir haben dich überall gesucht! Wir dachten schon, du hast das Pferd gestohlen!«

Nun hatten auch Esko und die Mädchen die Wegbiegung erreicht. Vor Beppo und dem Ackergaul thronte Meister Kramm auf seinem Ross. Beppo hielt sich die Schulter. Hatte Kramm ihn mit der Peitsche geschlagen?

»Was treibt ihr hier?«, fragte Kramm scharf.

»Wir haben einen Auftrag für meinen Vater erledigt«, sagte Esko.

»Hast du etwa gejagt oder gefischt? Du weißt genau, dass das verboten ist.«

»Ich habe den Bogen nur zu unserem Schutz dabei.«

»Um was für einen Auftrag handelt es sich?«

»Das müsst Ihr meinen Vater schon selbst fragen.«

Argwöhnisch musterte der Dorfverwalter ihre noch immer feuchten Haare und Kleider. »Das werde ich, verlass dich drauf. Und nun komm, Nichtsnutz, du hast Arbeit aufzuholen!«, sagte er und versetzte Beppo einen weiteren Hieb mit der Peitsche. Beschämt und hochrot biss der Knecht die Lippen zusammen.

Als sie verschwunden waren, wandte Ida sich an Esko. »Ich verstehe das nicht. Warum darf Meister Kramm sich so aufführen? Warum fürchten ihn alle?«, fragte sie.

»*Ich* fürchte ihn nicht«, sagte Esko.

Kethe mischte sich ein: »Du bist ja auch leichtsinnig und dumm. Manchmal zumindest«, setzte sie eilig hinzu.

»Meister Kramm wurde vor Jahren vom Herzog von Sachsen eingesetzt, um Siedler heranzuschaffen und das Dorf aufzubauen – direkt neben unserem Erbhof! Von Anfang an wollte Kramm uns vertreiben und unseren Hof an sich bringen, aber Vater hält ihm stand. Mehr noch: Er wirtschaftet gut und behandelt seine Leute anständig«, erklärte Esko. »Meister Kramm hat offiziell in der Gegend das Sagen. Mein Vater aber wird respektiert. Die Leute arbeiten gerne für ihn. Das gefällt Kramm natürlich nicht.«

»Und Konrad, Kramms Sohn, liebt Svea. Das gefällt ihm noch viel weniger«, setzte Kethe hinzu.

In ihrer Kammer legte Neslin die Perlen in einen Mörser und zermahlte sie zu feinem Pulver, was Ida im Herzen wehtat. Rasmoda sah schweigend zu.

Neslin bemerkte Idas Bestürzung. »Es ist ja für einen guten Zweck. Otmar muss unbedingt wieder gesund werden«, sagte sie. »Etwas anderes wäre es, wenn ich die Perlen zum bloßen Vergnügen zerstören würde oder wie Kleopatra einer Wette wegen.«

»Wer ist Kleopatra?«, fragte Ida.

»Kleopatra war vor Urzeiten eine reiche Herrscherin im fernen Ägypten. Sie wettete mit ihrem Geliebten Mark Anton, dass sie zehn Millionen Sesterzen – ein Vermögen – bei einem einzigen Mahl verspeisen könnte. Also löste sie die damals teuerste Perle der Welt in einem Glas auf und trank sie.«

Neslin maß etwas Weinessig ab und goss das Pulver damit auf. Es schäumte kurz und heftig, sodass die Schale beinahe überlief. Übrig blieb eine klare Flüssigkeit mit einigen wenigen weißen Flocken.

Ida wunderte sich, wie so oft, über die Gelehrsamkeit der alten Frau. »Weißt du das etwa auch von den Nonnen, bei denen du gelebt hast?«, fragte sie in der Hoffnung, dass Neslin endlich einmal mehr über ihr Leben verraten würde.

»Ja. Einige Nonnen liebten nicht nur die Bibel, sondern waren so gelehrt, dass sie die Schriften der alten Griechen und Römer lesen konnten«, sagte Neslin. »Ich musste nur gut zuhören.«

Die alte Frau füllte die Flüssigkeit in einen Tontopf, und Rasmoda brachte ihn Otmar, der matt im Armsessel saß und von dort aus die Geschäfte auf dem Gutshof dirigierte.

»Das wurde aber auch höchste Zeit!«, grummelte Otmar mit Hoffnung im Blick.

»Lass dich noch einmal in Augenschein nehmen.« Neslin legte die Hände an Otmars Schläfen und sah ihn fest an. »Ich bin ganz sicher, dass es dir bald schon besser gehen wird«, sagte sie nach einer Weile. »Und nun trink, Otmar.«

19

Eine Hand rüttelte an Idas Schulter. Sie stieß mit dem Kopf an die Holzbank, hielt sich den Kopf. Nachdem sie gestern noch bei den Vorbereitungen für das Fest geholfen hatte, war sie am Abend rechtschaffen müde gewesen. Jetzt war noch alles dunkel. Erst auf den zweiten Blick erkannte sie, dass Neslin vor ihr stand.

»Ist etwas passiert?«, wisperte Ida.

»Steh auf. Wir müssen die Blüte des Farnkrauts, das heilige Johanniskraut und andere Kräuter sammeln.«

»Jetzt?«

»Es ist die Johannisnacht, schon vergessen? Heute sind die Heilkräfte der Pflanzen besonders stark.«

Neslin ging langsam voraus, und als Ida sah, wie sie auf dem unebenen Boden ins Straucheln geriet, eilte sie hin, sie zu stützen. Langhaus und Dorf dämmerten noch in der Stille, als sie auf die Wildwiesen hinausgingen. In der großen Eiche glaubte Ida eine Bewegung zu erkennen, vermutlich war es wieder der Baummarder. Glühwürmchen torkelten vor ihnen, als hätten sie zu viel gefeiert. Ida spürte zu ihrer eigenen Verwunderung, wie auch in ihr die Vorfreude auf das Fest stieg.

»Die Blüte des Farnkrauts?«, fragte sie leise. Sie hatte von Neslin viel über die Heilkraft der Kräuter gelernt, aber davon hatte sie noch nie gehört.

»Es hat große Kräfte und wächst nur in dieser einen Nacht.«

»Und was bewirkt sie?«

»Wenn man in der Johannisnacht die Blüte des Farnkrauts erntet, kann man sich unsichtbar machen. Man versteht die Sprache jedes Baumes, jedes Grases und aller Tiere«, sagte Neslin, als wäre es das Selbstverständlichste der Welt. »Der Farn hat ja ohnehin besondere Kräfte, wie du hoffentlich weißt. So schützt ein Gürtel aus Farnkraut vor inneren Erkrankungen.«

Im Mondschein spazierten sie über die Wiese. Wenn Neslin ein nützliches Kraut entdeckte, murmelte sie einen Segensspruch und schnitt es ab. Ida tat es ihr nach und versuchte, sich die neuen Sprüche und die dazugehörigen Kräuter einzuprägen. Es gab noch so viel zu lernen!

In den ersten Morgenstunden kehrten sie mit vollen Beuteln zurück. Vor allem die gelben Blüten des Johanniskrauts, aber auch Holunderblüten und Farnkraut hatten sie reichlich geerntet. Eine Farnkrautblüte hatten sie jedoch nicht entdeckt. Ida steuerte den Brunnen an und wusch sich die befleckten Hände. Aus den geknickten Blüten des Johanniskrauts hatte sich ein rötlicher Saft abgesondert, der manche Gläubige an das Blut des enthaupteten Täufers erinnerte. Ida aber wusste, dass dieser Saft auch gegen Blutarmut und ausbleibenden Monatsfluss half.

Auf dem Hof herrschte jetzt schon Betrieb, fast das ganze Dorf hatte sich versammelt. Die Jungen und Männer würden zusammen losziehen, um Birkenzweige zu sammeln, die Mädchen und Frauen wollten zu einem gemeinsamen Bad aufbrechen, wie es der Tradition entsprach. Blicke, Sprüche und Lachen flogen zwischen den Gruppen hin und her.

Rasmoda reichte ihnen Schalen mit Brei. Ida aß und gesellte sich dann zu Svea. Die ersten Frauen begannen zu singen, andere stimmten ein, und schließlich reichten sich einige die Hände zu einem fröhlichen Reigen. Svea sagte Ida den Text vor, dann nahm sie sie an die Hand. Die andere Hand reichte sie Henniko. Die beiden warfen sich verliebte Blicke zu, dennoch war es ein ganz und gar unschuldiges Vergnügen. Schnell schlossen sich andere an und sie wiegten sich im Tanz, bis Rasmoda das Zeichen zum Aufbruch gab.

Neslin winkte ab. »Für mich ist das nichts mehr, aber Ida wird euch begleiten.«

Die Aussicht, mit den anderen Mädchen und Frauen zu baden, behagte Ida nicht. Sie wollte nicht schon wieder ihrer Narbe wegen angestarrt werden. »Ich bleibe lieber bei dir«, sagte sie.

»Nein«, bestimmte Neslin. »Du gehst mit. Du wirst dich an dem Fest beteiligen, so wie es vorgesehen ist. Du musst dich reinigen, um den Sommer gebührend empfangen zu können.«

Ida tat, wie ihr geheißen. Den ganzen Weg über wurde gesungen. Schließlich erreichten sie einen geschützt in einem Birkenwäldchen liegenden Teich. Ida verlangsamte ihren Schritt. Es war ein schöner kleiner Weiher, aber sie wusste nicht, was sie erwartete und wie sie sich verhalten sollte.

Die Ersten zogen sich sogleich aus, tapsten ins flache Wasser und gieksten, weil es so kalt war. Kethe setzte sich ganz am Rand ans Ufer und wusch sich Arme und Beine. Die meisten wollten schnell wieder hinaus, als Rasmoda nackt an ihnen vorbeistürzte, sich nicht daran störte, wie ihr üppiger Leib wogte, und sich lachend ins Wasser warf. Sogleich sprangen ihre kleinen Kinder hinterher. Jemand rief, dass die Männer kämen, und kurz brach Unruhe aus; als aber nichts passierte, gingen die Badefreuden weiter.

Svea wollte Ida mitziehen. Auch sie trug keinen Faden mehr am Leib.

»Komm, du fürchtest doch das Wasser nicht, habe ich gehört!«

»Ich fürchte anderes«, sagte Ida und zog sich aus. Es wäre besser, wenn sie den Zeitpunkt selbst bestimmte, ihre Entstellung zu enthüllen. Kurz schob sie ihre Haare beiseite, sodass die Narben sichtbar waren.

Svea berührte die verbrannte Haut. »Du musst dich für nichts schämen«, sagte sie voller Mitgefühl. »Hier wird dich niemand auslachen.« Sie brach einige dünne Birkenzweige von einem Baum und reichte sie Ida.

»Was soll ich damit?«

»Du kannst mich damit schlagen.«

Idas Augen wurden so groß, dass Svea laut lachte. »Es tut nicht weh, keine Angst. Das tut wohl und verströmt einen herrlichen Duft! Du solltest es selbst mal ausprobieren – es ist nur wichtig, dass die Äste dünn sind und viele Blätter haben.«

Sie verbrachten den Vormittag am See, wuschen sich, sangen und massierten sich gegenseitig mit sanften Schlägen der Birkenzweige. Gegen Mittag kamen sie wieder zusammen und nahmen eine kleine Mahlzeit ein. Einige legten sich in den Schatten der Birken. Auch Ida spürte jetzt die Müdigkeit in sich aufsteigen und gesellte sich zu den anderen. Ihre Haut prickelte, und sie war satt und zufrieden. Sie lauschte dem Geplapper der Frauen, die sich fragten, was die Männer wohl gerade machten, und nickte ein.

Ein Kreischen! In Ida schlug alles Alarm, als sie auffuhr.

»Keine Sorge, es ist nur Spaß. Die Männer versuchen, uns einen Kuss abzujagen, mehr nicht!«, beruhigte Svea sie.

»Da sind sie!«, schrie Kethe noch mal. Sie hopste durch das Gras und versuchte, einem Knecht zu entgehen, der ihr dicht auf den Fersen war.

Svea zog Ida hoch, lief dann aber fort. Meister Kramms Sohn war hinter ihr her. Svea versteckte sich hinter Kethe, und diese warf sich beinahe in Konrads Arme, anstatt zu fliehen. Jetzt war Henniko aufgetaucht. Svea juchzte, als Henniko ihr nachsetzte, ließ sich aber von ihm einfangen und bereitwillig küssen.

Ida machte einige Schritte zurück; am liebsten wäre sie zwischen den Baumstämmen verschwunden. Aber da war schon eine Hand auf ihrer Hüfte. Kurz dachte sie an Esko und spürte irritiert, wie ihr Herz einen kleinen Hüpfer machte. Beppo schloss die Arme um sie und zog sie an sich.

»Ich hab doch gesagt, dass du jetzt an der Reihe bist«, sagte Beppo grinsend. Schon spitzte er die Lippen und war ihr ganz nah. Ida bog sich weg. Aus dem Augenwinkel bekam sie mit, wie die aufgewühlt kichernde Kethe sich auf der Flucht vor Konrad an Esko klammerte. Rasmoda und ihr Mann tobten über die Wiese, Jungen und Mädchen jagten sich, und sogar Anne und Arndt schienen Spaß zu haben. Beppos Hände wanderten unter Idas Hintern; er presste sie an sich. Sie versuchte sich zu befreien, ihn zu schlagen, ihn wegzustoßen.

»Mir gefällt dieser Spaß nicht … lass mich los!«, sagte sie und wand sich in seinen Armen.

Beppo lachte. »Du bist doch sonst nicht so zimperlich!« Er drängte sie gegen einen Birkenstamm. Seine Hände waren jetzt an ihrem Busen. Schon spürte sie seine Lippen auf seinem Hals. Angeekelt kniff sie die Augen zu.

»Nein, ich will das nicht!«, rief sie und kämpfte weiter gegen ihn an – erfolglos.

Abrupt ließ er von ihr ab. Erleichtert schlug Ida die Augen wieder auf. Was war geschehen?

»Wenn ein Mädchen sagt, ihr gefällt das nicht, dann sollte man darauf hören«, sagte Esko ernst, der Beppo von ihr weggerissen hatte und ihn jetzt am Schlafittchen hielt.

Wutschnaubend rückte der Knecht sein Hemd zurecht und stellte sich breitbeinig vor Esko auf. »Das ist doch Unfug! Hinterher hat's den Mädchen immer gefallen. Noch keine hat sich beschwert. Außerdem hast du mir gar nichts zu sagen, wenn's um mein Vergnügen geht«, knurrte er.

»War das Unfug, Ida?«, fragte Esko.

Noch immer erschrocken schüttelte Ida den Kopf. In diesem Augenblick stürzte sich Beppo auf Esko und warf ihn zu Boden. Die Männer rangen und kämpften heftig.

Da schrillte ein Pfiff. Rasmoda stand auf der Wiese, zwei zum Kreis gebogene Finger im Mund. »Abzug!«, rief Otmar.

So schnell, wie sie gekommen waren, machten die Jungen und Männer sich los. Esko und Beppo mussten von Arndt getrennt werden und verschwanden mit großem Abstand zueinander im Wald.

Aufgedreht plappernd machten die Frauen sich ebenfalls auf den Weg zurück ins Dorf. Nur Ida saß der Schreck noch in den Knochen. Wenn Esko ihr nicht zu Hilfe gekommen wäre …

Svea hakte sich bei ihr ein. Sie strahlte Ida an. »Denk dir nur, Henniko will Vater um meine Hand bitten«, flüsterte sie glücklich. »Aber verrat's keinem.«

»Wie schön für dich!«, gab Ida leise zurück, und ihre Beklemmung machte reiner Freude Platz. Svea hatte ausgerechnet mit ihr ihr Glück geteilt. Das war ja fast ein wenig, als wären sie Freundinnen …

Den ganzen Tag über wurde gefeiert, gegessen, getanzt und geschmaust. Ida hätte sich gerne bei Esko bedankt, aber er hielt sich von ihr fern, genau wie Beppo – aber das war auch gut so. Svea erzählte ihr, dass Otmar den beiden befohlen hatte, sich anständig zu verhalten und ihren Streit beizulegen. Ida ertappte sich dabei, wie sie die anderen beobachtete, so wie sie den Luchs, den Biber oder die Otterfamilie beobachtete. Für sie war das Zusammenleben dieser Gemeinschaft eine fremde Welt. Sie verstand nicht, was diese Menschen antrieb, was sie trennte und was sie verband.

Als der Tag zur Neige ging, wanderte die ganze Dorfgemeinschaft zum Lagerfeuerplatz. Otmar transportierte auf einem Wagen Fässer dorthin. Neslin saß mit auf dem Bock, Ida ging nebenher. Auf einem Feld war ein hausgroßer Holzhaufen aufgetürmt, der von jungen Männern bewacht wurde. Rasmoda feuchtete den Finger an und kontrollierte die Windrichtung, dann suchte sie einen Platz aus, um eine Decke auszubreiten. Ida nahm zwischen Neslin und Otmars Ehefrau Platz. Als die Sonne unterging, wurde unter dem Gejohle der Männer eine Strohpuppe an einem Stecken um den Holzhaufen getragen. Sie hatte Kopf, Arme, Beine – und einen gewaltigen Penis aus Stroh. Ida, die das männliche Geschlechtsteil bislang eher zufällig zu Gesicht bekommen hatte, wandte verlegen den Blick ab.

»Sieh ruhig hin. Das Johannisfest feiert das Leben. Ohne die Fruchtbarkeit gäbe es nichts – dich nicht und mich nicht, weder die Tiere noch die Pflanzen. Heute Nacht huldigen wir ihr«, sagte Neslin und nahm Idas Hand. Dabei hatte sie früher nie eine besondere Zärtlichkeit an den Tag gelegt.

Otmar erkletterte den Holzhaufen und steckte die Strohpuppe auf die Spitze; anschließend legte er mit einer Fackel Feuer an das Holz. Mit seiner vollen, tiefen Stimme begann er zu singen. Nach und nach stimmten alle ein. Ihr Gesang trieb Ida eine Gänsehaut über den Rücken. Sie hätte gern mitgesungen, kannte aber den Text nicht, und Svea, die ihr sicher geholfen hätte, stand neben Henniko und hielt unauffällig seine Hand. Als der Gesang verklungen war, loderten die Flammen hoch auf. Ida fürchtete sich vor dem Feuer, aber sie hoffte, dass sie weit genug entfernt war.

Nun ging Otmar zu den Fässern und zapfte sie mit Hammer und Zapfhahn an. Rasmoda, Esko und Arndt sowie Anne halfen, allen die Becher zu füllen; es schien eine Familienangelegenheit zu sein. Neslin schickte Ida los, um auch für sie Honigwein zu holen. Ida wollte es so einrichten, dass sie bei dieser Gelegenheit Esko für seine Hilfe danken konnte, aber er wurde immer wieder in Gespräche verwickelt, und dann wurde sie weggeschoben und landete bei Rasmoda.

»Ein schönes erstes Johannisfest«, wünschte ihr Otmars Frau herzlich, als sie ihr den Becher füllte.

Ein wenig enttäuscht gesellte sich Ida wieder zu Neslin. Der Met war süß und stark und brachte Idas Bauch und ihren Kopf zum Glühen. Flöten, Fideln und Pauken ließen die Musik zu einem mitreißenden Strom anschwellen. Rasmoda und Otmar tanzten um das Feuer, baten andere hinzu und bildeten so eine lange Kette von Menschen. Auch Ida wurde aufgefordert.

»Geh nur, geh. Feiere mit, wie es sich gehört«, sagte Neslin.

Das nahe Feuer war Ida immer noch unheimlich, aber sie zwang sich, ihre Furcht zu überwinden. Ida hielt sich an Svea fest. Auf der anderen Seite griff Meister Kramms Sohn zu. Beppo tanzte neben Kethe, die ihre Haare mit besonders schönen Bändern verflochten hatte und Eskos Hand umklammerte. Schließlich war die Kette so lang, dass sie einen Reigen um das Feuer bilden konnten. Immer schneller und schneller sangen und tanzten sie, bis die ersten japsend aufgaben und sich auf die Erde fallen ließen. Ida gehörte mit Esko zum letzten Kettenglied der Tanzenden. Schließlich verklang das Lied, und alle klatschten. Ausgepumpt, aber beschwingt kehrte Ida zu Neslin zurück, wo ein neuer Becher Honigmet auf sie wartete. Sie trank ihn beinahe in einem Zug aus. Sie fühlte sich so leicht, so glücklich!

Nachdem Ida einmal mit dem Tanzen angefangen hatte, mochte sie gar nicht mehr aufhören, doch nach einigen kleineren Reigen stellte sie fest, dass sich die Reihen gelichtet hatten. Neslin war verschwunden, ebenso wie Otmar und Rasmoda. Von Meister Kramm und seiner Familie war ebenfalls nichts mehr zu sehen. Und wo waren Svea und Esko? Noch immer war ihr leicht taumelig, und ihr Kopf fühlte sich wie in Federn gepackt an. Vielleicht hatte sie doch etwas zu viel Met getrunken!

Ida entfernte sich von dem Johannisfeuer, das inzwischen ein gutes Stück zusammengesackt war und eine enorme Hitze ausstrahlte, und blinzelte in die Nacht. Das Feld war von Buschwerk und Wald eingefasst. Jetzt erst bemerkte sie die Menschen, die dort am Rande, im Schutz der Nacht, weiterfeierten. Waren Neslin, Svea und Esko vielleicht auch dort?

Kurzentschlossen wandte Ida sich ganz von dem Feuer ab und ging in die Dunkelheit hinein. Schatten schwankten an ihr vorbei, zwei Männer, die sich gegenseitig stützten. Dann ein Paar, Hand in Hand. Meister Kramms Sohn kam auf sie zu: »Hast du Svea gesehen?« Sie schüttelte nur den Kopf. Ein Alter, der sie lallend nach dem Weg zum Dorf fragte. Ein Stück weiter am Waldrand entdeckte sie Svea und Henniko auf einem umgestürzten Baum; der rote Schein des Feuers erhellte ihre Gesichter. Ida wollte gerade rufen, hielt sich aber zurück, als sie bemerkte, dass die beiden in ein inniges Gespräch vertieft waren. Dann legte Henniko die Handfläche an Sveas Wange und küsste sie. So zart, so liebevoll sah das aus, dass Ida ein unbekanntes Sehnen in ihrem Inneren spürte. Die beiden versanken in einem tiefen Kuss, und Ida bekam das Gefühl, dass sie sie nicht länger beobachten durfte. Aber sollte sie wirklich in den Wald hineingehen? Andererseits – weder die Nacht noch den Wald hatte sie je gefürchtet. Sie stolperte weiter über das Feld, sah helle Gesichter im Dunkel aufscheinen. Esko – war da nicht Esko gewesen? Sie rief seinen Namen, aber die Gestalt blieb nicht stehen. Hatte er sie nicht gehört? Sie musste sich doch bei ihm bedanken, dass er Beppo aufgehalten hatte! Ida lief ihm nach – und stolperte beinahe über zwei eng umschlungene Leiber. Erst dachte sie, dass da zwei Männer miteinander rangen, aber dann sah sie, dass die beiden nackt waren und als sich der Mann zwischen die Beine der Frau schob und beide sich wohlig stöhnend bewegten, ahnte sie, was vor sich ging. Waren das Kethe und Beppo? Aber sorgte sich die junge Frau denn gar nicht? Ida dachte an Neslin, die ihr von Kräutern erzählt hatte, die gegen Schmerzen beim Monatsfluss halfen, eine unzeitige Empfängnis verhindern konnten oder die Geburt leichter machten. Ob Kethe darüber mit Neslin gesprochen hatte?

Ein Hauch an ihrem Hals. Ida fuhr herum. Esko – so nah, dass sie seinen Atem auf ihrer Wange spürte. Er war viel größer als sie, seine Schultern waren breit. Seinen Bogen trug er, als hielte er Wache. Esko lächelte und legte den Finger über seine Lippen, dann nahm er ihre Hand und zog sie weiter in den Wald hinein. Auch als sie einige Schritte entfernt waren, ließ er sie nicht los. Ida gefiel es sehr, ihn so nah zu spüren. Schließlich blieb er stehen. Er legte seinen Kopf ein wenig schief und sah sie an. Die Nacht ließ die Kontraste in seinem Gesicht hervortreten: schwarze Haare, helle Haut und die Grautöne seiner Augen und seines Mundes. Ida zeichnete mit den Augen den Schwung seiner Lippen nach. Reiherschwingen, etwas zu voll. Wie es wohl wäre, ihn zu küssen?

»Du hattest mich gerufen«, sagte er leise. Seine Stimme klang samtig und ein wenig rau.

»Ich … ich …« Es fiel ihr schwer, einen klaren Gedanken zu fassen.

»Du hast da etwas.« Zart berührten seine Finger ihre Wange. Seine Fingerkuppe tupfte eine schwarze Flocke auf. »Asche.« Er spitzte den Mund und pustete die Flocke weg.

Ein wenig müsste sie sich auf die Zehenspitzen stellen, dann könnte sie ihn … während sie noch darüber nachdachte, hatte sie es bereits getan. Sie begriff nicht, was sie antrieb, sie konnte einfach nicht widerstehen. Dabei hatte sie noch nie jemanden geküsst! Seine Lippen waren seidig und süß. Er öffnete sie einen winzigen Spalt, und seine Zungenspitze berührte zart die ihre. Ida hatte erwartet, dass er sie an sich ziehen würde, aber während dieses langen, zärtlichen Kusses berührten sich nur ihre Finger und ihre Münder. Die Gefühle tobten in Ida – sie genoss diesen Kuss so sehr, gleichzeitig drängte es sie, mehr von Esko zu spüren. Gerade wagte sie es, näher zu kommen und die Fingerspitzen an seine Hüfte zu legen, als er sich von ihr löste. Ihre Blicke trafen sich wieder, und es war ein wenig, als würden sie ihren Kuss fortsetzen, ohne sich zu berühren.

Eskos Stimme war nur ein Hauch: »Ich möchte dir etwas zeigen.«

Ida verschränkte ihre Finger in seine und folgte ihm, ohne zu fragen. Sie wusste in diesem Moment, dass sie ihm überallhin folgen würde.

Sie liefen durch den Wald, stolperten leise lachend über

Baumwurzeln und wichen Pärchen aus, die Zärtlichkeiten austauschten oder sich einander hingaben. Esko schien ihr Ziel ganz genau zu kennen.

Feuerschein brach zwischen den Baumstämmen hindurch, und Funken tanzten in den Himmel. Ida war sicher gewesen, dass sie sich vom Johannisfeuer entfernt hatten. War das ein anderes Feuer? Sie wollte fragen, doch Esko schüttelte nur sacht den Kopf, ehe sie die Stimme heben konnte. Im Näherkommen erkannte sie neben der breiten Krone einer Eiche ein Lagerfeuer, das von Fackeln und brusthohen Holzsäulen umgeben war. Ein Mann wachte am Waldrand, ließ sie aber durch, als er Esko erkannte. Menschen umringten eine kleine Gestalt, die vor dem Feuer kniete. Sie sangen leise in einer Sprache, die Ida nicht verstand. Die Gestalt hob einen Arm. Ein Messer blitzte im Feuerschein. Was war da los?

Wie gebannt traten sie näher. Erst jetzt erkannte Ida, dass es Neslin war, die dort kniete. Um die Schläfen trug sie ein Band mit metallisch blitzenden Schläfenringen, das Ida nie zuvor an ihr gesehen hatte. Die Augen hatte die Greisin geschlossen, und sie bebte wie im Fieber. Gleichzeitig schien sie voller Kraft zu sein, denn sie hielt immer noch den Dolch erhoben. Ein Zicklein zappelte in ihrer anderen Hand.

Sie hatten die Zuschauer erreicht. Otmar, Rasmoda und viele andere Dörfler waren unter ihnen; manche trugen Farnwedel am Gürtel. Auch Esko stimmte in den Gesang ein. Die Melodie schwoll an – und dann schlitzte Neslin mit einer raschen, gekonnten Bewegung den Leib des Zickleins auf. Idas Finger krampften sich vor Mitleid in Eskos Hand; ganz fest hielt er sie jetzt. Das Tier blutete und zuckte. Achtlos warf Neslin das Messer weg. Sie berührte das Tier und redete auf es ein, so wie sie es stets mit Tieren tat, die sie erlegte. Dann griff sie in den Leib des Zickleins und weidete es aus. Vor sich verteilte sie die Innereien im Sand, strich immer wieder darüber und murmelte etwas. Ida konnte den Blick nicht von ihr wenden. Sie war wie gefangen in einem Traum. Geschah dies wirklich? Was hatte es zu bedeuten? Plötzlich begann Neslin mit heiserer Stimme zu sprechen, und der Gesang erstarb. Die anderen lauschten Neslins Rede konzentriert, aber Ida verstand kein Wort. Was für eine Sprache war das?

»Was sagt sie?«, fragte sie leise.

Esko neigte sich zu ihr. Seine Haare berührten ihren Hals, und eine Gänsehaut überrollte sie. »Neslin weissagt die Zukunft. Sie liest das Schicksal aus den Eingeweiden.«

Ida wagte nicht weiterzufragen. Ihre Gedanken rasten. Waren die Menschen hier das, was in der Kirche Heiden genannt wurde? Falls dies so war, woran glaubten sie? Hatten die Holzfiguren etwas damit zu tun? Sie erkannte die grob gestalteten weiblichen Formen einer Statue. Neslin schien eine Art Priesterin dieser Ungläubigen zu sein. Warum hatte sie das nicht gewusst? Wie hatte ihr das all die Jahre entgehen können? Und warum hatte Neslin sie nicht eingeweiht? Traute sie ihr nicht?

Die Rituale dauerten noch lange an. Schließlich sprach Otmar einige Worte, dann füllte er ein Trinkhorn aus einem Fass, trank einen Schluck und reichte es herum. Auch Ida trank. Neslin wurde zu einem Felllager geführt, auf das sie sich setzte. Ihre Schritte waren schwer, sie wirkte sehr erschöpft. Ida wagte nicht, zu ihr zu gehen. Sie wusste nicht, wie sie mit dem, was sie gesehen hatte, umgehen sollte. Esko jedoch zog sie mit sich. Er kniete sich vor Neslin in den Sand.

»Ich habe deine Enkelin mitgebracht«, sagte er.

Neslin sah ihn ruhig an. »Ich danke dir dafür.«

Der junge Mann neigte das Haupt. Neslin legte ihre Hände auf seinen Kopf und sprach etwas in der fremden Sprache, das wie ein Segen klang.

Auch Ida kniete sich nun hin. Neslin segnete sie ebenfalls. Jetzt erst merkte Ida, wie aufgewühlt sie war. Die Worte brachen aus ihr heraus. »Warum hast du mir nichts gesagt? Hiervon? Von … alldem hier? Was bedeutet … das alles? Und was für eine Sprache habt ihr gesprochen?«

Neslins Blick war voller Liebe, als sie ihr antwortete. »Anfangs wusste ich noch nicht, was die Götter mit uns vorhatten. Danach wollte ich dich schützen, und dann habe ich den richtigen Zeitpunkt verpasst. Schließlich lebten wir in ständiger Gefahr. Was glaubst du, warum das Ufer der Ilmenau von Lüneburg bis Uelzen mit Burgen gesäumt ist? Die Slawen sollen jederzeit niedergeschlagen werden können«, sagte sie schleppend. »Jetzt darfst du mich alles fragen, was du willst. Aber bitte eins nach dem anderen, du weißt ja, ich bin nur ein altes Wurzelweib«

Ida wog ihre Fragen ab. »Zu wem habt ihr gebetet?«, begann sie.

»Zu Siva, der Göttin der Lebenskraft. Sie ist unsere wichtigste Göttin. Wir ehren in ihr die lebendige Mutter Erde. Siva sorgt für die Furchtbarkeit der Felder, der Tiere und der Menschen.«

»Es gibt also noch weitere Götter?«

»Oh, viele. Andere Stämme der Slawen haben andere Götter wie Svantovit oder Perun. Das sind die Götter des Himmels und des Donners. Unter unseren Göttern gibt es einige, die Gutes bringen, und solche, die Schlechtes bringen. Fruchtbarkeit und Unfruchtbarkeit. Sommer und Winter. Licht und Dunkel. Glück und Unglück. Leben und Tod.« Die Worte kamen langsam aus Neslins Mund, aber Ida spürte, wie wichtig ihr war, was sie sagte. »Doch auch wenn ich in deiner Gegenwart ihre Namen nie nannte, habe ich dir doch das Wichtigste beigebracht, was du über unseren Glauben wissen musst: Alles ist beseelt und mit den Göttern verbunden. Die Natur ist lebendig und kann denken wie der Mensch. Sie könnte ihn, wenn sie es wollte, durch ihre Kraft unterwerfen. Deshalb müssen wir die Götter günstig stimmen, jeden auf seine Weise, gerade zur Zeit der Sommersonnenwende.«

Ida erinnerte sich jetzt an die vielen Situationen, in denen Neslin Speisen geopfert hatte, in denen sie Tiere, Pflanzen oder Mahlzeiten gesegnet hatte, in denen sie ihnen gedankt hatte, als wären sie Menschen. Auch Ida hatte viele dieser Gewohnheiten, wie sie es genannt hatte, angenommen. Es stimmte: Dies alles war schon lange Teil ihres Lebens.

»Es ist wunderbar zu wissen, dass wir mit allem verbunden sind«, sagte sie leise.

Neslin umschloss Idas Hände und drückte sie. Hinter ihnen hatten sich andere versammelt, als würden sie auf etwas warten. »Ich wusste, dass du es schon lange begriffen hast – auch ohne viele Worte. Und nun geh, feiere die Sonnenhochzeit, spring über das Feuer, und nutze jeden Augenblick bis zum Morgengrauen.«

Ida stand auf. Offenbar hatte Neslin noch etwas Wichtiges vor. Aufgewühlt umarmte sie die Greisin. Esko und Ida machten den Platz frei, der sogleich von Rasmoda eingenommen wurde.

»Was macht Neslin jetzt?«, fragte Ida und suchte wieder Eskos Hand. Ihre Finger verschränkten sich wie selbstverständlich.

»Sie wirft für jeden, der es wünscht, die Stäbe. Wir haben Neslin in den vergangenen Jahren oft vermisst, denn sie ist die Letzte, die diese Kunst noch beherrscht. Meine Mutter versucht, von ihr zu lernen, aber Neslins Wissen ist unermesslich.«

Ida beobachtete, wie Neslin bei dieser Kunst der Weissagung vorging. Ob die alte Frau wirklich weissagen konnte? Und was würde sie in Idas Zukunft sehen? Nun sprangen die Ersten unter Anfeuerungsrufen zwischen den Statuen über den Gluthaufen. Ida stand da und konnte den Blick nicht von diesem Schauspiel abwenden. Sie fürchtete das Feuer sehr, und ihr Herz begann zu holpern, wenn sie sich nur vorstellte darüberzuspringen. Gleichzeitig wollte sie es unbedingt.

»Du musst es nicht tun«, sagte Esko.

Ida wollte nicht länger grübeln, sondern rannte einfach los. Esko schloss sofort zu ihr auf. In einem großen Sprung setzten sie gemeinsam über die Glut. Die anderen gratulierten ihnen, als hätten sie etwas Wunderbares getan. Erleichtert und voller Freude stürmte Ida mit Esko gleich weiter, zum Wald zurück. Sie wollte allein mit ihren Gedanken sein – und mit ihm. Aber auch andere Paare suchten wieder die Einsamkeit.

Endlich waren sie weit genug weg. Nur leise drangen noch die Festgeräusche zu ihnen. Glühwürmchen flatterten über eine Lichtung, an der ein Blitz eine mächtige Buche gespalten hatte. Sie ließen sich im Schutz des Bruchholzes in das weiche Gras sinken.

»Die Sonnenhochzeit«, wiederholte sie gedankenverloren. Esko legte den Arm um ihre Schultern. Es fühlte sich gut an, fand Ida.

»Eine Sage unseres Volkes. Die Sonne reitet auf ihren drei Pferden, einem goldenen, einem silbernen und einem aus Bergkristall, ihrem Gatten, dem Mond, entgegen, und die beiden feiern ihre lang ersehnte Vereinigung.«

»Sie sind nicht die Einzigen in dieser Nacht, wie mir scheint. Ich habe vorhin Kethe und Beppo gesehen, wie sie … das taten, was sonst nur Verheiratete tun«, sagte Ida, woraufhin Esko leise lachte. »Hat denn niemand etwas dagegen?«, fragte sie verwundert.

»Doch natürlich. Aber die, die etwas dagegen haben, sind nicht hier.«

»Menschen wie Meister Kramm?« Sie las die Bestätigung in seinen Augen. »Und sein Sohn?«

»Konrad würde gern dazugehören. Aber wir trauen ihm nicht.«

»Es ist ja auch … eine Sünde.«

»Nicht heute Nacht. Im Gegenteil, in dieser Nacht ist es ein Segen.«

Esko küsste ihre Handfläche. Ein warmes Kribbeln breitete sich in Idas Körper aus. Sie nahm seine Hand und legte ihre

Lippen auf seine Haut; er roch nach Moos und der gelb blühenden Wolfsblume. Dann ließ sie ihre Lippen wandern, bis sich ihre Münder fanden und sie in einem tiefen Kuss versanken. Ida zweifelte keinen Lidschlag lang an ihrem Tun. Sie wusste, dass es richtig war, dass sie nichts anderes wollte. Die Ereignisse der Nacht hatten einen Schleier von ihrem Geist genommen, hatten ihr Dinge enthüllt, die sie bislang nicht begriffen hatte.

Ihre Hände gingen auf Wanderschaft, und sie spürte die Hitze seiner Haut wie etwas, das ganz neu war und gleichzeitig zu ihr gehörte. Vielleicht schon immer zu ihr gehört hatte, ohne dass sie es gewusst hatte. Sie spürte, wie erregt er war.

Esko keuchte und umfasste ihre Handgelenke. »Bist du sicher, dass du das willst? Hast du denn schon …«

Ida schüttelte den Kopf. »Aber ich habe keine Angst. Ich weiß einfach, dass es richtig ist. Es fühlt sich richtig an.«

»Ich will dir nicht wehtun. Und das wird es … am Anfang zumindest.«

Ida zog ihn an sich und küsste ihn leidenschaftlich. Jetzt hielt auch er sich nicht mehr zurück. Esko öffnete die Bänder an ihrem Kleid und streifte den Stoff von ihrem Körper. Als die Nachtluft über ihre Brüste strich, erschauderte sie. Sie wollte ihre Haare über die Narben legen, doch Esko schob die Strähnen zärtlich weg und küsste jeden einzelnen Flecken verbrannter Haut. Seine Lippen wanderten weiter und erkundeten ihren Körper, bis sie schließlich beide ihre Gefühle nicht mehr im Zaum halten konnten und auch sie in dieser Nacht der Göttin der Fruchtbarkeit huldigten.

Im Morgengrauen erwachten sie in ihrem Bett aus Gras und Tau. Ida schmiegte sich an Esko. Die Feuchtigkeit hatte sich kühl auf ihre Leiber gelegt, und doch war sie glücklich. Ihr Geliebter war sehr behutsam gewesen. Nur kurz hatte es geschmerzt, dann hatte die Lust überwogen und sie davongetragen.

Auch er schlug nun die Augen auf. Zärtlich strich er ihr über die Wange. »Du hast im Schlaf gezuckt und gewimmert … Ist es, weil … Habe ich dir wehgetan?«, fragte er besorgt.

»Nein, es ist … Ich träume schlecht, beinahe jede Nacht«, gestand sie ihm. Seine Berührungen brachten die feinen Härchen auf ihrer Haut zum Kribbeln. »Jetzt ist alles gut«, versicherte Ida. Ganz geborgen fühlte sie sich in seiner Nähe, als könnte nichts ihr etwas anhaben. Nachdem sie sich eine Weile liebkost hatten, meinte er, dass sie langsam zurückmüssten. Verzagtheit überfiel Ida. Sie spürte, wie plötzlich Tränen in ihren Augen brannten.

»Wie wird es weitergehen … mit uns? War es … nur diese eine Nacht?«, fragte sie.

Esko nahm liebevoll ihr Gesicht in die Hände und sah ihr in die Augen. »Das fragst du? Wir gehören zusammen, du und ich. Das weiß ich genau, auch wenn ich es nicht verstehe. Du spürst es doch auch?«

Wie gut es ihr tat, dass er das sagte! Aber … »Aber die anderen … sie dürfen doch nicht wissen … die Kirche … und dann die Entfernung. Du lebst hier und ich mit Neslin im Auenwald.«

Er küsste die Tränen von ihren Wangen. »Für uns ist gesorgt, hast du das schon vergessen? Es wird sich finden. Auch wenn wir erst einmal nach außen hin dem Anstand Genüge tun müssen, bleiben wir ein Paar.« Ida umarmte ihn, als wollte sie ihn nie mehr loslassen. Es beruhigte sie, seinen Herzschlag zu spüren. Doch Esko löste sich etwas von ihr. »Das Johannisfest ist noch nicht vorbei«, sagte er. »Wir müssen die Asche des abgebrannten Sonnenwendfeuers auf den Feldern verteilen. Einen besseren Garanten für Fruchtbarkeit und eine gute Ernte gibt es nicht.«

Sie erhoben sich und kleideten sich wieder an. Zuletzt band Esko sorgfältig seinen Bogen mit dem Pfeilköcher um. Bevor sie die Lichtung verließen, schaute Ida noch einmal zurück. Aus dem Fuß der zerstörten Buche brachen schon wieder neue Triebe. Farnkraut fasste den Waldrand ein, und da war ja auch –

eine Blüte! Sie segnete die Pflanze, wie sie es gelernt hatte, und trennte die Blüte des Farnkrauts ab. Neslin würde sich darüber sicher sehr freuen.

Hand in Hand gingen sie zur Festwiese zurück. Erst als sie in Sichtweite der anderen waren, ließen sie einander los. Einer der Bauern, der das grauschwarze Pulver über die Erde gestreut hatte, stürmte auf Esko zu.

»Herr, wo habt Ihr denn in der Nacht gesteckt? Wir haben Euch überall gesucht. Wir dachten schon, die Eindringlinge …

»Welche Eindringlinge?«, fragte Esko alarmiert.

»Euer Vater …«

Esko rannte los.

20

Im Dorf war alles ruhig. Zu ruhig, selbst für einen Feiertag, an dem niemand seiner Arbeit nachgehen musste. Vor dem Haus von Meister Kramm waren etliche Pferde angebunden, die Ida vorher noch nicht aufgefallen waren. Im Langhaus herrschte gedrückte Stimmung. Otmar sprang bei ihrem Anblick auf. »Ich fürchtete schon, sie hätten dich ...«, begann er, doch Arndt fiel seinem Vater ins Wort: »Hab ich doch gleich gesagt, dass er sich nur herumgetrieben hat. Dann können wir ja endlich los.«

Esko ignorierte ihn. »Der Bauer hat mir schon erzählt, dass Fremde bei den Feuern aufgetaucht sind und nach den Statuen gesucht haben. Wie haben sie es eigentlich so weit geschafft? Was war mit den Wachen? Warum sind die Fremden nicht am Waldrand aufgehalten worden?«, gab er den Vorwurf zurück.

»Wir hatten wohl nicht genug Wachen postiert. Und wenn sich manche dann noch herumtreiben, so wie du ...«

»Mein Wachdienst war längst beendet«, wies Esko seinen Bruder zurecht und wandte sich an seinen Vater, der unruhig im Saal auf und ab ging. »Woher wussten sie, wo sie suchen mussten?«

»Jemand muss uns verraten haben«, sagte Otmar düster.

»Ich hab ja schon immer gesagt, dass ihr zu leichtsinnig seid. Diese hirnrissigen veralteten Rituale! Wir können es uns nicht länger leisten ...«, begann Arndt.

»Nicht schon wieder!«, gebot Otmar ihm Einhalt.

Ida hatte der Streiterei nur mit einem Ohr gelauscht. Die Röte brannte in ihrem Gesicht, denn es kam ihr vor, als müsse ihr jeder ansehen, was sie und Esko getan hatten. Sie suchte den Raum nach Neslin ab und stürmte in ihre Kammer. Neslin lag auf dem Bett, die Augen geschlossen, die Hände gefaltet, als wäre sie tot. Aber sie schlief nur tief und fest, die durchwachte Nacht hatte sie ausgelaugt. Trotzdem schnürte der Anblick Ida den Hals zu.

Svea hatte neben der Greisin gewacht und machte jetzt den Platz frei. »Als die Fremden kamen, mussten wir fliehen. Henniko hat sie getragen, sie wiegt ja fast nichts«, sagte sie leise. »Seitdem schläft sie fast die ganze Zeit.«

Ida setzte sich zu Neslin und umschloss ihre Finger. »Ich bin es«, wisperte sie. Die Lider der Greisin flatterten. Ida kramte in ihrer Tasche. »Sieh nur, was ich gefunden habe: die Blüte des Farnkrauts. Die hast du dir doch so gewünscht.«

Einen Spaltbreit gingen die Augenlider auf, Neslins Mundwinkel zuckten. »Ich wusste … dass du sie finden kannst …« Sie atmete schwer. »Mir wird sie … nicht mehr nützen … Ich brauche sie … nicht mehr.«

Idas Hals fühlte sich kratzig an, ihr Mund war wie ausgedörrt. »Sag das doch nicht! Es war eine anstrengende Nacht, du wirst dich wieder erholen! Und dann kannst du das Farnkraut auch wieder gebrauchen!«

Neslin lächelte. Ihr gleichmäßiger Atem verriet gleich darauf, dass sie wieder eingeschlafen war. Idas Gedanken gingen durcheinander. Würde Neslin sterben? Aber was wäre dann mit ihr? Würde Esko tatsächlich zu ihr stehen? Trotz der intensiven Gefühle, die sie füreinander hatten, kannten sie sich doch kaum. Allein in der Hütte am Fluss konnte sie nicht bleiben. Jetzt fiel ihr das Vieh wieder ein. Selbst wenn sich Neslin erholte, würde sie wohl kaum so schnell zurückkehren können, wie es geplant gewesen war. Ida strich noch einmal über Neslins Hand. Wie gerne hätte sie ihr erzählt, was in der Nacht geschehen war …

»Zieh dir dein gutes Kleid an, wir müssen los.«

Der harsche Tonfall ließ Ida herumfahren. Anne stand in der Tür. Ihre strenge hochgeschlossene Kleidung verriet nichts mehr davon, dass sie sich gestern wie die anderen beim Johannisbad amüsiert hatte.

»Was meinst du? Wohin muss ich?«

»Wir gehen alle zusammen zur Johannismesse.«

In die Kirche? Aber glaubten hier nicht alle an die alten Götter? Wobei ... Anne hatte sie gestern bei den Ritualen nicht gesehen. »Ich kann Neslin nicht alleinlassen.«

»Du musst.« Ida wollte etwas einwenden, aber Anne kam ihr zuvor. »Jeder von uns muss heute in der Kirche für seinen Glauben einstehen. Jeder muss beweisen, wie gottesfürchtig er ist. Auch du. Oder willst du uns alle in Gefahr bringen?«

Vor dem Haus warteten schon die anderen Bewohner und viele Dörfler. Auch vor Meister Kramms Haus machten sich alle zum Aufbruch bereit. Ida suchte Esko. Als er ihr zulächelte, schlug ihr Herz schneller. Sie ging zu ihm. Es war ihr schwergefallen, Neslin zurückzulassen. Und jetzt fiel es ihr schwer, vor Esko zu stehen und ihn nicht berühren zu dürfen.

»Neslin ist sehr schwach. Ich glaube kaum, dass wir so bald nach Hause können. Unser Vieh ist in der Hütte ...«, platzte sie heraus.

Da packte jemand ihren Arm. Anne sah sie zornig an. »Die Johannisnacht ist vorbei, jetzt herrschten hier wieder Zucht und Ordnung. Du hast mit keinem Jüngling zu sprechen.«

Ida blinzelte irritiert und richtete wieder das Wort an Esko. »Ich fürchte, dass unsere Tiere verhungern. Jemand muss ...«

Anne quetschte Idas Oberarm, dass es wehtat, und zerrte sie weg. »Mit keinem Jüngling hast du zu sprechen, hörst du!«

Eskos Blick war ernst geworden. »Lass sie sofort los, Anne«, fuhr er seine Schwägerin an. Als Anne erstarrte, half Ida mit einem Ruck nach. »Ich kümmere mich später um euer Vieh!«, versicherte Esko ihr. Dann folgte Ida Anne wortlos zu den übrigen Frauen.

Ida drehte den Beichtpfennig zwischen ihren Fingern, die trotz der Hitze klamm waren. Es war die vorletzte Münze in Neslins Beutel gewesen. Vor ihr löste sich Svea aus der Schlange und ging in die kleine Kirche aus Feldsteinen, die neben einem Wehrturm auf einem Hügelsporn erbaut war. Sie hatte auf dem Weg mit ihr über das sprechen wollen, was geschehen war, doch die Freundin hatte sie auf später vertröstet. Ida fragte sich, wie Svea an die heidnischen Götter glauben und gleichzeitig in eine Kirche gehen konnte. Das widersprach sich doch zutiefst.

Als Nächste wäre sie selbst mit dem Beichten an der Reihe. Musste sie dem Priester sagen, was gestern vorgefallen war? Dass sie gesündigt hatte? Dass sie, wie hieß es noch gleich … *fleischlich* gesündigt hatte? Welche Strafe würde er ihr aufbürden? Sie dachte an die Qualen des Höllenfeuers, die die Geistlichen stets beschworen, und mit einem Mal fühlte sie sich klein und unwürdig. Allein in die finstere, stickige Kirche zu gehen schüchterte sie schon enorm ein. Und dann der strenge Blick des Geistlichen …

Ida atmete tief ein, um ihre Nervosität zu bezwingen. Sie wusste, es war eine Sünde – aber sie hasste den sonntäglichen Kirchgang. Sie ließ den Blick über die Menge schweifen. Der Trubel vor der Kirche, die dem heiligen Georg geweiht war, machte sie nervös. Überall wurde geredet und gelacht; nur wenn der Priester sich sehen ließ, verebbte die Fröhlichkeit. Die Bauern der Gegend genossen die wenigen arbeitsfreien Stunden und das schöne Wetter, das eine reiche Ernte versprach. Es hatten sich die üblichen Grüppchen gebildet: Die Großbauern und ihre Familien ignorierten die Rangniederen weitgehend, die mit ihnen ins Gespräch kommen wollten. Da waren die Kötner und Hufenbauern, die Brinksitzer und Häuslinge, die Handwerker, Hirten, Müller und Wanderarbeiter und schließlich die einfachen Feldleute, die eher für sich blieben. Nur zwischen Otmar und seiner Familie einerseits und Meister Kramms Sippe andererseits herrschte feindselige Anspannung.

Svea trat aus der Kirche. Sie wirkte erleichtert, dass sie es hinter sich hatte. »Der Priester erwartet dich«, sagte sie. »Wir sehen uns gleich bei der Messe.«

Ida ging auf die Georgskirche zu, wobei sie sorgfältig darauf achtete, keinem in die Augen zu sehen oder ihn zu berühren. Mit jedem Schritt, den sie auf die klaffende Kirchenpforte zutat, erstarrte sie mehr – für sie war diese Tür wie ein schwarzer Schlund, der sie verschlingen würde. Starr richtete sie ihren Blick auf ihre Füße. Sie hatte die Schwelle erreicht. Drohend erhoben sich die Wände links und rechts von ihr. Ihre Haare sträubten sich. Gleich hast du es geschafft, dachte sie. Nur ein paar Schritte noch. Ihre Finger bohrten sich in die Handflächen. Der Beichtpfennig brannte in Idas anderer Hand, als würde er glühen. Ein Schritt, dann noch einer, feuerte sie sich an. Die Leute starren dich schon an! Los, Ida, mach! Du schaffst das! Du kannst zehnmal den Fluss durchqueren, ohne müde zu werden. Du kannst bis zum Grund schwimmen und länger unter Wasser bleiben als eine Ente. Du kletterst auf die höchste Buche, springst vom höchsten Ast. Da wirst du doch wohl in diese Kirche gehen können! Endlich setzte sie wieder einen Fuß vor den anderen.

In der Kirche war es kühl. Ida musste sich erst an die Finsternis gewöhnen. Das Herz schlug ihr bis zum Hals. Das Leibhemd klebte an ihrem schweißnassen Rücken. Weihrauchgesättigte Luft, rußig und schwer. Sie rang um Atem. Alles wie immer, beruhigte sie sich. Der einfache Altar, die Kerzen, das Abbild des heiligen Georg. Auf dem Lehmboden knieten Betende, Perlenschnüre zwischen den Fingern.

Mit ungnädiger Miene wartete der Priester auf seinem Stuhl. Ida senkte das Haupt, ließ sich vor ihm auf die Erde gleiten und reichte ihm den feuchten Beichtpfennig, den er an seiner Kutte abwischte, bevor er ihn in den Almosenbeutel gleiten ließ. Er legte ihr die Hand auf den Scheitel.

»Vergib mir Vater, denn ich habe gesündigt«, begann sie.

Svea legte beruhigend die Hand auf Idas Arm, als sie sich zum Gottesdienst im Kirchenraum drängten. Die lauten Glocken und der durchdringende Weihrauchgeruch brachten Idas Schädel zum Dröhnen. Obgleich die Worte sich auf ihrer Zunge gedrängt hatten, hatte sie dem Priester nur die üblichen Sünden gestanden; Eitelkeit und Neid, Dinge, die er verstand und von Frauen erwartete. Jetzt war sie froh darüber. Es war ihr Geheimnis. Sie war niemandem Rechenschaft schuldig, fand sie. Bei den Sakramenten beobachtete sie verstohlen Otmar und seine Familie. Sie war so verwirrt. Verrieten sie den einen Glauben nicht durch den anderen? Fürchteten sie nicht die himmlischen Strafen? Dann bemerkte sie Meister Kramms durchdringenden Blick und sah hastig zu Boden.

Sie warteten vor der Kirche auf Otmar, der noch mit dem Priester sprach. Als sie sich auf den Heimweg machen wollten, versperrte ihnen Meister Kramm mit seinem Sohn und einigen anderen Männern den Weg. Den Zeigefinger drohend erhoben, ging der Fette auf Otmar zu, während sich Esko und Arndt enger an ihren Vater anschlossen.

»Glaubt bloß nicht, dass Ihr mit dieser Heuchelei durchkommt! Es wird der Tag kommen, an dem ich Beweise für Euer Heidentum finde – und dann gnade Euch Gott! Dann kommt Ihr nicht mehr davon so wie gestern Nacht!« Er sprach so laut, dass er die ersten Schaulustigen anlockte.

Otmar wiegte leicht den Kopf auf dem Nacken, als hätte er Schmerzen. »Ich weiß nicht, wovon Ihr sprecht, Kramm. Wir haben gestern Nacht zu Ehren des heiligen Johannes das Johannisfeuer entzündet, haben gesungen und getanzt. Euer Sohn war doch auch dabei. Dann wäre auch Konrad ein Heide, oder etwa nicht?«

»Wagt es nicht, meinen Sohn mit Dreck zu bewerfen! Ihn mit Euresgleichen gemeinzumachen!«

»Seltsam, war es nicht Konrad, der gestern so auffällig die Nähe meiner Tochter suchte?«

Meister Kramm schnappte nach Luft. »Das ist eine Verleumdung!«

Otmar ließ seinen Blick verwundert von Esko zu Arndt wandern. Beide bestätigten die Worte ihres Vaters.

Kramm fuhr seinen Sohn an: »Ist das wahr?« Konrad starrte mit hochrotem Gesicht zu Boden. »Wenn überhaupt, dann wurde Konrad verhext von dieser Zauberin, die bei Euch Unterschlupf gefunden hat! Liebeszauber sind doch ihre Spezialität – ist es nicht so? Ach nein, sie verhext ja lieber Kinder, um sie zu verkrüppeln!«

Ida zuckte zusammen. Sprach er etwa von Neslin? Was meinte er damit? Wollte er jetzt auch noch sie beschuldigen?

»Wo ist sie überhaupt? Ha – sie meidet das Weihwasser wie der Teufel! Jetzt habe ich Euch am Wickel!«, triumphierte Kramm.

Bevor Svea sie zurückhalten konnte, trat Ida vor: »Neslin ist keine Hexe. Sie ist krank.«

»Wer ist denn diese vorlaute Göre?«, ätzte Kramm. »Noch so eine dahergelaufene …«

Otmar trat vor und schob Meister Kramm beiseite. Der hob die Faust, als wollte er Otmar schlagen. Esko stürzte vor, doch sein Vater gebot ihm Einhalt. »Ich hoffe, dass Ihr dieses Heiligenfest nicht durch Hirngespinste und Hass entweihen wollt«, sagte Otmar ruhig.

Jetzt kam der Priester auf sie zu. Sein Anblick brachte Meister Kramm zur Vernunft, und er gab den Weg frei. Doch alle wussten, dass es nur ein Friede auf Zeit war.

Wieder im Haus, sah Ida sogleich nach Neslin, die immer noch schlief. Dann ging sie in die Küche, um das Festessen mit zuzubereiten. Sie hörten, wie die Männer in der Diele stritten. Auch unter den Frauen war die Stimmung gedrückt. Plötzlich schepperte es hinter ihnen: Anne hatte einen Tontopf fallen lassen. Tränen liefen über ihr Gesicht.

»Dieser Unfriede! Das ist nur, weil ihr euch einfach nicht besinnt! Weil ihr …«

»Still!«, zischte Rasmoda.

»Nein, ich kann nicht mehr schweigen! Ich halte das nicht mehr aus, so wahr mir Gott helfe!« Die Hände vor das verzerrte Gesicht geschlagen, stürmte Anne zur Tür.

Svea wollte sie aufhalten. »Anne, beruhige dich doch …«

»Ach du! Du bist doch genauso eine! Wenn du dich fügen und den Konrad nehmen würdest, hätten wir keine Sorgen mehr! Aber dafür bist du ja zu halsstarrig – genau wie deine Eltern! Suchst dir lieber einen dahergelaufenen Hei…«

»Anne, es reicht!«, fuhr Svea dazwischen.

Ihre Schwägerin stürzte hinaus. Kethe sammelte die Tonscherben auf, und auch die anderen Mägde taten, als hätten sie nichts gehört. Svea stand mit geballten Fäusten da, während Ida sie tröstete. Rasmoda murmelte nur: »So geht es wirklich nicht weiter.«

Es wurde ein trister Feiertag. Die Frauen und die Männer blieben meistens voneinander getrennt, und jeder schien seine Worte sorgfältig abzuwiegen, um erneuten Streit zu vermeiden. Eine brenzlige Situation gab es, als Konrad auftauchte und mit Svea sprechen wollte, aber Rasmoda konnte ihn diplomatisch abweisen.

Ida blieb viel bei Neslin. Sie hatte sich noch immer nicht an die enge Kammer gewöhnt, aber sie wollte die Greisin jederzeit versorgen und auch beobachten können. Später wollte Ida eigentlich wieder unter ihrer Bank schlafen, aber die Türen waren verschlossen, sodass sie nicht hinauskam. Als sie in Neslins Kammer zurückkehrte, fand sie einen einzelnen frischen Birkenzweig auf ihrer Decke. Sie sah sich um, entdeckte aber niemanden. Ob der Zweig ein Geschenk von Esko war? Sie hatte nicht mit ihm reden können, obgleich sie sich doch so sehr danach sehnte. Gestern um diese Zeit waren sie bereits zusammen gewesen. Bei dem Gedanken wurde ihr ganz heiß. Ihre Erinnerungen an ihre Gespräche und ihre Berührungen halfen ihr trotz der bedrückenden Lage in den Schlaf.

Neslin ging es am nächsten Tag etwas besser. Sie war nun länger wach, konnte sich aber kaum aufsetzen, geschweige denn aufstehen. Nachdem Ida ihr etwas Wasser eingeflößt und den Brei zum Mund geführt hatte, wagte sie es endlich, all das anzusprechen, was ihr durch den Kopf ging.

Neslins Gesicht verdüsterte sich. »Kinder verhexen, sagte er? Es gibt nur einen, der mir das vorgeworfen hat. Wenn Kramm davon weiß, dann kann …« Sie hustete heftig, so erregt war sie.

Neslin meinte wohl den Angriff der Ritter, damals, als sie Ida gefunden hatte. Ida wollte sie ablenken. Sie hatte genug andere Fragen. »Bist du früher, wenn du mich allein gelassen hast, auch immer hierhergekommen? Woher kennst du Otmar und seine Familie? Aber wir sind doch auch zusammen in die Kirche gegangen – hat das deinen Göttern nichts … ich weiß auch nicht … ausgemacht? Wann …«

»Halt, halt!« Neslin stieß einen leisen Laut aus, der ein Lachen sein könnte. »Ich hab's dir gestern schon gesagt: Eins nach dem anderen.« Sie atmete tief ein, als müsste sie Kräfte sammeln. »Ich habe früher in einem Nebenort gelebt. Kannte Otmars Mutter gut. Sie war eine weise Frau. Konnte den Willen der Götter lesen. Als ich ein Kind war, lebten wir ohne Sorge mit unserem Glauben. Doch dann kamen … die ersten Pfaffen.« Die Erinnerung verdüsterte ihr Gesicht, und sie musste verschnaufen.

Ida sorgte sich, weil das Sprechen Neslin so anstrengte. »Wir müssen jetzt nicht darüber reden«, sagte sie.

»Doch, das müssen wir! Meine Zeit neigt sich dem Ende zu«, stieß Neslin hervor. »Bald werde ich in den Totenfluss steigen, einen Fluss, durch den Klingen und Schwerter, Speere und Lanzen taumeln, die darauf warten, die Sterbenden zu zerstückeln. Nur diejenigen, die eine Gabe für die Totengöttin dabeihaben, werden das andere Ufer erreichen. Das werde ich hoffentlich, dank dir.« Sie drückte Idas Hand. Bei den nächsten Sätzen stockte sie immer wieder; es fiel ihr sichtlich schwer zu sprechen. »Meine Familie war arm, und in einem harten Winter … meine Eltern erfroren einfach. Uns Kindern hatten sie alle Decken gegeben, aber sie selbst … Ich war die einzige Überlebende. Nonnen nahmen mich auf. Ich hatte nichts mehr, aber ich war ganz hübsch. Deshalb heiratete der Fischer mich. Er war wohlhabend. Ein guter Mann, der mich nie schlug. Mir meinen Glauben ließ. Trotzdem musste ich in die Kirche gehen … um keinen Verdacht … zu erwecken. Zu viele von uns sind von Kreuzrittern und anderen vermeintlich … Strenggläubigen niedergemetzelt worden.«

»Vermeintlich?«, fragte Ida nach.

Neslin sog schwer die Luft ein, ihre Augenlider flatterten. »Diese Ritter plündern. Bringen die Güter unserer Glaubensbrüder in ihren Besitz. Ihnen geht es nur darum, ihren Reichtum zu mehren. Ihr Glaube … ist nur ein Vorwand.«

Ida konnte das kaum glauben und schwieg. Sie hatte wenig Erfahrungen mit fremden Menschen – und vielleicht war das auch ganz gut so. Neslin schien ihre Skepsis zu erahnen, denn sie setzte nach ein paar schweren Atemzügen ihre Rede fort: »Was glaubst du denn, warum rund um Ratzeburg kein altgläubiger Slawe mehr lebt? Im alten Racesburg befand sich unser wichtigster Tempel. Die Kreuzritter haben ihn zerstört und jeden getötet, der an die alten Götter glaubte. Auf der Ruine unserer Kultstätte haben sie einen Dom errichten lassen.«

Ida dachte daran, was ihr gestern in der Kirche durch den

Kopf gegangen war. »Macht es denn euren Göttern nichts aus, wenn ihr in die Kirche geht?«

»Warum sollte es ihnen etwas ausmachen? Sind wir nicht alle ein Teil … dieser Welt?«

»Aber den anderen macht es etwas aus. Meister Kramm zum Beispiel.«

»Die anderen haben Angst. Sie fürchten, was sie nicht verstehen.«

Eine lange Pause trat ein, während der Neslin mit geschlossenen Augen dalag. Beinahe fürchtete Ida, sie sei wieder eingeschlafen. Plötzlich hustete die Greisin, als hätte sie sich verschluckt. Ida gab ihr einen Schluck Wasser. »Dann starb … Otmars Mutter. Es gab niemanden mehr, der die heiligen Rituale vollführen konnte. Also suchte Otmar mich auf. Nach mir … gibt es niemanden mehr. Rasmoda lernt, aber ich habe viel zu spät damit angefangen, mein Wissen … weiterzugeben. Auch dir hätte ich …« Neslin erzitterte.

»Ich hole dir einen heißen Stein, damit dir warm wird!«, sagte Ida und wollte schon hinauseilen.

»Ich hätte dir längst …«, murmelte die Alte. »Aber so vieles habe ich dir nicht … Ida … IDA!«

»Ja?« Ida drehte sich in der Tür um.

Neslin streckte die Hand aus. »Bitte, bleib. Ich weiß nicht … ob ich später noch die Kraft dazu habe.« Ida versuchte, das Brennen ihrer Augen zu ignorieren, und setzte sich zu ihr. Die alte Frau schob sich mühevoll ein Stück hoch. Dann begann sie zu sprechen, schwerfällig und gleichzeitig gehetzt, als beschäftigte sie etwas sehr Wichtiges. Nach den ersten Sätzen wollte Ida, dass Neslin zu reden aufhörte, denn Neslins Worte versetzten sie in ungeahnten Aufruhr. Aber weder ihr Körper noch ihre Stimme schienen ihr zu gehorchen, und so musste sie alles anhören. Alles.

»Du weißt, dass ich dich am Ufer der Ilmenau fand. Knapp zehn Jahre ist das jetzt her. Du warst schwer verletzt. Prellungen, Schnitte, Verbrennungen. Erst wollte ich nicht helfen. Hielt dich für eine Vila oder eine Rusalka. Aber dann sah ich … dass du einfach nur ein Mädchen warst. Die Götter hatten mich zu dir geführt … um dein Leben zu retten. Und ich tat, was sie wünschten.« Neslin kniff die Augen zusammen, und zwei einzelne Tränen liefen ihre Schläfen hinunter. »Du fragtest nach deiner Mutter. Deiner Familie. Und du hattest das hier.« Sie wies auf ihren Beutel. »Darin ist etwas in … einem Ledersäckchen.«

Idas Finger zitterten, als sie die Kordel aufzurrte und hineingriff. Sie fühlte etwas Hartes in dem Säckchen. Bei der Berührung war es, als legte sich ein Felsen auf ihre Brust. Sie wollte es nicht herausholen. Wollte es nicht sehen. Und gleichzeitig wünschte sie es sich so sehr. Ihr Herz hämmerte jetzt wie die Trommeln beim Johannisfest. Ihre Hand bewegte sich langsam wie im Traum. Dann hielt sie eine Kette in den Fingern, eine kleine geschnitzte Figur. Ida keuchte auf bei ihrem Anblick. Sprang hoch. Der Beutel fiel zu Boden.

»Was … woher …?«, stammelte sie.

Neslin hob die Hände – aber Ida war zu weit von ihr weg, um sie zu berühren. Ihr Gesicht war von Anspannung fast verzerrt. »In diesem Frühjahr vor neun Jahren, nachdem die Ritter … versucht hatten, mich zu töten, bin ich nach … Bardowick gegangen.«

»Bardowick«, echote Ida beinahe tonlos. Sie kannte den Namen dieses Ortes. Kannte ihn gut.

»Die Stadt war von den Rittern Heinrichs des Löwen … des Herzogs von Sachsen … überfallen worden. Niedergebrannt. Zerstört. Ich zeigte einem Geistlichen … diese Kette. Er kannte sie.«

Ida presste die Hände auf die Ohren und ruckte den Kopf. Der Kettenanhänger bohrte sich in ihre Schläfe. Bilder stiegen in ihr auf. Sie konnte sie nicht aufhalten, sosehr sie auch dagegen ankämpfte. Neslins Stimme drang zwischen ihren Finger hindurch.

»Du hast mit deinen Eltern in Bardowick gelebt. Deine Mutter war durch den Überfall … schwer verletzt. Dein Vater aber … er musste mit euch … die Stadt verlassen. Ihr seid geflohen. Du hast sie … verloren. Aber vielleicht … leben sie noch. In Lüneburg oder … Lübeck.« Neslin streckte flehend die Hände nach Ida aus. »Ich habe es dir nie … gesagt. Ich dachte, die Götter … hätten dich in meine … Obhut gegeben. Aber vielleicht habe ich mich geirrt. Vielleicht hatte ich … kein Recht auf dich. Vielleicht hätten wir deine Eltern … suchen sollen. Vielleicht sind sie aber auch … tot.«

Ein Wimmern füllte Idas Kopf aus. War sie es, die da wimmerte? Sie taumelte zurück. Bilder wirbelten durch ihren Kopf. Ein Mann. Eine Frau. Ein Junge. Es war Nacht – sie hatte Angst. Die Frau lag im Dreck. Jemand schlug sie. Trat sie. Sie schrie. Blut überall – und dann …

Ida floh vor den Bildern, floh hinaus.

»Ida! IDA!«

Der Gang zu Neslins Hütte, um die Tiere herauszuholen, hatte Esko Gelegenheit gegeben, über die Ereignisse der letzten Tage nachzudenken. Dass Meister Kramm Ritter aus den umliegenden Adelssitzen herbeigerufen hatte, um Heiden aufzuspüren, bestätigte seine schlimmsten Befürchtungen. Sie mussten dem Dorfverwalter ein für alle Mal seine Grenzen aufzeigen, wenn nötig mit Gewalt. Aber Arndt mahnte zur Zurückhaltung, und die Meinung seines Erstgeborenen wog bei Otmar viel. Dazu kam, dass das Perlenwasser zwar den Zustand seines Vaters etwas verbessert hatte, er aber noch lange nicht gesund war. Ida würde noch einmal für Otmar nach Perlen fischen müssen. Was hieß »müssen«? Es würde ihr sicher Vergnügen bereiten.

Eskos Gedanken wanderten zu Ida, wie sie es eigentlich die

ganze Zeit schon taten. Bestimmt bereitete ihr Neslins Zustand Kummer – und er konnte nur so wenig tun, um sie zu trösten. Er könnte versuchen, sie alleine abzupassen, um mit ihr zu reden, sie in die Arme zu nehmen. Aber wäre er dann besser als beispielsweise Beppo?

Natürlich – bei ihnen war es anders. Ida und er gehörten zusammen, das hatte er vom ersten Augenblick an gespürt. Was sollte also falsch daran sein, wenn sie sich trafen und ihren Gefühlen freien Lauf ließen? Die christlichen Mahnungen zur Jungfernschaft und zum Wert der Ehe fand er heuchlerisch. Warum sollte man seine Leidenschaft unterdrücken, statt sie im Sinne der Götter zu feiern? Seine innere Verbindung zu Ida war tief, und es war sein Wunsch, diese weiter zu festigen. Außerdem hatte die Vereinigung ihr doch auch Lust bereitet. Wie eine Welle hatte ihre Erregung ihn mitgerissen. Der Gedanke an ihr Beisammensein brachte sofort sein Blut in Wallung.

Das ungeduldige Meckern der Ziege riss ihn aus seinen Gedanken.

»Ich mach ja schon!«, sagte Esko und band sie vom Karren los. Das Tier war sichtlich froh, wieder in der freien Natur zu sein, und bockte sofort auf der Wiese herum.

Esko lud gerade den Hühnerkäfig ab, als Svea ihm entgegeneilte. »Ida ist verschwunden! Hast du sie gesehen? Wir haben sie schon überall gesucht!«

Esko griff sofort nach seinem Bogen. »Was ist denn passiert?«

»Neslin muss ihr etwas Schreckliches erzählt haben, auf jeden Fall rannte Ida weinend hinaus und weiter Richtung Wald. Ich konnte sie nicht aufhalten. Kannst du sie suchen, bitte? Ich sorge mich so um sie!«

Wie ein Siebenschläfer hatte Ida sich zwischen den Wurzeln der Erle eingerollt. Der würzige Duft und das helle Glucksen des Flusses beruhigten sie allmählich. Dieses Geräusch hatte sie geliebt, seit sie denken konnte. War sie auch mit ihren Eltern oft am Fluss gewesen? Und da war dieser Junge, dessen Gesicht sie immer wieder vor sich sah. Er hatte eine Kette wie die ihre getragen. Ida spürte ein warmes Gefühl, wenn sie an ihn dachte. Hatte sie einen Bruder gehabt? Aber was war aus ihm geworden? Warum war sie von allen verlassen worden? War ihre Familie wirklich tot, so wie Neslin es befürchtete? Dieser Gedanke ließ Idas Augen wieder feucht werden.

Es war nicht nur die plötzliche Erinnerung, die sie durcheinandergerüttelt hatte, es war das Wissen, dass auch Neslin sie schon bald für immer verlassen würde. Dann wäre sie ganz allein, einsam und schutzlos. Niemand würde sich um sie kümmern. Niemand würde ihr helfen. Selbst Esko würde eine mittellose Waise meiden müssen, denn er trug Verantwortung und musste eine Verbindung eingehen, die seiner Familie nützte.

Ida ließ ihre Tränen in den lehmigen Ufersaum sickern. Es tat ihr gut, ihrem Kummer freien Lauf zu lassen. Aber dann brummte eine Libelle über ihr und ließ sich für die Dauer eines Lidschlags auf ihrer Schulter nieder. Wie schön sie war in ihrem grünschwarzen Schimmer, wie kraftvoll! Die Sonne war ein gutes Stück gewandert und wärmte jetzt Idas Rücken. Ihr Magen knurrte laut – wie lange war sie schon hier? Sie hörte den heiseren Ruf eines Kiebitzes und wusste, dass er irgendwo in der Nähe sein Gelege haben würde. Wenn sie ihm ein Ei stahl, konnte sie damit ihren Hunger fürs Erste stillen. Ihr fielen Eskos Worte ein: Für sie war gesorgt. Ja, die Natur sorgte für sie.

Als sie sich aufsetzte, sah sie Esko, und die Röte schoss ihr in die Wangen. Im Schneidersitz saß er vor einem Findling und schaute sie an. Was machte er da? Warum hatte sie ihn nicht gehört? Hastig rieb sie sich über das Gesicht. Sie musste furchtbar verquollen aussehen!

»Wie lange bist du schon da? Warum hast du dich nicht bemerkbar gemacht?«, fragte sie.

Ein warmes Lächeln hob seine Mundwinkel. »Ich wollte dir alle Zeit geben, die du brauchst. Wer weinend an einen Ort flieht, an dem er sich geborgen fühlt, will nicht gestört werden, dachte ich mir.«

Und dennoch hatte er sie gefunden. Dennoch war er da und wachte über sie. Idas Herz barst beinahe vor Glück. »Ich bin so froh, dass du da bist«, sagte sie leise.

Esko verließ seinen Platz, kniete sich neben sie und schloss sie in die Arme. Ida hielt sich an ihm fest, legte ihr Ohr an seine Brust und lauschte seinem Herzschlag. Er war für sie da. Sein Versprechen war nicht nur dahingesagt gewesen.

»Willst du mir erzählen, was passiert ist?«

Ida schmiegte sich an ihn. Niemand war in den letzten Stunden auf dem Fluss vorbeigekommen, und es würde hoffentlich auch so ruhig bleiben. Sie küsste ihn, erst ein wenig scheu, aber dann immer hitziger, und erst, als sie einen Augenblick zu Atem kommen mussten, begann sie zu sprechen. Esko lauschte ihr aufmerksam.

»Wir können Vater dazu befragen«, sagte er schließlich. »Sicher hat er damals von dem Überfall auf Bardowick gehört und weiß womöglich, wohin die Überlebenden geflohen sind.«

»Wenn meine Familie denn überhaupt noch lebt, und daran zweifle ich. Was für einen Grund könnte es sonst gegeben haben, dass ich allein war? Wer würde denn ein Kind zurücklassen?«

»Wir wissen nicht, was die Götter damit im Sinn hatten. Auf jeden Fall schickten sie dir Neslin, die gut für dich sorgte. Sonst wärst du heute nicht hier.«

Ida setzte sich neben ihm auf. »Die Götter … glaubst du wirklich daran?«

Esko legte seine Hand auf ihren Rücken, kräftig und warm war sie. »So wie ich an den Himmel glaube und an diesen Fluss. An diesen Baum, diesen Vogel und an dich.«

»An mich«, wiederholte sie leise.

»Du lebst, und andere sind tot. Du siehst den Fluss als lebendiges Wesen, und er dankt dir, indem er dir seine Perlen schenkt. Du bist etwas Besonderes.«

Über die Schulter sah sie ihn an, als wäre sie nicht sicher, ob er es ernst meinte. Doch sein Blick war aufrichtig, und auch in seinen tiefblauen Augen war kein Hauch von Spott zu finden. Auf einmal überrollte die Liebe zu ihm sie wie eine Welle. Sie drehte sich um und schob sich auf ihn. Er schaute sie überrascht an, aber da öffnete sie schon die Bänder ihres Kleides und ließ es über ihre Schultern gleiten. Nun berührte er sie, geschmeidig und zupackend zugleich, was ihre Lust nur noch mehr aufwallen ließ. Allerdings ließen sie es dieses Mal nicht zum Äußersten kommen, so schwer es ihnen auch fiel. Ein Kind zu empfangen wäre in ihrer Situation nicht nur leichtsinnig, sondern lebensgefährlich.

Um sich abzukühlen, sprangen sie in den Fluss, lenkten sich ab, indem sie schwammen und tauchten, Aale aufschreckten und Frösche anlockten. Ida suchte nach Flussperlmuscheln, fand aber an dieser Stelle keine. Schließlich gingen sie wieder an Land und kleideten sich an; die anderen würden sie schon vermissen.

»Ich weiß nicht, was aus mir werden soll, wenn Neslin stirbt«, sagte Ida unvermittelt. »Ich besitze nichts, habe niemanden. Und du«, sie stockte, »wirst dich zum Wohl deiner Familie für eine andere entscheiden müssen.«

Esko lachte auf. »Hast du sonst nichts, worüber du dich sorgen kannst, als meine Heiratspläne?« Fürsorglich zupfte er ihr Kleid zurecht. »Weißt du es denn nicht? Neslin hat gleich am ersten Tag mit Otmar abgemacht, dass er sich um dich kümmern wird, wenn sie stirbt. Ich hab dir doch gesagt: Für dich ist gesorgt.«

Ida war überrascht, aber auch erleichtert. Also hatten die beiden tatsächlich über sie gesprochen! Es wäre wirklich sehr großherzig von Otmar, sie aufzunehmen. Vor allem könnte sie dann in Eskos Nähe bleiben. »Aber Arndt und Anne … sie mögen mich nicht besonders.«

»Sie mögen nur sehr wenige Menschen wirklich, glaub es mir. Vor allem aber mögen sie Neslin nicht. Sie verkörpert alles, womit die beiden nichts zu tun haben möchten. Und Vater …« Eskos Wangenmuskeln spielten, als wollte er noch etwas sagen, aber er verkniff es sich.

»Ja?«, fragte sie nach, doch er schwieg. »Braucht er mehr Perlwasser? Soll ich noch mal perlenfischen gehen?«

Nachdenklich schüttelte Esko den Kopf. »Nicht jetzt.«

21

Obgleich Ida sie liebevoll pflegte, ging es Neslin immer schlechter, und schließlich starb sie an einem heißen Tag im Juli. Auf ihrem Totenbett vermachte sie Ida noch ihr Grundstück am Fluss, was Otmar mit seiner Unterschrift beglaubigte. Ida war untröstlich, aber Arndt und Anne schienen beinahe erleichtert über den Tod der alten Frau. An diesem Abend wuschen Ida, Rasmoda und Svea den Körper der Toten; dann hoben Otmar und Esko ihn auf einen Karren.

»Was habt ihr mit ihr vor?«, fragte Anne misstrauisch, die so eilig dabei war, das Haus auszuräuchern, als müsste sie böse Geister vertreiben.

»Sie soll so bestattet werden, wie es sich gehört«, sagte Otmar.

Arndt trat ihnen in den Weg. »Also bringt ihr sie auf den Friedhof.«

»Wie es sich gehört, sagte ich.«

Anne warf ihrem Mann einen alarmierten Blick zu. Ganz nah trat Arndt jetzt an seinen Vater heran. »Du bringst uns damit alle in Gefahr«, zischte er.

»Soweit ich weiß, ist Meister Kramm unterwegs. Alle anderen werden sehen, wie Neslins Überreste auf dem Karren weggebracht werden. Der Rest geht niemanden was an.«

»Neslin ist tot. Es kann ihr egal sein, was mit ihr passiert. Aber für uns ist es nicht egal!«, widersprach Arndt.

Otmars Blick barg eine tiefe Traurigkeit. »Sind dir die Bräuche unseres Volkes denn wirklich nichts mehr wert?« Vater und Sohn maßen sich mit den Blicken.

»Bring sie zum Friedhof«, sagte Arndt.

»Nein.«

Solch eine Spannung lag zwischen ihnen, dass Esko sich neben seinen Vater stellte.

»Dann sind wir geschiedene Leute.« Arndt zog Anne weg.

Rasmoda wollte ihn aufhalten, aber Otmar sagte nur: »Lass ihn. Er wird schon zur Besinnung kommen.«

Er gab dem Zugpferd einen Klaps, und es trottete langsam los. Viele Knechte und Mägde entzündeten Fackeln und folgten dem Trauerzug. Ida bekam in ihrem Kummer kaum mit, was um sie herum geschah. Tröstlich spürte sie Esko und Svea neben sich. Sie wusste nicht, was mit Neslin geschehen sollte, aber sie glaubte fest, dass Otmar das Richtige vorhatte.

Gleich nachdem der Weg den Waldrand erreicht hatte, bogen sie auf einen Trampelpfad ab. Der Pfad war schmal, oft passte der Wagen kaum zwischen den Baumstämmen hindurch. Auf einer Lichtung hielten sie an. War hier nicht das Feuer gewesen, über das sie gesprungen waren? Eine verkohlte, nur zaghaft bewachsene Stelle bewies es. Und da war auch die alte Eiche. Die ungewöhnlichen Steinbuckel in der Ebene hatte sie in der Nacht des Johannisfestes jedoch nicht bemerkt.

Alle begannen nun, Äste zu sammeln und aufzuschichten. Die Götterstatuen wurden aufgestellt. Als ein länglicher, halbhoher Stapel errichtet war, betteten sie Neslins Körper darauf. Rasmoda, die nun Neslins Lederband mit den Schläfenringen trug, vollzog einige Rituale, die Ida nicht verstand, die aber sehr würdig wirkten. Anschließend trat Ida noch einmal an den Leichnam heran und küsste die kalte Stirn. Dann legte sie die Perle, die Neslin eigens für diesen Zweck aufbewahrt hatte, auf den Punkt zwischen den Augenbrauen, wie sie es vor Jahren schon einmal getan hatte. Nur dass es diesmal ein Abschied für immer war. Auch die anderen nahmen von der weisen Frau Abschied. Schließlich entzündete Otmar den Holzstoß. Während die Flammen den Körper verschlangen, wurde ein leiser, wehmütiger Gesang angestimmt. Beißender Geruch stieg von dem Scheiterhaufen auf.

Plötzlich war Getöse vom Waldrand zu hören. Sogleich stellten Otmar und Esko sich vor die Trauernden und machten ihre Bogen schussbereit. Die Knechte bewaffneten sich mit Knüppeln und Ästen.

Meister Kramm brach mit gezücktem Schwert aus dem Buschwerk. Er hatte Beppo, der diese Seite der Lichtung bewacht hatte, offenbar niedergeschlagen, denn er zerrte den leblosen Körper des Knechts über die Wiese. Erst als er ihn fallen ließ, regte Beppo sich wieder. Ein Trupp schwer bewaffneter Reiter folgte ihnen auf dem Fuß. Sogleich kesselten die Ritter die Trauernden ein. Einer trug einen glänzenden Harnisch und Kettenhemd und humpelte, die anderen waren in Lederwämser gehüllt. Die eingeschlossenen Frauen und Kinder drängten sich angstvoll aneinander. Zuletzt traten Kramms Sohn und zwei Priester auf die Lichtung; der ältere Geistliche trug ein Kreuz.

Mit finsterem Lächeln sagte Kramm: »Jetzt haben wir den Beweis für euer Heidentum. Statt wie anständige Christen die Beerdigung auf dem Friedhof vorzunehmen, frönt ihr hier den heidnischen Bräuchen! Allerdings hat diese alte Hexe den Scheiterhaufen ja wohl verdient.« Kramm lachte böse. »Das war's. Eure Zeit hat ein Ende, Meister Otmar.«

Er trat eine Götterstatue um, sodass sie ins Feuer fiel.

»Hört auf – oder wir schießen!«, warnte Esko, aber der Verwalter machte weiter, bis alle Figuren in den Flammen lagen. Ida sah, dass Esko am liebsten seinen Bogen weggeschleudert und die Statuen gerettet hätte, aber er konnte es nicht riskieren, seine Waffe aufzugeben.

Da zerrte ein Knecht die brennenden Holzsäulen aus den Flammen. Auf einen Wink des Geharnischten saß ein Ritter ab und rammte den Knecht mitsamt einem Götterbild auf den Scheiterhaufen. Sogleich fingen Kittel und Haare des Mannes Feuer. Der Knecht stieß beinahe tierisches Brüllen aus. Die Gefangenen schrien entsetzt auf, und einige, Esko eingeschlossen, versuchten, ihn zu retten. Doch da machte ein Armbrustschuss dem Leiden des Knechts ein Ende. Entsetzen machte sich breit. Esko und sein Vater stellten sich Rücken an Rücken und spannten die Bogen erneut.

»Lass uns kämpfen, Vater, und uns rächen. Damit lassen wir sie nicht durchkommen«, sagte Esko. Schon streifte ihn ein Pfeil, der ebenfalls aus dem Hinterhalt abgeschossen worden war. Eskos Zugarm färbte sich rot.

»Der nächste trifft richtig, da könnt ihr sicher sein«, sagte der Geharnischte.

Otmar senkte seinen Bogen ein wenig. »Niemandem nützt es, wenn dieser Kampf unser Leben kostet«, sagte er rau. »Was verlangt Ihr, Kramm?«

»Ich könnte Euch auf einem Scheiterhaufen verbrennen lassen – und wäre damit ganz und gar im Recht. Ein Teufelsanbeter weniger.« Kramm sah in die Runde. »Aber ich bin kein Unmensch. Also: Ich will, dass Ihr Eurem Irrglauben abschwört und Euch zur Bekräftigung Eures Bekenntnisses erneut taufen lasst …«

»Auf keinen Fall!«

»Danach werdet Ihr diesen Ort verlassen.«

»Niemals! Ich werde mich nicht Eurer Tyrannei beugen!«

Kramms Schwert trennte Otmars Unterarm mit einem glatten Schnitt ab. Der Schlag war so heftig, dass er auch in dessen Leib gedrungen wäre, wenn Esko seinen Vater nicht zurückgezerrt hätte. Den Mund fassungslos geöffnet, ging Otmar in die Knie. Ein Krächzen entrang sich seiner Kehle. Rasmoda und Ida stürzten zu Otmar, um die Wunde abzubinden, aus der das Blut spritzte. Meister Kramm erhob das Schwert auch gegen sie, doch die Frauen ließen sich nicht aufhalten.

»Halt! Das hatten wir nicht abgemacht!«

Der Ruf aus den hinteren Reihen ließ Kramm innehalten. Arndt drängte sich zwischen den Rittern hindurch.

»Wie kannst du …«, brauste Esko bei Anblick seines Bruders auf, doch dieser ließ ihn nicht ausreden.

»Ich hatte euch gewarnt, aber ihr wolltet ja nicht hören«, unterbrach Arndt ihn kalt. »Jetzt müsst ihr mit den Folgen leben.«

»Du …« Esko wollte sich auf ihn stürzen, bekam jedoch von einem Ritter einen Schlag in die Kniekehlen und sackte auf die Erde. Ein Schwert wurde ihm an den Hals gelegt und ritzte seine Haut. Eskos Bogen landete im Feuer. Ida stockte der Atem, aber sie wusste vor Angst nicht, wie sie ihm helfen sollte – die Übermacht war einfach zu groß. Am wichtigsten war jetzt ohnehin, Otmar vor dem Verbluten zu retten. Obgleich sie den Stumpf mit einem Fetzen von Rasmodas Kleid abgebunden hatten, wurde die Blutlache neben ihm immer größer, und er atmete schwer.

Als er sah, dass ihm keine Gegenwehr mehr entgegenschlug, ließ Kramm sein Schwert sinken. »Ihr glaubt ja gar nicht, wie leid ich diesen Kampf bin. Dieses Versteckspiel in den Wäldern. Eure heuchlerischen Mienen, die die heilige Messe verhöhnen. Verschwindet einfach, dann wird in meinem Dorf endlich Ruhe einkehren«, sagte Kramm.

»Ich werde … diesen Ort nicht verlassen. Ich war vor Euch hier. Ich habe hier … mein Gehöft«, keuchte Otmar.

»Als Gottloser besitzt Ihr gar nichts, das sollte Euch klar sein. Mit Schimpf und Schande werdet Ihr dieses Dorf verlassen. Arm wie der schäbigste Bettler werdet Ihr sein.«

»Aber mein … Hof …«, versuchte Otmar, noch einmal zu protestieren.

Nun schaltete Arndt sich ein: »Ich werde den Hof übernehmen.« Er wandte sich den Mägden und Knechten zu: »Jeder, der den heidnischen Göttern abschwört und sich zu unserem christlichen Gott bekennt, wird bei gewohntem Lohn von mir aufgenommen. Ihr braucht keine Schikanen fürchten.«

Esko bäumte sich auf. »Darauf hast du es doch nur angelegt. Du falscher …« Sein Bewacher verstärkte den Druck der Klinge, ein rotes Rinnsal lief Eskos Hals hinab.

Idas Herzrasen nahm noch zu. Was konnte sie nur tun?

»Sieh doch zu, wie ich abgeschlachtet werde, Bruder!«, rief Esko grimmig.

Ida wollte ihn besänftigen, aber ein Schwertträger stieß sie von Esko weg.

Mit Äxten bewehrte Männer traten an die alte Eiche und begannen von zwei Seiten auf den Stamm einzuhämmern.

Rasmoda warf sich vor den Baum und versuchte, die Männer aufzuhalten. Kramms Sohn riss ihr das Band mit den kostbaren Schläfenringen ab und gab ihr eine Ohrfeige. Als wäre dies das Signal zum Widerstand gewesen, brach plötzlich Chaos aus. Frauen und noch kampffähige Knechte holten zur Gegenwehr aus, sogar die Kinder klammerten sich an die Beine der Angreifer, um sie zu Fall zu bringen. Doch die Ritter kannten keine Gnade und schlugen wahllos um sich. Auch Esko versuchte, seinen Bewacher zu überwältigen. Konrad packte Svea, Henniko wollte sie retten, aber ein Faustschlag streckte ihn nieder. Einer der Krieger zerrte an Kethes Kleid. Nun rappelte sich auch Beppo wieder auf. Er riss den Krieger von Kethe weg, doch dieser fuhr herum und trieb Beppo die Klinge in die Brust. Tödlich verwundet brach der Knecht zusammen. Ida stand wie gelähmt vor Schreck. Ein Aufschrei ging durch die Gruppe der Gefangenen. Jetzt eskalierte die Gewalt erst recht.

Als Otmar dies sah, sammelte er noch einmal seine Kräfte. »Hört … auf! Tut meiner Familie … und meinen Leuten nichts! Ich … füge mich … ja!«, schrie er gegen das Kampfgetöse an.

»Gib ihnen nicht nach!«, protestierte Esko. Endlich war es ihm gelungen, seinen Bewacher zu überwältigen. Doch jetzt stürzten sich gleich drei auf ihn.

»Ich muss … mein Sohn«, antwortete Otmar ihm, aber sein erschütterter Blick ruhte bei diesen Worten auf Arndt.

Meister Kramm gebot seinen Männern Einhalt, und tatsächlich verebbten die Kämpfe. Überall lagen Tote und Verletzte. Ida wollte nach den Wunden der Frauen und Kinder sehen, doch die Ritter ließen es nicht zu. Nur das Hämmern der Äxte an der Eiche war noch zu hören. Der Verwalter schob den Priester vor. Mit grimmigem Gesicht und gerecktem Kreuz, als hätte er es mit dem Teufel persönlich zu tun, trat er auf Otmar zu.

»Jeder hat den Beweis für euren teuflischen Glauben gesehen! Es sind heidnische Götter, die ihr anbetet, und nicht Christus, unsern Herr und Erlöser!«, verkündete der Geistliche. »Schwörst du deinem Irrglauben ab?«

Otmar sagte etwas, was Ida nicht verstehen konnte.

»Lauter!«

»Ich … schwöre … ab«, drang es aus Otmars Mund.

Der Priester presste ihm das Kreuz auf die Stirn. »Glaubst du an Gott, den allmächtigen Vater?«

»Ja.«

Ein weiterer Schlag. »Wiederhole es!« Otmar gehorchte. »Glaubst du an Christus, Gottes Sohn?«

»Ich glaube an … Christus, Gottes Sohn.«

»Glaubst du an den Heiligen Geist?«

Otmar gingen sichtlich die Kräfte aus. »Ich … glaube an … den … Heiligen Geist.«

Mit gellender Stimme hielt der Priester einen langen Sermon auf Latein, besprengte Otmar mit Weihwasser und ging dann weiter zu Esko. Das Ritual wiederholte sich, doch der junge Mann schwieg beharrlich. Da holte der Priester mit dem Kreuz aus und schlug damit auf den Gefangenen ein. Esko versuchte, sich zu wehren, wurde aber festgehalten.

»Oh, ihr verstockten Herzen! Beten sollst du, beten, zu dem einzig wahren Gott!«, geiferte der Priester. Esko sackte unter seinen Schlägen immer weiter zusammen, aber niemand war mehr in der Lage, ihm zu helfen.

Jetzt zerrte der Priester ihn wieder hoch. Kaum konnte Esko sich noch aufrecht halten. »Schwörst du deinem Irrglauben ab?«

Ida und die anderen Frauen flehten Esko an nachzugeben. Schon zog einer seiner Peiniger einen Dolch und bohrte ihn erneut in Eskos Haut.

»Ich schwöre ab«, stieß Esko mit zusammengebissenen Zähnen hervor.

Alle, die an Neslins Grablege teilgenommen hatten, mussten sich diesem Ritus unterziehen. Gerade als Ida an die Reihe kam, fiel die alte Eiche mit einem tiefen Ächzen um. Der Himmel, den eben noch ihre Krone gestreichelt hatte, wirkte jetzt kahl. Inzwischen war der Scheiterhaufen zu einem glutroten Buckel zusammengesackt. Neslin und der Knecht waren in Rauch und Asche aufgegangen.

»Und jetzt packt eure Sachen und verschwindet!«, forderte Kramm.

»Lasst Gnade walten! Die Verletzten können in diesem Zustand nicht laufen«, flehte Rasmoda, doch die Ritter trieben sie an. Rasmoda half Otmar auf, dessen verwundeten Arm sie fest an den Leib gebunden hatten. Der Blutverlust war groß gewesen, und bei dieser Anstrengung würde die Wunde weiterbluten, das war auch Ida klar. »Arndt, dein Vater ist schwer verletzt. Er könnte sterben, wenn ihr ihn jetzt wegtreibt – das kannst du nicht zulassen!«, rief Rasmoda noch einmal.

»Das hätte er sich früher überlegen sollen«, sagte Arndt und schwang sich auf sein Pferd.

»Bitte! Wir müssen die Asche einsammeln und begraben!« Doch auch diese Bitte Rasmodas wurde ignoriert. Stattdessen wurde die Glut auseinandergetrampelt. Nicht einmal Beppo und die anderen Toten durften sie begraben!

Viele weinten, als sie von der Lichtung verjagt wurden. Auch Ida liefen die Tränen über das Gesicht. Ihr einziger Trost war, Esko neben sich zu spüren, den sie jedoch stützen musste. Rasmoda hatte Otmar untergefasst, aber ihre Schritte waren schwer, sodass die Ritter sie immer wieder den Speer spüren ließen, damit sie schneller ging.

Auf dem Dorfplatz wurden noch einmal Otmars Verfehlungen und seine Verbannung verkündet. Danach verabschiedeten sich fast alle Mägde und Knechte unter Tränen von Otmar und Rasmoda. Sie unterwarfen sich lieber Meister Kramm, als ihr Leben zu riskieren; Ida konnte es ihnen kaum verdenken.

Kethe hingegen, deren Haare wirr ins vom Weinen aufgequollene Gesicht hingen, schloss sich ihrer alten Herrschaft an. »Wie könnte ich Meister Otmar und seine Familie im Stich lassen? Schon meine Mutter hat für ihn und Frau Rasmoda gearbeitet«, sagte sie tapfer.

Sie wurden am Gutshaus vorbeigetrieben. Fenster und Türen waren geschlossen. Otmar hielt vor seinem Zuhause noch einmal an. Seine Knie waren eingeknickt, Rasmoda hielt ihn mühsam aufrecht. »Komm heraus … Arndt, und sieh … deinen Eltern in die Augen! Komm endlich zur Besinnung!«, stieß Otmar hervor.

Arndt und Anne ließen sich jedoch nicht blicken. Vielleicht war es auch besser so. Selbst Ida, die Gewalt verabscheute, spürte heiße Wut auf die beiden in sich brodeln. Wie konnten sie nur ihr eigen Fleisch und Blut verraten? Wie konnten sie nur das Leben ihrer Familie und ihres Gesindes aufs Spiel setzen? Wie konnten sie nur den Tod anderer hinnehmen?

In diesem Augenblick reckte Rasmoda die Faust. »Dafür werden die Götter euch strafen! Aber mir ist es einerlei, denn du bist nicht mehr mein Sohn, Arndt!«, schrie sie der verrammelten Häuserfront zu.

Ein harter Schlag von Meister Kramm streckte sie nieder. Esko konnte seinen Vater gerade noch halten. Er wollte seiner Mutter zu Hilfe kommen, aber Otmar beschwor ihn, nicht sein Leben zu riskieren. Sie halfen Rasmoda auf und wollten sie stützen, doch sie machte sich los und verließ wankend, aber erhobenen Hauptes den Hof. Otmar und Esko folgten ihr schleppend; sie mussten sich gegenseitig stützen.

Ida nahm Eskos jüngste Schwester, ein kleines Mädchen von vielleicht drei Jahren, auf den Arm. Die Kleine hatte eine Platzwunde auf der Stirn. Die anderen Kinder drängten sich verängstigt an die Erwachsenen.

Meister Kramm und die Bewaffneten jagten Otmar und seine Leute aus dem Dorf und immer weiter, bis sie die Grenzen ihres Landstrichs erreicht hatten.

Es war eine rastlose Nacht voller Kummer und Zorn. Kurz hielten sie, um die Wunden zu versorgen. Als Esko sich etwas erholt hatte, verkündete er, dass er zurückschleichen und Meister Kramm und Arndt aus dem Hinterhalt töten würde, damit sie ihren Besitz zurückerobern konnten, aber Rasmoda hielt ihn auf. Das verstand Ida: Rasmoda wollte nicht noch einen Sohn verlieren, außerdem war Esko verletzt, und sie brauchte ihn hier. Otmar war kaum noch ansprechbar. Sie müssten sich erst in Sicherheit bringen und dann, wenn sie wieder bei Kräften waren, ihre Rache planen, meinte Rasmoda. Jeden von ihnen hatten die Ereignisse schwer gezeichnet, und nur die pure Verzweiflung trieb sie weiter. Am Morgen allerdings konnten sie nicht mehr. Sie brachen in einer Lücke zwischen dichtem Buschwerk zusammen. Einzig Otmars Armstumpf wurde neu abgebunden. Er hatte ohnehin schon so viel Blut verloren.

Ihr Schlaf war kurz und unruhig. Schon seit den Morgenstunden brannte die Sonne vom Himmel. Sie sprachen nicht darüber, wie es weitergehen sollte. Es war, als ob allein das Aussprechen dieser Frage ihre Situation noch verschlimmern könnte. Ida machte sich mit Svea und Kethe auf, um nach Essbarem zu suchen. Dabei fand Ida auch blut- und schmerzstillende Kräuter und versorgte mit Rasmoda die Verletzten.

Otmar war körperlich schwach und seelisch wie betäubt. Der Schmerz in seinem Arm musste unerträglich sein, aber er ließ sich nichts anmerken. Noch schwerer wog wohl der Verrat. Auch Esko war durch die Schläge gezeichnet. Seine Halswunde lag frei; sie war glücklicherweise nicht tief, und er war überzeugt, dass sie an der Luft besser heilen würde. Er hatte morgens mit seinem Vater heftig diskutiert und war anschließend in die Wälder aufgebrochen. Jetzt war er dabei, sich einen einfachen Bogen zu bauen, während Henniko nach einem Bach suchte und die Frauen Eicheln, Beeren und Bucheckern auslasen, um daraus eine karge Mahlzeit zu bereiten.

»Wann gehen wir endlich los und erobern zurück, was uns gehört?«, fragte Esko mit mühsam beherrschten Zorn, als er seine neuen Pfeile anspitzte.

»Nicht jetzt … das habe ich dir doch schon vorhin gesagt«, antwortete Otmar, der an einem Baumstamm lehnte.

»Nur weil du es so oft wiederholst, wird es nicht richtiger! Du kannst doch nicht einfach alles aufgeben!«

»Ist dir Besitz mehr wert als unser Leben? Schau uns doch an – zehn Menschlein sind wir. Zwei der drei Kerle sind verletzt, der Rest sind Weibsvolk und Kinder. Alle anderen haben sich auf die Seite des Verräters geschlagen. Ach, verletzt – was sage ich? Ein Krüppel, das bin ich! Und wem habe ich das zu verdanken? Meinem eigenen Fleisch und Blut!« Wütend hieb Otmar mit der gesunden Hand auf den Boden und bemerkte nicht, wie sehr sein Ausbruch die kleinen Kinder verängstigte. Rasmoda rief die Kleinen zu sich. »Arndt hat mächtige Verbündete. Wenn wir zurückkehren und Arndt angreifen, metzeln sie uns nieder, ohne mit der Wimper zu zucken.«

»Wir haben alles verloren! Das kannst du doch nicht so einfach hinnehmen!«

»Der Hof bleibt in der Familie – und irgendwann hole ich ihn mir zurück. Immerhin leben wir noch. Dafür sollten wir den Göttern danken«, sagte Otmar. »Mögen die Götter den Seelen unserer getöteten Freunde gnädig sein.« Die Trauer ließ Otmar wieder heftig werden, und er presste seine Faust in die Augenhöhle; Ida sah, dass sich Tränen in seinen Falten sammelten.

Unwillkürlich berührte Ida ihre Stirn dort, wo der Priester das Kreuz hineingebohrt hatte. Wenigstens hat Neslin diese Erniedrigung nicht mehr erleben müssen, dachte sie kummervoll.

»Habt ihr keine Angst, dass der gestrige Schwur und die Taufe bei euren Göttern … Zorn auslösen könnte?«, fragte sie Rasmoda leise, die ihre Kinder auf dem Schoß und in den Armen hielt.

»Schert sich der Bär um die Menschen, die ihn fangen und zum Tanzen bringen wollen? Nein. Er reißt sich los und spaltet ihnen mit einem Prankenhieb den Schädel«, sagte Rasmoda. Ihr kämpferischer Ton jagte Ida einen Schauder über den Rücken. Das Bild, das sie bot, war das einer Mutter, aber sie sprach wie eine Kriegerin.

»Ihr hofft also darauf, dass eure Glaubensbrüder sich gegen die Christen erheben?«

Otmars Frau wog ihr Haupt. »Es gibt Orte, an denen wir in Frieden leben können. Wir haben viele Glaubensbrüder und -schwestern, vor allem im Osten, wo auch Hennikos Familie lebt. Sie werden uns aufnehmen. Gemeinsam werden wir unsere Botschaft weiterverbreiten, wenn nötig mit Gewalt. Der Tag wird kommen, an dem wir uns nicht mehr verstecken müssen.«

»Wollt ihr jetzt dorthin?«

»Der Weg ist zu weit. Otmar kennt einen Großbauern im Lüneburgischen, der uns fürs Erste helfen könnte.«

In diesem Augenblick kam Henniko zurück. Svea nahm ihn lächelnd in Empfang. »Ich habe einen Bach gefunden, ganz in der Nähe!«, sagte er. »Verdursten müssen wir auf jeden Fall nicht. Die Frage ist nur, wie wir das Wasser hierherbekommen.«

Kethe schluchzte auf. »Was soll denn nun aus uns werden? Nichts haben wir – nicht mal einen Ledereimer oder einen Grapen. Und dann …«, sie stockte, weil die Tränen sie übermannten. »Beppo hat mich oft geneckt … und ich habe mit ihm geschimpft. Aber eigentlich war er ein guter Kerl.«

Ida legte den Arm um die Schulter der Magd. »Das war er bestimmt«, sagte sie. »Er war auf jeden Fall sehr mutig.«

Sie sahen zu, wie Esko und Henniko sich daranmachten, von jungen Bäumen die Rinde abzutrennen, die Borken übereinanderzulegen und zu falten. Ida und Svea entfachten mit Reisig, Moos und Baumpilz ein Feuer.

Als die ersten Flammen aufflackerten, ließ Ida den Blick über ihre kleine Gemeinschaft wandern. Esko trug seine Wunden wie eine Auszeichnung. Rasmoda sang ihren Kindern leise vor. Otmar war weggedämmert. Und Kethe war ganz in Trauer versunken. Das waren also die Menschen, an die sie von nun an gebunden war. Ihre neue Familie. Aber war sie auch an den Kampf gebunden, den diese Leute führten? Bislang hatte sie doch nichts von den slawischen Göttern gewusst. War es nicht viel eher ihre Aufgabe herauszufinden, wer sie war und ob ihre Familie noch lebte? Otmar hatte auch nicht mehr über den Überfall auf Bardowick gewusst, als dass viele Bewohner gestorben waren und der Rest geflohen war. Aber von welchem Stand war sie überhaupt? Waren ihre Eltern Bauern, waren sie Freie oder Hörige? Wenn sie in der Stadt gelebt hatten, war ihr Vater vielleicht Bürger gewesen – aber genau wusste Ida es nicht. Eine Magd war sie nicht – oder doch? Sie wünschte wirklich, ihre Erinnerungen würden zurückkommen!

Die jungen Männer hatten aus der Rinde mehrere Behältnisse gemacht. Bevor sie losgingen, um Wasser zu holen, suchte Ida noch einmal Eskos Blick. Grimm überdeckte die Wärme, mit der er sie sonst immer angeschaut hatte. Sie konnte seinen Zorn nachvollziehen und doch nicht lindern.

Viele Tage mussten sie rasten, bevor sie weiter durch die Lande irren konnten. Obgleich etliche Wälder gerodet und Siedlungen neu angelegt worden waren, dauerte es lange, bis sie den Hof gefunden hatten. Otmars Bericht verängstigte die Slawen, die ebenfalls im Geheimen ihren Göttern huldigten, derart, dass Eskos Hoffnung auf schnelle Rache weiter gedämpft wurde. Von diesen Bauern würde niemand kämpfen. Immerhin verheilten die Wunden der Geflüchteten langsam, und Otmar lernte, ohne seine rechte Hand klarzukommen.

Zur Erntezeit kamen sie in Lohn und Brot. Schnell stellte sich heraus, wie nützlich Otmars vielfältige Fähigkeiten und sein umfassendes Wissen waren. Verbissen machten sie sich daran, ein neues Leben aufzubauen. Es war eine entbehrungsreiche Zeit.

Auf diesem Hof lebten die Männer und Frauen in unterschiedlichen Gebäuden. Ida sah Esko fast nur bei den Mahlzeiten. Er übernachtete im Gesindehaus, und wenn er nicht arbeitete, übte er sich im Bogenschießen oder im Ringen. Ida sorgte sich um ihren Geliebten. Die Wut auf den Verrat seines Bruders und den Sieg von Meister Kramm trieb Esko derart um, dass selbst Ida kaum an ihn herankam. Ihr selbst machte vor allem die Enge des Hofs zu schaffen, die sie oft kaum ertrug.

Im Winter verkündete ihnen Svea, dass sie guter Hoffnung war. In einer kleinen Zeremonie, die ein slawischer Priester abhielt, wurden Henniko und sie einander anvertraut. Sveas Bauch wölbte sich sichtlich unter ihrem Kleid, und die Aussicht auf ein Enkelkind dämpfte auch Rasmodas Verbitterung etwas. Ida freute sich für die Freundin. Sie dachte aber auch immer öfter an die letzten Gespräche, die sie mit Neslin geführt hatte, und an ihre eigene Familie. Sehnsüchtig erinnerte sie sich in den grauen, kalten Winterstunden auch an ihre Momente der Zweisamkeit mit Esko. Wie sehr sie seine Nähe vermisste! Auf dem fremden Hof war es nicht leicht, zusammen zu sein. Nur ein paar geflüsterte Zärtlichkeiten hier, einige wenige verstohlene Küsse da, von denen sie tagelang zehren musste.

22

Lübeck, März 1200

Ein dumpfer Schlag, ein zähes Schleifen. Stockfinster war es. Bendix zog sich das Lammfell über den Kopf. Nicht schon wieder! So schön hatte er geschlafen. Wo war sein Vater nur? Noch einmal lauschte er. Die Geräusche hallten weiter durchs nächtlich stille Haus. Der junge Mann reckte sich schlaftrunken, dann schlich er in die Diele. Da stand sie. Die schmale Gestalt im weißen Hemd wirkte im Kerzenlicht wie ein Geist. Kein Wunder, dass seine Mutter so verhärmt aussah, wenn sie nachts mit dem Glättestein das Leinen bügelte, statt zu schlafen! Er ging zu ihr und nahm ihr behutsam den schweren Stein aus den Händen.

»Geh wieder ins Bett, Mutter«, sagte er sanft.

Magda wirkte benommen. Ihre grauen Haare und die hängenden Mundwinkel gaben ihr etwas Greisenhaftes. Schon oft hatte Bendix ihr geraten, die Haare mit einem Sud aus Walnüssen zu waschen, etwas rotes Pulver auf die Wangen zu geben und mit Kohle Augenbrauen und Lider nachzuzeichnen, aber seine Mutter hatte von derartigen Eitelkeiten nichts wissen wollen. Auch ihre Kleidung war nicht mehr so leuchtend, wie er es aus Kinderzeiten in Erinnerung hatte, sondern sie trug nur noch dunkle Töne, als hätte das Leben mit ihrem Schicksalsschlag jegliche Fröhlichkeit verloren. Er sollte Mitleid mit seiner Mutter haben, aber oft dachte er, dass die verhängnisvollen Ereignisse in Bardowick schon so viele Jahre her waren und seine Mutter endlich darüber hinwegkommen könnte.

»Ich konnte nicht mehr schlafen«, wisperte Magda auf die bemühte, schleppende Weise, die ihr seit dem Überfall zu eigen war. »Und ihr braucht die guten Hemden doch in den nächsten Tagen.«

Bendix schob sie sanft vom Tisch weg. Er passte sich den Schritten seiner Mutter an, die leise schleifend das gelähmte Bein nachzog. »Das können doch die Mägde morgen machen.«

»Die machen das nicht ordentlich. Gerold und du, ihr müsst anständig aussehen.« Sie hatten einen dunklen Gang passiert und kamen vor der Schlafkammer der Eltern zum Stehen. Magda legte die Hand auf Bendix' Wange; knochig und kühl war sie. »Du musst gut auf deinen Vater aufpassen, versprich mir das«, sagte sie.

Bendix kämpfte seinen Unmut nieder. Nicht das auch noch! Seine Füße waren eiskalt, er wollte wieder ins Bett. »Du bist doch da, um auf Vater aufzupassen. Und du kümmerst dich wunderbar um ihn«, versicherte er seiner Mutter.

»Wenn ich eines Tages nicht mehr …«

»Eines Tages!«, rief Bendix eine Spur ungeduldig. »Wer weiß schon, was Gott noch mit uns vorhat! Vielleicht werde ich morgen auf dem Weg zur Goldschmiede von einem Frachtwagen überfahren.«

»Sag so etwas nicht!«

In diesem Augenblick drang leises Tapsen aus der Schlafkammer, und Gerold öffnete die Tür.

»Magda?« Seine Haare waren zerzaust, kaum bekam er die Augen auf vor Müdigkeit. Sein Leibhemd stand über der Brust offen und ließ einen Körper erkennen, der trotz seiner achtunddreißig Jahre nur wenig Fett angesetzt hatte. Bendix' Eltern wirkten, als lägen Jahrzehnte zwischen ihnen und nicht nur fünf Jahre. »Was machst du denn nur wieder?« Liebevoll legte Gerold den Arm um seine Frau und warf seinem Sohn einen entschuldigenden Blick zu.

Bendix huschte schnell wieder in sein Bett, das noch ein wenig warm war. Jemand, der ihre Familie nicht kannte, dachte vermutlich, sie wären abgesehen von den körperlichen Gebrechen seiner Mutter – aber welcher Ältere hatte die nicht? – von Gott gesegnet. Sein Vater war mit seiner Baukunst reich geworden, und auch Bendix dankte täglich für das Glück, das er gehabt hatte. Wenn sie Mutters Perlenkreuz nicht an Meister Faber verkauft hätten, dann hätte dieser nie sein Talent erkannt und gefördert. Aber Bendix hatte für seine Liebe zu den schönen Dingen auch kämpfen müssen. In der ersten Zeit in Lübeck, in der es ihnen schlecht ergangen war und an die Bendix sich noch mit Schaudern erinnerte, hatte er seinem Vater auf den verschiedenen Baustellen helfen müssen. Die Arbeit in der Winterkälte war anstrengend gewesen; dennoch hatte er abends noch an den Horn- oder Knochenstückchen geschnitzt. Immer wieder war er heimlich zu Meister Faber gelaufen und hatte ihm seine Schnitzereien gezeigt: kunstvolle Anhänger, Knöpfe, einen Fürspann oder Haarspangen. Zu seiner Überraschung hatte der Goldschmied diese angekauft, wodurch Bendix ihr Haushaltsgeld aufgebessert hatte. Als Bendix sich eines Tages beim Hausbau zwischen Balken die Hand gequetscht hatte, war Meister Faber zu Gerold gekommen und hatte ihm klargemacht, dass man einen Handlanger für wenige Pfennige beschäftigen konnte, dass so ein Gespür und so eine Fingerfertigkeit, wie Bendix sie besaß, aber nicht mit Geld zu bezahlen war. Meister Faber hatte angeboten, Bendix sogar ohne Lehrgeld als Lehrling zu nehmen, und Gerold hatte schließlich zugestimmt. Bis heute hoffte sein Vater allerdings, dass Bendix doch noch ins Baugeschäft einsteigen würde. Doch Bendix war sicher, dass er seine Bestimmung gefunden hatte.

Ihr Leben schien perfekt zu sein. Aber Magdas Zerrüttung, die sich nicht zuletzt in Schlaflosigkeit und Angstzuständen zeigte, erinnerte sie immer wieder daran, dass auch ihre Familie von Gott geprüft worden war – und zwar nicht zu knapp.

Die Sonne blinzelte gerade durch die Spalten der Fensterläden, als Bendix aus seiner Kammer kam. Es war ein unangenehmer Winter gewesen, und er konnte es kaum erwarten, dass endlich das Frühjahr anbrach. Seine Mutter gab den Mägden und Knechten leise, aber bestimmt Anweisungen. Das Gesinde gehorchte beflissen. Magda mochte zwar in ihren Möglichkeiten eingeschränkt sein, aber sie führte den Haushalt tadellos. Sie wies die Köchin an, ihm seine Morgensuppe zu bereiten, und zupfte an seinem neuen Wams aus blauem Samit. Ihr Mundwinkel hob sich zu einem halben Lächeln, doch Bendix sah an ihren Augen, dass es für ihre Verhältnisse ein ganzes Lächeln war.

»Die Farbe passt wirklich gut zu dem Goldton deines Haares«, sagte sie und ruckelte an seinen Rockschößen. »Allerdings sitzt das Wams in der Taille etwas eng.«

Bendix entzog sich ihr freundlich, aber bestimmt. Er war schon achtzehn, und seine Mutter sollte längst begriffen haben, dass er allein für seine Kleidung sorgte. »So muss das sein, Mutter. Ich hab dir doch erzählt, dass die Herren von Stand ihre Kleidung jetzt nah am Körper tragen. Manche Gewandung ist so eng, dass man hineingenäht werden muss«, sagte er und löffelte seine Suppe im Stehen.

»Du bist aber kein Herr von Stand.« Sie runzelte die Stirn. »Was ist das überhaupt für ein Benehmen? Willst du dich nicht beim Essen setzen?«

»Ich kann es kaum erwarten, in die Goldschmiede zu kommen. Wenn alles gut geht, kann ich morgen mein Meisterstück präsentieren.«

Magda spielte mit dem Perlenkreuz an ihrer Kette. Sobald sein Vater genügend Geld zusammengespart hatte, hatte Bendix es gefertigt. Es war das erste echte Schmuckstück gewesen, das er hergestellt hatte. »Ich kann es kaum erwarten, dass du es mir zeigst. Ist es eine Kette? Ein Armband oder vielleicht ein Fürspann?«, spekulierte sie.

Er kratzte lächelnd die Schale aus. »Du wirst schon sehen, nur ein wenig Geduld noch. Ist Vater schon fort?«

»Ja, er wollte zur Baustelle am Hafen. Ich soll dir bestellen, dass er dich kurz sprechen möchte.«

»Ich soll zu ihm an den Hafen kommen?« Das passte Bendix gar nicht. Er wollte die Schale auf den Tisch stellen, aber seine Mutter nahm sie ihm ab; sie mochte nicht, wenn etwas herumstand. »Dann also auf zur Morgenmesse!«, sagte er.

Magda wich seinem Blick aus. »Mir ist es heute zu klamm für den Kirchgang.«

»Ist dir nicht wohl? Dann solltest du dich schonen. Willst du dich hinlegen?«

»Nein, so schlimm ist es auch nicht.«

»Wir könnten uns ausnahmsweise mit dem Wagen fahren lassen.«

»So viel, wie heute wieder auf den Straßen los ist?«

Er hatte es nicht anders erwartet. Seine Mutter wollte gar nicht hinaus. Er hatte heute nichts dagegen. Allein wäre er schneller mit dem Kirchgang und dem unerwarteten Umweg über den Hafen fertig. »Also gut«, sagte er und drückte ihr einen Kuss auf die Wange. »Wir sehen uns heute Abend.«

Bendix eilte los. Im Gegensatz zu seiner Mutter, die die Geborgenheit ihres Ständerbaus schätzte und das Haus kaum verließ, liebte er den Trubel der Stadt. Und er war sofort mittendrin. Als sein Vater zu Geld gekommen war, hatte er nach Mutters Wünschen dieses bequeme Haus in Sichtweite der Marienkirche errichten lassen. Es besaß Kachelöfen und sogar einen eigenen Brunnen, worum sie viele Bürger beneideten. Die Ausstattung war mit flämischen Tapisserien, geräumigen Stollentruhen und Silbergeschirr ohnehin exquisit. Er erwiderte die Grüße der Nachbarn, half einer Dame über einen von Pferdeäpfeln und sonstigem Unrat überquellenden Straßengraben und fasste mit an, als der alte Herr von gegenüber sich mühte, das Pferd anzuschirren.

Auf dem Marktplatz nahm das Getümmel zu. Wappengeschmückte Ritter preschten an Frachtkarren vorbei, Bettler hielten vor ihm die Hand auf, und Bürgerinnen balancierten auf ihren Trippen über den Straßenkot. Kurz blieb er stehen, um dem Greis zuzuhören, der auf dem Marktplatz einer Menge predigte. Die Zuhörer jubelten, als er sie lauthals dazu aufrief, in Livland die Heiden zu bekämpfen, um so ihr Seelenheil zu retten.

Lübeck war überfüllt. Vor allem Adelige und Söldner drängte es in die Stadt, was den Geschäften guttat. Diesen Andrang hatten sie dem Papst zu verdanken, der dem Heidenkreuzzug im Osten die gleiche reinigende Wirkung wie einem Kreuzzug ins Heilige Land zugesprochen hatte. Auch das anstehende Turnier und die andauernden Kämpfe im Norden des Landes hatten Ritter in die Stadt getrieben. Graf Adolf III., Edler Herr von Schauenburg und Graf von Holstein und Stormarn, würde sich auch dieses Jahr des dänischen Königs erwehren müssen.

»Guten Morgen, Herr Bendix. Seid Ihr denn heute gar nicht in der Goldschmiede?«, sprach ihn vor der Kirche eine Dame an, deren halbwüchsige Töchter sich halb hinter ihr versteckten und ihn zugleich neugierig beäugten.

»Gott zum Gruße, die Damen. Ein wunderschöner Tag heute, nicht wahr? Man kann den Frühling schon riechen! Doch, ich bin auf dem Weg. Ich will Euch doch nachher die neuen Perlenohrringe anpassen. Sie werden den zarten Schwung Eures Halses ausgezeichnet unterstreichen, das ist gewiss.«

Die Mädchen wisperten, aber auch die Dame freute sich sichtlich über das Kompliment. »Die Ohrringe sind also fertig!«

»Pünktlich zu Beginn des Turniers, wie es mein Meister versprochen hat. Aber jetzt entschuldigt mich bitte.«

Er neigte lächelnd den Kopf und strebte den Kirchenpforten zu. Wenn man nicht rechtzeitig in der Kirche war, bekam man keinen Platz mehr – oder man musste der Messe vom Eingang aus beiwohnen, wo man kein einziges Wort verstand.

Die Dame war eine der Stammkundinnen seines Meisters, doch Bendix wusste, dass sie vor allem seinetwegen in die Werkstatt kam. Überhaupt plauderten die Frauen gern mit ihm, und sie schätzten den Schmuck, den er gestaltete. Das Herrliche war: Die Ideen gingen ihm nie aus. So, wie er eine Dame oder einen Herrn ansah und sofort wusste, was gut zu ihnen passen würde, begutachtete er Edelsteine und wusste, wie er sie am gewinnbringendsten einsetzen konnte.

Bei der heiligen Messe in der überfüllten Marienkirche dankte er wie jeden Tag für das Glück, das er gehabt hatte. Danach eilte er zum Hafen hinunter. Schon von Weitem sah er die Baugrube am rechten Rand der Straße, klaffend und tief. Bauarbeiter stellten gerade die Tragebalken auf, andere schleppten Ziegel heran, und der Werkmeister zeigte ihnen, wo sie sie abladen sollten.

»Ah, der junge Herr Bendix«, begrüßte der Werkmeister ihn. »Fein, wie immer. Ganz so, als würdet Ihr zu einem Ball gehen. Ihr werdet Euch doch nicht der Dame Eitelkeit in die Arme werfen?«

»Guten Morgen, Meister Ulricus«, grüßte Bendix zurück. »Wie freundlich von Euch, mich an meine Sünden zu gemahnen. Aber Eitelkeit? Ich möchte nur nicht unnötig gegen die Schmuckstücke abfallen, mit denen ich zu tun habe.«

»Ihr könntet auch Altargegenstände gestalten. Die würden Eure Eitelkeit weniger herausfordern und Euch die Demut eines gottesfürchtigen Lebens lehren.«

»Eitelkeiten und Hochmut gibt es auch, wenn es um den Glauben geht«, sagte Bendix ein wenig zu forsch, aber der Werkmeister zwinkerte gutmütig. Er arbeitete schon viele Jahre bei seinem Vater; Gerold hatte ihn damals von der Dombaustelle abgeworben.

»Das ist wohl wahr.« Meister Ulricus wies auf die Grube. »Wenn Ihr Euren Vater sucht, der inspiziert gerade das Fundament.«

Bendix stieg die Leiter hinunter und entdeckte seinen Vater in einem Geviert aus Holzbalken und Ziegelmauern. Die Erde war aufgeweicht und matschig, teilweise stand das Wasser darin. Bendix warf einen Blick auf seine neuen Lederschuhe und die saubere Hose. Wenn er gewusst hätte, dass sein Vater ihn auf der Baustelle erwartete, hätte er sich schlichter gekleidet. Einige Bauarbeiter hatten sein Zögern bemerkt und warfen sich feixend Bemerkungen zu. Gerold wandte sich zu ihm um, als Bendix durch den Matsch stakste.

»Du wolltest mich sprechen, Vater?«, versuchte Bendix, den Besuch abzukürzen.

»Hier, fass mal eben mit an.« Sein Vater reichte ihm das Ende eines Abstandsmessers und wies ihn an, wo er ihn in der Erde befestigen sollte. Bendix tat wie geheißen, seufzte aber schwer. Großartig, jetzt hatte auch noch sein Wams etwas abbekommen.

»Hier ziehen wir eine zweite Mauer ein, die sollte das Grundwasser draußen halten«, rief sein Vater dem Werkmeister zu. Dann nestelte er eine Pergamentrolle aus seinem Wams. »Dieser Brief hat mich aus Dänemark erreicht. Du weißt ja, mein Latein ist nicht das Beste, und da es um eine größere Summe geht ...«

Sein Vater wirkte schroff, wie so oft, wenn er Bendix' Hilfe benötigte. Im Gegensatz zu Bendix, der einige Jahre von einem Lesemeister des Domkapitels unterrichtet worden war, verstand sein Vater die lateinische Sprache kaum.

Bendix wischte sich die Hände an den sauberen Stellen seines Wamses ab und rollte das Pergament auseinander. Er las den Brief genau, denn er wollte keine Fehler machen.

»Der dänische Kaufmann erklärt sich einverstanden, dir das gewünschte Holz zu liefern.« Er fasste die Angaben über Menge, Kaufsumme und die weiteren Bedingungen zusammen.

»Er will also, dass ich das alleinige Risiko trage, wenn das Holz nicht hier ankommt?«

»Das schreibt er in einem Halbsatz, ja.«

Sein Vater runzelte die Stirn. »Ich wusste doch, dass die Sache einen Pferdefuß hat! Aber ich brauche das Holz. Graf Adolf hat mal wieder die Preise erhöht und verweigert den Zugang zu den Gebieten, die den Lübeckern zur Nutzung zugesichert sind. Und auf anderen Strecken ist der Transport durch die vielen Fehden zu gefährlich.«

Bendix war inzwischen ungeduldig geworden. Der Matsch hatte längst das Leder seiner Schuhe durchweicht, und er überlegte, noch einmal nach Hause zu gehen, um sich umzuziehen. »Brauchst du mich noch?«

Sein Vater rollte das Pergament wieder auf. »Du weißt genau, dass ich deine Hilfe sehr gut gebrauchen könnte. Andere Söhne treten in die Fußstapfen ihrer …«

»Entschuldige, Vater, aber das meinte ich nicht.«

Gerold zeigte ein trauriges Lächeln. »Ja, ich weiß.«

»Ich kann das Pergament mit in die Schreibstube nehmen«, bot Bendix an.

»Du gehst noch mal nach Hause?«

Bendix blickte an sich herunter. »So werde ich mich in der Goldschmiede kaum sehen lassen.«

Sein Vater reichte ihm den Brief und wandte sich kopfschüttelnd ab. »Ich werde dir dann später die Antwort diktieren. In der Schreibstube machst du dich auch nicht schmutzig.«

Gerade noch rechtzeitig zu Arbeitsbeginn erreichte Bendix die Goldschmiede. Schon von Weitem sah er, wie Trudeke die Fensterläden öffnete. Ein zartes Rauchfähnchen verriet, dass Meinolf den Ofen schon angeheizt hatte. Er grüßte beide freundlich, und während der Geselle wie üblich nur etwas in seinen Bart murmelte, trällerte Trudeke ein Willkommen. Von seinem Meister war nichts zu sehen, was aber nicht ungewöhnlich war; Meister Faber war nicht mehr der Jüngste und auch nicht gesund.

Als Bendix sein neues Wams ausgezogen und die Lederschürze umgelegt hatte, öffnete er die verriegelte Stollentruhe und holte sein Meisterstück hervor. Er arbeitete an einem goldenen Fürspann in der Form eines Blattes, dessen Verschluss durch Fluss- und Bernsteinperlen wie eine Lilie aussah. Noch allerdings war der Fürspann nicht fertig. Bendix hatte mehrere Versuche gemacht, die Perlen unauffällig und zugleich haltbar zu befestigen, aber die geschwungene Form des Blattes widersetzte sich diesen Anforderungen. Heute Nacht allerdings war ihm eine Lösung eingefallen.

Ehe er anfangen konnte, trat Trudeke zu ihm. Die Tochter seines Meisters war zu einer jungen Frau Anfang zwanzig herangewachsen, die sich rührend um ihren kränklichen Vater und dessen Geschäft kümmerte. Verheiratet war sie noch nicht, was Bendix wunderte. Trudeke war eine so gute Partie, dass die Pockennarben auf ihren Wangen und ihre latente Schmuddeligkeit eigentlich nicht ins Gewicht fielen.

»Ich habe gestern Abend an dem Perlenschapel weitergestickt und bin beinahe fertig. Hoffentlich seid Ihr zufrieden mit mir, Meister Bendix«, sagte sie ein wenig zu unterwürfig.

»Ganz bestimmt, Jungfer Trudeke. Ihr seid eine ausgezeichnete Stickerin«, versicherte er ihr. Obgleich sie sich kannten, seit sie Kinder waren, wahrten sie doch stets die Form, und Bendix gefiel das ganz gut. Aufmerksam nahm er ihre Arbeit in Augenschein. Tatsächlich sah man ihr die Hast an, die Fäden waren ungenau gesteckt und teilweise zu locker gespannt. Andererseits nahten die herzoglichen Festivitäten, zu denen der Haarreif getragen werden sollte; es wurde Zeit, dass er fertig wurde. Es kam selten vor, dass in der Goldschmiede mit Stoff gearbeitet wurde, wenn aber Gewänder mit Edelsteinen, Flussperlen oder Glasperlen verziert werden sollten, überließen Bendix und sein Meister dies nur ungern den Tuchhändlern und Schneidern.

»Wirklich sehr schön, die Dame wird begeistert sein«, sagte er und sah, dass Trudeke sein Lob aufsaugte wie die Biene den

Honigtau; es war ihm beinahe schon unangenehm. Wie sollte er seine Kritik nur anbringen? Am besten gar nicht. Er würde die Fäden selbst noch einmal auftrennen und die Perlen neu annähen, deshalb lächelte er nur. »Euer Vater kann stolz auf Euch sein.«

Trudeke wurde ganz rot und neigte sich zu ihm; sie roch ein wenig sauer. »Es geht ihm leider nicht gut. Das Zittern, Ihr wisst schon«, sagte sie mit gesenkter Stimme. »Aber Vater wird sicher gleich herunterkommen«, setzte sie etwas lauter hinzu, denn Meinolf beobachtete sie argwöhnisch.

»Das sollte er auch besser, denn heute steht die Kontrolle an«, sagte der Geselle. Einmal wöchentlich kamen andere Meister und überprüften die Güte des Goldes und des Silbers. Da diese Kontrollen manchmal auch durch die Konkurrenz der Meister beeinträchtigt wurden, kam es dabei immer wieder zu Reibereien. Bendix hatte gehört, dass in anderen Städten Gilden oder Zünfte über das Gewerbe wachten; diese Unabhängigkeit wäre ihm auch für Lübeck erstrebenswert erschienen.

Trudeke ging hinauf in die Wohnung, um nach ihrem Vater zu sehen. Bendix sagte Meinolf, was für eine Art Feuer er für seinen Fürspann benötigte, aber der Geselle meinte nur: »Solltest lieber weitere Kreuze herstellen, statt in die eigene Tasche zu arbeiten.« Er wies auf eine Reihe einfacher Blechkreuze, die bei angehenden Kreuzzugsteilnehmern gerade großen Anklang fanden.

Bendix trat näher. »In die eigene Tasche? Wie meinst du das?«

»Na, dieser protzige Fürspann da. Und dann tust du der Meistertochter die ganze Zeit schön. Kann doch jeder sehen, dass der Schapel schlecht gestickt ist.«

»Ich tue ihr nicht schön, sondern ich bin höflich. Wenn ich dich erinnern darf: Meine Schmuckstücke sind es, die die Kunden vor allem anziehen.«

»So ein Teil wie den Fürspann verkauft man nur alle paar

Monate. Diese Kreuze alle naslang. Aber du hast es ja ohnehin nicht nötig. Warum kauft dir dein Vater nicht einfach eine Goldschmiede, anstatt zuzulassen, dass du uns auf die Nerven gehst?«

Bendix wandte sich ab, entschlossen, sich nicht provozieren zu lassen. »Dann kümmere du dich doch um diese Kreuze«, sagte er kühl. Zu mehr reichten Meinolfs Fantasie und Kunstfertigkeit ohnehin nicht. Von Anfang an war es Meinolf ein Dorn im Auge gewesen, dass der Meister Bendix aufgenommen hatte. Dass seine Familie inzwischen zu Reichtum gekommen war und Bendix Glück bei den Frauen hatte, machte Meinolfs Neid nur noch ärger.

Meinolf wollte etwas entgegnen, aber nun kamen die ersten Kunden herein, und Bendix musste die Arbeit an seinem Meisterstück ebenfalls zurückstellen.

Erst am Abend, als die Läden geschlossen waren und Meinolf längst Feierabend gemacht hatte, konnte er sich der Fertigstellung des Fürspanns widmen. In Ruhe feuerte er den Ofen noch einmal an, schmolz Gold und befestigte die Perlen mit beinahe unsichtbaren Tröpfchen. Trudeke sah ein paarmal nach ihm und fragte, ob sie ihm helfen oder ihm Gesellschaft leisten sollte, aber Bendix komplimentierte sie höflich hinaus. Er wollte mit der Schönheit dieser Arbeit allein sein.

Morgens lauschte er auf die Geräusche aus der Kammer seiner Eltern, und als diese bei der Morgensuppe saßen, breitete Bendix ein Tuch aus Samit auf einer Ecke des Tisches aus und bettete den Fürspann darauf. Wie stolz er war! Dieser Fürspann würde ihm einen neuen Abschnitt seines Lebens eröffnen, davon war er überzeugt. Seiner Mutter trieb das Schmuckstück ein Lächeln auf das Gesicht, wie man es bei ihr nur noch selten sah, und auch sein Vater ließ sich zu einigen lobenden Worten hinreißen.

»Du willst das Schmuckstück heute Abend bei der Sitzung

präsentieren, nehme ich an? Und ich hatte noch immer gehofft, ich könnte dich für mein Geschäft gewinnen. Ich brauche einen verlässlichen Partner, den ich nach Osten schicken kann, um Holz für unsere Bauvorhaben zu erstehen«, sagte Gerold.

»Aus mir wird kein Baumeister mehr, sosehr du dich auch bemühst, Vater.«

»Wie wäre es: nur diese eine Reise?«

»Ich versteh doch nichts von Holz.«

»Nachdem du Baumstämme für mich erstanden hast, könntest du …«

»Gerold!«, machte Magda seinem Satz ein vorzeitiges Ende. »Lass ihn. Ich bin froh, dass Bendix nicht reisen will. Zu gefährlich ist die Überfahrt. Wenn ich erst an die blutrünstigen Heiden denke …« Ihre Stimme war dünn geworden.

Gerold tätschelte beruhigend ihre Hand. »Schon gut, ich will ihn ja nicht vertreiben. Es ist nur so schwierig, zuverlässige Mitarbeiter zu finden. Und wer sollte zuverlässiger sein als mein eigener Sohn?«

»Ich habe meine eigenen Pläne, Vater. Ich …«

Doch Gerold erhob sich, als die Glocken der Marienkirche zum ersten Schlag ansetzten. »Wir sprechen später darüber«, beendete er das Gespräch. Bendix wusste, dass es keinen Sinn hatte, ihn jetzt um Gehör zu bitten.

Er machte einen Umweg zur Drechslerwerkstatt und lockte mit einem Pfiff Jan in den Hinterhof. Der Waisenjunge von früher war ein stämmiges Kraftpaket. Sägespäne hatten sich in seinem dunklen Schopf verfangen, der stets etwas zauselig wirkte.

Jan ahnte sogleich, was Bendix zu ihm trieb, und strahlte ihn an. »Ist es endlich so weit! Zeig her, das gute Stück!«

Bendix klaubte das Samitbündel aus seinem Wams und entfaltete den Stoff.

»Wunderschön!« Jan wies auf einen Stempel auf der Rückseite. »Ist das dein Zeichen?«

»Das Zeichen für die Reinheit des Goldes und eine angedeutete Perlmuschel – denn damit hat alles angefangen.« Jan gegenüber wagte Bendix seine Nervosität zu bekennen. »Leider gibt es in Lübeck schon etliche Goldschmiede.«

»Für Lübecks reiche Bürger kann es gar nicht genug Goldschmiede geben. Und dabei habe ich den Adel noch gar nicht mitgerechnet. Stell dir vor, eine der Edeldamen würde diesen Fürspann beim Ball des Grafen tragen – du könntest dich vor Aufträgen nicht mehr retten!«

»Dein Wort im Gottes Ohr!«, sagte Bendix lachend, dem die Vorstellung gefiel. »Heute Abend wissen wir mehr. Wie steht's – soll ich dich nach der Sitzung abholen? Dann gehen wir in eine Hafenschenke und trinken einen. Entweder um mich zu trösten oder um zu feiern.«

Aus der Drechslerwerkstatt erklang ein strenger Ruf. Jan verdrehte die Augen. »Auf jeden Fall. Heute Abend feiern wir dich, mein Freund!«

»Verdammt, Jan, wo treibst du dich schon wieder herum!«, klang es aus der Werkstatt.

Sein Freund zuckte mit den Schultern und eilte zurück. Es war eine Schande, fand Bendix: ein kräftiger, kundiger Kerl und doch seinem Meister auf Gedeih und Verderb ausgeliefert.

»Du hast was Besseres verdient«, rief er ihm nach. Jan lächelte nur schief.

In Bendix' Magen flog eine kleine harte Kugel hin und her, aber er gab sich Mühe, sich seine Nervosität nicht anmerken zu lassen. Unauffällig ließ er seinen Blick die Reihe angesehener Herrn entlangwandern, die im Gildehaus zusammengekommen waren und sich gerade wie die Fischweiber ankeiften. Bürgermeister Giselbert von Warendorf hatte vor wenigen Augenblicken zugegeben, dass es in den vergangenen Tagen zu mehreren Fällen von Unzucht und schweren Verletzungen gekommen war und dass der gräfliche Vogt keine Schritte eingeleitet hatte, um die Verantwortlichen dingfest zu machen.

»Diese Söldner, die darauf warten, dass sie im Osten die Heiden abschlachten können und sich die Zeit damit vertreiben, die Bewohner unserer Stadt an Leib und Leben zu gefährden, sind unerträglich. Und die Ritter, die auf das Turnier warten, machen alles noch gefährlicher«, beschwerte sich Elver von Bardewik, der alte Freund und Geschäftspartner seines Vaters, ein hinfälliger, aber streitbarer Kaufmann. Damit rief er zustimmende Rufen anderer Bürger hervor.

»Graf Adolf will eben die besten Ritter für seinen Kampf gewinnen. Und überhaupt: Ihr wollt doch wohl keine Kritik an der Entscheidung des Papstes üben, den Heidenkampf mit der Pilgerfahrt zum Heiligen Grab gleichzusetzen?«, fragte der zweite Bürgermeister Lutbert vom Huse.

»Natürlich nicht, denn wir werden alle gut an dieser Entscheidung verdienen. Es heißt ja auch, dass der Bischof bald eintreffen wird. Dann können die Kreuzritter endlich mit ihren zwanzig Schiffen aufbrechen. Ich verurteile lediglich, dass der Vogt seinen Pflichten nicht nachgeht. Wenn er an einem dieser Söldner mal ein Exempel statuieren und ihn aufknüpfen würde, dann würden andere es sich zweimal überlegen, ob sie unsere Jungfrauen schänden. Aber der Graf und sein Vogt haben ja nur ihr Vergnügen im Sinn.«

Sofort stimmten etliche Bürger ein, die über die Nachlässigkeit des Vogts und die Untaten der Ritter berichteten, und alles ging wieder durcheinander. Bendix hielt dieses Theater kaum aus. Es war beschämend, wie sich diese Vereinigung, die über Lübecks Zukunft entscheiden sollte, benahm. Zu viele sprachen mit, stifteten Unfrieden, und zu wenige Entscheidungen wurden getroffen. Darüber hatte sein Vater schon oft geklagt, und jetzt wusste Bendix, was er meinte.

Sein Blick hatte die hintere Reihe erreicht. Auf Witwe Petronillas ebenmäßigem Gesicht zeigte sich eine steile Falte; offenbar hielt auch sie wenig von dem Verhalten der Männer. Ihre Augen trafen sich, doch er ließ seinen Blick schnell weiterspringen. Die einzige Frau im Bunde war trotz ihres Alters – sie war älter als Magda und kinderlos – noch sehr schön. Umso ungewöhnlicher war es, dass sie seit dem Tod ihres Mannes dessen Geschäft weiterführte und sich hartnäckig weigerte, eine neue Ehe einzugehen.

Endlos zogen sich die Beratungen hin. Immer wieder ging es um das anstehende Turnier, neue Zölle und Steuern sowie die Sicherung der Handelswege. Auch die politische Lage machte den Herren Sorgen. Seit vor fast drei Jahren Kaiser Heinrich aus dem Geschlecht der Staufer überraschend aus dem Leben gerissen worden war, versank das Regnum Teutonicum im Chaos. Da der Thronfolger, Heinrichs Sohn Friedrich, erst zwei Jahre alt war, hatte sich ein erbitterter Thronstreit entwickelt. Ein Jahr später waren von den Fürsten sowohl der Staufer Philipp von Schwaben als auch der Welfe Otto von Poitou, ein Sohn Heinrichs des Löwen und Günstling des englischen Königshauses, zu Königen gewählt worden. Seitdem überzogen die Könige und ihre Anhänger im Ringen um die Vorherrschaft das Reich mit Krieg und Willkür. Im Norden kamen die ewigen Kämpfe zwischen Graf Adolf und dem dänischen König Knut hinzu.

Erst ganz zum Schluss war die Beschau des Werkstücks an der Reihe. Mit einem Zwicken in seinen Eingeweiden öffnete Bendix die kleine Schatulle und legte den Fürspann auf das Samittuch.

Nun beugten sich die Meister nacheinander über den Fürspann, beäugten ihn von allen Seiten und rieben und zupften so sehr daran, dass Bendix schon fürchtete, die Perlen würden abbrechen. Auch sein Vater schien sich beherrschen zu müssen, die Männer nicht zu mehr Vorsicht zu mahnen.

Dann berieten sich die gestandenen Herren mit Meister Faber. Nervös sah Bendix seinen Vater an. Gerold blinzelte ihm ermutigend zu. Die Herren nahmen wieder ihre Plätze ein. Das Meisterstück lag auf dem verrutschten Stoffkissen; Bendix hätte am liebsten nachgesehen, ob der Fürspann noch heil war. Sicher musste er von den Fettfingern gereinigt und poliert werden.

»Tretet vor, junger Meister Bendix«, sagte nun Giselbert von Warendorf. Bendix' Knie wurden weich, als er vor die Riege der wichtigsten Herren Lübecks trat, die seine Zukunft in ihren Händen hielten. »Die Stadt Lübeck kann sich glücklich schätzen, so kundige und kunstvolle Handwerker hervorzubringen. Wir sind einstimmig übereingekommen, Euch in die Riege unserer Goldschmiede aufzunehmen.«

Der junge Mann sprang hoch und schloss ungestüm seinen Vater in die Arme. Dann nahm er etwas verlegen seinen Platz wieder ein und räusperte sich. »Entschuldigt, Herr Bürgermeister«, murmelte er.

Giselbert von Warendorf lächelte nachsichtig. »Lasst uns in den nächsten Tagen wissen, wie und wo Ihr Euer Geschäft führen werdet. Dann werden wir Euch in Ruhe darlegen, welche Abgaben ihr zu leisten habt.« Warendorf beriet sich kurz mit Lutbert vom Huse, dem zweiten Bürgermeister der Stadt. »Zum nächsten Punkt ...«

Die weiteren Verhandlungen bekam Bendix gar nicht mehr mit, so selig ließ er seine Gedanken schweifen. Sein Vater schien stolz zu sein, und auch seine Mutter würde sich über diesen Ausgang der Ratssitzung sehr freuen. Es war ihm wichtig, seine Eltern glücklich zu machen, schließlich hatten sie genug gelitten. Und sie litten auch heute noch, wenn sich der Tag des Überfalles auf Bardowick jährte, der Tag, an dem sie seine Schwester verloren hatten. Seine eigenen Erinnerungen an Ida waren nur blass, aber seine Schuld hatte er nie vergessen.

Er hatte gar nicht mitbekommen, dass die Sitzung geschlossen worden war. Jetzt traten etliche Herren zu ihm, um ihm zu gratulieren und ihn in ihrem Kreis willkommen zu heißen. Zuletzt kam auch die Witwe Petronilla auf ihn zu. Sie gratulierte reserviert und fügte hinzu: »An meinem Perlenschleier hat sich wieder etwas gelöst. Ich kann natürlich nicht erwarten, dass Ihr ihn selbst abholt, aber vielleicht hättet Ihr die Freundlichkeit und würdet Jungfer Trudeke vorbeischicken? Meine Tür steht ihr offen.« Sie nickte kühl. Aber Bendix hatte sie auch so verstanden.

Zuletzt gratulierte ihm sein Meister. Der alte Herr hatte mit bebenden Fingern den Fürspann poliert und wirkte sehr gerührt. »Ich bin stolz auf dich, mein Junge«, sagte er mit zittriger Stimme.

Bendix nahm ihm den Fürspann ab, weil er fürchtete, das Schmuckstück könne ihm aus den Händen fallen, die längst ihre Kraft verloren hatten. »Ich habe Euch zu danken. Ohne meinen Vater und Euch wäre ich heute nicht hier«, sagte er und verstaute den Fürspann sicher.

Jetzt, wo sie nichts mehr hielten, flatterten die Finger seines Meisters wie die Flügel gefangener Vögel. »Ich wäre sehr glücklich, wenn wir unseren Bund weiter festigen und du in meine Fußstapfen treten könntest. Ich werde mit deinem Vater darüber sprechen, wenn es dir recht ist.«

Bendix erstarrte innerlich. »Lasst uns morgen in Ruhe über meine Zukunft reden, ja?«, sagte er schnell. Der alte Herr war einverstanden; er schien erschöpft. Bendix strebte dem Ausgang zu. Kaum konnte er es erwarten, seinen Triumph zu feiern.

Eine Stunde später leerte er mit Jan in der Hafenschenke bereits die zweite Kanne Bier. Huren hatten sogleich die ausgelassene Stimmung der beiden Freunde gewittert und sich an sie geschmissen, aber Bendix hatte sie vertröstet. Er wollte mit Jan den Abend erst einmal in allen Einzelheiten durchgehen. Jans Blick hing an seinen Lippen, als Bendix mit überkippender Stimme berichtete.

Dann neigte sich Bendix zu ihm. »Und jetzt hat Meister Faber eine Andeutung gemacht, dass er mir die Hand seiner Tochter anbieten will. Um Gottes willen!« Er lachte laut. Jan trat ihn unter dem Tisch, aber Bendix konnte sich nicht bremsen. »Wenn ich mir dieses vernarbte, müffelnde Wesen in meinem Bett vor…« Wieder ein Tritt. »Was ist denn?«, fragte Bendix ungehalten.

Jan machte eine unauffällige Geste, und Bendix sah sich um. Da, an einem Tisch in ihrer Nähe, saß Meinolf. Bislang hatte er ihnen den Rücken zugewandt, weshalb sie ihn nicht bemerkt hatten, aber nun sah er sie stirnrunzelnd an. Bendix überlief es heiß. Ob Meinolf gehört hatte, was er gesagt hatte?

»Wir trinken auf meinen Erfolg. Darf ich dir einen Humpen Bier spendieren?«, fragte er den Gesellen auf gut Glück, doch Meinolf erhob sich und stiefelte hinaus. Bendix sah Jan an. Er war schlagartig nüchtern. Wie unerfreulich, peinlich und auch unnötig. »Schenk mir nach, Freund«, forderte er Jan auf.

Zum Bedauern der Huren torkelten Bendix und Jan drei Bierkannen später Arm in Arm aus der Schenke. Es tat ihm gut, sich auf den Freund zu stützen. Inzwischen konnte er sogar mit ihm über die Peinlichkeit der Situation lachen. Wie gackernde Kinder versteckten sie sich vor den Nachtwächtern. Jan brachte ihn bis nach Hause, wo sie sich mit einer Umarmung verabschiedeten. Lange sah Bendix seinem Freund nach. Es gab niemanden, der ihm so nah war, der ihn so gut verstand. Doch statt hineinzugehen, ordnete er seine Kleidung und verschwand noch einmal in den Gassen der Stadt.

Er überraschte die Witwe Petronilla im Schlaf. Die Tür in ihrem Hinterhof hatte offen gestanden, wie sie versprochen hatte. Bendix weckte sie nicht, sondern glitt neben sie. Vorsichtig steckte er seine Hand unter ihr Bettzeug, ließ seine Finger ihre Beine emporwandern, bis sie ihren Schoß gefunden hatten. Er hatte sie noch nicht lange liebkost, als sie feucht wurde und sich ein wohliges Seufzen ihrer Kehle entrang. Bendix öffnete mit der anderen Hand seine Bruoch und zog sie zu sich heran. Ihr Hintern war göttlich, und er musste sich auf die Lippen beißen, um nicht laut aufzustöhnen, als er in sie eindrang und es ihr hart und schnell besorgte.

Magda zog sich von dem einen Spalt offen stehenden Fensterladen zurück, als Bendix endlich nach Hause zurückkehrte. Sie schlief grundsätzlich schlecht und hatte erst recht keine Ruhe, wenn ihr Sohn unterwegs war. Dabei kostete es sie ungeheure Kraft, den Haushalt perfekt zu führen. Es beschämte sie noch heute zutiefst, wenn sie daran dachte, dass Gerold sie nach dem Überfall für verrückt oder vom Teufel besessen gehalten hatte; ein Priester hatte sogar eine Teufelsaustreibung vornehmen müssen. Dabei war sie zwar schwach, aber bei Sinnen. Obgleich sie das Haus nur selten verließ, sah sie doch viel und machte sich noch mehr Gedanken. Ob der Gerber am Ende der Straße seiner Frau schon gebeichtet hatte, dass ihre Magd sein Kind unter dem Leibe trug? Hatte die Wäscherin von schräg gegenüber endlich dem Schreiber, der täglich mit seinem Pult auf dem Kirchhof saß, ihre Liebe gestanden? Warum waren die Fensterläden des windschiefen Holzhauses am Platz schon tagelang geschlossen? Und wohin trieb es ihren Sohn des Nachts? In den meisten Fällen blieb Magda unbeteiligte Zuschauerin, aber bei ihrem eigenen Fleisch und Blut, da konnte sie, da musste sie handeln.

23

Trotz des Hämmerns in seinem Schädel war Bendix am nächsten Morgen der Erste in der Goldschmiede. Er war seiner Mutter aus dem Weg gegangen, die ihn ganz sicher nach dem gestrigen Abend ausgefragt hätte. Gründlich hatte er sich gewaschen. Er liebte den Kitzel bei den zwanglosen Treffen mit Petronilla, aber am nächsten Morgen quälte ihn doch die Reue; schließlich brachen sie menschliche wie geistliche Gesetze. Als er der Witwe im letzten Jahr ihren Perlenschleier gebracht hatte, hatte Bendix sich willig von ihr verführen lassen. An sein erstes Mal dachte er hingegen nur ungern zurück. Sein Vater hatte ihn mit in eine Badestube genommen und dafür gesorgt, dass sie beide von Bademädchen beglückt wurden. Seinen Vater dabei zu erleben war Bendix unendlich peinlich gewesen, und er mied seitdem gemeinsame Badehausbesuche.

Als Trudeke in die Werkstatt kam, gratulierte sie ihm überschwänglich. Sie hatte sich betont sorgfältig gekleidet, aber leider passten die einzelnen Kleidungsstücke nicht zueinander, und auf ihre Körperpflege hatte sie anscheinend keine Zeit verschwendet.

»Ach, ich wäre gestern zu gern dabei gewesen! Wie war es im Gildehaus? Was haben die hohen Herren zu Eurem Kunstwerk gesagt? Ihr müsst mir alles ganz genau erzählen. Vater war so müde, dass er mir viel zu kurz Rede und Antwort gestanden hat.«

Bendix wurde munterer, als er vom Verlauf des Abends und der Gespräche berichtete. Gleichzeitig waren seine Gedanken bei Meinolf. Wie viel hatte er mitbekommen? Würde er Trudeke davon berichten? Und, wenn ja, was würde die junge Frau dazu sagen?

Während sie sprachen, trat der Geselle seinen Dienst an. Bendix begrüßte ihn, als ob nichts geschehen wäre. Vielleicht hatte Jan sich ja auch geirrt, und der Geselle hatte seine Worte nicht verstanden, sondern aus Prinzip grimmig geschaut

An diesem Tag war Trudeke nicht mehr in der Werkstatt zu sehen. Den Grund dafür erfuhr Bendix gegen Mittag, als er zum Essen nach oben gebeten wurde. Trudeke hatte eine besondere Mahlzeit bereitet und den Tisch fein mit Silbergeschirr eingedeckt. Nun schenkte sie ihm und ihrem Vater Rotwein ein und legte ihnen die Speisen auf.

Meister Faber verschüttete ein wenig Wein, als sie anstießen und er das Glas zum Mund führte. »Es ist eine Schande, wie es um mich steht. Aber wenn ich ehrlich bin, hatte dieses Zittern schon angefangen, als wir uns kennenlernten.« Die Züge des Goldschmieds verschatteten sich. »Das Schicksal führte dich zu mir. Ich hatte damals gerade mein Eheweib und meinen Sohn an eine Seuche verloren und jede Hoffnung auf einen Nachfolger aufgegeben. Du hast mich eines Besseren belehrt. Ich habe noch nie einen so talentierten Lehrling gehabt«, sagte er. Bendix gab das Kompliment artig zurück. »Ich erinnere mich noch genau, wie du als junger Bursche immer wieder zu mir ins Geschäft kamst und mir deine neuesten Schnitzereien brachtest«, fuhr der Meister fort. »Weißt du das auch noch, Trudeke?«

Seine Tochter lachte. »Klein und mager wart Ihr, Meister Bendix, und so verschüchtert.«

»Es hat mich sehr beeindruckt, wie viel Ihr über das Handwerk Eures Vaters wusstet, Jungfer«, lobte Bendix sie. Trudeke senkte hochrot den Blick. Es reute Bendix jetzt, dass er so schlecht über sie gesprochen hatte.

Sie plauderten noch eine Weile artig, und dann schickte Meister Faber seine Tochter hinunter, um im Geschäft nach dem Rechten zu sehen. Jetzt kam er wirklich zur Sache. »Ihr seid ein gewitzter junger Mann und ahnt sicher, was ich Euch vorschlagen möchte. Ich würde mich glücklich schätzen, wenn Ihr und Trudeke heiratet und die Goldschmiede weiterführt. Es wäre eine Erleichterung für mich, meine Tochter und meine Werkstatt in guten Händen zu wissen, und ich weiß, dass Trudeke mehr als einverstanden ist.«

Bendix setzte sich auf. Die Situation war ihm so unangenehm, dass ihm auf einmal das Essen wie ein Stein im Magen lag. »Mich ehrt Euer Ansinnen, aber ich dachte immer, Meinolf … hat er nicht … sozusagen … die älteren Rechte?«

»Meinolf arbeitet länger für mich, das ist wahr. Aber es ist Euch sicher nicht entgangen, wie Trudeke für Euch empfindet.«

»Nein, das war mir nicht bewusst«, log Bendix und wünschte sich an einen anderen Ort. Es fiel ihm furchtbar schwer, seinen Gönner zu enttäuschen.

»Mit Eurem Vater habe ich gestern noch gesprochen. Er sagte, es sei Eure Entscheidung.«

Bendix schluckte. Sein Mageninhalt drängte nach oben. Es ehrte seinen Vater, dass er ihm die Entscheidung überließ. »Ich danke Euch wirklich für Euer Angebot, aber ich bin noch so jung und kann so wenig vorweisen.«

»Eure Familie ist reich.«

»Das schon, aber ich …« Bendix hüstelte. »Es scheint mir verfrüht, eine eigene Familie zu gründen.«

»Achtzehn ist nicht besonders jung.«

»Ja, aber … Ich möchte es allein schaffen. Aus eigener Kraft.«

Meister Faber sah ihn prüfend an. Bendix presste unauffällig die Hand in seine Magenkuhle. Ihm war ernsthaft übel. Er hasste derartige Situationen. Mit seiner Ablehnung haderte er allerdings nicht; er würde sich niemals mit etwas zufriedengeben, das er nicht als das Beste erachtete, schon gar nicht in Herzensangelegenheiten.

»Verstehe«, sagte sein Meister ein wenig enttäuscht. Doch nach einigen Atemzügen setzte er hinzu: »Ich habe Euch überrumpelt. Ihr müsst jetzt keine endgültige Entscheidung treffen. Denkt in Ruhe darüber nach, und sprecht mit Euren Eltern darüber. Schließlich seid Ihr ihr einziges Kind. Das ist eine große Verantwortung.«

Abrupt erhob Bendix sich. »Ich danke für Euer Verständnis, Meister.« Er neigte den Kopf und eilte die Treppe hinunter, wo Meinolf ihn wutfunkelnd ansah. Trudeke hingegen war bleich. Sie mied seinen Blick, als sie nach oben stürmte. Es war klar, worüber sie in der Zwischenzeit mit dem Gesellen gesprochen hatte.

Bendix musste sich zusammenreißen, um nicht hinauszufliehen, sondern wieder an die Arbeit zu gehen. Der Umgang mit den kostbaren Materialien in ihrer vollkommenen Schönheit versetzte ihn sonst immer in einen Zustand heiterer Gelassenheit. Heute aber brauchte er lange, bis sich seine Gedanken und seine Eingeweide wieder beruhigt hatten.

»Seid Ihr der junge Goldschmied, der gestern im Rat einen juwelengeschmückten Fürspann präsentierte?«, drang es wie von ferne zu ihm.

»Nein, der bin ich nicht. Ich kann Euch aber andere schöne Stücke zeigen«, hörte er Meinolf sagen.

»Daran haben wir kein Interesse. Wir wollen den Fürspann sehen«, gab eine herrische Stimme zurück.

Bendix sah auf. So vertieft war er gewesen, dass er gar nicht bemerkt hatte, wie die Damen eingetreten waren. Er richtete sich auf und verschaffte sich schnell einen Eindruck: reich und standesbewusst die eine Dame, die ihr Gesicht hinter einem kostbaren Schleier verbarg, schlichter gekleidet und beflissen die andere. Eine adelige Dame und ihre Zofe vermutlich.

»Ich bin es, Domina, den Ihr sucht. Es ehrt mich, dass Ihr von meinem Werk gehört habt«, sagte er laut.

»Werk, von wegen«, hörte er Meinolf brummeln.

Die Damen ignorierten den Gesellen und kamen zu Bendix' Werktisch. Die Hofdame ging voraus, während die Adelige vornehm den Schleier hob und mit einer zierlichen Geste die Schnur ihres Tasselmantels vor der Brust zusammenhielt. Sie war etwa Mitte dreißig und von herrschaftlicher Vornehmheit.

»Zeigt uns den Fürspann«, forderte die Hofdame.

Bendix hätte sich etwas mehr Höflichkeit gewünscht, freute sich aber über die Anerkennung. »Wer hat Euch von dem Fürspann erzählt?«

Die Hofdame lächelte. »Jemand, der um die Vorlieben meiner Herrin weiß«, erwiderte sie vage.

Damit musste Bendix sich wohl zufriedengeben. Er holte den Fürspann hervor, und die Damen betrachteten ihn eingehend. Dann nahm die Hofdame das Schmuckstück aus dem Kästchen. Der Mantel der Dame öffnete sich ein wenig und gab den Blick auf ihr eng anliegendes Schlupfkleid frei. Die Hofdame hielt den Fürspann an den Halsausschnitt der Cotte.

»Was hältst du davon?«, fragte die Adelige ihre Hofdame leise.

»Sehr schön, Herrin«, sagte diese.

»Und niemand am Hofe besitzt etwas Ähnliches.«

»Das ist richtig, dieser Fürspann ist außergewöhnlich. Beim Turnier und dem Ball …«

»… wäre mir die Aufmerksamkeit gewiss. Der Fürspann würde gut zu meinem roten Kleid passen.«

»Ihr würdet dem Grafen alle Ehre machen.«

Bendix straffte sich etwas. Stand etwa die Gräfin vor ihm? Hatte er sich ein solches Interesse nicht immer gewünscht?

»Was soll der Fürspann kosten?«, fragte die Hofdame ihn jetzt.

Bendix wandte sich innerlich und spürte, wie sich sein Magen erneut verknotete. »Dieser Fürspann ist nicht verkäuflich.«

»Warum nicht? Dies ist doch eine Goldschmiede?«

»Der Fürspann ist mein Meisterstück. Er ist der Beweis dafür, dass ich meine Kunst verstehe.«

Nun hob die Dame ihren Blick, der etwas derart Unschuldiges, Verletzliches hatte, dass es Bendix die Hitze ins Gesicht trieb. »Gefalle ich Euch nicht?«, fragte sie.

»Doch, schon. Aber was tut das zur …«

»Wie könnt Ihr dann so grausam zu mir sein?«

Die Hofdame wog den Fürspann in der Hand. »Was mag er wert sein?«

Bendix überschlug Warenwert und Arbeitszeit. Er konnte sich glücklich schätzen, dass sein Vater ihm dieses kostspielige Werk ermöglicht hatte. »Ich sagte doch: Ich kann ihn nicht verkaufen. So leid es mir auch tut.«

Die Damen wechselten Blicke. Es war klar, dass die Hofdame ihm am liebsten den Fürspann vor die Füße geworfen hätte, ihre Herrin sich jedoch darauf versteift hatte, ihn zu besitzen. Meinolf schien zu arbeiten, aber Bendix las der Neigung seines Kopfes ab, dass er ganz genau verfolgte, was hinter seinem Rücken vorging. Bendix fand die Spannung unerträglich und hätte der jungen Adeligen am liebsten das Schmuckstück geschenkt, damit wieder Harmonie zwischen ihnen herrschte. Hoffentlich gewöhnte er sich irgendwann daran, dass Verhandlungen auch zu seinem Beruf gehörten.

»Dann leiht meiner Herrin das Stück für das Turnier und den Ball. Wenn sie sich mit Eurem Werk zeigt, wird es Euren Ruhm nur noch mehren«, schlug die Hofdame vor.

Bendix räusperte sich nervös. Da legte die Gräfin ihre behandschuhten Finger auf seinen Arm. Die Seide auf seiner Haut und die vertrauliche Geste wühlten Bendix noch mehr auf. Gegen Schönheit war er machtlos.

Der schöne Frühlingsabend hielt die Menschen lange auf den Straßen. Dienstmägde schäkerten an den Brunnen mit Söldnern. Höker verkauften Dünnbier und reichten ihren Humpen, den sie nach Gebrauch auswischten, von einem Kunden zum nächsten. Vor der Marienkirche predigte der Greis noch immer, heiser schon, obwohl kaum jemand bei ihm stehen blieb. Die Lübecker hatten jetzt Besseres zu tun.

Als Bendix nach dem langen und nervenaufreibenden Tag zu Hause ankam, fühlte er sich wie zerschlagen. In der Tür verabschiedete sein Vater gerade Jan. Dass der Freund bei ihnen zu Besuch war, war keine Überraschung – von Anfang an hatte Bendix' Vater ein Auge auf den Waisenjungen gehabt –, aber warum heute? Als Bendix den Freund sah, fühlte er sich sogleich besser.

Jan hatte Bendix ebenfalls bemerkt und holte eine kunstvoll geschnitzte Schachfigur, einen Turm, aus der Tasche. »Ich habe dir etwas mitgebracht«, sagte er. »Zum Dank für das viele Bier gestern Abend.«

Bendix freute sich sehr über das Geschenk, trotzdem schalt er seinen Freund: »Bist du verrückt? Das wäre doch nicht nötig gewesen – schließlich hatte ich etwas zu feiern! Aber danke: Jetzt habe ich das Schachspiel beinahe vollständig, und wir können auch auf dem Brett einen Zweikampf ausfechten!« Er lächelte seinen Vater an. »Hast du Jan gesagt, dass er endlich bei dem Drechsler aufhören soll? Der Meister speist ihn mit einem Hungerlohn ab und kassiert selbst das Lob für Jans Heiligenfiguren!«

»Nein, darüber haben wir nicht gesprochen. Außerdem steht es uns wohl kaum zu, über Jans Angelegenheiten zu urteilen.« Gerold wandte sich noch einmal Jan zu. »Überleg es dir. Ein paar Tage hast du ja noch.«

Als sein Freund gegangen war, fragte Bendix seinen Vater, was dieser von Jan gewollt hatte, doch Gerold antwortete ausweichend. Er legte den Arm um Bendix' Schulter und ging mit ihm in den Saal, wo der Esstisch schon gedeckt und Magda in ihrem Armlehnenstuhl eingenickt war, während sie auf sie gewartet hatte. Liebevoll wurde sie von ihrem Mann geweckt. Als das Essen aufgetragen wurde, forderte Gerold seinen Sohn auf, von den Ereignissen des Tages zu berichten. Magda war aufgewühlt, als Bendix von der Abmachung mit der Gräfin erzählte. Erstaunt hatte er nämlich feststellen müssen, dass es sich bei der Kundin tatsächlich um Gräfin Adelheid handelte, und trotz seiner Aufregung hatte er sich die Leihgabe auf einer Wachstafel quittieren lassen.

»Das gefällt mir nicht«, sagte sie. »Wir haben uns immer von der Burg und ihren Bewohnern ferngehalten, und das sollten wir auch weiterhin tun.«

Bendix lachte. »Beruhige dich, Mutter. Ich denke, ich bin alt genug, endlich auch mal ein Turnier zu besuchen. Und wenn ich einen so guten Anlass dazu habe, umso mehr.« Jedes Jahr aufs Neue hatte er sich gegrämt, wenn seine Freunde ganze Tage am Turnierplatz verbracht hatten und er zu Hause bleiben musste. Noch tagelang hatten seine Kumpane von ihren Erlebnissen erzählt – und nie hatte er mitreden können.

»Sag doch auch mal etwas, Gerold«, wandte Magda sich an ihren Mann.

»Ich halte nichts von all den Grafen und anderen Adeligen, das weißt du. Ihren Turnierprunk bezahlen sie mit dem Geld, das sie uns abgepresst haben – das muss dir doch klar sein, Sohn.«

Bendix' Freude verblasste. Dass seine Eltern auch immer so bierernst sein mussten! »Ich muss doch sehen, wie mein Fürspann sich macht!«, sagte er.

Sein Vater drehte nachdenklich das Noppenglas in seinen Händen; eine besondere Kostbarkeit, die nur selten auf den Tisch kam. »Du hättest dich nicht darauf einlassen dürfen, aber jetzt ist es zu spät. Ein Wortbruch deinerseits könnte dich erst recht in Schwierigkeiten bringen. Sei's drum. Aber dann werden wir zusammen auf das Turnier gehen«, entschied er.

Magda verabschiedete sich seufzend, sie sei müde. Auch Bendix missfiel die Entscheidung. Warum durfte er nicht allein gehen? Vertraute sein Vater ihm denn nicht?

»Vielleicht können uns deine Verbindungen zum gräflichen Haus ja sogar nützlich sein. Die Stadterweiterung ist überfällig. Wenn der Graf mir einige Grundstücke abtreten würde …«

Typisch, dass sein Vater nur an seine Geschäfte dachte! »Aber so viel Land ist doch auf der Burgseite gar nicht bebaubar, wenn ich an den Hang zum Hafen hin denke«, sagte Bendix kritisch.

»Ich wusste gar nicht, dass du dich mit Landgewinnung auskennst«, bemerkte sein Vater spitz.

Bendix wandte beschämt den Blick ab. »Und nun berichte, was du zu deinem Meister gesagt hast. Hat er dir tatsächlich die Hand seiner Tochter angetragen?«, wollte Gerold wissen.

»Ja, das hat er. Aber ich will Trudeke nicht. Ich habe ihm gesagt, dass ich es allein schaffen will, aus eigener Kraft.«

Gerold nickte zufrieden. »Dein Ehrgeiz ist sehr lobenswert. Wenn ich in Lübeck gleich aufgegeben hätte, hätte ich es auch nie so weit gebracht. Man darf sich nie mit dem Erstbesten zufriedengeben.«

Aus eigener Kraft. Je mehr Bendix der Formulierung nachspürte, umso mehr Schwung verlieh sie ihm. Er wollte mit Jan darüber sprechen, was geschehen war, und strebte hinaus, doch er konnte seinen Freund nirgends finden.

Obgleich der nächste Tag ein Feiertag und zugleich der erste Turniertag war, machte sich Bendix auf zur Goldschmiede. Er musste länger klopfen, bis Trudeke ihm öffnete.

»Was willst du? Vater geht es schlecht«, sagte sie vorwurfsvoll.

»Das tut mir leid. Darf ich hereinkommen?«

»Nein, heute nicht. Ich will dich nicht mehr als nötig meiner Nähe aussetzen.«

Bendix sank der Mut. Ihm war es unangenehm, zwischen Tür und Angel mit ihr zu sprechen, aber ihm blieb wohl nichts anderes übrig. »Ich wollte dich nicht verletzen. Es ist nur … es käme mir falsch vor zu heiraten, weil ich eine eigene Goldschmiede haben will.« Er merkte, dass er es mit seinen Worten nur noch ärger gemacht hatte. »Du bist eine talentierte Stickerin, eine liebevolle Tochter, und der Mann, der dich einmal an seiner Seite hat, kann sich glücklich schätzen …«, setzte er schnell hinzu.

»… aber für dich bin ich nicht gut genug«, unterbrach sie ihn.

Bendix wollte etwas einwenden, doch Trudeke hob die Hand in einer so schroffen Geste, dass ihm die Worte im Halse stecken blieben.

»Meinolf hat immer schon gesagt, dass du uns nur ausnutzt. Dass du dich für etwas Besseres hältst. Ich wollte es nicht glauben.« Sie schnaubte verächtlich. »Ja, ich habe dich sogar verteidigt. Und jetzt sitze ich da, beinahe eine alte Jungfer – nur weil ich auf dich gewartet habe.«

»Du bist keine alte … und außerdem habe ich dich nicht darum gebeten zu warten. Ich habe dir nie etwas … Dein Vater hat viel verdient mit …« Bendix fand seine hilflose Verteidigungsrede selbst beschämend. Er atmete gegen das Kratzen in seiner Kehle an. »Das alles stimmt nicht – und du weißt es«, begann er neu. »Ich war glücklich in der Werkstatt deines Vaters und habe treu und fleißig für euch gearbeitet. Deine Gesellschaft war mir immer angenehm, und ich meine es ernst, was ich über dich gesagt habe. Trotzdem …«

Wieder hob Trudeke die Hand. »Es reicht. Deine Entschuldigung kommt zu spät. Ich werde Meinolf meine Hand geben. Er wird Vaters Goldschmiede übernehmen. Du kannst dir ja überlegen, ob du unter seiner Leitung arbeiten willst«, eröffnete sie ihm kühl. »Ich denke allerdings, dass er auf deine Mitarbeit verzichten kann.«

Die Ankündigung überrollte Bendix. Auf einmal kam ihm sein Vorsatz, es allein schaffen zu wollen, reichlich vollmundig vor. »Und dein Vater ist damit einverstanden?«, fragte er.

»Ihm liegt mein Wohl am Herzen. Dass ich mit einem Mann nicht glücklich werde, der mich verabscheut, ist wohl klar.«

Damit schlug sie ihm die Tür vor der Nase zu. Bendix hatte nicht geahnt, wie sehr er sie verletzt hatte.

Wie immer war es Jan, der Bendix wieder aufmunterte, als dieser an der Drechslerwerkstatt haltmachte. Die Gesellen faulenzten vor ihrer kleinen Kammer. Über Jans Bett standen ganze Heiligengruppen auf dem Regal, und auch jetzt schnitzte der Freund.

»Mach dir nichts draus. Du bist nur ehrlich gewesen, wer sollte dir daraus einen Strick drehen? Außerdem wird dein Vater dir einen Laden kaufen, wenn du ihn darum bittest«, sagte Jan und drehte die Figur, bei der er gerade den Kopf herausarbeitete.

»Jetzt redest du schon genau wie Meinolf.«

»Das stimmt nicht. Sei doch froh darüber – wenn du bei Meister Faber aufhörst, arbeitest du nur noch für dich selbst.«

Bendix konnte sich ein Grinsen nicht verkneifen. »Das musst du gerade sagen. Wie oft habe ich dir gesagt, dass der Drechsler dich ausnutzt. Es gibt viele Händler, die dir die Figuren abkaufen würden, wenn du auf eigene Rechnung arbeiten würdest. Auch ganze Altäre werden angeblich ins Heidenland verschifft. Du könntest bestimmt einen wunderbaren Altar schnitzen.«

»So einen Altar herzustellen kostet viel Zeit und Geld. Das kann ich mir nicht leisten«, sagte Jan.

»Aber dein Meister weiß deine Fähigkeiten nicht zu schätzen. Das ist wie Perlen vor die Säue werfen.«

»So eine grobe Redensart aus so einem feinen Mund«, meinte Jan schmunzelnd.

»Redensart? Das ist aus der Bibel!«

»Siehst du – nicht einmal das weiß ich. Mich hat kein Pfaffe im Lesen und Schreiben unterrichtet. Ich hätte nicht gedacht, dass in der Bibel etwas über Perlen steht.«

»Das ist nicht die einzige Stelle, wo von Perlen die Rede ist. Es heißt auch noch, dass die Tore des himmlischen Jerusalem aus Perlen sind.«

»Oh, ich weiß doch etwas! Vergleicht man die Jungfrau Maria nicht mit einer Perle?«

»Stimmt. Weil Maria so rein ist wie eine Perle. Und weil sie Jesus so keusch empfangen hat, wie die Flussperlmuscheln die Perle empfangen.«

»Das gefällt mir«, sagte Jan. »Aber du siehst – ich weiß so wenig. Wie soll ich ein eigenes Geschäft führen?«

»Wissen ist nicht alles, Können zählt! Versuch es einfach! Du könntest doch nach Höherem streben!«

»Glaubst du nicht, dass ich das gerne würde? Aber ich habe kein wohlhabendes Elternhaus wie du. Man muss den Platz annehmen, den Gott einem zugewiesen hat.«

Jetzt war es an Bendix, verletzt zu sein. »Wir hatten auch nichts, als wir in Lübeck ankamen. Mutter war dem Tode nah, und Vater hat Tag und Nacht gearbeitet, das weißt du genau.«

»Und dann fand er einen reichen Gönner.«

»Du könntest auch einen finden und dann deinen ersten Altar schnitzen.«

Jan schluckte, dass sein großer Adamsapfel hüpfte. »Ach, Bendix«, seufzte er, und es klang, als wollte er viel mehr hinzusetzen.

Bendix knuffte ihm die Schulter. »Begleite mich, wir sehen uns das Turnier an – das wird ein Spaß!«

»Ich weiß nicht. Der Himmel ist verhangen, und bei Regen auf dem Torneisfeld? Setz dich lieber zu mir. Wir schnitzen und reden Unsinn, wie wir es früher getan haben.«

»Unsinn – ich habe nie Unsinn geredet!«

Jan lachte laut. Doch Bendix ließ nicht locker, und schließlich ließ sein Freund sich breitschlagen. Gemeinsam machten sie sich auf den Weg zur Burg. Bendix ging davon aus, dass er seinen Vater dort treffen würde. Und wenn nicht, würde er eben sagen, sie hätten sich missverstanden.

Ein Menschenstrom bewegte sich vom Stadttor zur Burg. Ganz Lübeck schien auf den Beinen zu sein. Schon auf dem Weg mussten sie etlichen Schlägereien ausweichen. Die Stimmung war gewittrig, denn wie sie hörten, war es in der Stadt erneut zu Übergriffen gekommen. Bendix konnte seiner Mutter nicht verdenken, dass sie im Haus geblieben war. Er aber wollte um keinen Preis das Turnier verpassen. Nun fiel ihm auch Jans Besuch bei ihnen wieder ein, und er fragte, worüber der Freund mit Gerold gesprochen hatte.

»Dein Vater möchte, dass ich für ihn und seinen Kompagnon auf Heidenfahrt gehe und in Livland Bauholz einkaufe.«

»Warum gerade du?«

»Sie brauchen jemanden, der sich mit Holz auskennt.«

»Die Kreuzritter wollen die Heiden bekämpfen – da hast du doch nichts zu suchen!«

»Viele Kaufleute begleiten die Ritter. Wenn es auch Ungläubige sind, wollen die Liven doch die Güter besitzen, die aus Lübeck kommen. Auch Heiden lieben flandrische Stoffe und lübisches Bier, heißt es.«

»Und was sagst du zu Vaters Angebot?«

»Ich habe gesagt, ich überlege es mir. Eigentlich möchte ich nicht fahren. Mir gefällt es hier, und ich schnitze gerne meine Figuren. Gerade habe ich den heiligen Laurentius mit seinem Eisenrost am Wickel.«

»Uh, gruselig. Das gefällt mir genauso wenig wie die Aussicht, dass du zu den Heiden reisen sollst.«

»Sonst wird dein Vater reisen, das ließ er zumindest anklingen.«

Bendix stutzte; seine Mutter würde umkommen vor Sorge.

Auf dem Torneisfeld vor der Burg herrschte Durcheinander. Grau und drückend brüteten die Wolken über Lübeck. Die Wimpel an den Zelten hingen schlaff herab, und die Pferde wieherten ungnädig. Zur Rechten des Kampfplatzes befanden sich die Zelte der Kämpfer und die Zuschauertribüne für den Adel, zur Linken ein eingezäunter Pferch voller Menschen. Der Gegensatz fiel auf den ersten Blick ins Auge: hier die Bürger und Handwerker in schlichten Tuchen und gedeckten Farben, dort die Adeligen, deren farbenfrohe Mäntel aus Samit oder Seide mit Pelzen verbrämt waren. Auch wenn der Anblick der fein gekleideten Herrschaften und der ersten Recken, die sich im Schwertkampf übten, Bendix anzog: Das Gedränge stieß ihn ab. Er hielt Jan am Ellbogen fest. »Doch lieber Unsinn reden im Hinterhof?«

»Jetzt willst du kneifen? Du hast dich doch so gefreut! Also los!«, sagte Jan und schob ihn an. Sie lauschten eine Weile einem Spielmann, sahen Akrobaten zu, und auch einem Bärenführer warf Bendix eine Münze in den Hut.

Plötzlich tauchte sein Vater vor ihnen auf. »Hatten wir nicht abgemacht, zusammen zu gehen? Deine Mutter war schon ganz bange vor Sorge!«, schimpfte Gerold.

»Ich wollte Jan abholen – hatte ich dir das nicht erzählt?«, wich Bendix aus.

»Nein. Kommt mit zu den anderen Bürgern. Elver wollte uns einen Platz freihalten.« Sein Vater wies auf den Pferch.

»*Da* müssen wir hinein?«, fragte Bendix seinen Vater entsetzt.

»Es ist das Turnier der Grafen von Holstein. Er ist es, der uns den Platz zuweist.« Bendix sah ihm an, dass er genauso wenig wie er diesen Pferch betreten wollte.

»Dann hält er die Lübecker wohl für kaum mehr wert als Vieh oder jubelndes Fußvolk«, sagte Bendix ernüchtert.

Sie drängten sich zwischen den Menschen hindurch, und Bendix sehnte sich sofort nach dem Badezuber. Endlich hatten sie den Geschäftsfreund des Vaters und die anderen wohlhabenden Kaufleute erreicht.

»Diese Enge ist ja grässlich!«, klagte Bendix.

»Reiß dich zusammen, du wolltest hierher!«, maßregelte sein Vater ihn.

Doch Elver von Bardewik lächelte nachsichtig. »Wir haben auch schon etwas unternommen, um unsere Lage zu verbessern«, sagte der alte Kaufmann geheimnisvoll.

Fanfaren kündigten den Beginn der Veranstaltung an. Adolf III., Edler Herr von Schauenburg und Graf von Holstein und Stormarn, eröffnete das Turnier. Das Kreuz auf seiner Brust erinnerte an seinen Einsatz als Kreuzritter. Auf zwei Seiten des Kampfplatzes kamen große Mengen Ritter auf ihren Schlachtrössern zusammen. Die meisten wirkten jedoch nicht so beeindruckend, wie Bendix es sich erhofft hatte. Wo waren die prächtigen Gewänder und Waffen, von denen die Spielleute sangen?

»Es sind so viele. Kämpfen sie denn nicht Mann gegen Mann?«, wunderte er sich.

»Es ist ein Buhurt, kein Turnier«, klärte ihn Jan auf. »Mit stumpfen Waffen kämpfen die Ritter einen Schaukampf aus. Erst danach treten sie einzeln gegeneinander an.«

Die Ritter gaben ihren Pferden die Sporen und trafen krachend aufeinander. Heftige Einzelkämpfe brachen aus, die auf Bendix ganz und gar nicht ungefährlich wirkten. Tatsächlich wurden schnell Wunden geschlagen, und Verletzte mussten vom Platz getragen werden. Die Zuschauer feuerten die Ritter an, machten sich aber auch über sie lustig, was zu weiteren Prügeleien führte. Bendix wandte den Blick von der Gewalt des Kampfes ab und den adeligen Damen zu. Inmitten der Damen stand Adelheid von Querfurt, die Gemahlin des Grafen von Holstein, mit seinem Fürspann.

Ein Blitz zuckte über den Himmel. Gerold zog die Schultern hoch. »Hast du genug gesehen, Sohn?«, fragte er.

»Noch lange nicht, Vater. Aber du kannst gerne schon nach Hause gehen«, erwiderte Bendix.

Der Buhurt war beendet, die Verletzten wurden vom Platz getragen. Von der Bürgerstadt aus näherte sich ein Pferdekarren. Wenige Augenblicke später machten sich Arbeiter daran, neben dem Pferch Bänke und einen Baldachin zu errichten. Erste schwere Tropfen fielen vom Himmel.

»Ihr sollt auf eurem Platz bleiben!«, mahnte ein Ritter. Prompt brach ein Tumult los, und es gab auch hier blutige Nasen.

»Was bilden sich die Adeligen ein? Wir wollen es auch bequem haben!«, murrte Bendix.

»Und vor allem trocken«, setzte Elver von Bardewik hinzu und suchte sich eine ruhige Ecke unter dem umkämpften Baldachin.

Sein Vater mahnte ihn zur Mäßigung. »Wir sollten den Wünschen der hohen Herren folgen, statt auf Streit aus zu sein.« Gerold musste sich ducken, weil ein großes Holzteil über ihre Köpfe segelte. »Es wäre besser, du gingest nach Hause. Es könnte hier gefährlich werden, und wenn deine Mutter erfährt …«

»Auf keinen Fall!«, protestierte Bendix halbherzig. Er hatte unbedingt auf dieses Turnier gewollt, gleichzeitig war er nicht darauf aus, sich zu prügeln. Und schließlich hatte er Jan an seiner Seite. Doch sein Vater schickte ihn fort, als wäre er noch ein kleines Kind.

Am nächsten Tag ging Bendix seinen Eltern aus dem Weg. Er wusste, dass sie ihn nur schützen wollten, doch das war wirklich zu viel! Lächerlich gemacht hatte sein Vater ihn! Auch die Arbeit in der Werkstatt war unerfreulich. Meinolf begann schon jetzt, ihn herumzuschubsen, Trudeke grollte, und sein Meister war enttäuscht, auch wenn er es nicht offen sagte. Nach der Arbeit stahl Bendix sich mit Jan erneut zum Turnierplatz. Die Gräfin von Holstein trug seinen Fürspann wieder, und tatsächlich hatte sich auch schon in der Goldschmiede jemand nach dieser Arbeit erkundigt. Allerdings überstieg es Bendix' Möglichkeiten bei Weitem, ein weiteres kostspieliges Schmuckstück im Voraus herzustellen. Und seinen Vater anbetteln, das wollte er nicht.

Schließlich war das Turnier vorüber. Doch weder die Adelige noch ihre Hofdame kamen in die Goldschmiede, um ihm den Fürspann zurückzubringen. Langsam wurde Bendix nervös. Seinem Vater wagte er nicht davon zu erzählen, denn ein »Ich habe es ja gewusst« wollte er auf keinen Fall hören. Also machte Bendix sich zusammen mit Jan auf den Weg zur Burg, um sein Meisterstück zurückzufordern. Ein ungutes Gefühl ergriff ihn, als sie den Burghof betraten, und er versuchte sich abzulenken, in dem er seine Umgebung in Augenschein nahm. Doch die argwöhnischen Blicke der Burgbesatzung und der Ritter machten ihm das Hinsehen schwer. Wenigstens Jan schien keine Furcht zu spüren.

»Was wollt ihr hier? Das Turnier ist vorbei. Es gibt nichts mehr zu sehen«, sprach sie ein vierschrötiger Kerl an.

»Ich muss zur Gräfin von Holstein.«

»Hört ihr, Männer? Dieser Bursche will zur Gräfin.« Gelächter brach aus. Jan trat einen Schritt vor, wie früher, wenn er ihn verteidigt hatte.

Bendix' Mut sank. »Sie hat etwas, was mir gehört.«

»Klar!« Wieder das Lachen.

Er konnte nicht aufgeben. Es ging doch um seinen Fürspann, sein Meisterstück! Bendix holte die Wachstafel hervor. »Hier steht es. Ruft wenigstens ihre Hofdame, damit ich eine Nachricht übergeben kann.«

Einer der Schreiber bemerkte sie und kam auf sie zu. »Bist du nicht Gerold Ostmanns Sohn?«, sprach er Bendix an. »Was willst du hier?«

Jetzt erkannte Bendix ihn ebenfalls. Das war Rikolf, Vaters alter Bekannter. Bendix berichtete von seinem Begehr. Der Schreiber versprach, sich darum zu kümmern, und ließ sie stehen. Bendix warf Jan einen nervösen Blick zu.

»Wie die eingebildeten Fatzkes mit uns umgehen! Wir stehen hier wie bestellt und nicht abgeholt!«, zischte Bendix.

Jan legte den Finger auf die Lippen. »Das ist nun mal die gottgegebene Ordnung«, sagte er.

Sie warteten zwischen dem Eingang zu einem Saal und mehreren Gängen. Wer vorbeikam, musterte sie misstrauisch, wenn Bendix aber auf Rikolf verwies, wurden sie in Ruhe gelassen. Immer unwohler war ihm zumute. Da huschte eine Dame über den Hof. War das nicht die Hofdame? Kurzentschlossen rannte Bendix ihr hinterher. Sie verschwand in einem Zimmer. Bendix konnte gerade noch die Tür aufhalten und stürzte, ohne darüber nachzudenken, hinein. Unvermittelt standen sie vor einer Gruppe Damen, die plauderten und stickten. Die Gespräche verstummten prompt. Ein Mädchen schrie auf.

»Nicht erschrecken!«, rief Bendix, war aber selbst erschrocken.

Alle Augen ruhten nun auf ihnen. Die Gräfin saß stocksteif und kerzengerade; seinen Fürspann trug sie noch immer. Ihre Hofdame hielt eine Garnspule in der Hand, die sie gerade geholt hatte.

»Was habt Ihr hier zu suchen, Meister Bendix?«, fragte die Hofdame scharf.

Bendix wurde die Ungeheuerlichkeit seines Tuns klar. Hätte er nur gewartet, statt einfach so in diesen Raum zu platzen! »Ich, äh … ich wollte mein Eigentum zurückholen. Die Gräfin hat … ihn … noch.«

»Ich weiß nicht, was Ihr meint«, sagte die Hofdame ablehnend, aber Adelheid von Querfurts Wangen röteten sich.

»Meinen Fürspann.« Er wies hilflos darauf. »Ich möchte ihn abholen.«

Jetzt wanderten die Augen der Damen zur Gräfin. »Wir haben Euch diesen Fürspann abgekauft«, sagte diese spitz.

Bendix blinzelte nervös. »Das ist nicht wahr. Ich sagte Euch, dass ich Euch den Fürspann nicht verkaufen kann. Er ist mein Meisterstück. Ich habe ihn Euch lediglich geliehen.«

Die Gräfin sah pikiert die anderen Damen an und legte die Hand auf die Brust. »Wollt Ihr etwa behaupten, ich wüsste nicht, was mein Eigentum ist? Oder bezichtigt Ihr mich, eine Diebin zu sein?«

Bendix schluckte; sein Mund war ganz trocken, sein Rücken dafür schweißnass. In was für eine Lage hatte er sich nur gebracht! Und den armen Jan noch dazu! Jetzt erinnerte er sich deutlich daran, wie sein Vater damals in der Burg von einem Adeligen misshandelt worden war. Von der Neetz war mit Herzog Heinrichs Männern aus Lübeck verschwunden, aber dennoch …

»Ähm …«, er musste sich räuspern, »… auf dieser Wachstafel habt Ihr unterschrieben, seht her.«

Ein Poltern ließ ihn herumfahren. Hinter ihnen waren etliche Ritter hereingeplatzt. Zwei packten Jan und hielten ihn fest, obgleich der Freund sich aufbäumte. Ein anderer riss Bendix die Wachstafel aus der Hand und brach sie durch. Zu dem Knacksen gesellte sich das scharfe Zischen einer Schwertklinge.

»Was habt ihr bei den Edeldamen zu suchen, ihr Burschen?«

24

Im Lüneburgischen

An einem sonnigen Tag nach der Schneeschmelze passte Ida Esko im Wald ab. Mit Kethe hatte sie beim Waschen geholfen, sich dann aber davonstehlen können. Sie wusste, dass Esko derzeit für die Wildfallen zuständig war. Bei der Falle, die dem Hof am nächsten war, versteckte sie sich und wartete auf ihren Liebsten. Tatsächlich kam Esko heran. Sie beobachtete, wie er die Falle kontrollierte und geschickt wieder verbarg. Sein Gesicht war jedoch so düster, als würde er das schöne Wetter gar nicht wahrnehmen.

Ida hatte in diesem Augenblick keinen anderen Wunsch, als ihn glücklich zu machen. Sie sprang aus ihrem Versteck und umarmte ihn stürmisch. Er erwiderte ihre Umarmung erst zögerlich, aber dann küsste er sie so fordernd, als wäre er am Ertrinken. Nach Luft schnappend machte Ida sich los.

»Ich halte es hier einfach nicht aus! Als besserer Knecht auf diesem Hof zu ackern und zuzusehen, wie mein Vater alles aufgibt, was er erarbeitet hat – das ertrage ich nicht! Gestern erzählte er, dass er Geld sparen und zu Hennikos Familie aufbrechen will – dann sind wir noch weiter weg von unserem Besitz!«, brach es aus ihm heraus.

Ida umfasste Eskos Hände. »In Gedanken bin auch ich weit fort. Ich frage mich immer, ob ich die Spur meiner Eltern finden könnte. Es kommt mir vor, als würde ich hier ein falsches Leben führen.«

Esko stimmte ihr zu. »Wir könnten fortlaufen. Deine Familie suchen …«

»Ohne Geld? Unverheiratet?«

»Wenn es nur das ist: Vater würde uns sicher in den Bund der Ehe geben.«

Bei dem Gedanken lächelte Ida. »Verlockend, wirklich. Aber wie kann ich heiraten, wenn ich nicht weiß, wer ich bin? Vielleicht habe ich einen Vater, einen Vormund.«

»Vielleicht bist du auch die Tochter eines Bürgers und etwas Besseres als ich. Ich bin ein Nichts, ein Niemand«, sagte Esko wieder düsterer.

Sie küsste ihn. »Das ist nicht wahr, und du weißt es! Außerdem: Egal, was ich bin – ich liebe dich!«

»Aber warum willst du dich freiwillig unter die Knute eines Vormunds begeben?« Sie hob die Schultern. »Siehst du, du weißt es auch nicht! Finde uns ein paar Perlen. Dann bekäme mein Vater neues Perlwasser, es ginge ihm gut genug, um allein klarzukommen, und wir hätten etwas Geld, um unser Glück zu machen!«

Ida schnaubte. »Als ob es so leicht wäre!« Natürlich hatte sie auch mitbekommen, dass Otmar wieder an seiner alten Krankheit zu leiden hatte. Sie nagte an ihrer Unterlippe. »Außerdem ist da noch immer die Frage der Schicklichkeit.«

Esko umfing sie voller Leidenschaft und berührte sie an den Stellen, an denen sie es liebte. »Meinst du diese Schicklichkeit?«, fragte er rau.

Ida schmolz dahin. Sie hätte sich am liebsten auf ihn gestürzt, beherrschte sich aber. »Nicht hier … nicht jetzt«, stieß sie hervor.

Seine Lippen wanderten über ihren Hals. »Ich könnte mich mal nach einem vielversprechenden Gewässer umschauen«, flüsterte Esko zwischen seinen Küssen. »Wenn wir erst Perlen haben …«

»Ja … tu das.« Ihr Atem ging schwer, und sie ließ sich an ihn sinken, was ihm sichtlich gefiel. Esko umfasste ihre Oberschenkel und hob sie hoch. Rau war die Rinde des Baumes an ihrem Rücken, aber die Haut ihres Geliebten war heiß, und seine Küsse waren süß. Mit einem tiefen Seufzer öffnete sie sich ihm.

»Und die Schicklichkeit? Da fällt uns auch noch etwas ein …«, murmelte er.

Wenige Wochen später rieb Ida Steine übereinander, sodass von den Perlen nur noch feines Pulver übrigblieb. Als sie das Perlenpulver in das Tongefäß füllte und Essig darübergoss, schäumte die Flüssigkeit, wie sie es bei Neslin getan hatte. Also hatte sie alles richtig gemacht!

Otmar schnupperte an dem Aqua Perlata und nahm einen Schluck. Die Maisonne zeichnete die Narbe an seinem Armstumpf nach. Seine Schläfe mit der anderen Hand massierend sagte er: »Habe ich das richtig verstanden: Ihr wollt euch auf die Suche nach Idas Eltern machen? Und Kethe wollt ihr als Anstandsdame mitnehmen?«

Die Magd warf Esko einen verunsicherten Blick zu. Als er sie aufmunternd anlächelte, strich sie sich über die Locken. Für die Dauer eines Lidschlags fragte sich Ida, ob es so eine gute Idee war, dass Kethe sie begleitete. Aber anders ging es nicht.

»Das ist der Plan, Vater«, sagte Esko. »Es sei denn, wir wollen doch unseren Hof zurückerobern.«

»Die Zeit der Rache ist noch nicht gekommen«, wich Otmar aus. Esko nickte, hielt sich aber mit Worten zurück, was vermutlich auch besser war. Otmar war anzusehen, dass ihm das Vorhaben seines Sohnes nicht gefiel. Schließlich schüttelte er den Kopf und platzte heraus: »Ich begreife nicht, was du dir dabei denkst. Auf dem Hof ist so viel zu tun! Außerdem kannst du nicht einfach mit zwei Frauen in der Gegend herumspazieren. Es ist gefährlich auf den Straßen! Seit zwei Könige um unser Land ringen, herrscht mehr denn je Rechtlosigkeit.«

Das machte auch Ida Sorgen. Bei Neslin hatte sie wenig von

der Welt der Kaiser, Könige und Päpste mitbekommen, aber auf dem Hof des Großbauern berichteten oft Wanderarbeiter und fahrende Krämer von dem, was im Reich vor sich ging.

»Glaubst du wirklich, ich wüsste nicht um die Gefahren? Wir schließen uns Pilgern oder Kaufleuten an. Außerdem kann ich uns verteidigen, das weißt du«, sagte Esko.

»Ein einzelner Mann …«, wollte Otmar einwenden, doch Esko unterbrach ihn.

»Mit Verlaub, Vater: Hast du nicht Neslin versprochen, für Idas Wohl einzustehen?«

»Das schon«, sagte Otmar nachdenklich und er wandte sich an Ida: »Geht es dir nicht gut bei uns? Abgesehen davon, dass uns alles genommen wurde?« Er lachte bitter.

»Doch«, versicherte ihm Ida schnell. »Ich bin dankbar, dass du mich aufgenommen hast. Aber der Gedanke an meine Familie lässt mich nicht los.«

»Neslin plagte es in ihren letzten Stunden sehr, dir nicht die Wahrheit gesagt zu haben.«

»Ich weiß. Und ich will wissen, was mit meiner Familie geschah. Erst dann kann ich mich frei meinem Schicksal stellen«, sagte sie und warf Esko verstohlen einen Blick zu.

»Aber wovon wollt ihr unterwegs leben?«, wollte Rasmoda wissen. »Wir können euch höchstens Proviant für die ersten Tage mitgeben, sonst besitzen wir ja nichts.«

»Ich arbeite«, sagte Esko. »Außerdem hat Ida vorgesorgt.«

Ida band den kleinen Lederbeutel von ihrem Gürtel und ließ acht Perlen auf ihre Handfläche kullern. Es waren größere und ebenmäßigere Perlen als diejenigen, die sie zermahlen hatte, und es hatte viel Zeit und Mühe gekostet, sie zu finden. In jeder freien Minute war sie mit Esko und Kethe am Fluss gewesen und hatte – obgleich das Wasser um diese Jahreszeit noch bitterkalt war – nach Perlen gefischt. Sie nahm je eine Perle zwischen Zeigefinger und Daumen und reichte sie an Otmar, Rasmoda,

Svea und Henniko weiter. Vier weitere verblieben in Idas Hand. Sie wusste nicht, wie viel Geld sie dafür bekommen würde.

»Eine davon ist für Kethe, als Dank dafür, dass sie uns begleitet«, sagte Ida.

Die Magd strahlte.

»Willst du dich denn wirklich auf diese gefährliche Reise machen?«, fragte Otmar die Magd.

»Esko beschützt uns ja«, sagte Kethe knapp, aber Ida wusste, dass der Magd vor allem die Aussicht gefiel, einmal eine der Städte zu sehen, für die sie sich so sehr interessierte.

Bewundernd betrachteten ihre Freunde ihre Perlen.

»Ich habe noch nicht einmal beim Essen das Glück gehabt, auf eine Perle zu beißen. Dass du sie einfach so finden kannst, grenzt an ein Wunder«, sagte Rasmoda.

Röte schoss in Idas Wangen. »Ich weiß lediglich, welche Umgebung die Perlmuscheln lieben. Und in welcher Art Muscheln öfter Perlen zu finden sind.«

Otmar hielt eine Perle hoch. »Das wissen viele – und dennoch finden sie diese Kostbarkeiten nicht. Du schon. Es ist etwas Besonderes an dir, das hat auch Neslin gewusst.« Otmar seufzte schwer. »Also gut. Esko wird mein Versprechen Neslin gegenüber erfüllen und mit dir ziehen. Kethe soll euch begleiten. Aber zur Erntezeit …«

»Bis dahin sind wir …«, Esko biss sich auf die Unterlippe, »… bin ich sicher wieder bei euch.«

Eine kurze Stille kehrte ein, weil allen der unsichere Ausgang des Unternehmens klar war. Dann steckte Otmar die Perle ein. »Hab Dank dafür, wir können deine Perlen gut gebrauchen. Wir lassen dich nur ungern ziehen. Mögen die Götter euch Glück für eure Reise geben.«

Die erste Etappe des Weges war schwer für Ida. Einerseits klagte Kethe über wunde Füße und belegte Esko mit Beschlag, andererseits machte Ida die Aussicht zu schaffen, dass sie an Neslins Hütte haltmachen würden. Sie wollte dort nach dem Rechten sehen; schließlich hatte Neslin ihr die Hütte vermacht, und sie besaß die Besitzurkunde. Allerdings zweifelte Otmar daran, dass das Erbe Bestand haben würde. Frauen galten vor Gericht nichts, und es würde sicher jemanden geben, der das Testament anfocht. Wenn überhaupt, dann konnte nur der Lüneburger Vogt ihr weiterhelfen, hatte Otmar gemeint.

Knapp ein Jahr war vergangen, seit sie die Hütte verlassen hatten, doch Ida kam es vor, als wäre sie eine Ewigkeit fort gewesen. So viel hatte sich in ihrem Leben verändert! In sattgrünes Laub gehüllt, begrenzte die Eiche die von Geißblatt, Efeu und Gräsern zugewucherte Lichtung. Krächzend und schimpfend stob ein gelber Pfingstvogel auf, und Ida glaubte, das erboste Fiepen der Spitzmäuse im hohen Gras zu hören. Sie legten einen Trampelpfad zur Hütte frei. Um die Eiche hatte ein Herbststurm einen Teppich aus Totholz ausgebreitet; auch der Ast, an dem die Ritter Neslin aufgeknüpft hatten, war abgefallen. In der Hütte stank es bestialisch. Ein Marder hatte sich im Holzlager sein Nest gebaut und einen Vorrat aus Aas dort angelegt. Kethe wollte die Tierkadaver in den Fluss werfen, aber Esko vergrub sie stattdessen und legte in dem Nest eine Schlinge aus.

Nachdem sie sich von dem Proviant, den Rasmoda zusammengestellt hatte, eine Mahlzeit bereitet hatten, wollten sie an den Fluss. Kethe weigerte sich erst, sie zu begleiten, weil sie zu erschöpft war. Allein bei der Hütte zu bleiben gefiel ihr aber auch nicht.

»Ich weiß nicht, was ihr am Fluss wollt! Sicher kommt gleich ein Boot vorbei, und wir müssen fliehen«, sagte sie, als sie ihnen nachtrödelte.

»Das hier ist nur ein Seitenarm der Ilmenau. Außerdem hören wir Ruderer auf jeden Fall rechtzeitig. Wie wäre es – du kommst mit ins Wasser und lernst endlich schwimmen!«, neckte Ida die Magd.

»Ich bin doch nicht lebensmüde!«, lehnte Kethe ab. Sie setzte sich ans Ufer und hängte die geschwollenen Füße in den Fluss.

Die Erlenblätter glänzten tiefgrün. Ida zog sich bis auf das Leibhemd aus und schlüpfte ins Wasser. Der Fluss war an dieser Stelle eisig, wie immer. Dennoch spürte sie, wie neue Kräfte in sie einströmten. Esko folgte ihr. Ida genoss es, in diesem vertrauten Teil der Ilmenau zu schwimmen und zu tauchen. Sie sah nach dem Nest des Eisvogels – die Einfluglöcher in der Böschung waren glatt gescheuert, was reges Leben bewies – und stattete der Muschelbank einen Besuch ab. Der Otter hatte sie anscheinend verschont, denn wie ein breites Band zeichneten die Muscheln den Flussgrund. Viele der Muscheln, die Ida aufgebrochen und zurückgesetzt hatte, waren angewachsen. Wieder fischte sie ein Dutzend und fand tatsächlich zwei kleine Perlen. Inzwischen war ihr Körper eine einzige Gänsehaut, und ihre Lippen bebten.

»Schaut mal hier!« Auch Esko hatte eine Muschel hochgeholt und geöffnet. Sie war wulstig und groß, trug aber statt einer Perle eine winzige Wasserspinne aus kalkweißem Stein in sich. Ida fand sie wunderschön, aber Kethe ekelte sich vor ihr.

»Wer weiß, vielleicht wächst sie noch, wenn ich sie zurücksetze, und macht als bleiche Riesenspinne den Fischern Angst«, sagte Esko ungewohnt albern.

Ida konnte den Blick kaum von ihm lassen. Seine schwarzen Haare und seine Arm- und Brustmuskeln glänzten feucht, was ihm etwas Wildes verlieh. Seine Augen hingegen gaben das beruhigende Blau des Himmels zurück. Die Narbe an seinem Hals war beinahe verschwunden. Vor allem aber grinste er so unbefangen wie schon lange nicht mehr. Unterwegs zu sein schien ihm gutzutun.

Ida dachte an ihre erste Begegnung zurück. Es war an diesem Fluss gewesen. Zuerst hatte sie ihn für einen Engel gehalten, dann für einen Halsabschneider. Jetzt hätte sie ihn am liebsten umarmt, aber vor Kethe mussten sie sich zurückhalten.

»Riesenspinne? Warum nicht!«, lenkte sie ab. »Hier im Fluss gibt es viele wunderbare Dinge. Neslin erwähnte oft die Sage vom Heidestern, einer Perle, so groß und vollkommen, dass sie den Vergleich mit dem Strahlen der Himmelsgestirne nicht scheuen muss.«

»Also, was meint ihr? Soll ich der Muschel ein zweites Leben schenken?«, durchbrach Esko ihre Erinnerung.

»Probier es doch aus. Du musst sie nur schnell genug schließen und wieder an ihren Platz setzen, sonst wächst sie nicht mehr an«, sagte Ida.

»Schmeiß sie lieber weg – sicher haben die Flussgeister mit dieser grausigen Spinne zu tun!«, meinte Kethe. Esko hörte nicht auf sie, sondern tauchte erneut.

Bei der Erwähnung der Flussgeister fiel Ida etwas ein, und sie sagte gedankenverloren: »Vilen und Rusalky sind Flussgeister, nicht wahr?«

Kethe zog ihre Füße aus dem Wasser. »Weißt du das denn nicht? Aber bevor wir von ihnen sprechen, kommt lieber raus. Es wird schon dunkel!« Als sie Kethes Bitte nachkamen, reichte Kethe Esko seinen Umhang zum Abtrocknen. »Ich werde ein Feuer machen, das die Flussgeister von uns fernhält und uns wärmt«, sagte sie.

Am Lagerfeuer begannen Kethe und Esko von den Wassernymphen zu erzählen, den Vilen und Rusalky. »Wunderschön sind sie. Lange Haare bis zu den Knien haben sie, denn ihre Kraft steckt in den Haaren. Wenn ihr nasses Haar austrocknet, muss die Nixe sterben, das ist den Vilen und den Rusalky gemein«, begann Kethe. Die Vilen waren junge Frauen mit blassen Gesichtern und ebenso hellen, manchmal auch rotbraunen Locken, erklärte sie. Jede Vila hatte ihren Lieblingsbaum, in dem sie lebte, und wenn der Baum gefällt wurde, war auch das Leben der Vila zu Ende. Vilen waren eifersüchtig und verrucht, konnten Krankheiten verursachen und auch heilen. Vor allem jungen Männern wurden sie gefährlich. »Denn es heißt, dass die Vilen die Geister der Bräute sind, die vor der Hochzeit starben«, sagte Kethe. »Ein Mann, der eine Vila gesehen hat, wird sie nie vergessen und vor lauter Sehnsucht nach ihr sterben.«

»Die Rusalky hingegen haben dunkle Haare und Augen. Sie sind die Seelen der Kinder oder Frauen, die erstickten oder sich selbst das Leben nahmen. Wenn die Rusalky eine Person in ihrer Gewalt haben, stellen sie dieser drei Fragen. Nur wenn man die Fragen des Flussweibs beantworten kann, gewinnt man die Freiheit zurück«, ergänzte Esko.

Hatte Neslin sie ihrer hellen Haare wegen für eine Vila gehalten? Oder hatte die Alte gefürchtet, dass Ida Selbstmord begangen hatte und nun als Rusalka ihr Unwesen trieb? Ein Jammer, dass ich sie nicht mehr habe fragen können, dachte Ida.

»Diese Flussnymphen beherrschen Wind und Wetter und lieben es zu tanzen. Mit dem ersten Schneefall ziehen sie sich in ihre Nester am Grund des Flusses zurück. Erst im Frühjahr steigen die Rusalky wieder aus den Fluten empor«, wusste Esko.

Nachdenklich stocherte Ida im Feuer. »Mir hat mal jemand erzählt, dass die Perlen die Tränen der Engel sind. Ich habe mir immer vorgestellt, dass die Engel vom Himmel steigen und die Muscheln vom Flussgrund nach oben und dass beide sich an der Oberfläche treffen, um sich auf wunderbare Art und Weise zu vereinigen.« War es Neslin gewesen, die ihr diese Geschichte erzählt hatte? Nein, vermutlich nicht. Hatte Idas Mutter davon gesprochen?

Esko lächelte sie an. »Vielleicht sind es nicht die Engel, sondern die Wasserfrauen, die auf diese Art die Perlen zeugen.«

Kethe begann, die Hütte auszufegen. Als sie sich zur Ruhe betten wollten, gab es eine längere Diskussion, weil die Magd darauf bestand, in der Hütte zu schlafen, und Ida ihren gewohnten Platz unter der verwachsenen Buche einnehmen wollte. Schließlich blieb Esko zwischen ihnen am Feuer, um beide Frauen bewachen zu können.

Ida schlief traumlos und fest, bis ein Getöse sie weckte, das aus der Hütte kam. Sofort sprang sie auf und tastete nach ihrer Steinschleuder. Kethe klammerte sich verschreckt an Esko – ein Anblick, der Ida einen Stich versetzte. Warum hielt sie sich mit ihren Zärtlichkeiten zurück, während die Magd sich bei erstbester Gelegenheit an ihn schmiss?

Ruhig, aber bestimmt machte Esko sich von Kethe los. Er ging in die Hütte und kam wenig später mit dem Marder heraus, der sich in der Schlinge verfangen hatte. Esko musste ihn gerade erst getötet haben, denn die Läufe des Tiers zuckten noch.

»Der wird sein Nest nicht mehr in dieser Hütte bauen«, sagte Esko und bat um eine gesegnete Reise, als er das Blut des Tiers an Neslins alter Eiche opferte.

Frühnebel lag über den Auen, als sie die Hütte verließen. Um Meister Bartels Hof machten sie einen großen Bogen. Es war besser, Neslins Tod geheim zu halten, um nicht gleich Begehrlichkeiten zu wecken. Sonnenschein vertrieb die Morgenkälte, und Ida verspürte den Anflug eines schlechten Gewissens, weil sie Eskos Familie alleingelassen hatten – jetzt gab es auf den Feldern so viel zu tun!

Ihre Schritte führten gen Bardowick, und sosehr sich Ida auch wappnete, sosehr wühlte sie der Anblick der Ilmenau-Schleife und der Kirchtürme auf. Sie konnte sich nicht daran erinnern, je hier gewesen zu sein, aber ganz sicher war dies die Landschaft, die sie so oft in ihren Albträumen aufgesucht hatte. Esko ging voraus über den Heerweg, der nur von vereinzelten schäbigen

Hütten und Feldern voller Unkraut flankiert wurde. Einen Bauern fragte er nach einer günstigen Unterkunft.

»Gasthöfe gibt es hier schon lange nicht mehr, und die übrig gebliebenen Bauern sind alt und arm. Versucht es mal in der Petrikirche. Die Stiftsherren nehmen ab und an Pilger auf.«

Dankend ging Esko weiter. »In einer Kirche. Großartig. Wenn ich an die Pfaffen nur denke, packt mich die Mordlust«, zischte er.

Unauffällig berührte Ida seine Hand. »Nicht jeder Geistliche ist wie der Priester, der uns unter das Kreuz gezwungen hat.«

»Ach nein?«, sagte Esko schnaubend.

Als Ida das steinerne Portal der Holzkirche sah, wurden ihre Knie weich. Den Anblick kannte sie gut. Ein Bild blitzte in ihr auf: Ein Junge stand davor, ihr Bruder vermutlich. In Idas Erinnerung war es Nacht. Was trieben zwei Kinder des Nachts hier draußen? Was hatten sie vor? Oder spielte ihre Erinnerung ihr einen Streich? Ida konnte die Antwort nicht in ihren Gedanken finden, sosehr sie auch darin kramte.

»Alles in Ordnung?« Esko sah sie von der Seite an.

Ida bewegte kaum den Kopf, aus Furcht, ihre Erinnerung zu vertreiben. So weh es auch tat und sosehr es sie ängstigte – sie musste sich den Bildern in ihrem Kopf stellen.

Sie traten in die Kirche ein. Ida sah in Gedanken den Boden voller Verletzter. Und da war eine Frau, die ihnen half. Ein warmes Gefühl verdrängte die Beklemmung. Ihre Mutter …

Ein Ruck. »Was ist denn nur mit dir, Ida? Nun komm schon! Wir wollen endlich unsere Füße hochlegen!« Kethe zog sie weiter.

»Was ist Euer Begehr?« Unvermittelt war ein alter Mann aufgetaucht.

»Wir benötigen ein Lager für die Nacht. Ich geleite diese Frau und ihre Magd zu ihrer Familie«, sagte Esko.

»Wir sind kein Wirtshaus.«

»Eben weil es in diesem Ort keinen Gasthof gibt, bitten wir um Eure Gastfreundschaft. Wir entlohnen Euch auch dafür.« Esko holte das Stück Hacksilber hervor, das er am Gutshof verdient hatte.

Der Stiftsherr nahm es und biss mit seinen verbliebenen Zähnen darauf. »Folgt mir«, sagte er und führte sie zu einer schäbigen, feuchten Kammer.

Ida graute es davor, in dieser bedrückenden Enge schlafen zu müssen; Kethe hingegen ließ sich sofort auf das schmale Lager sinken. Der Geistliche wandte sich pikiert ab. »Ihr könnt vor der Kammertür nächtigen, damit die Damen geschützt sind«, sagte er zu Esko, dem ebenfalls sein Unwille über die Unterkunft anzusehen war.

Als der Stiftsherr sich zu gehen anschickte, fragte Ida: »Lebt Pater Gottschalk noch?«

Dem Kanoniker gefiel ihre Frage offenbar nicht, denn er drehte sich nicht einmal um, als er antwortete: »Unser Plebanus ist alt und lebt sehr zurückgezogen.«

»Plebanus?«

»Pater Gottschalk ist unser Laienpriester.«

»Ach so«, sagte Ida schnell und nahm ihren Mut zusammen. »Das ist sehr schade. Neslin, die mich wie eine Großmutter aufgezogen hat, hat mir oft von ihm erzählt. Sie hat Pater Gottschalk früher mit Heilkräutern versorgt.«

Der Geistliche verharrte. »Die alte Neslin, sagt Ihr?«

Ida fiel es schwer, die Wahrheit auszusprechen: »Ja. Sie ist leider vor einigen Wochen gestorben«, sagte sie mit dünner Stimme.

Halb drehte er sein Haupt. »Und was wollt Ihr von Pater Gottschalk?«

»Ich möchte mit ihm über den Überfall auf Bardowick sprechen.«

Nun schlurfte der Stiftsherr weiter. »Der Überfall war eine der schlimmsten Prüfungen für uns. Wir denken nicht gerne daran.«

»Das Gespräch würde mir sehr viel bedeuten. Ich verlor bei dem Überfall meine Eltern. Neslin sagte, es könnte sein, dass der Pater meine Eltern gekannt habe.«

Bevor der Stiftsherr durch eine Tür verschwand, hörten sie ihn noch murmeln: »Vielleicht kann ich Pater Gottschalk von dem Ansinnen erzählen.«

»Dafür wäre ich Euch sehr dankbar«, rief Ida ihm nach.

Obgleich draußen die Sonne schien, war es kalt in der Kammer. Als Ida ins Dorf gehen wollte, um jemanden zu suchen, der ihr weiterhalf, waren die Klostertüren verschlossen. Die anderen Kammern waren belegt, und auf den Gängen lungerten Männer herum, Reisende, die sich mit Geschwätz die Zeit vertrieben und die beiden jungen Frauen so ungeniert belästigten, dass Esko Ida und Kethe in die Kammer zurückgeleiten musste. Von Pater Gottschalk jedoch hörten sie nichts.

Erst als sie am nächsten Tag aufbrechen wollten, sprach einer der Kanoniker sie an und führte sie zu einem Greis mit kahlem Schädel, der an der windgeschützten Längsseite der Kirche auf einer Bank saß. Esko und Kethe hielten etwas Abstand, während Ida sich zu dem Geistlichen setzte. Die blassen Augen des Greises wanderten ziellos um Ida herum. Er roch streng, seine Kutte war fleckig. Haarbüschel wuchsen ihm aus Nasenlöchern und Ohren. Seine Fingernägel waren verwachsen und klauenartig.

»Wer bist du, Kind?«, fragte Pater Gottschalk mit einer Stimme, die klang, als sei er es nicht gewöhnt zu sprechen.

»Ich bin Ida, Pater.«

»Wer ist dein Vater?«

»Das … weiß ich nicht.«

»Sein Name, Kind! Wie lautet der Name deines Vaters?« Der Stiftsherr klang ungeduldig, als wäre sie begriffsstutzig.

»Ich kann mich kaum an meinen Vater erinnern. Neslin sagte, ich stamme aus Bardowick. Sie fand mich nach dem Überfall am

Fluss, ich war schwer verletzt. Das einzig Bedeutsame, das ich bei mir trug, war diese Kette.« Sie holte das Lederband mit den Anhängern unter ihrem Tuch hervor.

Der Geistliche schnaubte. »Ich bin zwar schon dem Himmel nah, aber hellsichtig bin ich nicht.«

Ida band die Kette ab und legte sie ihm in die Hand. Er befühlte die Perlen und den Anhänger ausgiebig. »Ich kenne diese Kette«, sagte er schließlich. »Die alte … wie war noch ihr Name?«

»Neslin.

»Die alte Neslin zeigte sie mir.«

Ida warf Esko einen hoffnungsvollen Blick zu. Er lehnte mit verschränkten Armen und gerunzelter Stirn an der Kirchenwand; Kethe stand ganz in seiner Nähe. »Wisst Ihr noch, wann Ihr diese Kette gesehen habt? Wem sie früher einmal gehörte?«, fragte Ida.

Wieder kehrte eine lange Pause ein, während der sich einzig die Augäpfel des Geistlichen bewegten. »Es war, als wir dieses Gotteshaus für die Menschen öffneten, die bei der Erstürmung der Stadt verwundet worden waren«, sagte Pater Gottschalk. Er schloss die Lider und schwieg so lange, dass sie schon fürchtete, er habe das Sprechen wieder eingestellt.

Plötzlich ein Husten, ein Krächzen. »Dies war eine blühende Gemeinschaft«, setzte er seine Rede fort. »Beinahe wäre Bardowick Bischofssitz geworden. Aber es gefiel dem Herzog von Sachsen, Lüneburg und Lübeck zu erhöhen und uns zu erniedrigen. Hat es ihm etwas genützt? Nur der Herrgott weiß es. Selbst ein Herrscher wie Heinrich, der sich als Löwe rühmte, musste sich rechtfertigen, als er vor den Himmelsthron trat.«

»Herzog Heinrich ist tot?«

»Der Herr hat ihn im Jahre 1195 zu sich gerufen. Fünf Jahre hat der Löwe seinen Erzfeind Barbarossa überlebt.«

Ida schwieg. Merkwürdigerweise beruhigte es sie, dass derjenige, der für ihr Schicksal verantwortlich war, nicht mehr auf der Erde weilte. »Ihr erzähltet gerade von den Verwundeten«, kam sie auf ihr Anliegen zurück.

»Mancher, der den Überfall überlebt hat, hat in den Städten sein Auskommen gefunden. Einige wenige beackern hier ihre Schollen. Aber die meisten ruhen auf unserem Friedhof.«

Sie bemerkte, wie Esko ungeduldig mit dem Fuß wippte; das wussten sie schon. »Sicher haben meine Eltern mir diese Kette …«

»Herzog Heinrich war ein guter Christ, aber zu jener Zeit hatte der Zorn sein Gemüt verdüstert, deshalb richtete er seine Wut gegen die Falschen.« Gedankenverloren wanderten die blinden Augen des Paters über den Friedhof. »Ich bin dort gewesen, im Osten, wo die heidnischen Götter besonders stark sind. Ich habe den *slavicus furor* erlebt. Denn das Slawenvolk ist von Natur aus treulos und böse. Männer aus unserem Ort habe ich auf die Insel Rügen begleitet, wo die Vandalen leben. Fischen wollten unsere Männer, fischen und Heringe kaufen. Einsalzen mit dem guten Salz aus der Lüneburger Sole, damit wir eine Fastenspeise haben. Ich sollte ihnen beistehen, sollte mit ihnen beten, damit sie wüssten, dass unser Herr sie vor den Heiden beschützt. Und was geschah?« Die Kette in seinen Händen bebte. Wieder sah Ida zu Esko, der nun aufmerksam zuhörte. »Dem vierköpfigen Svantovit wollten diese Barbaren meinen Kopf zum Geschenk machen, dem Gott des Krieges. Dem Gott der Götter. Sie wollten ihren Durst der Grausamkeit mit dem Blut ihrer Feinde stillen.« Der Geistliche stieß ein heiseres Lachen aus. »Nur dem Allmächtigen und dem Mut und Geschick unserer Männer ist es zu verdanken, dass ich mit dem Leben davonkam.« Er richtete ein Stoßgebet gen Himmel. »Wenig später wurde das Heiligtum der Ranen vom dänischen König Waldemar zerstört. Die gottlose Schlangenbrut auf Rügen wurde vernichtet. Auch Herzog Heinrich hat zu Gottes Gefallen Tausende Heiden getötet, deshalb beten wir trotz allem für seine Seele.«

Esko hatte die Fäuste geballt, aber als er Idas beschwörenden Blick sah, entfernte er sich einige Schritte. Ganz steif vor Zorn war er. Auch sie stießen die Kälte und die Grausamkeit in den Worten des Geistlichen ab. Doch der Pater hatte sich in Rage geredet.

»Und bald wird hoffentlich diese heidnische Pestilenz ganz vom Antlitz der Erde getilgt sein – dafür bete ich jede Stunde …«

Mit drei großen Schritten war Esko bei ihm, hatte ihn gepackt und hochgerissen. Der alte Mann wimmerte, als hätte Esko ihn verprügelt.

»Jetzt sag der Jungfer endlich, ob du etwas über ihre Eltern weißt, du verdammter Pfaffe!«

»Ich … habe keine Ahnung. Ich schwöre … es bei …«

Esko ließ ihn angeekelt fallen. »Ich habe genug von deinem …«

Ida zog Esko weg, ehe er seinen lästerlichen Fluch beenden konnte. »Lass ihn, er ist es nicht wert«, wisperte sie. Bebend stürzte Esko davon, Kethe hinterher.

Ida hingegen lief noch einmal zu dem alten Mann, klaubte die Kette auf, die er fallen gelassen hatte, und entschuldigte sich für das ungestüme Benehmen ihres Begleiters. Dennoch hörten sie Pater Gottschalks heisere Hilfeschreie noch immer, als sie eilig vom Kirchhof flohen.

Sie hasteten über den Heerweg und rechneten damit, jeden Moment aufgehalten zu werden. Erst nachdem sie die Ilmenau-Furt durchquert und Bardowick weit hinter sich gelassen hatten, hielten sie inne. Kethe hielt sich die Seite und klagte über stechende Schmerzen.

Ida kam neben Esko zum Stehen. »Er ist doch nur ein alter Mann«, sagte sie etwas atemlos. Der unbeherrschte Wutausbruch ihres Geliebten hatte sie erschreckt. Es tröstete sie nur wenig, dass Esko den Greis nicht geschlagen hatte.

Esko, der, die Hände in den Hüften, in die Ferne gestarrt

hatte, fuhr herum. Seine Wut war noch immer nicht verraucht, das sah sie jetzt.

»Alter Mann?«, echote er. »Alte Männer wie er sind die treibende Kraft hinter dem Hass auf unser Volk. Sie sind es, die die anderen aufwiegeln. Denk an unser Dorf: Friedlich haben wir mit den Christen zusammengelebt. Sie wussten, dass wir anders sind, und haben uns dennoch in Ruhe gelassen. Dieser Pfaffe sehnt unsere Vernichtung herbei – auch meinen Tod. Und das ist dir egal?«

»Natürlich nicht! Aber du … du bist so viel stärker als er. Was nützt es dir, wenn du ihm Angst einjagst?«

»Ich hätte ihn umbringen sollen!«

»Hätte das dein Leben besser gemacht? Im Gegenteil, es hätte uns in Schwierigkeiten gebracht. Wir können froh sein, wenn Pater Gottschalk uns nicht anschwärzt und verfolgen lässt.«

»Willst du ihn etwa in Schutz nehmen?«

Ida verneinte schnell. Eskos Hass, auch wenn er nicht gegen sie gerichtet war, traf sie ins Herz. Vorsichtig legte sie die Hand auf seine Wange, doch er drehte sich weg. Aus dem Augenwinkel sah sie, dass Kethe sie beobachtete.

»Du biederst dich bei diesem Hetzer an. Dabei kennst du noch nicht einmal … Ich weiß nicht, was für einen Sinn …« Esko verstummte.

Ida wurde kalt. Jetzt ging es ihm wirklich um sie, das spürte sie. »Ja?«

Er straffte sich. »Schon gut.«

Sie stellte sich wieder vor ihn und sah ihm in die Augen. Wie zornig, wie verletzt er war! So sollte ihre Liebe nicht sein! »Was wolltest du sagen? Ich möchte es wissen«, sagte sie.

Esko jedoch lief los. »Wir sollten uns hier nicht länger aufhalten. Nach Lüneburg ist es zwar nicht weit, aber wir müssen da ja auch noch die Perlen zu Geld machen und uns eine Unterkunft suchen.«

Sie liefen am Fluss entlang, doch je näher sie Lüneburg kamen, umso trauriger stimmte der Anblick Ida. Die Ufer waren über weite Strecken glatt getrampelt und tot; weder Wasserpflanzen noch Fische waren zu sehen, dafür zogen Lastkähne an ihnen vorbei.

»Früher mäanderte die Ilmenau hier in Schlangenlinien. Aber das hat den Lüneburgern wohl nicht mehr gepasst. Sie müssen Flussarme abgedeicht und einen Teil begradigt haben, damit der Fluss besser schiffbar ist«, sagte Esko und blickte düster über die abgeholzten Ebenen, die unvermittelt aufragende Festung auf dem Kalkberg und den scharfen Rauch der Saline. »Und dort gehen unsere Wälder in Rauch auf. Dabei war Hliuni oder Glain, wie meine Großeltern sagten, mal die Zufluchtsstätte unseres Volkes.«

Ida erinnerte sich wieder, dass der Anblick der Saline sie als Kind ebenfalls geängstigt hatte. Auch ihren heiligen Hain hatten Meister Kramm und Arndt abholzen lassen und an einen Sülfmeister verkauft, das hatten Reisende ihnen schon vor Monaten berichtet.

Schließlich verließen sie den Fluss und hielten sich an die Handelsstraße, wo sie sofort das Interesse der anderen Reisenden auf sich zogen. Ida und Kethe wurden angestarrt oder mit anzüglichen Worten oder Gesten belästigt. Esko hingegen nahmen vor allem die Kaufleute und deren Knechte nicht ernst. Ihre Laune war finster, als sie den Stadtwall erreicht hatten und bei der ersten Herberge vorsprachen, um nach einem Zimmer und einem Goldschmied zu fragen.

»Zwei junge hübsche Weiber – gerne. Kommt nur herein! Aber nur, wenn ihr die Beine für meine Gäste breitmacht!«, rief ihnen der rotgesichtige Wirt weinselig zu.

Ida und Kethe wollten beschämt weiterfliehen, aber einer der Händler, die vor dem Gasthof ihre Wagen abschirren ließen, griff nach ihnen. »Komm doch mal her, Süße!«

Kethe schrie auf, als er sie packte. Die Männer lachten.

»Lasst sie!«, befahl Esko und befreite die Magd.

»Was willst du denn?« Der Händler baute sich vor Esko auf. »Ein Landmann, noch grün hinter den Ohren, der sich erdreistet, einen ehrenwerten Kaufmann wie mich anzusprechen, hat eine Abreibung verdient, meint ihr nicht?« Sogleich rotteten sich seine Standesgenossen zusammen. Beinahe wäre es tatsächlich zu einer Prügelei gekommen; sie mussten vor den Streitlustigen fliehen. Wo sollten sie hin?

»Ich werde mich erst mal alleine umschauen«, entschied Esko.

»Und wir?«, fragte Kethe unsicher.

Esko sah sich um. Lüneburg war schmal und langgezogen. Eine einzige lange Straße schien Saline, Burg und Ilmenaubrücke zu verbinden. Schwer beladene Salzkarren schaukelten darauf. Am Fuß des Kalkbergs war eine Kirche; auf sie steuerte Esko jetzt zu.

»Ich habe es mir irgendwie anders in einer Stadt vorgestellt. Schöner. Größer. Besser. Können wir nicht einfach nach Idas Eltern fragen und dann schnell wieder verschwinden?«, fragte Kethe.

»Wenn es so einfach wäre!«, stieß Esko aus.

Sein Ton und der vorwurfsvolle Blick taten Ida weh. »Was meinst du? Ich verstehe dich nicht.«

»Wenn ich gewusst hätte, dass du dich nicht einmal an die Namen deiner Eltern erinnerst! Dieses Stochern im Nebel ist das Risiko vielleicht tatsächlich nicht wert.«

Ida spürte, wie ihr der Hals eng wurde. »Ich habe die Kette. Jemand muss sich doch erinnern …«

»Die Kette.« Es war ein Stoßseufzer. Sie hatten die Kirchenpforten erreicht. »Hier wird euch niemand etwas tun. Ich bin gleich zurück.«

Doch auch hier trieben Krämer ihre Geschäfte zwischen den Betenden, und der Priester ging sie um Almosen an. »Gott zum

Gruße, ihr holden Jungfrauen«, begrüßte einer der Höker sie, der aus einer Bauchlade süßes Gebäck verkaufte. »Eure liebreizenden Gesichter habe ich hier ja noch nie gesehen.«

Ida bemerkte, wie Kethe sich die Lippen leckte. Sie hatten seit dem Morgen nichts gegessen. Geld hatten sie aber auch keines.

»Gott zum Gruße. Wir sind hier, um zu beten«, sagte Ida schroff, nahm Kethe an die Hand und kniete sich mit ihr in die Nähe des Altars, wo sie die Hände falteten und den Blick starr auf den Boden richteten. Hoffentlich kam Esko bald zurück!

Ohne die beiden Frauen gelang es Esko leichter, seine Umgebung zu erkunden. Am besten wäre es, wenn er Stammesgenossen oder Glaubensbrüder finden würde, denn sie hätten vermutlich eher Verständnis für ihr Vorhaben. Wieder wallte der Ärger über Ida in ihm auf. Er liebte und begehrte sie sehr, aber ihr Verhalten war einfach dumm! Wie hatte sie glauben können, dass sie ihre Eltern finden würden, wenn sie nicht einmal die Namen kannte! Und warum hatte er sie nicht längst dazu befragt? Sein Versäumnis ärgerte ihn beinahe noch mehr.

»Stokvisch, Schullen und wat drogevisch. Drei Heringe umme enen penning«, pries eine Fischfrau ihre Waren an.

»Vresche Kese, lütte Kese, hollandsche Kese«, stimmte eine andere ein.

Holzbuden reihten sich in schmalen, ausgefahrenen Straßen aneinander. Bei den Läden und Handwerksbuden hielt er nach den Gewerken Ausschau, die bei seinem Volk beliebt waren, nach typischer Kleidung oder Schmuck. Schließlich entdeckte er auf dem Viehmarkt einen Pferdehändler, der ihm bekannt vorkam. Hatte er ihn mal auf einem Stammesfest oder mit Otmar zusammen gesehen? Einen Versuch war es wert, obgleich es gefährlich werden konnte, wenn er sich irrte.

In einer Seitenkapelle wurde über den Preis einer Ladung Pelze gefeilscht. Ein Priester strich herum und bot den Gläubigen seine Dienste an. Ida und Kethe knieten schon so lange, dass ihre Beine schmerzten. Es fiel Ida inzwischen sehr schwer, die aufdringlichen Blicke der Männer zu ignorieren.

»Erinnerst du dich denn wirklich nicht an die Namen? Du musst doch wissen, wer deine Eltern sind!«, wisperte Kethe.

Ida merkte, wie ihr Mund trocken wurde. Sie suchte ja selbst so sehr nach den Namen! Irgendwie hatte sie gehofft, dass ihr alles wieder einfallen würde, wenn sie erst in Bardowick wäre. Doch die Hoffnung war vergeblich gewesen. Würde Kethe nun auch noch mit ihr hadern, so wie Esko es getan hatte?

»Es muss damals etwas Schlimmes passiert sein. Daran erinnere ich mich. Ein wenig zumindest …« Idas Hoffnung schwand.

Kethe ließ sacht ihre Schulter gegen Idas sinken. »Wie traurig, dass du dich daran nicht erinnern kannst«, sagte sie. Ihr Mitgefühl tat Ida gut.

Als der Priester ihnen gerade die Leiden des heiligen Cyriacus, dem diese Kirche geweiht war, in allen Einzelheiten ausmalte – er war mit siedendem Öl übergossen und anschließend enthauptet worden –, holte Esko sie endlich ab. Er hatte tatsächlich eine Unterkunft für sie gefunden. Ida wusste nicht, wie er dieses Wunder zustande gebracht hatte, aber sie war froh darüber.

Sie kamen bei einer Frau mittleren Alters unter, vor deren Hütte Holz und fertige Fässer aufgestapelt waren. Arbeiter zogen Metallreifen mit Bandhaken über Bretter. Die Frau trug dunkle, schlichte Kleidung und sah abgehärmt aus, die Ringe unter ihren Augen waren tief.

»Es wird nicht gern gesehen, wenn eine Witwe Gäste aufnimmt. Aber was soll man machen? Ich brauche das Geld. Metall und Holz sind teuer, auch die Gesellen wollen ihren Lohn. Ich habe schon letzten Monat nicht alles zahlen können«, sagte die Frau und stellte ihnen einen Eintopf und einen Kanten frisches Brot auf den Tisch. Ida bemerkte die kleine Bronzestatue zwischen den Grapen, kaum größer als ein Fingerglied. Jeder andere hätte sie für eine Heiligenfigur gehalten; sie aber wusste es besser. Esko hatte eine Glaubensschwester gefunden.

Die drei Reisegefährten griffen dankbar zu. Der Eintopf war gehaltvoll und schmackhaft. »Wir haben ein paar Perlen zu verkaufen und entlohnen Euch dann sogleich«, versprach Esko zwischen zwei Löffeln.

Die Witwe warf Holz auf das Feuer und schnitt dann Gemüse. »Das ist gut, denn noch halten die Gesellen still. Sie hoffen, dass ich einen von ihnen als Gemahl erwähle. Das ist für mich aber noch zu früh. Ich kann mich nicht durchringen, wieder zu heiraten.«

»Mein Beileid …«, sagte Ida, die nach diesen Worten davon ausging, dass der Küfer erst vor Kurzem gestorben war.

»Vor knapp einem Jahr ist mein Gatte von mir gegangen. Ich hatte damals das Glück, ihn selbst wählen zu dürfen. Jetzt einen dieser Kerle ins Bett zu bekommen, die mich nur nehmen, weil sie die Küferei wollen – das ist erniedrigend.«

Einer der Gesellen trat ein und fragte etwas. Die Witwe antwortete wortkarg und rief ihm nach, dass er beim nächsten Mal die Füße besser abtreten solle; dann fegte sie die Dreckklumpen hinaus. »Andererseits ist es schwierig, Daubenhauer zu bekommen, die die Kunst des Spiegelschnitts beherrschen«, murmelte sie gedankenverloren. Als sie Idas verständnislosen Blick bemerkte, erklärte sie: »Das Holz muss entlang seiner natürlichen Fasern gespalten werden, sonst erfüllt es seinen Zweck nicht. Man muss es nehmen, wie es ist – da hilft kein Biegen und kein Brechen. Der Daubenhauer muss also die Eigenschaften des Holzes erkennen, sonst ist das Fass später undicht. Ein einziges Brett, das nicht am rechten Platz ist, kann das ganze Fass unbrauchbar machen.«

Ida sann diesen Worten nach. Ging es nicht auch beim Menschen darum, jeden so zu nehmen, wie er war, und für sich selbst den richtigen Platz zu finden?

Die Witwe spülte die leer gegessenen Schalen in einem Eimer und wischte mit ihrer Schürze den Tisch ab. Es war, als könnte sie keinen Augenblick die Hände stillhalten. Vermutlich würde sie gleich noch die letzten Krümel unter dem Tisch wegfegen.

Esko erhob sich. »Wisst Ihr, wer uns die Perlen abkaufen könnte?«, fragte er.

»Versucht es beim Goldschmied am Gewandhaus oder bei dem Gewürzkrämer bei Sankt Cyriacus«, sagte die Witwe und nahm den Besen wieder zur Hand.

»Außerdem suchen wir Leute, die nach der Zerstörung von Bardowick hierher geflohen sind«, sagte Ida und wich vor dem Besen zurück.

Die Witwe hielt inne. »Das sind einige. Lüneburg war nur halb so groß, ehe die Bardowicker kamen. Einige haben sich hochgearbeitet und schwingen hier als Salzbegüterte das Zepter, andere krauchen so vor sich hin, und der Rest ist weitergezogen. Ihr werdet viel Geduld brauchen, denn nicht jeder möchte an die Vergangenheit erinnert werden. Fangt am besten beim Gewürzkrämer an. Ich glaube mich zu erinnern, dass auch er aus Bardowick stammt.«

Misstrauisch musterte der Krämer sie. In seiner Hütte roch es aus den verschiedenen Tontöpfen, Holzschachteln und Bastkörbchen so fremdartig und aufregend, dass Ida am liebsten überall hineingeschnuppert hätte.

»Woher habt ihr die Perlen?«

»Beim Essen gefunden«, sagte Esko etwas zu schnell.

Der Krämer kniff die Augen zusammen. »Die Perlen sind, wie alles auf seinen Ländereien, dem Herzog vorbehalten«, sagte er mit einem Wink Richtung Kalkberg.

Ida hatte den Herzog noch nie am Fluss gesehen. Seine Männer waren höchstens bei der Jagd vorbeigekommen und hatten alles geschossen, was nicht schnell genug im Versteck war. »Aber was man bei einer Muschelmahlzeit findet, darf man doch behalten, nicht wahr? So habe ich es zumindest gelernt«, sagte sie.

»Das ist so üblich, ja. Da habt Ihr aber ganz schönes Glück gehabt. Seid ein Glückskind, was?«

Unschlüssig hob Ida die Schultern.

»Wollt Ihr sie haben oder nicht? Der Goldschmied kauft auch gerne Perlen an, haben wir gehört«, hakte Esko wieder ein.

Nun legte der Krämer die Perlen auf eine kleine Metallwaage. »Klein sind sie, zum Sticken gerade gut genug. Oder für Heiltränke.«

»Was für Tränke stellt Ihr denn mit den Perlen her?«, fragte Ida.

»Perlenmilch für gute Träume oder kräftige Glieder jeder Art«, er lächelte anzüglich. »Manche werden auch zu Pulver zermahlen, damit die Damen damit ihre Wangen weiß färben können.« Dann machte er ihnen ein Angebot. Ida hatte keine Ahnung, ob diese Summe hoch oder niedrig war. Esko handelte noch etwas, und so wurden sie sich einig.

Jetzt mussten sie ihr anderes Anliegen ansprechen, aber Ida wusste nicht so recht, wie sie anfangen sollte.

»Ihr stammt aus Bardowick?«, fragte Esko in diesem Moment den Krämer.

»Warum wollt Ihr das wissen?«

»Wir suchen jemanden, der zu der Zeit in Bardowick lebte, als Herzog Heinrich die Stadt überfiel.«

»Ist schon ewig her, kann mich kaum daran erinnern. Ich bin jetzt Lüneburger, durch und durch.«

»So ewig nun auch wieder nicht.«

Ida berichtete von ihrer Suche, dann holte sie die Kette hervor und zeigte sie dem Mann.

»Billiger Tand, könnte jeder hergestellt haben. Ich hab sie auf jeden Fall noch nie gesehen. Wenn das alles ist, was Ihr habt – na, dann viel Glück«, sagte der Krämer bissig.

Ein Wechselbad der Gefühle erwartete sie, als sie in den nächsten Tagen etliche frühere Bewohner Bardowicks aufsuchten. Sie sprachen mit Leuten, die behaupteten, alteingesessene Lüneburger zu sein, obgleich ihre Nachbarn Seite an Seite mit ihnen aus der zerstörten Stadt geflohen waren; mit Männern, die bei der Erinnerung an die Gräueltaten zu weinen anfingen, und mit Frauen, die nur davon sprachen, mit welchen Mühen und Entbehrungen sie sich in Lüneburg ein neues Leben aufgebaut hatten. Idas Kette erkannte keiner von ihnen wieder.

Ida zweifelte bereits ernsthaft an ihrem Vorhaben, als sie sich die Häuser am Anleger vornahmen. Statt auf Herzog Heinrich zu schimpfen, sang man hier ein Loblied auf ihn: Dass es Lüneburg jetzt so gut ging, sei überhaupt nur dem Löwen zu verdanken. Er habe nach der Zerstörung Bardowicks dafür Sorge getragen, dass im Ortsteil Modestorp am Ilmenau-Übergang ein Hafen angelegt und die Handelsstraßen ausgebaut wurden. Seitdem blühe der Handel, und solange die Sülze weiter ihr kostbares Salz hervorbrachte, würde es Lüneburg auch gut gehen. Einer derjenigen, die den Hafen maßgeblich mit aufgebaut hatten, sei ein ehemaliger Bardowicker Schiffer gewesen – Meister Poppo. Ihm gehörten zwei der größten Frachtschiffe in Lüneburg sowie ein Anteil an der Saline, berichtete ein heimatstolzer Lastenträger.

Meister Poppo – der Name brachte etwas in Ida zum Klingen. Sie musste mit diesem Poppo sprechen!

Der Schiffer wohnte in einem großen Blockbohlenhaus am Fluss, neben dem eifrig an einem neuen Kahn gewerkelt wurde. Als sie klopften, sagte ihnen eine Magd, ihr Herr sei nicht da. Ida, Esko und Kethe setzten sich auf Ballen vor dem Haus und warteten, obgleich schon die Kälte vom Fluss aufstieg. Neben den Arbeitern und Kaufleuten trieb sich hier auch einiges Gesindel herum, dem Esko mehr als einmal Schläge androhen musste. Immer wenn jemand in das Haus eintrat, fragte Esko nach Meister Poppo, wurde jedoch jedes Mal abgewiesen. Schließlich dämmerte es, und sie brachen durchgefroren und ernüchtert auf.

»Was machen wir, wenn wir in Lüneburg niemanden finden, der Idas Eltern kennt?«, sprach Kethe leise das aus, was auch Ida dachte.

»Es hieß immer, dass viele nach Lübeck …«, begann Ida.

»Lübeck ist weit, der Weg ist unsicher. Das will gut überlegt sein«, dämpfte Esko ihre Hoffnungen.

Gleich in der Frühe weckte die Witwe sie. »Eilt euch! Ein Gehilfe von Meister Poppo will Euch sprechen!«

Ida wusch sich flüchtig und warf sich ihr Kleid über. Esko, der vor ihrer Kammer schlief, hatte sich ebenfalls bereits den Schlaf aus Gliedern und Kleidung geschüttelt.

In der kleinen Küche saß ein Mann und löffelte eine Schale von dem Eintopf, der zu jeder Tages- und Nachtzeit auf dem Herd der Wirtin zu köcheln schien.

Als sie eintraten, fragte die Witwe ihn gerade: »So wird Meister Poppo mir das Geld noch bis Martini stunden?«

»Bis Martini, dafür werde ich mich bei meinem Meister ein…« In diesem Augenblick wandte sich der Mann um. Feine Falten zeichneten das sonnengegerbte Gesicht, das Ida sogleich bekannt vorkam. Er starrte Ida an. Langsam stand er auf, mit den Fingern nach der Tischplatte tastend. Der Löffel glitt aus seiner Hand. »Bei Gott, Ida, du bist es wirklich! Wie ähnlich du deiner Mutter siehst.«

25

Dein Vater hat dich damals überall gesucht, aber die Stadt war zerstört – überall lagen Leichen und Schutt, musst du wissen. Außerdem waren wir quasi Gefangene, bis Herzog Heinrichs Ritter uns aus der Stadt trieben.« Waldeko nahm einen tiefen Schluck von dem Bier, das die Witwe gleich nach der überraschenden Begrüßung ausgeschenkt hatte. Nach Idas Auftauchen war zuerst alles durcheinandergegangen. Ida hatte ihm gesagt, dass sie ihn erkenne, aber nicht wisse, woher. Er hatte ihr gesagt, dass er Waldeko sei, ein früherer Gehilfe ihres Vaters; oft sei er bei ihnen zu Hause zu Gast gewesen. Der Zimmermann und Ida hatten sich gegenseitig mit Fragen bestürmt, hatten geweint und gelacht und so lange geredet, bis sich Esko schließlich geräuspert und Ida auch ihn und Kethe vorgestellt hatte. »Die Ungewissheit über dein Schicksal hat Gerold beinahe das Herz gebrochen. Aber Magda war schwer verletzt und dein Bruder Bendix noch klein …«

Gerold. Magda. Mein Bruder Bendix. In Gedanken wiederholte Ida diese Namen immer wieder. Sie spürte ein Brennen im Hals.

»Meine Mutter … ist sie …«

»Tot? Nein. Sie ist unglücklich in den Angriff der Ritter geraten, und das hat sie gezeichnet. Aber sie lebt. Und dein Bruder auch. Alle paar Jahre, wenn ich für Meister Poppo nach Lübeck fahre, um dort einzukaufen, besuche ich sie.«

»Ihr könnt mir also sagen, wo ich sie finden kann? Das habe ich so sehr gehofft!«

»Natürlich!«

Sie konnte es kaum fassen. Nun stiegen wieder Tränen in Idas

Augen, und sie suchte Eskos Blick. Er blinzelte ihr verstohlen und auch ein wenig stolz zu: Gemeinsam hatten sie einen wichtigen ersten Schritt getan. Waldeko wollte ihr nachschenken, aber Ida wollte einen klaren Kopf behalten. Er jedoch trank weiter, als würde das Bier die Erinnerung leichter machen.

»Es waren schreckliche Tage. All diese unnütze Zerstörungswut.« Waldeko rang beim Erzählen die Hände so heftig, dass die Knöchel knackten. »Wir haben uns immer wieder gefragt, was in dieser Nacht geschehen ist. Wohin du verschwunden bist. Aber niemand hatte dich gesehen.«

Ida drehte die Kette zwischen ihren Fingern. »Ich kann mich an nichts erinnern.«

»An gar nichts? Wie seltsam.«

»Ja, nicht wahr? Das habe ich auch gesagt. Ida wusste nicht einmal die Namen ihrer Eltern«, mischte Kethe sich ein.

»Nur manchmal suchen mich die Erinnerungen in meinen Träumen heim. Ich sehe die Kämpfe, spüre das Feuer, höre die Schreie«, gestand Ida. Sie senkte beschämt den Blick und drängte ihre Gefühle zurück. »Ein Wurzelweib fand mich am Fluss. Sie versorgte meine Wunden und zog mich auf. Wir sprachen nie über meine Vergangenheit, bis sie im Sterben lag.«

Waldeko trank seinen Wein aus und umfasste Idas Schultern, als müsste er sie noch einmal ganz genau anschauen. »Ida, auferstanden von den Toten«, sagte er lächelnd und ein wenig ungläubig. »Sicher hätte Meister Poppo dich gerne gesehen, aber er ist geschäftlich unterwegs, und ihr wollt bestimmt bald weiterreisen. Vielleicht finde ich einen Kaufmann, der dich nach Lübeck bringt. Denn dorthin wandern kannst du wohl kaum.«

»Wir können laufen. Esko und Kethe begleiten mich.«

»Nein, das ist unmöglich«, sagte Waldeko tadelnd. »Es gibt Kaufleute, die mit ihrer Familie unterwegs sind. Das wäre eine passende Begleitung für eine Bürgerstochter wie dich. Wenn eine Reise schon unumgänglich ist, dann muss sie schicklich vonstattengehen. Außerdem würde dein Vater es mir nie verzeihen, wenn du auf dem letzten Wegstück noch verloren gingest.«

In den nächsten Tagen besuchte Waldeko sie regelmäßig im Haus der Witwe. Ida erfuhr viel über die Baukunst ihres Vaters, der es in Lübeck weit gebracht hatte, über ihren Bruder und über den Überfall; nur über Idas Mutter sprach der Zimmermann wenig. Ida wühlten die Neuigkeiten auf. Albträume plagten sie heftiger denn je, und sie schrie oft im Schlaf. Einmal riss Esko sogar die Tür zu ihrer Schlafkammer auf und fand Ida völlig aufgelöst vor; Kethe hingegen schlief tief und fest weiter. Ida erzählte Waldeko auch von ihrem Erbe. Er machte ihr allerdings nicht viele Hoffnungen, dass das Grundstück in ihrem Besitz bleiben würde. Ohne einen Vormund brauchte sie bei dem Vogt gar nicht aufzutauchen.

Schließlich war die Zeit der Abreise gekommen. Ein Salzhändler würde sie mitnehmen. Es war die perfekte Gelegenheit: Dem Händler gehörten mehrere Tonnenwagen, und er wurde von seiner Frau begleitet. Ida und Kethe durften auf einem der Wagen sitzen, Esko konnte eines der Wechselpferde reiten. Ida dankte Waldeko für seine Hilfe, doch er winkte nur bescheiden ab. Dann traten sie den langen Weg über die Salzstraße nach Lübeck an.

Die Straße führte sie über Brietlingen und eine Fähre zur Elbe. Der Wasserstand des breiten Flusses war in diesem Mai bereits so niedrig, dass sie die Furt nehmen konnten.

»Die Lübecker mögen sich für was Besseres halten, aber sie brauchen uns. Ohne unser Salz können die Lübecker Händler die Fische, die sie in Schonen kaufen, nicht haltbar machen. Und wer kann schon während der Fastenzeit auf eingelegte Heringe verzichten?«, fragte die Frau des Händlers zum wiederholten Mal; es war ihr Lieblingsthema.

»Niemand«, sagte Ida, die nur ungern an eingesalzene Heringe dachte. Sie war froh, dass sie sich bei Neslin an frischen Fisch hatte halten können.

»Die Friesen denken, sie könnten uns mit ihrem Salz Konkurrenz machen. Aber da irren sie sich! Das Salz aus der Lüneburger Sole ist das beste!«

Ida nickte ermüdet, doch ihre Gedanken drifteten ab. Die ganze Zeit dachte sie schon daran, was geschehen würde, wenn sie erst bei ihrer Familie in Lübeck ankamen. Ob Esko und Kethe bei ihr bleiben durften? Aber würden die beiden das überhaupt wollen? Waldekos Erzählungen nach musste Lübeck wesentlich größer sein als Lüneburg, und Ida konnte sich kaum vorstellen, dass es ihr dort gefallen würde. Doch der Wunsch, ihre Familie wiederzusehen, überwog alles andere. Nur zu gern hätte sie mit Esko darüber geredet, aber die Frau des Salzhändlers nahm sie in Beschlag und verhinderte jedes sich anbahnende Gespräch. Außerdem wurden Esko und Kethe kräftig eingespannt. Die ganze Zeit über waren sie freundschaftlich miteinander umgegangen, aber jetzt wurden den beiden Hilfsaufgaben aufgetragen, während Ida von allem ferngehalten wurde. Dies schickte sich nicht für sie und das auch nicht – sie konnte es schon nicht mehr hören! Die Salzhändlerin arbeitete doch selbst oft genug mit! Ida sah Esko an, dass auch er sich beherrschten musste, um nicht aufzubrausen, wenn er mal wieder Hilfsarbeiten verrichten musste. Er nahm dies nur für sie auf sich, das wusste Ida, und sie liebte ihn dafür umso mehr. Wenn sie es ihm nur beweisen könnte!

Es gab kaum Herbergen auf dem Weg. Wo möglich, kamen sie auf Gutshöfen unter; in der Wildnis schlossen sie sich mit anderen Reisenden zusammen und bildeten eine Wagenburg. Bei allen anderen war die Stimmung gespannt, aber Ida gefiel es so weitaus besser als in den beengten, ungezieferverseuchten Herbergen. Abends saßen sie gemeinsam unter dem Sternenhimmel am Lagerfeuer, und wenn die Händlerin sie nicht früh zu Bett schickte, fand sich manchmal sogar die Gelegenheit, einige Worte mit Esko zu wechseln.

In der Grafschaft Ratzeburg waren die Menschen eifrig dabei, das Land urbar zu machen. Viele Flächen waren frisch gerodet, wie die Stapel ausgegrabener Baumstümpfe bewiesen, die neuen Wege und frisch angelegten Äcker. Andererseits sahen sie auch Brandruinen und hörten von Fehden, die ganze Dörfer in Mitleidenschaft gezogen hatten. Ständig mussten sie jetzt an Schlagbäumen und Brücken halten und den Landesherren Abgaben leisten. Doch um Mölln herum wurden die Wälder dichter, und alle Männer hielten gemeinsam Wache.

»Raubritter, Heiden, Halsabschneider – in dieser Einöde ist man vor niemandem sicher!«, war die Frau des Salzhändlers überzeugt und scheuchte Ida und Kethe in den Wagen.

»Ich hab keine Lust mehr, unterwegs zu sein. Es ist unbequem hier. Und außerdem friere ich«, murrte Kethe, als sie sich zwischen Tuchballen ihr Lager bereiteten.

Ida legte Kethe ihren Umhang um. Sie fror nicht, im Gegenteil. Vielleicht lag es daran, dass sie das Leben an der frischen Luft gewöhnt war. Sie bettete sich zwischen Kethe und die Händlerin, die schnell lautstark schnarchte. Ida jedoch warf sich von einer Seite auf die andere und lauschte. Alles schien ruhig zu sein – da konnte sie doch bestimmt mit Esko sprechen! Leise schob sie sich wieder hoch. Die Salzhändlerin zuckte im Schlaf, ihre Augenlider flatterten.

»Mein Magen drückt, ich bin gleich wieder da. Ihr braucht nicht mitzukommen«, beruhigte Ida sie. Einen Augenblick fürchtete sie, dass die Frau sich trotzdem aufraffen würde, aber sie hatte Glück. Sie schlich die Klapptreppe hinunter und verharrte im Schutz des Wagens. Die mit Schwertern bewaffneten Männer hatten sich rund um die Wagenburg verteilt. Auf der gegenüberliegenden Seite der Wagenburg stand Esko. Er trug seinen Bogen halb gespannt, den Pfeil eingelegt. Von Wagen zu Wagen huschte Ida, bis sie endlich in seiner Nähe war. Dann rief sie seinen Namen. Sie lächelte und lockte ihn. Noch einmal spähte er in die Dunkelheit, dann kam er zu ihr. Ohne ein Wort zu verlieren, küssten sie sich, als müssten sie alle verpassten Küsse nachholen. Er konnte sie jedoch nicht so recht umarmen, denn noch immer hielt eine Hand den Bogen.

»Alles ist friedlich, und es sind doch genügend Wachen da …«, flüsterte Ida und schob ihre Hände unter sein Hemd. Sie wusste, dass sie das nicht tun sollte, aber sie konnte nicht anders, sie musste einfach seine Haut spüren. »Ich weiß, dass du das alles nur für mich tust«, setzte sie etwas atemlos hinzu. »Ich bin so glücklich darüber, dich an meiner Seite zu wissen.«

In diesem Moment hielt Esko ihre Hände fest und neigte den Kopf. Seine Anspannung übertrug sich sofort auf Ida. »Da ist jemand in der Nähe«, wisperte er. »Zehn oder zwölf Mann, würde ich sagen. Erst dachte ich, es wären andere Reisende, aber sie bewegen sich um unsere Wagenburg herum.«

In diesem Augenblick sahen sie, dass der Wachmann in ihrer Nähe zusammensackte. Ein Pfeil ragte aus seiner Brust.

»Angriff!«, schrie Esko und spannte seinen Bogen. »Lauf in den Wagen zurück, ich gebe dir Deckung!«

Ida tat wie ihr geheißen. Plötzlich waren überall Bewegungen und Lärm. Alarmrufe mischten sich in das Poltern aus den Wagen. In ihrer Nähe schlugen Pfeile ein. Kopflos stürzten Menschen aus den Wagen, wurden niedergestreckt. Halb hatten Ida und Esko den Kreis schon durchlaufen. Nur ein paar Schritte noch, dann wäre sie in Sicherheit …

»Ida? Esko? Wo seid ihr?«

Ein panischer Ruf. Kethe. Die Magd stand auf der Klappleiter und suchte die Umgebung ab. Idas Umhang hatte sie um sich geschlungen, als könnte er sie schützen.

»Geh wieder hinein! Wir kommen!«, rief Ida.

Da traf Kethe ein Pfeil. Die Magd riss den Mund zu einem stummen Schrei auf und fiel im selben Moment.

Ida und Esko stürzten zu ihr. »Wir müssen sie hineinschaffen. Umfass ihre Arme, und dann hinein mit euch, bevor noch mehr passiert!«, befahl Esko.

Stolpernd kämpfte sich Ida mit der leblosen Kethe die Stufen hoch. Neben ihnen durchschlugen Pfeile das Dach des Tonnenwagens. Von drinnen packte die Händlerin mit an. Dann waren sie endlich in Sicherheit. Ida streckte die Hand nach Esko aus, doch er zog einen der Pfeile aus dem Holz, prüfte ihn kurz und legte ihn ein.

»Ich werde mich hier nicht verkriechen«, sagte er und verschwand im Getümmel.

Nach einem verbissenen Kampf hatten die Kaufleute die Angreifer abgewehrt, aber etliche waren verletzt. Ida hatte von alldem wenig mitbekommen, denn sie hatte sich um Kethe gekümmert. Es war schwierig gewesen, den Pfeil aus der Schulter der Magd zu entfernen, denn er saß sehr fest, und jede Berührung verursachte offenbar unerträgliche Schmerzen. Kethe schrie und weinte herzzerreißend. Erst als sie vor Erschöpfung eingeschlafen war, verließ Ida den Wagen.

Auf der Lagerstelle herrschte Durcheinander. Überall lagen aufgerissene Ballen und umgestürzte Fässer. Verwundete Männer und Pferde wurden verarztet. Wer den Kampf unverletzt überstanden hatte, bewachte das Lager oder sammelte Waren ein.

Auch Ida begann aufzuräumen, aber ihre Augen waren auf der Suche. Wo war Esko? Angst ergriff sie, und sie suchte die Frau des Salzhändlers. Diese schaufelte gerade Salz in einen zerrissenen Sack zurück.

»Hat es hohe Verluste gegeben?«, fragte Ida.

»Davor wurden wir bewahrt, dem heiligen Christophorus sei

Dank. Wir haben keine Waren verloren – anderen ging es nicht so gut. Ein ganzer Wagen ist gestohlen worden. Feinste flämische Seide und kostbaren Brokat hatte er geladen. So ein Verlust kann einen in die Gosse bringen.«

»Wer waren die Angreifer?«

»Heidnische Barbaren – wer denn sonst?«, zischte die Frau hasserfüllt. »Es wird Zeit, dass unser Adel seine Streitereien beilegt – sonst wird diese Geißel wohl nie vernichtet werden.«

Jetzt sah Ida, dass Esko mit anderen Männern aus dem nahe gelegenen Wald geritten kam. Er saß schief und hielt die Hand auf die Seite gepresst. Alles war voller Blut. Ida scherte sich nicht um die Schicklichkeit und rannte ihm entgegen.

»Ihre Spur hat sich an einem Fluss verloren«, berichtete Esko ruhig, doch er war blass.

»Du musst verarztet werden!«

»Nur ein Durchschuss. Nicht so gefährlich.« Esko presste die Lippen fest aufeinander.

»Komm sofort runter, sonst hole ich dich!«, drohte Ida.

Er machte Anstalten abzusitzen, doch Ida sah, wie schwer es ihm fiel. Vorsichtig zog sie das klebrige Hemd von der Wunde. Der Pfeil war in der Flanke eingedrungen und auch wieder ausgetreten, rot und rissig waren die Wundränder. Halb gegen seinen Willen fasste Ida ihn unter und schleppte ihn zu den Wagen, wo ihnen schon einer der Kaufleute mit Lappen und Kräutersäckchen entgegenkam. Gemeinsam verarzteten sie Esko.

Als sie einen Augenblick allein waren, fragte Ida leise: »Waren die Angreifer wirklich Slawen?«

Esko senkte ebenfalls die Stimme. »Einige von ihnen auf jeden Fall, aber nicht alle. Wie geht es Kethe?«

»Sie wird es überleben.«

»Das ist gut«, sagte Esko, schien aber mit den Gedanken woanders zu sein.

Bevor Ida ihn darauf ansprechen konnte, trieb der Kaufmann,

der an der Spitze der Kolonne geritten war, die anderen an: »Wir müssen gleich im Morgengrauen weiter, bevor diese Dämonen zurückkommen und uns doch noch den Garaus machen!«

Auf dem Rest des Weges wurden die Pferde nicht geschont, und tatsächlich trafen sie am nächsten Abend in Lübeck ein. Der Anblick der Stadt brachte sogar Kethe dazu, für einen Augenblick ihre Schmerzen zu vergessen. »Wie groß Lübeck ist. Das müssen ja Hunderte Häuser sein. Die gewaltigen Kirchtürme! Und die hohe Stadtmauer!«, platzte sie heraus. Kaum hielt es sie auf dem Wagenbock. Vor allem über die Mauer aus Holz und rötlichem Gestein begeisterte sie sich. »Da kommt so schnell niemand durch! In Lübeck ist man auf jeden Fall in Sicherheit!«

Ida hingegen erfüllte der Anblick der Stadtmauer mit Unbehagen. Gleichzeitig hatte ein Kribbeln sie erfasst – endlich würde sie ihre Eltern und ihren Bruder wiedersehen.

26

Staub wehte ihnen um die Füße, als sie auf dem Weg zur Marienkirche haltmachten. Seit Wochen hatte es nicht geregnet, was die ungepflasterten Wege unwirtlich machte und mit dem aufgefrischten Wind für ein tägliches Staubbad sorgte. Magda ging zwischen Gerold und Bendix und klammerte sich an ihre Arme. Sie hielten oft an, weil Magda verschnaufen musste. Beim kleinsten Geräusch zuckte sie zusammen, ob nun eine Warenkiste auf die Erde krachte oder eine Tür hart ins Schloss fiel. Die Passanten starrten die gebeugte, schiefe Gestalt an, und Bendix schämte sich für seine Mutter; gleichzeitig schämte er sich seiner Scham. Dabei war er ein Stück weit schuld, dass sich der Zustand seiner Mutter so sehr verschlechtert hatte. Als er nicht nach Hause zurückgekehrt war, weil die Ritter ihn und Jan auf der Burg verprügelt und eingesperrt hatten, war Magda vor Sorge zusammengebrochen. Glücklicherweise hatte Rikolf seinen Vater benachrichtigt, und Gerold hatte sie auslösen können. Um Bendix' Meisterstück hatte es allerdings noch einiges Gezerre gegeben. Erst als sie die Wachstafel wiederhergestellt hatten und er zudem Meinolf mit Engelszungen dazu gebracht hatte, zu seinen Gunsten auszusagen, hatte die Gräfin es herausgegeben. Später hatte sich die Hofdame bei Bendix halbwegs entschuldigt: Indem Bendix in die Damengesellschaft eingebrochen war und die Adelige so unhöflich angesprochen hatte, sei ihr gar nichts anderes übrig geblieben, als auf dem Besitz zu bestehen. Aber er war so aufgeregt gewesen, dass er gar nicht über die gesellschaftlichen Gepflogenheiten nachgedacht hatte. Damit, wie man sich in Adelskreisen verhielt, kannte er sich ohnehin nicht aus.

Inzwischen kam es ihm so vor, als hätte es bei dieser Unternehmung, die ihm zunächst wie ein Triumph erschienen war, nur Verlierer gegeben. Er hatte es danach in Meister Fabers Werkstatt nicht mehr ausgehalten. Immerhin war ihm eine Bude zugeteilt worden, in der er sein Handwerk ausüben konnte, aber die Pacht war so hoch, dass er seine Eltern um Hilfe hatte bitten müssen. Auch um ausreichend Materialien einzukaufen, fehlte ihm das Geld. Sein Vater hielt ihn kurz. Gerold sagte, dass er derzeit hohe Kosten für Baumaterialien habe. Aber Bendix glaubte, dass sein Vater ihm noch immer grollte; nach der Rettung aus der Burg hatten sie zum ersten Mal offen gestritten. Würde er es unter diesen Umständen schaffen, in Lübeck als Goldschmied Fuß zu fassen? Hätte er es in einer anderen Stadt vielleicht leichter? Aber wegziehen wollte er nicht. Und seine Mutter mochte er schon gar nicht verlassen.

Vor den Kirchenpforten drängten sich die Menschen, und Gerold musste sein ganzes Ansehen in die Waagschale werfen, um für sie einen anständigen Platz zu beschaffen. Während des Gottesdienstes pfiff der Wind durch die Ritzen, aber auch Sonnenstrahlen brachen durch die Lücken zwischen den Brettern des Kirchenbaus. Während Bendix sich nach der Messe mit seiner Mutter zu einem der Seitenaltäre begab, weil sie dort eine Kerze für Ida stiften wollte, machte sein Vater sich auf zum Gildehaus. Bendix sah ihm sehnsüchtig nach. Er wäre auch gerne bei den Beratungen dabei, immerhin war er schon volljährig …

Auch im Gildehaus war es voll. Alle waren erschienen, die Rang und Namen unter den Bürgern Lübecks hatten. Es gab aber auch genug zu besprechen. Der Staufer Philipp plante anscheinend eine Heerfahrt nach Braunschweig, um König Otto endgültig zu unterwerfen, was die Handelswege unsicher machen würde. Dabei hatte sich der Papst anscheinend auf die Seite des Welfen geschlagen.

Gerold steuerte auf eine Gruppe Kaufleute zu und schnitt sofort das erste Thema an, das ihm auf der Seele brannte: »Ich komme gerade aus Sankt Marien. Der Zustand der Kirche ist wahrlich beschämend. Die Ritzen im Gebälk sind riesig!«

»Jetzt übertreibt Ihr aber«, wandte Meister Meinolf ein.

»Nicht wirklich. Wisst Ihr nicht mehr, wie es im letzten Winter durchs Dach geregnet hat? Wir können froh sein, dass unsere Kirche überhaupt noch steht! Wenn ich an die vielen Brände denke, weil Gläubige Kerzen umgerissen haben! Es ist skandalös, dass es kein angemessenes Gotteshaus in Lübeck gibt. Es sind doch genügend wohlhabende Bürger unter uns. Sollte es uns keine größere Spende wert sein, dass wir die Kirche wiederherstellen oder am besten gleich ein neues Steingebäude errichten lassen können?«

»Ihr irrt: Ein angemessenes Gotteshaus wird durchaus gebaut. Der Dom wird sicher prachtvoll«, wandte Johannes von Bremen ein.

»Ja, Ihr sagt es: wird. Irgendwann. Aber Sankt Marien ist *unsere* Kirche. Die Kirche der Bürger und Kaufleute. Wir leben im Schatten dieser Kirche. Haben wir nichts Besseres verdient?«

»Verdienen wollt Ihr wohl – an dem Bau!«, warf ihm Meister Sethorp vor, ein Zimmermann, der mit seinen zwei Söhnen die meisten Fachwerkbauten Lübecks errichtete.

Gerold winkte ab. »Es ist mir einerlei, wer die neue Kirche errichtet. Von mir aus, macht Ihr es, wenn Euch jemand einen derartigen Bau zutraut.«

»Was meint Ihr damit? Wollt Ihr mich etwa beleidigen?« Sethorps Söhne stellten sich neben ihn; rothaarig und streitlustig alle drei.

Gerold schob die Brust vor, blieb aber ruhig. »Nicht im Geringsten. Ich gehe nur davon aus, dass eine derartige Entscheidung abgestimmt würde.«

»Aber von wem? Wir haben keinen Rat«, warf ein Schiffer

ein. »Und dass nur diejenigen entscheiden, die das meiste Geld haben, ist nicht richtig.«

»Natürlich nicht. Aber wir reden jetzt nicht über die Stadtverwaltung, sondern die Kirche Unserer Lieben Frau«, wich Gerold diesem Diskussionspunkt aus. »So, wie es jetzt ist, geht es nicht weiter. Ständig müssen wir herhalten, um neuen Almosenaufrufen für den Dombau nachzukommen, aber für die Kirche unseres Viertels ist kein Geld da«, sagte er.

»Und die Domherren verprassen unsere Gaben mit ihren Huren! Deshalb geht der Dombau nur so schleppend voran«, warf ein Pelzhändler ein. Sofort ereiferten sich auch andere über die Geistlichen, die immer wieder zu nachtschlafender Zeit in Frauenbegleitung oder betrunken auf den Straßen gesehen wurden.

»Dabei ist die Marienkirche doch das sichtbare Zeichen unseres Glaubens. Das Zeichen dafür, was uns dieser Glaube bedeutet. Weithin sollte ihr Ruhm strahlen. Von Lübeck aus werden die Kreuzritter ins Heidenland verschifft – und beten hier in einer Kirche, die eine halbe Ruine ist!«

»Ihr übertreibt. Lasst uns später darüber eingehend beraten. Wir haben heute einiges zu besprechen«, gebot Giselbert von Warendorf der Debatte Einhalt.

Als alle ihre Plätze eingenommen hatten – tatsächlich war es so voll, dass einige Neubürger stehen mussten –, begrüßte der Bürgermeister auch offiziell die Anwesenden. »Ich muss leider mit einer schlechten Nachricht beginnen. Wie man hört, hat es einen Vorfall auf See gegeben. Von der Handels- und Kreuzfahrerflotte, die im Frühjahr aus Lübeck aufgebrochen ist, sind nur noch elf der dreiundzwanzig Schiffe gesichtet worden. Offenbar hat es unterwegs einen Überfall durch Seeräuber gegeben.«

Sofort redeten die Männer wild durcheinander.

»Welche Schiffe sind verschwunden?«

»Wurden die Schiffe gekapert oder sind sie havariert?«

»Gibt es Überlebende?«

»Was ist mit den Gütern passiert?«

»Wer ist dafür verantwortlich? Woher stammen diese Seeräuber?«

Auch Gerold war alarmiert, schließlich war Jan mit einer hübschen Summe Geldes an Bord. Die Abreise war dem jungen Drechsler schwergefallen, aber nach den unglückseligen Auseinandersetzungen auf der Burg war es ihnen ratsam erschienen, dass er für einige Zeit aus der Stadt verschwand. Schließlich hatte Jan bei dem Versuch der Festnahme etlichen Rittern die Knochen gebrochen.

Gerold durfte gar nicht darüber nachdenken, sonst geriet er gleich wieder in Wut über das leichtsinnige Benehmen seines Sohnes. Er wusste, dass Bendix auch gerne an den Beratungen der Bürger teilnehmen würde, und letztlich konnte niemand etwas dagegen einwenden, doch Gerold verbot es ihm. Bendix war einfach zu unreif! Magda mochte sagen, was sie wollte, aber sie hatten ihren Sohn verhätschelt, und daher hatte Bendix den Ernst des Lebens noch nicht begriffen. Bendix sollte sich nun selbst durchbeißen, das hatte er ja so gewollt. Wenn ihnen jetzt das Schicksal allerdings auch noch Jan nehmen würde, wäre das für sie alle sehr hart. Gerold fühlte sich schuldig, weil er den jungen Mann auf diese gefahrvolle Reise geschickt hatte. Und Bendix würde ihm ewig Vorwürfe machen.

Er wurde aus seinen Gedanken gerissen, als Bürgermeister Lutbert vom Huse beschwichtigend die Hände hob. »Ein Kauffahrer auf dem Weg nach Lübeck wechselte mit einem Schiffer von Reling zu Reling ein paar Worte und berichtete uns gleich nach seiner Ankunft davon. Mehr wissen wir auch nicht.«

»Wir wissen es also nur vom Hörensagen«, schöpfte ein Händler Hoffnung.

»Der Bericht ist glaubwürdig«, musste ihn der Bürgermeister enttäuschen.

Wieder setzten aufgeregte Gespräche ein.

»So geht es nicht weiter!«, platzte eine Stimme dazwischen, die Gerold allzu bekannt vorkam. Was machte denn Bendix hier? Warum hatte er Magda alleingelassen? »Der Herzog drangsaliert uns an Land und ist nicht in der Lage, unsere Sicherheit auf See zu gewährleisten. Wir sollten uns endlich von diesem schändlichen Joch befreien.«

»Nur die Ruhe!«, rief Lutbert vom Huse, der auf gutem Fuß mit dem gräflichen Haus stand. »Wir wissen, dass Ihr nicht die beste Verbindung zur Burg habt. Aber Zorn ist ein schlechter Ratgeber.«

»Nicht mein Zorn hat gesprochen, sondern der Zorn aller, die unter der ungerechten Behandlung durch den Grafen und seine Vasallen leiden – und das sind viele. Denkt an die ungerechtfertigten Steuern, an die hohen Zölle, die Schikanen bei den Kontrollen!«

Zustimmendes Murmeln setzte ein.

Gerold wollte seinen Sohn gerade beiseitenehmen und aus dem Gildehaus nach Hause scheuchen, als Johannes von Bremen Bendix beisprang: »Traveabwärts und traveaufwärts – unsere wichtigsten Handelswege führen über das Herrschaftsgebiet des holsteinischen Grafen. Und was tut er? Er plündert uns aus. Wisst ihr nicht mehr, wie Graf Adolf die Flüsse sperrte, die Lübeck nach Recht und Gesetz nutzen darf, die Weiden und die Wälder? Er hielt auch oft genug Lübecker Bürger mit ihren Gütern in Oldesloe und Hamburg fest und beschlagnahmte ihr Gut.«

Viele erinnerten sich noch genau daran, das bewiesen ihre erzürnten Mienen.

Nun ergriff Bendix noch einmal das Wort. Gerold glaubte, im Boden versinken zu müssen vor Scham. Was bildete dieser grüne Bengel sich ein? »Wir haben hier alle Möglichkeiten, erfolgreichen Handel zu treiben und diese Stadt zu wahrer Blüte zu bringen, aber dafür müssen wir gefahrlos die Handelsstraßen und die

Ostsee überqueren können. Wir brauchen gerechte Steuern und Zölle, die zum Wohle der Stadt verwendet werden – und nicht in die Taschen des Herzogs und seiner Spießgesellen wandern. Wer schafft denn das Geld für Lübeck heran? Der Graf etwa? Nein!«

»Und der Herzog verprasst das Geld für Kriege und noch mehr Kriege, statt für den Ausbau der Wege zu sorgen. Erst bei meiner letzten Fahrt durch seine Lande hat einer meiner Wagen wieder einen Radbruch erlitten«, warf jemand ein.

»Dann müssen wir uns eben erneut an den König wenden. Er hat Herzog Adolf eingesetzt«, sagte ein anderer.

»Tja, aber an welchen? Der Thronstreit lähmt das Reich. Und selbst wenn es zu einer Einigung kommt: Die Könige sind weit weg«, machte Bendix klar.

»Es gibt doch den Vertreter des Königs, Otto von Brandenburg. Den könnten wir um Hilfe bitten.«

Jetzt hieb Elver von Bardewik mit einer derartigen Autorität auf den Tisch, dass alle verstummten: »Es gibt nur einen, der unsere Sicherheit auf See garantieren kann: König Knut von Dänemark, der sechste seines Namens. Er war mit einer Tochter Heinrichs des Löwen vermählt und kennt Lübecks Vorzüge.«

Von diesem Hinweis hielt Bendix nichts. »Es stimmt, der dänische König ist ein Beschützer des freien Handels und ein guter Christ. Aber Lübeck ist stark genug, um für sich zu stehen.«

Zu Gerolds Erstaunen schüttelte sein Freund und Geschäftspartner langsam den Kopf. »Ich halte es für kein Zeichen von Schwäche, wenn wir uns Verbündete suchen. Gemeinsam sind wir stärker. König Knut sieht es als seine Aufgabe an, den christlichen Glauben in den Osten zu bringen, und wir Kaufleute können ihm dabei helfen. Wenn wir uns unter den Schutz des dänischen Königs stellen, wird niemand es mehr wagen, Hand an Lübecks Güter zu legen.«

Nun wollte der Bürgermeister der Diskussion ein Ende machen. »Wenn wir mit den Dänen verhandeln, bringen wir Graf

Adolf nur noch mehr gegen uns auf«, sagte Giselbert von Warendorf.

Lutbert vom Huse, der zweite Bürgermeister, schlug einen Kompromiss vor: »Wir könnten unauffällig die Lage sondieren. Schicken wir einen Unterhändler zum dänischen Hof und fragen an, was König Knut für uns tun würde, wenn wir uns unter seinen Schutz stellen.« Viele Bürger bezeugten ihr Einverständnis, indem sie auf den Tisch klopften, aber dann entbrannte eine neue Diskussion darüber, wer entsandt werden und was besprochen werden sollte.

In der Zwischenzeit nahm Gerold seinen Sohn beiseite. »Was tust du hier? Was erdreistest du dich, dich hier einzumischen? Und warum bist du nicht bei deiner Mutter?«, fauchte er ihn an.

Bendix wich zurück. »Mutter wollte noch beten, und da habe ich gedacht …«

»Was bildest du dir ein – ein grüner Junge, wie du!«

»Ich hatte etwas Wichtiges zu sagen! Du hast doch gesehen, dass die ehrwürdigen Bürger mir zugehört haben.« Bendix nagte an seiner Unterlippe. »Außerdem habe ich mitbekommen, dass Schiffe verschwunden sind. Du hättest Jan nie losschicken dürfen! Was, wenn wir ihn auch noch verlieren? Was können wir tun, um Jan zu suchen, ihm zu helfen?«

Gerold umfasste seinen Arm. »Nichts können wir tun. Du schon gar nicht. Zurück zu deiner Mutter mit dir und dann ab nach Hause!«

»Ich bin kein Kind mehr!«

»Du benimmst dich aber wie eins. Wird Zeit, dass du erwachsen wirst! Und jetzt gehorche, sonst muss ich andere Saiten aufziehen!« Damit ließ er seinen Sohn stehen und gesellte sich wieder zu seinen Standesgenossen.

Erst auf dem Heimweg drifteten Gerolds Gedanken noch einmal zu Jan. Er würde auf jeden Fall Erkundigungen über seinen

Verbleib einholen. Und Bendix – mit ihm würde er sich wirklich etwas einfallen lassen müssen, denn so ging es nicht weiter.

Vor seiner Haustür warteten drei Gestalten. Gerold dachte, dass es sich um Bettler handelte, und nestelte an seinem Almosenbeutel, um sie schnell loszuwerden. Doch dann drehten sich die drei um. Beim Anblick der einen jungen Frau gaben ihm, der sein ganzes Leben lang größte Standfestigkeit bewiesen hatte, die Knie nach.

Später versuchte Ida oft, Ordnung in ihre Erinnerungen an das Wiedersehen zu bringen, aber es fiel ihr schwer – zu sehr hatten die Gefühle sie überwältigt, zu vielfältig waren die Eindrücke gewesen.

Die Magd hatte sie nach ihrem Klopfen so schroff abgewiesen, dass sie schon befürchtete, vor dem falschen Haus zu stehen. Fieberhaft hatte Ida überlegt, wo sie einen Unterschlupf finden könnten, denn Kethe und Esko machten ihre Verletzungen zu schaffen, das wusste sie, auch wenn beide nicht klagten.

Dann war der Mann auf sie zugekommen. Groß, in feiner Kleidung, mit dunklem Haar, das von grauen Strähnen durchzogen war. Ida hatte in seine Augen gesehen, und die Zeit war stehen geblieben. Erinnerungen hatten sie überschwemmt. Bilder, ungeordnet, vor allem aber Gefühle.

»Vater?«

»Ida?«

Sie verlor den Halt. Unvermittelt strauchelte sie, und er fing sie auf. Sein Geruch, so altbekannt, so vertraut. Der Duft ihrer Kindheit. Lange Zeit hielten sie einander fest.

Erst als sie sich lösten, bemerkten sie, dass sie aus den umliegenden Häusern neugierig beäugt wurden.

»Meine Tochter … das ist meine Tochter!«, rief ihr Vater lachend seinen Nachbarn zu. Einige lächelten scheu, aber die meisten schüttelten nur verständnislos den Kopf.

Gerold wandte sich wieder Ida zu und wischte sich die Tränen aus dem Gesicht. »Wo warst du? Wie bist du …? Woher kommst du …?« Er nahm ihre Hand. »Aber komm doch erst mal hinein! Magda und Bendix werden …« Er hielt inne. Ein Wechselbad der Gefühle zeichnete sich auf seinen Zügen ab. Er wollte etwas sagen und wusste nicht, wie. »Deine Mutter, sie … wir dachten, sie stirbt. Die schweren Verletzungen und der Schock über dein … Verschwinden. Ida, lass uns …« Mit plötzlicher Dringlichkeit umfasste er ihre Schultern und sah sie fest an. »Wir müssen vorsichtig mit ihr sein. Magda ist sehr … zerbrechlich. Erinnere sie nicht an das, was geschehen ist.«

Ida verwirrten diese Worte. Wie sollte sie ihre Mutter wiedersehen und sie nicht zugleich an das erinnern, was geschehen war? Das klang schwierig – und dabei war sie doch einfach nur froh, ihre Familie endlich wiedergefunden zu haben!

Als er weitergehen wollte, hielt Ida ihn auf. »Esko und Kethe müssen mit. Sie sind meine Freunde. Und sie haben ihr Leben für mich riskiert. Ohne sie wäre ich jetzt nicht hier.« Sie winkte die beiden heran, die zurückhaltend gewartet hatten. »Esko ist der Sohn einer …« Sie hätte sich früher überlegen sollen, wie sie ihn vorstellte. »… eines Großgrundbesitzers, dessen Familie mich aufgenommen hat. Kethe ist eine Magd von Eskos Familie und hat uns aus Anstandsgründen begleitet, was ich ihr hoch anrechne.«

Gerold begrüßte die beiden ohne Dünkel und lud sie wie selbstverständlich zu sich ein. Esko lächelte etwas verkniffen, und auch Kethe war ganz blass. Jetzt erst bemerkte Ida das Blut, das von Neuem Eskos Flanke nässte. »Wir wurden bei Mölln angegriffen. Esko und Kethe wurden von Bogenschützen verletzt«, klärte sie ihren Vater auf.

Sofort eilte Gerold voraus und rief im Haus nach Mägden und Knechten, die den beiden helfen sollten. In der Diele wurden sie schon in Empfang genommen.

»Was ist denn hier …« Eine schmale Frau kam vom Hinterhaus hereingehumpelt und erstarrte bei Idas Anblick. Ein schnieker junger Mann folgte auf dem Fuß. Er riss die Augen auf.

Ein warmes Gefühl durchströmte Ida, einer Hitzewelle gleich, und sie glaubte, das Herz müsse ihr überfließen. Die Frau vor ihr war unverkennbar ihre Mutter Magda. Ergraut, von krummer Haltung und mit Kerben im Antlitz, die das Leben viel zu früh in ihre Haut geschlagen hatte. Was war ihr zugestoßen, das sie so gezeichnet hatte? Etwas regte sich in Idas Geist, etwas Dunkles, Unheimliches, für das es jetzt keinen Raum gab. Schnell schüttelte sie den Gedanken wieder ab.

Ihre Mutter war totenbleich und wankte leicht. Als sie umzufallen drohte, fing der junge Mann sie auf. Vorwurfsvoll sah er Ida an. Er war der Junge, den Ida in ihren Träumen gesehen hatte. Und gleichzeitig war er ganz anders. Ihr Bruder.

»Wer … ist das?«, stammelte Magda.

Gerold legte den Arm um seine Frau. »Es ist Ida. Unser kleines Mädchen ist wieder da«, sagte er mit brüchiger Stimme.

»Ich … erkenne sie nicht.«

»Sieh in ihre Augen, dann wirst du sie erkennen.«

Magda zögerte noch immer, das Gesicht von einem Gewittersturm der Gefühle gezeichnet. »Woher kommt sie auf einmal?«, fragte Bendix misstrauisch.

»Das wird Ida uns gleich in Ruhe erzählen«, sagte Gerold.

Bendix' Ablehnung tat Ida weh. Sie wünschte sich nichts sehnlicher, als dass auch ihr großer Bruder sie annehmen würde. Ihr Bruder, den sie früher, wie sie jetzt wieder genau wusste, so geliebt, so bewundert hatte.

»Ich habe dich auch nicht erkannt, aber ich erinnere mich an dich, Bendix.« Der Name klang fremd aus ihrem Mund; dabei musste sie ihn schon unzählige Male ausgesprochen haben. »Wie du mich durchgekitzelt hast, wie wir gesungen und gespielt haben. Deine Schwanenflöte … Wie du auf mich gewartet hast vor der Kirche, an diesem grauen…«

Ihr Vater legte ihr die Hand auf die Schulter. »Lass uns jetzt nicht davon sprechen«, sagte er bestimmt.

Ida nestelte verlegen an ihrem Kleid und holte die Kette hervor. »Vielleicht erinnert ihr euch an diese hier.«

Bendix nahm die Kettenanhänger in Augenschein. Ihr Bruder wirkte sehr gepflegt und verströmte einen leichten Lavendelduft. Zum ersten Mal huschte die Andeutung eines Lächelns über sein Gesicht. »Ich trage meine Kette längst nicht mehr«, sagte er leise. »Aber ich habe sie gut verwahrt.«

Jetzt endlich streckte ihre Mutter die Hände aus. Ida fiel ihr erleichtert in die Arme, und Magda drückte sie an sich, als wäre sie noch ein kleines Mädchen.

Sie redeten und redeten, sie weinten und lachten, und dann redeten sie wieder, als gäbe es gar nicht genügend Worte, um ihre Freude zu beschreiben. Als sie einige Zeit später an einer großen Tafel saßen, auf die ein üppiges Essen aufgetragen wurde, berichtete Ida noch immer von ihrem Leben und ihrer Suche. Auch Esko und Kethe leisteten ihnen Gesellschaft. Beide trugen jetzt saubere Kleidung und sahen ein wenig gestärkt aus. Der Magd hatte es angesichts der vielen Speisen, der feinen Tischwäsche, des schönen Geschirrs und des kostbaren Aquamanile in Form eines Reiters die Sprache verschlagen. Auch Esko hielt sich zurück.

Immer wieder unterbrach Ida ihren Bericht, um ihre Familie nach deren Erlebnissen zu befragen. Bei den Antworten klang durch, wie große Vorwürfe sich alle machten, nicht länger nach ihr gesucht zu haben.

»Ich bin euch deswegen nicht bös«, sagte Ida. »Ich weiß, wie weit der Fluss mich von Bardowick weggetragen hat. Meine Ziehgroßmutter Neslin erzählte mir, sie habe mich beinahe an der Elbemündung gefunden. Wie hättet ihr wissen können, wo ich war? Auch wenn ich oft damit gehadert habe, weiß ich jetzt: Es war unmöglich für euch, mich zu finden.«

»Deine Worte trösten mich«, gab Gerold zu und lenkte ab: »Erzähl uns von dieser Neslin. Wo hast du gelebt? Wie hat das Wurzelweib dich erzogen? Und wie bist du zu Eskos Familie gekommen?«

»Neslin und Eskos Vater kannten sich schon sehr lange. Wir besuchten die Familie zum Johannisfest.« Der Gedanke daran trieb die Hitze in ihre Wangen. »Doch leider wurde meine Ziehgroßmutter danach krank. Erst kurz vor ihrem Tod erzählte sie mir, dass ihr möglicherweise in Lüneburg oder Lübeck seid. Als sich eine günstige Gelegenheit ergab, machten wir uns auf den Weg.«

»Und in Lüneburg habt ihr Waldeko gefunden, der jetzt für meinen alten Freund Poppo arbeitet und daher weiß, wo wir leben? Was hält das Schicksal doch für Zufälle bereit! Ich muss Waldeko wirklich danken, dass er dir den Weg zu uns gewiesen hat. Hast du Poppo ebenfalls gesprochen?«

»Nein, Meister Poppo war unterwegs. Waldeko erwähnte lediglich, dass er sehr wohlhabend ist. Dieser Poppo hat wohl den Lüneburger Hafen mit aufgebaut, und der Herzog hat ihn dabei unterstützt.«

»Das war zu erwarten. So kann der Herzog ganz auf Bardowick verzichten«, sagte Gerold düster und kam anschließend wieder auf ihre Reise zu sprechen. »Slawen waren es, die euch überfallen haben? Tja, verdenken kann man es ihnen kaum. Es ist ihr Land, das wir bewohnen und beackern. Auch hier in Lübeck lebten einst Slawen. Einige meiner Arbeiter stammen von Slawen ab, auch mein Werkmeister Ulricus.« Ida sah, wie Esko aufmerkte.

»Tatsächlich? Meister Ulricus ist slawischer Herkunft?«, wunderte sich Bendix. »Das wusste ich gar nicht.«

»Wie die meisten anderen will er nicht gerne daran erinnert werden, schließlich gibt es Städte, die Slawen und Wenden das Bürgerrecht verweigern.« Gerold wandte sich wieder an Ida: »Wenn du möchtest, zeige ich dir morgen das Haus, an dem wir gerade arbeiten.«

»Das würde ich wirklich sehr gerne sehen. Und Esko auch, nicht wahr?« Ihr Liebster nickte. Ida wandte sich an ihren Bruder. »Bist du denn auch ein Baumeister?«

»Ich?« Bendix musterte seine Hände, als wäre ihm die Antwort unangenehm. »Nein, ich bin Goldschmied. Ich kann euch morgen meine Werkstatt zeigen.«

»Gerne!«, sagte Ida.

Sie saßen zusammen, bis ihre Zungen ebenso schwer wie die Augenlider waren und Magda auf ihrem Stuhl einnickte. Der Anblick rührte Ida. Das Schicksal hatte ihre Mutter wirklich gezeichnet. Bendix hingegen war inzwischen etwas aufgetaut und redete unbefangener.

Als sie sich zur Nacht verabschiedeten, wurde Kethe zu den Mägden geschickt. Esko sollte sich zu den Knechten gesellen, lehnte aber dankend ab.

»Ich werde mir selbst eine Unterkunft suchen«, sagte er.

Gerold hielt ihn auf. »Willst du mich beleidigen? Lübeck ist teuer, und Gastfreundschaft ist das Mindeste, was ich dir bieten kann, bis deine Wunde verheilt ist.«

Auch Ida war todmüde. Bevor sie ins Bett gehen konnte, bat ihr Vater sie jedoch noch auf ein Wort. Als sie allein waren, rieb er sich die Müdigkeit vom Gesicht und sagte: »Ich bin sehr glücklich, dich wiederzuhaben. Aber ich muss dich daran erinnern, dass auch wir eine schwere Zeit durchgemacht haben. Gerade Magda hat sehr lange gebraucht, um über die Geschehnisse von Bardowick hinwegzukommen. Ja, eigentlich verfolgen die Erinnerungen sie noch immer. Deshalb möchte ich dich bitten, über das zu schweigen, was damals geschah, um keine alten Wunden aufzureißen. Wir sind wieder zusammen – das ist alles, was zählt.«

Ida nickte. Es gab so viel, über das sie zu reden hatten – warum sollten sie sich mit Erinnerungen quälen?

27

Als Ida erwachte, saß Bendix an ihrem Bett. Erst erschrak sie – wie war er in ihre Kammer gekommen? Aber eigentlich ist es ja seine Kammer, korrigierte sie sich, und dann fiel ihr ein, dass sie ihren Bruder nun wirklich nicht zu fürchten brauchte.

Er sah sie besorgt an. »Du hast eben im Schlaf gestöhnt und auch geschrien.«

»Ich … ja, das passiert mir manchmal.« Ida schüttelte die Reste ihres Albtraums ab, was ihr heute nicht schwerfiel, denn ihre Freude war sofort wieder da. »Heute Nacht habe ich zwischendurch gefürchtet, unser Wiedersehen könnte nur ein Traum gewesen sein. Aber hier sind wir beide!« Von Neuem schlossen sie sich in die Arme. Obgleich so viele Jahre sie trennten, war Bendix ihr nicht fremd. Es war, als ob ihre Herzen miteinander sprächen. »Es tut mir leid, dass ich dir dein Bett gestohlen habe«, sagte sie.

»Das macht gar nichts. Dieses Haus ist groß genug. Die Mägde haben mir ein Lager unter dem Dach bereitet.«

»Da hätte ich auch schlafen können!«

»Auf einem einfachen Strohsack? Das kommt gar nicht infrage!«, entgegnete Bendix beinahe entrüstet.

»Ich habe bei Neslin immer auf dem Waldboden geschlafen. Ich fühle mich in Häusern oft eingeengt.«

»Ist das wahr? Auf dem nackten Boden? Zwischen all den Asseln, Käfern und Spinnen? Und wo hast du dich gewaschen?«

»Im Fluss.«

Er schauderte. Bendix' Haut war weich und ungebräunt, die Fingernägel sauber, seine Kleidung ohne jeden Makel, und er duftete wie gestern leicht nach Lavendel. Ida sehnte sich nach freiem Himmel und frischer Luft und öffnete die Fensterläden. Eine Amsel flatterte schimpfend auf. Schon ergoss sich das gleißende Sommerlicht in das Zimmer. Tief atmete Ida die Luft ein, die auch in Lübeck nach frischem Laub und Kräutern roch. Hinter dem Haus lag ein etwas verwilderter Hof mit einem Stall und einem Brunnen. Die Geräusche der Tiere ließen sie beinahe die Größe der Stadt vergessen.

Ida sah sich um und staunte über die Wandbehänge, die kostbare Waschschale und die geschnitzten Holzfiguren, die auf einem Regal standen. »So eine feine Schlafkammer habe ich noch nie gesehen. Ihr seid wohl sehr reich.«

Bendix lächelte. »Wir, meinst du wohl. Du gehörst doch zu uns!«

Ida kam dieser Gedanke unwirklich vor. Ihr fiel ein, dass sie ihrem Vater auch von der Erbschaft erzählen musste; sicher könnte er ihr helfen. Sie stand auf, um die Gegenstände in dem Zimmer zu betrachten.

Bei der Kleidung und Wäsche hielt sie staunend inne. »Ist das alles deins? Ich habe nur ein gutes Kleid für sonntags und einen Alltagskittel.«

»Den Alltagskittel hattest du ja gestern an«, sagte Bendix.

Ida lachte. »Nein, das war mein Sonntagsstaat.«

»Dann müssen wir dir gleich als Erstes neue Kleider nähen lassen! Ich werde nach dem Tuchhändler schicken, damit er vorbeikommt! Ich weiß auch schon, welche Farben dich am besten schmücken …« Er berührte beinahe zärtlich eine ihrer Haarsträhnen, die etwas ausgebleichter war als sein eigner Schopf. Sehr ernst sah er auf einmal aus. »Du glaubst ja gar nicht, wie froh ich bin, dass du hier bist! Ich habe mir jahrelang Vorwürfe gemacht, weil ich nicht genügend auf dich aufgepasst habe.« Fragend sah Ida ihn an. »Wir haben Verstecken gespielt, weißt du nicht mehr? Mitten bei der Belagerung. Am Ende der Nacht. Verrückt! Heute weiß ich das, aber damals …« Er zuckte mit den Schultern. »Ich habe mir nicht so viele Gedanken darüber gemacht, und du wolltest dich unbedingt verstecken. ›Bitte, Bendix, nur dieses eine Mal‹«, setzte er mit Kinderstimme hinzu.

War die Erinnerung bislang nur getröpfelt, so war nun mit einem Schlag alles wieder da. *Das Versteckspiel. Die Ochsen. Und …*

In diesem Augenblick öffnete ihre Mutter die Tür. Die Geschwister lächelten sie gleichzeitig an, als hätten sie sich abgesprochen; allerdings war Idas Lächeln gezwungen. Magdas Gesicht hellte sich auf. Sie schien noch immer überrascht darüber, dass Ida wirklich da war.

»Ich habe ein Bad bereiten lassen«, sagte sie. »Wir haben zwar keinen so großen Zuber wie im Badehaus, aber für uns Frauen reicht es.«

Ida roch selbst, dass die Reisetage Spuren an ihrem Körper hinterlassen hatten. »Danke, ich habe ein Bad dringend nötig«, sagte sie entschuldigend.

»Auch wenn wir dir keinen Fluss bieten können«, setzte Bendix verschwörerisch hinzu. Magda schaute verwundert, fragte aber nicht nach.

Es ist unser erstes neues, kleines Geheimnis, dachte Ida, und folgte ihrer Mutter in den Flügelanbau, während die Erinnerung in ihrem Inneren tobte.

In einer kleinen Kammer standen ein Badezuber und Kannen mit dampfendem Wasser; auch Rosenblätter und frisches Leinen lagen bereit. Die Fenster waren hoch genug in der Mauer angebracht, dass niemand hineinspähen konnte, und ließen doch Licht herein. Einen Augenblick schien Ida der Raum zu eng, doch dann riss sie sich zusammen. Ein Bad würde ihr guttun, auch wenn sie tatsächlich die sanften Wogen des Flusses dem warmen Brunnenwasser vorziehen würde. Der Gedanke an den Fluss besänftigte ihren Gedankenstrom wie stets ein wenig.

»Wie schön hier alles ist! Wie wohl eingerichtet!«, sagte Ida und nestelte an der Schleife, die ihr Leibhemd zusammenhielt.

Ihre Narben fielen ihr ein. Wenn Mutter die sehen würde, kämen sie nicht umhin, über das zu sprechen, was geschehen war.

»Ich komme schon allein zurecht«, sagte Ida.

Doch ihre Mutter fasste mit an. »Warte, ich helfe dir.«

»Ist das nicht zu anstrengend für dich? Die Kannen …«

Magda lächelte zärtlich. Dass ein Teil ihres Gesichts sich kaum rührte, irritierte Ida noch immer. »Du bist meine Tochter, und ich habe dich so lange entbehren müssen. Wie könnte es zu anstrengend für mich sein, dir zur Hand zu gehen? Ich möchte bei dir sein.«

»Und ich bei dir«, versicherte Ida ihr schnell. »Setz dich doch auf den Schemel und leiste mir Gesellschaft. Wenn ich Hilfe brauche, sage ich es dir«, schlug sie vor. Damit war ihre Mutter einverstanden.

Ida achtete beim Ausziehen darauf, dass ihre Haare die Narben bedeckten. Doch als sie in den Zuber stieg, der gerade groß genug war, dass sie sich hinknien konnte, und sich ihre Mähne aufblätterte, hörte sie, wie ihre Mutter scharf die Luft einsog. Ida strich die Haare zurecht, aber es war zu spät.

Magda humpelte zu ihr und legte die Narben frei. »Die hattest du früher nicht«, sagte sie, und der Schock war aus ihrer Stimme herauszuhören. Behutsam strich Magda mit den Fingerkuppen über die verdickte Haut. »Woher hast du diese Narben?«

Ida spürte, wie eine Gänsehaut sie zum Frösteln brachte. Befangen griff sie nach der ersten Kanne, um ihren Körper zu übergießen. Die Warnung ihres Vaters, mit ihrer Mutter nicht über den Überfall zu sprechen, klang ihr noch im Ohr.

Ihre Mutter hielt ihre Bewegung auf und sah sie an. Ihre Augen brannten. »Hat Gerold gesagt, dass du nicht mit mir über Bardowick sprechen darfst? Dass du mich schonen sollst? Das ist Unsinn! Bitte, sag mir, was geschehen ist. Ich muss es wissen. Es wird mir helfen, nicht schaden, das verspreche ich dir!«

Ida war aufgewühlt. Sie schlang die Arme um ihre Knie, um

sich zu beruhigen. Magda zog den Schemel heran und nahm Idas Hand.

»Dann sage ich dir zuerst, woran ich mich erinnere.« Zu Idas Erstaunen gewann Magdas Stimme an Festigkeit, je länger sie sprach. »Ich war in Sankt Petri und versorgte die Verletzten, als Bendix mir sagte, du seiest im Dunkel verschwunden. Sofort lief ich dir nach. Ich hatte ein schlechtes Gewissen, schließlich hatte ich dich in der Kirche ausgeschimpft. Ich hatte solche Angst – du warst ja noch so klein, und die Gefahr war so groß. Immer wieder rief ich deinen Namen, entschuldigte mich lautstark bei dir, in der Hoffnung, dass du es hören würdest.«

Ida fühlte plötzlich einen Bruch in ihrem Inneren. Ein Teil war hier und der andere in dem Fass an der Hude. Die Feuchtigkeit der Nacht kroch in ihre Knochen. Der scharfe Gestank der Ochsen in die Nase. Die Geräusche im Ohr. Die Rufe ihrer Mutter. Unvermittelt waren alle Gefühle von damals wieder da. Sie erschauderte erneut.

»Schließlich kam ich an die Hude, wo ich einen Mann sah, der Ochsen durch das offene Tor trieb. Ich wusste sofort, dass er uns dem Feind ausgeliefert, dass er uns verraten hatte.« Nun brach die Stimme ihrer Mutter doch. War die Erinnerung zu viel für sie? Aber Magda rieb sich entschlossen über das Gesicht. »Ich erkannte ihn nicht. Er war groß gewachsen und schlank. Aber er trug …«

»… einen dunklen Umhang und eine Kapuze über dem Gesicht«, ergänzte Ida.

Magda starrte sie an. »Du hast ihn ebenfalls gesehen? Den Verräter?«

Ida nickte. »Ich war da. Ich habe sogar sein Gesicht gesehen.«

Mutter umarmte sie ungestüm und scherte sich nicht darum, dass ihre Kleidung nass wurde. »Ich bin so froh, dass du das sagst! Gerold hat mir nicht geglaubt. Er dachte, ich hätte mir den Verräter nur eingebildet. Er hat Ärzte und sogar einen Teufelsaustreiber kommen lassen, um mich von dieser Vorstellung zu heilen.«

»Wie furchtbar das gewesen sein muss!«, sagte Ida leise.

»Ja, irgendwann dachte ich selbst, dass ich verrückt bin. Ich zweifelte an allem, was ich dachte, was ich tat.«

Jemand klopfte an der Tür. »Ist alles in Ordnung bei euch? Soll ich ein paar Mägde schicken?« Gerold öffnete. Er wandte den Blick ab, als er Ida nackt sah. »Magda, überanstrenge dich nicht! Dein Kleid ist ja ganz nass. Kleide dich lieber um, deine Gesundheit ist doch so zart!«, setzte er besorgt hinzu.

Doch Magda trat zu ihm und gab ihm einen Kuss, worüber er sehr erstaunt schien. »Wir beeilen uns. Würdest du die Mägde bitten, den Tisch für das Frühmahl bereit zu machen?«

Als er gegangen war, wandte sie sich Ida wieder zu. »Wir sollten später in Ruhe darüber sprechen, nur wir zwei. Ich will alles haarklein wissen, bevor ich Gerold davon erzähle.«

Als Ida duftend, mit geflochtenen Haaren und in ein einfaches Kleid gehüllt die Diele betrat, warteten die anderen bereits. Gerold hatte Esko offenbar gerade zum Hof seines Vaters befragt, denn dieser erzählte, wie es gewesen war, bevor sie vertrieben worden waren. Ida war erleichtert darüber, denn das war die unverfänglichste Version und somit das Beste für den Moment.

Bendix lachte bei Idas Anblick freundlich. »Oje, diese Cotte ist auch nicht besser! Aber wenigstens ist sie sauber. Der Tuchhändler ist schon bestellt.«

»Das hast du gut gemacht«, lobte Magda. »Ich freue mich schon, für Ida Stoffe auszusuchen. Vielleicht nähe ich mir auch selbst mal wieder ein neues Kleid.«

Gerold berührte ihre Hand. »Früher hast du gern lindgrün getragen.«

»Und das werde ich jetzt auch wieder tun.«

Als in einiger Entfernung Glocken einsetzten, erhob sich Gerold. Die Mägde eilten sogleich mit den Umhängen herbei, einschließlich Kethe, die alles aufmerksam beobachtete.

»Wir wollen gemeinsam in der Marienkirche für deine Heimkehr danken. Anschließend zeige ich dir, womit ich mein Geld verdiene«, sagte Gerold zu Ida. »Und dir auch, Esko. Vielleicht habe ich ja eine Anstellung für dich. Einen kräftigen Kerl kann ich immer gebrauchen.«

»Ich danke Euch für das Angebot, aber ich möchte schon bald zu meiner Familie zurück. Meine Eltern brauchen Kethe und mich«, sagte Esko.

Ida suchte seinen Blick. Ich brauche dich auch!, wollte sie rufen.

Gerold hatte die Stirn gerunzelt. »Zwei bis drei Tage werdet ihr mit Pferden unterwegs sein, wenn ihr euch welche beschaffen könnt. Denn zu Fuß – das würde ich kaum empfehlen. Von Fragen der Züchtigkeit ganz zu schweigen.« Er erhob sich. »Ich würde euch raten: Bleibt hier, bis ihr eine Möglichkeit zum Mitreisen gefunden habt. Für eure Magd haben wir in unserem Haushalt sicher Verwendung, wenn sie damit einverstanden ist.«

Kethe lächelte scheu. »Das würde mir gut gefallen«, sagte sie.

Die Marienkirche mit ihren vielen kostbar ausgestatteten Altären beeindruckte Ida. Sie fand es unglaublich, dass die Bürger überlegten, an der gleichen Stelle eine noch gewaltigere Steinkirche zu errichten. Ihr Vater konnte sehr stolz darauf sein, wenn er an dem Bau beteiligt sein würde. Nach dem Gottesdienst brachten sie Magda zurück ins Haus, und Bendix ging in seine Werkstatt. Gerold wollte noch einen Brief aufsetzen, ehe sie zur Baustelle gingen. Ida und Esko warteten in der Diele. Sie nutzte die Gelegenheit, um endlich ein paar Worte mit ihrem Geliebten zu wechseln.

»Wie geht es dir? Sag es ehrlich! Bist du wohlauf? Hat man dich gut behandelt?« Es fiel Ida schwer, Esko nicht anzufassen, nicht seine Hand zu nehmen oder über seine Wange zu streichen. Geschweige denn, ihn nicht zu küssen. Auch drängte es sie, ihm von den Gesprächen mit Bendix und ihrer Mutter zu erzählen.

»Die Knechte waren anständig. Einer kennt sich mit Wundarznei aus und hat den Durchschuss versorgt. Heute Morgen waren die Wundränder schon geschrumpft und beinahe trocken.«

»Das ist gut.« Verstohlen tastete sie nun doch nach seiner Hand. »Ich bin so froh, dass du bei mir bist. Bitte, lass mich noch nicht so schnell allein, hörst du?«

Gerold kam aus der Schreibstube, und Ida ging schnell auf Abstand zu ihrem Geliebten. »Mal sehen, was die Arbeiter bei diesem Wetter schon geschafft haben«, sagte Gerold und ging voraus. Auf dem Weg erzählte er ihnen einiges über die Stadt und seine Arbeit. »Als ich hier ankam, beeindruckte mich der Dombau sehr, und ich lernte dazu, wo ich nur konnte. Mit Hilfe von Meister Ulricus habe ich vor den Toren der Stadt meine eigenen Feldbrandöfen eingerichtet. Heute können wir mit einem einzigen Brand Tausende von Ziegeln herstellen, wenn genug Material vorhanden ist. Reisig, Zapfen und Schilf zum Anfeuern, aber auch Lehm, Sand, Ton und Kalk.«

Ida lächelte. »Ich erinnere mich noch daran, dass du so ein Gewicht am Band hattest und zwei verbundene schmale Bretter. Jetzt hast du einen Schreiber und viel Gesinde«, sagte sie.

»Mein Lot und der Winkel, ja, das sind die Werkzeuge eines Baumeisters. Ich habe hart gearbeitet und Gelegenheiten genutzt. Später kam etwas Glück dazu. Mein Freund Elver sagt immer: Fortuna lebt in Lübeck.« Gerold sah sie von der Seite an, als könnte er noch immer nicht fassen, dass sie da war. »Hoffentlich wirst auch du ihr hier begegnen.«

Er wies auf einige schöne Gebäude am Wegrand, die er gebaut hatte. Sie mussten Karrenführern und einem Ziegenhirten samt seiner Herde ausweichen. Beinahe wäre Ida in einem Straßengraben voll stinkendem Kot gelandet, aber Esko konnte sie gerade noch zurückziehen. Die Größe und Enge der Stadt behagte Ida nicht. Es schien ihr, als wüchsen die Mauern auf sie zu und als würde sie immer kleiner zusammengestaucht.

»In Lübeck ist es so eng«, sagte sie.

»Die Stadt müsste dringend erweitert werden, aber Graf Adolf von Holstein hat jedes Bauvorhaben durch Steuern erschwert. Man könnte auch den Stadtwall verschieben, um mehr Bauland zu schaffen, aber das kostet erst recht Geld – und die Stadtkasse ist leer.«

»Dann wäre diese Erweiterung doch gerade eine Möglichkeit, um zu Geld zu kommen«, sagte Esko.

»Auch dafür brauchen wir die Genehmigung des Grafen, und die verweigert er uns. Vermutlich fürchtet er, dass die Macht der Bürger dann noch anwachsen könnte.«

Sie sahen auf den Fluss hinunter. »So gewaltige Schiffe habe ich noch nie gesehen«, sagte Ida staunend.

»Das sind einige der neuen Koggen, besonders dickbauchige Schiffe, die viele Lasten aufnehmen können.«

Ida wurde wehmütig zumute, als sie an ihren Fluss dachte. »Neslin hat mir ihr Grundstück an einem Nebenarm der Ilmenau vermacht, aber Eskos Vater und Meister Waldeko meinten, ich könnte es nicht selbst einfordern, sondern du müsstest beim Vogt in Lüneburg vorsprechen.«

»Ein Grundstück, wie? Und sie hat es dir vermacht? So etwas habe ich ja noch nie gehört. Ich werde mich mal umhören, wer der Vogt von Lüneburg ist und ob ich ihm wegen dieses Erbes schreiben kann. Diese Neslin muss eine ungewöhnliche Frau gewesen sein.«

»Das war sie wirklich«, sagte Ida.

»Hat sie dir auch beigebracht, zu lesen und zu schreiben?«

»Nein«, musste Ida eingestehen. »Aber dafür kann ich mich in der Wildnis zurechtfinden und nach Perlen fischen.«

»Befremdlich. Was willst du damit als Weib?«, wunderte sich ihr Vater.

Nach diesem Urteil vertiefte Ida das Thema lieber nicht mehr. Gerold erklärte ihnen ausführlich, welche Herausforderungen bei den Bauarbeiten auf ihn zukamen und wie er dem begegnete. Kundig beriet er sich mit seinem Werkmeister. Es war ihrem Vater anzumerken, wie sehr er seine Arbeit liebte und wie viel er davon verstand.

»Wenn wir ein geeignetes Grundstück haben und die Materialversorgung gesichert ist, werden wir als Nächstes ein ganzes Haus aus Ziegelsteinen errichten«, sagte er stolz.

»Ist das nicht sehr schwierig?«, fragte Esko.

»In der Tat. Aber Meister Ulricus hat lange auf der Dombaustelle gearbeitet. Er weiß, worauf es ankommt.« Gerold machte eine Geste zur anderen Seite der Stadt, wo sich rotbraune Mauern und Gerüste über die Hausdächer erhoben.

»Dieser Dom muss ja gewaltig werden«, staunte Ida.

Ihr Vater lächelte und sah dabei auf einmal ganz jung aus. »Wenn es nach mir geht, wird die neue Marienkirche größer. Aber das steht noch nicht ganz fest.« Er kam auf die Baustelle zurück. »Für die Lagerung von Gütern sind Steinbauten viel sicherer. Und warum sollen Ziegel den Adeligen und Kirchenoberen vorbehalten sein? Leisten können sich viele Kaufleute diesen Baustoff ebenfalls.«

Zum Mittagsmahl kehrten sie nach Hause zurück. Das Essen war üppig, und Ida fragte sich, ob in Lübeck jeden Tag so reichlich gegessen wurde; sie fühlte sich schon jetzt unbeweglich und schwer. So war sie froh, dass sie anschließend mit Bendix in seine Goldschmiedewerkstatt gehen konnte. Gerold widmete sich wieder seiner Arbeit, und auch Esko zog sich zurück. Ida hatte bemerkt, dass Schweißtröpfchen auf seiner Stirn glänzten, offenbar hatte der Gang durch die Stadt seine Wunde strapaziert.

Bendix brachte sie zu einer Holzbude. Während er den Ofen anheizte, erzählte er ihr, dass er bis vor einigen Monaten für einen Goldschmiedemeister gearbeitet hatte und warum er diese Anstellung aufgegeben hatte.

»Vater scheint deine Berufswahl nicht zu gefallen«, sagte Ida.

»Das hast du schon gemerkt, was? Ihm wäre es lieber, wenn ich in seine Fußstapfen träte. Aber ich habe schon immer die schönen Dinge geliebt. In unserer ersten Zeit in Lübeck habe ich sogar Knochen aus der Gosse gefischt und geschnitzt.« Er lachte bei der Erinnerung. »Später habe ich aus allem etwas geschnitzt, was mir in die Hände fiel: Holz, Knochen, Horn. Manches konnte ich sogar verkaufen, an meinen späteren Meister.« Bendix erzählte nun, wie Meister Faber Gerold überredet hatte, ihm seinen Sohn als Lehrling zu geben.

»Da ich nicht für ihn arbeiten will, hat Vater vor ein paar Monaten meinen besten Freund Jan auf die Reise geschickt, um Baumaterial zu kaufen.« Als sei ihm gerade etwas eingefallen, sah er auf. »Du müsstest dich eigentlich auch noch an Jan erinnern. Der Sohn des Drechslers, kräftig, mit zauseligen Haaren.«

»Ach ja. Ich glaube, ich weiß!« Eine Weile gingen sie die Freunde durch, an die sie sich erinnerten. Es drängte Ida, ihrem Bruder von ihrem Gespräch mit ihrer Mutter zu erzählen, aber sie hielt sich an ihre Abmachung und schwieg.

Bendix öffnete eine Stollentruhe, holte ein Kästchen heraus und schloss auch dieses auf. Mit großer Geste präsentierte er ihr sein Meisterstück. Ida war von der Gestaltung und der Form begeistert. »Wie schön die Perlen sind! Woher hast du sie?«

»Einige Sorten Glasperlen werden hier in Lübeck gefertigt, einige werden aber auch von den Händlern hierhergebracht. Es gibt Kaufleute, die sich auf den Handel mit Edelsteinen und anderem Geschmeide spezialisiert haben. Ab und zu erreichen mit den Edelsteinen auch Flussperlen sowie große und wunderschöne Perlen aus fernen Ländern Lübeck.«

»Auch in unseren Flüssen gibt es große Perlen. Ich habe einmal eine gefunden, die so groß wie eine Erbse war und vollkommen rund.«

»Du hast Perlen gefischt?«

»Es war ein wunderschöner Tag. Die Stelle am Fluss war leicht verschattet, wie Muscheln sie mögen. Die Flussperlmuscheln sind wählerisch, musst du wissen.« Sie lachte leise. »Natürlich musste ich oft tauchen und viele Muscheln hochholen und prüfen, aber dann endlich hatte ich eine gefunden – und was für eine!« Jetzt gab es für Ida kein Halten mehr. Sie berichtete übersprudelnd von ihrem Fluss, den Bewohnern und woran man die Muscheln erkannte, die möglicherweise eine Perle trugen. Ihr Bruder lauschte staunend.

»Was habt ihr mit den Perlen gemacht?«, fragte er schließlich.

»Verkauft. Einen Teil durchbohrt und verkauft, andere aufgestickt. Die bräunlichen, kleinen oder verformten nehmen die Gewürzkrämer; sie werden für Medizin wie beispielsweise Aqua Perlata verwendet.«

»Du kannst perlensticken? Du kommst mir ja wie gerufen!«

»Nicht sehr gut.«

»Na, das werden wir sehen! Sag nicht, dass du dieses Perlwasser ebenfalls herstellen kannst!«

Ida nickte.

»Nicht zu fassen, dass du die Perlen ebenso liebst wie ich«, sagte Bendix versonnen.

»Als Neslin mir meine Kinderkette zeigte, erinnerte diese mich an eine andere. Eine Kette mit einem Perlkreuz daran.«

»Mutters Kette.«

»Vielleicht hat diese Erinnerung meine Liebe zu den Perlen genährt. Ich fand die Vorstellung schon immer faszinierend, wie die Perlen entstehen.«

»Die Tränen der Engel.«

Die Geschwister lächelten einander an, durch die Liebe zu Perlen miteinander verbunden.

»Oft saß ich nachts am Fluss und wartete darauf, dass die Engel vom Himmel und die Perlen vom Flussgrund stiegen. In einer dieser Nächte begegnete ich auch Esko.« Ida verstummte. Ihre Stimme hatte einen verräterisch weichen Klang angenommen. Sie blickte um sich. »Ich sehe noch gar keinen Schmuck.«

»Mit fehlt das Material. Ich wünschte, ich hätte Edelmetall und einige Steine, um Schmuckstücke herstellen zu können.«

»Kannst du nicht Vater darum bitten?«

»Doch, schon. Aber er sagt, er hat im Augenblick nicht genügend Geld zur Verfügung. Gold und Silber sind teuer.«

»Ich könnte versuchen, Perlen für dich zu finden.«

Bendix lachte. »Das ist lieb, aber ich kann mir kaum vorstellen, dass du in der Wakenitz oder der Trave welche findest.«

Ida stimmte ihm insgeheim zu. Der Anblick der Schlachtabfälle, die achtlos in den Fluss geworfen wurden, und der stinkenden Brühen, die die Gerber dort hineinkippten, hatte sie schockiert zurückweichen lassen. »Warum machst du es nicht wie früher und verwendest die Materialien, die dir zur Verfügung stehen? Die Stoffreste von meinen Kleidern könnte man vielleicht zu bestickten Brusttüchern verarbeiten oder zu geflochtenen Gürteln, für die du eine Schnalle herstellen könntest. Oder du nimmst die günstigeren Glasperlen, stellst sie aber so schön zusammen, als wären sie kleine Gemälde.«

Während Bendix noch überlegte, betrat eine Dame mit zwei Töchtern die Holzbude. »Meister Bendix, endlich! Also, bis man Euch hier findet! Dieser unfreundliche neue Goldschmied in Eurer alten Werkstatt wollte mir nicht erzählen …«

Ida zwinkerte ihrem Bruder zu. Es drängte sie, zu Esko zu gehen.

»Du kannst doch nicht allein …«, wollte Bendix sie aufhalten.

Die Dame musterte Ida säuerlich. »Meine Schwester«, erklärte Bendix schnell.

»Ich wusste gar nicht, dass Ihr eine Schwester habt, Meister Bendix.«

Er lächelte die Dame an, doch seine Augen waren bei Ida, die sich zur Tür bewegt hatte. »Du verläufst dich …« Doch da hatte Ida die Bude schon verlassen.

Ida fiel es nicht schwer, sich in dem Gewimmel der Gassen zurechtzufinden. Allerdings wurde sie, weil sie allein unterwegs war, manches Mal belästigt. Die Enge und der Gestank der Stadt bedrückten sie, und sie war beinahe froh, als sie das Haus ihrer Eltern erreicht hatte. Doch statt Esko suchen zu können, wurde sie bereits von dem Tuchhändler erwartet. Gemeinsam mit ihrer Mutter, einer weiteren Magd und Kethe besah sie Stoffe, Fäden und Borten, und schließlich wurde Ida nach allen Regeln der Kunst vermessen. Nach einer Weile kam auch Bendix dazu. Er hatte einen guten Geschmack und viel Spaß an der Sache. Bald alberten sie so ausgelassen herum, während sie die Stoffe ausprobierten, dass ihre Mutter sie rügte.

»Angemessenes Verhalten und Benimm sind die Zierde jeder Jungfrau«, mahnte Magda liebevoll. »Gerold sagte mir, dass du weder lesen noch schreiben kannst. Auch dem muss Abhilfe geschaffen werden. Bendix kann dich darin unterrichten.«

Mit etwas mehr Ernst gelang es ihnen, drei wunderbare Stoffe für Ida auszusuchen. Nach Stunden in der Stube sehnte sich Ida danach, sich draußen die Beine zu vertreten, doch Bendix und Magda lehnten ihr Ansinnen ab, und allein durfte sie nicht gehen. Stattdessen machten sie sich daran, mit Kreide die einzelnen Teile, die sie für ein Kleid benötigten, auf dem Stoff vorzuzeichnen. Bald schon wurde es dunkel, und Kethe und die anderen Mägde schlossen die Fensterläden und heizten den Kachelofen an. Aus der Küche roch es bereits wieder nach Gesottenem.

Bald darauf kehrte auch Gerold zurück, und die Knechte stellten eine weitere Tafel auf. Alle Bewohner des Hauses kamen zusammen, um zu essen. Dieses Mal wurden Kethe und Esko am Gesindetisch platziert. Ida warf Esko verstohlen sehnsüchtige Blicke zu und versuchte mitzubekommen, worüber er sich mit einem der Knechte unterhielt; offenbar hatte er am Nachmittag bei der Arbeit mit angefasst.

»Ich werde ein Silberkreuz herstellen. Der Gatte meiner Kundin will es im nächsten Jahr mitnehmen, wenn er mit den Kreuzrittern aus Lübeck aufbricht«, berichtete Bendix bei sauer eingelegtem Braten mit Gemüse und Pfeffersoße.

»Kreuzritter, hier?«, hakte Ida nach, weil sie wusste, dass es Esko interessieren würde.

»Hast du denn nicht davon gehört? Alljährlich brechen Tausende Ritter und freiwillige Kämpfer von Lübeck aus gen Osten auf, um dort die slawischen Heiden zu bekehren.«

Ida stellte weitere Fragen, die Gerold und Bendix bereitwillig beantworteten. Schließlich wurde die Tafel aufgehoben, und sie gingen auseinander. Ida hatte es zu ihrem Kummer nicht geschafft, noch einige Augenblicke mit ihrem Geliebten allein zu sein. Würden sich jetzt wirklich ihre Wege trennen?

Magda fand ihren Mann in ihrer Schlafkammer, wo er seinen Umhang vom Haken nahm. »Musst du denn wirklich noch einmal fort?«, fragte sie.

»Ich wollte ins Badehaus …«

Sie trat zu ihm und legte ihm die gesunde Hand auf die Brust. Lange schon hatte sie ihn nicht mehr so zärtlich berührt, aber jetzt genoss sie es, das Schlagen seines Herzens unter ihrer Haut zu spüren. Magda schmiegte sich an ihren Mann. Seine Arme legten sich zaghaft um sie.

»Ich bin so glücklich, dass Ida wieder da ist. Gott hat uns wahrhaft gesegnet«, wisperte Magda.

»Das hat er.« Gerold küsste ihren Scheitel.

Magda bewegte die Worte in ihrem Mund, aber es fiel ihr schwer, sie auszusprechen. »Auch ich fühle mich gesegnet. Dass du so lange zu mir gehalten hast, obwohl ich ein Krüppel bin …«

»Schsch, nicht doch.«

Aber jetzt, wo sie damit angefangen hatte, musste sie weitersprechen. Es drängte sie, ihren Gefühlen endlich Luft zu machen. »Du bist so ein wunderbarer Mann, du hast Besseres verdient als mich. Ich bin verbraucht, hässlich, verkrüp…«

Gerold verschloss ihre Lippen mit einem Kuss. Nach einem kurzen Augenblick der Überraschung – wann hatten sie zuletzt mehr als einen kurzen Kuss vor dem Einschlafen getauscht? – erwiderte sie seine Zärtlichkeit. Der Umhang, den er noch immer festgehalten hatte, fiel zu Boden. In den Jahren des Kummers hatte Magda vergessen, wie Lust sich anfühlte. Jetzt erinnerte sie sich wieder.

28

Weis … heit ist wert … voller als Ko…, Ko…« Idas Stimme verklang. In dem Fleckchen Himmel, das sie von ihrem Platz aus sah, segelte mit selbstverständlicher Eleganz eine Möwe. Der Vorhang bebte in einer warmen Bö. Ein glänzendes Buchenblatt verirrte sich in das Zimmer wie ein ferner Gruß. Ida hob es auf und strich über die glatte Oberfläche und die etwas dickeren Blattadern. Noch standen die Buchen in vollem Saft, aber in wenigen Monaten schon würden sie ihr Herbstkleid anlegen. Es war rätselhaft für Ida, warum die Bäume ihre Blätter färbten und verloren. Andererseits boten sie kahl natürlich weniger Angriffsfläche für die Herbststürme.

Etwas traf sie vor der Brust. Ida schrak aus ihre Gedanken. Ein paar aufgerollte Strümpfe waren auf sie abgefeuert worden.

Bendix lachte. »Du träumst! Lies weiter!«

Ida warf die Strumpfrolle zurück. »Wollen wir nicht hinausgehen?«

»Wohin? In den Hinterhof? Da ist es mir zu schmutzig.«

»Nein, weiter raus. An den Fluss.«

»Das geht nicht.«

»Vor die Stadttore, wo die Wiesen und Wälder sind.«

»Das dürfen wir schon gar nicht.«

Von draußen drangen Männerstimmen zu ihnen. Ida trat an das Fenster. Die Arbeiter sammelten sich, um zu der Baustelle zu gehen. Auch Esko war unter ihnen; er wollte sich das Geld für die Rückreise verdienen. Seine Wunde war in den zwei Wochen, die sie nun schon in Lübeck waren, gut verheilt. Er sah wieder gesund aus, wirkte aber sehr ernst. Die Männer lachten. Bendix schloss die mit Schweinsblasen bespannten Fenster. Das Zimmer war dunkel und kam Ida viel zu eng vor. Und dabei war es draußen so herrlich!

»Lies weiter. Mutter wird dich sicher heute Abend wieder vorlesen lassen.«

Das war durchaus denkbar. Sie hatte oft abends, wenn sie zusammensaßen und an ihren neuen Kleidern nähten, aus dem Buch ihrer Mutter vorlesen müssen. Es war ein kostbares Stück aus gebundenem Pergament mit Psalmen und anderen Bibeltexten, und Mutter verschloss es in einer geschnitzten Holzschachtel. Ida war es immer peinlich, laut herumzustottern, während Bendix eine so angenehme Vorlesestimme hatte. Da war das Nähen ja noch besser! Allerdings hatte ihre Mutter den Stoff sehr kompliziert geschnitten und achtete sehr auf feine Nähte.

Jeden Tag, wenn Ida aufwachte, freute sie sich wieder darüber, ihre Familie gefunden zu haben. Sie hatte Spaß mit ihrem Bruder, der sich viel Zeit für sie nahm und darüber sogar seine Arbeit vernachlässigte, und manchmal wusste der eine, was der andere sagen wollte, bevor dieser es aussprach. Ida lernte auch viel: den Überfangstich, mit dem man die langen Fäden, auf denen sich Perle an Perle reihte, auf einen Stoff nähte; das Verstärken des Stoffes mit Pergament, damit die Perlen besser hielten; oder das Befestigen von Perlen auf feinen Silberplättchen, die den Schimmer verstärkten und eine Silberperle wie eine echte Perle wirken ließen.

Aber die meiste Zeit verbrachten sie eben im Haus. Sie saßen und nähten, da ihnen die Mägde die schwereren Arbeiten abnahmen. Ida durfte nicht laufen, nicht springen, nicht herumtoben und schon gar nicht schreien. Wenn sie hinausgingen, dann in die heilige Messe. In ihrem ganzen Leben war Ida noch nie so oft in einer Kirche gewesen. Abwechslung brachten höchstens die Besuche von Geschäftspartnern des Vaters.

Ida setzte ihre Fingerspitze wieder auf das Pergament. »Ko…, Ko…«, stotterte sie beim Vorlesen und zeigte dann mit der Fingerspitze auf einen Tintenbogen. »Was ist das für ein Buchstabe?«

»Ein R.«

»Und das?«

»Ein A.«

»Und was ist das?«

»Ein L.«

»Und das?« Ida grinste.

»He, willst du etwa Zeit schinden?« Bendix zwickte sie in die Seite. Ida zuckte lachend zurück, woraufhin ihr Bruder sich auf sie stürzte und sie durchkitzelte. Ida sprang auf, nahm die Strumpfrolle und warf sie in die Luft, dann schnappte sie sich noch zwei und versuchte, damit zu jonglieren, wie sie es einmal auf einem Dorffest gesehen hatte. Sie hatte das Gefühl, vor unbändiger Energie zerspringen zu müssen.

»Ich finde, du liest mir jetzt mal vor, und ich höre zu«, sagte sie. »Du liest so schön! Oder wir singen etwas zusammen. Oder wir tanzen. Vielleicht können wir ja auch den Mägden helfen. Oder den Knechten.«

»Ja, ganz bestimmt!«, entgegnete Bendix ironisch und erhob sich. »Nein, ich will in meine Werkstatt zurück. Sosehr ich es auch genieße, bei dir zu sein, muss ich doch an mein Fortkommen denken. Wenn ich nur könnte, würde ich mehr Broschen und Gürtel herstellen, am schönsten wäre es, wenn ich Schnalle und Riemenzunge aus Edelsteinen schlagen könnte! Immerhin bin ich jetzt zu etwas mehr Golddraht und Glasperlen gekommen, weil ich bei einem anderen Meister ausgeholfen habe. Ich weiß schon, was ich daraus herstellen will. Vielleicht magst du mir ja beim Sticken helfen?«

»Schon wieder mit Nadel und Faden hantieren?«, fragte Ida gespielt entsetzt, lachte dann aber Bendix an. »Na gut, für dich lasse ich mich breitschlagen.«

»Man würde eher sagen: ›Für dich mache ich eine Ausnahme‹,

oder ›Selbstverständlich, sehr gerne, lieber Bruder‹«, stichelte er liebevoll und nahm das Buch ihrer Mutter zur Hand. Ohne vorzulesen, sagte er: »›Weisheit ist wertvoller als Korallen oder Perlen, und alle Rubine wiegen sie nicht auf‹, heißt es in der Bibel. Das solltest du eigentlich vorlesen!«

Ida grinste. »Aus deinem Mund klingt es aber schöner. Und nun lass uns endlich hinausgehen.«

Esko schleppte die Eimer mit dem Grundwasser zum Fluss und kippte es hinein. Die Arbeit kam ihm völlig unnütz vor, aber Idas Vater hatte ihm einen guten Lohn versprochen, und schließlich brauchte er Geld für die Heimreise. Der Gedanke, Ida zu verlassen, quälte ihn, aber gleichzeitig zog es ihn zu seiner Familie zurück. Er musste nach seinen Eltern und seinen Geschwistern sehen. Und dann musste er seinen Teil dazu beitragen, den Gutshof wieder in den Besitz seines Vaters zu bringen.

Vorerst war das Fundament trockengelegt. Esko ging zum Werkmeister und half, die Ziegel auf einer Trage zu stapeln.

»Was haltet Ihr von den Heidenfahrten? Für mich war allein schon der Gedanke völlig fremd«, sagte er beiläufig zu Meister Ulricus, nachdem sie etwas geplaudert hatten.

Der Werkmeister hantierte weiter mit Richtscheit und Winkel. »Vielen geht es wohl nur um ihr Seelenheil, anderen um Ruhm und Reichtum. Die Lübecker verdienen gut an den Kreuzfahrern, so viel steht fest. Und wenn es den Bürgern gut geht, wird gebaut.«

»Aber auch in Lübeck haben früher Slawen gelebt, heißt es.«

»Früher schon, das stimmt. Lübeck befindet sich zwischen Polabien und Wagrien im Stammesgebiet der Abodriten. In der Nähe des alten Lübeck leben noch einige von ihnen.«

»Weißt du etwas darüber? Das würde mich sehr interessieren. Und dein Bericht könnte uns die Arbeitszeit verkürzen.«

Meister Ulricus sah auf und musterte Esko misstrauisch. Er

schien seine Worte abzuwägen. »Da gibt es nicht viel zu erzählen.« Er arbeitete weiter und berichtete, dass es dort, wo der Fluss Schwartau in die Trave mündet, eine frühere Siedlung gegeben hatte, aus der später Lübeck geworden war. »Es hat in Liubice Burg, Hafen und Kirche gegeben. Aber die Ranen – ein anderer slawischer Stamm – zerstörten den Ort irgendwann, und Lübeck wurde auf der Halbinsel, die die Slawen Bucu nannten, neu gegründet.«

»Heute gibt es hier niemanden mehr, der Perun oder Siwa verehrt? Der die Bäume, Quellen und Flüsse ehrt?«, wollte Esko wissen.

Die Züge des Meisters wurden undurchdringlich. »Siehst du hier noch viele alte Bäume? Das dürfte deine Frage beantworten.« Doch nach diesen abweisenden Worten landete eine Hand auf Eskos Schulter. »Du bist ja offenbar ein guter Kerl, deshalb gebe ich dir einen Rat: Was auch immer dich mit den alten Göttern verbindet, behalte es für dich, sonst könnte es gefährlich werden. Die Raufbolde von Söldnern und Kreuzrittern würden sich sicher freuen, bereits in Lübeck einen heidnischen Slawen zur Strecke zu bringen.«

Am Abend übte Ida mit ihrer Mutter schreiben. Magda hatte eine schöne Schrift: Wie gemalt sah sie aus. Sie saßen in der Küche zusammen, denn in der Diele debattierten Gerold und etliche Lübecker Bürger lautstark über irgendetwas. Als die Gäste gingen, gesellte sich auch Gerold zu ihnen. Er setzte sich neben Magda und nahm ihre Hand.

»Danke, Ida, das reicht für heute. Du machst wirklich Fortschritte«, lobte Magda ihre Tochter. Wieder einmal fühlte sich Ida, als wäre sie noch ein kleines Mädchen. Manchmal war das ein gutes Gefühl, beispielsweise wenn ihre Mutter sie von der Nachspeise kosten ließ, jetzt aber fühlte sie sich gegängelt. Inzwischen hatte sie mit ihrer Mutter noch einmal über die Umstände des Überfalls auf Bardowick gesprochen. Magda war entschlossen, Gerold von Idas Beobachtungen zu erzählen, aber er war ständig unterwegs; seine Arbeit und die Beratungen mit den anderen Bürgern schienen ihm viel abzuverlangen. Andererseits war ihre Lehrzeit nicht unnütz: Bald könnte sie selbst Neslins Testament lesen. Ungeduld packte sie. Der einzige Grund, die Stube zu verlassen, wäre, ins Bett oder in den Hof ins heimliche Gemach zu gehen. Sie entschuldigte sich und ging zur Hintertür. Ihre Eltern und ihr Bruder unterhielten sich leise.

»Der Unterhändler ist unterwegs zum dänischen Hof. Sein Auftrag ist geheim, und wir hoffen alle, dass der Herzog nicht davon erfährt; der Hass des Holsteiners würde über uns kommen. Außerdem zeichnet sich eine Mehrheit für den Neubau der Marienkirche ab. Was die andere Angelegenheit angeht … das ist nicht so einfach.« Ida verlangsamte ihren Schritt. Worum ging es hier?

»Und der Bote?«

»Er brachte gute Nachrichten. Jan hat schon erste Kontakte zu Holzhändlern und Grundbesitzern knüpfen können.«

»Er ist also wohlbehalten in Riga angekommen?« Bendix wirkte erleichtert.

»Ja, sein Schiff ist von den Angriffen verschont geblieben«, bestätigte ihr Vater.

Nur eine Fackel erleuchtete das Wegstück zu dem Verschlag am Ende des Hofs. Aus dem Anbau, in dem Gerolds Arbeiter schliefen, drangen Stimmen, aber niemand war zu sehen. Ida trat vor die Tür und sog die Nachtluft ein, die jedoch von dem Rauch unzähliger Feuer geschwängert war. Sie legte den Kopf in den Nacken und suchte den Himmel nach einem Schweif ab, wie sie es oft mit Neslin getan hatte. Aber die Sterne wirkten hier so blass!

Sie hörte ihn nicht kommen, erkannte aber seinen Duft. Langsam drehte sie sich um. Esko war schon ganz nah.

Er lächelte halb enttäuscht. »Werde ich etwa jetzt schon ein Städter und verlerne das Anschleichen?«

»Du doch nicht! Aber mich kannst du nicht täuschen. Du bist meinem Herzen einfach zu nah«, sagte Ida und stellte sich auf die Zehenspitzen, um ihn zu küssen. Leidenschaftlich erwiderte er ihren Kuss. Gelächter brandete aus dem Gesellenquartier im Anbau auf. Esko zog sie in den Schatten des Stalls, und sie schmiegte sich an ihn. Ida sehnte sich so danach, ihn zu spüren, dass es sie große Überwindung kostete, ihn nicht gleich hier zu verführen.

»Du hast vorhin so ernst ausgesehen. Gibt es Schwierigkeiten?«, flüsterte sie.

»Nein. Das sind raue Gesellen, aber sie sind ganz in Ordnung. Es ist nur …« Sein Daumen zeichnete den Schwung ihrer Lippen nach. Ida nahm seine Hand und küsste die Innenfläche. »Ich muss zurück. Arndt … ich kann seinen Verrat einfach nicht vergessen.« Sie bremste seine Rede mit einem Kuss, wollte nichts hören von seinen Aufbruchsplänen. Doch er machte sich von ihr los. »Ich muss Vater helfen, den Hof zurückzugewinnen.«

Ida lief ein Schauer über den Rücken. Sie wollte Esko auf keinen Fall verlieren! Wie konnte sie ihn nur halten? »Dein Vater wird jetzt, zur Erntezeit, ohnehin keine Männer für einen Angriff zusammenbringen. Das wäre viel zu gefährlich. Bleib bis zum Herbst und verdien dir hier dein Geld für die Rückreise.«

»Erntezeit, du sagst es. Ein weiterer Grund zurückzukehren. Meine Eltern brauchen Hilfe. Es gibt hier nichts, was mich hält … außer dir.«

»Ich weiß! Und du glaubst gar nicht, wie viel mir das bedeutet!«

Sie hörten Schritte und verstummten.

»Ida?«

Ihr Vater war in den Hof gekommen. Ida trat schnell in das

Licht der Fackel. Hoffentlich entdeckte er Esko nicht! »Ja, Vater?«

»Was machst du denn da?« Argwöhnisch kam Gerold näher.

»Ich hab mir die Sterne angeschaut. Sieh nur, wie schön der Nachthimmel ist«, versuchte sie ihren Vater abzulenken.

Gerold blickte hinter die nächste Ecke und in den Stall. Ida hielt vor Sorge den Atem an, aber dann kam ihr Vater zurück. Er umfasste ihren Arm und schob sie behutsam, aber bestimmt zum Haus zurück. »Du solltest dich nicht zu lange im Hof aufhalten. Man weiß nie, ob Gesindel den Zaun erklimmt und hier herumlungert«, sagte er.

Esko verließ die Nische im Schweinestall, in der er sich verborgen hatte, und wischte seine beschmutzten Lederschlappen mit Stroh ab. Dass er sich hier verstecken musste, als wäre er ein Streuner oder Dieb! Natürlich freute er sich für Ida. Sie blühte auf, seit sie ihre Familie wiedergefunden hatten, und ihr Umgang miteinander war liebevoll und freundlich. Gleichzeitig veränderte sich Ida aber auch ein wenig. Neuerdings sah sie immer so damenhaft aus! Den anderen Arbeitern gefiel das, das hatte er oft genug gehört, aber ihm kam Ida beinahe verkleidet vor. Er fand, dass sie den Putz nicht nötig hatte, um schön zu sein.

Eine Windbö zauste Eskos Haar. Sie verriet ihm, dass das Wetter umschlagen würde. Vielleicht hatte Ida recht, und es wäre besser, wenn er noch ein wenig bliebe. Auch Kethe schien es nicht eilig zu haben zurückzukommen. Ihn aber drängte es in die Heimat.

Gleich in der Frühe passte Esko Kethe im Innenhof ab. Seit sie hier angekommen waren, hatte sie ab und an das Gespräch mit ihm gesucht, aber immer hatte sie jemand unterbrochen. Ihre Wangen wirkten rosig; auch ihr schien es hier gut zu gehen. Sie nahm seine Hand und wollte ihn mit sich in den Stall ziehen.

»Ich habe auf dich gewartet. Komm mit ins Heu, so schnell wird uns niemand vermissen«, wisperte sie.

Esko machte sich von ihr los, aber sie legte die Arme um seine Hüfte und drängte sich fordernd an ihn. Deutlich spürte er die Rundungen ihres Busens und ihres Bauchs. Erneut ging er auf Abstand. »Was ist mit dir los?«, fragte er gereizt.

»Seit du dich in der Wagenburg zwischen mich und den Pfeilhagel geworfen hast, weiß ich, dass du mich liebst. Du brauchst deine Gefühle nicht mehr zu verbergen.«

»Ich verberge meine Gefühle nicht. Ich wollte dir nur sagen, dass ich so schnell wie möglich zurückreise. Du musst dich entscheiden, ob du mitwillst.«

Die Magd himmelte ihn an. »Mit dir gehe ich überallhin.«

Esko verlor allmählich die Geduld. Was war mit Kethe los? »Wir können zusammen zurück zu meinen Eltern reisen, aber mehr nicht.«

Ein Schatten legte sich auf ihr Gesicht, als sie seine Hände nahm. »Wir könnten hierbleiben. Ein Jahr und ein Tag in Lübeck, und wir sind frei. Es gibt viele Mägde und Knechte, die hier heiraten und eine Familie gründen.«

Er machte sich von ihr los und trat zurück. »Aus uns wird kein Paar, Kethe, versteh das doch. Niemals.«

Kethe blieb, mit Gerolds Einverständnis natürlich. Der Baumeister schien nicht unglücklich darüber zu sein, dass Esko das Haus verließ. Gelegenheit, sich ohne Zeugen von Ida zu verabschieden, hatte Esko nicht. So blieb ihm nur, ihr zuzuflüstern, dass er so schnell wie möglich zu ihr zurückkommen würde. Es stach ihm ins Herz, als er den Kummer sah, den Ida mühsam zu verbergen suchte. Alles in seinem Inneren drängte ihn, in Idas Nähe zu bleiben. Aber er konnte nicht. So wie sie den Wunsch verspürt hatte, ihre Familie zu suchen, so musste er nun seiner Familie beistehen. Auch wenn es ihn beinahe zerriss.

29

Betrunkenes Lachen auf der Straße, die Rufe der Nachtwächter. Verklingende Schritte im Gebälk, sanfte Katzenpfoten auf Steinplatten, das ersterbende Fiepen der Mäuse. Dann: Stille. Stunden, die dahinkrochen wie Schnecken auf Kieselsteinen. Ihr Bett: zu weich. Die Decke: zu warm. Gegen Morgen rollte sich die Katze zu ihren Füßen ein, einen leichten Geruch nach Moder und Blut mit sich bringend. Ida ließ sie gewähren, denn so allein wie in ihrer eigenen Kammer hatte sie sich in den Flussauen nie gefühlt.

Als die Schwalbe sang, wusste Ida, dass es Zeit war aufzustehen. Am Fluss hätte sie bereits vor einiger Zeit der Rotschwanz geweckt, aber diesen Vogel schien es in der Stadt nicht zu geben. Sie krabbelte aus dem Bett, entschlossen, ihre Zeit zu nutzen. Die Katze maunzte ungnädig. Ida fragte sich, ob Esko noch schlief. Und *wo* schlief er wohl? Bei seinen Eltern oder irgendwo in der Wildnis?

Die Sehnsucht nach ihrem Geliebten beherrschte jeden ihrer Gedanken. Sie hatte ihn vor seiner Abreise nur wenig gesehen und noch weniger mit ihm sprechen können, aber immerhin hatte sie ihn in ihrer Nähe gewusst. Jetzt war er schon seit Tagen fort, und sie wusste nicht, ob sie ihn je wiedersehen würde – ein Kummer, der sie im Innersten zu zerfleischen drohte. Ob er zu Hause war? Wie es Otmar und Rasmoda wohl ging? Was machte ihre Freundin Svea? Wie groß das Kind von Svea und Henniko inzwischen war? Hatte Rasmoda es nach den Riten der Slawen willkommen geheißen, oder hatten sie es taufen lassen müssen?

Ida betete zu allen Göttern dafür, dass Esko die Auseinandersetzungen mit seinem Bruder überlebte und dass er dann noch die Kraft und den Willen haben würde, zu ihr zurückzukehren.

Sie öffnete die Fensterläden. Es war noch nicht hell, und doch roch die Luft schon nach der Hitze, die auch heute wieder die Stadt heimsuchen würde. Bald würden die Knechte ihr Tagwerk beginnen. Ida mochte die Stadt in der Sommerglut noch weniger als früher. Anstatt es wie hitzegeplagte Tiere ruhiger angehen zu lassen, hatte der Trubel in Lübeck sogar noch zugenommen. Auf den Straßen musste man Angst haben, unter die unzähligen Fuhrwerke zu geraten, der Gestank aus den Kloaken war unerträglich und die Stimmung der Menschen gereizt. Trotzdem hielt es Ida kaum im Haus, wo es ihr viel zu stickig und eng vorkam.

Je mehr Zeit verging, desto stärker fühlte sie sich zwischen den Menschen, mit denen sie ihr Leben teilte, und den Menschen, mit denen sie es geteilt hatte, hin- und hergerissen. Natürlich war sie froh, bei ihrer Familie zu sein. Dafür aber auf die Liebe ihres Lebens zu verzichten, erschien ihr ein hoher Preis. Ida kam es vor, als wäre sie nirgends wirklich heimisch, außer am Fluss. Aber konnte man einen Fluss sein Zuhause nennen?

Lauschen. Nur das Schnaufen und Scharren des Viehs war zu hören. Sie wusch sich, schlüpfte in ihr altes Kleid und kletterte durch das offene Fenster hinaus. Angenehm kühl spürte sie die Erde unter ihren Fußsohlen, fühlte, wie lebendig sie war. Noch war keiner der Knechte zu sehen. Ihr Blick wanderte über das vernachlässigte Stück Hinterhof, und sie nahm sich vor, hier Beete anzulegen und Blumen und Kräuter anzupflanzen. Im Stall streute sie den Hühnern eine Handvoll Körner hin. Sie sah nach den Schweinen und nahm eines der Kaninchen auf den Arm, um es zu streicheln. Am Fluss war sie immer von Tieren umgeben gewesen. Neslins Vieh, aber auch die vielen Vögel und Nager, die Frösche, Fische und Insekten, hatten ihren Platz in Idas Leben gehabt. Auf Otmars Hof dienten die meisten Tiere einem Zweck, aber auch dort hatte man sie mit Respekt behandelt. Hier in Lübeck taten ihr die Schlachttiere hingegen oft leid, die quiekend und blökend durch die Stadt getrieben wurden.

»Ida, was machst du denn hier?«

Magda und ein Knecht standen in der Stalltür. Ida setzte das Kaninchen schnell wieder in den Käfig und wischte sich die Hände an der Cotte ab.

»Ich wollte nur nach den Tieren sehen.«

»Aber das ist nicht deine Aufgabe. Du hast hier nichts zu suchen«, sagte Magda.

Der Knecht wirkte verunsichert; gleichzeitig sah er sie aber auch ein wenig ungläubig an. »Habe ich etwas verkehrt gemacht, Jungfer Ida?«, fragte er.

»Nein, natürlich nicht. Es ist alles in Ordnung!«, versicherte Ida ihm.

»Und wie siehst du überhaupt aus? Zieh dir erst einmal etwas Anständiges an!«, sagte ihre Mutter streng. Als Ida ihrer Mutter ins Haus folgte, legte Magda ihr die Hand auf den Rücken und flüsterte: »Der Arme war ganz verwirrt, als er dich im Stall gesehen hat. Du darfst deinen Stand nie vergessen: Du bist Herrin, also musst du dich auch so verhalten. Mit nackten Füßen! Und dieses Kleid – wir werden es sofort den Mägden geben, damit du nicht noch einmal auf die Idee kommst, es zu tragen! Außerdem müssen wir unter Leute. Du wirst ja sonst noch ganz sonderlich!«

Ida wunderte sich über diesen Sinneswandel ihrer Mutter, freute sich aber auch darüber. Es war gut, wenn Magda ihre selbst gewählte Einsiedelei aufgab. Sie zog sich eines ihrer neuen Unterkleider, die neuen Strümpfe und Lederschuhe an. Kethe half ihr, die Cotte aus grünem Fritschal, einem leichten Tuch aus Gent, an den Seiten zu schnüren. Als sie zum Frühmahl kam, war ihr heiß, und sie fühlte sich verkleidet. Sie setzte sich besonders gerade hin, damit der Stoff nicht zu kraus wurde.

Magda umsäumte gerade ein Brusttuch. Sie trug ein dunkelblaues Kleid mit hellblauen Borten, das sie sich neu gefertigt hatte. Der Perlschleier, an dem Ida gerade stickte, lag neben ihr auf dem Tisch wie eine Aufforderung. Ida hatte in den vergangenen Wochen sehr viel dazugelernt, selbst sehr feine Arbeiten gelangen ihr wegen ihrer Fingerfertigkeit und ihrer guten Augen ausgezeichnet. Ihr Vater löffelte noch seine Morgensuppe.

»Das Tuch ist bald fertig, dann kannst du es besticken«, sagte Magda.

»Das wird hier ja noch eine richtige Stickwerkstatt! Ich verstehe nicht, wieso ihr euch mit so etwas abgebt. Bendix wollte es aus eigener Kraft schaffen, dachte ich. Ihr solltet ihm nicht helfen«, bemerkte Gerold ungewohnt mürrisch. War ihm etwas über die Leber gelaufen? Oder sorgte er sich nach wie vor um seinen Gehilfen Jan, der längst aus Livland zurück sein müsste?

»Ja, und unser Sohn ist wirklich sehr fleißig. Er ist gleich in der Früh wieder in seine Werkstatt gegangen.«

»Ich habe außerdem gehört, dass die Tuchhändler sich darüber beklagen, dass Bendix bestickte Stoffe anbietet«, sagte Gerold.

»Mit Perlen sind sie bestickt, das macht sie so besonders. Und das ist ja wohl erlaubt«, verteidigte Magda ihren Sohn. Sie nahm die Hand ihres Mannes. »Du solltest nicht so streng mit Bendix sein.«

»Und du verhätschelst ihn. Das hast du schon immer getan. Wenn das mit Ida nicht passiert wäre …«

Halb erschrocken sah Ida ihre Mutter an. Würde sie nun zusammenbrechen, wie sie es früher getan hatte? Noch hatte Magda nicht den Mut gefunden, mit ihrem Mann über den Verrat zu sprechen. Ida hoffte, dass es bald so weit wäre, damit sie die Vergangenheit endlich abschließen konnten. Andererseits war jetzt wohl nicht der richtige Moment – bei der schlechten Laune ihres Vaters. Doch ihre Mutter straffte sich.

»Ich habe mit Ida über den Überfall auf Bardowick gesprochen«, sagte sie.

Gerold hob ruckartig den Kopf. Sein Blick zuckte von Magda zu Ida. »Du solltest doch nicht …«

»Schimpf sie nicht aus, ich habe ihre Narben gesehen.«

»Welche Narben?«

»Brandwunden, von dem Überfall.«

Als Gerold darauf bestand, sie zu sehen, enthüllte Ida zumindest ihren Hals. Magda fuhr fort: »Ida hatte sich in einem Fass versteckt, das unter brennende Trümmer geriet. Von dort aus hat sie beobachtet, was geschehen ist. Ja, mehr noch …« Auffordernd sah sie ihre Tochter an.

Detailliert beschrieb Ida ihre Beobachtung. Ihr Vater war blass geworden. Die Hände hielt er gefaltet, aber sie sah, dass seine Knöchel weiß hervortraten.

Magda beugte sich zu ihm. »Ich bin also nicht verrückt gewesen«, sagte sie, und Tränen glitzerten in ihren Augen.

Gerold umarmte seine Frau unbeholfen. Ida hörte einen erstickten Schluchzer. »Nein! Ich hätte dir glauben sollen, glauben müssen.« Er sprang auf und lief in der Diele hin und her. Man konnte ihn förmlich denken hören. Schließlich wandte er sich Ida zu. »Du hast sein Gesicht also gesehen. Hast du ihn erkannt?« Ida verneinte. »Würdest du ihn wiedererkennen?«

Das hatte sich Ida selbst schon oft gefragt. »Möglicherweise. Ich glaube schon.«

Gerold ballte die Hände zu Fäusten. »Dann werden wir ihn suchen und zur Rechenschaft ziehen. Dieser Verrat darf nicht ungesühnt bleiben.«

Magda wirkte entsetzt. »Darum geht es mir nicht. Ich will keine Rache. Ich will nur, dass du mir glaubst«, sagte sie leise.

»Menschen sind gestorben. Viele weitere haben alles verloren. Damit darf er nicht davonkommen.«

»Aber wie willst du ihn finden? Nach so vielen Jahren?«

Gerold überlegte. »Wir werden andere ehemalige Bardowicker befragen. Vielleicht hat jemand ihn ebenfalls gesehen.«

»Wir?«

»Natürlich muss Ida mich begleiten. Sie kennt ja das Gesicht.«

Magda stemmte sich aus ihrem Sitz und nahm die Hand ihres Mannes. »Du könntest unsere Tochter in Gefahr bringen.«

Doch Gerold war entschlossen. »Ich passe auf sie auf. Dieses Mal passe ich wirklich auf sie auf.«

Am Abend erzählten sie Bendix von der ungeheuren Beobachtung und ihrem Vorhaben. Der junge Mann war erregt und spekulierte sofort los. »Wer könnte so etwas Abscheuliches getan haben? Und warum?«, schloss er.

»Darüber habe ich auch schon nachgedacht. Wir wissen nicht, wer es war. Und für seinen Antrieb könnte es die verschiedensten Erklärungen geben«, sagte Gerold.

Aufgeregt knetete Bendix seine Hände. »Wer könnte von dem Verrat profitiert haben? War jemand erbost über den Stadtherrn und wollte ihm eins auswischen? Hatte er vielleicht ohnehin nichts zu verlieren? Wollte er sich unliebsamer Konkurrenz entledigen? Zu diesem Zweck greifen manche ja zu den seltsamsten Methoden.« Ida vermutete, dass ihr Bruder an die Tochter seines ehemaligen Meisters und deren Mann dachte, die gegen Bendix stichelten und über ihn herzogen.

Gerold hob die Hände. »Langsam, mein Sohn! Betrachten wir die damalige Lage der Stadt und die beteiligten Parteien«, sagte er und rekapitulierte in klaren Worten die Vorgeschichte des Überfalls auf Bardowick. »Fangen wir ganz unten an: Die Tagelöhner hatten nichts zu verlieren – aber auch nichts zu gewinnen. Die Wirtschaft in Bardowick ist seit der Zerstörung am Boden, und ein Neuanfang in einer anderen Stadt ist schwierig, das wissen wir nur zu gut. Den Kaufleuten und weiteren Bürgern ist es ja unterschiedlich ergangen. Etliche, die mit nach Lübeck gezogen sind, konnten sich hier nicht durchsetzen. Anderen ist der Neuanfang gelungen, wie Meister Volkwart, dem ich vor einigen Jahren ein schönes Haus errichtete, oder Meister Harksen, der sich beim Überfall dafür aussprach, Bardowick Herzog Heinrich zu übergeben, und dafür in den Kerker wanderte.«

»Also können wir Meister Harksen schon mal ausschließen«, schlussfolgerte Bendix. »Was ist mit Meister Volkwart?«

»Ich erinnere mich, dass er während des Überfalls den Schatz der getöteten Ermengard gierig beäugte und sich später weigerte, Magda auf seinen Wagen zu nehmen.«

»Die arme Muhme Ermengard«, sagte Magda mitleidig. »Davon hast du mir nie erzählt.«

»Ich habe dir manches nicht erzählt. Warum hätte ich deinen Kummer wegen Dingen vergrößern sollen, die nicht zu ändern sind? Mir tut leid, dass ich Meister Volkwart so gesehen habe, denn er mag zwar hartherzig sein, aber er ist ein guter Kaufmann«, meinte Gerold.

»Wir sollten trotzdem mit ihm sprechen. Außerdem sollten wir auch andere danach fragen, was damals genau an der Hude geschah und wer dort in der Nähe gesehen wurde, unmittelbar vor oder nach dem Durchbruch von Herzog Heinrichs Truppen«, sagte Ida.

Gerold stimmte ihr zu.

»Mir ist doch noch jemand eingefallen. Was ist mit Rikolf?«, mischte sich Magda ein. »Dein alter Freund begann doch ungewöhnlich schnell, in Lübeck für Herzog Heinrich zu arbeiten.«

»Und er half mir nicht, als ich in der Burg in Bedrängnis geriet«, ergänzte Gerold nachdenklich. »Allerdings verteidigte er damals Bardowick vom Stadtwall aus.«

»Du warst nicht die ganze Zeit dort. Auch Rikolf könnte seinen Posten verlassen haben. Dafür könnte es Zeugen geben«, meinte Magda.

»Das stimmt. Wir müssen uns allerdings eine gute Ausrede für unser Interesse einfallen lassen.«

Einen Moment lang überlegten sie schweigend.

»Vielleicht behaupten wir, dass jemand Ida damals half und sie sich bedanken möchte«, schlug Bendix vor.

Alle waren einverstanden. Es gefiel Ida, dass ihre Familie in dieser Angelegenheit an einem Strang zog.

Als sie Meister Volkwarts Geschäft betraten, kam Ida aus dem Staunen gar nicht mehr heraus. Das Warenlager nahm den Großteil des Hauses ein, und es duftete aus jeder Ecke fremd und aufregend. So eine Fülle an Gütern hatte sie noch nie gesehen. Gerold begrüßte ihn leutselig, und sie erkundigten sich gegenseitig nach ihrem Befinden, bevor sie sich über die aktuellen Ereignisse austauschten. Unauffällig suchte ihr Vater Idas Blick – erkannte sie Volkwart? War er der Verräter? Ida deutete ein Kopfschütteln an. Er war es nicht. Es sei denn, er hätte sich sehr verändert.

Schließlich fragte Meister Volkwart geschäftig, was er für Gerold tun könne. »Ich wollte für Magda Salz bestellen. Was habt Ihr da?«

»Das gute Lüneburger natürlich, aber auch Friesensalz und Baiesalz aus Frankreich. Wofür benötigt Eure Gattin es? Zum Einlegen oder zum Kochen?« Eine Zeit lang diskutierten sie. Dann sagte Gerold wie zufällig: »Habe ich Euch eigentlich schon meine Tochter vorgestellt? Vielleicht erinnert Ihr Euch, Ida ging bei der Belagerung verloren, wuchs auf einem Gutshof auf und fand uns erst jetzt.« Beiläufig setzte er hinzu: »Ida erzählte mir, dass sie damals bei der Erstürmung der Hude in Bedrängnis geriet und ihr jemand half. Sie würde sich gerne bei ihrem Helfer bedanken. Es ist seltsam. Wir haben festgestellt, wie sehr unsere Erinnerungen an diesen schrecklichen Tag verblasst sind. Erinnert Ihr Euch noch an die Geschehnisse?«

Das Gespräch schien Meister Volkwart unangenehm zu sein. »Nicht wirklich. Der Überfall ist ja nichts, woran man gerne zurückdenkt.« Er seufzte. »Ich flüchtete zu meinem Haus, doch es stand bereits in Flammen. Nur mit Mühe gelang es mir, mein Hab und Gut zu retten.«

»Wo wart Ihr, als die Ritter des Welfen die Belagerung durchbrachen?«

»Auf meinem Verteidigungspunkt am Wall, auf Höhe der Mühle. Plötzlich war die Rede von Ochsen, die den Angreifern den Weg gewiesen hatten.«

»Habt Ihr diese Ochsen gesehen?«

»Ja, die Tiere rannten ja vollkommen kopflos durch den Fluss.«

»Und aus welcher Richtung kamen sie?«

»Die Feinde trieben sie auf die Stadt zu.«

»Habt Ihr das gesehen, oder hat man es Euch erzählt?«

Meister Volkwart wurde ungeduldig. »Das weiß ich nicht mehr genau. Aber die Ochsen habe ich mit eigenen Augen gesehen. Die Tiere waren wie von Sinnen.« Er nannte Gerold die Summe, die dieser bezahlen müsste, und reichte ihm die Ware. »Ich glaube nicht, dass diese Nachforschungen zuträglich sind. Wenn ich euch einen Rat geben darf: Jungfer Ida sollte für Ihren unbekannten Helfer beten, das ist genug.«

Obgleich diese erste Unterhaltung wenig ergiebig gewesen war, ließen sie sich nicht entmutigen. In der kommenden Woche ergriff eine ungewohnte Geselligkeit die ganze Familie. Magda lud andere Bürgerinnen mit ihren Töchtern zu Handarbeitsabenden ein. Viele von ihnen waren ehemalige Bardowickerinnen, mit denen sie in diesem Rahmen ungezwungen plaudern konnten. Mit ihrem Vater suchte Ida weitere Menschen auf, die ebenfalls aus der Stadt geflohen waren. Es waren Arme und Reiche darunter, Bürger und Handwerker. Oft dauerte es lange, bis sie das eigentliche Thema zur Sprache brachten; sie konnten ja nicht mit der Tür ins Haus fallen. Manche waren in der Nähe der Hude gewesen und hatten die Ochsen gesehen, die durch den Fluss liefen. Ja, die Ochsen hatten sich vom Stadtwall entfernt, aber sie hatten sich nichts dabei gedacht, weil die Tiere panisch gewirkt hatten. Ja, das Stadttor war offen gewesen, ohne dass man Feinde gesehen hatte; sie hatten gedacht, die Angreifer hätten es erstürmt und wären bereits im Inneren der Stadt. Und nein, einen auffälligen Fremden im Umhang hatte niemand gesehen.

Es war, als wollte Gerold das Gespräch mit Rikolf so lange wie möglich aufschieben. Auch war der ehemalige Freund nicht immer in der Stadt. Offenbar war Graf Adolf mit seinem Heer gen Braunschweig gezogen, das gerade durch Philipp von Schwaben belagert wurde – er wollte seinem Thronrivalen Otto dessen Stammsitz nehmen.

Schließlich suchten sie Rikolf doch in der Burg auf. Ida war aufgeregt: Die Burg erschien ihr, nachdem sie so viel darüber gehört hatte, wie ein erschreckender, gefährlicher Ort. Wie immer flogen die Blicke zwischen Vater und Tochter hin und her, aber Ida war sich nicht sicher. Die Distanz, die Befangenheit zwischen den ehemaligen Freunden war mit Händen zu greifen. Rikolf erkundigte sich trotzdem nach Magda und begrüßte Ida höflich.

Sie wollten gerade beiläufig mit ihrer Befragung beginnen, als Rikolf das Wort ergriff. »Ich weiß, dass du nicht ohne Einfluss in der Bürgerschaft Lübecks bist. Wie ist die Stimmung unter den Herren denn so?«

»Gut.«

»Man hört, dass über Graf Adolf geklagt wird.«

»Davon ist mir nichts bekannt«, wich Gerold aus und berichtete von Idas vermeintlichem Anliegen.

Rikolf ging gar nicht darauf ein. »Viele Kaufleute scheinen unzufrieden mit der Herrschaft unseres Grafen zu sein.«

Gerold blieb ruhig, aber Ida bemerkte, dass eine Ader an seiner Schläfe zu zucken begann. »Es gibt immer Unzufriedene, das weißt du doch. Letztlich wollen alle nur in Ruhe ihren Geschäften nachgehen.«

»Und das ist im Moment nicht möglich?«

»Du siehst doch, was auf den Straßen los ist.« Gerold entspannte sich etwas. »Wenn du möchtest, halte ich die Ohren offen, was Beschwerden angeht.«

»Das wäre gut. In der derzeitigen Situation, wo die Dänen uns bedrängen, ist es wichtiger denn je, dass Lübeck zusammensteht. Also, was wolltest du wissen? Ach ja, wo ich war, als Bardowicks Belagerungsring durchbrochen wurde. Ich war die ganze Zeit auf meinem Platz am Wall, wo wir gemeinsam kämpften und du mich vor einem Angreifer gerettet hast. Du weißt doch, dass ich nicht einmal da war, um meine Eltern vor dem Tode zu bewahren.«

»Wie kam es eigentlich, dass du so schnell auf der Burg eine Anstellung gefunden hast?«

Argwöhnisch sah Rikolf ihn an. »Ich verstehe den Sinn dieser Frage nicht. Was hat meine Anstellung mit der Belagerung zu tun?« Er schnalzte missbilligend, setzte aber hinzu: »Es gefiel dir schon damals nicht, dass ich für Herzog Heinrich arbeitete. Aber für mich war es die einzige Möglichkeit, eine angemessene Stellung zu finden. Der Lübecker Münzmeister benötigte meine Dienste ja nicht.« Er überlegte. »Oder willst du etwa andeuten …«

»Ich will gar nichts andeuten.«

Rikolf brauste auf. »Kommst du etwa hierher und beschwörst unsere Freundschaft, um mir Vorwürfe zu machen?«

»Ich verstehe nicht, warum du so aufgebracht reagierst. Es war eine einfache Frage.«

»Und ich habe dir eine einfache Antwort gegeben. War es das, was du wolltest?«

Ohne weitere Worte verließen sie die Burg. Auf dem Heimweg schwiegen sie. Inzwischen stiegen immer mehr Zweifel in Ida auf. Der Überfall war so viele Jahre her, sie war ein Kind gewesen und hatte noch dazu unter Schock gestanden – würde sie den Angreifer ihrer Mutter wirklich wiedererkennen? Trotzdem …

»Seine Reaktion war merkwürdig«, sagte sie zu ihrem Vater.

»Vielleicht schämt er sich. Er ist ein Feigling und ein Wendehals. Als Herzog Heinrich der Löwe es mit dem Kaiser zu tun bekam und Graf Adolf wieder über Lübeck herrschte, wechselte Rikolf sogleich die Seiten. Wer weiß, wem er sich zuwenden wird, wenn die Zeit des Grafen vorbei ist.«

Ida befragte ihren Vater zu der Unzufriedenheit der Bürger mit der Stadtherrschaft, doch er wich ihr aus. Schließlich sagte Ida: »Warum braucht Lübeck überhaupt einen Herrn? Diese Stadt könnte doch für sich stehen.«

Gerold sah sie konsterniert an. »Genau das sagt Bendix auch immer. Hat dein Bruder etwa mit dir darüber geredet? Er vergisst wohl, dass Frauen für die hohe Politik nicht geschaffen sind.«

Ida wechselte lieber das Thema. »Wer fehlt uns noch? Fällt dir noch jemand ein, der der Verräter gewesen sein könnte?«

»Ein paar ehemalige Bardowicker gibt es noch. Aber allmählich fürchte ich, unsere Suche nach dem Verräter läuft ins Leere.«

»Viele sind woandershin geflüchtet, nach Lüneburg beispielsweise. Wir haben dort mit einigen gesprochen, aber nicht mit allen.« Die Erinnerung an ihre Reise mit Esko machte ihr das Herz schwer. Und sie sehnte sich so sehr nach ihrem Fluss! »Was haben eigentlich deine Bemühungen um Neslins Erbe ergeben?«

»Ich habe an den Lüneburger Vogt geschrieben, aber er hat mich vertröstet.«

Ein Einfall durchzuckte Ida. Wenn sie erst in Lüneburg wären, könnte sie ihren Vater möglicherweise unter einem Vorwand überreden, Eskos Familie aufzusuchen. »Vielleicht sollten wir nach Lüneburg fahren und dort unsere Nachforschungen fortsetzen. Dann können wir bei der Gelegenheit auch mein Erbe einfordern. Neslins Tod ist nun schon über ein Jahr her, und ich fürchte …«

»Dafür fehlt mir die Zeit. Wir wollen noch vor dem Herbst das Fundament für die neue Marienkirche legen. Es sei denn, das Holz trifft nicht ein.«

Die nächsten Sätze kamen Ida trotz dieser Hoffnung nur schwer über die Lippen. »Es ist ein schönes Grundstück direkt am Flussufer, dicht bewaldet. Es wäre doch schade, wenn jemand anders die Bäume ernten würde. Man könnte dort auch einen Anleger schaffen, falls du in der Region Holz und Kalk kaufen und verschiffen wolltest.«

Ihr Vater blickte sie abwägend an. »Vielleicht lässt sich eine Reise doch noch in diesem Jahr einrichten. Wir werden sehen.«

Geschickt nähte Ida weinrote Glasperlen an den Seidenkragen. Sie sah nur auf, um zu beobachten, wie Bendix das Gold schmolz. Die Gießform und sein Werkzeug lagen bereit, und er wirkte zufrieden und konzentriert. Er war wirklich ein Meister seines Fachs. Wenn besonders filigrane Arbeiten anstanden, bei denen Bendix Hilfe gebrauchen konnte, durfte sie ihn in die Bude begleiten. Ida bereitete es stets Vergnügen, ihm zu helfen. Vor allem aber lenkte es sie ab.

Bendix war freundlich im Umgang, amüsant und höflich, und gerade die Frauen schienen es zu genießen, mit ihm zu plaudern. Manche hatte Ida schon oft bei ihm gesehen, wie die Dame mit den zwei jugendlichen Töchtern oder die ältere Witwe. Mit dieser hatte Ida sich etwas länger unterhalten, weil Bendix der Witwe erzählt hatte, dass Ida sich mit Heilkräutern auskannte. Die Witwe – ihr Name war Petronilla – hatte Ida daraufhin etwas beiseitegenommen. Sie klagte über Frauenleiden, und Ida hatte ihr auf dem Markt eine Kräutermischung zusammengestellt.

Gerade fertigte Bendix ein Goldkreuz, das mit Perlen und Bergkristallen geschmückt werden sollte. Es war das erste wirklich kostbare Stück, seit er Meister Fabers Goldschmiede verlassen hatte, und Bendix konnte es nur anfertigen, weil der Kunde ihn im Voraus mit Geld bedacht hatte. Wenn Ida in der Werkstatt war, ließen sich oft Männer von ihr die einfachen Pilgerabzeichen und Kettenkreuze zeigen, die Bendix im Angebot hatte, und machten ihr artig Komplimente, die sie stets in Verlegenheit brachten. Auch Kethe, die in der Ecke saß und spann, zog die Aufmerksamkeit der Männer auf sich. Bendix flachste schon, er hätte doppelt so viel zu tun, wenn seine Schwester und ihre Magd in seiner Werkstatt zu Gast wären, was Ida freute.

Eine Stimme riss Ida aus ihren Gedanken: »Hier steckst du also. Na, früher hat die Werkstatt vornehmer ausgesehen, aber jetzt bist du wenigstens Herr im eigenen Haus.«

Bendix fuhr auf und stürzte dem jungen Mann entgegen. Ida ließ ihren Blick über das runde Gesicht und die zauseligen Haare wandern und wusste plötzlich genau, um wen es sich handelte.

Jan starrte sie an, während er ihren Bruder noch in den Armen hielt. »Bendix, sag mir, träume ich?«

Ihr Bruder wandte sich mit seinem Freud um. Arm in Arm strahlten sie Ida an. »Nein, du bist so wach und quicklebendig, wie ich es bin …«

Der Besucher machte sich los und kam auf Ida zu. Verlegen wischte er sich die feuchten Hände an der Hose ab, legte die Rechte auf die Brust und verneigte sich.

»Schön, dich zu sehen«, sagte Ida leise. »Wir sind sehr froh, dass du wieder da bist.«

»Seeräuber und Heiden konnten mich nicht davon abhalten, nach Lübeck zurückzukehren.« Jan richtete wieder das Wort an Bendix. »Du hättest mitkommen sollen – du glaubst ja gar nicht, wie reichhaltig und günstig die Bernsteine auf den Märkten im Osten sind! Die samländischen Strände sollen voll davon sein. Eimerweise werden die Bernsteine feilgehalten.« Jetzt bemerkte er auch Kethe. »Und wer ist diese reizende Dame?« Sie wurde tatsächlich rot.

»Das ist Kethe, unsere neue Magd«, sagte Bendix und knuffte Jan am Arm. »Komm, Freund. Ich sperre ab, und du erzählst mir mehr von diesen Bernsteinen!«

»Ist gut. Ich muss ohnehin sehen, wo ich bleibe. Der Drechsler wird mich kaum wieder aufnehmen.«

»Dann bleibst du erst einmal bei uns. Mutter wird dir eine Kammer herrichten lassen. Was ist mit dem Holz?«

»Das wurde bereits abgeladen. Ich hoffe, dein Vater ist zufrieden mit mir.«

Gerold war sogar sehr zufrieden. Am Abend gab es ein Festmahl, und Jan berichtete ausführlich von seiner Reise, den Zuständen im Heidenland und den Verhandlungen. Als die Damen schließlich müde wurden, verabschiedeten Bendix und Jan sich, um noch eine Hafenschenke aufzusuchen.

Stunden später wurde Ida von lautem Hämmern und Geschrei geweckt. Als sie die Diele erreichte, hatten Gerold und ein Knecht Bendix und Jan bereits hereingetragen. Die beiden jungen Männer waren betrunken und trugen fürchterliche Blutergüsse im Gesicht. Während Magda sich um ihren Sohn kümmerte, versorgte Ida dessen Freund.

»Hättet ihr nicht Frieden halten können? Man muss doch nicht gleich eine Prügelei anzetteln, nur weil man in einer Taverne mal über die Stränge schlägt!«, schimpfte Gerold.

Jan tupfte sich mit einem feuchten Lappen seine aufgeplatzte Lippe ab. »Es war keine Wirtshausschlägerei«, nuschelte er.

»Was dann?«

»Jemand hatte es auf Bendix abgesehen. Ist regelrecht über uns hergefallen, vor dem Haus. Eine dunkle Gestalt.« Jan spuckte aus. »Hab mich natürlich sofort auf ihn gestürzt.«

»Eine Warnung«, sagte Magda tonlos. Als Jan sie fragend anstarrte, berichteten sie ihm von ihren Nachforschungen.

Gerold lief auf und ab. »Ob es wirklich um Bardowick geht?

Ist es vielleicht Meister Fabers früherer Geselle, der dir doch noch eine Lektion erteilen will? Oder hast du sonst etwas ausgefressen?« Er starrte seinen Sohn an. Bendix tastete besorgt sein geschwollenes Auge ab und antwortete nicht. »Sag schon: Hast du etwas angestellt? Bist du jemandem auf die Füße getreten? Ist jemand sauer auf dich? So vorwitzig, wie du bist, würde es mich nicht wundern!«, drängte sein Vater weiter.

Gequält hob Bendix die Schultern. Gerold packte ihn und riss ihn hoch, aber Magda ging dazwischen. »Sag es uns. Wir müssen wissen, ob es mit Bardowick zu tun hat oder nicht.«

»Konnte wohl meine Finger von einer gewissen Dame mit zwei Töchtern nicht lassen. Bei unserem Stelldichein ... mir war gleich so, als ob ich die Töchter gehört hätte. Und Witwe Petronilla ... ihr Knecht ...«

Gerold raufte sich die Haare. Zum ersten Mal schien es Ida, als wäre ihr Vater kurz davor, seinen Sohn zu schlagen. Dann zischte er: »Magda, Ida – wir gehen wieder schlafen. Lass den Dummkopf selbst sehen, wie er sich aus dieser üblen Lage herauslaviert.«

Ihre Mutter reichte Ida am nächsten Mittag einen Korb und schickte sie zum Bauhof des Vaters, um ihm sein Essen zu bringen. »Gerold wird es vor der Sitzung heute Abend nicht schaffen, nach Hause zu kommen, aber er braucht doch eine anständige Mahlzeit«, sagte sie. »Kethe kann dich begleiten.«

Ida freute sich über den kleinen Spaziergang, zumal die Stimmung im Haus angespannt und die größte Hitze heute schon vorbei war. Sie hatte in der Nacht noch viel über Familienbande, Freundschaft und Liebe nachgedacht. Wie mutig, wie treu Jan für ihren Bruder gekämpft hatte! Auch sie selbst hatte diese Treue erlebt – und viel zu wenig vergolten. Jetzt dankte sie Kethe dafür. Die Magd wirkte erstaunt.

»Du hast früher deine Verbundenheit mit Eskos Familie erwähnt. Vermisst du manchmal Rasmoda und Otmar?«, fragte Ida.

»Schon«, sagte die Magd. »Aber ich möchte trotzdem nicht zurück. Mir gefällt es hier. Die Arbeit ist nicht so hart wie auf dem Hof. Und von Frau Magda habe ich dieses schöne Kleid bekommen, es ist noch fast heil.« Es war Idas alte Cotte, die von Magdas geschickter Hand ausgebessert worden war.

Vom Bauhof hören sie einen heftigen Streit. Ida wäre am liebsten zurückgewichen, atmete aber durch und betrat das Gelände. Drei rothaarige Männer – ein älterer und zwei junge – hatten sich vor ihrem Vater aufgebaut. Fast schien es, als wollten sie sich schlagen.

»Es ist nicht recht, dass Ihr auf diesem gewaltigen Haufen Holz sitzt und nichts davon verkaufen wollt. Die Bürger haben entschieden, dass wir gemeinsam den Grundstein zur neuen Marienkirche legen sollen. Ihr braucht unsere Gerüste, unsere Leitern und unseren Kran«, blaffte der Ältere.

»Nur zu. Schafft Euer Holz heran«, sagte Gerold gelassen.

Der Rothaarige stampfte vor Wut mit dem Fuß auf. »Das ist es ja! Unser Holznachschub stockt.«

Gerold hob die Schultern. Der andere packte ihn am Kragen.

»Vater?« Als hätte er sich verbrannt, ließ der Angreifer ihren Vater los. Die Männer starrten sie an. »Sollte man nicht Frieden halten, wenn man einen Kirchenbau errichten will?«, fragte Ida in die Runde.

30

Winter 1200

Als es klirrend kalt war und sogar der Fluss zufror, überredete Ida ihren Bruder, aus Knochen Kufen zu schnitzen und auf dem Eis damit zu laufen. Die meiste Zeit war sie niedergeschlagen, weil sie fürchtete, dass Esko nie zu ihr zurückkehren würde. Auch hatte ihr Vater keinerlei Anstalten gemacht, mit ihr nach Lüneburg zu reisen. Gemächlich war ihr Leben dahingeplätschert. Sie stickte viel und half Bendix in der Werkstatt. Nichts hatten sie mehr über den Verräter herausgefunden, aber es hatte auch keinen neuen Angriff auf Bendix gegeben. Würde ihr Leben von nun an immer in dieser Enge, diesen geordneten Bahnen verlaufen? Würde sie als alte Jungfer enden?

Schnee krönte Lübecks Dächer wie Berge von Daunenfedern. Tiefblau leuchtete der Himmel gegen das Weiß an. Auch die klare Luft und die Volksfeststimmung an den Seen heiterten Ida etwas auf. Lübecker jeden Alters belagerten die Eisflächen. Höker rösteten auf Lagerfeuern Kräuterfladen; in großen Kesseln dampfte Würzwein. Magda saß mit anderen Bürgerinnen in einem Schlitten; die Frauen achteten sehr darauf, dass die Mädchen sich nicht unschicklich mit Männern abgaben.

Ida stieß sich mit dem Stock ab und drehte geschickt ihre Runden, während Bendix mit Jan und anderen jungen Männern herumstand und flachste. Dann stöckelte ihr Bruder etwas unbeholfen auf sie zu.

»Soll ich dich ziehen?«, schlug Ida vor.

»Damit ich mich vor den anderen lächerlich mache? Auf keinen Fall! Wir werden doch beobachtet!«

Bendix hakte sich bei ihr ein und bemühte sich, möglichst würdevoll neben ihr herzutapsen. Ida sah sich um. »Wieso, wen meinst du?«

»Na, die jungen Damen dort beobachten mich und die jungen Herren dort dich.« Er neigte das Haupt zu den barhäuptigen Burschen, die lachend und grölend versuchten, sich gegenseitig von den Kufen zu kippen; die beiden rothaarigen Zimmermänner, die mit ihrem Vater am Kirchenbau arbeiteten, schienen ihr besonders wild.

»Ich habe ihre Blicke bemerkt. Aber ich dachte, die versuchen, sich meine Technik abzuschauen«, sagte Ida.

Ihr Bruder lachte laut. »Du bist ja niedlich. Nein, die prüfen, ob wir uns als zukünftige Ehepartner eignen.«

Ida strauchelte und fiel auf den Po. Sogleich waren die Rotschöpfe bei ihr, um ihr aufzuhelfen – und Bendix ließ es auch noch zu! Sie bedankte sich verwirrt, klopfte sich den Rock ab und zog ihren Bruder weiter. Ihre Finger waren eiskalt, denn den Fellmuff, den sie an einem Band um den Hals trugen, konnten sie beim Eiskufenlaufen nicht gebrauchen.

»Hast du dich nicht gewundert, warum in unserem Haus in letzter Zeit so viel Betrieb herrscht?«

»Doch, schon. Aber ich dachte, das sei ganz normal bei euch im Winter.« Es stimmte: Plötzlich war sie beim Kirchgang öfter angesprochen worden; Bürger hatten sich mit ihren Familien bei ihnen zum Essen eingeladen, kleine Geschenke waren überreicht worden.

»Du bist nicht nur hübsch, sondern auch noch eine gute Partie. Genau wie ich«, sagte Bendix selbstgefällig grinsend.

»Ich will aber nicht heiraten!«

»Ich auch nicht, glaub mir. Wenn ich an die kreischenden Kinder denke, die dann bald das Haus bevölkern würden! Wie viel mehr Geld ich verdienen müsste, um alle Mäuler satt zu bekommen! Ganz zu schweigen von den Kosten für Ammen,

Lehrmeister und später die Mitgift. Da bleibt ja nichts mehr für Schmuck und Vergnügungen!«

Bendix redete so schnell, dass Ida gar nicht dazwischenkam. In feinen Wölkchen stieg sein Atem auf. Seine glatte Haut war auf einmal von Sorgenfalten gefurcht. Ida wärmte seine Hände. »Du hast ja noch etwas mehr Zeit. Ich soll als Ältester auch als Erster heiraten, und das schon innerhalb der nächsten Monate.«

Um sie herum erfreuten sich die anderen weiter am Eiskufenfahren, aber Ida war der Spaß vergangen. Die Vorstellung, einen dieser Rabauken zu heiraten, entsetzte sie. Warum wollten ihre Eltern sie, mit der sie gerade erst wieder vereint waren, loswerden? Denn nichts anderes hieß das ja wohl. Sie wünschte, der Winter wäre vorbei und Esko würde zu ihr zurückkehren. Aber was sollte dann geschehen? Ihr Vater würde wohl kaum zulassen, dass Esko sie heiratete. Der Gedanke machte sie ganz trübsinnig.

Vor dem Schlafengehen sprach Ida ihre Mutter auf die Hochzeitspläne an. Magda hatte gerade die Katze vom Bett gescheucht, weil Kethe einen Wärmestein unter die Decke legen wollte. Jetzt setzte sich Ida auf die Bettdecke und ließ es zu, dass das Tier auf ihren Schoß sprang.

»Ich bin doch erst so kurz wieder bei euch. Warum wollt ihr denn, dass ich euch schon verlasse?«, fragte sie.

Magda strich über Idas Wange. »Wir wollen nicht, dass du uns verlässt! Du bleibst doch in der Nähe. Wir wollen nur, dass ihr versorgt seid, du und Bendix.« Ida hätte beinahe gesagt, dass sie in der Wildnis sehr wohl für sich sorgen konnte, wusste aber, dass ihre Mutter diese Antwort kaum gelten lassen würde. »Ich wollte Bendix' Heirat schon lange vorantreiben, aber dann kamst du zurück, und wir hatten anderes im Sinn – das war ja auch wunderbar so. Aber wenn Bendix irgendwann selbst Lehrjungen ausbilden möchte, muss er heiraten. Ein Meister muss einen geordneten Hausstand vorweisen. Außerdem wird es ihm guttun, eine Frau an seiner Seite zu wissen. Es wird ihm Halt geben.«

»Bendix sagte, einer dieser rothaarigen Rabauken käme für mich als Ehemann in Betracht.«

Magda lächelte. »Die beiden sind gar nicht so schlimm. Sie sind die Söhne eines wohlhabenden Zimmermanns und verstehen sich auf das Handwerk ihres Vaters. Du weißt doch, dass Gerold mit ihnen zusammenarbeitet.«

»Und meine Heirat soll dieses geschäftliche Band festigen?«, fragte Ida ernüchtert.

»In gewisser Weise schon. Da Bendix nicht in die Fußstapfen seines Vaters tritt …«

»… muss ich es ausbaden«, beendete Ida zornfunkelnd den Satz und drehte sich so abrupt zur Wand, dass die Katze erschrocken wegsprang. Sie spürte die Hand ihrer Mutter auf der Schulter, rührte sich aber nicht.

»Ach, Ida«, sagte Magda leise. »Eine Frau braucht nun mal einen Mann, so steht es schon in der Heiligen Schrift.«

Ich habe schon einen Mann, dachte Ida, verkniff sich aber auch diese Antwort.

Bendix rieb die Handflächen aneinander, als er die Treppe im Haus der Witwe hochschlich. Er wollte seine Geliebte nicht mit kalten Händen erschrecken. Seit sie sicher waren, dass ihr Verhältnis nicht aufgeflogen war, hatten sie ihre Schäferstündchen wieder aufgenommen.

Es irritierte und enttäuschte ihn zugleich, dass in ihrer Kammer Licht brannte. Nichts liebte er mehr, als sie zu überraschen. Petronilla saß auf dem Bett, eingehüllt in einen kostbaren Umhang aus Seide und Fehwämsern. Lächelnd öffnete sie den Pelz ein wenig. Ihre üppigen Brüste und der nackte Schoß luden ihn ein. Sie war etwas zu reif für seinen Geschmack, die Dame mit den zwei Töchtern war ihm lieber, wenn ihn auch deren Töchter noch heißer machten – aber was nicht war, das konnte ja noch werden. Bendix krabbelte zu seiner Geliebten aufs Bett und schob sich zwischen ihre Beine. Sie jedoch zog ihn zu sich hoch, öffnete seine Bruoch, umfasste sein Geschlechtsteil und liebkoste ihn, bis er kam. Erst danach verriet sie ihm, warum sie heute nicht mit ihm schlafen wollte.

31

Februar 1201

Es war nicht leicht, für eine so große Hochzeitsgesellschaft mitten im Winter alles Nötige heranzuschaffen. Seit Wochen schon wurden Wein, Konfekt und Spezereien gehortet, Gemüse eingelegt und Fleisch bestellt, ganz zu schweigen von neuen Gewändern und dem Anheuern der Spielleute. Dabei war der Zeitplan eng: Im Februar begann die Fastenzeit, und die Händler würden wieder auf große Fahrt gehen; auch machte der Zustand der Braut eine gewisse Hast erforderlich, wenn man keinen Skandal riskieren wollte. Ida und ihre Mutter waren in jeder freien Minute mit der Herstellung neuer Gewänder beschäftigt. Ausnahmsweise hatten Näherinnen die Fleißarbeit übernommen, während Ida und Magda sich um die Verzierungen kümmerten. Die Hochzeit war eine feierliche Angelegenheit, die zugleich den hohen Stand der Familie herausstellen sollte. Magda fertigte zudem gemeinsam mit Petronilla die Säuglingswäsche an. Der erste Schock, dass Bendix eine reife Frau heiraten würde, hatte sich in pure Freude über das erste Enkelkind gewandelt. Auch Gerold hatte dem Wunsch seines Sohnes zugestimmt; Petronilla war wohlhabend und einflussreich, was der Familie ganz neue Möglichkeiten eröffnete.

Der Einzige, der nicht vollkommen glücklich schien, war der Bräutigam. Aber auch Bendix hatte sich, wie es seine Art war, in sein Schicksal gefügt; er war ja auch selbst schuld. Die Freude der anderen steckte sie an, und die Betriebsamkeit lenkte sie von ihrer Sehnsucht und ihrem Kummer ab.

Schließlich war der große Tag da. Lange vor Sonnenaufgang wurde in der Küche gesotten und gebraten, auch wenn die eigentliche Feier im Gildehaus stattfinden würde. Kethe schnürte Ida das perlenumsäumte Kleid auf den Leib und flocht ihr Perlenschnüre in die Haare.

Als Ida zu ihren Eltern ging, waren diese schon bereit. Magda sah wunderschön aus. Das Gesicht ihrer Mutter war fülliger geworden. Wäre ihre Lähmung nicht, würde man sie für vollkommen gesund halten. Gerold und Bendix waren in grünen Samit gehüllt. Auch das Gesinde war neu eingekleidet worden, und alle trugen die neuen Gewänder mit Stolz. Nur die Trippen, die sie sich wegen des Matschwetters unter die Seidenschuhe schnallen mussten, störten das Bild ein wenig.

Es war Sonntag, und als sie in einer Art Festzug zum Gildehaus prozessierten, flankierten Schaulustige den Weg: Bürger, Handwerker, Gesinde und Bettler, aber auch vereinzelte Ritter und Söldner, die auf die Abfahrt der ersten Schiffe warteten. Natürlich ließ Gerold sich nicht lumpen und verteilte reichlich Almosen, damit die Bettler Bendix und Petronilla in ihre Gebete einschlossen. Auch vom Festmahl würden die Reste an die Armen verteilt werden.

Ida spürte die bewundernden Blicke auf sich und kam sich in ihrem feinen Gewand selbst beinahe wie eine Prinzessin vor. Inzwischen wusste sie sich auch angemessen zu verhalten; schließlich hatte ihre Mutter mit ihr oft genug Benehmen und verschiedene Tänze eingeübt.

Die Sonne brach durch die Wolken, als sie vor der Tür des Gildehauses auf die Braut und die Gäste warteten. Schließlich traf der Priester ein, und Lutbert vom Huse geleitete die Braut zum Festakt. Da Petronilla keinen männlichen Verwandten hatte, dafür aber einen hohen Rang, würde der Bürgermeister sie als Vormund in die Hand ihres Bräutigams geben.

Ihre Eltern strahlten um die Wette. Als Ida ihr Lächeln erwiderte, legte Gerold die Arme um Frau und Tochter und sagte: »Wenn mir vor einigen Jahren jemand erzählt hätte, dass ich diesen Tag erleben würde, ich hätte es nicht geglaubt.«

In diesem Augenblick glaubte Ida einen Pfiff zu hören. Hatte Esko mit dieser Tonfolge nicht sein Pferd angelockt? Etwas irritiert und doch von einer aufbrausenden Hoffnung erfüllt, suchte sie die Umstehenden ab. Als sie Esko entdeckte, wurde ihr auf einmal so schwindelig, dass sie sich an ihrem Vater festhalten musste. Esko war hagerer geworden und wirkte ernst, aber als sich ihre Blicke trafen, brach seine Härte auf. Idas Körper bebte; sie glaubte überfließen zu müssen vor Glück. Ihr Geliebter war wieder da! Er war zu ihr zurückgekehrt! Kaum konnte sie sich beherrschen, nicht gleich zu ihm zu stürzen.

Gerold machte sich gerade bereit, den Bürgermeister zu begrüßen, und warf ihr einen halb flüchtigen, halb besorgten Blick zu.

»Da ist Esko, du weißt doch, mein früherer Reisebegleiter«, brachte Ida leise hervor, bemüht, den Satz nicht herauszujubeln. »Soll ich ihn einladen?«

»Jetzt ist nicht die Zeit für einen Knecht!«, zischte Gerold gereizt und hieß Lutbert vom Huse willkommen.

Der Ton und seine Wortwahl ernüchterten sie schlagartig. Ein Knecht war Esko für ihren Vater. Nie würde er ihm Ida zur Frau geben. Auf einmal war Ida die Hochzeit einerlei. Was tat sie hier? Sie wollte zu Esko, nichts sonst war ihr noch wichtig. Und doch musste sie den Erwartungen ihrer Eltern Folge leisten.

»Später, wir sehen uns später! Ich komme zu dir«, wisperte sie Esko stumm zu und hoffte, dass er es von ihren Lippen ablesen konnte.

Sie gingen hinein. Als Ida sah, wie nervös ihr Bruder war, riss sie sich zusammen. Jetzt war Bendix' Moment, und sie musste ihm zur Seite stehen. Später würde es ihr hoffentlich gelingen, zu ihrem Geliebten zu verschwinden.

In einer feierlichen Zeremonie wurden Bendix und Petronilla als Ehepaar zusammengegeben und tauschten die Ringe. Es waren schöne goldene Stücke, die Bendix eigenhändig gegossen und auf Wunsch ihrer Eltern mit Rubinen – dem Zeichen der Liebe – versehen hatte. Viele Gäste erwiesen ihrer Familie die Ehre und brachten Geschenke mit. Auch etliche ehemalige Bardowicker waren gekommen, sogar Rikolf, den Gerold reserviert begrüßte. Einige lästerten jedoch auch über den Altersunterschied der Brautleute, wie Ida zufällig hörte. Sie hoffte, dass Bendix und Petronilla es nicht mitbekamen, denn die beiden wirkten sehr innig.

Ida gesellte sich zu dem Paar, das gerade das Geschenk von Jan entgegennahm. Es handelte sich dabei um eine Statue des heiligen Eligius, des Patrons der Goldschmiede.

»Ich danke dir für dieses Kunstwerk, das einen Ehrenplatz in meiner Werkstatt erhalten wird«, freute sich Bendix. »Du weißt ja, dass ich mich nur mit dem Besten zufriedengebe – und dies gehört ganz sicher dazu.« Er legte den Arm um seine Frau, und für einen Augenblick wusste Ida nicht, ob Bendix die Statue oder seine frisch angetraute Gattin meinte – vermutlich beides. Ihr Bruder hatte wirklich ein Talent dafür, glücklich zu sein.

Nachdem alle gratuliert hatten, wurde gespeist und getanzt. Immer wieder musste Ida ihre Mutter oder ihren Vater begleiten und Gäste begrüßen. Auch war sie bei den jungen Herren als Tanzpartnerin begehrt. Bald schwirrte ihr der Kopf vor lauter Namen und Gesichtern, und sie sehnte sich mehr denn je nach der Stille des Waldes. Dann endlich gelang es ihr, sich davonzustehlen.

In einem Tordurchgang gegenüber dem Gildehaus entdeckte sie Esko. Ida wartete, bis niemand mehr in Sicht war, dann eilte sie zu ihm. Ein Schwall von Glück überflutete sie, als sie seinen Duft wahrnahm und seine Hitze spürte. Doch sein Blick war abweisend.

»Hast du genug gefeiert und getanzt, dass du dich endlich herausbequemst? Ich habe nur gewartet, weil ich es dir versprochen habe. Du hingegen scheinst dich an deine Versprechen nicht zu erinnern!«, warf er ihr vor.

»Ich konnte nicht früher zu dir! Aber jetzt bin ich ja da – endlich sind wir wieder vereint.«

Ida wollte ihn umarmen, er hielt sie jedoch auf Armlänge von sich weg. »Sieh dich nur an! Herausgeputzt bist du! Bist du überhaupt noch die Ida, die ich gekannt habe?«, fragte er rau.

Jähe Empörung packte sie, und sie zerrte an ihrem Rock. »Dieser Putz bedeutet mir nichts! Nur dass du da bist, bedeutet mir etwas.« Ungestüm küsste sie ihn, und nun erwiderte er ihren Kuss ebenso leidenschaftlich.

»Wir dürfen hier nicht bleiben, jemand könnte uns entdecken«, wisperte sie atemlos.

»Ich weiß, wo wir hinkönnen.« Esko nahm ihre Hand. Ida folgte ihm, ohne sich umzudrehen. Dass Kethe sie beobachtete, bemerkte sie nicht.

Esko hatte ein Pferd bei einem Gasthof an der Stadtmauer untergestellt. Er half ihr beim Aufsteigen, und schon galoppierten sie durch das Stadttor und ein Stück durch die Nacht. Bei einer sumpfigen Niederung band er das Pferd an einen Baum. Endlich konnte Ida ihn wirklich in die Arme schließen. Seine Wut war inzwischen verraucht. Zart tanzten seine Finger über ihre Wangen und ihre Lippen, als könnte er gar nicht fassen, dass sie wirklich da war. Viel zu lange hatten sie einander entbehrt. Esko berührte ihre Schulterblätter. Federleicht wanderten seine Finger über ihren Rücken und streichelten die sanfte Neigung ihrer Taille.

Die Erregung flammte in Ida auf; sie umschlang ihn fordernd. »Dass du wieder zu mir gekommen bist!«, sagte sie glücklich. »Dass du mich nicht vergessen hast!«

»Wie könnte ich dich je vergessen?« Esko nahm sie auf die Arme. »Wir müssen ein kleines Stück durch den Sumpf.«

Ida fragte nicht, warum, und nicht, wohin, sondern schmiegte sich an ihn. Sie konnte gar nicht genug davon bekommen, seinen Herzschlag zu spüren. An einer Ansammlung von Ruinen machten sie Halt. Rundbögen verrieten den ehemaligen Kirchenbau. Esko setzte sie ab und breitete seine Satteldecke an einer geschützten Stelle aus.

Ida verschlang ihre Finger mit seinen. Die Stadt kam ihr auf einmal sehr weit weg vor. Über ihnen schienen die Sterne heller zu leuchten als in Lübeck, das nur noch ein Schimmer in der Ferne war.

»Wo sind wir hier?«, fragte sie leise.

»Das ist das alte Lübeck. Slawen haben hier gelebt, lange bevor die ersten christlichen Siedler eintrafen. Ich habe diesen halb verlassenen Ort oft besucht, als ich für deinen Vater arbeitete.«

Esko küsste ihre Finger und ließ seine Lippen über ihr Handgelenk wandern. Ein heißer Schauer überlief Ida, und sie schob zart sein Kinn hoch, um ihn zu küssen. Die Lust brannte in ihrem Körper, und sie wusste gar nicht, wo sie ihn zuerst berühren sollte. Ihre Hände waren überall, zerrten an seiner Kleidung, wollten seine Haut auf ihrer spüren. Doch Esko entzog sich ihr sanft, bettete sie auf die Decke und löste behutsam jedes einzelne Band an ihrem Kleid, küsste jedes Stück Haut, das er freilegte, als wäre es eine Kostbarkeit. Erst als sie kaum noch an sich halten konnte, ließ er sich ebenfalls ausziehen. Sie umschlangen einander, als wären sie eins, und er drang in einer sanften, genüsslichen Bewegung in sie ein.

Später lagen sie aneinandergeschmiegt unter der Satteldecke, Haut an Haut einander wärmend, der Februarkälte trotzend.

»Ich wollte eigentlich schon viel früher nach Lübeck zurückkehren, aber die Entscheidung ließ sich einfach nicht erzwingen«, berichtete Esko.

Jetzt endlich sprudelten die Fragen aus Ida heraus. »Wie geht es deiner Familie? Habt ihr den Gutshof deines Vaters zurückgewonnen? Wie geht es Svea und Henniko? Ist ihr Kind wohlauf? Was ist mit Otmar und Rasmoda? Und was am wichtigsten ist: Wie geht es jetzt weiter mit uns?«

Esko lachte leise. »Ich bräuchte die halbe Nacht, um alle deine Fragen zu beantworten, und ich fürchte, so viel Zeit haben wir nicht.« Er berichtete von seinen Familienmitgliedern, die alle gesund waren, und von seinem kleinen Neffen, der wuchs und gedieh. Dann jedoch verschatteten sich seine Züge. »Ich habe so viel auf meinen Vater eingeredet, so viel Mühe darauf verwendet, Kampfgenossen zu finden, aber Otmar ist letztlich doch davor zurückgeschreckt, Arndt und seine Bagage vom Hof zu vertreiben. Er meint, wir werden in diesem Gebiet nie wieder in Frieden unserem Glauben nachgehen können; die Übermacht der Christen ist zu groß.« Esko stockte. »Also bin ich allein zu Arndt geritten. Der Hof ist aussichtslos verloren«, setzte er schließlich resignierend seine Rede fort. »Noch mehr christliche Siedler sind in der Zwischenzeit dorthin gelockt worden. Ich hätte meinen Bruder höchstens aus Rache töten können – und das habe ich nicht über mich gebracht.«

Er klang bitter. Ida streichelte ihn. »Das war die richtige Entscheidung. Du bist nicht wie er. Du bist kein Brudermörder.«

»Für das, was ich bin, gibt es auf dieser Welt keinen Platz mehr.«

Sie legte die Hand auf seine Brust und spürte das harte Hämmern seines Herzens. Dann legte sie seine Hand auf ihr Herz. »Doch, du hast einen Platz. Dein Platz ist hier, bei mir«, sagte sie. »Lass uns zusammen fliehen, irgendwohin.«

Skeptisch sah er sie an. »Und deine Familie? Du hast sie doch nicht so bitter entbehrt, um sie jetzt zu enttäuschen.«

Ida schwieg. Es stimmte, ihre Eltern wären untröstlich, wenn sie einfach so verschwinden würde. Möglicherweise würde ihre

Mutter in ihren alten Zustand zurückfallen – oder es würde noch Schlimmeres geschehen. Ida wagte nicht, es sich auszumalen. Wenn sie ihren Eltern doch begreiflich machen könnte, wie viel Esko ihr bedeutete! Es würde ihnen vielleicht zunächst nicht gefallen, aber irgendwann würden sie Ida verstehen. Sie wollten doch, dass ihre Tochter glücklich war!

»Ich werde ihnen sagen, dass ich ohne dich nicht leben kann. Sie werden uns ihren Segen geben«, sagte sie. Ida sah Zweifel im Blick ihres Geliebten. »Zumindest muss ich es versuchen. Du hast recht, ich kann nicht einfach so verschwinden, das wäre grausam.«

»Und wenn sie uns ihren Segen verweigern?«

»Dann können wir immer noch fliehen. Sie können mich ja nicht festbinden, das werden sie auch nicht wollen. Und das Einzige, was ich will, bist du.« Zart küsste sie ihn, und sie liebten sich noch einmal, heftiger dieses Mal in dem Bewusstsein, dass sie einander jederzeit verlieren konnten.

Kethe wartete verborgen am Dachfenster des Gildehauses. Obgleich Ida und Esko sich unauffällig näherten, bemerkte die Magd sie sofort. Leise gab sie den Knechten das vereinbarte Zeichen. Dann ging sie in die Schankstube hinunter. Abgrundtiefe Traurigkeit und Reue hatten sie erfasst. Was hatte sie nur getan? Sie räumte ein paar leere Bierhumpen ab, schob abgenagte Knochen mit dem Fuß unter den Tisch. Auf dem Weg zum Schanktresen entdeckte sie in einer Ecke Jan, der beobachtete, wie Bendix mit seiner frisch Angetrauten herumpoussierte.

Jan sah so einsam aus, wie sie sich fühlte. Der mutige und ernsthafte junge Mann gefiel ihr. Kethe ging zu ihm und hoffte, dass sie sich gegenseitig Trost spenden könnten.

Ida hämmerte an die Wände ihrer Kammer; sie weinte und schrie, sie rüttelte an Tür und Fensterläden. Nichts geschah.

Ihre Kleidung und ihren Schmuck hatte sie längst zu Boden geschleudert, nur im Leibhemd stand sie da. Ihre Brust pumpte, ihr Hals brannte, ihre Lippen und die blauen Flecke an ihren Armen schmerzten. Sie hatte sich gerade von Esko verabschiedet, als Knechte sie gepackt, ihr den Mund zugehalten und sie zu ihrem Elternhaus geschleppt hatten. Seitdem war sie eingesperrt. Seit Stunden versuchte sie schon, sich zu befreien. Hatte jemand sie beobachtet? Aber was war dann mit Esko? Was würde man ihrem Geliebten antun?

»Lasst mich raus! Ich will mit jemandem sprechen! Mutter! Vater! Lasst mich …« Etwas rührte sich endlich an der Tür, und sie brach ab.

Ihr Vater trat ein. Gerold wirkte müde und betrunken zugleich. Er ließ sich auf ihre Bettkante sinken und strich sich über das Gesicht. Ida wusste, dass sie sich zu seinen Knien sinken lassen, seine Hände küssen und um Milde bitten sollte, aber sie brachte es nicht über sich. Zu wütend, zu verzweifelt war sie.

»Vater, lass mich dir erklären …«

Er hob mit einer derartigen Autorität die Hand, dass sie verstummte. »Warum tust du uns das an? An diesem Ehrentag? Wie konntest du nur?« Durchdringend sah Gerold seine Tochter an.

»Ich liebe Esko. Ich habe ihn schon immer geliebt. Ich will niemanden heiraten außer ihm«, platzte sie heraus.

Ihr Vater erhob sich wortlos, verließ die Kammer und schloss sie wieder ein.

32

April 1201

»Wir gehen auf dem Weg zur Baustelle bei Bendix vorbei. Möchtest du uns begleiten?« Ihre Mutter hatte den Kopf in Idas Kammer gesteckt und lächelte sie aufmunternd an.

Ida legte das Stickzeug beiseite. »Ja, natürlich, Mutter«, sagte sie mit dem gehorsamen Tonfall, den sie sich neuerdings zugelegt hatte. Jede Gelegenheit, der Enge ihrer Kammer zu entfliehen, war ihr recht, zumal sie diese seit der Hochzeit ihres Bruders mit einer Magd teilen musste. Nie mehr war sie allein, selbst bei ihren häufigen Gängen auf den Abort – sie hatte sich wohl doch in der Februarkälte etwas weggeholt – wurde sie begleitet.

Wie immer hielt Ida auf dem Weg Ausschau nach Esko. Spurlos war er verschwunden. Niemand wusste, wo er war. Einmal war es ihr gelungen, Kethe zu dem Gasthof zu schicken, bei dem Esko sein Pferd gelassen hatte, aber auch dort wusste man nichts über seinen Verbleib. Er war abgereist, ohne eine Nachricht zu hinterlassen. Sie hatte ihre Eltern und Bendix nach Esko gefragt, aber keiner hatte ihn gesehen. Ida konnte sich das nicht erklären. Esko und sie hatten bei ihrem Abschied doch genau besprochen, wie sie vorgehen wollten! Ihm musste etwas zugestoßen sein, davon war sie überzeugt.

Sie schlang ihren Umhang fester um sich und folgte ihren Eltern. Die Sorge um Esko und die Erbitterung darüber, dass ihre Eltern sie eingesperrt hatten und quasi bewachen ließen, hatten ihr den Appetit genommen; sie war regelrecht abgemagert. Kethe, die neben ihr ging, versuchte sie durch Plauderei abzulenken. Seit sie Jan geheiratet hatte, strotzte Kethe vor Selbstbewusstsein. Sie trieb Jan dazu, vermehrt seine Heiligenfiguren anzubieten, und träumte schon davon, sich eines Tages nicht mehr als Magd verdingen zu müssen.

Ida hörte gar nicht hin, sondern suchte die Gesichter aller Menschen nach dem einen Gesicht ab, das sie so schmerzlich vermisste.

»Meister Ostmann? Ich habe einen Brief für Euch«, hielt ein Bote sie auf.

Gerold entlohnte den Boten, erbrach das Siegel, überflog die Schriftrolle und steckte sie ein.

»Etwas Wichtiges?«, fragte Magda.

»Wie man's nimmt.«

Eine einsame Hummel taumelte vorüber, auf der Suche nach den wenigen Blumen, die in Lübeck zu finden waren. Früher hätte Ida sich über den Anblick gefreut, jetzt aber entlockte ihr das pummelige Insekt kaum den Hauch eines Lächelns.

Über den Läden des großen Holzhauses schwang das Standeszeichen des Goldschmieds im Wind, auf der anderen Seite war der Warenkeller geöffnet. Karrenknechte gingen ein und aus. Petronilla zeigte ihnen, wo sie die Waren lassen sollten. Ihr Bauch wölbte sich nun schon sichtlich unter ihrem Kleid.

»Bist du wohlauf?«, fragte Magda ihre Schwiegertochter besorgt. »In deinem Alter kann man gar nicht vorsichtig genug sein.«

Bendix trat zu ihnen und umarmte seine Frau. »Petronilla hat doch Idas Heilkräuter, die ihre Kräfte stärken. Fühl mal, wie er tritt. Das ist schon jetzt ein kräftiges Kerlchen.« Er nahm Idas Hand und legte sie auf den Bauch seiner Frau. Ida wusste, dass es Petronilla nichts ausmachte, trotzdem lächelte sie ihre Schwägerin entschuldigend an. Petronilla hielt große Stücke auf Ida. Sie hatte ihr in einer stillen Stunde verraten, dass sie ohne Idas Heilkünste vielleicht nie ein Kind empfangen hätte.

Bendix' Freude steckte Ida nun doch an. »Er?«, fragte sie.

»Es wird ein Junge, ganz bestimmt. Und wenn es ein Mädchen wird, ist es genauso gut.« Bendix strahlte. Trotz des Altersunterschieds schien er glücklich, auch erleichterte das Vermögen seiner Ehefrau ihm das Leben ungemein. »Und jetzt komm, ich wollte dir doch schon lange die Orientperle zeigen, die ich bei einem Händler gegen einen Goldring tauschen konnte. Er wollte eigentlich Bernsteine dafür, aber ich hatte nicht genügend.«

Bendix zog sie mit sich in seine Werkstatt. Mit einem großen Schlüssel öffnete er eine Stollentruhe und holte aus einer kleineren Kiste ein Stoffsäckchen. Vorsichtig ließ er die Perle auf Idas Hand kullern.

»Zauberhaft, nicht wahr?«

Ida konnte ihre Bewunderung nicht verhehlen. Wie groß die Perle war! Schimmer und Form waren ohnehin perfekt. »Woher stammt sie?«

»Der Händler hatte sie in Venedig gekauft. Dort werden wohl sehr viele Edelsteine aus fernen Landen gehandelt. Weiße und vergoldete Perlen werden dort zu Tausenden verkauft, man misst sie in Unzen. Wenn mich nicht so vieles hier hielte, hätte ich mich schon längst auf den Weg in die Lagunenstadt gemacht.« Er grüßte lächelnd eine Dame, die mit ihrer Magd vorbeispazierte und neugierig in die Werkstatt linste. »Es ist viel günstiger, wenn man die Edelsteine in Venedig kauft oder dort, woher sie stammen! Aber ich bin einfach nicht für das Reisen gemacht. Lübeck ist so schön, und ich habe es in dem neuen Haus so bequem!«

»Als Kaufmann wirst du möglicherweise auch mal reisen müssen«, mischte Magda sich ein.

»Ich bleibe Goldschmied, Petronilla ist die Kauffrau! Na ja, vielleicht werde ich reisen müssen – aber noch nicht gleich.«

»Das ist auch gut so. Ich brauche Bendix hier. Ida und ich müssen für ein paar Tage Lübeck verlassen«, sagte Gerold und klopfte auf die Schriftrolle in seinem Wams. »Ich hatte meinen alten Freund Poppo wegen der Erbschaft dieser Neslin um Hilfe gebeten. Er schrieb mir jetzt, dass der herzogliche Vogt in Lüneburg bereit sei, mich zu empfangen.«

Magda sah ihren Mann halb überrascht, halb sorgenvoll an. »Aber warum muss Ida mit? Kannst du nicht allein nach Lüneburg reiten?«

»Wenn ich mich schon auf den Weg mache, sollte Ida mich begleiten. Sie kann die Fragen des Vogts beantworten, wenn es nötig sein sollte. Ich will ja schließlich nur einmal nach Lüneburg reisen. Und das Grundstück könnte uns in Anbetracht der Kirchenbaustelle durchaus nützlich sein.«

Ida schlug die Augen nieder. Sie rang darum, sich ihre Aufregung nicht anmerken zu lassen. Sie würden nach Lüneburg zurückkehren! Wenn sie erst dort war, würde sie schon einen Weg finden, sich davonzustehlen und nach Esko zu suchen.

Da Gerold einiges für seine Abwesenheit organisieren musste, damit die Bauarbeiten auch ohne ihn weiterliefen, reisten sie erst in der drauffolgenden Woche ab. Magda mochte ihren Mann und ihre Tochter kaum ziehen lassen, und kurz fürchtete Ida, ihre Mutter würde vor lauter Sorge erneut zusammenbrechen. Als Bendix und Petronilla jedoch versprachen, sich gut um Magda zu kümmern, beruhigte sie sich etwas.

Ida war lange nicht geritten und genoss es sehr, die Stadt zu verlassen. Endlich konnte ihr Blick wieder weit schweifen, endlich war die Luft frisch, endlich sah sie freies Land, so weit das Auge reichte. Obwohl sie sich einem bewachten Handelszug angeschlossen hatten, führte Gerold sein Schwert am Sattel. Lange schwiegen sie. Ida trug ihrem Vater nach, dass er sie nach Bendix' Hochzeit eingesperrt hatte.

»Ich weiß, dass du wütend auf mich bist«, sagte er unvermittelt, als sie auf einem breiteren Wegstück nebeneinanderher ritten. »Aber ich habe dich nur aus Liebe eingeschlossen. Ich wollte dich vor dir selbst schützen. Dieser Esko mag dir viel bedeuten, aber er ist nicht gut genug für dich.« Sie wollte protestieren, aber ihr Vater gebot ihr Einhalt. »Wenn er etwas mehr Anstand hätte, hätte er dich nicht aus dem Gildehaus gelockt.«

»Er hat mich nicht gelockt!«, widersprach Ida und senkte die Stimme, weil andere Reisende sie anstarrten. »Ich habe mich freiwillig mit ihm getroffen. Ich lie…«

»Ich verbiete dir weiterzureden!«, fuhr Gerold sie an. »Die erste Liebe vergeht wie Schnee in der Frühlingssonne! Nur durch mein beherztes Eingreifen wurde ein Skandal verhindert. Die Leute haben sich schon genug das Maul zerrissen. Nun müssen wir warten, bis Gras über die Sache gewachsen ist, ehe wir auch dich angemessen verheiraten können.«

»Aber ich will nicht…«

»Du willst. Und du wirst.« Sein Pferd hatte sich ihrem genähert. Jetzt griff er nach ihrer Hand und hielt sie fest, als sie sich wütend loszumachen versuchte. »Wir lieben dich, also zwing uns nicht, das zu tun, was man sonst mit Töchtern tut, die Schande über ein Haus bringen. Du willst doch nicht den Rest deines Lebens hinter Klostermauern verbringen, oder?«

Ida schluckte. Der Gedanke an eine Klosterzelle grauste sie. Würden ihre Eltern ihr das wirklich antun? Er ließ sie los, und Ida schüttelte unauffällig die gequetschten Finger aus. Ihrem Vater schien es ernst zu sein.

Gerold gab ihr ein Zeichen, und sie ließen sich etwas zurückfallen. »Ich will ehrlich mit dir sein, weil ich weiß, dass diese Situation für dich nicht leicht ist«, sagte er mit gedämpfter Stimme. »Lübeck steht vor einschneidenden Veränderungen. Der Graf von Holstein erleidet im Kampf gegen die Dänen Niederlage um Niederlage. Einige Bürger Lübecks haben Vorkehrungen getroffen, um die schändliche Herrschaft des Holsteiners endlich zu beenden. Der dänische König ist bereit, uns in seine Huld aufzunehmen. Er wird Lübeck umfangreiche Freiheiten zugestehen und uns auf seinen Handelswegen schützen. Ja, mehr noch: König Knut wird gestatten, dass ausgewählte Bürger einen Stadtrat bilden. Und rate mal, wer als Consul zu diesem Rat gehören soll?« Zum ersten Mal glaubte Ida ihren Vater vor Stolz platzen zu sehen. »Wir werden in der Lage sein, eine Eheverbindung für dich einzugehen, von der wir nie zu träumen gewagt haben.«

Die Reise nach Lüneburg war gefahrvoll, und Ida bemühte sich, das Vertrauen ihres Vaters zurückzugewinnen. Wenn sie ihren Plan ausführen und Erkundigungen über Esko einholen oder ihn gar suchen wollte, war Gerolds Misstrauen nur hinderlich.

In Lüneburg angekommen, suchten sie sogleich Poppo Asenmakers Haus am Ilmenau-Ufer auf; ihr Vater hatte dem alten Freund seinen Besuch angekündigt. Die Erinnerung, wie sie mit Esko und Kethe hier gewartet und nach ihrer Familie geforscht hatte, machte Ida traurig. Jetzt hatte sie ihre Familie gefunden und dafür ihre Liebe verloren.

Die Magd führte sie zur Dame des Hauses. Trotz ihrer feinen Kleidung wirkte Frau Asenmaker ein wenig derangiert. Um sie herum tobten Kinder. Zwei Mädchen zankten mit Holzmarionetten, zwei Jungen trieben eine aufgepumpte Schweinsblase durch den Raum, ein Kleinkind zerrte an ihrem Rock, und ein Säugling zappelte auf ihrem Arm. Unwirsch scheuchte sie die Amme mit ihren Kindern hinaus. Die Haare unter dem Gebende waren zerzaust, und zwischen den großen Augen und der niedlichen Stupsnase waren dunkle Gräben zu sehen. Sie begrüßte ihre Gäste höflich und bot ihnen Würzwein an.

»Mein Mann hat erwähnt, dass Ihr uns irgendwann besuchen würdet, aber er sagte, Ihr kämet allein, Meister Ostmann«, sagte sie zu Gerold und sprach selbst reichlich dem Wein zu.

»Ich habe meine Tochter Ida mitgebracht. Aber wir wollen Euch natürlich keine Umstände machen, verehrte Vrouwe.«

»Oh, nicht so förmlich, nennt mich Ytte. Macht Euch keine

Gedanken, wir haben ein großes Haus. Die Magd wird euch zwei Kammern bereit machen. Poppo ist allerdings gerade in der Siedehütte. Möchtet Ihr auf ihn warten?«

»Nein, danke. Ich habe viel von der Saline gehört und werde die Gelegenheit nutzen, sie zu sehen.«

»Unser Ältester kann euch dorthin bringen.« Ehe Gerold ablehnen konnte, rief sie bereits nach Anselm. Ein schlaksiger Junge mit pickeligen Wangen trat aus der Schreibstube. Er war so schüchtern, dass er Ida kaum anzusehen wagte.

Von seinem neuen Auftrag schien er nicht gerade begeistert. »Vater hat mir aufgetragen, die Briefe fertigzustellen. Anschließend soll ich kontrollieren, ob die Arbeiten an dem neuen Prahm ordnungsgemäß ausgeführt wurden«, druckste er herum.

»Dafür ist später noch Zeit«, entschied seine Mutter.

Doch da kam Gerold ihm zu Hilfe: »Ich glaube kaum, dass wir die Saline verfehlen. Außerdem möchte ich den jungen Mann nicht von seiner Arbeit abhalten«, sagte er in einem Ton, der keinen Widerspruch mehr zuließ.

Gerold schien es zu genießen, durch den Ort zu reiten, den er so lange nicht gesehen hatte. »Das muss man den Lüneburgern lassen: Sie wissen den Handel an sich zu ziehen, auch wenn Lüneburg natürlich mit Lübeck nicht zu vergleichen ist. Fällt dir auch auf, wie klein die meisten Häuser sind? Holz und Fachwerk, keine Ziegel und die wenigen Kirchen!«, sagte Gerold aufgeräumt, als sie der Hauptstraße folgten. »Wusstest du, dass Poppo anfangs auch in Lübeck war? Wir drei zogen zusammen dorthin: Poppo, Rikolf und ich. Meine Freunde halfen mir auf der Flucht, Magda und Bendix zu versorgen. Wir hatten ja nichts«, erklärte ihr Vater ungewohnt redselig.

Ida hatte die Geschichten aus der harten Anfangszeit in Lübeck schon oft gehört; trotzdem fragte sie, um ihren Vater bei Laune zu halten: »Warum verließ Poppo Lübeck?«

»Er ist Flussschiffer und kam mit seinen Standesgenossen in Lübeck nicht klar. Außerdem fürchtete er die offene See. Und dann wollte er in der Nähe des Grabes seiner Frau sein, seiner Zwartje, die bei dem Überfall auf Bardowick starb. Du kanntest sie.«

»Ich erinnere mich nicht.«

»Nein, wie auch. Du warst so klein.« Die Erinnerung bedrückte ihn anscheinend. »Am besten erwähnen wir Zwartje nicht. Ihr Tod war ein schwerer Schlag für Poppo.«

Die Saline befand sich in Richtung Kalkberg. Eine imposante Palisade umgab die Siedehütten. Im Tor schlugen sie einen Bogen um Fuhrwerke, Karrenknechte und Frauen mit Kiepen auf dem Rücken. Hinter dem Zaun wusste Ida gar nicht, wo sie zuerst hinschauen sollte. Unzählige Hütten, aufsteigende Rauchsäulen, Holzstapel, Brunnen, Schöpfgalgen, ein Labyrinth von Holzleitungen und aufgereihte Körbe.

»Anscheinend hat Poppo damals auf das richtige Pferd gesetzt, sonst würde er nicht zu den Salzbegüterten gehören«, erklärte Gerold ihr. »Eigentlich waren die Salzpfannen früher ausschließlich im Besitz von Adel und Klerus. Erst seit wenigen Jahren werden einzelne Pfannen auch an Bürger verkauft. Das ist ein lukratives Geschäft«, erklärte Gerold, als sie ihre Pferde anbanden.

»Wieso weißt du so gut darüber Bescheid?«

»Große Mengen des Lüneburger Salzes werden über den Lübecker Hafen verschifft; außerdem hatten Poppo und ich miteinander zu tun, als ich Mörtelkalk vom Kalkberg benötigte, da hat er einiges erzählt.«

Sie wurden in eine der Hütten geführt, in der es eigenartig roch und sehr warm war. Viele der Arbeiter kamen leicht bekleidet, verrußt und verschwitzt aus dem hinteren Bereich. Während sie warteten, schnappte ihr Vater sich einen Vormann und befragte ihn nach der Salzherstellung. Sie erfuhren einiges über die Küntje, das Haus über dem Sod, die das Herz der Saline war. Sodeskumpane beförderten in der Küntje die Sole, also die Salzbrühe, ans Tageslicht. Von Schreibern kontrolliert, gossen diese Knechte die Sole in ein Becken, von dem aus es in die Leitungen und weiter in die Siedehütten floss. Nachdem die Sole in den Hütten gekocht worden war, wurden das Schwarzsalz und das frische, abgetropfte Salz verladen.

Ida lauschte und beobachtete alles aufmerksam. Doch dann fiel ihr Blick auf den Bürger, der gerade den Schuppen betrat. Schlagartig bemächtigte sich eine heftige Übelkeit ihrer. Ida krallte sich in den Arm ihres Vaters.

Gerold fuhr herum. »Was ist denn?«, zischte er. Dann wanderte sein Blick weiter, und sein Gesicht hellte sich auf. »Poppo! Endlich! So viele Jahre ist es her!«

Ihr stockte der Atem, als ihr Vater den Mann in die Arme schloss, der Bardowick verraten hatte. Den Mann, der ihre Mutter beinahe getötet hätte. Die hohe, schlanke Gestalt, die hellen Haare und die Gesichtszüge waren unverkennbar. Hatte Ida zuletzt an ihren Erinnerungen gezweifelt, war sie jetzt, da sie dem Übeltäter gegenüberstand, ganz sicher.

Nachdem ihr Herz eben gestolpert war, überschlug es sich jetzt beinahe. Ida brach der Schweiß aus, und ihr Magen krampfte. Was sollte sie nur tun? Die Freunde redeten aufeinander ein, fielen sich immer wieder gut gelaunt ins Wort und lachten. Ida verstand kein Wort. Ihre Gedanken rasten. Poppo Asenmaker war unterwegs gewesen, als sie in Lüneburg die ehemaligen Bardowicker befragt hatten, deshalb hatte sie nicht mit ihm sprechen können. Was hatte er von ihren Nachforschungen mitbekommen? Konnte er wissen, dass sie ihn erkannt hatte? Eigentlich hatten sie doch nur erzählt, dass sie Idas Eltern suchten. Damals, als Poppo Bardowick verriet, hatte sie nach ihrer Mutter geschrien. Hatte der Verräter diesen Schrei gehört?

»Und dieses liebreizende Mädchen ist deine Tochter?« Mit

halb verhangenen Augen und einem Lächeln, das Ida künstlich vorkam, musterte Poppo Asenmaker sie. War sein Blick lauernd oder nur besorgt?

Ida wollte diesem Poppo am liebsten ins Gesicht schreien, was sie von ihm wusste, aber das wäre wohl nicht sehr klug. Er würde alles rundheraus abstreiten. Nein, sie musste erst mit ihrem Vater reden. Sie mussten gemeinsam planen, wie sie vorgehen wollten. Ida zwang sich, die Mundwinkel zu heben, und machte höflich einen Knicks, wie sie es von ihrer Mutter gelernt hatte.

Gerold bemerkte dennoch, dass etwas mit ihr nicht stimmte. »Ist alles in Ordnung?«, fragte er besorgt.

Wie sollte sie ihm verständlich machen, was sie wusste? »Ich fühle mich nicht wohl«, gab sie leise zurück.

»Das ist sicher die rauch- und salzgeschwängerte Luft. Meine Frau vermeidet den Besuch in der Saline auch, wo sie nur kann. Außerdem seid ihr sicherlich erschöpft und hungrig von der Reise.« Poppo führte sie hinaus und plauderte unbefangen mit Gerold weiter.

Schließlich hatten sie sein Haus wieder erreicht. Poppos Frau hatte inzwischen eine Mahlzeit und zwei Kammern vorbereiten lassen.

»Ich würde mich gerne zurückziehen«, bat Ida. »Vater, kannst du mich zu meiner Kammer bringen?«

Ihr war wackelig zumute, als sie ins Obergeschoss geführt wurde. Alles in ihr sträubte sich dagegen, mit dem Mann unter einem Dach zu sein, der so viele Leben auf dem Gewissen und auch ihrer eigenen Familie so schwer geschadet hatte.

Gerold sah sich nur kurz in der Kammer um. Alles schien in Ordnung. »Ich werde dann wieder zurückgehen. Poppo und ich haben uns so viel …«

Ida hielt ihn auf. »Er ist es! Er ist der Verräter von Bardowick!«, brach es leise aus ihr heraus.

Gerold lachte auf. »Poppo? Nein, der kann es nicht sein. Ich habe dir doch erzählt, wie sehr er selbst unter dem Fall Bardowicks zu leiden hatte.«

»Er hat Mutter beinahe totgeschlagen. Er hat das Tor an der Hude den Feinden geöffnet. Durch ihn wurden wir getrennt. Ihm verdanke ich meine Brandnarben. Diese Gestalt, das Gesicht – ich bin ganz sicher!«

Ihr Vater wollte nicht wahrhaben, dass sie es ernst meinte. »Lass die Scherze, Ida! Ich war selbst dabei, als Poppos Ehefrau Zwartje in den Trümmern starb. Ich habe seine Verzweiflung gesehen. Es reicht! Wir haben versucht, den Verräter zu finden, und sind gescheitert. Jetzt werden wir diese Angelegenheit endlich abschließen.« Er wandte sich zur Tür. »Beruhige dich, und komm erst wieder zu uns, wenn du gesellschaftsfähig bist. Ich möchte mir nicht das Wiedersehen mit meinem alten Freund verderben lassen.«

Erst am Morgen ließ Ida sich wieder sehen. Sie hatte nicht schlafen können. Ständig waren ihr Erinnerungsbilder durch den Kopf gezuckt. Sie hatte wieder vor sich gesehen, wie Poppo ihre Mutter geschlagen, wie er sie getreten hatte. Ida hatte gegrübelt, wie sie ihren Vater von ihrem Wissen überzeugen konnte. Es würde ihr nichts übrigbleiben, als mehr über Poppo und seine erste Zeit in Lüneburg herauszufinden. Wenn er Bardowick verraten hatte, musste er einen Grund dafür gehabt haben, einen guten Grund. Anders konnte sie sich eine derartige Tat nicht erklären.

Als sie in die Diele kam, nahm Ytte gerade den Säugling von ihrer Amme in Empfang; insgesamt hatte Ida sechs Kinder gezählt. Poppos Frau legte den Säugling an ihre Schulter und hieß die Magd, gesüßten Hirsebrei für den Gast zu bringen.

»Geht es Euch besser?«, fragte Ytte besorgt.

»Es war wohl die Anstrengung der Reise, die mir zugesetzt hat«, sagte Ida. Jetzt hatte sie großen Hunger. Ihr Vater, Poppo und Anselm waren in der Schreibstube und unterhielten sich. Die kleinen Mädchen setzten sich neben Ida auf die Bank und beobachteten sie neugierig; die Jungen rangelten, bis ihre Mutter sie in den Hinterhof schickte.

Ytte wischte einen Spuckefaden ab, den der Säugling auf ihrem Kleid hinterlassen hatte. »Es ist ungewöhnlich, dass Euer Vater Euch mit hierherbringt, aber vermutlich ließ es sich nicht vermeiden. Ich bin froh, dass ich kein Mann bin und nicht reisen muss.«

Ida hatte sie bei diesen Sätzen genauer betrachtet. Poppos Frau war vielleicht zehn Jahre älter als sie selbst, sah jedoch erschöpft aus. Das große Haus und die Kinderschar forderten anscheinend ihren Tribut. »Ihr seid aus Lüneburg?«

»Ja, und ich habe diesen Ort nie verlassen«, sagte Ytte, als sei das eine besondere Leistung.

»Darf ich fragen, wie Ihr Meister Poppo kennengelernt habt?«

Schritte unterbrachen sie. »Ihr solltet euch auf den Weg zur Festung machen«, sagte Poppo, als er und Idas Vater aus der Schreibstube kamen. »Der Vogt ist lieber auf der Jagd als auf der Burg oder gar in der Stadt. Wenn ihr euch nicht beizeiten sehen lasst, wird er sicher nicht auf euch warten.«

Poppo Asenmaker sah seinem alten Freund und dessen Tochter nach, wie sie dem Weg zum Kalkberg folgten. Zielstrebig ging er in seine Schreibstube und öffnete mit dem Schlüssel, den er am Hals trug, seine Geldschatulle, um ein Säckchen herauszuholen. Anselm war gerade dabei, auf dem Rechenteppich Pfennige hin und her zu schieben.

»Gehen wir jetzt gemeinsam auf den Salzmarkt, Vater?«

In diesem Augenblick war ihm sein Sohn ein Dorn im Auge. »Hast du deine Arbeit schon erledigt?«, fragte Poppo schroff.

Anselm lief rot an. »Nein, also … noch nicht.«

»Zeig mir die Briefe, die du gestern kopiert hast.« Nervös

reichte der Junge ihm die Pergamentrollen. Als Poppo sie überflog, brach sich seine Wut Bahn. Er packte das Ohr seines Sohnes und riss daran, bis Anselm vor ihm auf den Knien lag. »Ich habe dir doch gesagt, dass du dir die Ehre, mich auf den Salzmarkt zu begleiten, erst verdienen musst«, zischte er. So plötzlich, wie seine Wut gekommen war, verrauchte sie auch wieder, und er half Anselm hoch, schickte ihn aber hinaus, weil er den verängstigten Blick des Jungen nicht ertrug.

Poppo wog den Geldbeutel in der Hand. Er hatte gefürchtet, dass Gerolds Tochter ihn erkennen könnte, deshalb war er ihr ausgewichen, als sie vor etwa einem Jahr ihre Familie gesucht hatte. Sein Gehilfe Waldeko hatte ihm zwar erzählt, dass Ida ihre Erinnerung an den Überfall verloren hatte, aber man wusste ja nie. Zu viel stand auf dem Spiel. Schon einmal war sein Versuch, sie aus dem Weg zu räumen, gescheitert. Die Halunken, die er auf den Handelszug angesetzt hatte, mit dem Ida damals nach Lübeck gereist war, hatten gepfuscht. Jetzt musste er sie aufhalten, und zwar so schnell wie möglich. Denn ihm war klar, dieses vorlaute Mädchen würde das Maul nicht halten, bis man es ihm stopfte.

Ida hatte noch nie einen Gerichtstag erlebt und war nicht auf die tumultartigen Zustände gefasst gewesen, die sich im Burghof abspielten. Lange mussten sie zwischen den Bittstellern ausharren. Ida wollte mit ihrem Vater über Poppo reden, aber Gerold schnitt ihr das Wort ab. Dann endlich durften sie beim Vogt vorsprechen.

»Erst einmal danke ich Euch, dass wir unser Anliegen vortragen dürfen, Herr Vogt«, sagte Gerold auffallend unterwürfig.

»Das habt Ihr Meister Asenmaker zu verdanken. Er hat sich für Euch eingesetzt. Und nun sprecht, worum geht es?«

Schweigend hörte sich der Vogt ihr Anliegen an, dann ließ er sich von dem Schreiber, der in der Zwischenzeit die Handschrift geprüft hatte, Neslins Testament zeigen. Missbilligend schnalzte er. »Es ist das erste Mal, dass ich ein Testament eines einfachen Weibes sehe. Ich bezweifle, dass es rechtmäßig ist.«

»Aber die Urkunde ist echt. Sie wurde vom damaligen Vogt abgezeichnet«, sagte Gerold.

Der Vogt winkte ab. »Möglich, ja. Ein Fehler, ohne Zweifel. Wir werden die Angelegenheit näher prüfen müssen.« Der Vogt erhob sich und befahl seinem Diener, seinen Habicht zu holen. »Für heute ist es genug mit diesen leidigen Gesprächen …«

Wachen kamen auf sie zu und geleiteten sie hinaus. Gerold schwieg ungnädig. Erst vor der Tür murmelte er: »Vertrösten, ja, das können die hohen Herren. Freilich, wenn es um ihren Besitz geht, sind sie schnell.« Dann wandte er sich mit einem gezwungenen Lächeln Ida zu. »Magda muss wohl noch etwas länger ohne uns auskommen.«

Da die Sonne noch hoch genug stand, schlug Ida ihrem Vater vor, einen Ausritt zu machen, damit er sich das Grundstück anschauen konnte. Wie sehr sie sich darauf freute, endlich wieder an ihren Fluss zu kommen!

Obgleich sie nur ein Jahr fort gewesen war, hatte sich die Landschaft enorm verändert. Die Dörfer und Höfe waren größer geworden, die Wälder hingegen geschrumpft. Baumstämme wurden allerorten auf Fluss und Wegen transportiert. Der Holz-Hunger der Saline schien unermesslich zu sein. Auf den neu geschaffenen Äckern plagten sich Bauern. Dieser Frevel an der Natur verursachte Ida Übelkeit.

»Ist Anselm eigentlich Poppos leiblicher Sohn?«, fragte Ida ihren Vater, als sie nebeneinanderher trabten.

»Natürlich. Er ist ein gelehriger, folgsamer Junge, der Poppo beim Schiffbau und im Salzhandel eine große Stütze ist.«

»Wie alt mag er sein?«

»Fünfzehn, sechzehn vielleicht. Was soll die Fragerei?«

»Begreifst du denn nicht – Anselm muss bereits vor dem Überfall geboren worden sein!«

Gerold zog ungläubig die Augenbrauen hoch, ließ dann aber seinen Blick wieder schweifen. »Bastarde sind nicht ungewöhnlich«, sagte er gleichmütig.

Ida schockierten seine Worte ein wenig. Hieß es nicht in der Bibel, man solle die Ehe heiligen? »Dein Freund Poppo ist sehr wohlhabend. Wie konnte er in so kurzer Zeit zu einem derartigen Einfluss und Reichtum kommen?«

»So, wie ich es auch geschafft habe: mit Fleiß und einem Gespür für gute Geschäfte.«

»Könnte er von dem Niedergang Bardowicks profitiert haben?«

»Wie denn? Er hat doch alles verloren, sogar seinen Kahn.«

»Wenn er so viel Respekt vor der Ostsee hatte, warum ist er denn überhaupt mit nach Lübeck gekommen? Andere sind gleich in Lüneburg geblieben.« Möglicherweise hatte Poppo noch beim Herzog seine Belohnung für den Verrat eintreiben müssen.

»Er hat es eben dort versucht. Vielleicht wollte er auch bei seinen Freunden bleiben, wollte mir helfen.«

»Hat er das? Hat er in der ersten Zeit in Lübeck an deiner Seite gestanden?«

Ihr Vater zögerte, dann blaffte er: »Ich möchte nicht, dass du meinen Freund weiter schlechtredest.« Aber sie sah ihm an, dass ihm ihre Worte zu denken gegeben hatten.

Ida hätte die Gegend beinahe nicht wiedererkannt. Eine wüste Landschaft erstreckte sich vor ihr. Anklagend ragten verkohlte Baumreste in der Flussaue auf. Der Stamm der alten Eiche war schwarz. Kahle Buschreste, vereinzelt war die Erde noch kohlefarben. Hatte der Blitz eingeschlagen oder jemand die Fläche brandgerodet? Ida saß ab und ging wie betäubt durch den Auenwald ihrer Kindheit. Kein frisches Laub mehr, keine Hütte. Die Erle mit der Sonnenscheibe – in der Feuersbrunst verdorrt. Das Flussufer – zertrampelt. Erst eine Bogenschusslänge entfernt wuchsen wieder am Ufer Schilf, Büsche und Bäume. Ob man auch hier versucht hatte, den Fluss zu vertiefen? Dann waren vermutlich alle Tiere, Pflanzen und Muscheln tot. Ihr Blick verschwamm, und gleichzeitig packte sie eine ungeheure Wut.

Ihr Vater schien die Zerstörung überhaupt nicht wahrzunehmen. »Die Lage ist tatsächlich gut. Nicht zu weit von Lüneburg entfernt, und der Fluss ist breit genug, um von hier aus Holz zu verschiffen. Aber wo ist die Hütte?«

»Verschwunden«, sagte Ida mit brechender Stimme. »Jemand muss sie abgerissen haben. Hier überall«, sie umschrieb einen weiten Bogen, »war Wald.«

Gerold bemerkte ihre Erschütterung nicht. »Das Geschäft hat wohl schon jemand anders gemacht. Vielleicht hätte ich mich früher um diese Angelegenheit kümmern sollen.«

Ein Reiter näherte sich ihnen. Die glänzenden Metallplättchen auf seinem Waffenrock blitzten. In der Hand hielt er eine Art Lanze, und am Gürtel trug er ein Schwert. Viel zu groß wirkte er für sein Pferd. Sein Vollbart war wild und von einzelnen grauen Haaren durchzogen, die dunklen Augen funkelten. Und er stank, als hätte er sich seit Wochen nicht gewaschen. »Was treibt ihr hier auf meinem Land?«, sagte er mit einer Stimme, die so tief war, als spräche er aus der Tiefe eines Brunnens.

»Euer Land?«, fragte Gerold verwundert.

Der Reiter kam näher und senkte die Speerspitze in ihre Richtung. »Ja, mein Land. Was dagegen?«

Ida wich zurück. Sie war so unsagbar traurig und zornig über die Zerstörung des Auenwaldes, dass sie jede Vorsicht vergaß. »Dann seid Ihr es also gewesen, der dieses Paradies vernichtet hat? Der Neslins Hütte dem Erdboden gleichmachte, obgleich sie Euch nicht gehört?«

»Schweig still!«, mahnte ihr Vater.

Doch Ida kam jetzt erst richtig in Fahrt. »Wisst Ihr eigentlich, dass in einem Astloch der Eiche eine Familie Fledermäuse hauste? Dass es am Flussufer ein Eisvogelpaar gab? Dass eine Otterfamilie in der Nähe lebte, von den Bibern und den anderen Vögeln ganz zu schweigen?« Kurz kam sie sich albern vor, aber sie konnte die Worte nicht zurücknehmen.

Gerold fuhr sie an: »Ida, es reicht.«

»Und jetzt ist hier eine wüste Einöde, wo fruchtbares Land war! Das ist alles Eure Schuld!«

So nah war der Reiter jetzt, dass seine Speerspitze sie berührte. Trotzig hielt Ida dagegen. Die Spitze war braunrot – war das etwa Blut? Furcht ließ ihre Beine weich werden, aber sie wollte nicht nachgeben.

»Ida!« Der Tonfall ihres Vaters war scharf.

Der Reiter lachte laut, seine Augen blieben jedoch ernst. »Die Kleine hat ja Mumm. Würd's aber nicht übertreiben an ihrer Stelle. Ist nicht jedem egal, was die anderen über ihn denken.« Er schwenkte den Speer und traf ihren Vater an der Schulter. Gerold zuckte nervös zurück. »Und jetzt sagt Ihr mir, was Ihr hier auf meinem Land wollt.«

Ihr Vater räusperte sich. »Nichts für ungut, mein Herr. Wir sind schon auf dem Heim…«

Ida konnte die Angst ihres Vaters förmlich riechen. Aber sie würde nicht klein beigeben. Nicht, wenn es um diesen Fluss ging. »Die alte Neslin hat mir dieses Stück Land vererbt. Wir warten darauf, dass der Vogt das Testament bestätigt«, sagte sie.

Das kleinste Anzeichen von Heiterkeit war aus dem Gesicht des Ritters verschwunden. »Da könnt ihr lange warten. Verschwindet besser, ehe ich euch Beine mache.«

Zurück in Asenmakers Haus, ließ Ida sich Eiersuppe mit Safran, Pfefferkörnern und Honig auftragen; danach gab es gerösteten

Bückling mit Senf und zum Nachtisch Feigenkompott. Sie hatte so viele Pläne – da durfte sie nicht vom Fleisch fallen. Seltsamerweise verdarb ihr heute nicht einmal Poppos Anwesenheit den Appetit.

»Wenn mein Ältester so reinhauen würde wie deine Tochter, wäre er nicht mehr so ein Hänfling!«, sagte Poppo schmunzelnd. Anselm schien die Bemerkung nicht lustig zu finden, denn er war hochrot geworden und hielt den Blick stur auf seinen leeren Teller gerichtet.

»Das muss die Aufregung sein«, sagte ihr Vater. »Kennst du diesen Kerl, der uns am Fluss bedroht hat?«

Poppo ließ sich Würzwein nachschenken. »Soweit ich weiß, gehören die Ländereien einem Edelknecht. Tragische Geschichte: Im letzten Winter wurde die ganze Familie dahingerafft. Jetzt muss der Bruder sich um das Gut kümmern – Jusarius von der Heien ist ein früherer Burgmann, der zuletzt den welfischen Truppen angehörte. Sein Lehnsherr hat ihm wegen seiner Verdienste die Ritterwürde verliehen, aber er kann es sich nicht leisten, ein richtiger Ritter zu sein. Ein rauer Geselle, hört man, der das Töten mehr schätzt als das Ackern.« Er trank einen Schluck und schmeckte dem Wein nach. »Beim nächsten Mal etwas mehr Zimt und etwas weniger Majoran, sonst schmeckt der Hypocras nicht«, tadelte er seine Frau und fuhr dann fort: »Unsere Zeit ist wahrlich durcheinander: Solche Kerle schimpfen sich adelig und sind doch kaum mehr als einfache Bauern. Reiche Bauern streben danach, Ritter zu werden. Und uns Bürgern, die über weit mehr Lebensart als die meisten anderen verfügen, will man verwehren, Schwert und Wappen zu führen.«

»So hat Gott die Welt nun mal eingerichtet. Du solltest nicht an seinem Tun zweifeln«, sagte Gerold.

»Die Welt verändert sich. Auch das muss Gott so eingerichtet haben.«

Gerold dachte einen Augenblick über die Worte seines Freundes nach. »Wenn man bedenkt, dass du als einfacher Schiffer aus Bardowick geflohen bist, hat Gott es wahrlich gut mit dir gemeint.«

»Und mit dir.« Sie prosteten einander zu.

Ida hielt die Eintracht zwischen den Männern kaum aus und verabschiedete sich zur Nacht. Mit ihrer Gastgeberin hatte sie sich ohnehin kaum unterhalten können, weil diese ständig von ihren Kindern abgelenkt war. Eine Magd brachte Ida in ihre Kammer.

»Wie lange stehst du schon im Dienste deines Herrn?«, fragte Ida beiläufig.

»Zwei Jahre, Jungfer Ida.«

»Gibt es jemanden im Haus, der schon länger für deine Herrin arbeitet?«

»Niemanden, Jungfer. Es gab die alte Willeburg, aber die bekommt schon ihr Gnadenbrot, draußen bei Sankt Cyriacus.«

Gerold saß mit Poppo am Kamin. Sie tranken weiter Wein und naschten kandierte Ingwerstückchen, eine seltene Köstlichkeit. Jetzt, im April, war es abends noch empfindlich kalt. Die ganze Zeit hatte er über Idas Worte nachgedacht. Konnte seine Tochter vielleicht doch recht haben? Konnte es wirklich wahr sein, dass sein Freund der Verräter war? Aber wie sollte er diesen Verdacht aufklären, ohne Poppo fälschlich zu beschuldigen und damit zu verletzen?

»Ich kann mich glücklich schätzen, einen so angesehenen Freund in Lüneburg zu haben. Dabei muss auch für dich die Anfangszeit an diesem Ort nicht einfach gewesen sein. Wir haben nie ausführlich über deine erste Zeit in Lüneburg gesprochen«, sagte er jetzt zu Poppo.

»Ich rede auch nicht gern darüber. Es war eine schwere Zeit. Die Trauer um Zwartje und die Geldnot machten mir zu schaffen. Ich hatte nicht einmal mehr einen Prahm. Da musste ich mir etwas einfallen lassen.«

»Und, hast du?«

»Ich habe mich erst mal mit Waldeko, meinem Zimmermann – früher war er ja dein Zimmermann – zusammengeschlossen und nach langem Verhandeln Kaufleute überzeugt, einen größeren, flacheren Kahn zu bauen, der mehr Lasten tragen kann. Außerdem war klar, dass Lüneburg einen Ilmenau-Hafen benötigt. Also habe ich mir angeschaut, was man tun könnte, um den Schiffsverkehr zu erleichtern. Die Bardowicker Wassermühlen und die Zollstation waren ja kein Hindernis mehr.«

»Offensichtlich hattest du mit diesen Maßnahmen Erfolg. Aber Waldeko habe ich noch gar nicht gesehen. Wo steckt er denn?«

»Er ist unterwegs, um Holz zu kaufen. Alle Waldbesitzer in der Nähe fordern geradezu unverschämte Preise, sodass wir weit reisen müssen.«

»Das kenne ich. Deshalb hoffen wir ja darauf, dass die Ostsee endlich sicherer wird«, sagte Gerold. »Wenn du möchtest, nehme ich Anselm mit nach Lübeck, damit er mehr über den Seehandel erfährt. Alt genug dürfte er doch wohl sein. Ich würde schätzen, er ist fünfzehn oder sechzehn.«

Poppo lachte. »Dank dir für das Angebot. Zwölf ist er, aber groß geraten. Damit warten wir, bis er den Flegeljahren entwachsen ist. Anselm braucht noch eine harte Hand.«

Gerold lachte etwas zu laut mit, weil er so erleichtert über die Altersangabe war. »Und du meinst, die habe ich nicht?« Er steckte noch ein Ingwerstück in den Mund.

»Deine Tochter zumindest ist, wenn du mir die Bemerkung erlaubst, ein wenig vorlaut. Auch bei Frauen ist manchmal ein wenig Härte vonnöten.«

Gerold blieb der Ingwer im Halse stecken.

33

Als sie am darauffolgenden Tag zum Vogt gerufen wurden, kam ihnen in der Vorburg ein Ritter in Kettenhemd und Sarrock entgegen. Ihr Vater wollte ihm ausweichen, aber der Edelknecht Jusarius von der Heien baute sich direkt vor ihnen auf. Ida bemerkte, dass sein Ringpanzer rostig und löchrig war, aber das Schwert glänzte poliert, und ihn umgab der Geruch von gewachstem Leder.

»Es ist mein Land, und es bleibt mein Land«, sagte Jusarius und legte die Hand an den Schwertgürtel. »Ihr solltet lieber gehen, ehe Euch, so weit von zu Hause entfernt, etwas zustößt.«

Gerold schluckte, und Ida glaubte schon, ihr Vater würde gleich davonlaufen. Aber dann wichen sie dem Edelknecht lediglich aus und gingen in den Saal.

Der Vogt wirkte entnervt. »Wie Ihr seht, kann ich nichts für Euch tun. Das Land wurde einem welfischen Vasallen zugesprochen. Es ist nur zu verständlich, dass er nicht mehr darauf verzichten möchte.«

Ihr Vater neigte den Kopf. »Ich möchte Eure Geduld nicht überstrapazieren. Trotzdem bitte ich Euch, prüft das Anliegen unserer Familie noch einmal eingehend«, sagte er und reichte dem Vogt die Schriftrolle. Ida glaubte dabei, etwas klirren zu hören, und obgleich der Vogt sogleich die Hand um das Säckchen schloss, das in der Rolle verborgen war, hatte sie es doch gesehen.

»Wenn es Euer unbedingter Wunsch ist, werde ich mich dem nicht verwehren«, gab der Vogt nach.

Wenig später ritten sie langsam den Burgberg hinunter. »Wie viel hast du ihm gegeben?«

Ihr Vater schmunzelte. »Es ist besser, wenn du das nicht weißt. Aber ich glaube, dass es das wert ist. Wir können das Land tatsächlich gebrauchen. Übrigens habe ich gestern mit Poppo gesprochen. Anselm ist erst zwölf, er ist also kein Bastard. Das entlastet Poppo.« Als sie am Fuß des Kalkbergs angekommen waren, setzte er hinzu: »Ich will noch den Kalkbruch aufsuchen. Das ist kein Ort für junge Damen. Raue Gesellen mahlen dort den Gipskalk und brennen ihn in Rösen. Deshalb werde ich dich zu Poppos Haus zurückbringen. Du kannst ja ein wenig mit seiner Frau plaudern.«

»Ich würde mich lieber zurückziehen. Mir ist nicht wohl.«

Er sah sie von der Seite an. »Schon wieder? Ich hätte dich doch zu Hause lassen sollen, ihr Frauen seid wirklich nicht für das Reisen geschaffen.«

Ida wartete, bis die Schritte ihres Vaters verklungen waren, dann suchte sie ihre Gastgeberin auf und sagte ihr, sie wolle die Kirche besuchen, weil sie den dringenden Wunsch verspüre zu beten. Ytte gab ihr eine junge Magd zur Begleitung mit. Sie schien froh, dass Ida nicht erwartete, dass sie sie begleitete. Pflichtbewusst ging Ida zunächst in die Cyriaci-Kirche.

Nach dem Gebet sagte sie beiläufig zu der Magd: »Wohnt hier in der Nähe nicht Willeburg, eure alte Magd? Ich glaube, ich kenne sie von früher, und würde sie gerne noch einmal sehen.«

Ihre Begleiterin zierte sich etwas. »Ich weiß nicht, ob die Herrin einverstanden ist, wenn ich noch länger wegbleibe.«

»Es wird nicht lange dauern. Außerdem sage ich Frau Ytte, dass es meine Schuld war, wenn es länger dauert.«

Die Magd führte sie zu einer windschiefen Hütte. Vor einem Verschlag an der hinteren Wand saß eine Greisin an einer Feuerstelle und hustete leise vor sich hin. Ein wenig Gerste und billiger Salzhering köchelten im Wasser. Ida wurde übel von dem

Geruch. Trotzdem hockte sie sich neben die Alte. Heftiges Mitleid hatte sie überfallen. Willeburg schien halb taub zu sein, denn Ida musste schreien, als sie sich vorstellte. »Mein Name ist Ida, und ich habe als Kind in Bardowick gelebt. Es kommt mir vor, als kenne ich dich von damals.«

»Ich kenne kein Wasowig.«

»Bardowick! Hast du dort einmal gelebt?«

»Nee.« Die Greisin kämpfte gegen Hustenreiz und klopfte sich auf die Brust. »War immer hier.«

Neben ihr wurde die Magd unruhig. »Seltsam. Ich war sicher, dass du damals für meine Familie gearbeitet hast«, schwindelte Ida unbeirrt.

»War immer hier. Bei Frau Ytte und ihrer Familie.«

»Auch schon, als sie ihr Kind bekam, vor zwölf Jahren?«

Die Alte presste die zahnlosen Kiefer aufeinander. »Ganz allein war sie damals, die Arme. Meister Poppo war oft unterwegs. Hab das Kerlchen mit auf die Welt geholt.« Nun schüttelte sie ein weiterer Hustenanfall. »Ist aber fünfzehn Jahre her und nich zwölf.«

Zufrieden zupfte Ida an ihrem Almosenbeutel und reichte der Greisin alles, was sie hatte. »Kauf dir dafür etwas für eine kräftigende Suppe und ein paar Kräuter gegen den Husten. Und entschuldige, dass ich dich verwechselt habe.«

Die Alte nahm Idas Hand und küsste sie unbeholfen. »Gott wird es Euch vergelten.«

Als sie weitergingen, sagte Ida kopfschüttelnd: »Und ich war felsenfest davon überzeugt, dass ich sie kenne! Aber ich war ja damals noch so klein.«

Die Magd eilte voraus. »Jetzt aber nach Hause, Jungfer Ida, keine Umwege mehr. Die Herrin lässt nicht mit sich spaßen!«

Doch Ida schlug einen anderen Weg ein. Sie wollte noch schnell zu der Küfer-Witwe, bei der sie mit Esko und Kethe übernachtet hatte, und nachfragen, ob ihr Liebster in der Zwischenzeit vielleicht noch einmal hier gewesen sei. Mürrisch fügte die Magd sich in ihr Schicksal.

Poppo traf den Edelknecht in einer Schenke vor den Toren der Stadt. Jusarius von der Heien hatte bereits ausgiebig dem Bier zugesprochen; zumindest roch er so. Ehe Poppo sich setzte, vergewisserte er sich, dass niemand im Schankraum war, der ihn kannte.

»Ich hatte dich dafür bezahlt, dass du dich um die Jungfer und ihren Vater kümmerst. Aber was muss ich sehen: Beide sind unversehrt«, zischte er.

Jusarius leerte seinen Becher. »Was soll die Eile? Außerdem bringe ich keine Jungfrauen um.«

Klirrend landete etwas auf dem Tisch. Poppo drehte den Becher und stellte ihn über das Säckchen, dann schob er ihn vor Jusarius. Es war weithin bekannt, dass der Haudegen sowohl skrupellos als auch ständig in Geldnot war – eine perfekte Kombination. Vermutlich wollte er lediglich den Preis in die Höhe treiben.

Gerold war stockwütend. Nicht nur, dass Ida auf eigene Faust Erkundigungen eingeholt hatte, sie hatte auch noch die Magd mit hineingezogen, die von ihrer Gastgeberin gescholten worden war und prompt alles ausgeplaudert hatte. Ytte hatte daraufhin alle Kinder und Mägde aus der Stube gewiesen, Gerold aber gebeten dazubleiben, was ihm sehr unangenehm war. Poppos Ehefrau ging wippend durch das Zimmer und versuchte, ihr schreiendes Kind zu beruhigen. Jetzt breitete sie ein Tuch aus und legte den Säugling darauf, der wild zu strampeln begann. Mit schnellen, routinierten Bewegungen schlug sie das Tuch um das Kind und schnürte es darin ein.

»Die alte Willeburg – ja, sie war uns treu ergeben. Ohne sie hätte ich es nicht geschafft«, sagte Ytte nachdenklich. »Ich kannte Poppo, seit ich ein kleines Mädchen war. Später hat er oft mit meinem Vater zusammengearbeitet. Ich fand schon immer, dass er ein stattlicher Kerl war. Vielleicht erinnert Ihr Euch noch daran, wie er aussah. Diese blonden Locken«, schwärmte sie und sah Gerold an. Er schwieg. »Ich konnte nicht widerstehen. Ich habe Poppo so sehr begehrt. Es ist mir sehr peinlich, und ich bereue es inzwischen auch, aber ich habe ihn verführt. Und ehe ich mich versah, war ich auch schon schwanger.« Der Säugling war hochrot angelaufen vom Schreien. Ytte rief nach der Magd und überreichte ihr das brüllende Bündel. Dann wischte sie sich mit dem Handrücken über die Stirn. Noch immer sagte Gerold nichts. Er hatte nicht vor, ihr das Geständnis zu erleichtern. »Und glaubt mir, ich habe dafür gebüßt – und wie ich gebüßt habe! Meine Eltern versteckten mich bei einer entfernten Tante, damit der Skandal nicht ruchbar wurde. Poppo und ich wären sofort wegen Ehebruchs gepfählt worden! Auf diese Art wollte ich nun wirklich nicht mit ihm verbunden sein.« Sie lachte bitter. »So leid es mir auch tut, aber für mich war der Überfall auf Bardowick eine glückliche Fügung.« Sie griff nach Gerolds Hand; Tränen standen in ihren Augen. Er merkte, wie schwer ihm seine Härte auf einmal fiel. »Ja, Anselm ist älter, als wir es immer behauptet haben, aber er ist ein Kind der Liebe. Und Zwartje macht es auch nicht mehr lebendig, wenn jemand die Wahrheit erfährt. Ich glaube eher, dass sie erleichtert wäre, dass Poppo lebt und in guten Händen ist. Bitte, lasst die Angelegenheit ruhen – es war auch so schon schwer genug für ihn und uns alle.«

Ida pilgerte unruhig durch die Kammer. Ihr Vater war ohne sie zum Vogt gegangen und hatte ihr befohlen, in der Kammer auf seine Rückkehr zu warten. Jede Diskussion über Poppo hatte er rigoros abgelehnt. Auch das Gespräch mit der Küfer-Witwe ging Ida noch nach, die inzwischen keine Witwe mehr war, sondern einen ihrer Gesellen geheiratet hatte. Sie hatte von Esko nichts mehr gehört, seit er, Ida und Kethe gemeinsam abgereist waren. Idas Frage, ob sie zu Glaubensbrüdern Kontakt habe, war die Küferin ausgewichen. Erst als Ida ihr geschworen hatte, dass sie sie nicht verraten würde, hatte sie gestanden, dass sie viele Familien aus der Gegend kannte, die im Geheimen den Slawen-Göttern anhingen. Sie könnte bei Gelegenheit Erkundigungen nach Esko einholen, aber einen Boten zu Otmar schicken, das konnte sie nicht; sie konnte niemanden entbehren. Ida würde Geld brauchen, um einen Boten auszusenden. Aber woher sollte sie es bekommen? Ihr Vater würde ihr nicht genug geben, und bestehlen wollte sie ihn auf keinen Fall.

Wie stickig es war! Ida öffnete ihr Leibhemd ein wenig, und das brachte ihr ein wenig Erleichterung. Danach legte sie die Hände auf die Kuhle unter den Rippen und rieb sich den Bauch. Sie hatte es schon immer schlecht in kleinen Räumen ausgehalten, aber heute kam ihr alles zu eng vor, sogar ihr Kleid. Wie es an den Brüsten spannte!

Ida erstarrte. Ihr fielen die schwangeren Frauen ein, die bei Neslin Hilfe gesucht hatten, weil ihnen die Schwangerschaft Probleme bereitete. Auf einmal überlief es sie heiß. Wann hatte sie zuletzt einen richtigen Blutfluss gehabt? Sie hatte geblutet, das schon, aber nur wenig. Ungläubig betastete sie sich. Ihre Brüste waren voller, ihr Bauch runder als üblich. Was, wenn sie guter Hoffnung wäre? Es wäre ein unbeschreiblicher Skandal. Sie konnte kein Kind bekommen! Bevor sie zuließe, dass ihre Familie sie verstieß, würde sie sich lieber umbringen. Aber es war doch Eskos Kind! Ida ließ sich auf ihr Bett fallen. Tränen rannen über ihr Gesicht. Ob sie aus Freude oder aus Kummer weinte, konnte sie nicht sagen.

In diesem Moment trat ihr Vater ein. »Pack deine Sachen«, befahl er ihr. Als er ihre Trauer bemerkte, setzte er sich zu ihr auf das Bett und legte den Arm um sie. Ida schmiegte sich an seine Brust und überlegte, ob sie ihm gestehen sollte, dass sie möglicherweise schwanger war. Er strich ihr übers Haar. »Unser Streit tut mir leid. Ich hätte dir von Anfang an Einhalt gebieten müssen«, sagte er sanft. »Aber ich bringe auch jetzt keine guten Nachrichten. Der Vogt hat entschieden, dass das Testament der alten Neslin ungültig ist und das Landstück rechtmäßig dem Edelknecht gehört. Ich werde meine Verhandlungen über die Kalklieferung noch abschließen, dann reisen wir ab.«

»Und Poppo?«, fragte sie bekümmert.

»Bei Poppo werden wir uns bedanken, dass er uns so gastfreundlich aufgenommen hat. Mehr nicht.«

Der Gedanke, dass Poppo Asenmaker mit seiner Tat davonkommen sollte, raubte Ida genauso den Schlaf wie die Sorge um Esko. Als sie am nächsten Morgen mit der Familie eine Mahlzeit teilten, lagen ihre Nerven blank. Jedes Wort, das Poppo aussprach, jedes Selbstlob und jeder schroffe Ton stießen ihr auf. Schließlich hielt sie es nicht mehr aus und ging, als ihr Vater im Hinterhof verschwunden war und Ytte ihren Haushaltspflichten nachkam, in die Schreibstube ihres Gastgebers. Poppo war allein. Sie bemerkte, wie seine Züge von ungläubigem Erstaunen zu einer kalten Verschlossenheit wechselten.

»Euer Vater ist nicht hier. Er musste einem dringenden Geschäft nach…«

»Ich weiß, wo mein Vater ist«, unterbrach sie ihn. »Und ich weiß, was Ihr damals getan habt. Ich habe gesehen, wie Ihr meine Mutter beinahe totschlugt. Ich habe gesehen, wie Ihr den Feinden Bardowicks Tore öffnetet. Auch wenn Ihr meinen Vater einlullen konntet und er vor Eurer Schuld die Augen verschließt, sage ich Euch, dass ich es niemals vergessen werde. Eines Tages werdet Ihr für Eure Schandtaten zur Rechenschaft gezogen, Poppo Asenmaker, das verspreche ich Euch.«

Das Gesicht ihres Gegenübers war kalkweiß geworden. Das Herz schlug bis zu ihrem Hals, als sie sich umdrehte und hinausging. Ida wusste, dass sie einen großen Fehler begangen hatte. Gleichzeitig war sie erleichtert. Sie hatte diesem Unmenschen nicht länger etwas vorspielen können.

Gerold konnte es nicht glauben, als Poppo ihm von den Anschuldigungen erzählte. Es kam ihm vor, als hätte er seine Tochter ein weiteres Mal verloren. Ida achtete ihn nicht, sie respektierte ihn nicht. Sie war verwildert. Er hätte ihr nie so viel durchgehen lassen dürfen.

Sein Freund schien tief getroffen. »Glaubst du wirklich, ich hätte so etwas Scheußliches getan?«

»Natürlich nicht!«, versicherte Gerold ihm schnell. »Ida war wie besessen davon. Schon in Lübeck haben wir nach dem Verräter gesucht. Es hat ihr keine Ruhe gelassen.«

»Vielleicht muss man das verstehen, wenn man bedenkt, was sie durchgemacht hat. Und wenn es wirklich einer von uns war …« Poppo überlegte. »Es gab einige, denen es danach erheblich besser ging.«

»Wen meinst du?«

»Ach, ich will niemandem Unrecht tun.«

»Nein, sag schon!«

»Wenn ich an Meister Volkwart denke … Soweit ich weiß, hat er sich aus den Ruinen der Häuser seiner verstorbenen Kaufmannskollegen großzügig bedient.« Poppo zwirbelte eine Locke um den Zeigefinger. »Mich grämt es, dass unsere Freundschaft so gelitten hat. Dabei würde es sich anbieten, wenn wir geschäftlich enger zusammenrücken würden. Ich könnte dir meinen neuen Kahn zum Holztransport zur Verfügung stellen.«

Ida fuhr zusammen, als ihr Vater in ihre Kammer stürmte. Gerold war völlig aufgelöst. Er verpasste ihr eine schallende Ohrfeige und wich dann, auf seine Hände starrend, zurück. Zum ersten Mal in seinem Leben hatte er sie geschlagen. Fassungslos und zornbebend platzte er heraus: »Viel zu lange habe ich dir dein Benehmen durchgehen lassen. Magda und ich haben gedacht, dass wir dich mit liebevoller Erziehung zu einem vernünftigen, gottesfürchtigen Menschen machen könnten, aber wir haben uns wohl geirrt. Du ehrst ja nicht einmal deine Eltern. Du … du …« Wieder holte er gegen sie aus, beherrschte sich aber. Seine Hand zitterte.

Seine Enttäuschung traf sie mehr als sein Schlag. Sie wollte sich rechtfertigen, aber er verbot ihr zu reden. »Wir werden dieses Haus verlassen. Poppo will uns nicht mehr unter seinem Dach haben. Ich kann es ihm nicht verdenken. Und wenn wir zu Hause sind, werden wir uns etwas für dich einfallen lassen. So kann es jedenfalls nicht weitergehen.«

34

Sie fanden eine kleine Kammer in einer Herberge. Ihr Vater ließ sie dort allein; er musste noch einmal zum Kalkbruch reiten. Ida zögerte nicht. Sie zog sich aus, schlüpfte in ein Hemd und eine Hose ihres Vaters, die sie fest gürten musste, damit sie nicht rutschte, band sich die Haare zurück, warf sich ihren Umhang über und zog die Kapuze tief ins Gesicht. Dass ihr Vater ihr nicht glaubte, dass er nichts gegen Poppo unternahm, erschütterte sie zutiefst. Es gab nur noch einen Menschen, dem sie wirklich vertraute – und der war verschwunden. Sie musste einen Boten losschicken, um Esko zu finden. Denn falls sie wirklich schwanger war … nicht auszudenken, zu welchen Maßnahmen ihr Vater schreiten würde.

Poppo Asenmaker tat so, als hätte er gegenüber dem Gasthof etwas zu erledigen. Hass glühte in ihm, und er konnte sich kaum beherrschen, um nicht sofort zu Ida zu stürzen und sie mit eigenen Händen zu erwürgen. Was erdreistete sie sich, ihn zu beschuldigen, ihm zu drohen! Er stellte sich vor, wie er die Hände um ihren schmalen Hals legen und zudrücken würde, bis das Leben in ihren Augen erstarb. Wie er mit einem Stein auf ihren Schädel einhämmern würde, bis der Knochen brach und das Blut spritzte. Aber noch war Gerold bei seiner Tochter. Gerold, dieser Feigling, der sich nur zu bereitwillig einlullen ließ.

Am Abend hatte er noch stundenlang mit dem Freund beisammengesessen. Immer wieder hatte Gerold vorsichtig versucht, Ungereimtheiten in Poppos Lebensgeschichte anzusprechen. Irgendwie hatte der Freund sogar herausgefunden, dass er sehr wohl bei seinen Anfängen in Lüneburg Geld besessen hatte.

Poppo hatte jeden Verdacht entkräften können, aber er wusste jetzt, Ida würde niemals Ruhe geben. Und wenn bekannt wurde, dass er Bardowick verraten und dafür eine Belohnung von Herzog Heinrich kassiert hatte, dann würde ihm nichts anderes übrig bleiben, als aus der Stadt zu fliehen. Jeder, der unter dem Fall von Bardowick gelitten hatte, würde ihn mit seinem Hass verfolgen, niemand würde mehr Geschäfte mit ihm machen. Seine Kinder würden nur noch als Nachkommen des Verräters gelten. Das konnte er nicht zulassen. Und wer wusste schon, ob und wann dieser Jusarius eingreifen würde?

Kaum konnte Poppo sein Glück fassen, als er sah, wie Gerold die Herberge verließ. Ida war allein! Er wartete, bis der Freund außer Sicht war. Gerade ging er auf die Herbergspforte zu, als ein Reiter in einem Umhang den Hinterhof verließ und an ihm vorbeipreschte. Doch da lugte eine blonde Strähne unter der Kapuze hervor …

Ida blieb nicht viel Zeit. Sie hatte Glück gehabt, dass ihr Vater sie nicht eingeschlossen hatte. Offenbar ging er davon aus, dass seine Drohung wirkte und sie gehorsam sein würde. Wie gerne wäre sie es! Ihre Wange schwoll von seinem Schlag schmerzhaft an. Es fiel ihr nicht leicht, ihren Vater zu belügen, zu betrügen, ihn mit ihrem Verhalten erneut gegen sich aufzubringen – aber es musste sein.

Sie preschte aus dem Tor und nahm den Weg zu Neslins früherer Hütte, dem Ort am Fluss, an dem sie noch immer Perlmuscheln zu finden hoffte. Wenn sie nur eine Perle fände, hätte sie genügend Geld, um einen Boten zu Eskos Familie zu schicken und ihrem Geliebten von ihrer Notlage zu berichten …

Ida überholte Kaufleute und andere Reisende und war froh, als sie endlich den Hauptweg verlassen konnte. Ob ihr Vater schon in die Herberge zurückgekehrt war und festgestellt hatte, dass sie fort war? Sie band ihr Pferd an den kargen Rest eines

Busches und warf ihre Kleidung bis auf das Leibhemd gleich daneben. Mit großen Schritten lief sie ins Wasser. Es war nicht nur ihr Wunsch, eine Perle zu finden, der sie antrieb, das gestand sie sich jetzt ein. Es war das Bedürfnis, sich reinzuwaschen von dem Schmutz, dem sie sich in Poppos Haus ausgesetzt hatte, von den Lügen und dem Betrug, der ihre Familie geprägt hatte und noch heute prägte. Der Fluss war kalt, aber er umfing sie wie ein sehnsüchtiger Liebhaber, und sie stürzte sich voller Überschwang in seine Fluten. Unter Wasser verblassten die Sorgen der Welt. Ihre Haut prickelte, und sie fühlte sich quicklebendig. Sofort suchte sie nach Perlmuscheln. Wie glücklich sie war, den Flussgrund und die Muschelbank unversehrt vorzufinden! Sie tauchte und tauchte, wie im Rausch.

Es waren zähe Verhandlungen gewesen, aber endlich hatte Gerold einen vernünftigen Preis für den gebrannten Kalk aushandeln können. Jetzt konnte er endlich wieder nach Lübeck zurück, zu seiner geliebten Magda. Der Gedanke an sein Eheweib tröstete ihn. Er hatte ein feines Leben in Lübeck – warum sollte er all das wegen einer Spinnerei aufs Spiel setzen?

Idas Kammer war leer. Überall in der Herberge suchte er nach seiner Tochter, doch sie blieb verschwunden. Auch Idas Pferd war fort.

»Ein Reiter hat's genommen. Hab das Gesicht unter der Kapuze nicht erkennen können, bin aber der Statur nach davon ausgegangen, dass es Eure Tochter war«, meinte der Pferdeknecht.

»Warum hast du sie losreiten lassen?«, blaffte Gerold ihn an.

»Wer bin ich, dass ich eine Dame aufhalten dürfte?«

»Wo ist sie hin?«

»Keine Ahnung.« Der Knecht schüttelte den Kopf. »Was ist denn heute nur los? Kurz nach Eurer Tochter kam Meister Asenmaker hereingestürzt und lieh sich ein Pferd meines Herrn. Der wirkte auch, als wäre er nicht ganz bei Sinnen …«

Ohrenbetäubendes Stampfen ließ Ida zur Wasseroberfläche schießen. Woher kam dieser Lärm? Hektisch rieb sie sich die Augen trocken. Ein Reiter preschte durch den Fluss direkt auf sie zu. Schaum spritzte vom Maul seines Pferdes in die schäumenden Fluten. Der Reiter peitschte auf sein Ross ein. Sein Gesicht war so hassverzerrt, als geiferte er selbst. Dann holte Meister Poppo auch schon mit der Peitsche gegen sie aus. Sein Schlag fühlte sich an, als schnitte er ihre Haut in Scheiben. Aufschreiend brach sie zusammen. Der Fluss trug sie ein Stück. Ein Platschen, dicht bei ihr. Eine Hand krallte sich in ihr Haar, riss ihr Gesicht in die Fluten, hielt sie unter Wasser, zerrte sie wieder hoch. Sie schnappte nach Luft.

»Wem hast du von Bardowick erzählt? Los, sag schon!«

Ida brachte kein Wort heraus. Der Schmerz vernebelte ihr die Sinne.

Er presste ihren Kopf wieder unter die Wasseroberfläche. Sie rang nach Luft, schlug und trat um sich. Lichtblitze tanzten vor ihren Augen. Panisch stieß die die Luft aus, saugte Flusswasser ein. Ein Beißen, als risse er ihr die Haare gleich büschelweise aus. Dann war sie wieder oben.

»Niemand! Ich habe niemandem davon erzählt! Nur mein Vater weiß, dass ich Euch erkannt habe!«

»Stimmt das?«

»Ja, ja … ich schwöre …«

Erneut war sie unter Wasser. Wie ein Schraubstock der Griff in ihrem Nacken. Unmöglich, sich zu wehren. Sie zappelte trotzdem. Noch länger hielt er sie unten. Ihre Lunge brannte, in ihren Ohren rauschte es. Lichtblitze. Die Knie gaben nach. Sie sank tiefer. Die Strömung war sanft. Würde sie so sterben, hier, in ihrem Fluss, durch ihren Fluss?

Schwärze umfing sie.

Jusarius trieb den Ackergaul an. Es war eine Schande, dass er sich nicht einmal mehr ein anständiges Ross leisten konnte. In der Ferne sah er ein Pferd aus dem Fluss steigen und die Mähne schütteln. Wo war der Reiter geblieben, und was hatte er hier verloren? Jetzt sah er den Mann, der bis zur Brust im Fluss stand. Das war doch dieser Poppo Asenmaker! Um ihn herum schien das Wasser zu kochen; dann hörten die Bewegungen abrupt auf. Ein Rücken trieb auf der Wasseroberfläche, umgeben von blondem, langem Haar. Er wusste, dass er sich nicht einmischen sollte – aber das, was Poppo da tat, war ein großes Unrecht. Wenn er auch nur wenig besaß, was einen Ritter ausmachte – seine Ehre hatte er. Und die Ritterehre verlangte nun mal, Wehrlose und Weiber zu schützen. Mit einer gekonnten Bewegung sprang Jusarius von seinem Ross und sprintete los.

Ein Schlag trieb das Wasser aus ihrer Lunge, ließ sie husten und keuchen. Luft, da war Luft! Noch immer voller Todesangst sog Ida die Atemwege voll, bis ihre Brust schmerzte. Ihr Herz galoppierte. Funken sprühten in ihrem Geist. Stimmen, Schreie, Schläge. Sie spürte die Erde unter ihrem Körper. Was war geschehen? Hatte Poppos Gewissen doch über seine Mordlust gesiegt? Sie stemmte sich hoch. Zwei Männer kämpften im Wasser. Es wirkte, als versuchten sie einander zu ertränken oder totzuprügeln. Wer war ihr Retter? Erstaunt erkannte sie den Edelknecht, der ihr Neslins Erbe genommen hatte. Sie musste ihm zu Hilfe kommen. Ida versuchte aufzustehen, wankte jedoch heftig. Nass hingen ihre Haare hinunter, das Leibhemd klebte an ihrem Körper. Es war blutig – aber wieso? Das scharfe Brennen auf ihrer Wange drang in ihr Bewusstsein. Der Peitschenschlag. Eine Waffe – sie brauchte eine Waffe! Doch da war nichts. Weit holte der Ritter aus, traf Poppo am Kinn. Mit einem hässlichen Krachen brach ein Knochen. Poppo sackte zusammen, und Jusarius zerrte ihn ans Ufer. Seine Brust pumpte, die Muskeln spielten. Die Brutalität in seinem Gesicht stieß Ida ab. Dabei müsste sie ihm dankbar sein. Er schleuderte Poppo an Land, schwang sich auf dessen Brust und verabreichte ihm ein paar Ohrfeigen. Dann packte er Poppo bei den Schultern und schüttelte ihn.

»Wach auf, du Halunke! Ich will jetzt wissen, was hier eigentlich los ist! Was hat dir dieses Weib getan?«

Poppo stöhnte. Er tat Ida beinahe leid.

»Poppo Asenmaker … hat Bardowick verraten, als Herzog Heinrich die Stadt belagerte«, stieß sie hervor, um der Gewalt ein Ende zu machen. Sie versuchte, den Schwindel wegzublinzeln. »Als meine Mutter seinen Verrat entdeckte, hat er sie beinahe totgeschlagen. Ich habe es gesehen. Und ich habe … ihn wiedererkannt.« Sie taumelte, ihr Bein knickte ein. Heiß lief das Blut über ihre Wange.

Der Blick des Ritters hatte sich verschattet. Er ließ Poppos Schultern los, als hätte er sich verbrannt. »Ist das wahr?«, fragte Jusarius rau.

In diesem Augenblick kam ein weiterer Reiter heran. Ida erkannte ihren Vater. Gerold fiel es offensichtlich schwer zu begreifen, was hier geschehen war. »Was wolltest du hier … Und Poppo – hat er … Wie siehst du nur aus! Dein Gesicht – und …« Sein Blick wanderte ihren Körper hinunter, seine Augen weiteten sich. Ida bemerkte erst jetzt, dass das nasse Kleid ihre neuen, weiblicheren Formen genau nachzeichnete. »Bist du etwa schwanger?«

Der Ritter sah ebenso entnervt wie verwirrt auf. In diesem Augenblick bäumte Poppo sich auf und warf ihn nieder. Nun bekam er die Oberhand. Wo hatte er auf einmal den Dolch her? Da, aus seiner Bruoch lugte die Dolchscheide. Ohne zu zögern, hieb er dem Ritter die Klinge in die Brust.

Ida sog erschrocken die Luft ein. Sie war sicher, dass Jusarius tödlich verwundet war. Doch der Edelknecht packte Poppos Hand und zerrte mit einer ungeheuren Kraftanstrengung die

Schneide aus seiner Brust. Er wollte sie gegen seinen Angreifer richten – sie rangen. Und nun war ihr Vater da, der zugunsten des Ritters in den Kampf eingriff. Einige Atemzüge lang kämpften die Männer gemeinsam, während Ida ihnen hilflos zuschaute. Wenn sie doch bloß ihre Steinschleuder bei sich hätte! Plötzlich verpasste ihr Vater Poppo einen Tritt.

Der fing sich ab, kam taumelnd auf die Füße und lachte triumphierend auf. »Das hast du dir wohl so gedacht! Aber nicht mit mir! Ich kann keine weiteren Mitwisser gebrauchen.«

Bei diesen Worten machte Poppo einen Schritt zurück, stolperte und schlug lang hin. Einen Augenblick war nur das Keuchen der Männer zu hören. Ida erhob sich. Poppo lag zuckend im Gras. Sein Schädel war seltsam verformt, der große Stein hinter ihm blutrot.

Gerold kniete sich neben seinen Freund. Tränen traten in seine Augen. »Du Scheißkerl … sag mir, ob du es wirklich getan hast … dass das alles nicht … umsonst war. Sag, was war in Bardowick? Erleichtere deine Seele!«

Poppo bleckte die Zähne. »Ich habe vielen damit … geholfen. Rikolf hat seine … Eltern … viel schlimmere Sünde … ermordet. Sich … befreit. Und Magda … was hatte Magda auch … an der Hude zu suchen«, stieß er hervor. Hellroter Speichel sprühte aus seinem Mund. »Durfte nicht … riskieren … früher oder später … hätte der Löwe … wäre der Löwe ohnehin … durchgebrochen …«

»Aber wie konntest du nur – deine eigene Frau starb bei dem Angriff!«

»Zwartje, war eine … gute Frau … aber Ytte …« Jetzt huschte ein echtes Lächeln über Poppos Gesicht. Ein Krampf durchzuckte ihn. Es sollte sein letztes Lächeln sein.

Ida war wie erstarrt. Selbst wenn sie eine Perle gefunden hätte, Poppo verdiente sie nicht. Ob Höllenfeuer oder Götterstrafen – seine Reise ins Totenreich sollte qualvoll verlaufen. Der Ritter hingegen, der ihr zu Hilfe gekommen war, hatte Besseres verdient.

Jusarius' Brust war rot und nass. Keuchend und mit schmerzverzerrtem Gesicht presste er die Faust auf die Wunde. »Verbinde mich … und dann … zum Herrenhof … ausbrennen«, stieß er bei Idas Anblick hervor. Sie riss Streifen von ihrem Leibhemd – jetzt kam es ohnehin nicht mehr darauf an, wie sie aussah –, knotete sie zusammen und wickelte sie fest um die Brust des Ritters. Als sie fertig war, kniete ihr Vater noch immer neben Poppos Leiche.

»Vater, du musst helfen! Wir müssen die Pferde einfangen und den Weg zu dem Herrenhof suchen! Die Wunde muss ausgebrannt werden, sonst verblutet er.« Gerold regierte nicht. »Wir müssen ihm helfen. Er hat mich gerettet!«, redete sie ihm ins Gewissen.

Gerold fuhr herum. Seine rot unterlaufenen Augen blitzten. »Gerettet? Das wäre nicht nötig gewesen, wenn du nur ein Mal auf deinen Vater gehört hättest! Aber was tust du stattdessen? Willst du denn alles vernichten, was ich mir aufgebaut habe?«

Seine Reaktion verletzte Ida mehr, als sie sagen konnte. Sie wandte sich ab. Er hatte ja recht: Wenn sie im Gasthof geblieben wäre, hätte dies alles nicht geschehen müssen. Aber jetzt war es zu spät. Entschlossen fing sie die Pferde ein und band sie aneinander. Sie mühte sich, Jusarius aufzuheben, aber sie bekam ihn einfach nicht auf das Pferd. Schließlich fasste ihr Vater doch mit an. Sie luden Poppos Leiche auf das andere Pferd, sammelten Idas Kleider ein und folgten den Hufspuren.

Endlich fanden sie den mit einem Ringgraben umgebenen Hügel. Eine einfache Palisade umgab das Turmhaus. Ein alter Knecht öffnete das Tor. Jammernd und klagend ging er ihnen voraus; dabei stützte er sich an den Wänden ab, als könnte er nichts sehen. Sie passierten einen Stall und einen Pferch und kamen schließlich in eine armselige und kalte Halle.

»Schür das Feuer! Wir müssen die Wunde reinigen, sonst ist es um deinen Herrn geschehen«, sagte Ida. »Ich mache mich in der Zwischenzeit auf die Suche nach ein paar Heilkräutern.«

Sie hatte noch nie eine Wunde ausgebrannt. Der Knecht hatte es schon einmal getan, war aber beinahe blind, also gab er ihr Anweisungen. Ida kämpfte gegen den Brechreiz, als sie die glühende Messerschneide in das Fleisch hielt. Das Metall zischte bei der Berührung des Fleisches. Jusarius wurde ohnmächtig.

Lange kämpften sie um das Leben des Ritters. Anschließend übergab sie sich tatsächlich. Ihr Vater saß wie betäubt dabei. Ida ließ sich neben ihn sinken. Sie sehnte sich nach seinem Trost, aber er starrte nur vor sich hin.

»Wie sollen wir es seiner Familie sagen? Wie soll Ytte ihre Kinder ohne einen Mann großkriegen? Außerdem hatte Poppo mir … wir wollten geschäftlich …«

»Wie kannst du Mitleid mit ihm haben? Er hatte auch kein Mitleid mit Mutter, kein Mitleid mit den anderen Opfern des Überfalls auf Bardowick. Er hat nur an seinen eigenen Vorteil gedacht.«

»Er war mein Freund«, sagte Gerold leise.

Ida schüttelte den Kopf. Sie begriff nicht, was in ihrem Vater vorging. »Wie kann er je dein Freund gewesen sein?«

Ohne ein weiteres Wort ging ihr Vater hinaus. Ida blieb. Sie konnte ihren Retter nicht dem Tode überlassen, denn dass der greise und beinahe blinde Knecht nichts für ihn tun konnte, war klar. In ihren Umhang gehüllt, rollte sie sich neben der Tür zusammen und sah zu den Sternen, bis sie die Augen nicht mehr offen halten konnte.

Im klaren Morgenlicht war unverkennbar, wie schäbig der Herrenhof war. Wind pfiff durch die Ritzen, zähe Spinnennetze spannten sich in den Winkeln, und sobald Ida sich einer Ecke näherte, huschte Getier davon. Der Abort war ein jämmerlicher

Verschlag, das Vieh klapprig. Sie hatte gerade den Verband des Ritters gewechselt, als ihr Vater die Motte betrat. Bitter fragte sie sich, ob er die Gesellschaft der Leiche die seiner Tochter vorgezogen hatte. Der Knecht – sein Name war Ulf, das hatte sie dann doch noch herausbekommen – ignorierte sie, aber immerhin hatte er einen Brei gekocht. Ida hatte die Käfer zwischen den Körnern herausgepickt und trotz ihres Ekels von dem Brei gegessen. Sie konnte dem Halbblinden keinen Vorwurf machen, und sie musste ja essen, vor allem, wenn sie wirklich schwanger war …

Ihr Vater schickte den Knecht hinaus. »Ist dieser Esko der Vater des Kindes?«, fragte Gerold rau.

In Ida brauste es auf. Dachte ihr Vater denn, dass noch andere Männer bei ihr gelegen hatten? Sie zwang sich zu einer ruhigen Antwort. »Wenn ich denn wirklich guter Hoffnung sein sollte, dann ist er es. Ich liebe ihn.«

Gerold schnaubte verächtlich. »Ein Habenichts, und weggelaufen ist er noch dazu.«

»Was bedeutet sein Stand, was bedeutet Geld – du bist doch reich genug!«

»Vergiss ihn! Nie wird er zurückkehren!«

Ida taumelte zurück, als hätte ihr Vater sie erneut geschlagen. Sie fühlte ihre furchtbare Ahnung durch diese Sätze bestätigt. »Du … hast du etwa doch mit Eskos Verschwinden zu tun? Wo ist er?«

»Du bist doch verrückt – was denkst du dir denn nur? Ein Herumtreiber, wie er … Hast du denn wirklich noch nie von Ehre gehört? Von Hoffnung auf ein besseres Leben? Vor deinem törichten Verhalten bot deine Hochzeit ungeahnte Möglichkeiten – und jetzt müssen wir sehen, wo wir dich unterkriegen! Unrein und sündig wie du bist! Nicht besser als eine Hure! Und das jetzt, da ich beinahe am Ziel meines Strebens angekommen bin!«

Ihre Augen brannten. »Geht es dir wirklich nur um deinen Aufstieg? Um Geld? Dann bist du ja nicht besser als …« Sie verkniff sich die letzten Worte, ihrem Vater war jedoch anzusehen, dass er genau wusste, was sie hatte sagen wollen. Sein Gesicht verschloss sich.

Plötzlich begriff sie es: »Du hast mit Poppo eine geschäftliche Abmachung getroffen und wolltest ihn deshalb davonkommen lassen.«

Gerold presste die Lippen aufeinander, bis sie weiß wurden.

»Schnauze jetzt!« Das Brüllen ließ sie beide verstummen. Der Ritter hatte die Augen einen Spaltbreit geöffnet. »Überlegt lieber … was wir mit der verdammten Leiche machen wollen!«, stieß Jusarius mit verzerrtem Gesicht hervor.

Poppos Leichnam stank schon, als sie ihn am übernächsten Tag von Neuem auf das Pferd banden und nach Lüneburg aufbrachen. Mit purer Willenskraft schaffte Jusarius es, ein Pferd zu besteigen. Lange hatten sie darüber diskutiert, was sie machen sollten. Der Edelknecht war dafür gewesen, Poppo einfach irgendwo zu verscharren und zu leugnen, was geschehen war, aber Gerold hatte darauf bestanden, dass der Freund anständig begraben werden und die Familie Bescheid wissen müsse.

Sie schlugen direkt den Weg zum Vogt ein. Ida hatte das Gefühl, dass alle sie anstarrten. Ihr Gesicht brannte vor Scham und Schmerz. Ungewöhnlich schnell wurden sie zum Vogt vorgelassen und schilderten ihm, was geschehen war. Derweil sprach sich die Nachricht in Lüneburg herum, und während sie noch verhandelten, kamen immer mehr Neugierige hinzu. Schließlich platzten Ytte und Anselm in den Saal, klagten und rauften sich die Haare. Gerold wollte Ytte sein Beileid aussprechen, die Witwe aber stürzte sich wie eine Furie auf ihn und Ida. Sie versuchte, Ida das Gesicht zu zerkratzen, das doch ohnehin durch den Peitschenhieb entstellt war.

»Lügen hast du über meinen Mann erzählt! Mit Lügen hast du ihn dazu getrieben, dir nachzureiten!«

»Ich habe nicht gelogen!«, entgegnete Ida scharf. Nun war sie beinahe froh über die vielen Menschen, die sich im Saal eingefunden hatten und deren Gesichter vor Sensationslust glühten. Endlich konnte sie die wahre Geschichte vom Fall Bardowicks erzählen. Und sie tat es. Nachdem sie geendet hatte, meldeten sich Leute zu Wort, die davon berichteten, dass Poppo in seiner Anfangszeit in Lüneburg tatsächlich erstaunlich viel Geld besessen habe. Dass seine Verbindungen zu Herzog Heinrichs Mannen von Anfang an sehr gut gewesen waren. Ja, jemand wusste sogar von Anselms unehelicher Geburt. Nun mussten sowohl Jusarius als auch Gerold schwören, dass sie die Wahrheit sprechen würden. Sie beschrieben, wie Poppo versucht hatte, Ida zu töten, und stellten den weiteren Verlauf des Kampfes dar. Ytte behauptete hingegen, Gerold oder Jusarius hätten ihren Mann ermordet und müssten hingerichtet werden.

Um dem Andrang und der Aufregung schnell Herr zu werden, verkündete der Vogt schon wenig später, dass er ihnen glaubte. Poppos Unfall sei eine gerechte Gottesstrafe für sein Verhalten gewesen.

Ytte und ihr Sohn tobten nun derart, dass die Wachen sie mit Gewalt bändigen mussten. »Damit kommt ihr nicht durch! Das werdet ihr büßen!«, kreischte die Witwe, ehe sie des Saales verwiesen wurde.

Ida wunderte sich: Ihr Vater und Jusarius wirkten auf einmal seltsam vertraut. Bald musste sie feststellen, dass die Männer sich tatsächlich einig geworden waren …

Bereits am Abend wurde Ida in aller Stille mit dem Ritter vermählt; als freier Edelmann musste Jusarius nicht die Erlaubnis seines Lehnsherrn einholten. Ihre Hände wurden ineinandergelegt und eilig herbeigeschaffte Ringe getauscht. Zeugen waren der herzogliche Vogt und der Lüneburger Bürgermeister, denen dieser Einsatz vergoldet wurde. Der Brautpreis, den ihr Vater zu zahlen bereit war, war ebenfalls schwindelerregend hoch. Aber er bekam ja auch etwas dafür: Ida war unter der Haube, der Skandal abgewendet, und zudem war sie fortan Mitglied des niederen Adels. Statt Schande hatte sie ihrer Familie doch noch Ehre gebracht – nach außen hin zumindest.

Ida fehlte die Kraft, sich zu wehren. Was hätte sie auch tun können? Immerhin wäre sie fortan in der Nähe ihres Flusses und würde nicht in einer Klosterzelle verschmachten. Was würden ihre Mutter und ihr Bruder sagen? Wann würde sie die beiden wiedersehen? Und Esko … Ihre große Liebe war fort, vielleicht für immer, und ihr Vater war wohl dafür verantwortlich, was sie ihm nie verzeihen würde. Der Gedanke an ihren Geliebten brach ihr das Herz. Sie hatte noch ein paarmal ihren Vater auf Eskos Verschwinden angesprochen, aber er hatte so getan, als hätte sie ihn missverstanden. Ob ihr Geliebter überhaupt noch lebte? Ida graute davor, in den schäbigen Turm zurückzukehren. Wie hatte ihr Vater sie nur mit diesem grobschlächtigen Ritter verheiraten können?

Der Knecht hatte in der Zwischenzeit einen einfachen Braten bereitet, ihr Vater Wein beschafft. Gerold trank mehr, als ihm guttat, und redete mit seinem neuen Schwiegersohn so ausdauernd über dessen Ländereien, als wollte er andere Themen unbedingt meiden. Jetzt sah Ida das Mitleid und die Reue in seinen Augen, aber es war zu spät. Sie versuchte, die Schlafenszeit immer weiter hinauszuzögern. Auch Jusarius schien es nicht eilig zu haben, die Ehe zu vollziehen. Seine Bewegungen verrieten, dass seine Verletzung ihm zu schaffen machte. Schließlich forderte ihr Vater die beiden Frischvermählten doch auf, ihm ins Schlafgemach zu folgen. Unter seinen Augen betteten sie sich auf das schmale Lager aus feuchtem Stroh. Ihr Vater eilte hinaus, als könnte er den Anblick nicht ertragen. Jusarius lag neben Ida, ein Berg von einem Mann. Sein Geruch verstärkte ihre Übelkeit noch. Würde er sich gleich nehmen, was sein gutes Recht war?

Ida hatte sich kaum je so elend gefühlt. Sie musste ihre Zähne hart aufeinanderpressen, damit sie nicht klapperten. Doch nichts geschah. Nach einer Weile hörte sie sein gleichmäßiges Schnarchen. Noch nie war sie so erleichtert gewesen.

Unter Tränen zog Ida am nächsten Morgen das schönste Kleid an, das sie bei sich hatte, und verbarg ihre Haare zum ersten Mal unter dem Gebende der verheirateten Frau. Insgeheim hatte sie davon geträumt, eines Tages mit Esko vermählt zu werden – und nun das! Die Kammer verließ sie erst, als sie sich wieder in der Gewalt hatte. Sie wollte nicht, dass jemand ihr ansah, wie es um sie stand; schlimm genug, dass der Striemen auf der Wange sie noch immer entstellte.

Jusarius trug ein neues Hemd unter seinem sauberen Sarrock. Ihr Vater hatte bereits seine Satteltasche gepackt; er mied ihren Blick. Die Morgensuppe war mager und nur erträglich durch Jusarius' Ankündigung, ihr als Morgengabe Neslins Flussgrundstück zu überlassen. Dass sie das Land auf diesem Wege erhalten würde, hätte Ida nie gedacht.

Ansonsten sah es auf dem Herrenhof düster aus. Es gab kaum Vorräte, auch das Feuerholz war knapp. Dabei musste Jusarius Geld haben; sicher hatte ihr Vater ihm bereits einen Teil des Brautgelds ausgezahlt. Sie wagte es nicht, ihren Ehemann darauf anzusprechen.

Gemeinsam ritten sie nach Lüneburg und hinauf zur Kirche Sankt Michaelis, die sich auf dem Kalkberg innerhalb der Burgmauern befand. Ida fühlte sich von vielen Augen angestarrt, als Jusarius ihr vom Pferd half, und ihr kamen die Tränen.

»Reiß dich zusammen«, zischte ihr Mann. »Die Leute werden sich ohnehin das Maul zerreißen, weil ich eine Bürgerliche geheiratet habe.«

»Du hättest mich ja nicht zu nehmen brauchen!«, entfuhr es Ida leise. Finster sah er sie an.

Vor der Klosterkirche hatten sich bereits die Gläubigen versammelt, ihre Blicke auf Idas Kleid, auf ihrem Vater, auf Jusarius' schäbigem Sarrock. Wispern, Lachen, manches verstohlen, manches schamlos laut. Stolz schob Ida das Kinn vor. Ihr Vater bezahlte die Geistlichen für eine wahre Kerzenpracht und ihren Segen. Ob es den anderen Gläubigen nun passte oder nicht – sie würden den Ehesegen erhalten!

Für die Schätze der Kirche – Sankt Michaelis als fürstliche Grablege war mit kostbarem Altargerät und zahlreichen Reliquien ausgestattet – hatte sie kaum einen Blick. Lediglich die edelsteinverzierten Armreliquiare aus Gold konnte sie nicht übersehen, wenngleich sie es seltsam fand, alte Knochen anzubeten.

Ein einziger Mann gratulierte ihnen nach der Messe. Er war ähnlich einfach gekleidet wie Jusarius, hatte ein rundes Gesicht und ebenso rundliche Augen. Jusarius stellte ihn als seinen getreuen Sattelknecht Lentz vor. Dieser hatte sich in letzter Zeit woanders verdingen müssen, würde sie aber jetzt zur Motte begleiten. Ihr Vater hingegen würde gleich weiterreiten.

Gerold wollte sie in die Arme nehmen, aber Ida sträubte sich. Verletzt sah ihr Vater sie an. »Du darfst trotz deiner Missetaten in Freiheit leben und hast Neslins Flussgrundstück bekommen – was willst du mehr?«

Ida legte ihre ganze Wundheit in ihren Blick und gleichzeitig ihre ganze Härte. »Grüß Mutter und Bendix von mir. Sie sollen mich bald besuchen kommen«, sagte sie fest.

Gerold schlug die Augen nieder. »Wir alle werden bald wieder hier sein. Wir bringen Lebensmittel und Stoffe, um den Turm herzurichten. Du brauchst eine Magd. Außerdem bekommt dein Gatte ja noch …«

»Seinen Lohn.«

»Den Rest der Mitgift.«

Beim Abschied standen Ida dann doch die Tränen in den Augen. Sie sah ihrem Vater nach, bis sein Umriss mit dem Horizont verschwamm. Ganz elend fühlte sie sich.

Jusarius bemerkte ihre Trauer nicht. Gut gelaunt tauschte er sich mit Lentz über Schlachtrösser und Harnische, Schwerter, Schilde und Heerzüge aus. Als sie zurück im Turmhaus waren, jagten die Männer, brieten ihr Wild, dann feierten sie ausgiebig. Auch in dieser Nacht lag Jusarius nicht bei Ida.

Im Morgengrauen brachen die Männer auf. Ida mochte nicht im Leid versinken, sondern machte sich daran, den Turm auszufegen und die Spinnen hinauszutreiben. Außerdem musste Holz beschafft werden. Sie fand den Knecht im Pferch, wo er das Vieh versorgte. Es war ungewohnt für sie, jemandem Befehle zu erteilen, und sie fand nicht gleich den richtigen Ton.

»Könntest du nachher Holz hacken?«, sprach sie ihn an.

»Ihr habt mir gar nichts zu sagen«, brummte Ulf.

Ida musste sich ob dieser Feindseligkeit erst einmal sammeln. »Ich bin die neue Herrin im Haus«, sagte sie. »Ich glaube schon, dass du meinen Wünschen folgen sollst.«

Der Knecht stieß einen verächtlichen Laut aus. »Eine Dahergelaufene seid Ihr. Eine Schande ist es, dass der Herr Euch geheiratet hat. Mein alter Herr hat es richtig gemacht: sich mit einer Frau von höherem Stand vermählt, auf dass die Familie noch angesehener wurde. Aber Ihr … kein Wunder, dass die Lehnsleute des Grafen von Schwerin und die anderen hohen Herren Euch gestern ausgelacht haben.«

Wie hatte sich die Nachricht von den Spöttern in der Kirche so schnell herumgesprochen? Die durch ein schlichtes Holzkreuz gekennzeichneten Gräber in der Nähe der Motte hatte Ida gesehen. Jusarius' Bruder hatte die Vorteile der guten Eheverbindung anscheinend nicht lange genießen können.

»Wir müssen miteinander auskommen, ob es dir nun passt oder nicht«, sagte sie mit aller Strenge, die sie zustande brachte. »Und nun geh und hack das Holz.«

Ida war gerade dabei, Holz zu spalten, als Jusarius und Lentz zurückkehrten. Ulf hatte sich geweigert, ihrer Anweisung nachzukommen. Als das Feuerholz ausgegangen war, hatte sie kurzerhand das Beil von der Wand gekommen und sich an die Arbeit gemacht.

Jusarius riss ihr das Werkzeug aus der Hand. »Was tust du da mit meiner Streitaxt?«, fauchte er. »Wo ist der Knecht? Warum hackt er das Holz nicht? Das ist seine Aufgabe!«

Ida legte ihre Hand in den Rücken; er schmerzte, als ob er gleich durchbrechen würde. Sie hatte den ganzen Tag gearbeitet, hoffentlich hatte sie sich nicht zu viel zugemutet. Sie wollte Ulf eigentlich nicht anschwärzen, gestand Jusarius, weil dieser darauf beharrte, dann aber doch, was er gesagt hatte. Als der Ritter den Namen des Knechtes brüllte, eilte dieser herbei. Es war erstaunlich, wie sicher er sich in und um die Motte herum bewegte, obgleich er doch beinahe blind war. Ehe Ida sichs versah, hatte Jusarius dem alten Knecht auch schon eine kräftige Ohrfeige verpasst.

»Du hast der neuen Herrin zu gehorchen, hörst du? Sonst frisst du dein Gnadenbrot woanders!«, brüllte er und holte erneut aus.

Erschrocken ging sie dazwischen. »Schon gut! Schlag ihn nicht mehr! Er wird sich schon fügen.«

Jetzt wollte Jusarius ihr eine Ohrfeige verpassen. Ida duckte sich; der Peitschenstriemen auf ihrer Wange war noch lange nicht verheilt. Er starrte sie zornig an, wandte sich aber ab. Der Knecht begann unbeholfen, das Holz zu hacken. Als die Axt daneben ging, scheuchte Lentz ihn weg und spaltete einige Baumscheiben.

Jusarius löste die Satteltasche von seinem Pferd und warf sie ihr hin. »Du nähst einen neuen Sarrock für mich und einen schlichteren für Lentz. Halt dich aber ran, König Otto rüstet sich erneut zur Schlacht gegen Philipp von Schwaben; dort können wir unsere Ehre beweisen.«

Erst jetzt sickerte in Idas Bewusstsein, mit wem sie verheiratet war: mit einem Lehnsmann der Welfen, der Sippe, die für den Fall Bardowicks und das Schicksal ihrer Familie verantwortlich war. Jusarius war etwa vierzig – vielleicht war er sogar beim Sturm auf Bardowick dabei gewesen. Wie hatte ihr Vater sie nur diesem Ritter ausliefern können?

Als Gerold nach einigen Tagen Lübeck erreichte, ließ er sogleich seinen Sohn herbeirufen. Den drängenden Fragen seiner Frau nach Idas Verbleib wich er zunächst aus. Er bat Magda und Bendix in seine Schreibstube, schenkte ihnen Wein ein und brachte sie dazu, mit ihm anzustoßen, weil sie etwas zu feiern hätten. Beide schienen skeptisch, also verkündete er stolz, dass es ihm gelungen sei, Ida mit einem sächsischen Adeligen zu verheiraten. Doch statt sich zu freuen, waren Magda und Bendix fassungslos. Während seine Frau in Tränen ausbrach, bestürmte sein Sohn ihn mit Fragen. Erst jetzt berichtete Gerold, was vorgefallen war.

»Ich verstehe das nicht – wie konntest du mir das antun? Und die arme Ida – sie hatte uns doch gerade erst wiedergefunden!«, brachte Magda tränenerstickt heraus.

Gerold drückte die Finger seiner Frau zärtlich. »Mir tut es auch leid, dass Ida so weit weg ist. Aber denk doch nur einmal mit etwas Abstand darüber nach: Unsere Familie ist durch eine glückliche Fügung mit dem Adel verbunden. Wenn Poppo Ida nicht angegriffen hätte …« Er stockte. Das hätte er nicht sagen dürfen, noch nicht.

Magda sprang auf, wankte. »Poppo?«

Er zog seine Frau zurück auf den Stuhl, bevor sie das Gleichgewicht verlor. »Ida hat Poppo wiedererkannt. Er war der Verräter, der Gewalttäter.« Ehefrau und Sohn redeten wild durcheinander, aber Gerold gebot ihnen Einhalt. »Poppo bekam mit, dass Ida ihn wiedererkannte. Er wollte verhindern, dass Ida seine Tat bekannt macht. Also verfolgte er sie. Jusarius kam ihr zu Hilfe.«

»Verfolgte sie? Aber wohin? Ist Ida etwas geschehen?«, fragte Magda aufgewühlt.

Gerold beschloss, nicht auf jede Frage zu antworten, um die Angelegenheit nicht unnötig zu verkomplizieren. »Nein, es geht ihr gut.«

»Und Poppo? Was ist mit ihm?«, wollte Bendix wissen. »Wird er für seine Tat zur Rechenschaft gezogen?«

Gerold wollte nicht auf seinen Schmerz und seine Scham über den Tod des Freundes eingehen. »Poppo kam in dem Kampf aus eigener Schuld zu Tode; vorher hat er aber alles gestanden. Es ist also alles in Ordnung.«

»In Ordnung? Ein Mann ist gestorben, meine Schwester ist weg, und du sagst, alles sei in Ordnung?« Bendix schüttelte den Kopf. »Und wieso ein Adeliger? Ist dieser Jusarius wenigstens reich?«

»Glaubst du ernsthaft, er hätte dann eine Bürgerliche geheiratet?«

»Hat er wenigstens gute Verbindungen zu einem der großen Höfe?«

»Er hat für die Welfen gekämpft, denke ich.«

»Denkst du? Kennst du ihn denn überhaupt?«, fragte Magda und wich dabei ein wenig vor ihm zurück.

»Er ist ein ehrenhafter Mann, das weiß ich. Wir haben uns gegenseitig einen Gefallen getan. Diese Reise hat mich viel Geld gekostet, aber ich bin überzeugt davon, dass es sich lohnt.«

Jetzt sprang Bendix auf. Er stieß seinen Weinbecher dabei um, aber keiner von ihnen achtete darauf. »Du hast Ida für einen Titel verschachert! Dabei brauchen wir den Adel nicht. Du bist ein ehrenvoller und wohlhabender Mann, und ich bin auf dem besten Wege, es zu werden. Was sollen wir mit einem armseligen, ungebildeten Adeligen, der vermutlich nicht einmal seinen Namen schreiben kann?«

»Wenn der dänische König Knut und sein Bruder Waldemar erst über Lübeck herrschen, wird uns diese Verbindung von Nutzen sein. Die Welfen und die dänischen Könige stehen einander nahe.«

»Lübeck kann alleine stehen!«, rief Bendix zornig.

»Begreifst du denn nicht? Die dänische Königsfamilie ist ein großer Förderer der Baukunst. Viele Kirchen und auch das Danewerk wurden aus Ziegeln errichtet. Knut und Waldemar werden uns keine Steine in den Weg legen – im wahrsten Sinne des Wortes! Ich habe in Lüneburg Baustoffe gekauft; mit dem Holznachschub aus dem Osten und der neuen Verbindung nach Sachsen werden wir …«

Bendix unterbrach ihn erneut. »Das höre ich mir nicht länger an! Du hast deine Tochter verkauft – dafür solltest du dich schämen!«

Impulsiv stieß Gerold ihn; Bendix strauchelte und fiel. Er starrte seinen Vater an, dann stürzte er hinaus. Gerold hatte auf einmal das niederschmetternde Gefühl, beide Kinder verloren zu haben. Dabei hatte er doch nur das Beste für seine Familie gewollt.

Am nächsten Tag suchte er Meister Volkwart und Rikolf auf und konfrontierte sie mit seinem Wissen über Poppos Verrat.

35

Sachsen, Juni 1201

Sommer lag in der Luft, als Ida endlich ihre Familie wiedertraf. Nach Wochen harter Arbeit war sie so zermürbt und entkräftet, dass ihr die Tränen in die Augen schossen, als sie Bendix und ihre Mutter sah. Schon lange war sie auf der Motte mit dem Knecht allein. Jusarius hatte das gesamte Geld, das er von ihrem Vater bekommen hatte, für ein Schlachtross und eine neue Kampfausrüstung ausgegeben. Täglich ackerte und jagte sie, sammelte Beeren und Pilze und erntete, was sie in den Wäldern fand; dennoch wurde sie nur selten satt. Gleich an dem Morgen, nachdem Jusarius doch noch – sturzbetrunken – die Ehe vollzogen hatte, war er zusammen mit Lentz abgereist. Sie wusste weder, wo er war, noch was er tat. Aber inzwischen war ihr der Verdacht gekommen, dass die beiden Männer viel mehr verband als eine Waffenbrüderschaft. Kein Wunder, dass Jusarius kaum Interesse an ihr zeigte.

Nachdem ihr Bruder Magda aus dem Frachtwagen geholfen hatte, lagen sie einander lange in den Armen und weinten. Bendix gewann als Erster die Fassung wieder. Er sah sich um und sagte: »Hier lebst du also als adelige Dame! Muss ich mich jetzt vor Euch in den Staub werfen, hohe Frau?« Sein Lächeln war gezwungen, vermutlich, weil es ihn beim Anblick ihres schäbigen Wohnsitzes grauste.

Ida bemerkte, dass es ihre Mutter ebenfalls niederschmetterte, sie so elend zu sehen. Magda schien sie zu mustern. Ob sie wusste, dass Ida schwanger war?

»Wo ist dein Gatte?«, fragte Magda gefasst.

»Fort. Lange schon.«

»Warum hast du uns nicht geschrieben? Ich hätte ihn gerne kennengelernt«, sagte ihre Mutter ein wenig enttäuscht. »Außerdem wäre ich früher gekommen oder hätte Hilfe schicken können!«

Ida fiel es schwer, ihren Kummer zu unterdrücken. »Ich habe mich so geschämt. Hier ist alles so schrecklich«, brach es aus ihr heraus. Doch dann schämte sie sich ihrer Tränen und wischte sie grob ab. »Kommt erst einmal herein. Aber erschreckt euch nicht. Ich habe zwar versucht, das Turmhaus etwas wohnlicher zu gestalten, aber es ist noch immer sehr … schlicht.«

Magda legte den Arm um Idas Schulter. »Nicht mehr lange, du wirst sehen. Wir sind ja nicht mit leeren Händen gekommen. Olessa und Ciril laden gleich ab.«

Jetzt hörte Ida das leise Scheppern aus dem Frachtwagen. Ein Mädchen, etwa vierzehn, schleppte einen schweren Kupferkessel heraus, so dunkelrot wie ihr Haar. Ein kräftiger junger Knecht von vielleicht fünfzehn Jahren nahm ihr den Kessel ab, und sie stieg hinunter, hielt den Blick aber gesenkt.

»Das ist Frau Ida, deine neue Herrin«, sagte Bendix freundlich. Das Mädchen neigte schüchtern den Kopf. Nun wandte Bendix sich an seine Schwester. »Wir haben sie einem Händler abgekauft, der sie mit anderen Sklaven aus Livland nach Lübeck brachte. Gerettet, sozusagen. Getauft ist sie übrigens schon, du musst dich also nicht sorgen, dass sie eine Heidin sein könnte.«

Mitleid überfiel Ida, weil dieses Kind ihrer Familie und ihrer Heimat entrissen worden war. »Sprichst du unsere Sprache, Olessa?«

»Ein wenig, Herrin.«

»Ich werde gut für dich sorgen, das verspreche ich«, sagte Ida langsam. »Hast du das verstanden?«

Das Mädchen nickte.

Die Kiste wurden hineingetragen. Selbst der griesgrämige

Knecht Ulf staunte nicht schlecht, was für wunderbare Dinge Magda und Bendix mitgebracht hatten. Neben Getreide, Mehl, eingekochtem Fleisch und Fisch waren auch Wein, Leinen und Konfekt dabei. Ida fiel es schwer, Worte für ihre Dankbarkeit zu finden.

Sie wollte ein einfaches Mahl bereiten, doch Olessa sagte, das sei ihre Aufgabe. Eine Weile redeten sie wild durcheinander. Ida fragte nach Petronilla und dem Verlauf ihrer Schwangerschaft, nach der Lage in Lübeck und den Geschäften, vor allem aber musste sie selbst Fragen beantworten. Ihre Mutter und Bendix wollten alles über ihr neues Leben wissen. Ida hielt sich mit einem Urteil über ihren Gatten zurück und stellte stattdessen das Gute heraus. »Ich genieße es, viel draußen zu sein. Ich werde einen Kräutergarten anlegen, und auch dem Vieh geht es besser, seit ich mich darum kümmere.«

»Du bist doch keine Bäuerin! Pass gut auf deine vornehme Blässe auf!«, mahnte Bendix.

»Hilft dir der Knecht denn nicht?«, wollte Magda wissen.

Leise berichtete Ida von ihrem schwierigen Zusammenleben. »Immerhin habe ich überhaupt einen Mann im Haus. Viel Gesindel zieht vorbei, und wenn ich daran denke, wie Poppos Frau mir gedroht hat …« Wenn sie nachts die Angst überkam, tastete sie nach dem alten Schwert, das Jusarius ihr dagelassen, und der Steinschleuder, die sie sich selbst gefertigt hatte.

»Was ist mit den anderen Adeligen? Wie haben sie dich aufgenommen?«, fragte Bendix.

»Wenn ich sie in der Kirche sehe, ignorieren die meisten mich.«

»Das kann ich mir vorstellen. Eine Bürgerliche! Tochter eines Mannes, der sein Geld mit den eigenen Händen verdient – wie beschämend!«, sagte Bendix ironisch.

»Ja, genau.« Ida hob die Schultern. »Aber es ist mir egal.«

Magda streichelte ihr trotzdem tröstend über den Arm. »Und

was ist mit Neslins Erbe? Deswegen seid ihr doch eigentlich nach Lüneburg gefahren«, wollte sie wissen.

»Meine Morgengabe, meinst du? Ich kümmere mich um das Land. Und das bedeutet in diesem Fall, es in Ruhe lassen und der Natur bei der Arbeit zusehen.«

»Bei der Arbeit zusehen – du bist ja doch schon eine richtige Adelige geworden!« Bendix lachte, und sie stimmte erleichtert ein. Es tat gut, gemeinsam zu lachen, und das taten sie in den nächsten Stunden oft.

Olessa hatte ein herzhaftes Wildgericht bereitet, und Bendix freute sich über die ungewohnte Adelsspeise. Sie setzten sich mit Olessa und dem Knecht an den Tisch, sprachen das Tischgebet und aßen. Anschließend spülte die Magd ab und bat darum, sich zurückziehen zu dürfen; auch Ulf verschwand. Ida, Magda und Bendix jedoch saßen noch lange zusammen. Die Gesprächsthemen gingen ihnen nicht aus. Ein Thema mieden sie allerdings, bis Ida es nicht mehr aushielt.

»Was ist mit Vater?«, fragte sie.

»Vater lässt dich grüßen, konnte uns aber nicht begleiten«, sagte Magda ein wenig zu schnell. Sie und Bendix wechselten Blicke.

»Seit die Anhänger des Grafen von Holstein gegen die Gefolgsleute des Dänenkönigs in der Schlacht von Waschow eine Niederlage erlitten haben, herrscht auch in Lübeck große Unruhe. Ganze Landstriche der Grafschaft Ratzeburg können nicht mehr beackert werden, weil so viele wehrfähige Männer gefallen sind. Alle, die dort Verwandte haben, verlassen die Stadt, was auch etliche von Vaters Arbeitern betrifft«, erklärte Bendix.

Die Verbindung von der Schlacht zu ihrem Vater klang vage, Ida begriff es aber auch so. Ihr Vater wollte sie nicht sehen. Er hatte ihr noch nicht verziehen. Sie ihm aber auch nicht.

Um abzulenken, öffnete Bendix eine Kiste und holte wunderschöne Stoffe hervor. »Es ist ein Jammer, dass du so weit weg wohnst. Ich habe keine Stickerin gefunden, die auch nur ansatzweise so kunstfertig ist wie du«, sagte er bedauernd. »Dabei ist Perlenschmuck aller Art beliebt wie nie. Ich werde Jans Rat folgen und demnächst mit den Pilgern nach Livland reisen, um dort günstigen Bernstein zu kaufen.«

»Darüber wird sich Vater sicher freuen, dann kannst du gleich Holz für ihn kaufen.«

Bendix zögerte. »Ich weiß nicht, ob ich das tun werde. Um ehrlich zu sein, reden wir nicht miteinander. Ich bin nicht damit einverstanden gewesen, was er dir angetan hat.«

»Ich auch nicht«, gestand ihre Mutter leise. »Ich wollte dich schon früher besuchen, aber Vater ... brauchte mich.«

Jetzt öffnete Bendix mehrere Säckchen mit Perlen, Bändern und Zwirn. »Es sind nur Glasperlen, weil wir im Moment das Geld zusammenhalten müssen, aber immerhin.«

»Nur Glasperlen – was redest du da? Sie sind wunderbar! Jedes Stück von diesem Stoff wäre schon ein herrliches Geschenk, aber so viele gute Gaben ...« Überwältigt hielt Ida inne.

Magda strich ihr, ebenfalls sichtlich angerührt, übers Haar. »Du bist so mutig, bist es immer schon gewesen. Aber es gefällt mir ganz und gar nicht, dich hier so zu sehen. In deinem Zustand«, sagte sie leise.

»Zustand?« Bendix musterte sie erstaunt. »Jetzt schon? Glückwunsch, Schwesterchen!«, platzte er heraus.

Ida sah ihre Mutter unsicher an, aber Magda lächelte nur. Wie viel wusste sie über Idas Schwangerschaft? Und was würde sie sagen, wenn sie die Wahrheit erführe?

Ida genoss jeden Augenblick mit ihrer Familie. Bendix jedoch entschied sich bald zur Abreise; er schien froh darüber zu sein, Idas neues Heim verlassen zu können. Er sattelte eines der Zugpferde und machte sich allein auf den Heimweg. Ihre Mutter hingegen blieb, und mit ihr auch der Knecht Ciril, der sich geschickt daranmachte, die Motte auszubessern.

Bei ihren Besuchen in Lüneburg und den Gottesdiensten traf Magda oft auf Menschen, die sie in Bardowick gekannt hatte, aber statt traurig zu werden, wie Ida befürchtet hatte, unterhielt sie sich lange mit ihnen. Sie schien wirklich mit den Ereignissen abgeschlossen zu haben.

Eines sonnigen Tages, als sie in Begleitung von Ciril am Fluss entlangritten, wollte Ida ihre Mutter darauf ansprechen. Sie zügelte ihr Pferd, als Neslins alte Eiche in Sicht kam. Idas Herz weitete sich, als sie das frische Grün an den gesunden Ästen sah; der Baum würde überleben. Für die Nutzung als Anleger hatte Jusarius ihrem Vater auf Idas Wunsch hin eine andere Stelle zugewiesen.

Sie saß ab und half mit Ciril ihrer Mutter vom Pferd. Eine Weile schlenderten Magda und sie nebeneinanderher. Ida genoss den Anblick der Pflanzen, die den Brand überstanden hatten und nun die Landschaft wieder in Besitz nahmen. Auch die Vögel und Insekten kehrten auf die Aue zurück. Vor ihnen stakste ein Schwarzstorch über die Wiese, und im Fluss tauchte eine Wasseramsel nach Beute.

»Ich fürchtete, dass es dich quälen würde, frühere Nachbarn und Bekannte aus Bardowick zu treffen, aber das Gegenteil scheint der Fall zu sein«, sagte Ida.

Magda überlegte einen Augenblick. »Das ist wirklich merkwürdig. Ich erfahre, wie Leidensgenossen überlebt haben, wie sie ebenfalls kämpfen mussten und doch obsiegt haben – und das verleiht mir Kraft.«

»›Obsiegt haben‹ ist gut. Es sind auch arme Leute unter den früheren Flüchtlingen.«

»Oft waren diese Menschen auch in Bardowick schon arm, es hat sich also nicht viel geändert. Niemand darf damit rechnen, dass es immer nur bergauf geht im Leben. Außerdem ist Besitz nicht alles. Wir haben so viel Glück gehabt«, meinte ihre Mutter nachdenklich.

»Weißt du, ob Vater Meister Volkwart und Rikolf auf ihre Verbrechen in Bardowick angesprochen hat?

»Ja, das hat er wohl. Meister Volkwart verließ Hals über Kopf die Stadt, und Rikolf ist seitdem ständig im Gefolge des Grafen unterwegs.«

»Glaubst du, dass einer von ihnen es war, der Bendix damals nach dem Tavernenbesuch angegriffen hat, um uns an weiteren Nachforschungen zu hindern?«

Magda wiegte bedächtig den Kopf. »Das werden wir wohl nie erfahren. Außerdem hatte Bendix ja genügend Herren gegen sich aufgebracht. Er hatte sicher einen Denkzettel verdient.«

Ida zeigte ihr, wo Neslins Hütte gestanden hatte und wo die Muschelbank war, in der sie ihre erste Perle gefunden hatte. Magda konnte die Tat des kleinen Mädchens kaum fassen. Als Ida von der Schönheit dieses Landstrichs schwärmte, fragte ihre Mutter, ob Jusarius das Feuer gelegt hatte, um den Grund bewirtschaften zu lassen. Sie war etwas außer Atem, weshalb Ida sich mit ihr ins Gras setzte.

»Nein. Jusarius erwähnte, dass es die Bauern aus der Umgebung waren. Sie haben Neslin als Hexe geschmäht und behauptet, dass es in der Hütte spukt.« Ida häufelte Sand um ein einzelnes kleines Schilfrohr, das aus der Erde brach. »Aber Neslin war keine Hexe. Sie verstand viel von Heilkunst und half allen, die ihre Hilfe brauchten. So lernte ich ja auch Esko kennen.« Sie brach ab – beinahe hätte sie sich verplappert. Doch es war zu spät.

Magda musterte sie. »Ist er der Vater deines Kinders?« Ida nickte stumm. »Warum hast du mir nicht erzählt, was du für ihn empfindest?«

Der mitfühlende Blick ihrer Mutter tat Ida gut. »Ich fürchtete, dass ihr mir nicht erlauben würdet, ihn zu heiraten. Für Vater ist er doch nur ein Knecht. Dann nahmen wir uns vor, gemeinsam mit euch zu reden – aber Esko verschwand.«

»Seltsam«, sagte Magda.

Ida sah sie von der Seite an und fragte sie, ob Gerold etwas mit Eskos Verschwinden zu tun haben könnte. Magda verneinte. Ida glaubte ihr – auch, weil sie es wollte. Sie hatte ja sonst niemanden mehr, den sie lieben konnte, nur noch ihre Familie.

»Und dein Mann … ahnt er …?«, begann ihre Mutter, brach aber ab.

»Ich weiß es nicht. Aber ich glaube, es ist ihm egal.« Ida warf ein Steinchen ins Wasser und sah den Kreisen zu, die es verursacht hatte. »Bist du mir denn nicht böse? Verurteilst du mich nicht? Vater drohte mir an, mich verstoßen zu wollen«, gestand Ida.

»Ich habe zu nahe an der Schwelle des Todes gestanden, um damit zu hadern. Du liebst Esko, du bist schwanger – es ist zu spät, ich kann es nicht mehr ändern. Und dein Vater … er wird sich schon beruhigen. Du musst wissen, dass er diese Tage in Bardowick, an denen wir alles verloren haben, nie verwunden hat. Er wird sein ganzes Leben dafür kämpfen, diese Wunde zu heilen, die Anerkennung zu finden, die er verdient. Deine Ehe mag nicht schön sein, aber vermutlich hat Gerold damit das Beste aus einer misslichen Lage gemacht.«

Ida haderte schweigend mit der Entscheidung ihres Vaters. Die Wasserringe waren am Ufer verebbt, aber jetzt blitzte etwas auf, und neue Ringe zeichneten die Oberfläche – war das eine Forelle gewesen?

»Ich wünschte nur, ich wüsste, was mit Esko ist! Ich wollte einen Boten zu seinen Eltern schicken, aber ich hatte ja kein Geld.«

»Du wirst niemals mit ihm zusammen sein können.«

»Ich weiß. Trotzdem muss ich wissen, dass es ihm gut geht.«

»Ich kann dir das Geld für den Boten geben«, bot Magda an.

»Wirklich?«

»Gerold steckt mir immer mal ein paar Münzen für Almosen zu. Ich denke, wenn du damit Esko suchst, erfüllen sie auch einen guten Zweck.« Magda versuchte, sich hochzustemmen. »Mir wird kalt. Du darfst nicht vergessen, dass ich bald eine alte Frau bin«, sagte sie. Ida half ihr auf. »Und nun erzähl mir auf dem Heimweg, wie du hier überhaupt eine Perle finden konntest – für mich sieht ein Winkel des Flusses aus wie jeder andere.«

Im Juli verließ ihre Mutter sie ebenfalls. Magda wollte für ihre Schwiegertochter in der letzten Zeit der Schwangerschaft und bei der Geburt da sein, versprach aber, zu Ida zurückzukehren, wenn ihre Niederkunft nahte. Ida fiel es schwer, ihre Mutter ziehen zu lassen. Noch nie war sie Magda so nah gewesen.

Am Abend nach der Abreise teilte Ida mit ihrer Magd die Kammer. Ihr war unheimlich zumute, deshalb legte sie das Schwert neben sich und umfasste den Griff. Olessa betete leise.

»Bist du in Lübeck getauft worden?«, fragte Ida.

»Nein. In Üxküll. Große Steinkirche am Ufer von Düna.«

»In einer großen Steinkirche am Ufer der Düna also«, wiederholte Ida, um sie nicht harsch zu korrigieren. »Und deine Familie?«

»Die auch.«

»Ich meine, wo ist deine Familie?«

Nur der stockende Atem des Mädchens war zu hören. »Getötet«, wisperte sie schließlich.

»Das tut mir leid. Diese entsetzlichen Kreuzritter!«

»Nicht Kreuzritter. Semgallen. Plünderten unser Dorf. Meine Eltern und meine Brüder starben. Ich konnte mich verstecken.«

Ida dachte an ihre Angst, als die Ritter Neslin überfallen hatten. Damals war sie nur ein paar Jahre jünger gewesen als Olessa jetzt. Sie streckte tröstend die Hand nach dem Mädchen aus, fühlte aber nur die Decke.

»Hab niemanden mehr. Nun auch Ciril … fort.«

Magda hatte eigentlich vorgehabt, Ciril bei Ida zu lassen. Sie waren aber übereingekommen, dass das riskant sein könnte. Ungute Gerüchte könnten die Runde machen. Eine einsame Ehefrau und ein Knecht in den besten Jahren …

»Kennst du Ciril von früher?«

»Wir … ein Stamm. Er aufgepasst auf mich.« Olessa gab einen erstickten Laut von sich.

Ida wollte sie auf andere Gedanken bringen. »Glaubst du noch an die Götter eures Stammes? Gibt es bei euch auch einen Donnergott oder eine Fruchtbarkeitsgöttin?« Das Mädchen schien zu erstarren. »Keine Angst, ich verrate dich nicht. Ich hatte gute Freunde, die mir von den Göttern erzählt haben.«

Nach einer Weile wisperte Olessa: »Die Götter sind schwach, sonst wäre Familie nicht tot. Der Christengott ist stärker. Stark, aber grausam.«

Gleich darauf spürte Ida eine Berührung. Hand in Hand schliefen sie ein.

Von ihrem Mann hörte Ida in den nächsten Wochen nichts, aber bei der heiligen Messe auf dem Burgberg erzählte man sich, dass eine Lüneburger Truppe bei der Fürstenversammlung von Köln an König Ottos Seite gewesen sei. Obgleich verkündet wurde, dass der Papst den Thronanspruch des Welfen unterstützte, hatten sich nur wenige Fürsten auf dessen Seite gestellt, was weitere Kämpfe wahrscheinlich machte.

Ida hatten mit der Bewirtschaftung der Ländereien und den Zinsbauern alle Hände voll zu tun. Im Oktober brachten reisende Kaufleute ihr die Nachricht, dass Bendix und Petronilla Eltern eines gesunden Jungen geworden waren, den sie Benedikt getauft hatten. Ida hoffte, dass es kein Gerede geben würde, weil die Schwangerschaft verhältnismäßig kurz gewesen war.

Sie hatte bereits ein Hemdchen genäht und wollte es nun besticken, musste aber feststellten, dass ihr farblich passendes Garn zur Neige ging. Kurzerhand ritt sie trotz ihrer Schwangerschaft mit ihrer Magd nach Lüneburg. Sie hieß Olessa mit den Pferden vor dem Haus eines Tuchhändlers warten, doch noch bevor sie eintreten konnte, hörte sie einen scharfen Ruf.

»Du wagst es, hier aufzutauchen?«

Ida fuhr herum. Ytte Asenmaker und ihr Sohn Anselm stürzten auf sie zu und beschimpften sie wüst. Die beiden sahen verhärmt und abgerissen aus. Sie taten Ida so leid, dass sie nichts zu entgegnen wusste. Glücklicherweise hatte der Händler das Geschrei gehört und kam heraus.

»Ich wollte nur etwas blaues Garn bei Euch kaufen«, sagte Ida hilflos zu ihm. Er schirmte sie ab und versuchte, Ytte und Anselm wegzuscheuchen.

Als Ida mit klopfendem Herzen in dem Laden stand, hörte sie die Witwe von draußen noch immer: »Wir werden nie vergessen, was du uns angetan hast! Du magst dich jetzt für unantastbar halten, aber irgendwann wirst auch du stürzen, und dann gnade dir Gott – denn wir werden dich im Auge behalten und diesen Moment zu nutzen wissen!«

Der Tuchhändler bemerkte, wie verstört Ida war, und sagte: »Nehmt Euch Witwe Asenmakers Worte nicht so zu Herzen«, sagte er und holte verschiedene Garnspulen heraus. »Natürlich ist es hart, dass sie ihren Gatten und ihr schönes Haus verloren hat und dass ihr Sohn jetzt für seine Mutter und die Geschwister sorgen muss, aber die Familie hat ihren Fall selbst zu verantworten.«

Ida klang Yttes Drohung trotzdem noch sehr lange im Ohr. Nur das Sticken tröstete sie und lenkte sie ab. Je feiner die Stiche waren, desto weniger plagte sie der Kummer um ihre Ehe und Eskos Verbleib. Sorgenvolle Gedanken waren nicht gut für das Kind, das in ihrem Bauch heranwuchs. Sie musste auf sich achtgeben, denn sie wollte es auf keinen Fall verlieren. Dieses Kind war schließlich alles, was ihr von Esko geblieben war.

»Verschwindet, wir geben nichts!«, bellte der greise Knecht.

»Wir möchten mit Eurer Herrin sprechen, mit Frau Ida.«

»Wir geben nichts! Hört ihr schlecht?«

Ida lief hinaus, ohne darüber nachzudenken, dass ja auch ein Überfall drohen könnte – sie glaubte nämlich, die Stimme erkannt zu haben. Und tatsächlich …

»Svea! Henniko!«

Die beiden sprangen von ihren Pferden und umarmten Ida stürmisch.

»Wer ist das?«, blaffte Ulf. Je länger Ida mit ihm allein war, desto unverschämter wurde er. Ida ignorierte ihn und setzte sich mit ihren beiden Freunden in den Schatten des Turmes.

Eskos Schwester berichtete von ihrer Freude über den Boten, der ihnen von Ida erzählt hatte. »Wir haben die erstbeste Gelegenheit abgepasst und sind losgeritten. Allerdings müssen wir schon heute Abend wieder zurück«, meinte sie.

Henniko sah sich um. »Was ist mit Esko? Wir hatten gehofft, auch ihn hier zu treffen.«

Bedrückt vergewisserte Ida sich, dass der Knecht nicht lauschte, und erzählte, was geschehen war. Dass sie von Esko schwanger war, verschwieg sie. Bis das Kind geboren war, konnte noch viel geschehen.

Svea sorgte sich sichtlich. »Esko war niedergeschlagen, als er uns verließ. Er hatte mit Vater diskutiert und gehadert, aber Otmar ist nun mal ein alter Mann, und ich fürchte das Schlimmste. Diese ewigen Kopfschmerzen! Er verlässt kaum noch das Bett.«

»Rasmoda sorgt doch sonst so gut für ihn.«

»Mutter ist leider im Frühjahr gestorben, es war der Blutfluss«, sagte Svea bedrückt. Ida sprach ihrer Freundin ihr Beileid aus. Auch Esko wäre sicher sehr traurig, wenn er die Nachricht erführe; Rasmoda war eine bewundernswerte Frau gewesen. »Dafür bin ich wieder guter Hoffnung. Die Götter nehmen es, die Götter geben es«, setzte Svea hinzu.

Liebevoll legte Henniko den Arm um seine Frau. »Hast du denn gar keine Ahnung, wo Esko geblieben sein könnte?«, fragte er.

Ida schüttelte den Kopf.

»Eskos Verschwinden wird Otmar noch mehr quälen. Er hätte sich gern mit seinem Sohn versöhnt, bevor …« Aus Rücksicht auf seine Frau sprach Henniko den Satz nicht zu Ende.

»Gibt es keinen Heiler oder eine Heilerin in eurer Gegend, die Otmar helfen kann?«

Als Svea verneinte, meinte Ida: »Ich könnte für ihn Kräuter sammeln. Vielleicht finde ich sogar eine Perle …«

»In deinem Zustand willst du ins Wasser?«

»Den Fluss habe ich noch nie gefürchtet, aber ich kann nichts versprechen. Ihr müsstet nur in der nächsten Zeit wieder vorbeikommen, um die Medizin für Otmar abzuholen.«

Svea und Henniko waren erleichtert. »Das wird sich einrichten lassen. Dann können wir auch gleich wieder nach dir sehen. Wir können dich ja nicht auf Dauer mit diesem bösen alten Mann und einem Mädchen allein lassen! Und wenn dein Mann nicht will, dass wir dich besuchen, dann treffen wir uns eben an Neslins Eiche, so wie früher.«

»Und was ist mit Arndt? Habt ihr von ihm gehört?«

Svea stieß einen erbosten Laut aus. »Der hat das Gut verloren. Vaters Gut, unser Gut. Meister Kramm hat sich alles unter den Nagel gerissen. Jetzt ist Arndt ausgerechnet in unser Nebendorf gezogen und schlägt sich auf einem Meierhof durch. Geschieht ihm recht. Die Götter haben ihn bestraft.«

Idas Blick wanderte zu Olessa, deren Augen vor Erstaunen groß geworden waren. Die Magd hatte ihnen anscheinend aufmerksam zugehört. Jetzt stellte Ida ihren Freunden Olessa vor. Sie war sicher, dass die drei sich verstehen würden.

Im Herbst kam Jusarius mit Lentz zurück. Glücklicherweise stießen wenig später auch Magda und der Knecht Ciril zu ihnen. Ida war froh, mit ihrem Mann und dessen seltsamem Freund nicht allein zu sein. Ihre Mutter war eine angenehme Gesellschaft. Wenn sie sich nicht den häuslichen Pflichten widmeten, lasen sie einander aus Magdas Psalter vor oder saßen beisammen und stickten. Ida arbeitete an einem Umhang, in den sie ein aufwändiges Blumenmuster aus Perlen stickte. Sie sah das Perlenbild schon vor sich: Die Farbtöne der Rosen sollten ineinander übergehen, wie es in der Natur auch der Fall war. Es war eine Auftragsarbeit, die Bendix verkaufen wollte, wovon natürlich niemand wissen durfte; für eine feine Dame war Sticken erlaubt, Wolle spinnen oder Geld verdienen hingegen verpönt.

Jusarius und Lentz waren meist auf der Jagd oder pflegten ihre neuen Waffen und Harnische. Nur widerwillig fassten sie bei der Feldarbeit mit an, obgleich ihre Hilfe dringen gebraucht wurde. Von ihrem Ehebett hielt er sich weiterhin fern. Gegen Ende des Jahres zogen die Krieger wieder los, um sich König Otto und seinem Heer anzuschließen, der Stade, das einst seinem Vater gehört hatte, zurückerobern wollte.

An einem klirrend kalten Tag im Spätherbst brachte Ida ihren Sohn zur Welt. Ein Priester, den der Knecht in den Wohnturm gerufen hatte, damit er den Sohn seines Herrn seinem Stand entsprechend willkommen hieß, taufte ihn auf den Namen Flocwin.

Der Kleine hatte Eskos Augen und auch den Schwung seines Mundes, und bei allem, was Ida erduldet hatte und noch würde erdulden müssen, floss ihr Herz über vor Liebe. Sie wusste, dass dieses kleine Wesen alle Strapazen wert war. Über die ersten anstrengenden Wochen halfen ihr Magda und Olessa hinweg. Ida vermisste ihren Gatten nicht.

Zufrieden kehrte Jusarius von dem Feldzug des Welfenkönigs

zurück. König Otto war in Hamburg mit Herzog Waldemar, dem Bruder des Dänenkönigs Knut, zusammengetroffen und hatte ein Bündnis geschlossen. Graf Adolf von Holstein, Stadtherr von Hamburg und Lübeck, war in dänische Gefangenschaft geraten. Das, was ihr Vater und ihr Bruder schon länger erwartet hatten, war nun eingetroffen: Auch Lübeck hatte einen dänischen Herrscher.

Sechs Wochen später, als der erste Kirchgang der Wöchnerin erlaubt war, wurde Folcwins Taufe in der Michaeliskirche erneuert. Die Atmosphäre bei der Taufe war so eisig wie die Witterung. Als Jusarius jedoch voller Stolz das schreiende Neugeborene über dem Taufbecken zum Lachen brachte und dem Geläster der anderen Adeligen mit Verachtung begegnete, fühlte Ida sich ein klein wenig mit ihm versöhnt. Lentz schien ihm hingegen zu grollen. War der Schildknecht etwa eifersüchtig?

Am nächsten Tag waren die beiden Männer wieder verschwunden.

36

Ein halbes Jahr zuvor, auf der Ostsee vor der Rigaer Bucht

Eskos Hände brannten vom Salzwasser. Die Riemen gruben tiefe Rillen in seine Haut. So wund und schwach waren seine Finger, dass er abends kaum die Essschale halten konnte und sich fragte, ob er je wieder filigrane Arbeiten wie das Fertigen von Pfeilen würde ausführen können. Mühsam knotete er das Seil um den Riemen. Nur die Erschöpfung, die nach beinahe acht Wochen auf See seinen Körper erfasst hatte, verhinderte, dass er erneut in Wut verfiel.

Nachdem er mit brummendem Schädel auf der Kogge erwacht war, war er beinahe durchgedreht. Der Gedanke daran brachte sein Herz noch immer zum Rasen. Finster war es gewesen, gestunken hatte es, und dann das Geschaukel! Außerdem hatte man ihn gefesselt. Er hatte geschrien, dass man ihn losmachen sollte. Bockels war gekommen und hatte ihn zur Ordnung gerufen. Natürlich hatte Esko nicht gewusst, wer Bockels war. Er hatte ja nicht einmal gewusst, wie er selbst auf das Schiff gekommen war. Esko erinnerte sich daran, wie er Ida bei der Hochzeit gesehen hatte, an ihr Beisammensein in den Ruinen, das Versprechen, das sie sich gegeben hatten, und an ihren Abschied. Dann hatte ihn auf dem Weg zurück zu seinem Pferd ein dumpfer Schlag von den Füßen gerissen.

»Zieh!«, rief Esko dem Spalt im Deck zu. Schon sauste der Ledereimer am Seil nach oben, und Esko krabbelte auf den Warenstapeln wieder in den Rumpf. Er passte auf, dass er nicht auf den glitschigen Steinen in der Bilge ausrutschte oder auf eine der Ratten trat, dessen Reich der Schiffsbauch war. Für ihn, der

Wälder und weite Himmel liebte, war die Zeit in dieser finsteren, stinkenden Höhle das pure Entsetzen.

Esko bückte sich, um von Neuem die Eimer mit dem Wasser zu füllen, das über das offene Deck und die Ritzen in den Rumpf drang. Die Narben spannten auf seinem Rücken. Nach seinem Erwachen hatte man seine Fesseln gelöst. Er war aufgesprungen und an Deck gestürmt – und hatte um sich herum nur Wasser gesehen. Lediglich ein schmaler dunkler Streifen am Horizont hatte das Land erahnen lassen.

Bockels und die Seeleute hatten sich lustig über ihn gemacht: Ob er so besoffen gewesen sei, dass er sich nicht mehr daran erinnerte, bei einem Fernkaufmann angeheuert zu haben? Als Esko gesagt hatte, dass er weder betrunken gewesen sei noch irgendwo angeheuert habe, hatte Bockels ihn das erste Mal die Peitsche spüren lassen. Er hatte den Kaufmann angegriffen und war daraufhin mit dem Schiffer aneinandergeraten, der ihm gedroht hatte, ihn über Bord zu werfen, wenn er nicht spurte. Also hatte Esko sich fügen müssen. Seitdem hasste er den Kaufmann aus tiefster Seele. Und er hasste Idas Vater. Wer sonst als Gerold Ostmann konnte Interesse daran gehabt haben, dass er verschwand? Aber ich werde so schnell wie möglich zurückkehren, dachte Esko grimmig und ignorierte die Mischung aus Blut und Eiter, die seine Finger nässte. Er würde zurückkehren und Ida heiraten – ob es Ostmann nun passte oder nicht.

Vom Deck waren Schreie und Poltern zu hören. Vermutlich hatten sich die Seemänner wieder mit den Kaufleuten oder den Mönchen in den Haaren. Es waren einfach zu viele Menschen auf dem Schiff – dreimal fünfzig, schätzte er –, und der Platz war durch die unzähligen Fässer und Warenballen ohnehin knapp. Seit sie Gotland hinter sich gelassen hatten, war das Wetter zudem schlecht geworden. Sturm und Regen zerrten an den Nerven, denn die Kajütenplätze ließen sich an einer Hand abzählen und waren den reichen Händlern vorbehalten. Sie hätten längst in Riga sein sollen, aber offenbar hatte der Schiffer den richtigen Weg verloren.

Esko sah in das graue Stück Himmel über ihm. Regen troff ihm ins Gesicht.

»Zieh!«, rief er. Nichts geschah. »Nun zieh schon!« Wo war Peter?

Etwas pockte laut gegen die Planken – was war das für ein Geräusch? Plötzlich sprang ihm jemand entgegen. Esko wich aus, glitschte über einen Warenballen, fing sich gerade noch ab. Es war Peter. »Sag mal, spinnst du?«, fuhr Esko ihn an.

Der Kaufmannsgehilfe riss die Augen weit auf. »Seeräuber!«, stieß er hervor. »Die zweite Kogge haben sie schon geentert! Wir werden alle sterben!«

»Unfug!« Sterben kam nicht infrage! Er musste nach Riga und ein Schiff finden, das ihn zurück nach Lübeck brachte. »Wir werden uns verteidigen.«

Stumm schüttelte Peter den Kopf.

Esko kraxelte die Leiter hoch und musste sich gleich auf Deck retten, weil ein Wurfanker über ihn hinwegflog. Er brauchte einen Augenblick, um sich zu orientieren. Flaches Land in Bogenschussweite. Von der zweiten Kogge, mit der sie im Konvoi gefahren waren, stieg trotz des Regens Rauch auf. Ihre Kogge war von kleinen Schiffen wie in eine dunkle Wolke gehüllt. Pfeile schlugen hämmernd auf das Deck ein. Der Schiffer am Gangspill, Seeleute am Segel, Armbruster auf dem Achterkastell, alle hektisch. Der Vormann verteilte Waffen und Netze aus einer Kiste. Kaufleute und Matrosen hielten mit Stangen und Schwertern die Seeräuber vom Entern ab. Verwundete versuchten, sich aus der Schusslinie zu schleppen. Und mittendrin die Mönche, die auf den Planken knieten und beteten.

Geduckt stürzte Esko zu dem Schiffer. »Pfeil und Bogen, schnell!«

»Ich hab keinen mehr. Du kannst das hier nehmen.« Der

Schiffer drückte ihm eine schartige Holzstange mit rostiger Spitze in die Hand. Nutzlos! Esko suchte das Deck ab. Da war ein Seemann, der bebend versuchte, einen Pfeil in die Sehne zu klemmen. Er stürzte zu ihm und tauschte die Waffen. Der Matrose wollte protestieren, aber Esko legte den Pfeil an, spannte, schoss und traf, wieder und wieder.

»Obacht!«, schrie jemand. Esko fuhr herum. Fremde erkletterten die Reling und rangen mit den Rittern. Obgleich die Adeligen besser bewaffnet waren, machte ihnen die schiere Masse der Angreifer zu schaffen. Schon überwältigten die Raubschiffer den ersten Ritter und stießen ihn über Bord; der zweite, ein vernarbter Hüne, konnte sich selbst verteidigen. Schreie ertönten nun auch aus dem Wasser, denn die meisten Reisenden konnten, wie Esko erstaunt vernommen hatte, nicht schwimmen. Esko legte auf die Kaperer an und erledigte einen. Ein anderer hatte einen Kaufmann gepackt – es war Bockels. Esko war versucht, seinen Peiniger über die Klinge springen zu lassen. Würde es ihm aber ohne den Kaufmann gelingen, nach Lübeck zurückzukehren? Er kannte Riga nicht, wusste nicht, was für Verhältnisse dort herrschten. Aber dass man auf einem Schiff nur anheuern konnte, wenn man etwas von der Seefahrt verstand, das hatte er inzwischen schon mitbekommen. Eskos Pfeil traf den Seeräuber mitten ins Auge. Bockels kam frei, sein Blick flackerte zu seinem Retter.

Regen schlug Esko ins Gesicht, der Wind hatte gedreht. Der Schiffer rief seiner Mannschaft Befehle zu. Die Kogge nahm Fahrt auf und entfernte sich von den Angreifern. Der Ritter, der über Bord gegangen war, hatte sich an ein Seil klammern können und wurde an Deck gezogen. Jetzt tauchte auch Peter wieder auf, der sich im Schiffsrumpf versteckt hatte. Anscheinend war niemand getötet worden. Sie hatten Glück gehabt. Die Mönche glaubten an ein Eingreifen Gottes und reckten, Lobpreisungen ausrufend, die Hände gen Himmel. Die Kaufleute waren pragmatischer und kümmerten sich um die Verletzten.

Bockels kam zu Esko. Aber statt sich zu bedanken, nahm er ihm Pfeil und Bogen ab. »Zurück an die Arbeit!«, befahl er.

Eskos Finger bohrten sich vor Wut in seine Handfläche. Da trat einer der Ritter zu ihnen, denen Esko zu Hilfe gekommen war. Er war hochgewachsen, hatte ein feingeschnittenes Gesicht und trug ein silbernes Kreuz auf der Brust. »Ich könnte in meiner Mannschaft einen guten Bogenschützen wie Euch gebrauchen«, sagte er zu Esko.

»Nichts da! Er arbeitet für mich!«, ging Bockels dazwischen.

»Tue ich nicht!«, protestierte Esko. »Ich wurde entführt. Außerdem will ich so schnell wie möglich nach Lübeck zurück.«

»Entführt?« Der Ritter sah den Kaufmann scharf an.

»Unsinn. Er war betrunken, als er bei mir angeheuert hat«, blaffte Bockels.

»Das ist eine Lüge!«

Beinahe gingen sie aufeinander los. »Reißt Euch zusammen!«, fuhr der Ritter den Kaufmann an. »Er ist ja offenbar ein freier Mann und kein Sklave.«

»Er steht bei mir im Wort!«

»Behauptet Ihr! Ich wurde niedergeschlagen und hierher verschleppt!« Esko blickte zornig von einem zum anderen.

Beschwichtigend hob der Ritter die Hände. »Überlegt es Euch«, wandte er sich an Esko. »Ich biete Euch Ehre und einen guten Lohn, mit dem Ihr Euch die Rückfahrt erkaufen könnt.«

Vermutlich war er einer der Kreuzritter, die in Livland Heiden wie ihn bekämpften. Esko dachte nicht daran, ihm dabei zu helfen. »Der Heidenkampf ist nichts für mich«, lehnte er ab.

Der Ritter lächelte verbindlich. »Unsere Aufgabe ist in erster Linie die Sicherung der Pilger- und Handelswege«, sagte er.

Schon allein um Bockels zu brüskieren fragte Esko, mit wem er es zu tun habe.

»Winno von Rohrbach ist mein Name. Ihr findet mich in den nächsten Tagen im Palas des Bischofs.«

Esko wunderte sich. In den nächsten Tagen? In der Tat zeichnete sich eine weite Flussmündung vor ihnen ab, eingefasst von den wilden Wäldern, die das Land hier bedeckten.

»Das ist die Düna. Nicht mehr lange, und wir haben Riga erreicht. Bald schon könnt Ihr das Kloster der Zisterzienser sehen, das der Bischof errichten ließ.«

Bockels stieß Esko den Stiel seiner Peitsche in die Brust. »An die Arbeit!«, befahl er.

Doch Esko schlug die Hand weg. »Ihr habt mir gar nichts mehr zu sagen. Und der Schiffer auch nicht.« Allerdings wollte er es sich mit dem Schiffer nicht verderben, denn möglicherweise war er darauf angewiesen, dass dieser ihn mit zurücknehmen würde.

Der Schiffer lachte nur, als Esko ihn auf die Rückfahrt ansprach. »Ich fahr erst zurück, wenn die Kogge wieder voll beladen ist. Das kann morgen sein, übernächsten Monat oder im Herbst, wenn die Kaufleute mit den Waren aus Nowgorod zurück sind und sich viele Kreuzritter auf den Weg in die Heimat machen.«

Im Herbst? Dann wäre er ja erst im Winter zurück in Lübeck! Sicher fragte Ida sich schon jetzt, wo er geblieben war. Das einzig Beruhigende war, dass es ihr bei ihrer Familie gut ging. Ida würde auf ihn warten, daran zweifelte er keinen Augenblick.

Auch beim Abladen konnte Esko sich kein Geld verdienen. Ohne einen Pfennig in der Tasche und nur mit dem, was er am Körper trug, ging er in Riga von Bord. Mehr als eine Ansammlung von Holzhütten, eine Kirche und Stapel von Baumstämmen auf einem platt getretenen Flussplatz war Riga nicht.

Esko wartete, bis Bockels an Land war, dann schnappte er sich ihn. »Ich will jetzt wissen, wer Euch dafür bezahlt hat, mich niederzuschlagen und hierher zu verschleppen!«

Der Kaufmann wollte weglaufen, aber Esko warf ihn gegen eine Hauswand. Bockels rief um Hilfe, und tatsächlich kamen einige Leute heran, die sich jedoch nicht einmischten. Aus dem Augenwinkel sah Esko Peter, doch auch er kam seinem Meister nicht zu Hilfe.

»Redet!« Esko drohte dem Kaufmann Schläge an.

»Ich hab Euch nicht niedergeschlagen!«, stieß Bockels hervor.

»Wer dann?«

»Das weiß ich nicht!«

Esko gab ihm eine Ohrfeige. »Was ist in Lübeck passiert? Sprecht, sonst breche ich Euch alle Knochen, und es wird nichts mit Euren Geschäften!«

Bockels tastete an seiner Seite, aber Esko ergriff die Peitsche zuerst und zerbrach sie mit einer Hand, während er mit der anderen weiterhin den Kaufmann festhielt; die Wut schien ihm ungeahnte Kräfte zu verleihen.

Angesichts von Eskos Entschlossenheit bekam Bockels es mit der Angst zu tun. »Ein Knecht brachte Euch zu mir. Er bezahlte mich gut dafür, dass ich Euch mit auf die Reise nahm. Sagte, ich sollte dafür sorgen, dass Ihr erst auf See wieder wach werdet.«

»Wessen Knecht?«

»Keine Ahnung. Ich kannte ihn nicht, wirklich nicht.«

»Und das Geld? Gebt es mir!«

»Ich habe es nicht mehr. Hab's gleich in Waren investiert.«

Zornbebend ließ Esko ihn los. Er war auf sich selbst gestellt, wie immer. Aber die Schicksalsgötter hatten ihn hierhergebracht, und er würde den richtigen Weg schon finden, darauf vertraute er. Er klapperte die drei weiteren Schiffe ab, die auf Reede lagen. Keines von ihnen würde nach Lübeck fahren. Arbeit fand er am Hafen nicht, obgleich er sich mit vielen der hier ansässigen Kaufleute unterhalten konnte, weil sie ebenfalls aus deutschen Handelsstädten stammten.

Die einheimische Bevölkerung der Stadt schien arm zu sein, bei der Almosenvergabe wurde der Bischofsdom, eine einfache Hallenkirche, umringt. Wie überall brachten die Mönche nicht nur Brot, sondern auch Bibelsprüche unter die Menschen. Der Gegensatz zwischen den Kaufleuten mit ihren feinen Waren und der Schlichtheit der Bewohner erschien Esko extrem. Was sollte er tun? Bei Bockels würde er nicht angekrochen kommen, aber er wollte auch weder betteln noch verhungern.

»Gut, dass Ihr es Euch doch anders überlegt habt«, begrüßte Winno von Rohrbach ihn.

»Ich sagte ja: Ich brauche Geld für die Rückreise.«

»Und das sollt Ihr bekommen. Wir werden einen Pilger- und Kaufmannszug begleiten.«

»Wann geht es los?«

Der Ritter lachte. »Nicht so eilig! Wir sprechen später darüber. Ihr seid sicher hungrig.«

Er wies seinen Knappen an, Esko zu den Knechten zu bringen.

Tatsächlich war Esko der Einzige, der am liebsten sofort aufgebrochen wäre. Weder die Knechte, noch die Panzerreiter schienen es sonderlich eilig zu haben. Erst einmal wurde in aller Ruhe ein Konvoi zusammengestellt, außerdem informierte man sich offenbar über die derzeitige Lage in den angrenzenden Gebieten. Immerhin gab es genug zu essen; außerdem wurde geduldet, dass er sich mit Söldnern und Panzerreitern in den Kampfkünsten übte. Natürlich wollte Esko auf keinen Fall seine Glaubensbrüder töten, aber fürs Erste konnte er hier zu Kräften kommen.

»Trotz der kampfkundigen Eskorte scheint mir, dass jede Reise als lebensgefährlich angesehen wird«, sagte Esko zu Reginar, als sie sich im Bogenschießen übten.

Esko hatte den älteren, vernarbten Hünen von der Kogge für einen Ritter gehalten und war erstaunt gewesen, ihn im Speisesaal zwischen Knechten und Panzerreitern zu sehen. Sie waren ins Gespräch gekommen, und Esko hatte erfahren, dass Reginar Söldner war. Er hatte sogar den Brabanzonen, einem gefürchteten Söldnerheer, angehört. Im Gegensatz zu den fanatischen Kämpfern, die lautstark verkündeten, möglichst viele Heiden töten zu wollen, hielt Reginar sich mit Drohungen zurück. Mit dem Fuß spannte er die Armbrust.

Der Söldner gab dem Knappen ein Zeichen, damit er den Ledersack in Bewegung versetzte, und legte an.

»Dabei wirkt die Lage in Riga gar nicht besonders gefährlich«, setzte Esko hinzu.

Der Bolzen streifte statt der Tafel beinahe den Knappen, der wachsbleich wurde. Reginar brummte unzufrieden.

»Lenkst du mich ab, damit du glänzen kannst?«

Esko grinste. »Warum sollte ich? Falls ich in Bedrängnis gerate, nützt es mir nichts, wenn du danebenschießt«, sagte er und prüfte die Hornscheibe, die auf seinem Bogen befestigt war; sie saß nicht mehr ganz fest. »Und mit einem Angriff rechnet hier anscheinend jeder.«

Als er sich bereit machte, hob Reginar die Stimme und machte eine weite Geste. Doch Esko ließ sich nicht ablenken, sondern schoss; es war eine einzige, geschmeidige Bewegung. Der Pfeil traf den Sack genau in der Mitte.

»Du musst mich auch mal ausreden lassen«, knurrte Reginar.

»Und du musst dir etwas Besseres einfallen lassen, wenn du mich ablenken willst.« Einen Augenblick fürchtete Esko, es zu weit getrieben zu haben, aber dann lachte der Flame gutmütig.

Als sie ihre Pfeile und Bolzen einsammelten, sagte Reginar: »In Riga ist man nie sicher. Die Stadt ist in den letzten Jahren regelmäßig angegriffen worden. Vor allem im Winter, wenn die meisten Kreuzritter abgereist sind, fallen die Heiden ein. Immerhin kämpfen die verschiedenen Stämme – Kuren, Semgallen, Lettgallen, Esten, Selonen und wie sie alle heißen – nicht nur gegen die Christen, sondern sind auch untereinander spinnefeind. Heiden sind sie alle, auch wenn manche dem griechischen Glauben anhängen.«

»Griechischer Glaube?«

»Na, die haben auch Kirchen, wie wir. Aber ihre Kirchenoberen sprechen griechisch, statt Latein wie die Päpstlichen – sie verstehen sich einfach nicht mehr. Da kommt es natürlich zu Zoff. Wenn du mich fragst, geht es um Spitzfindigkeiten wie die Frage, ob Jesus nun ein Opfer oder ein Sieger ist. Mir soll es egal sein, für mich lohnt es sich so oder so. Ein Jahr Sündenerlass ist mir sicher – genau wie den Pilgern zum Heiligen Grab. Wenn ich im Heidenkampf sterbe, werden mir gleich alle Sünden vergeben. Und wenn ich überlebe, könnte ich unbewohntes Gebiet in Besitz nehmen und mich dort ansiedeln.«

Esko schwieg. Er verstand, dass die Bewohner die Fremden nicht hierhaben wollten, vor allem, wenn sie ihnen etwas aufzwangen oder ihnen das Land wegnahmen. »Unbewohntes Gebiet? Hier leben doch überall Menschen.«

»Überall? Nein. Hier ist Platz genug für uns. Es gibt Wälder, so weit das Auge reicht. Wild, so viel man nur essen kann, Pelze, Honig und Wachs.« Lange schwärmte der Söldner von den Ländereien, als handle es sich um das Paradies.

Esko lauschte aufmerksam, fest davon überzeugt, dass die Götter einen Plan für ihn hatten, der sich ihm nur noch nicht erschloss.

»Woher weißt du das alles?«, fragte er schließlich.

»Die Prediger erzählen es. Der Bischof von Riga, Albert von Buxthoeven, unser Gastgeber, sendet sie aus.«

In der darauffolgenden Woche ging es endlich los. Esko hatte sich in sein Schicksal gefügt. Nur weil er einen Handelszug begleitete, musste er noch lange nicht töten, redete er sich ein.

Tatsächlich verlief die Reise zunächst ruhig. Das Land war bewaldet, aber auch sumpfig. Esko begleitete die Späher oder die Knechte, die aus Holzstämmen provisorische Brücken über Bäche und Niederungen bauten. Dennoch blieben die Frachtwagen oft stecken und mussten angeschoben werden; Radbrüche waren an der Tagesordnung. Viele Wagen waren aber auch schwer beladen. Es hieß, sie transportierten Silberbarren für Nowgorod, Kirchenglocken für die neu erbauten Kirchen im Heidenland und sogar ganze Altäre. Auch die Mücken und andere Viecher, die in dem Sumpf zu Tausenden über den Konvoi herfielen, plagten sie sehr. Kein Wunder, dass manche Kaufleute eine längere Schiffsreise oder die Winterfahrt mit dem Schlitten dieser Strapaze vorzogen.

Erfreulicher waren die Begegnungen mit den Einheimischen, die teilweise von weither zu ihren Lagerplätzen gelaufen kamen, um bei den Händlern Felle oder Wachs gegen Stoffe oder Salz zu tauschen. Diese Menschen waren arm, aber freundlich. Esko versuchte, sich mit Händen und Füßen mit ihnen zu unterhalten, und lernte ein paar Brocken ihrer Sprachen. So unauffällig wie möglich versuchte er mehr über den Glauben der verschiedenen Völker herauszufinden, der Letten und Liven, der Esten und Ruthenen.

Den Mönchen, die ihnen sogleich von Gottesstrafen und dem Himmelreich predigten, begegneten die Einheimischen mit höflicher Distanz. Wenn sie sich jedoch dem fremden Glauben unterworfen hatten, quälte sie der Zehnt, den sie dem Bischof leisten mussten. Ab und an wurden Versuche unternommen, den Konvoi zu überfallen, doch meist waren die feindlichen Trupps so klein oder so schlecht organisiert, dass man sie leicht in die Flucht schlagen konnte.

In Treyden kampierten sie für einige Tage am Ufer der Aa, um ihre Vorräte aufzufüllen. Anschließend wurde der Wald wieder dichter, die Wege waren zugewuchert. Anscheinend hatten in diesem Jahr noch nicht viele Wagen diesen Streckenabschnitt passiert. Sie zogen weiter auf das Land der Wenden zu. Es war ein unsicheres Wegstück, das sie in großer Hast hinter sich brachten. Sicherer fühlten sich die Kaufleute erst wieder in

Segewald, wo bereits viele Liven ihrem Fürsten Kaupo gefolgt waren und das Christentum angenommen hatten.

Esko stürzte seine Reise zunehmend in Gewissensnöte. Letztlich unterstützte er die Unterdrücker, indem er diesen Handelszug schützte. Dabei war hier die ursprüngliche Kraft seines Glaubens noch viel stärker. Er spürte Siwa oder Donar in jedem Felsen, jedem Fluss und jedem Baum.

Nach mehreren Wochen – für die letzten Tage luden sie die Waren auf Schiffe um – hatten sie Nowgorod erreicht, die Handelsstadt am Ufer des Wolchow. Sie nahmen im Petershof Quartier. Es war die größte Stadt, die Esko bislang gesehen hatte, und das Warenangebot auf den Märkten war so überwältigend, dass er sich in den blumigsten Worten ausmalte, wie er es Ida beschreiben würde. Diese Spielerei, die sonst so gar nicht seinem Charakter entsprach, lenkte ihn von seiner quälenden Sehnsucht nach der Geliebten ab. Immerhin hatten sie nun das Ziel ihrer Reise erreicht – bald wäre er auf dem Rückweg.

Doch während Winno von Rohrbach und seine engsten Vertrauten schnell wieder aufbrachen, musste Esko mit den Panzerreitern auf den nächsten Handelszug warten. Immerhin bekam er von dem Ritter einen Birkenbrief, auf dem vermerkt war, wie viel Geld er sich nach erfolgreicher Rückreise im Bischofspalas von Riga auszahlen lassen durfte. Jeden Tag, den sich ihre Abreise verzögerte, glaubte Esko vor lauter Unruhe verrückt werden zu müssen.

Erst als der Sommer sich dem Ende zuneigte, trat ihr Konvoi den Heimweg an. Allerdings übernahm nun Isfrid, der herrschsüchtige Anführer der Panzerreiter, das Kommando. Die Erkundungsritte dieser Krieger, bei denen sie alles zerstörten, was nach einem heidnischen Hain aussah, waren Esko unerträglich. Dauerregen verwischte nun auch noch die Farben des Herbstlaubs und machte die Wege beinahe unpassierbar.

Nachdem sie unter endloser Plackerei einen Gutteil der Strecke geschafft hatten, erreichten sie eine kleine, halbwegs ebene Lichtung an einem Fluss, der sich als Lagerplatz eignete. Die Wagen wurden in ein Rund gestellt, die Zelte der Ritter aufgebaut, der Koch ließ Feuerholz heranschaffen. Einige Ritter brachen auf, um zu jagen. Wenig später drehten sich Wachteln und Rebhühner über dem Feuer. Es dämmerte bereits, als Esko dabei half, die Pferde zu versorgen. Später würde er sich selbst zum Jagen zurückziehen. Bei diesen Gelegenheiten hatte er schon oft Orte gefunden, an denen er die Kraft der Natur besonders intensiv spürte, und den Göttern gehuldigt.

Hufschläge donnerten, und Esko griff über den Rücken zu seinem Bogen. Doch es waren nur die Panzerreiter, die lachend heranpreschten.

»Denen haben wir aber Beine gemacht«, riefen sie Reginar zu, der am Flussufer Wache hielt.

»Frönten an einem dicken Baum ihrem üblichen Frevel, als wir kamen. Sind gelaufen wie die Hasen.«

»War auch gesünder. Wer nicht schnell genug war, musste das Kreuz küssen«, sagte ein anderer feixend.

»Oder er baumelte an dem Baum, den er eben noch angebetet hatte.«

Reginar lachte. »Da wäre ich gerne dabei gewesen. Mal was anderes als dieser öde Wachdienst.«

Der Anführer sprang von seinem Ross. Esko hätte ihn am liebsten verprügelt. »Die Weiber durften natürlich auch statt des Kreuzes was anderes liebkosen, wir sind ja gar nicht so. Haben uns auch ordentlich Zeit gelassen«, sagte Isfrid grinsend und machte eine sprechende Hüftbewegung. In Esko stiegen Ekel und Wut auf. »Hübsch sind sie ja. Schön wild. Und das Gute ist: Man versteht sie nicht, wenn sie schrei…«

Ein Pfeil durchschlug seinen Hals. Auch andere Panzerreiter wurden von einem Pfeilhagel getroffen. Panik brach aus. Kaufleute flüchteten sich in oder unter die Wagen, Ritter riefen

Alarm, zogen die Schwerter, eilten zu ihren Waffen. Instinktiv duckte Esko sich hinter das Pferd, das er gerade abgerieben hatte. Überall im Dickicht bewegte sich etwas, aber noch waren die Angreifer nicht auszumachen. Wenn das die Verwandten der geschändeten Frauen waren, wollte er sie nicht töten. Er hatte Verständnis für ihren Hass. Dennoch machte er seinen Bogen schussbereit.

Wie Schatten brachen sie jetzt aus dem Buschwerk. Esko erkannte Männer, Frauen und Kinder, zwanzig waren es bestimmt. Geschickt stürzten sie sich auf die Ritter, vor allem auf die Panzerreiter hatten sie es abgesehen. Andere umkreisten auf Pferden ihre Opfer, trafen sie mit Schwertern oder durchbohrten sie mit Lanzen. Ihren Rufen nach zu urteilen waren es Esten. Im Nu tobten überall um ihn herum Kämpfe.

»Esko, hier!«

Reginars Stimme! Sofort zog Esko durch, schoss aber nicht; zu unübersichtlich war die Lage. Reginar hatte die Armbrust abgefeuert, jetzt hielt er mit seinem Schwert zwei Angreifer in Schach, einen weiteren hatte der Söldner bereits enthauptet. Mit Dolchen stachen die Männer auf ihn ein. Weit holte der Söldner aus und zog den Zweihänder durch. Die Angreifer konnten gerade noch ausweichen. Reginar hob das Schwert zu einem weiteren Schlag, da umklammerte ein etwa zehnjähriger Junge sein Bein und brachte ihn zum Straucheln. Der Söldner trat nach dem Kind und versuchte gleichzeitig, die Männer abzuwehren. Jetzt hatte er das Kind abgeschüttelt. Ein Panzerreiter holte von der anderen Seite mit der Axt nach dem Jungen aus. Esko konnte das nicht mit ansehen und schoss – sein Pfeil traf den Panzerreiter ins Herz, die Axt fiel zu Boden. Entschlossen nahm das Kind die Axt auf und wollte damit nun Reginar angreifen.

»Schieß, Esko!«, rief der Söldner. »Aber dieses Mal triff den Richtigen!«

In diesem Augenblick stieg das Pferd neben ihm, und Eskos Pfeil löste sich. Schlaff fiel der Junge zu Boden. Die Slawen fuhren herum. Esko ließ den Bogen sinken – das hatte er nicht gewollt! Gleichzeitig stürzten der Este und Esko aufeinander zu, doch statt ihn anzugreifen, bog sich Esko an ihm vorbei und sprintete zu dem Kind.

»Das wollte ich nicht … das wollte ich nicht«, stieß er ratlos hervor und löste behutsam den Pfeil aus der Brust des Kindes. Noch lebte der Junge. Er musste ihn verbinden! Esko riss sich das Hemd vom Leib.

»Mach dieses Teufelsbalg kalt … und dann hilf mir«, zischte Reginar, der mit dem zweiten Esten rang.

Esko hörte nicht auf ihn. So entsetzt war er, dass er den Söldner nicht einmal warnte, als sich von hinten ein weiterer Angreifer näherte. Mit einer schnellen Bewegung riss dieser Reginars Kopf hoch und schlitzte ihm die Kehle auf. Esko sah nicht hin. Er sah nur das Kind, das er vielleicht auf dem Gewissen hatte.

Jetzt spürte er eine Hand in seinem Haar und Eisen an seiner Kehle.

»Tu es, Bruder. Gib euren Göttern mein Blut, auf dass sie dieses Kind verschonen«, sagte Esko und meinte es in diesem Augenblick vollkommen ernst.

Etliche Kaufleute und Ritter hatten fliehen können. Die Leichen der Fremden wurden als Warnung an den Bäumen aufgeknüpft. Ihre eigenen Toten nahmen die Esten mit. Esko und die anderen Gefangenen – drei Panzerreiter und zwei Händler – wurden durch die Wälder getrieben. Die Esten hatten es eilig; vermutlich fürchteten sie einen Vergeltungsschlag. An Händen und Füßen gefesselt, folgte Esko dem Wagen, auf dem man den Jungen aufgebahrt hatte. Eine Frau hatte sich zu dem Schwerverletzten gesetzt und hielt seine Hand. Ihr hatte Esko es zu verdanken, dass er überhaupt noch lebte. Er wusste nicht, warum sie eingeschritten war, als der Krieger ihn töten wollte. Wenn dieses Kind starb, verdiente er den Tod!

Sie wanderten die ganze Nacht und den nächsten Tag durch Wälder, Sümpfe und an Seen vorbei. Niemand sprach mit den sechs verletzten und verängstigten Gefangenen. Esko beobachtete, wie der Junge verarztet wurde; noch lebte er. An einem Eichenhain opferte ein hagerer Mann, anscheinend der Anführer, ein Pferd der Panzerreiter. Es war ein schönes, kraftvolles Tier, dessen Tod die Götter sicher gnädig stimmen würde. Esko fragte sich, warum überhaupt Frauen und Kinder mitgekämpft hatten. Warum hatte der Anführer sie in Gefahr gebracht?

Schließlich erreichten sie nach Tagen – seine Füße waren schon wund – einen imposanten Festungsberg. Etliche Menschen kamen heran, als sie den Holzwall durchschritten. Der Junge wurde in das größte Holzhaus getragen, die Gefangenen hingegen in einen Pferch zu den Schweinen gesperrt und an Pfähle gefesselt. Oft kamen Bewohner der Festung vorbei und spuckten sie an. Jeder Versuch, sich zu unterhalten, wurde von den Wachen unterbunden, aber Esko hätte ja ohnehin nicht gewusst, worüber er reden sollte.

Er bedauerte, dass er sich nicht mit Neslin beraten konnte. Die weise Alte hätte sicher den Plan der Götter ergründen können, so aber war er auf sich allein gestellt.

Am Abend errichtete man innerhalb des Burgwalls einen großen Scheiterhaufen. Inzwischen hatte der Regen aufgehört. Als sich die Nacht über die Festung senkte, wurden die Toten aufgebahrt und beklagt. Esko und die anderen Gefangenen fesselte man an Pfosten neben dem Scheiterhaufen. Die Panzerreiter flehten um ihre Leben, während die Kaufleute versuchten, sich freizukaufen. Esko schloss mit seinem Leben ab. Noch einmal ließ er seine Gedanken zu Ida wandern, und seine Liebe zu ihr dämpfte sein Leid. Sie würden vereint sein, irgendwann.

Nun trat der hagere Mann vor die Trauernden. Die Haare

fielen ihm bis auf den Rücken, und sein Gewand war mit bunt gewebten Bändern eingefasst. Die Frauen und Männer neben ihm waren ebenfalls reich geschmückt, darunter auch die Frau, die sich um das Kind gekümmert hatte: eine hochgewachsene Fuchsrote mit mandelförmigen Augen, die der Kummer gezeichnet hatte. Ob der Junge noch lebte?

Während der Anführer in einer Sprache redete, die Esko kaum verstand, schleuderten die Zuhörer immer wieder Verwünschungen gegen die Gefangenen, also ging es wohl um die Schandtaten der Panzerreiter und den Kampf.

Der Anführer entzündete den Scheiterhaufen und trat, mit einem glänzenden Dolch bewaffnet, vor Esko und seine Leidensgenossen. Nun verstummten Panzerreiter und Kaufleute. Scharfer Gestank nach Ausscheidungen breitete sich aus; etliche Gefangene hatten sich besudelt. Unter dem Jubel der Zuschauer schnitt der Anführer jedem Panzerreiter die Kehle durch. Dann trat er zu den Kaufleuten. Auf einen Wink hin wurden ihnen die Fesseln gelöst und die Händler aus dem Wall getrieben. Sie sahen sich nicht mehr nach Esko um, als fürchteten sie, der Anführer könnte es sich anders überlegen. Dieser wandte sich nun Esko zu. Obgleich Eskos Herz bis zum Hals schlug, blickte er den Mann gefasst an. Wenn dies das Ende seines Lebens war, sollte es so sein.

»Opfere mich ruhig Euren Göttern, damit sie das Kind retten. Ist es der große Tarapita, dem ihr huldigt?«, sagte Esko und war erstaunt, dass seine Stimme doch etwas bebte. Er glaubte, den Namen des Gottes gehört zu haben.

Der Anführer setzte das Messer an Eskos Kehle. Dieser hielt die Augen offen – bis zum letzten Moment seines Lebens wollte er sehen, was um ihn herum geschah. Die Frau mit den fuchsroten Haaren sagte etwas, und der Anführer wandte sich daraufhin seinem Volk zu. Esko meinte, unzufriedenes Murren zu hören. Der Druck der Klinge ließ nach. Erleichterung durchflutete

Esko. Offenbar war er fürs Erste verschont worden, wenn er auch nicht wusste, warum.

Er fand sich in dem Pferch wieder. Man hatte ihn an der Säule stehen lassen, bis das Feuer heruntergebrannt war, und noch länger, so lange, bis seine Beine nachgegeben hatten und er vor Erschöpfung weggesackt war. Jetzt trat jemand gegen seinen Oberschenkel. Die Rothaarige stand vor ihm, eine Schale und einen Löffel in den Händen. Hasserfüllt blitzte sie ihn an. Esko vermutete, dass sie ihm gleich die Schale an den Kopf werfen würde. Doch sie beherrschte sich.

»Warum hast du meinen Sohn … erst gerettet … um ihn dann … zu töten?«, fragte sie gebrochen auf Deutsch.

Esko setzte sich auf. »Er ist tot? Das tut mir sehr leid«, sagte er erschüttert.

Ärgerlich schüttelte sie den Kopf. »Lembitu lebt. Noch.« Erleichtert nickte Esko. »Warum … also?«

Es fiel ihm schwer, ihren Blick auszuhalten. »Ich glaube an die Götter wie ihr, nur bei uns heißen sie anders. Euer Tarapita erinnert mich an Perun, den großen Donnerer.«

»Wenn du an … die Götter glaubst, warum hilfst du dann … diesen Mördern?

»Ich brauche … den Lohn.«

»Geld.« Sie spie aus. Er konnte ihr es nicht verdenken. Wie war er nur in diese Lage geraten?

»Man hat mich hierher entführt. Ich will zurück nach Hause. Aber die Reise kostet etwas.« Verständnislos starrte sie ihn an. »Es war … ein Fehler«, sagte er resigniert und gestand überraschend: »Ich weiß nicht, wo ich hingehöre. Aber als die Panzerreiter eure Leute überfielen, war mir klar, dass ich auf keinen Fall zu ihnen gehören will.« Er wusste nicht, ob sie ihn verstanden hatte, und wünschte, er könnte ihr seine Gedanken in ihrer Sprache begreiflich machen.

Jetzt schleuderte sie ihm doch noch den Brei vor die Füße. »Dein Leben und sein Leben … verbunden. Wenn er stirbt, du stirbst«, sagte sie, als sie den Pferch verließ.

Lauschen, zuhören, verstehen, hoffen – das war es, woraus Eskos nächste Tage bestanden. Die Esten versorgten ihn mit dem Nötigsten und ignorierten ihn ansonsten. Die Fesseln scheuerten Wunden in seine Haut. Wenn er losgemacht wurde, um sein Geschäft zu verrichten, taumelte er, weil seine Gliedmaßen wie abgestorben waren. Nachts wurde es schon empfindlich kalt. Esko versuchte, sich abzulenken, indem er sein Leben durchging, all die Gespräche, die kleinen Entscheidungen, die Fehler und Freuden. Besonders der Gedanke an Ida tröstete ihn. Er musste durchhalten, musste zurück zu ihr!

Er folgte gerade dem Gespräch zweier Mägde, als sich das Tor öffnete und ein Reitertrupp hereinpreschte. Alles Leben schien zu erstarren, als ein schmaler Mann mit prächtigem Schwert vom Pferd sprang und fragte, was los sei. Fassungslos starrte er Esko an, dann stürmte er zu ihm in den Pferch. Flüche ausstoßend – das verstand Esko, auch ohne die Worte zu kennen – packte und würgte er ihn. Esko wand sich in seinen Fesseln, er schnappte nach Luft, aber schnell glaubte er, dass seine Lunge platzen müsste, und ihm schwanden die Sinne. Wie aus der Ferne hörte er einen scharfen Ruf. Die Schraubzwinge um seinen Hals löste sich.

Offenbar gehörten der Schmale und die Fuchsrote zusammen. Esko fürchtete ständig, dass sie die Leiche des Kindes aus dem Haus tragen würden, aber nichts dergleichen geschah.

Nach etwa einer Woche wachte er davon auf, dass etwas seine Stirn kitzelte. Der Junge hockte vor ihm, schob die Haare aus Eskos Gesicht und blickte ihn prüfend an. Er sah blass aus und trug einen Verband um die Brust.

Obgleich er verdreckt war und sich zerschlagen fühlte, lächelte Esko glücklich. »Du lebst, den Göttern sei gedankt«, stieß er hervor.

Jetzt erst bemerkte er den Dolch, den das Kind umklammerte. Der Junge hob die Waffe – und ließ sie Esko in den Schoß fallen. Dann lief er davon.

Man löste ihm die Fesseln und führte ihn zu einem Fluss, wo er sich und die besudelten Kleider waschen konnte. Den Dolch ließ man ihm, auch wenn die Wachen ihn misstrauisch beäugten. Geduldig warteten die Männer, bis er zum fünften Mal Haare und Hosen durchgespült hatte, damit er endlich nicht mehr nach den Schweinen roch. Als er sich wieder angekleidet hatte, führte man ihn in eine kleine, saubere Hütte. Der Wachmann sagte etwas, was Esko nicht verstand. Er glaubte, dass er demnächst abgeholt würde, aber es sollte noch Tage dauern, bis er zum Anführer gerufen wurde.

Dass die Zeit trotzdem schnell verging, hatte er dem Jungen zu verdanken. Unvermittelt tauchte er in Eskos Hütte auf, setzte sich zu ihm und beobachtete ihn. Beim ersten Mal war die Mutter erschrocken hereingestürzt und hatte das Kind fortgebracht, als müsste sie es retten, aber beim zweiten Mal hielt der Junge seine Mutter auf und sagte etwas in seiner Sprache.

»Er will wissen, wofür du im Eichenhain gebetet hast«, sagte die Frau sichtlich missbilligend.

Esko wunderte sich. »Wenn ihr uns schon damals beobachtet habt, warum habt ihr die Panzerreiter nicht aufgehalten? Warum habt ihr den Konvoi nicht schon früher überfallen?«

Der Junge fragte scharf nach. Als seine Mutter übersetzt hatte, schüttelte das Kind ungehalten den Kopf.

»Verzeih, ich war unhöflich«, entschuldigte Esko sich bei dem Kind. »Ich habe mich noch gar nicht vorgestellt: Ich bin Esko. Auch in meiner Heimat werden die heiligen Haine von Rittern und Priestern zerstört. Ich bin froh, hier bei euch die Kraft der

Natur noch so stark zu spüren. Gerade von diesem Hain ging ein besonderer Friede aus.« Er zögerte. »Ich entschuldige mich und bleibe doch unhöflich. Ich habe eure Frage gar nicht beantwortet. Ich habe für meine Geliebte gebetet und dafür, dass ich bald zu ihr zurückkehren kann.«

Diese Antwort gefiel dem Jungen nicht. »Ich bete für Glück in der Schlacht und dafür, dass die Fremden endlich wieder verschwinden«, übersetzte die Mutter für ihn.

»Das ist sehr weise«, sagte Esko und wog seine Worte ab. »Allerdings werden die Fremden so schnell nicht verschwinden. Wenn du mich fragst, werden sogar noch mehr Fremde kommen. Der Bischof von …«

Eine Bewegung an der Tür unterbrach ihn. Die Gestalt des Anführers füllte den Türrahmen beinahe aus. Er trug einen besudelten Waffenrock und stank nach Pferd und Rauch.

»Mir scheint, das ist ein Gespräch, das Ihr eher mit mir führen solltet«, sagte er. Jetzt erfuhr Esko auch, dass es sich bei dem Mann um Vytamas handelte, den Ältesten der Sakkaler, eines estnischen Stammes.

Sie gingen in die große Halle, die mit eroberten Helmen und Ritterschilden geschmückt war.

Esko wurde eingehend zu seiner Lebensgeschichte, den Sitten seines Volkes und seiner Reise befragt sowie zu dem, was er von den Zuständen in Riga und den umgebenden Gebieten mitbekommen hatte. Er gab bereitwillig Auskunft und berichtete alles, was er über die Pläne des Bischofs und der Ritter wusste. Dieser Kampf war in seinen Augen so ungerecht, dass die Missionare keine Geheimhaltung verdienten.

Besonders die Tatsache, dass der Papst und seine Prediger zum Heidenkampf im Osten aufriefen und Lübeck von Kämpfern überlaufen war, die ihrer Abreise entgegenfieberten, erzürnte den Anführer zutiefst.

»Die Panzerreiter und Ritter sind in den Wäldern unbeweglich. Euer Vorteil ist, dass ihr schnell und wendig seid. Das solltet ihr noch mehr nutzen: Brecht aus dem Dickicht, greift an, und verschwindet wieder – so verbreitet ihr Angst und Schrecken, ohne viele Verluste zu erleiden«, erwiderte Esko. Sein Blick fiel auf den Jungen, der wirkte, als hätte er alles verstanden.

»Ihr habt gefragt, warum wir euch nicht gleich angegriffen haben. Weil wir nicht wollten. Wenn wir sie alle töten würden, die durch unser Land ziehen …« Der Anführer machte eine wegwerfende Geste. »Bei deinem Trupp gingen wir davon aus, dass die Gefahr gebannt sei. Unser Irrtum rächte sich grausam.«

»Darf ich fragen, wieso Ihr so gut unsere Sprache sprecht?«

»Schon lange kommen die Missionare zu uns. Sie schneiden die Ernte mit den Schwertern von den Feldern, erzwingen Tribut, erobern unsere Burgen, besprengen sie mit irgendwelchem Zauberwasser und schlagen den Unseren die Köpfe ab. Aber so viele Feinde wie jetzt waren es noch nie. Nach dem Gespräch mit Euch verstehe ich besser, warum das so ist.« Er schwieg, und Esko hielt es für ratsam, ihn nicht weiter mit Fragen zu belästigen. »Ihr könnt bei uns bleiben und Euch uns anschließen«, sagte der Anführer nach einer Weile nachdenklich. »Es könnte von Vorteil sein, wenn jemand außer mir die Sprache der Fremden gut beherrscht und wenn er ihre Sitten und Gebräuche kennt.« Wieder wandte die Rothaarige etwas ein. »Die Götter haben entschieden, dass dein Sohn lebt, Tairi. Also wird auch Esko leben«, entschied der Anführer.

Esko dankte für den Gnadenerweis. »Ich weiß, dass ich Euch großen Kummer zugefügt habe und in Eurer Schuld stehe. Ich will Euch gerne alles berichten, was ich weiß, aber dann möchte ich Euch verlassen.«

Tairi sagte etwas, und der König lachte. »Für ein Weib? Wir haben hier auch Frauen. Du könntest dir Ehre verdienen und eine unserer Frauen für dich gewinnen.« Die Zuhörerinnen tauschten Blicke und Worte, lachten ebenfalls.

Hitze flammte in Eskos Gesicht auf. Dankend, aber sehr entschieden lehnte er ab.

Noch eine Woche blieb er in der Festung Leole, dann bekam er sein Pferd, Pfeil und Bogen und den Birkenbrief zurück. Esko war erleichtert; ohne diesen Brief würde er sich keine Rückfahrt leisten können. Am letzten Abend nahm er seine Waffen und wandte sich dem Tor zu; er war gespannt, ob man ihn wirklich gehen lassen würde.

»Wohin willst du?«, rief ihm Lembitu hinterher.

»Jagen, damit ich den Göttern opfern kann. Möchtest du mich begleiten?«

Der Junge sah fragend seine Mutter an. Tairi schüttelte den Kopf. Lembitu bat, und schließlich forderte er. Stirnrunzelnd holte sie zwei Bogen und Pfeilköcher, und so gingen sie doch noch gemeinsam los. Nach der Jagd führte Tairi Esko zu dem heiligen Ort, den sein Volk hütete und schützte, um den Göttern zu opfern. Gewaltige Findlinge lagen dort, es konnten wahrlich nur die Götter gewesen sein, die sie hier abgelegt hatten. An die Bäume hatten Gläubige rote gewebte Bänder gehängt, Opfergaben aus Stoff. Die Äste waren schon kahl, und Esko fragte sich, wo die Zeit geblieben war. War er wirklich schon über ein halbes Jahr von Ida getrennt? Er wartete ruhig, während Lembitu und seine Mutter ihre Gebete verrichteten. Leise sang Tairi ein fremdartiges Lied. Die Melodie klang noch in ihm nach, als er das Kaninchen opferte, das er erlegt hatte.

Auf dem Rückweg sagte Esko zu dem Jungen: »Dieses Mal habe ich nicht nur für eine glückliche Reise gebetet, sondern auch dafür, dass euch die Götter Kraft für euren Kampf geben mögen.«

»Diese Kraft werden wir brauchen«, antwortete statt des Jungen seine Mutter, und Esko sah eine Wildheit in ihrem Blick, die ihn verstörte und zugleich anzog. »Wenn sich schon Kaupo, der König der Liven, bekehren lässt, dann folgen diesem Verräter viele nach. Dabei müssten wir einig sein.«

In den letzten Oktobertagen erreichte Esko Riga, gab in Schloss Wittensteen sein Pferd ab und ließ sich sein Geld auszahlen. Winno von Rohrbach war nicht in der Stadt, es hieß, dass er im Land der Wenden eine Festung aufbauen wollte, um ganzjährig die Handelsstraße zu sichern und von dort aus zu missionieren. Am Hafen trieb sich eine Vielzahl von Kaufleuten herum, die auf das Ablegen der Schiffe warteten. Esko hörte sich überall um, aber es war schwierig, noch eine Überfahrt zu bekommen.

Da sah er in der Menge der Wartenden ein bekanntes Gesicht. War das nicht Idas Bruder? Ohne recht darüber nachzudenken, stürzte er zu ihm.

»Bendix? Ich bin Esko. Erinnert Ihr Euch an mich?«, begrüßte er ihn.

»Natürlich! Ihr habt meine Schwester nach Lübeck gebracht«, sagte der junge Goldschmied erfreut. »Dass ich Euch hier treffe, am Ende der Welt! Was treibt Euch hierher?«

Kurz überlegte Esko, ob er Bendix von seinem Verdacht gegen dessen Vater und von der Entführung erzählen sollte. Die Pause dauerte Bendix anscheinend zu lange, denn er plapperte schon weiter: »Es wird Euch sicher freuen zu hören, dass es meiner Schwester gut geht. Ida hat geheiratet – einen Ritter, unglaublich, nicht wahr? Und noch etwas«, vertraulich neigte er sich zu Esko, dem es jetzt schon so vorkam, als würde ihm der Boden unter den Füßen weggerissen, »Ida ist guter Hoffnung. Ich bin gerade Vater geworden und werde jetzt auch noch Onkel! Könnt Ihr Euch das vorstellen?«

37

Mai 1202

Flocwin schrie. Mit seinen sechs Monaten hatte er eine ganz schöne Ausdauer, das musste man ihm lassen! Am liebsten hätte Ida ihren Sohn aus dem Wickeltuch befreit und im Arm gewiegt, bis er sich beruhigte, aber sie musste noch Olessa helfen, die Ziegen in den Stall zu treiben. Im letzten Monat war eine Ziege verschwunden, eine weitere hatte anscheinend ein Wolf gerissen.

Dabei war Ida todmüde. Ihre Tage waren lang, denn auf ihrem Land war so viel zu tun, und ihr Mann war unterwegs, wie fast immer. Inzwischen war Ida wirklich wütend auf Jusarius. Ein reicher Adeliger mochte es sich leisten können, seine Besitzungen zu verlassen, weil sich seine Dienstleute darum kümmerten. Aber bei fünf Hufen konnten sie sich nicht mehr Mägde und Knechte leisten, als ohnehin schon da waren, und auch das Geld ihres Vaters schmolz unter den Ansprüchen des adeligen Schwiegersohns und der eigenen Geschäfte dahin.

Vor dem Morgengrauen stand sie auf und arbeitete, bis ihr abends die Augen zufielen; um etwas Geld dazuzuverdienen, fertigte sie weiter Perlenstickereien für Bendix an. Jetzt gerade stellte sie einen sehr aufwändigen Gürtel fertig, der über und über mit feinen Glasperlen bestickt war.

Ida wischte sich den Schweiß von der Stirn, dann stemmte sie die Hände in die Hüften und beugte vorsichtig den steifen Rücken. Jetzt reichte es langsam! Ob der Knecht wenigstens die Kühe gemolken hatte? Ida hielt das Brüllen ihres Sohnes nicht mehr aus. Sie nahm Folcwin aus der Wiege und löste das Leinen.

»Kein Wunder, dass du dich beschwerst. Es ist viel zu warm in dem Tuch, und bewegen kann man sich auch nicht, was?«, sagte sie und kitzelte ihren Sohn am Hals. Wie gut er roch! Folcwin runzelte noch einmal die Stirn, dann jedoch gluckste er. »Oder hast du etwa Hunger?«

Ida setzte sich mit ihm ins Gras, öffnete ihr Hemd und gab ihm die Brust. Gierig saugte der Kleine. Sie strich ihm über den weichen Flaum in seinem Nacken und genoss den Anblick des wieder friedlichen Kindes. Inzwischen war es ihr einerlei, ob der Knecht sie missbilligend anstarrte, wenn sie stillte. Sie hatten kein Geld für eine Amme, aber sie hätte auch gar keine gewollt. Von Neslin wusste sie, dass es gut war, wenn Mütter ihre Kinder selbst nährten, und dass man in dieser Zeit nicht schwanger werden konnte. Nicht dass Jusarius sich ihr näherte, wenn er da war, aber man wusste ja nie. Sie wollte kein Kind von ihrem Mann. Flocwin hingegen würde sie immer an die eine Liebe erinnern, die sie erlebt hatte.

»Ist es nicht zu kalt für den Kleinen ohne Wickeltuch?«, fragte Olessa besorgt, die gerade die Hühner in den Stall gescheucht hatte, damit die Eulen und Greifvögel sie nicht holten. »Und der Knecht – er starrt schon wieder.«

»Lass ihn doch. Nichts, was ich tue, wird je seine Billigung finden – warum sollte es mir also etwas bedeuten? Au!« Ida zuckte zurück. Ihr Sohn starrte sie beinahe empört an. Ein winziger Blutstropfen zeigte sich auf ihrer Brustwarze. »Hast du etwa …« Behutsam berührte Ida seine Oberlippe. »Das erste Zähnchen!«, rief sie aus.

Olessa stürzte zu ihr – sie wollte es auch sehen. Ida und die Magd strahlten Folcwin an, und Ida drängte den Schatten zurück, der sich über ihr Gemüt zu legen drohte. Wie traurig, dass Esko diesen Moment nicht mit ihr erlebte …

Sie fröstelte. »Lass uns hineingehen«, sagte sie.

Zwei Stunden später war sie über ihrer Stickarbeit eingeschlafen, wurde aber von einem Poltern geweckt. Sie fuhr auf. Inzwischen hatte sich herumgesprochen, dass sie oft allein auf der Motte war, weshalb sich viele Halunken auf ihrem Grund herumtrieben. Des Öfteren hatte sie den Schurken schon mit dem Schwert drohen müssen. Seit der Graf von Schwerin Anspruch auf einen Teil ihres Landes erhob, weil es angeblich falsch vermessen worden war, hatten sich die Zwischenfälle gehäuft. Leider hatte Jusarius sich noch nicht darum gekümmert. Deshalb hatte Ida einen Vasallen des Schweriners aus dem Hinterhalt mit der Steinschleuder angreifen müssen, ehe wieder Ruhe eingekehrt war. Wollte der Graf nun einen neuen Versuch starten, sie einzuschüchtern?

Ida packte das Schwert, weil es bedrohlicher aussah, obgleich sie mit der Schleuder besser umgehen konnte.

In diesem Augenblick polterten Jusarius und Lentz herein. Sie sahen Ida mit dem Schwert und lachten.

Wut brandete in ihr auf. »Wenn du dein Land gegen Halunken und die Vasallen des Grafen von Schwerin verteidigen würdest, müsste ich nicht deine Aufgaben übernehmen«, zischte sie und wich dem Helm aus, den ihr Mann nach ihr warf. Das Metall polterte auf den Boden, wovon Folcwin aufwachte, der laut zu weinen begann.

»Was redest du da?« Ida wollte es ihrem Mann erzählen, aber Jusarius fuhr ihr über den Mund. »Bring uns was zu essen und Wein! Und dann sorg dafür, dass das Kind ruhig ist!«

Ida beeilte sich, dem Wunsch ihres Mannes nachzukommen; sie wollte nicht noch mehr Streit. Lentz verzog nach dem ersten Weinschluck den Mund. Jusarius spuckte aus. »Was ist das denn für ein Gesöff?«

»Den Claret habt ihr beim letzten Mal geleert.«

»Hat dein Vater denn noch keinen neuen Rotwein geschickt? Warum hast du keinen gekauft?«

»Das Geld ist alle.«

Ihr Mann biss ein großes Stück von Brot und Braten ab. »Dann verkauf etwas – die Bauern müssten doch einen Teil des Zinses geliefert haben!«

»Nicht alle. Ich sagte doch, der Lehnsmann des Grafen von Schwerin behauptet, ein Teil des Landes gehöre seinem Herrn, also zieht er dort den Zins ein.«

»Du solltest weniger sticken und mehr für mein Land eintreten«, begann Jusarius zu schimpfen.

Folcwin weinte noch immer, obgleich Ida hörte, wie Olessa ihn zu beruhigen versuchte. Sie nahm der Magd das Kind ab und wiegte es im Arm, bis es sich beruhigte.

Während Lentz den Braten in sich hineinstopfte, kam Jusarius zu ihr. Am liebsten hätte Ida ihm das Kind verweigert, aber so ein Verhalten wäre weder richtig noch vernünftig. Außerdem hatte sich ein weicher Zug auf das Gesicht ihres Mannes geschlichen.

»Da ist ja der kleine Kämpfer«, sagte er lächelnd. Kurz machte er Anstalten, den Säugling zu berühren, zog dann aber die Hand zurück.

»Er hat seinen ersten Zahn bekommen.«

»Dann isst du mir ja bald den Braten weg«, sagte Jusarius und stupste Folcwin auf die Nase. Er lächelte Ida an, ungewohnt zärtlich. Sie waren nun schon ein Jahr verheiratet, doch noch nie hatte er sie so angesehen.

»Der Braten ist auch fad. Nicht genügend in Pfeffer eingelegt, was?«, meldete sich jetzt Lentz zu Wort.

Das Gesicht ihres Manns verdüsterte sich. »Nun erzähl noch einmal in Ruhe, Weib. Was ist vorgefallen, während wir unserem König beigestanden haben?« Konzentriert lauschte er. »Der Graf von Schwerin hat in Sachsen sehr viele Lehen, die teilweise weit auseinanderliegen. Natürlich möchte er größere Flächen und einen ordentlichen Stammsitz hier haben. Die wird er aber nicht bekommen – zumindest nicht, wenn es nach mir geht! Ich werde mich gleich morgen darum kümmern. Im Zweifel muss ich Wilhelm von Lüneburg um Hilfe bitten. Nach den Diensten, die wir den Welfen im letzten Jahr geleistet haben, kann ich eine Anerkennung verlangen. Die Hochzeitsfeierlichkeiten sind genau der richtige Anlass dafür.«

»Hochzeitsfeierlichkeiten?«, fragte Ida nach.

Jusarius setzte sich wieder zu seinem Freund und sprach dem Wein zu. »Wilhelm von Lüneburg und Prinzessin Helena von Dänemark werden ihre Vermählung mit ihrem Hofstaat auf der Kalkbergfestung feiern. König Otto höchstpersönlich, Wilhelms Bruder, wird auch anwesend sein. Er ist der König der Könige, hat eine Ahnenreihe wie kein anderer. Wenn es mir gelingt, mein Schicksal mit seinem dauerhaft zu verbinden, wird es zu unserem Wohl sein«, sagte er und sah dabei seinen Kampfgefährten an. »Ich hoffe, du hast etwas Passendes anzuziehen und auch mein gutes Wams ist fertig, das du verzieren wolltest«, setzte er an Ida gerichtet hinzu.

Lentz hielt Ida die leere Weinkanne hin. Sie versuchte, diese Ungeheuerlichkeit zu ignorieren. »Aber wer wird sich um die Motte kümmern, wenn wir unterwegs sind?«, fragte sie.

Jusarius schwieg. Dann kräuselte er unwillig die Lippen. »Das muss wohl Lentz übernehmen.«

»Du willst mich hierlassen, wenn auf der Burg gefeiert wird?«, brauste der Schildknecht auf.

Es fiel Ida sehr schwer, Folcwin bei Olessa und Lentz zurückzulassen. Es war das erste Mal, dass sie von ihrem Sohn getrennt war. Wenn ihrem Kleinen etwas zustieße, würde sie ihres Lebens nicht mehr froh. Aber Jusarius bestand darauf, dass sie allein zu den Feierlichkeiten ritten. Zumal er gleich nach seiner Rückkehr seinen Nachbarn zur Rechenschaft gezogen und dieser ihm eine Fehde angedroht hatte. Olessa fürchtete sich, mit dem Schildknecht allein zu sein, aber Ida hatte ihr versichert, dass Lentz nicht über sie herfallen würde; das hoffte sie zumindest.

Ida trug ihr bestes Kleid und den perlenbestickten Gürtel, den sie in Bendix' Auftrag angefertigt hatte; es schadete ja nichts, wenn sie sich das prächtige Stück einmal auslieh. Auch Jusarius sah in seinem neuen Sarrock richtig gut aus, das musste sie zugeben. Das Kriegerleben schien ihm gutzutun, kein bisschen Fett war mehr an seinem muskulösen Körper. Er strahlte die gefährliche Kraft eines wilden Tieres aus, von dem man nicht wusste, ob es wirklich gebändigt war. Wenn er bei ihr war, brauchte sie keine Angst zu haben, so viel stand fest.

Sie hatte noch nie ein Hoffest erlebt, aber von fahrenden Sängern oft von deren Pracht gehört. Doch im Vergleich zu mancher Bürgerhochzeit in Lübeck nahmen sich die Dekorationen und die Kleider der Damen hier eher bescheiden aus. Allerdings bemerkte sie, wie viele Frauen Blicke auf ihren Gürtel warfen.

Alle wirkten sehr aufgeregt, während sie sich bei der Michaeliskirche aufreihten, um König Otto in Empfang zu nehmen. Auch hörte sie, wie der Papst gelobt und der dänische König geschmäht wurde.

»Ich dachte, die Verbindung mit König Knut ist gut für die Welfentreuen«, sagte Ida verwundert zu ihrem Mann.

»Das ist sie auch. Der Dänenkönig verfügt über viel Macht im Norden. Aber anscheinend will er diese nicht teilen. Alle hatten erwartet, dass er Wilhelm von Lüneburg Nordelbingen, also Dithmarschen, Holstein und Stormarn, zum Lehen geben würde, aber nichts dergleichen ist geschehen. Dafür bringt die Prinzessin wohl in ihrem Heiratsgut dänische Stationen an der Salzstraße mit.«

»Ist König Otto denn darauf angewiesen? Unterstützt der Papst den Welfen nicht im Thronstreit?« Ida war froh, dass sie durch ihre Familie ein wenig über die Reichspolitik Bescheid wusste.

»Die Anhänger von König Otto sind schwankend in ihrer Loyalität. Und nun ruhig, man starrt uns schon an!«, zischte Jusarius.

Das frisch getraute Ehepaar hatte den Vorhof der Kirche erreicht und schritt nun die Reihen ab. Wilhelm und Helena waren so jung wie Ida, um die zwanzig. So ausdrucksstark das Gesicht der dänischen Prinzessin mit dem spitzen Kinn und den dichten Augenbrauen war, so blass und aufgedunsen wirkte Wilhelm. Kaum vorstellbar, dass er tatsächlich im Frühjahr beim Thüringer Feldzug mitgekämpft hatte. Ida bewunderte den feinen Tasselmantel der Dänin. Elegant hatte sie den Daumen der linken Hand in die Tasselschnur aus Perlen geschlungen. Die Schleppe und die Ärmel ihres grünen Kleides waren verschwenderisch lang.

In den Schatten gestellt wurden die Brautleute aber sogleich von König Otto, einem hochgewachsenen blonden Mann, der sich pompös mit Pauken und Trompeten ankündigen ließ. Er war in feinsten Scharlach gehüllt, und sein roter Mantel war mit grünem Zendal und Zobelpelz gefüttert. Auch Pfalzgraf Heinrich, der dritte der Söhne Heinrichs des Löwen, war anwesend. Ida beobachtete, wie die Damen neben ihr knicksten, und tat es ihnen nach, bemerkte aber sofort spöttische Blicke.

»Bauerntrampel«, meinte sie zu hören.

Knallrot geworden, sah sie auf. Von wo war die Stimme gekommen? Überrascht bemerkte sie den Blick der dänischen Prinzessin, die kritisch die Augenbraue hob. Schnell schlug Ida die Augen nieder.

Nach dem feierlichen Gottesdienst gab es einen großen Empfang und Festivitäten in der Burg. Ida, die noch nie die Kalkbergfestung betreten hatte, war nun doch beeindruckt. Der Hofstaat des Königs war groß; neben Kriegern begleiteten ihn auch Spielleute und Gelehrte. Jusarius näherte sich dem Kämmerer des Welfen, weil er sich Unterstützung in der Lehensfrage erhoffte. Jetzt sah Ida auch den Grafen von Schwerin und dessen Frau, die gerade mit Otto und seinem jüngeren Bruder Wilhelm redeten. Aufmerksam beobachtete Ida die Welfen. König Otto wirkte gravitätisch, ein wenig wie ein zu großer Herrscher in einem zu kleinen Reich. Manchmal schien er herrisch und wenig verbindlich, was sein jüngerer Bruder Wilhelm durch Leutseligkeit auszugleichen versuchte.

Ein Spielmann trat auf und beschwor in seinem Gesang die ausgezeichnete Herkunft der Brüder und zählte Ottos halbe Verwandtschaft auf, zu der anscheinend die Kaiser Otto der Große und Karl der Große genauso gehörten wie der König von England, Kaiser Friedrich I. sowie die Könige von Dänemark, Navarra, Kastilien und Sizilien.

Etwas verlegen stand Ida zwischen all den Adeligen und versuchte, die abschätzigen Blicke zu ignorieren und gleichzeitig eine gute Figur zu machen. Ähnlich einsam, wie sie sich fühlte, wirkte nur noch Prinzessin Helena.

Jusarius kam zu ihr zurück. Erregt stürzte er einen Becher Wein hinunter. »Dieser verdammte Graf von Schwerin. Meint, weil er höheren Standes ist …«, brummte er. »Herr Wilhelm lässt sich natürlich einlullen. Dieser jüngste der Söhne Heinrichs des Löwen ist kein Welfe, er ist ein Welpe!«, schimpfte er. »Und jetzt muss erst einmal den Spielleuten gelauscht und getanzt werden! Dass König Otto am englischen Hof groß geworden und der Lieblingsneffe des berühmten Richard Löwenherz ist, ist ja gut und schön – aber man kann sich doch auch mal den wichtigeren Dingen widmen!«

Ida versuchte, ihn zu mäßigen, aber Jusarius reagierte nicht. So bekam er auch nicht mit, dass der König und sein Bruder mit einem Teil ihres Hofstaates hinter ihnen aufgetaucht waren.

»Einem Ritter sollte die Dichtkunst ebenso leicht von der Hand gehen wie die Kriegskunst, das solltet Ihr wohl wissen«, sagte der König plötzlich laut und streng.

Jusarius erbleichte und sank auf die Knie; Ida tat es ihm nach. »Majestät«, murmelte Jusarius.

»Wir wissen wohl, dass Ihr Uns in den schwierigen letzten Jahren zur Seite gestanden habt, und hörten von Unserem Kämmerer, dass Ihr nun Unseren Rat sucht«, sagte der König.

Unter unzähligen Entschuldigungen schilderte Jusarius seine Lage. »Die Kriegskunst Eurer Majestät ist mir wohlbekannt, und ich hörte wohl, dass Ihr am Hofe von Aquitanien, der Wiege der Hövischkeit, gerühmt wurdet«, sagte er seltsam gestelzt. »Aber mit Verlaub, Majestät: Ihr dürft Eure Vasallen im Stammland Eurer Familie nicht vergessen. Sie sind es, die mit Leib und Leben für Euch eintreten.«

Während der Schilderung musterte der König Ida unverhohlen und ließ seinen Blick auch auf ihrer Taille ruhen. Sein Bruder Wilhelm wirkte jedoch eher abwesend. Zu ihrer Überraschung bestätigte der König nicht nur das Lehen, sondern sprach Jusarius für seine Dienste ein weiteres Stück Land zu. Jusarius dankte dem Welfen ergeben. Doch König Otto wies auf Idas Gürtel. »Eine wunderschöne Arbeit. Woher habt Ihr sie?« Wieder spürte Ida die Hitze auf ihrem Gesicht.

»Mein Weib ist eine Zierde der adeligen Stickkunst«, sagte Jusarius. »Erlaubt mir, edler Herr, Euch dieses Stück, das Euer Wohlgefallen findet, zu verehren.« Unvermittelt begann er, an Idas Gürtel zu nesteln.

Der König gab einem Diener einen Wink, damit er den Gürtel an sich nahm. Dann wandten er und sein Bruder sich seinen anderen Vasallen zu.

Ida wusste gar nicht wohin vor lauter Scham. Glücklicherweise war ihr Kleid so eng, dass es auch ohne Gürtel halbwegs vernünftig saß. Was würde ihr Bruder dazu sagen, dass sie dieses kostbare Stück verloren hatte?

Einen weiteren peinlichen Moment gab es, als zum Tanz aufgespielt wurde. Als Jusarius ihr die Hand reichte, zögerte Ida.

»Mach einfach das, was alle anderen Damen auch tun!«, forderte ihr Mann leise. Ganz kribbelig vor Nervosität kam sie seinem Wunsch nach. In Paaren standen sie beieinander. Ida wollte gerade die Hände zum Reigen ausstrecken, da schritten die Herrschaften gemessen los und führten dann und wann gezierte Hüpfer aus. Wie beschämt sie sich fühlte, als sie ungeschickt hinterherstolperte! Warum hatte ihr Mann sie nicht vorgewarnt? Sie machte sich ja zum Gespött! Immerhin schien sich Jusarius ebenfalls nicht wohl in seiner Haut zu fühlen.

Jusarius hieß sie in der darauffolgenden Woche, Brot zu backen und Fleisch einzulegen. Ida spürte, wie eine ungekannte Schwäche sie ergriff. Es war eine Erleichterung, dass ihr Mann und Lentz die schweren Arbeiten übernahmen. Seit Folcwin zahnte und den Brei verweigerte, brüllte er viel, und sie schlief wenig. Da Jusarius sie ansonsten ignorierte, störte sie seine Anwesenheit kaum.

Die Männer saßen beisammen und schliffen ihre Schwerter. Als Lentz für einen Augenblick verschwand, ging sie zu ihrem Mann.

»Du willst wieder fort?«, fragte sie.

»König Otto wird zu Pfingsten den Hoftag in Verden begehen. Du weißt doch, dass ich ihm meine Unterstützung zugesagt habe«, meinte er und strich mit dem Stahl über die Klinge, die schon jetzt glänzte.

»In den Sommermonaten gibt es hier sehr viel Arbeit …«

»Na und? Du bist jung und kräftig. Ich habe Wichtigeres zu tun. Gerade erst hat der König Bremen unterworfen. Nun will er weitere Ländereien zurückerobern, die einst seinem Vater gehörten. Das Land, das Heinrich dem Löwen gehörte, soll wieder so bedeutend werden wie einst. König Otto will beweisen, dass der Löwe ihm seine Stärke vererbt hat.«

»Der Löwe.« Sie stieß die Worte aus wie einen Fluch.

»Was?«, fragte Jusarius scharf.

»Er hat mit seinen Truppen Bardowick zerstört und meine Familie gezeichnet.«

Ihr Mann holte ein Tonfläschchen mit Öl hervor und arbeitete es auf die Klinge. »War keine große Sache damals. Ein Kaff unter vielen«, murmelte er.

Etwas brauste in Ida auf, wild und unaufhaltsam. »Bist du etwa dabei gewesen? Hast auch du Bardowick überrannt, die Männer getötet, die Weiber geschändet …«

»Und wenn schon?« Seine Augen funkelten, als er sich drohend erhob. Jetzt kehrte auch Lentz zurück.

Bebend wandte Ida sich ab. »Euer Proviant ist heute Abend bereit«, sagte sie.

38

Ende September

Wie im Flug vergingen die nächsten Monate. Trotz der vielen Arbeit gelang es Ida, mit Folcwin und Olessa auch den Sommer zu genießen. Sie bekam Besuch von Bendix und ihrer Mutter. Ihr Bruder musste schlucken, als er von dem Verlust des Gürtels erfuhr, wendete es aber sogleich zum Guten: Die Tatsache, dass selbst dem König ihre Arbeiten gefielen, wäre sicher auch eine ausgezeichnete Werbung. Bendix stellte inzwischen hauptsächlich kostbaren Schmuck, Goldkreuze und Altargegenstände her, während er die Perlenarbeiten gerne Ida überließ. Die reichen Lübecker Bürger wollten sich mindestens so prächtig ausstaffieren wie der Adel. Und jetzt, wo König Knut den Lübeckern freien Handel auf dem bedeutenden Markt im dänischen Schonen und auch andere Vorrechte gewährte, profitierten viele. Dass der König zudem Lübeck ausbauen wollte, kam besonders ihrem Vater zugute.

Auch mit Svea und Henniko traf Ida sich. Oft brachten die beiden andere Bewohner ihres Dorfes mit, die krank waren und Idas Hilfe suchten. Es machte ihr Spaß, sich die Weisheiten von Neslin ins Gedächtnis zu rufen, und allmählich legte sie sich einen größeren Vorrat an Heilkräutern an.

Der Herbst war heiß und drückend. Nach der Erntezeit und der Verwahrung des Zehnten ritt Ida mit Olessa und Folcwin öfter zum Fluss. Die Bäume und Büsche auf der Brandfläche hatten sich inzwischen erholt, und Ida freute sich, Vogelnester in den Baumkronen zu entdecken. Während Olessa auf Folcwin aufpasste, der begeistert durch die Uferböschung krabbelte und den Matsch durch Finger und Zehen skwitschen ließ, fing Ida wieder an, sich im Schwimmen und Tauchen zu üben. Sie wollte auch in der weiteren Umgebung nach Muscheln suchen und Perlen fischen, weil sie sich vorgenommen hatte, ihrem Bruder seinen Verlust wenigstens ein wenig zu ersetzen. Außerdem hatte sie ein gewisses Jagdfieber gepackt.

»Frau Ida!« Gerade, als sie versuchte, zwei Krebse für das Abendessen zu fangen, wurde sie von Olessas verängstigtem Ruf aufgestört.

Ida ließ die Krebse sausen und watete ein Stück aus dem Wasser. »Ist etwas mit Folcwin?«, fragte sie besorgt.

»Nein, das nicht.«

»Kommt ein Boot?« Auch die Händler, die ihre Waren nach Lüneburg oder zur Elbe brachten, brauchten sie nicht zu sehen.

»Nein.«

Etwas ungehalten stapfte Ida weiter hinaus und schüttelte sich das Wasser aus den Haaren wie ein nasser Hund. »Was ist denn los? Ich hoffe, du hast einen guten Grund, mich zu stören! Beinahe hätte ich uns ein Abendessen gefangen!«, rief sie gespielt streng.

Sie sah auf – und entdeckte erst jetzt in einiger Entfernung die Teilnehmer einer Jagdgesellschaft. Hohe Herren und eine Dame, die sie halb entsetzt, halb belustigt musterten.

»Vrouwe von der Heien?«, fragte Wilhelm von Lüneburg pikiert. Er hielt einen Falken auf dem Arm, dessen Kopf von einer Lederhaube bedeckt war. Neben seiner Gattin Helena ritt ein Knappe, der ihren Habicht trug.

Verlegen knickste Ida tief. Ein Tropfen lief kitzelnd ihre Nase hinunter. Wie sah sie überhaupt aus in ihrem nassen Leibhemd? Folcwin giekste. Er saß im Schilf, über und über mit Matsch beschmiert. Auch Olessa hatte etwas davon abbekommen. Sie waren ja eine feine Gesellschaft, kein Wunder, dass die Ritter sie so anstarrten.

»Euer Knecht brüllte uns entgegen, dass wir Euch hier am Fluss finden würden. Ich hatte allerdings nicht erwartet …« Herzog Wilhelm zog die Augenbraue hoch. Ida bemerkte erleichtert, dass seine Frau schmunzelte.

»Ich … äh …«

»Würde jemand bitte der Dame einen Umhang reichen?«, rettete Prinzessin Helena Ida aus der peinlichen Situation. Sogleich sprang einer der Treiber vom Pferd und legte Ida den Umhang um.

»Habt Dank, mein Herr«, sagte Ida, die sich nun etwas wohler fühlte. »Was wünscht Ihr, Hoheit?«

»Wir passierten die Ländereien Eures Mannes gerade bei der Jagd, und ich fragte mich, ob die Grenzstreitigkeiten beigelegt sind. Meinem Bruder, dem König, war es sehr wichtig, dass ein treuer Vasall auch gerecht behandelt wird.«

»Euer Interesse ehrt uns sehr. Dank des Eingreifens des Königs gab es keine weiteren Angriffe auf das Land meines Mannes.«

Herzog Wilhelm reckte die lange Nase ein wenig, als wollte er den Wind prüfen. Das Gefieder des Falken wurde von einer Bö gezaust. »Wo ist Euer Gatte jetzt?«

»Beim König, Eure Hoheit.«

»Wir werden einen unserer Diener abstellen, damit er Euch nach Hause geleitet«, sagte er und nickte hoheitsvoll.

Bevor seine Frau ihm folgte, wandte sich Prinzessin Helena noch einmal Ida zu. »Seid Ihr nicht die Dame, die den prächtigen Gürtel anfertigte? Warum sehen wir Euch nicht öfter bei Hof?«

»Ich muss mich um das Gut meines Mannes kümmern, Herrin.«

»Habt Ihr keinen Knecht?«

»Nur den alten Mann«, sagte Ida beschämt.

»Nun, dann werden wir Euch Hilfe schicken. Wir erwarten Euch in der nächsten Woche.«

Ida hatte keine Ahnung, wie lange sie bei Hofe bleiben sollte, also nahm sie, nachdem ein kräftiger Knecht eingetroffen war, der einen anständigen Eindruck machte, Folcwin und Olessa mit zum Kalkberg. Es zeigte sich, dass etliche Kinder am Hof lebten und ihr Sohn sofort Spielkameraden fand. Um Ida kümmerte sich allerdings zunächst niemand. Sie bekam einen Platz ganz am Rand der Tafel zugeteilt, und es schien, als würden die Hofdamen sich lieber die Zunge abschneiden, als mit ihr zu reden.

Ohnehin war die Stimmung frostig, da Helena nun auch dänische Hofdamen berufen hatte. Was für Zickereien es gab, als es darum ging, welche Hofdame die Kammer mit Ida teilen sollte! Ida bemühte sich, die Verachtung zu ignorieren, die ihr entgegenschlug. Sie hielt sich an das, was sie konnte. Wenn sie stickte, wurde sie in der Nähe der Damen geduldet. Ja, Idas Talent schien der Hauptgrund für ihren Aufenthalt zu sein, denn die Damen wollten zwar mit Stickereien glänzen, verstanden sich aber nur auf einfache Techniken. Ansonsten verbrachte Ida so viel Zeit wie möglich mit ihrem Sohn.

Eines Nachts, als Ida gerade nach Folcwin gesehen hatte, und in ihre Kammer zurückkehren wollte, hörte sie aus der Burgkapelle ersticktes Schluchzen. Ob jemand Hilfe brauchte? Ida schlich zur Tür und spähte hinein. Nun waren nur noch Regen und Sturm zu hören, die an den Fensterläden rissen. Helena von Dänemark kniete vor dem Altar mit dem Ewigen Licht. Schon wollte Ida davonschleichen, als die Adelige sich zu ihr umdrehte. Sie hatte einen Seidenschleier um ihr Gesicht gehüllt. Unter ihrem Umhang trug sie nur ein feines Seidenhemd, das beinahe durchscheinend war.

»Ich wollte Euch nicht stören, Hoheit«, entschuldigte Ida sich.

Helena hob den Schleier. Ihr Gesicht war vom Weinen ganz aufgeschwemmt. »Was schleichst du hier herum?«, fragte sie scharf.

»Ich war bei meinem Sohn. Folcwin leidet an Koliken, und ich habe ihm einen Sud aus zerstoßenem Fenchel und Kümmel zu trinken gegeben. Jetzt schläft er«, erklärte Ida.

Helena tupfte sich die Tränen ab. »Da hat er ja Glück gehabt. Ich wünschte wirklich, der Leibarzt meines Gatten würde auch nur ein wenig von Heilkunst verstehen«, murmelte sie.

»Ist Euer Gatte denn krank?«, fragte Ida.

Die dänische Prinzessin blitzte sie an. »Glaubst du, es steht dir zu, danach zu fragen?«

Ida wich erschrocken zurück. »Ver… vermutlich nicht. Verzeiht, Hoheit«, stammte sie. Warum machte sie sich so klein? Sie hatte nie darum gebeten, hier zu sein! »Ich kannte ein erfahrenes Wurzelweib sehr gut und horche daher stets auf, wenn es um Heilkunst geht«, setzte sie selbstbewusster hinzu.

Helena erhob sich und strich ihren Seidenumhang glatt. »Uns kann kein Wurzelweib helfen«, sagte sie gefasster.

Ida dachte, dass es besser wäre, sich zurückzuziehen, und sie fragte ihre Herrin, ob sie ihr noch zu Diensten sein könne. Helena lehnte ab. Doch als Ida die Kapelle gerade verlassen hatte, hörte sie von Neuem Wehklagen, und dann wurde sie zurückgerufen.

Ihre Herrin weinte heftig, hatte aber die Hände vor das Gesicht geschlagen. Ida wusste nicht, was sie tun sollte. Jeden anderen hätte sie in den Arm genommen oder sonstwie getröstet, aber eine dänische Prinzessin … Unschlüssig wartete sie neben ihr. Der Wind pfiff durch die Läden, und neben dem Fenster hatten die durch die Spalten gespritzten Regentropfen eine kleine Pfütze gebildet.

»Verstehst du wirklich etwas von Heilkunst?«, fragte Helena schließlich erstickt.

Ida reichte ihrer Herrin das Leinentuch, das sie um den Kopf getragen hatte, damit diese sich schnäuzen konnte. »Nur ein wenig, Hoheit.«

Helena tupfte sich das Gesicht ab und wischte sich die Nase.

»Man sollte meinen, ich sei aus meiner Heimat widrige Witterungen gewöhnt, aber das hier macht mich ganz trübsinnig. Und mein Gatte …« Sie sah Ida an. »Sein Leibarzt meint, es sei meine Schuld, dass wir … dabei ist es so, dass Wilhelm …« Helena blickte um sich, als fürchtete sie Lauscher. Gleichzeitig schien es Ida, als wollte ihre Herrin eine Last loswerden. Sie senkte die Stimme. »Wir können die Ehe nicht vernünftig vollziehen. Er ist einfach zu … groß. Ich tue ja schon, was ich kann, aber seine Manneskraft reicht nicht aus. Gibt es nicht zufällig ein Kraut, das in solchen Fällen Abhilfe schafft?«

Ida überlegte fieberhaft. Sollte sie sich wirklich in die Angelegenheiten des Paares einmischen? Würde sie ihren neuen Stand nicht erneut schädigen, wenn sie Kräuter für Helena zusammenstellte? Und was wäre, wenn Wilhelm dachte, sie würde ihn vergiften wollen? Andererseits wirkte die Herzogin wirklich verzweifelt.

»Ich glaube schon, dass es Kräuter gibt, die Eurem Gatten helfen könnten. Und auch gegen Euren Trübsinn kann man etwas tun …«, sagte sie schließlich.

Am darauffolgenden Tag wurde Ida von Helena in ihre Kemenate gebeten, was wieder einmal zu spitzen Bemerkungen seitens ihrer Hofdamen führte. Ida rieb sich die Arme. In der Burg war es kalt, obgleich draußen herrliches Herbstwetter herrschte. Die Hofdamen saßen am Fenster vor ihren Stickrahmen, hatten die Augen aber eher auf Ida als auf den Stoff gerichtet.

»Glaubst du, dass du eine angemessene Gesellschaft für mich bist, Ida?«, fragte Helena rundheraus.

Ida sah sie ruhig an. »Mit Verlaub, Durchlaucht: Ich kenne Euch nicht. Wie soll ich mir also auf diese Frage eine Antwort anmaßen?«

»Meine Hofdamen scheinen der Ansicht zu sein, dass du hier nichts zu suchen hast.«

»Ich weiß, dass man den Adel mancher Familien viele Hundert Jahre zurückverfolgen kann. Bei mir ist das nicht der Fall. Mein Vater ist Bürger von Lübeck, mein Bruder ein Goldschmied – warum soll ich das leugnen?« Ihre Zuhörerinnen schnappten entsetzt nach Luft. »Dennoch hat das Schicksal es gefügt, dass ich mit einem Adeligen verheiratet wurde«, setzte Ida es hinzu. »Und sosehr Ihr es auch missbilligen mögt, ist es doch geschehen.«

»Eben darum solltet Ihr sie, mit Verlaub, nicht in Eurer Nähe dulden«, warf eine Adelige ein. Sie stammte von einem der alten Lüneburger Adelsgeschlechter ab; Ida hatte vergessen, um welches es sich handelte.

»Was hast du am Fluss gemacht?«

Ida sah keine Veranlassung zu lügen. Sie hatte nichts zu verlieren. Die adelige Gunst war angenehm, aber nichts, worauf sie sich etwas einbilden konnte. »Ich habe als Kind das Schwimmen und Tauchen gelernt und liebe diesen Fluss«, sagte sie vage. »Darf ich fragen, ob Ihr Eure Heimat vermisst, Hoheit?«, wagte sie eine Gegenfrage.

»Ich bin die Tochter von König Waldemar dem Großen und Fürstin Sophia von Minsk – von frühester Kindheit an war mir bewusst, dass meine Ehe ein politischer Schachzug sein würde. Dass mir ein Gatte zuteilwurde, der jung und dazu gebildet ist, das ist ein großes Glück.«

Sie tauschten einen langen Blick. Ida hatte Helena versprochen, so schnell wie möglich die nötigen Kräuter und das Aqua Perlata zu beschaffen, obgleich sie von der Wirksamkeit des Trankes schon länger nicht mehr überzeugt war. Otmar hatte er nicht geholfen. Andererseits schien schon die Aussicht, diesen kostbaren Trank zu sich zu nehmen, das Befinden der Kranken etwas zu verbessern.

»Kannst du lesen, Ida?«

»Ein wenig.«

»Schreiben?«

»Auch.« Sehnsüchtig sah Ida zum Fenster, durch das eine warme Herbstbrise strömte. Bald wäre die schöne Jahreszeit vorbei.

Die Dänin erhob sich. Eine Hofdame nutzte die Gelegenheit, um ihrer Herrin ihr Stickbild zu zeigen. Helena betrachtete es kaum, sondern sah zum Fenster hinaus. »Ich würde gern reiten«, sagte sie.

»Ihr seid die Herrin über Lüneburg. Wer wollte Euch das verbieten?«, erwiderte Ida.

Helena lächelte sie fast verschwörerisch an.

Es zeigte sich, dass es Helena ebenfalls bei gutem Wetter stets hinaustrieb. Sie hatte viel Zeit mit ihren Brüdern verbracht und liebte die Jagd, während die meisten ihrer Hofdamen Angst vor Pferden hatten. Wilhelm von Lüneburg vermied hingegen körperliche Anstrengungen weitgehend. Ida ritt oft mit ihr aus, zeigte Helena ihre Lieblingsplätze am Fluss und wurde dafür in die Geheimnisse der Beizjagd eingeweiht. Wenn das Wetter nicht mitspielte, stickte Ida für die Herzogin. Bendix war nur zu gern bereit, seiner Schwester zu diesem Zweck ansprechende Perlen zu liefern.

Wilhelm und Helena waren gebildet und luden oft Gelehrte oder Spielleute an ihren Hof, die sie unterhielten. Gerade übersetzte der Lübecker Abt Arnold im Auftrag des Herzogs den *Gregorius* des Dichters Hartmann von Ouwe; es war ein Vergnügen, dabei zuzuhören, auch wenn Ida die Geschichte des guten Sünders etwas absonderlich fand.

Es schien, als schätze Helena es gerade, dass Ida keinen Dünkel hatte. Da Ida zwischendurch viele Stunden mit Folcwin verbringen durfte, ging es ihr gut am Adelshof. Nur alle paar Wochen sah sie an ihrem Wohnturm nach dem Rechten. Als Jusarius zurückkehrte, zürnte er Ida zunächst. Dass sie jedoch in der Gunst seiner Herrin stand, ließ seinen Zorn verfliegen. Ida war so zufrieden, wie sie es ohne die Liebe ihres Lebens sein konnte. Jusarius ließ sie in Ruhe, und sie erkannte in ihrem Sohn viel von Esko wieder. Allmählich fürchtete sie, dass ihr Geliebter tot war, denn niemand, mit dem sie über Esko redete, hatte je wieder von ihm gehört.

Als Folcwin gerade zu sprechen begann und auf alles hinaufkletterte, was in seiner Reichweite lag, wurde Helena schwanger. Sie litt stark unter Übelkeit, aber Ida konnte ihr auch jetzt mit ihren Heilkräutern helfen. Die Geburt war schwer, denn das Kind war groß. Einige Tage lang fürchtete der Hofstaat, dass der Junge, den man auf den Namen Otto getauft hatte, und seine Mutter sterben würden, aber beide überlebten. Eine neue Zeit brach an.

39

Juni 1208

»Schneller, schneller!«

Lauthals feuerte der hoch aufgeschossene Vierjährige sich selbst und seinen Freund an, während die beiden mit Steckenpferden über Heuballen sprangen. Natürlich war der sechsjährige Folcwin ausdauernder, aber als der Kleine nicht mehr konnte, umfasste er ihn und schleppte das zappelte Kind über die Zielmarke.

»Ich werde Herrscher – ich will nicht getragen werden! Ich kann das allein! Lass mich runter!«

Gehorsam setzte Folcwin ihn ab, woraufhin ihn Otto umzuwerfen versuchte, und die beiden rangelten, bis sie vor Lachen keine Luft mehr bekamen.

Ida saß mit Helena von Lüneburg und den Hofdamen im Schatten eines Baldachins und wäre am liebsten selbst über die Hindernisse gesprungen, aber das schickte sich ja leider nicht. Als Wilhelm von Lüneburg mit weiteren Rittern den Burghof betrat, ging seine Frau ihm entgegen. Wilhelm wirkte blass, die Ringe unter seinen Augen waren tief. Helena hatte Ida verraten, dass er oft nachts wach lag und grübelte. Daraufhin hatte Ida noch etwas mehr Perlwasser angesetzt.

Nun entdeckte sie auch Jusarius zwischen den Männern. Folcwin stürzte sogleich zu seinem Vater und begrüßte ihn so gemessen, wie es einem kleinen Kind möglich war. Jusarius bat Ida auf ein Wort, und sie gingen das Stück bis zur Burgmauer, wo sie ungestört reden konnten. Ihr Verhältnis war höflich und distanziert; Idas häufige Besuche bei Hofe und seine Teilnahme an Heerzügen lenkten von den alltäglichen Problemen und ihrem fehlenden Eheleben ab. Ida war froh darüber, gleichzeitig vermisste sie den liebevollen Umgang mit einem Mann schmerzlich. Es gab keinen Tag, an dem sie nicht sehnsüchtig in Erinnerungen an Esko und ihre gemeinsame Leidenschaft schwelgte.

Schweigend sahen sie auf Lüneburg hinunter, das trotz der ständigen Kämpfe im Umland wuchs und gedieh. Es schien, als hätte ihr Bruder recht: Den Städten ging es gut, ob es nun Könige gab oder nicht. Ihr Mann wirkte bedrückt. In den letzten Jahren war er mit König Otto von Hof zu Hof, von Stadt zu Stadt, von Heerlager zu Heerlager gezogen und hatte erleben müssen, wie sich ein Verbündeter nach dem anderen von dem Welfen lossagte. Die Entbehrungen und Schlachten hatten tiefe Furchen in Jusarius' Gesicht gegraben. Ein ungewohntes Mitgefühl überkam sie.

»Was quält Euch, Herr?«, fragte sie.

»Der Papst hat sich von König Otto abgewandt und unterstützt nun ebenfalls Philipp von Schwaben. Es heißt, die beiden verhandeln bereits über die Kaiserkrönung.«

Damit hatten sich die letzten Hoffnungen des Welfen so gut wie zerschlagen. Es gab genügend Fürsten, die sich nach der Empfehlung des Papstes richteten. »Und nun?«, fragte Ida besorgt.

»Der König hat gesagt, er würde lieber sterben, als sich seinem Erzfeind unterordnen. Wir werden wieder in den Kampf ziehen. Der Bischof von Hildesheim hat Otto um Hilfe gegen seine ungehorsame Stadt gebeten, und der König gedenkt, dieser Bitte nachzukommen. Danach wird er versuchen, Philipp von Schwaben zu stürzen.« Mit müdem Blick schaute Jusarius sie an. »Ich weiß nicht, ob ich aus diesem Kampf zurückkehre.«

Ida liebte ihren Mann nicht, aber sie wünschte ihm auch nicht den Tod, schließlich hatte er sie beschützt und Folcwin wie seinen eigenen Sohn aufgezogen. »Gibt es irgendetwas, was ich tun kann?«, fragte sie.

»Ich weiß, ich habe mich an dir versündigt. Schließ mich trotzdem in deine Gebete ein. Und sorg dafür, dass mein Sohn ein anständiger Ritter wird und kein Kaufmann. Wilhelm von Lüneburg wird ihn im Winter als Pagen aufnehmen, das hat er mir versprochen.«

Sie wusste, dass die Ausbildung eines Ritters bereits in zartem Alter begann, trotzdem bekümmerte sie die Aussicht, ihren Sohn so früh hergeben zu müssen. Dann hatte sie niemanden mehr, den sie lieben konnte. Auf einmal glaubte sie, vor Einsamkeit und Sehnsucht weinen zu müssen.

Jusarius ergriff ihre Finger und küsste galant ihren Handrücken.

»Ich werde tun, was Ihr wünscht, mein Gatte«, versprach Ida schweren Herzens.

Die Sonne glühte über den Feldern, als sie, Folcwin vor sich auf dem Pferd, zum Fluss ritt. Sie war für ein paar Wochen auf der Motte, um nach dem Rechten zu sehen. Zu ihrer Erleichterung musste sie inzwischen bei der Ernte nicht mehr mit anfassen. Sie waren zwar nicht reich wie manch andere Adelige, aber der König hatte Jusarius für seine Dienste weitere Lehen zugesprochen, von denen sie bequem leben konnten.

Ida band ihr Ross an Neslins Eiche, während ihr Sohn voraus zum Fluss rannte und noch im Laufen seine Kleidung abwarf.

»Warte! Geh noch nicht ins Wasser, ich will erst noch ein Seil um deinen Leib binden!«, rief Ida. Ich höre mich beinahe an wie meine Mutter, dachte sie und lief ihm eilig nach. Aber jetzt verstehe ich auch, was es heißt, sich um das Leben eines Kindes zu sorgen. Etwas älter als Folcwin war ich, als ich von meiner Familie getrennt wurde.

Ihr Sohn war bereits bis zur Hüfte im Fluss und versuchte,

mit bloßen Händen einen Fisch zu fangen. Nach einigen erfolglosen Versuchen hatte er ihn, doch dann stapfte Ida ins Wasser, und die Forelle glitschte ihm aus den Fingern.

»Och, was soll das denn – ich hatte sie gerade!«, schimpfte er.

Ida schaute streng. »Wie redest du denn mit mir?«

»Entschuldige, Mutter, ich vergaß, was sich gehört. So werde ich nie ein so angesehener Ritter.« Ein Schatten fiel über sein junges Gesicht. »Hast du heute Nachricht von Vater bekommen?«

»Noch nicht. Du weißt ja, Boten brauchen ihre Zeit. Wir werden sicher bald vom König und seinen Truppen hören«, beruhigte sie ihn. Tatsächlich machte sie sich allmählich Sorgen. Sie zog das Seil durch die Schlaufe.

»Muss das sein? Ich kann doch schon gut schwimmen!«

»Trotzdem brauchst du das Seil noch. Die Strömung an dieser Stelle kann tückisch sein.«

»Suchen wir Perlen?«

»Mal sehen. Hast du gestern Nacht den Himmel gesehen? Es könnte sein, dass die Engel …«

Hufe donnerten; Folcwin reckte sich angespannt. »Keine Angst, ich werde uns verteidigen! Wo ist mein Dolch?«

»Am Ufer, aber …«

Schon rannte Folcwin los. »Vater!«, hörte sie ihn im nächsten Moment schreien.

Jusarius sah sonnendurchglüht und schmutzig aus, aber er strahlte. Lachend hob der Ritter den Jungen vom Boden, dann stürmte er zu Ida ins Wasser. Es schien ihn nicht zu stören, dass seine Lederrüstung nass wurde.

»Wir werden Kaiser … ich meine natürlich, König Otto wird Kaiser! Ein Welfe wird den Kaiserthron besteigen! Ich habe die Nachricht gerade Herzog Wilhelm überbracht, denn das ist sein neuer Titel: Herzog!«, rief er und umarmte sie. Noch nie hatte Ida ihren Mann so glücklich gesehen. »Reite heim, Junge, und gib Bescheid, damit ein Festmahl hergerichtet wird! Ich habe Hunger wie ein Bär!«

Folcwin nickte aufgeregt. Seine Augen blitzten, und ein breites Grinsen lag auf seinem Gesicht. »Sogleich, Vater!«, rief er und spurtete los.

Ungestüm und ein wenig grob küsste Jusarius Ida. Sie wusste nicht recht, wie ihr geschah, aber es fühlte sich gut an, endlich wieder umarmt zu werden.

Wenn sie gewusst hätte, was sich zugetragen hatte, hätte sie sich sicher nicht mitreißen lassen. Aber das erfuhr sie erst, als sie beim Essen saßen. Zwischen den Bissen berichtete Jusarius: »Es war vor einer Woche, als Philipp von Schwaben in Bamberg seine Nichte verheiraten ließ. Nach der Trauung hielt der Gegenkönig seine Mittagsruhe, als Otto von Wittelsbach um eine Audienz bat. Und da muss der Wittelsbacher ihn getötet haben – zumindest deutet alles darauf hin. Kannst du das glauben? Philipp von Schwaben ist tot.«

Tatsächlich war Ida sprachlos. Damit hatte sie nicht gerechnet – genau genommen hatte niemand damit rechnen können. Auch Folcwin hing an Jusarius' Lippen. »Da versucht der Welfe jahrelang seinen Rivalen zu stellen – und dann wird König Philipp hinterrücks ermordet!«

»Aber was war der Grund für diese Bluttat?«, fragte Ida.

Ihr Mann stürzte einen Becher Wein herunter und ließ sich gleich nachschenken. »Philipp von Schwaben hat wohl die Ehre des Wittelsbachers verletzt. Das vermuten wir auf jeden Fall, denn der Mörder ist auf der Flucht. König Otto setzt alles daran, ihn zu finden und zu bestrafen.«

»Natürlich, Königsmord darf nicht hingenommen werden.« Ida überlegte. »Mich wundert, dass niemand König Otto für den Anstifter hält.«

»Die Vasallen des Ermordeten glauben das natürlich, aber der Welfe war es nicht. König Otto ist ein Mann der Ehre, bereit, jeden Kampf auf dem Schlachtfeld auszutragen – kein Meuchelmörder! Pfalzgraf Heinrich treibt jetzt die allgemeine Anerkennung seines jüngeren Bruders unter den Reichsfürsten voran. Es heißt, Heinrich dem Löwen sei prophezeit worden, dass einer seiner Söhne Kaiser würde – und jetzt wird es wahr!«

Mit einer dicken Brotscheibe wischte Jusarius den Holzteller ab und aß das Brot auf. Dann rülpste er, klopfte sich auf die Brust und stemmte sich hoch.

»Musst du schon wieder gehen, Vater? Kannst du uns nicht noch mehr von den Ereignissen berichten?«, fragte Folcwin.

»Ich treffe mich mit den anderen Boten in Halberstadt, und von dort reiten wir zum König zurück. Jetzt muss nicht nur der Mörder gefunden werden, der Welfe muss auch die Anhänger Philipps für sich gewinnen. Er braucht mich.«

Ida beobachtete, wie ihr Sohn dem Burgherrn Wein nachschenkte. Folcwins Bewegungen waren bedächtig, und er bemühte sich, nicht zu kleckern. Es war eine Ehre, dass Wilhelm von Lüneburg ihn als Pagen angenommen hatte, denn seit König Otto dabei war, sich als alleiniger Herrscher des römisch-deutschen Reiches durchzusetzen, drängten sich die Edelleute an den Höfen seiner Brüder Pfalzgraf Heinrich und Herzog Wilhelm und versuchten, sich selbst und ihre Kinder in strategisch wichtige Positionen zu bringen. Das spiegelte sich auch an der Tischordnung wider. In dem halben Jahr seit dem Mord an Philipp von Schwaben war Ida wieder weiter an den Rand gerückt worden. Ihr selbst bedeutete das wenig. Schwerer wog es, dass die Burgherrin ebenfalls sehr gefragt war und Ida deshalb die Zeit oft lang wurde. Andererseits war sie froh, in der Nähe ihres Sohnes sein zu dürfen. Ihn an einen fremden Hof zu schicken und nur noch einmal im Jahr zu sehen, wäre ihr unendlich schwergefallen.

»Noch Wein, Mutter?«, riss Folcwin sie aus ihren Gedanken.

Mit seinen sieben Jahren hatte er die feingliedrige Gestalt und die blauen Augen seines Vaters, und sie nahm an, dass die körperliche Ertüchtigung, die den Jungen verordnet wurde, ihn zwar muskulös machen, aber nicht aus der Form bringen würde. Wilhelm von Lüneburg hingegen war noch fetter geworden.

Folcwin räumte einen Teller ab. Auf dem Handrücken hatte er einen Striemen.

»Ist alles in Ordnung?«, fragte Ida ihren Sohn besorgt.

Er versteckte die Hand hinter dem Rücken. »Das ist nichts. Die Köchin hat mich gestraft, weil ich eine Schale fallen ließ. Ich hatte es verdient.«

»Warst du nicht bei der Sache?«

Ein Lächeln huschte über Folcwins Gesicht. »Otto iuvenis hatte sich in den großen Kesseln versteckt und der Köchin einen Heidenschreck eingejagt. Dann hat sie ihn zu seinem Lehrer gescheucht und jetzt muss … äh, darf … er Magister Gervasius lauschen. Ein paarmal hat Otto versucht, auszubüxen und mir zu helfen, aber sie lassen ihn nicht.«

»Page, schenk ein!«, rief ein Edelmann, der ganz in der Nähe des Burgherrn saß, und Folcwin beeilte sich, der Aufforderung nachzukommen.

Ida lauschte eine Weile dem Spielmann, der die Geschichte des Trojaners Eneas vortrug und dabei auch ausführlich das kostbare Jagdgewand der Herrscherin Dido beschrieb. Didos Pelzkleid war aus Hermelin mit rotem Kehlstück, engen Ärmeln aus grünem Samit und von Perlen und Borten geschmückt. Dazu trug sie einen Gürtel, der aus Silber und Gold gearbeitet war. Ida sah es in Gedanken sofort vor sich.

Ihre Blicke wanderten weiter zu dem kleinen Otto, der Brotkügelchen über den Tisch schnipste, während der englische Gelehrte Gervasius von Tilbury ihm einen Vortrag hielt. Sein Thema waren die normannische Eroberung Englands und Wilhelm von der Normandie. Wilhelm von Lüneburg war im englischen Winchester geboren und gemeinsam mit seinem Bruder als Geisel gegen Richard Löwenherz ausgetauscht worden, seine Verbindung nach Britannien war also ziemlich eng. Magister Gervasius hatte der Herzog während seiner Zeit am englischen Hof kennengelernt. Jetzt sollte der Gelehrte für König Otto die Arbeit an einem umfassenden Geschichtswerk beginnen. Der Magister war an die sechzig, hatte aber klare, wache Augen. Er war umfassend gebildet und ein begeisterter Geschichtenerzähler. Ida hatte ihn bereits vorher an der Tafel des Herzogpaars erlebt und wusste, dass er – gestärkt von dem süßen Konfekt, für das er eine Vorliebe zu haben schien – vom Hundertsten ins Tausendste kommen konnte.

Otto iuvenis sprang auf und wollte Folcwin hinterherlaufen, aber sein Vater rief ihn zur Ordnung, und so setzte sich der Junge gehorsam wieder. Der Bericht des Gelehrten war einschläfernd, und die stickige, überhitzte Luft im Saal war für Ida kaum zu ertragen. Sie war froh, als die Tafel endlich aufgehoben wurde.

Als sich alle in ihre Gemächer zurückzogen, wurde Ida zur Herzogin gerufen. Eine Hofdame war dabei, Helena aus ihrem engen Kleid zu helfen, aber die Herzogin schickte sie fort und bat Ida, mit anzufassen.

»Ich habe eine besondere Bitte an dich. Wie du sicher weißt, wird mein Schwager, so Gott will, im nächsten Jahr zum deutschen Kaiser gekrönt«, kam Helena gleich zur Sache und hielt Ida den Fuß hin. »Ist dir der Reichsschatz ein Begriff?«

Während Ida die Bänder aufschnürte und der Herzogin die Lederschuhe auszog, überlegte sie. »Ich habe davon gehört. Unter dem Reichsschatz versteht man die kostbarsten Kleinodien, die die Welt je gesehen hat. Der Kaiser trägt sie als Zeichen seiner neuen Würde zur Krönung.«

»Es ist nicht nur Schmuck. Es sind auch Artefakte wie die Heilige Lanze und kostbare Gewänder. Wir möchten diesen Kleinodien ein weiteres Stück hinzufügen. Ein angemessenes

Geschenk für den ersten Welfen auf dem Kaiserthron. Es soll eine Überraschung sein.«

»Das wird König Otto sicher sehr gefallen«, sagte Ida, die sich daran erinnerte, wie sehr der Welfe auf seinen Stand bedacht war.

»Ich werde selbst einige Feinstickereien übernehmen, aber natürlich habe ich nicht die Zeit, alles zu nähen, und kann auch kaum Stoffe, Goldfäden und Perlen aller Art bestellen.«

»Ich könnte meinen Bruder einladen. Dann sagen wir ihm …« Ida wusste in dem Augenblick, in dem sie es aussprach, dass es eine schlechte Idee war. Die Herzogin würde sich nur ungern mit einem Goldschmied abgeben, und ob sie Bendix bezahlen konnte, war auch fraglich.

»Du darfst das für mich übernehmen«, sagte Helena hoheitsvoll.

»Aber ich weiß nicht, wie diese Kleinodien aussehen.«

»Magister Gervasius wird es dir berichten. Schick bitte die Hofdame wieder zu mir, wenn du gehst«, entließ die Herzogin sie.

Ida war nicht sicher, ob sie sich über diese Begegnung ärgern oder freuen sollte. Wie eine Dienerin behandelt zu werden gefiel ihr ganz und gar nicht. Andererseits war diese Aufgabe natürlich reizvoll, und auch Bendix würde sich über den Auftrag freuen.

Ehe sie den Gelehrten aufsuchte, stahl Ida sich in die Burgküche und bat die Köchin, einige Nüsse in Honig zu rösten. Als Magister Gervasius sie murrend begrüßte, überreichte sie ihm das Konfekt, was ihn ein wenig besänftigte. »Warum schickt Euch Herrin Helena? Was ist so dringend, dass sie mich bei meinen Studien stören lässt? Schließlich studierte ich gerade die Klosterchronik …«

Ida entschuldigte sich bei ihm und berichtete von ihrem Auftrag. Beiläufig drapierte sie die Konfektschale auf ein Tuch, das sie aufwändig bestickt hatte. Gervasius betrachtete es kurz und schob sich dann eine geröstete Walnuss in den Mund.

»Die Reichskleinodien, wie? Was habt Ihr mit Heiliger Lanze, Krone, Reichapfel und den anderen *imperialia insignia* zu schaffen?«

»Es geht vor allem um die Gewänder«, meinte Ida etwas eingeschüchtert.

»Schon im Buch der Weisheit heißt es: ›Auf seinem langen Gewand war die ganze Welt dargestellt, auf den vier Reihen der Edelsteine waren die ruhmreichen Namen der Väter eingeschnitten und auf seinem Stirnband dein hoheitsvoller Name‹«, zitierte er. »Von Kopf bis Fuß wird der Herrscher eingekleidet. König Otto hat bereits zu seiner ersten Krönung einiges anfertigen lassen, weil der Gegenkönig Philipp von Schwaben im Besitz der Reichsinsignien war. Dabei ist dafür eigentlich die königliche Kleiderkammer in Palermo zuständig. Als ich noch in den Diensten König Wilhelms von Sizilien stand, habe ich sie einmal besucht. Die herrlichsten Gewänder werden in den *Nobiles Officinae* aus Seide, Samit und Damast hergestellt, mit Purpur gefärbt und mit Perlen und Golddrähten verziert. Ja, es werden sogar filigrane Goldröhrchen geschlagen und Goldstreifen um Seidenseelen gewickelt.«

Bilder und Begriffe tanzten sogleich durch Idas Kopf. Staunend fragte sie nach. »Seidenseelen?«

Magister Gervasius nickte gewichtig. »Das Gold wird so lange gehämmert, bis es ganz dünn ist, und dann um einen Seidenfaden gewickelt. Es gibt aber auch fein gezogene Golddrähte. Für die Goldröhrchen werden dünne Stäbchen mit Goldfolie ummantelt, und dann wird das Stäbchen entfernt.«

»Das hört sich fantastisch an – wie gerne würde ich diese Werkstätten einmal sehen!«, rief Ida aus. »Eure Gelehrsamkeit ist wirklich beeindruckend. Ich frage mich nur, wie die Perlen verarbeitet werden.«

Dem Gelehrten schienen ihre Begeisterung und ihre Wissbegierde zu gefallen. »Oh, ich habe mich lange mit den Palast-Sarazenen, die für die Gewänder verantwortlich sind, unterhalten. Die Perlen fasst man in Goldkörbchen oder fädelt sie mit einem dünnen Faden auf, nachdem man sie durchbohrt hat. Wenn sie mit kunstsinniger Sorgfalt angeordnet werden, erwecken sie den Eindruck eines gemalten Kunstwerks.« Ausführlich beschrieb der Magister ihr die Gewänder vom seidenen Leibhemd bis zu den perlenbestickten Schuhen. Ida hörte zu, bis ihr der Kopf brummte. Sie wusste, dass sie Bendix das alles würde haarklein erzählen müssen.

»Wisst Ihr denn auch Geschichten über Perlen, Magister?«, fragte Ida.

»Ja, in der Tat. Es gibt viele Gelehrte, die über die Perlen ferner Länder berichten. Man erzählt sich, dass die Insel Taprobane, die im äußersten Indien liegt, von einem Fluss gegürtet und übervoll von Perlen und Edelsteinen ist. In dem einen Teil der Insel leben die Menschen, in dem anderen Elefanten und Raubtiere«, berichtete er der staunenden Ida. »Auch beim Volk Pangaea, das von Frauen regiert wird, gibt es Berge von Gold und Perlen; bedauerlicherweise sind diese Berge wegen der Giftschlangen nicht zugänglich.« Nun holte Magister Gervasius weiter aus und berichtete von unzähligen Wundern dieser entfernten Region, wie den Schildkröten, deren Panzer so groß waren, dass sich die Menschen daraus Behausungen machten, und goldenen Bergen, die von Drachen und Greifen bewacht wurden.

Schließlich waren alle gewürzten Nüsse vertilgt, und der Gelehrte wurde ungeduldig. Ida bedankte sich und verließ ihn nachdenklich. Bei all dieser einschüchternden Pracht musste sie sich wirklich genau überlegen, was für eine Stickerei überhaupt infrage käme.

Der bronzene Löwe glänzte frisch poliert im Sonnenschein. Es war Pfingsten im Jahr des Herrn 1209, und überall um Burg Dankwarderode herrschte Feststimmung. Erst kurz zuvor war König Otto in Frankfurt von den Fürsten einmütig zum König gewählt worden, seinem Romzug zur anschließenden Kaiserkrönung durch den Papst stand nichts mehr im Wege. Vorher jedoch wollte er noch einmal am Stammsitz der Welfen in Braunschweig mit seiner Familie und seinen Verbündeten feiern.

Ida war mit Jusarius und ihrem Sohn schon sehr frühzeitig angereist. Zu sehen gab es für sie genug: Seit Tagen schon wurden Almosen verteilt, traten Gaukler und Spielleute in der Stadt auf, dazu kam der Pfingstmarkt. Für seine Vasallen hatte König Otto keine Kosten gescheut; es schien, als würde er es genießen, seine Pracht endlich angemessen zu entfalten. Es waren feierliche Gottesdienste geplant, ritterliche Wettkämpfe und Bankette. Und alle waren gekommen: Neben vielen geistlichen Würdenträgern – Erzbischöfen, Bischöfen und Äbten – auch Bernhard von Sachsen, der frühere Gegenspieler Heinrichs des Löwen, diverse Markgrafen und Landgrafen, sonstige Grafen, Ritter und Dienstmannen. Ida war natürlich besonders gespannt auf das Festbankett nach der Pfingstmesse, bei dem Helena ihrem Schwager das Geschenk überreichen würde.

Jusarius war bei dem Bankett in aufgeräumter Stimmung, saßen sie doch unter den vornehmen Rängen, und Folcwin durfte bedienen. Ida beobachtete, während die unzähligen Gänge aufgetragen wurden, wie sehr ihr Sohn darauf bedacht war, nur nichts falsch zu machen. Ein Spielmann rühmte zum Zimbelklang wieder einmal König Ottos Herkunft, der alle Kaiserdynastien in sich vereinte. Ja, eigentlich seien sogar die Staufer nur ein Nebenzweig des Welfenstamms.

Niemand konnte mehr übersehen, dass Otto nach Höherem strebte. Er selbst strahlte heute eine besondere Würde aus. Er war in einen purpurfarbenen Mantel mit Goldstickereien gehüllt, den Ida sich zu gerne aus der Nähe angeschaut hätte; weißer Hermelinbesatz unterstrich den Glanz noch.

»Ist das nicht herrlich hier? Eine unbesiegbare Stadt mit einem unbesiegbaren Fürsten«, freute sich Jusarius und ließ sich noch etwas von der mit Blattgold bedeckten Ente auflegen. »Und sieh dir den König an: So guter Dinge ist er, dass ihm keine Querele die Freude verderben kann.«

Ida wunderte sich über die ungewohnte Redseligkeit ihres Mannes, die wohl auch damit zu tun hatte, das Lentz mit den anderen Schildknappen in einem anderen Raum feiern musste. Bendix, der sich diese Pracht natürlich nicht entgehen lassen wollte, hatte sich zu den Braunschweiger und Lüneburger Bürgern gesellen müssen.

»Hat es denn Querelen gegeben?«, fragte sie nach.

Jusarius lachte. »Die gibt es immer. Bei der Pfingstmesse sind der Magdeburger Erzbischof und der Markgraf von Meißen aneinandergeraten.«

Ida hatte davon nichts mitbekommen. Sie hatte es eher genossen, gestand sie sich ein, dass die anderen Hofdamen es inzwischen nicht mehr wagten, ihr mit Verachtung zu begegnen.

»Und natürlich musste auch Herzog Bernhard sticheln, dieser alte Stänkerer.«

»Für Herzog Bernhard habe ich ohnehin nichts übrig, schließlich hat der Askanier uns damals in Bardowick im Stich gelassen.«

Ihr Gatte überhörte diese Bemerkung geflissentlich und leckte etwas Blattgold ab, das ihm an den Fingern klebte. »Herzog Bernhard meinte wohl, die Welfen sollten sich nicht mehr gegen die Askanier im Osten wenden, sondern lieber in die anderen Himmelsrichtungen. Dieser Zwist ist noch nicht ausgestanden, glaub es mir. Aber so haben wir Ritter natürlich immer etwas zu tun.«

Ida hatte ein etwa zehnjähriges Mädchen entdeckt, das etwas

verschüchtert zwischen den Erwachsenen saß, und fragte ihren Mann danach. »Das ist Beatrix von Schwaben, König Ottos zukünftige Frau«, erklärte Jusarius.

»Aber sie ist noch ein Kind!«, sagte Ida entsetzt.

Jusarius lachte. »Alt genug zum Heiraten ist sie. Mit dem Vollzug der Ehe wird der König freilich noch ein paar Jährchen warten müssen. Nicht unsere Sache«, sagte er abgelenkt, weil sich Helena von Dänemark erhoben hatte. Aufgeregt beobachtete Ida, wie Helena dem König auf einem Zierkissen die perlenbestickten scharlachroten Handschuhe darbrachte. Erfreut zog König Otto sie sogleich an – sie passten. Idas Wangen wurden rot vor Freude, dass sie die Größe so gut geschätzt hatte. Sie hörte nur einige Wortfetzen, aber genug, um zu verstehen, dass Helena die Handschuhe als ihre eigene Arbeit ausgab. Kurz ärgerte sie sich darüber, aber dann traf der Blick des Königs den ihren. Nach dem Essen ließ er Jusarius noch einmal zu sich rufen und belobigte ihn öffentlich.

Stunden später ließ Ida sich mit müden Füßen ins Bett fallen. Noch nie hatte sie so viel getanzt wie heute. Auch war sie ein wenig betrunken. Es hatte ihr gutgetan, einmal alle Sorgen und alle Sehnsucht zu vergessen. Sie war jung, sie wollte leben!

Überrascht hörte sie, dass jemand eintrat. Es war Jusarius. So früh? Sonst feierte er doch immer bis in die Puppen und bettete sich dann auf den Boden oder neben sie aufs Bett, ließ sie aber in Ruhe. Ida erstarrte.

Jusarius setzte sich neben sie. »Was für eine wunderbare Frau ich habe. Ohne dich wäre mir dieser Erfolg wohl nicht gelungen«, sagte er in einem Tonfall, der ihr unbekannt war.

Er zog sie an sich und küsste sie. Ein wenig grob schoben seine Hände ihr Kleid hoch und fuhren über ihren Körper, den so lange schon niemand mehr berührt hatte. Alles in Ida sträubte sich gegen ihren Mann. Doch gleichzeitig wünschte sie sich nichts so sehr wie ein zweites Kind, also ließ sie ihn gewähren.

40

Estland

Es war die Zeit der Sonnenwendfeier, und die Funken warfen sich in den Wind und verwandelten ihn in einen Feuersturm. Lange hatten sie nach einer weiten Ebene für das Fest gesucht, damit nicht die Gefahr bestünde, dass sie gesehen wurden oder der Wald in Brand geriete. Esko stand am Rande der Lichtung und sah zu, wie die Esten sangen, tanzten und der Fruchtbarkeitsgöttin huldigten. Tairi gab sich im kühlen Moosbett einer Senke einem Krieger hin. Vermutlich hatte sie es so eingerichtet, dass er sie sehen konnte; die stolze Frau ertrug es nicht, abgewiesen zu werden. Allerdings hatte sie es längst aufgegeben, ihn an diesem Abend zu locken. Wenn Esko auch sonst oft das Lager mit ihr teilte, so blieb er bei der Sonnenwendfeier lieber für sich. Die Erinnerungen an das Land seiner Geburt und an die Geliebte, die er verloren hatte, verfolgten ihn in der Johannisnacht besonders stark.

Beinahe acht Jahre war es nun schon her, seit er erfahren hatte, dass Ida ihren Schwur vergessen und einen anderen erwählt hatte. Er hatte damals nicht mehr mit Bendix über die Umstände von Idas Heirat gesprochen, sondern war zutiefst verletzt geflohen. Als er am nächsten Tag zum Hafen zurückgekehrt war, um noch einmal mit ihm zu sprechen, war Idas Bruder bereits abgereist. Esko war es damals sinnlos erschienen, nach Lübeck zurückzukehren. Er wollte Ida in ihrem neuen Glück nicht sehen, wollte auch nicht zu seiner Familie zurück, die sich in ihr Schicksal als Bauern fügte und den Kampf um Ehre und Glauben aufgegeben hatte. Er hatte an Lembitu denken müssen, an den Mut und die Willenskraft des Zehnjährigen, der sich furchtlos den Panzerreitern entgegengestellt hatte. Und an den Anführer dieses estnischen Stammes, der Härte und Gnade in rechtem Maß bewiesen hatte. War auch diese Begegnung ein Wink der Götter gewesen? Esko hatte nicht mehr gehadert, sondern war zurückgereist. In den estnischen Wäldern könnte er Ida und sein früheres Leben am ehesten verdrängen. Dort würde er sich nützlich machen.

Aber vergessen hatte er sie nie.

Nicht alle waren einverstanden gewesen, als er sich dem Stamm angeschlossen hatte. Und als nach wenigen Wochen Tairi zum ersten Mal sein Lager teilte, hatte Esko blutige Rache von ihrem Gefährten Meme gefürchtet. Nichts dergleichen war jedoch geschehen. Diese Großzügigkeit war eine überraschende Seite an ihrem schmalen, jähzornigen Mann gewesen. Als Tairi schließlich ein Kind empfing und vor der Zeit verlor, hatte es die Männer nicht entzweit, sondern im Gegenteil verbunden.

Die Lage der Esten war immer schwieriger geworden, in den vergangenen Jahren hatte es viele Schlachten gegeben. Mit ganzen Hundertschaften hatten die Schwertritter, die Kreuzritter, die Kaufleute und die Mönche sie angegriffen. Etliche Burgen der Esten waren bereits gefallen; für Notfälle hatten sie sich deshalb in den Wäldern Verstecke aus Bäumen errichtet. Lembitu, der inzwischen zu den Anführern des Stamms gehörte, beriet sich oft mit ihm. Ja, Esko konnte von sich behaupten, dass er Teil einer Gemeinschaft war. Und doch …

Esko glaubte, im Dickicht etwas Metallisches aufblitzen zu sehen, und stand sofort unter Spannung. An Angriff oder Verteidigung dachte im Moment keiner von ihnen. Leichter als in dieser Nacht konnte man sie nicht besiegen, nie waren sie verletzlicher. Er starrte in die Finsternis. Hatte er sich geirrt? Er war erst achtundzwanzig, und seine Augen waren sehr gut. Doch er hatte keine Waffen außer dem Dolch dabei, den Lembitu ihm nach seiner Gesundung geschenkt hatte und mit dem er gerade seine Opfergabe erlegt hatte.

Esko zog sich ins Buschwerk zurück und schlich zu dem Ort, an dem etwas aufgeblitzt war. Die Fußspuren im Gras ertastete er sofort. Hier hatte jemand längere Zeit gestanden. Trotz des Rauchs glaubte er den schwachen Duft von frisch gewachstem Leder wahrzunehmen. An sich nicht ungewöhnlich, aber jetzt und hier …

Gebückt hastete Esko von Abdruck zu Abdruck weiter. Da war er – Esko warf sich ins Heidekraut. Ein Ritter, der sie ohne Zweifel auskundschaftete. Vermutlich ein Späher des Schwertbrüderordens, der kurz nach Eskos Ankunft durch Bischof Albert von Riga gegründet worden war und dem Ritter wie Winno von Rohrbach angehörten. Die Schwertbrüder trieben die Missionierung gewaltsam voran und sicherten gleichzeitig die Handelswege. Der Mann, den er hier vor sich sah, war ein dienender Bruder, das legte die schwarze Tracht mit dem roten Kreuz nahe; die Priesterbrüder trugen eine weiße Kutte. Die Frage war nur, ob der Späher allein hier aufgekreuzt war oder ob ein Trupp in der Nähe lauerte und nur auf das Zeichen zum Angriff wartete. Wie auch immer – er musste sichergehen. Zeit, um den Stamm zu alarmieren, hatte er nicht. Der Späher trug sein Schwert rechts, also würde Esko die andere Seite für den Angriff wählen. In einigem Abstand schlich er weiter, doch etwas knackste unter seinen Füßen – der Mann fuhr herum und zog dabei sein Schwert. Bei den Göttern!

Esko richtete sich auf. Er musste das Risiko eingehen. »Der Hauptmann meinte, ich soll dich unterstützen, Bruder«, bemerkte er halblaut und hoffte, der Späher würde sein Gesicht nicht erkennen. »Wie viele Heiden hast du gezählt?«

Der Mann schob das Schwert in die Scheide zurück. Zu spät registrierte er, dass er einen Fehler gemacht hatte. Esko schlug ihn nieder, fesselte und knebelte ihn, ehe er Lembitu alarmierte.

Gemeinsam machten sie sich auf die Suche nach weiteren Feinden, aber der Späher schien allein gekommen zu sein.

Am nächsten Tag nahmen sie den Mann mit in die Festung, um ihn dort zu verhören. Wie sonst auch, hielt Esko sich bei diesen Unternehmungen zurück. Niemand wusste, dass ein Sachse sich den Heiden angeschlossen hatte, und das sollte auch so bleiben. Zu nützlich war es, dass er sich unauffällig unter die Kaufleute oder die Ritter mischen konnte, wenn es notwendig war. So hatten sie schon viel über die Pläne der Schwertbrüder herausgefunden, die im Auftrag des Bischofs dabei waren, die ganze Region rund um die Handelswege zu unterwerfen, und zu diesem Zweck an strategisch wichtigen Stellen Burgen errichten ließen.

Esko unterrichtete gerade die Jungen und Mädchen im Bogenschießen, als markerschütternde Schreie über das Festungsrund hallten. Er wies seine Schüler an, ohne ihn weiterzumachen. Vor der Hütte, in der die Gefangenen eingesperrt wurden, hatten sich Krieger versammelt.

Lembitu kam ihm entgegen. »Die Schwertbrüder planen einen Feldzug in die estnischen Wälder, mehr hat er nicht gesagt – auch nicht, als wir ihm Späne unter die Fingernägel getrieben haben.« Er sah Esko mit einem Glitzern in den Augen an. »Hat mich allerdings immer wieder auf dich angesprochen. Von dem Sachsen, der sich den Heiden angeschlossen hat, hatte er schon gehört.«

Esko ertrug den Gedanken an die Folterung kaum, obgleich er wusste, dass die Gegenseite ebenso grausam war. In den vergangenen Jahren waren die Kämpfe immer brutaler und immer zahlreicher geworden. Liven gegen Letten, Letten gegen Esten, Ruthenen gegen Liven und Päpstliche gegen alle. Es war die Rede von Gefangenen, die bei lebendigem Leibe geröstet oder ausgeweidet worden waren. Von Gefangenen, denen man mit ihren eigenen Schwertern Kreuze in den Rücken geschlitzt hatte. Er kannte Krieger, die sich derart vor der Gefangenschaft fürchteten, dass sie angekündigt hatten, vorher lieber ins Wasser zu gehen oder sich zu erhängen. Auch die Mädchen und Frauen fürchteten sich, denn auch sie wurden gefangen, missbraucht oder als Sklavinnen verschleppt.

»Soll ich mal mit dem Späher reden?«, bot Esko an.

»Zu spät. Der ist hin.«

Esko starrte ihn an. »Wir hätten doch sicher mit anderen Methoden noch mehr aus ihm herausbringen können!«

»Was für einen Unterschied macht es? Die Schwertbrüder werden uns nie in Ruhe lassen! Wir müssen sie aus dem Land vertreiben. Wenn wir zusammenhalten, gelingt uns das auch«, war Lembitu überzeugt. »Wir werden sie in einen Hinterhalt locken und einen nach dem anderen töten. Ich werde sofort Boten zu den anderen Stämmen aussenden. Du, Esko, übernimmst die Stämme im Osten des Landes.«

In gewisser Weise ist Lembitu noch immer der mordlustige Junge von damals, dachte Esko. Seine eigene Wut war hingegen verblasst. Er war des Quälens und Mordens müde. Das hier war nicht sein Kampf. Es konnte auch nicht der Plan der Götter sein, dass sie sich gegenseitig massakrierten, und wenn, dann waren die Götter verrückt geworden. Es war Zeit, sein Leben selbst in die Hand zu nehmen.

Bald darauf verabschiedete Esko sich von Tairi und Meme, dann gab er Lembitu seinen Dolch zurück und reiste ab.

Die Kaufleute auf der Kogge versetzte die Aussicht auf eine baldige Ankunft derart in Erregung, dass sie sich mit Mutmaßungen überboten, welchen Gewinn sie wohl mit den mitgebrachten Pelzen machen würden. Auch Esko hatte bei der Einfahrt in die Trave eine unbestimmte Aufregung gespürt. Würde er Beweise dafür finden, dass es Idas Vater gewesen war, der seinerzeit seine Entführung angeordnet hatte? Wäre es gefährlich, Gerold Ostmann darauf anzusprechen? Wie würde der Baumeister darauf reagieren?

Esko hatte auf der Reise oft an seine Eltern und seine Schwester denken müssen, an seinen Neffen, den er nicht hatte aufwachsen sehen, und an Ida. Fest hatte er sich vorgenommen, sie aufzusuchen und sich mit ihr auszusprechen; danach wäre er frei für ein neues Leben, ein Leben ohne Gewalt und Mord. Noch wusste er nicht, wie er seinen Lebensunterhalt verdienen würde, aber es würde sich schon etwas finden. Es musste doch für einen Mann wie ihn andere Möglichkeiten geben, als Bauer zu werden!

Lübeck war in den achteinhalb Jahren, die er nicht hier gewesen war, um ein Vielfaches gewachsen. Die Silhouette des Doms ragte hoch über die Dächer der Stadt, wenngleich der Bau noch nicht beendet schien. Auch die ersten Mauern der neuen Marienkirche strebten dem Himmel entgegen. Vor der Burg wurde mit gewaltigen Holzrastern und Steinen der Höhenunterschied ausgeglichen, um Bauland zu schaffen. Vor allem aber waren die Lübecker dabei, ihre Stadtmauer zu verschieben. So, wie es aussah, wäre bald die ganze Halbinsel – ausgenommen der Burgbezirk, der ohnehin geschützt war – von einer massiven Ziegelmauer eingefasst. Ob Idas Vater mit den Bauarbeiten zu tun hatte? Aber wie passte das überhaupt zusammen, diese Arbeit und Idas neuer Adel?

Nachdem sie angelegt hatten, steuerte Esko den Marktplatz an und fragte bei den Goldschmiedebuden nach Bendix Ostmann. Idas Bruder war ihm etwas überdreht, aber ehrlich vorgekommen. Esko hatte nicht vor, ein falsches Spiel zu treiben oder herumzudrucksen.

Verschiedenste Sprachen waren auf dem Markt zu hören, neben Deutsch vor allem Dänisch. Das Straßenbild war bunt: Adelige, Bürger, Handwerker, Huren und Kreuzritter. Um Letztere machte er einen Bogen. Bendix hatte inzwischen keine einfache Bude mehr, sondern ein schmuckes Steinhaus. Mehrere Öfen rauchten, es gab Gesellen und Lehrjungen. Ein Geselle in Lederschürze hämmerte auf einer hauchdünnen Goldscheibe herum und reichte sie dann an Bendix weiter, der neben einem anderen Mann am Werktisch stand und das Gold an eine Holzfigur hielt.

Als Esko eintrat, wurde er von dem Gesellen aufgehalten. »Geh lieber wieder. Hier gibt es nichts, was du dir leisten könntest«, sagte er unhöflich. Erst jetzt ging Esko auf, dass er vermutlich wüst aussah.

»Ein Gespräch kostet nichts, oder? Ich muss mit deinem Herrn reden.«

»Aber er nicht mit dir.«

Wut prickelte in Eskos Nacken. »Woher willst du das wissen?«, fragte er laut.

Der Geselle wollte ihn hinausdrängen, aber Bednix hatte offenbar Eskos Worte vernommen und trat zu ihnen. Nach kurzem Stutzen erkannte er ihn wieder. »Wir haben uns in Riga gesehen, nicht wahr? Wie viele Jahre ist das her? Was für eine scheußliche Reise! Die ganze Rückfahrt hing ich über der Reling und … nun ja, reden wir nicht davon. Ich habe mich wirklich bemüht, alles, was mit dieser furchtbaren Zeit zusammenhängt, schnellstmöglich zu vergessen. Seitdem bin ich lieber in Lübeck geblieben. Ein Jammer, ich fürchte, mir entgeht dadurch einiges. Kennt ihr euch?«, wandte Bendix sich dem Mann am Werktisch zu. Als dieser verneinte, meinte der Goldschmied: »Herr … wie war doch gleich Euer Name?«

»Esko.«

»Herr Esko hat damals Ida zu uns nach Lübeck gebracht, zusammen mit Kethe.« Er lächelte, als ginge ihm gerade etwas Ungeheuerliches auf. »Und Kethe ist nun mit meinem alten Freund Jan verheiratet. Er ist der beste Altarschnitzer, den wir in Lübeck haben«, stellte er die beiden einander vor.

Esko konnte es kaum fassen. »Kethe kam als Kind zu meiner Familie und arbeitete für sie.«

»Sicher wird sie sich freuen, Euch nach so langer Zeit wiederzusehen«, sagte Jan.

Davon war Esko nicht überzeugt. Seit er Kethe damals im Hinterhof abgewiesen hatte, war er ihr keinen Blick mehr wert gewesen. »Ich fürchte, dafür bleibt mir keine Zeit. Aber grüßt sie bitte von mir.« Er wandte sich Bendix zu. »Ich möchte in einer privaten Angelegenheit mit Euch sprechen.«

»In einer privaten Angelegenheit? Das klingt aufregend!«, sagte Bendix. »Aber Ihr seht mir sicher nach, dass ich keine Zeit für Plaudereien habe.«

»Es geht ganz und gar nicht um eine Plauderei.«

»Dann sagt, um was es geht.«

»Ich denke, es wäre Euch angenehmer …«

»Woher wollt Ihr wissen, was *mir* angenehm ist?« Bendix' Stimme war schärfer geworden. Jan erhob sich.

Esko näherte sich dem Goldschmied. »Ich bin nicht aus freien Stücken nach Riga gefahren, sondern ich wurde verschleppt. Jemand schlug mich nieder. Als ich erwachte, war ich bereits auf hoher See«, sagte er.

»Und was habe ich damit zu tun?«

»Ich vermute, dass Euer Vater die Entführer entlohnte.«

»Und warum sollte er das getan haben?«

Esko zögerte. Obgleich er die Worte oft abgewogen hatte, kamen sie ihm nun schwer über die Lippen. Er hätte sich gewünscht, in Ruhe mit Bendix darüber zu sprechen. Jetzt neigte er sich zu dem Goldschmied und senkte die Stimme. »Ida und ich … wir empfanden stark füreinander. Am Abend Eurer Hochzeit haben wir uns getroffen. Wir wollten zusammen sein. Für immer. Doch dann wurde ich niedergeschlagen.«

In Bendix tobten widerstreitende Gefühle, das war offensichtlich. »Wofür muss ich Euch als Erstes zur Rechenschaft ziehen?

Dafür, dass Ihr die Ehre meiner Schwester beschmutzt oder die meines Vaters?« Schroff wandte er sich ab und rief seine Gesellen. »Schafft ihn hinaus.«

Esko wartete nicht, dass sie ihn anfassten, sondern ging allein zur Tür. Das Gespräch war schlecht gelaufen, und er wollte es nicht auf die Spitze treiben. »Ich übernachte in der Pilgerherberge, falls Ihr doch noch mit mir sprechen wollt!«

Nachdenklich trieb Jan das Maul des Drachen aus dem Holz. Er hatte schon viele Heilige geschnitzt und staunte jedes Mal wieder darüber, welche Geheimnisse das Holz barg und welche Bedeutung es den Figuren mitgab. In diesem Fall gab es eine Verhärtung, die just auf Höhe des Auges aufgetaucht war und die der Drachenfigur etwas Resignierendes verlieh, ganz so, als wüsste das Ungeheuer schon, dass seine Zeit gekommen war.

Viele lobten Jans Kunstfertigkeit, aber er selbst wusste, dass seine Heiligenfiguren und Altäre nur so stark auf den Betrachter wirkten, weil er sich auf das Holz einließ, statt es beherrschen zu wollen. Er mochte die Figuren pur am liebsten. Bemalungen und Vergoldungen, wie er sie derzeit mit Bendix plante, erschienen ihm wie unnötiger Putz bei einer Frau. Aber heute hatte er mit Bendix ohnehin nichts mehr geschafft. Sein Freund war nach dem Besuch des Fremden nicht mehr bei der Sache gewesen.

»Wo bleibst du denn? Die Gesellen und Lehrjungen sitzen hungrig am Tisch und warten darauf, dass du kommst«, riss Kethe ihn aus seinen Gedanken. Sie legte die Arme um seinen Hals. »Ich habe ihnen aufgetragen, mit den Kindern ein Lied zu singen, aber allzu lange werden sie nicht mehr warten wollen.«

»Entschuldige, ich komme schon«, sagte Jan und küsste sie auf die Wange. Er konnte sich glücklich schätzen, eine so patente und liebevolle Frau gefunden zu haben. Eigentlich hatte sie ihn gefunden. Damals, bei Bendix' Hochzeit, hatte sie ihn in ein Gespräch verwickelt und dazu gebracht, dass er sie zum Tanzen bat, obgleich er gar nicht tanzen mochte. Anfangs hatte sie noch für Bendix' Familie gearbeitet, aber seit er Gesellen und Lehrjungen hatte, kümmerte Kethe sich nur noch um ihr eigenes Haus. Sie hatte auch genug zu tun mit den jungen Männern und den vielen Kindern. Fünf waren es inzwischen, und wenn es nach Kethe ging, konnten es noch mehr werden. Sie gingen in die Stube, wo seine Arbeiter lautstark mit ihren Kindern um die Wette krakeelten und erst leiser wurden, als sie ihn sahen.

Erst abends im Bett, nachdem sie sich ebenso routiniert wie leidenschaftlich geliebt hatten, berichteten sie sich gegenseitig von ihren Erlebnissen des Tages.

Jan war rechtschaffen müde, aber etwas musste er unbedingt loswerden. »Bendix hatte heute merkwürdigen Besuch in der Werkstatt«, sagte er unvermittelt.

Kethe lachte leise. »Etwa eine von den Patrizierinnen, die ihm schöne Augen machen? Dann kann ich nur hoffen, dass Petronilla nicht in der Nähe war.«

Bendix liebte die Frauen, das war allgemein bekannt. Aber er hatte das Pech, dass seine eigene mit den Jahren immer eifersüchtiger wurde, was möglicherweise mit ihrer verblühenden Schönheit zusammenhing.

Jan gähnte herzhaft. »Nein, das nicht. Esko war da.«

Kethe versteifte sich in seinen Armen. »Esko?«

»Der Ida nach Lübeck gebr…«

»Ich weiß, wer Esko ist. Wie geht … was … was wollte er?«

Er sah sie an. Seine Frau war blass geworden. »Esko wollte irgendetwas mit Bendix besprechen. Gerold Ostmann soll angeblich etwas Unrechtes getan haben. Bendix hat sich sehr aufgeregt und ihn rausgeworfen. Recht so – was für eine Frechheit!«

Erschrocken stellte Jan fest, dass Kethe weinte. Er fragte, was los sei, und als sie endlich gesprochen hatte, entschied er, dass ihr erster Weg sie morgen in die Pilgerherberge führen würde. Sie hatten eine Rechnung offen.

»Ich bin es gewesen.«

Esko fuhr herum. Gerade war er dabei, zwischen einem dänischen und einem lübischen Pilger zu vermitteln. Jetzt war der Streit um die beste Lagerstatt vergessen.

Kethe wirkte in ihrem gepflegten schlichten Kleid und mit der Haube wie eine respektable Bürgerin.

»Ich habe beobachtet, wie du mit Ida verschwunden bist, und habe Meister Ostmann Bescheid gegeben«, sagte sie mit dünner Stimme.

Esko hatte geglaubt, dass sich seine Wut Bahn brechen würde, wenn er die Wahrheit erführe, aber nichts dergleichen geschah. »Du also«, sagte er matt.

Die feinen Fältchen um ihre Mundwinkel neigten sich nach unten. Jan stand halb hinter ihr und legte die Hand auf ihre Schulter. »Ich wusste, dass Ida und du … ihr durftet das doch nicht! Ich wusste mir nicht zu helfen.«

»Und was hat Meister Ostmann getan, nachdem du uns verraten hast?«

»Er hat seinen Knecht gerufen, und dann … Ich weiß es nicht. Ich bin weggegangen. Ich wollte es nicht wissen.«

»Und Ida?«

»Sie war nach deinem Verschwinden untröstlich. Hat dich überall gesucht. Ich glaube, sie wollte hauptsächlich nach Lüneburg, weil sie hoffte, dort einen Hinweis auf deinen Verbleib zu finden. Doch dann … wurde sie dort Knall auf Fall verheiratet. Die Ehe hat sie nicht glücklich gemacht. Nur ihr Sohn …«

»Genug!«, ging Esko aufgewühlt dazwischen.

Ihr Kinn bebte. »Es tut mir so leid. Ich wusste nicht, was Meister Ostmann tun würde. Ich fürchtete schon, du seist …«

»Tot? Dann hättest du mich auf dem Gewissen«, sagte er kalt.

Kethe schlug die Hände vor das Gesicht. »Ich hätte das nicht tun dürfen, nach allem, was deine Familie für mich getan hat. Ich wünschte, ich könnte es wiedergutmachen.«

Schweigen hing für lange Zeit im Raum. »Das kannst du vielleicht«, sagte Esko schließlich.

Verunsichert sah Kethe auf; noch immer schien sie seine Reaktion zu fürchten. »Was hast du vor?«

Bendix verließ beschwingt das Haus seiner Geliebten, als Esko aus einer Toreinfahrt trat und ihn aufhielt. »Ich habe Euch doch gesagt, dass ich nicht mit Euch …«, wich Bendix aus.

Jan und Kethe traten in sein Blickfeld. »Warte! Wir müssen dir etwas erzählen.«

Später saßen die beiden Männer in der Goldschmiedewerkstatt beisammen. Bendix hatte seine Frau weggeschickt, die nach unten gekommen war, um nach dem Rechten zu sehen. Anschließend hatte er auf einem der Schmiedeöfen Würzwein erhitzt. Dumpf brütete der Goldschmied nun über seinem Weinglas.

»Dass Vater für die Familie weit zu gehen bereit ist, wusste ich ja, aber dass er so weit gehen würde …«

»Dennoch habt Ihr nicht wirklich überrascht gewirkt.«

»Können wir uns nicht duzen?«, schlug Bendix vor. »Bei allem, was uns verbindet?« Sie stießen an. »Seit Vater Ida an diesen Adeligen verheiratet hat, ist unser Verhältnis nicht mehr das Beste«, gestand er. »Eine Zeitlang haben wir nicht mehr miteinander gesprochen. Später haben wir uns zwar meiner Mutter zuliebe zusammengerissen, aber ich weiß, dass Vater immer nur sein gesellschaftliches Fortkommen im Sinn hat. Er behauptet zwar, alles für uns zu tun, aber das stimmt nicht. Es sind seine Ziele, um die es geht. Ich will mich nicht beim dänischen Adel anbiedern, um einen Auftrag zu bekommen. Das habe ich nicht nötig – und er sollte es auch nicht nötig haben!« Er stützte den Kopf auf die Hände und sah Esko an. In einem nervösen Tonfall sagte er: »Was hast du nun vor? Rache?«

Esko schnaubte bitter. »Nein. Nichts, was ich tun könnte,

würde wiedergutmachen, was er mir angetan hat. Ich möchte, dass euer Vater wenigstens dazu steht. Ich möchte, dass Ida weiß, warum ich verschwunden bin.«

Er wagte nicht, danach zu fragen, wie es Ida ging, aber Bendix schien seine Gedanken zu erraten. »Ida hat sich mit ihrem Schicksal abgefunden. Sie schafft sich Freiräume, wo sie nur kann. Sie ist am Fluss, stickt für mich, versorgt die armen und kranken Slawen in der Umgebung und reitet mit ihrem Sohn aus – Folcwin ist ein großartiger Junge und mutiger, als ich es je gewesen bin.«

Ein warmes Gefühl brandete in Esko auf. Er war froh, dass Ida wohlauf war. Niemand konnte vom Leben erwarten, immer glücklich zu sein, das wusste er inzwischen. Zufriedenheit war schon viel wert.

»Allerdings werden weder mein Vater noch Jusarius – Idas Ehemann – begeistert sein, wenn du plötzlich auftauchst. Jusarius ist ein harter Hund …« Bendix' Urteil klang fast ein wenig bewundernd.

»Das bin ich auch«, sagte Esko. »Und ich habe nichts zu verlieren.«

»Außer deinem Leben.«

Auf dem Burggelände wimmelte es von Bauarbeitern. Das neue Langhaus, das Gerold im Auftrag des dänischen Königs errichtete, sollte so schnell wie möglich fertig werden. Gerold zuckte zurück und wäre beinahe mit einem Träger zusammengestoßen, als er Esko und Bendix sah. Sie hatten entschieden, dass es vermutlich besser wäre, Gerold in der Öffentlichkeit zu konfrontieren, damit er nicht unbedacht handeln konnte und Magda nichts mitbekam.

Esko sagte dem Baumeister auf den Kopf zu, was er herausgefunden hatte, doch dieser leugnete sofort. Erst als Bendix Esko beisprang, gab Gerold zu, dass er die Knechte gerufen hatte, um ihm eine Lektion zu erteilen. »Meine Knechte fanden Euch jedoch nicht. Und als ich Euch am nächsten Tag sagen wollte, dass Ihr Euch von meiner Tochter fernhalten sollt, wart Ihr bereits verschwunden.«

»Vater, beleidige Esko nicht! Wir wissen von einem Knecht, dass du ihn dafür bezahlt hast, Esko auf ein Schiff zu schaffen«, erklärte Bendix und dämpfte seine Stimme, als er die neugierigen Blicke der Arbeiter bemerkte. »Weißt du eigentlich, was du getan hast? Esko hat sich um Ida gekümmert, als keiner von uns für sie da war. Und wie hast du es ihm vergolten?«

»Ich habe nur getan, was jeder Vater tun würde, um seine Tochter zu schützen.«

»Esko hat Familie und konnte nicht zurück nach Sachsen – vermutlich glauben sie, er sei tot! Im Heidenland wäre er beinahe umgekommen!«

»Damit habe ich nichts zu tun!« Gerold schrie es beinahe. »Dass du es wagst, mir derart in den Rücken zu fallen … Du, mein eigener Sohn, für dessen Wohl ich das alles auf mich genommen habe!«

»Warte ab, was Ida dazu sagt, wenn sie es erfährt!«

Gerold war kalkweiß geworden. »Das wagst du nicht.«

Die Auseinandersetzung war hitzig geworden, doch jetzt musste Esko dazwischengehen. »Ich werde Ida sagen, was ich weiß. Das bin ich ihr schuldig.«

Als er ging, glaubte Esko, den hasserfüllten Blick des Baumeisters auf sich zu spüren.

Bendix lud Esko ein, bei ihm zu wohnen, bis er abreisen würde. Esko hielt in Lübeck jetzt nichts mehr. Er suchte nur noch nach einem Weg, möglichst schnell nach Sachsen zu kommen. Aber wie sollte er bei Ida vorsprechen, ohne dass sie Schwierigkeiten mit ihrem Ehemann bekam?

Dieses Problem löste sich überraschend, als er am Tag vor

seiner Abreise zu Magda gebeten wurde. Sicherheitshalber begleitete Bendix ihn, aber offenbar war Meister Ostmann nicht im Haus. Esko hatte Idas und Bendix' Mutter als zerbrechlich und hinfällig in Erinnerung, und das war sie immer noch. Doch gleichzeitig wirkte sie interessiert und rege. Sie saß mit vier Kindern unterschiedlichen Alters an einem Tisch und ließ sie auf Wachstafeln schreiben; ihre eigenen Finger waren von Tintenflecken getupft. Sowohl die Kinder als auch ihre Großmutter schienen Spaß an der Sache zu haben. Sie setzte sich mit ihm ans Fenster, von wo aus sie in den Hinterhof schauen konnten, in dem die letzten Herbstblumen leuchteten.

»Bendix hat mir von den Vorfällen berichtet, und ich möchte dich in aller Form um Verzeihung bitten. Natürlich war eure Verbindung ungehörig, das war dir sicher auch klar. Wir können dir die verlorenen Jahre nicht zurückgeben, aber wir könnten dich entschädigen.«

»Hast du mit Vater darüber gesprochen?«, mischte Bendix sich ein.

Magda lächelte schief und beinahe nachsichtig. »Ich bin auch nicht ganz mittellos«, sagte sie.

»Ich will Euer Geld nicht. Es ging mir nie um Geld«, sagte Esko.

Sie holte ein kleines Paket hervor. »Dann nimm das hier und bring es Ida. Als mein Bote wird es dir leicht gelingen, zu ihr vorgelassen zu werden. Der Stoff passt genau zur Augenfarbe meines Enkels, einem tiefen Himmelblau«, setzte sie hinzu und sah ihn eindringlich an.

41

Sachsen, Herbst 1209

Endlich war das Schwein ausgeblutet. Ida entfernte die letzte Schale mit Blut unter dem Kadaver. Ihr stieg der Mageninhalt nach oben, und sie musste die Hand auf ihren Bauch pressen, der sich langsam zu runden begann, bevor sie dem Knecht die Anweisung für das Zerteilen geben konnte. Im Gegensatz zu ihrer ersten Schwangerschaft war ihr dieses Mal ständig übel. Immerhin nahmen die Mägde ihr das Rühren des Blutes für die Wurst ab – ein weiterer Vorteil ihres größer werdenden Haushalts.

Gerade wollte sie die Schale zu dem Arbeitstisch auf der anderen Seite des Burghofs bringen, als Jusarius ihr etwas zurief. Er und Lentz halfen den Knechten, die Dachschindeln auf dem neuen Stall zu verlegen; nicht mehr lange, dann würden die Herbststürme einsetzen. Offenbar kam jemand.

Ida wandte sich um – die Schale fiel, Blut schwappte auf ihr Kleid.

Olessa stürzte zu ihr, erschrocken. »Herrin, ist Euch nicht wohl? Wollt Ihr Euch setzen?«, fragte sie besorgt.

Ida konnte den Blick nicht von dem Mann abwenden, der soeben das Palisadentor durchritten hatte. Ihr Herz raste, die Knie drohten ihr nachzugeben. Ihr Blick verschwamm. Hastig wischte sie sich die Tränen ab. Sie wollte ihn klar erkennen, denn sie fürchtete fast, er könnte nur ein Trugbild sein. Ihre Gebete waren erhört worden. Achteinhalb Jahre zu spät.

Esko starrte sie ebenfalls an.

»Was wollt Ihr?«, rief Jusarius ihm in einem unfreundlichen Tonfall von der Leiter aus zu.

Eskos Blick flackerte zu dem Ritter, dann zu Ida zurück. Sie bebte. Wenn sie nur einen Schritt auf ihn zumachen würde, könnte sie sich nicht mehr beherrschen und würde ihm in die Arme fallen. Also blieb sie stehen. Ihre Gedanken und Gefühle überschlugen sich. Esko lebte! Aber woher kam er auf einmal? Er sah reifer aus, wettergegerbt. Frische Falten in seinem Gesicht verrieten, dass er einiges durchgemacht hatte. Wenn sie ihn nur umarmen, mit ihm reden könnte! Durfte sie überhaupt verraten, dass sie ihn kannte? Wenn Jusarius wüsste, was Esko ihr bedeutete, würde er ihn töten.

Ihr Mann sprang jetzt die Leiter herunter und ging drohend auf den Ankömmling zu.

»Ich habe ein Paket für Vrouwe Ida, von ihrer Mutter, Frau Magda aus Lübeck«, sagte Esko laut.

»Sagt das doch gleich, Mann!« Jusarius wandte sich wieder seiner Arbeit zu. »Kümmere dich darum. Olessa soll ihm ein Dünnbier einschenken, er ist sicher durstig«, rief er noch.

Idas Gedanken rasten noch immer. Was für ein Paket? Wieso von ihrer Mutter? Was war geschehen? Und was wusste Esko über ihr neues Leben?

»Ihr habt meinen Gatten gehört. Kommt herein, mein Herr«, sagte sie förmlich. Esko saß ab, und sie ging ihm mit weichen Knien voraus in die Halle; Olessa folgte ihnen.

»Ich hoffe, Ihr hattet eine gute Reise. Ihr seid lange unterwegs gewesen … nehme ich an«, sagte Ida.

Eskos Blick verfing sich in ihrem. Wie verletzt er wirkte! »Die Reise war beschwerlich und nicht freiwillig. Ich wurde verschleppt. Aber jetzt bin ich wieder hier.«

Olessa sah ihn argwöhnisch an, als sie ihm den Becher reichte. Wovon sprach der Fremde?

Ida verstand ihn ebenfalls nicht. *Verschleppt? Aber von wem? Und wohin?* So viele Fragen tobten in ihrem Kopf! »Ihr seid bei meiner Mutter gewesen?«

»Ja. Ich habe auch Euren Bruder gesehen. Er hat mir alles gesagt, was ich wissen muss. Ihr könnt Euch sicher vorstellen, dass ich … nicht gerade begeistert war, wie viel sich verändert hat.« Er krauste die Stirn.

Ida überlegte fieberhaft. Sie musste allein mit ihm reden! Musste wissen, was vorgefallen war. »Manches ist auch gleich geblieben. Die alte Eiche am Flussufer gibt es noch immer. Es ist ein schöner Anblick, sie in der Morgendämmerung zu sehen.«

»Was schwätzt ihr von dem Fluss?«, platzte Jusarius herein. »Zeig lieber, was deine Mutter schickt.«

»Herr Esko ist ein Bekannter meiner Familie. Er hat früher hier in der Nähe gelebt«, erklärte Ida schnell.

»Bekannter? Soso.« Jusarius ließ sich ebenfalls ein Dünnbier einschenken. »Und was treibt Ihr so, mein Herr?«

Esko ließ sich nicht einschüchtern. »Ich habe in Livland gekämpft und bin gerade erst zurück.«

»Kreuzfahrer, wie? Verdienstvoll. Und, viele Heiden mit Tod oder Taufe bekehrt?«

»Wie man es nimmt«, sagte Esko reserviert.

Ida öffnete das Paket schnell. »Der Stoff ist ja wirklich wunderschön!«, mischte sie sich ein.

»Für Euren Sohn, sagte Frau Magda.«

Ida warf ihm einen verstohlenen Blick zu. Sie durfte sich nichts anmerken lassen. »Ja, der Stoff wird Folcwin sicher gut kleiden. Er ist ein guter Junge.«

»Ein Lausebengel ist er! Sie sollten ihn auf der Burg härter rannehmen, sonst wird er nie ein Heidenkämpfer, wie Ihr einer seid!« Jusarius schlug Esko auf die Schulter. »Aber es gibt ja noch Hoffnung …« Er tätschelte Idas Bauch; erst vor Kurzem hatte sie ihm verraten, dass sie vermutlich in anderen Umständen war.

Esko war ganz bleich geworden. Er verabschiedete sich schnell.

Es sollte noch Tage dauern, bis Jusarius mit Lentz aufbrach, um zu dem Heer seines Herrschers zu stoßen, der mit sechstausend Panzerreitern nach Italien aufgebrochen war, um sich vom Papst zum Kaiser krönen zu lassen. Ida konnte es kaum erwarten, dass ihr Mann endlich losritt. Hoffentlich war Esko nicht erneut verschwunden! Sie hatte kaum eine Arbeit ausführen können, so intensiv kreisten ihre Gedanken um ihren Geliebten. Ständig hatte sie etwas vergessen oder ihr war etwas heruntergefallen. Glücklicherweise hatte sie ihr Benehmen auf die Schwangerschaft schieben können.

Gleich in der ersten Nacht, in der ihr Ehemann unterwegs war, nahm sie einen Dolch und schlich hinaus. Sie betete darum, dass niemand sie hörte oder sah, aber jetzt zur Erntezeit waren alle rechtschaffen müde. Viel Zeit blieb ihr jedoch nicht. Sie konnte nicht reiten. Die Gefahr war zu groß, dass sie im Stall oder durch das Hufgeklapper jemanden weckte.

Ida schlüpfte aus dem Tor und rannte los. Dunkel war das Buschwerk und unheimlich. In der Ferne glaubte sie einen Wolf heulen zu hören und da … jemand ergriff sie. Dieses Gefühl, dieser Geruch! Ihre Knie gaben nach, und gleichzeitig hielt sie sich an Esko fest. Er jedoch machte sich von ihr los.

»Und ich habe geglaubt, du liebst mich! Du wartest auf mich!«, stieß er hervor.

Sie versuchte, Esko zu umarmen, wollte unbedingt die alte Nähe zu ihm wiederherstellen, doch er hielt sie auf Abstand.

»Natürlich liebe ich dich! Und ich habe auf dich gewartet!«

»Ha, wie lange denn wohl?« Er stieß es bitter hervor. »Dein Sohn ist … acht Jahre alt, sagte Bendix! Allzu lange hat die Liebe dann ja wohl nicht gehalten!«

Idas Brust war eng, und ein schneidender Schmerz kroch ihr die Kehle hoch. Sie rang um Fassung. »Er ist beinahe neun. Er wurde gezeugt in einer kalten Februarnacht in Alt-Lübeck.«

Esko taumelte zurück. »Du … lügst«, sagte er beinahe tonlos.

Tränen brannten in ihren Augen. »Warum sollte ich? Meinst du, es war leicht für mich? Ich war schwanger, und du warst verschwunden … Wenn Jusarius das erfährt …« Ihre Stimme erstarb.

»Folcwin ist … mein … unser Sohn?«

Stumm nickte sie.

Nun endlich zog Esko sie an sich. Er hielt sie ganz fest, und Ida presste sich an seine Brust, auf seinen Herzschlag lauschend, als sei er das Einzige, was sie noch aufrecht halten konnte.

»Aber wieso … wer … hat dich …?« Sie wusste nicht, wie sie es sagen sollte.

Esko seufzte tief. »Dein Vater hat durch Kethe von unserem Beisammensein erfahren. Er hat Knechte geschickt, die mich zusammenschlugen und einen Kaufmann bezahlten, der mich nach Riga verschleppte.«

Sein Bericht ließ sie erstarren. Ihr Vater hatte ihr das angetan? Er hatte Esko in Lebensgefahr gebracht? Tief in ihrem Inneren hatte sie es immer gespürt …

»Ich konnte ohne Geld nicht zurück, und als ich endlich die Heuer zusammenhatte, traf ich Bendix, der mir von deiner Heirat und deiner Schwangerschaft berichtete.«

Sie konnte es nicht fassen. »Bendix hat mir nie etwas davon gesagt.«

»Es erschien ihm wohl nicht wichtig. Er wusste ja nicht …«

Sie suchte Halt, wollte ihn wieder küssen, aber Esko hielt sie auf. »Wir dürfen das nicht. Du bist die Frau eines anderen. Du bist schwanger, von ihm.«

»Ich war so einsam! Jahrelang habe ich gehofft, dass du zu mir zurückkehren würdest. Ich liebe dich noch immer!«

»Das darfst du nicht sagen. Das darfst du nicht einmal denken. Geh zurück zu deinem Mann, bevor er dich sucht! Er könnte dich sonst töten.«

Es gab so vieles, was sie ihm sagen, was sie ihn fragen wollte, aber Esko machte sich los. Ida streckte die Hand nach ihm aus. Es kam ihr vor, als müsste ihr das Herz brechen.

»Bitte, Esko …«, flüsterte sie.

Noch einmal kam er zu ihr, umschloss ihr Gesicht mit den Händen und küsste sie, bevor er in der Dunkelheit verschwand.

Esko lief ein Stück durch den Wald. Aus einem Versteck beobachtete er Ida, bis sie sicher in der Motte angekommen war. Dann ließ er sich an einen Baum sinken und richtete den Blick gen Himmel. Er hatte einen Sohn! Ida war schwanger gewesen damals, was die Tat ihres Vaters nur noch grausamer machte. Und jetzt war sie wieder schwanger, von diesem alten, groben Ritter … Am liebsten hätte er sie entführt, aber dann wäre ihrer beider Leben verwirkt und das ihres Sohnes gleich mit. Es drängte ihn, zur Kalkbergfestung zu reiten, gleich jetzt. Er musste seinen Sohn sehen, musste mit ihm reden. Auch wenn Folcwin nie erfahren würde, dass er sein Vater war, wollte Esko ihm nahe sein. Er hatte schon viel zu viel verpasst.

Die Stille der Nacht und die Bäume, die ihn schützend umgaben, beruhigten ihn langsam. Er brauchte einen Plan. Aber vorher musste er noch etwas erledigen …

Vieles an dem Gutshof erinnerte Esko an sein altes Zuhause. Doch weder sein Vater noch seine Mutter waren bei der friedvollen Hofstelle zu sehen, die von fruchtbaren Feldern umgeben war. Waren seine Eltern etwa tot? Gestorben, ohne, dass er sie noch einmal gesehen hatte? Seine Schwester entdeckte er als Erste. Lachend schloss Svea ihn in die Arme. Und da waren auch sein Schwager und seine Nichten und Neffen. Seine Familie!

Im Wirtschaftshof der Vorburg übten sich Kämpfer. Schwerter klirrten, Stangen trafen aufeinander, Armbrüste wurden abgefeuert, Bogenschützen zielten auf markierte Strohballen.

Esko hatte sich beeilt, den Burgkommandanten ausfindig zu machen. »Gott zum Gruße, mein Herr. Ich bin Bogenschütze und biete Euch meine Dienste an«, sagte er und musste sich beherrschen, das Burgareal nicht nach einem Knaben mit blonden Haaren und blauen Augen abzusuchen.

»Die Truppen meines Herrn sind vollzählig. Versucht woanders Euer Glück.«

Das hatte Esko schon befürchtet. »Ich habe im Heidenland unter Winno von Rohrbach gekämpft. Vielleicht ist der Schwertbruder Euch ein Begriff.«

»Ihr könnt unter dem Heiligen Geist gekämpft haben, wir haben keinen Bedarf.« Der Kommandant musterte ihn. »Oder habt Ihr eine Rüstung, ein eigenes Pferd?«

Das Pferd war nur von Bendix geliehen, er musste es bald zurückgeben. Geld hatte er keines, wie immer. »Nein, das habe ich nicht«, gestand Esko ein. Aber so schnell würde er nicht aufgeben. »Dann bitte ich Euch um die Erlaubnis, einem der Pagen eine Nachricht zu überbringen.«

Sein Gegenüber lachte. »Seit wann bekommen Pagen Nachrichten?«

»Sie ist von seiner Mutter. Es ist eine … dringende Familienangelegenheit.« Wie sehr es ihn aufwühlte, von Ida zu sprechen, auch nur an sie zu denken! Er hatte sich zwingen müssen, nicht wieder an ihrer Motte vorbeizureiten. Er durfte sie und sich nicht in Versuchung führen.

»Um wen geht es?«

»Folcwin von der Heien.«

»Tapferer Mann, der Vater des Burschen. Habe mit ihm bei Goslar gekämpft.« Er pfiff durch die Zähne. »Einer meiner Schildknappen wird Euch zu ihm bringen. Er ist im Kloster.«

Esko erblasste. »Was hat er im Kloster zu suchen?«

»Dort werden die Pagen und Knappen im Lesen und Schreiben unterwiesen.«

Esko wurde in das Michaeliskloster und dort in eine Kammer geführt, in der mehrere Knaben unterschiedlichen Alters an Pulten saßen und Griffel auf Wachstafeln führten. Ein gestreng wirkender Mönch diktierte ihnen etwas. Esko fühlte sich ganz eingeschüchtert. Er hatte weder lesen noch schreiben gelernt. Sogleich suchte er die Jungengesichter ab.

Er erkannte ihn sofort. Folcwin hatte Idas blonde Haare und ihre langen Wimpern, wirkte aber dennoch ganz und gar nicht weiblich oder weich. Der Knappe bat Folcwin heraus und ließ sie allein. Einen Augenblick wusste Esko nicht, was er sagen sollte. Am liebsten hätte er seinen Sohn einfach nur angestarrt.

»Herr, ich hörte, Ihr habt eine Botschaft meiner Frau Mutter für mich? Ist sie wohlauf?« Folcwin wirkte besorgt.

Wie gestelzt er redete! Hoffentlich kann er sich auch verteidigen, das wird ihm in seinem späteren Leben nützlicher sein, dachte Esko.

Er räusperte sich. »Eurer Frau Mutter geht es gut. Ich hatte ihr eine Nachricht aus Lübeck überbracht, und da bat sie mich … ich soll Euch sagen, dass … Euer Vater wieder abgereist ist.«

Folcwin schien irritiert. »Ja, das weiß ich. Vater war hier, bevor er abreiste.«

»Oh, dann hat Eure Mutter seine Pläne wohl falsch verstanden. Entschuldigt, dass ich Euch damit behelligt habe.«

»Das macht gar nichts, mein Herr. Ich wünsche Euch eine gute Reise.« Höflich verabschiedete Folcwin sich von dem vermeintlich Fremden, dem dies in der Seele wehtat. Wie kurz, wie nichtssagend diese Begegnung gewesen war! Und doch so bedeutend für ihn!

Auf dem Rückweg wälzte Esko seine Gedanken. Irgendeine Arbeit auf der Burg zu finden, das wäre vermutlich möglich. Aber er wollte mit seinem Sohn zu tun haben, wollte von Folcwin respektiert werden.

»Das sieht mir nach einer umfassenden Ausbildung aus. Wie lange ist man Page?«, fragte er den Schildknappen beiläufig, als dieser ihn wieder hinausführte.

»Die meisten bleiben es von ihrem siebten bis zum vierzehnten Lebensjahr. In dieser Zeit lernen sie hövisches Benehmen, zu dienen und ein wenig Kriegskunst.«

»Nicht das Kämpfen?«

»Körperliche Ertüchtigung schon. Die Grundlagen der Kriegskunst gewissermaßen. Aber erst als Knappen werden die Jungen wirklich ausgebildet, und nur wenige von ihnen werden zum Ritter geschlagen.«

»Also bleiben sie, bis sie vierzehn sind, hauptsächlich in der Burg?«

»Ja, in der Tat. Mit den Heidenkreuzfahrten, zu denen die Obersten am Hofe Kaiser Ottos aufbrechen, werden sie sich nicht hervortun können, so viel steht fest.«

Esko war beruhigt. Dann blieb ihm noch etwas Zeit.

Nach wenigen Tagen war er wieder in Lübeck. Schon vor Bendix' Haus war das Schreien eines Säuglings zu hören. Der Goldschmied wirkte erschöpft.

»Ich habe schon erwogen, in der Werkstatt zu schlafen. Erzähl: Warum bist du schon wieder hier? Wie war die Reise? Wie geht es Ida? Wie hat sie deinen Bericht aufgenommen?«, fragte er und gähnte herzhaft.

Esko kam gleich zur Sache. »Sagtest du nicht, du wolltest irgendwohin reisen, um dort Edelsteine zu kaufen? Dass du hohe Gewinne machen könntest, wenn du beispielsweise in Venedig Orientperlen kaufen würdest? Ich begleite dich überallhin und schütze dich auf allen Wegen. Also, wie sieht es aus – wann brechen wir auf?«

Überrumpelt starrte Bendix ihn an.

42

Sachsen, Herbst 1212

Ein Pfeil spaltete den anderen.

Esko ließ den silberbeschlagenen Bogen sinken, bevor die Ritter seine Tat als ernsthafte Provokation werten konnten. »Ich überbringe Euch Grüße vom Heermeister Eures Kaisers. Ich habe unter seiner Führung in Italien gekämpft. Jetzt bin ich hier, um bei der Jagd zu helfen und die Ausbildung der Pagen und Knappen voranzutreiben.«

Der Burgkommandant winkte ab. »Habe ich Euch nicht schon einmal gesehen? Wir haben genügend Ritter, die unseren Nachwuchs ausbilden.«

Esko reichte ihm die Schriftrolle. »Lest selbst.« Selbstsicher verstaute er seinen Bogen und genoss die neidischen Blicke der einfachen Kämpfer auf der Lüneburg, während der Kommandant mühsam die Buchstaben entzifferte. Die Reisen mit Bendix nach Venedig und Aleppo waren lang und strapaziös gewesen, aber lukrativ. Ein prächtiges Schlachtross, eine ausgezeichnete Rüstung und einen noch besseren Posten hatte er sich von dem Gewinn kaufen können. Esko hatte nicht mehr kämpfen wollen, aber es war nötig gewesen, dass er sich einen Ruf errang, also hatte er es getan. Allerdings war sein letztes Geld für die Bestechung des Heermeisters draufgegangen, damit er die Empfehlung ausstellte. Wer verzichtete schon gern auf seinen besten Scharfschützen, wenn möglicherweise ein Krieg ins Haus stand?

Seit Kaiser Otto sich dem Papst widersetzt hatte und dafür exkommuniziert worden war, waren viele Fürsten von ihm abgefallen und hatten sich dem Staufer Friedrich, dem zweiten seines Namens, angeschlossen. Wieder standen Staufer und Welfen gegeneinander. Dem Kaiser schien es um die Macht in Italien zu gehen, die der Papst für sich beanspruchte. Auch siegelte er mit dem Kaiserhaupt zwischen den Symbolen von Sonne und Mond – dabei hieß es doch, der Papst sei die Sonne und der Kaiser nur der Mond. Außerdem hatte der Papst ihn gestraft, weil Otto seinem Gelübde, einen Kreuzzug ins Heilige Land anzuführen, nicht nachgekommen war. Dabei gärte es im Reich so sehr, dass sich Gerüchten zufolge in Köln unzählige Kinder versammelt hatten, um zu einem eigenen Kreuzzug aufzubrechen.

Um die Gemüter zu beschwichtigen, hatte Kaiser Otto in diesem Jahr endlich die Ehe mit seiner Verlobten Beatrix von Schwaben geschlossen, aber die Vierzehnjährige war nur drei Wochen nach der Heirat gestorben, was seine Lage noch verschlechtert hatte.

Der Kommandant gab Esko die Schriftrolle zurück. »Nun denn, willkommen. Einen tüchtigen Schützen können wir wohl immer gebrauchen«, sagte er reserviert.

Noch immer widerstrebend brachte er Esko zu den Pagen und Knappen. Die Jungen rangelten, und Esko hörte, wie Folcwin als »Halbritter« geschmäht wurde und sich wutentbrannt verteidigte. Der Kommandant ging dazwischen und stellte Esko vor. Und Esko legte gleich los, denn offenbar hatten die Jungen zu viel überschüssige Kräfte. Er befahl ihnen, aus Strohballen Hindernisse aufzubauen, über die sie laufen und springen sollten. Auf sein Startzeichen sprinteten sie los. Folcwin schien es wichtig zu sein, die anderen zu überrunden – so sehr, dass er sich vollkommen verausgabte.

Als sie verschnaufen mussten, gesellten sich die Jungen, einschließlich Otto iuvenis und Folcwin, neugierig zu Esko. »Stimmt es wirklich, dass Ihr bei den letzten Feldzügen meines

Onkels dabei wart? Habt Ihr den Tribok gesehen?«, fragte Otto, der für seine acht Jahre sehr groß geraten war, keuchend.

»Das ist richtig, Junker Otto. Der Kaiser hat dieses erstaunliche Gerät in Italien entdeckt und bei Burg Weißensee zum Einsatz gebracht. Es handelt sich um ein schweres Steingeschütz mit drehbarem Schleuderbalken. Mit diesem Teufelsgerät werden in Zukunft Belagerungen schneller beendet sein.«

»Könnt Ihr uns aufmalen, wie diese Hebelmaschine arbeitet? Das interessiert uns wirklich brennend«, setzte Folcwin hinzu.

»Ist der Tribok wie die Schleuder, mit der David Goliath besiegte?«, fragte Otto iuvenis.

»Später mehr dazu, ihr jungen Herren. Erst werdet ihr dreißig Liegestütze machen.«

Die Jungen stöhnten. »Wozu brauchen wir Liegestütze, wenn wir eine Schleudermaschine haben, die jede Mauer einreißt?«, fragte Otto.

»Weil mit Kraft allein ein Kampf nicht zu gewinnen ist, sondern nur mit Ausdauer, Geschick und Köpfchen«, gab Esko zurück. »Außerdem müsst Ihr nicht bei den älteren Jungen mitmachen, Junker Otto, sondern könnt Euch an Eure Altersklasse halten.«

»Das will ich aber! Ich will bei meinen Gefährten sein.«

Esko kehrte schmunzelnd die Handflächen hervor. »Dann also. Diese Übung unterstützt Eure Arm- und Rückenmuskeln – und die braucht ihr in jedem Fall beim Kampf. Wenn ihr dreißig geschafft habt, werde ich euch den Tribok aufzeichnen.«

Im darauffolgenden Jahr trainierte Esko intensiv mit den Jungen und lernte dabei auch seinen Sohn richtig kennen. Folcwin hatte die ritterlichen Tugenden bereits fest verinnerlicht und war Otto iuvenis ein treuer Freund. Er hatte eine schnelle Auffassungsgabe, musste aber nicht immer gewinnen, was ihm die Schelte seines Vaters eintrug, wenn Jusarius bei den Übungskämpfen der Jungen zuschaute. Esko musste sich dann zurückhalten, um nicht Partei zu ergreifen. Er wollte vermeiden, dass Jusarius ihn wiedererkannte.

Oft kam Esko mit den Jungen und Folcwin ins Diskutieren, weil er sie frei ihre Meinung sagen ließ. Neben allem Drill hatte er mit ihnen auch Spaß, holte beispielsweise die Erlaubnis ein, mit den Pagen und Knappen in die Wildnis zu reiten und sich im Schwimmen und Klettern zu üben.

Auch sonst fiel es ihm nicht schwer, sich in die Gemeinschaft auf der Lüneburg einzufinden. Im Laufe der Jahre hatte er die verschiedenen Ritter- und Söldnertypen kennengelernt: die beflissenen, aber mutigen; die feigen Großmäuler; diejenigen, die einen ehrlichen Kampf liebten; und die, die nur ihr Fortkommen im Sinn hatten. Mit seinem Talent und seinem Wissen machte er sich nicht nur als Ausbilder beliebt, sondern durfte auch bald die regelmäßigen Jagdausflüge der Herzogin begleiten, was ihm viel lieber war, als in der Burg zu bleiben.

Auch Ida sah er ab und an – viel zu selten – auf der Lüneburg und fühlte sich dann, als stünde er in Flammen. Würde er je aufhören, sie zu lieben? Er hasste es, dass er nicht mit ihr reden durfte, wollte aber zugleich auf keinen Fall seine Anstellung in Gefahr bringen. Wie er gehört hatte, hatte Ida einen Jungen geboren. Svea und Henniko, die er bei einem Ausritt besucht hatte, hatten das Kind schon gesehen. Jordan sei seinem Bruder vollkommen unähnlich, bemerkten böse Zungen unter den Nachbarn.

Der Winter war so kalt, dass im Quartier der Soldaten der Raureif auf den Wänden glitzerte. Die Krieger spekulierten über die Möglichkeiten, die dem Kaiser noch blieben, jetzt, wo die Kapetinger ihr Bündnis mit dem Staufer erneuert hatten. Es würde schwierig werden, gegen die Allianz des Königs von Frankreich und Friedrich II., ebenfalls König des römisch-deutschen Reiches und damit Ottos Thronrivale, anzukommen.

»Viele von Kaiser Ottos Verbündeten halten sich bedeckt. Nicht einmal mehr die Dänen stehen an seiner Seite«, sagte gerade einer der Panzerreiter, der seine Füße so nah an das Feuer hielt, dass es streng roch.

»König Waldemar ist ein berechnender Herrscher. Es ist ihm egal, ob seine Schwester unter seiner Feigheit – Entschuldigung: unter seinem Kalkül – leidet. Wer weiß schon, wie es mit uns weitergehen wird, wenn Wilhelm von Lüneburg tatsächlich stirbt. Dann haben wir nur noch den kleinen Otto iuvenis, ein Kind.« Seit Monaten schon war der Herzog kaum einmal außerhalb seiner Gemächer zu sehen, was viele beunruhigte.

»Herzogin Helena könnte die Regentschaft übernehmen.«

»Ach ja? Und wohin soll uns die Weiberherrschaft bringen? Kann sie etwa kämpfen? Im Krieg wird dieser Streit enden, das kannst du mir glauben. Oder was sagst du dazu, Esko? Ist was? Du bist so still.«

Ein anderer lachte meckernd. »Lass ihn, der denkt an sein Liebchen im Hurenhaus.«

»Die mit den dicken Titten oder die mit dem fetten Arsch?«, fragte der Panzerreiter, woraufhin sie sich gegenseitig mit Spekulationen überboten. Esko hatte nichts dagegen, solange sie seine wahren Gefühle nicht ergründeten. Tatsächlich bereitete auch ihm die Lage Sorgen. Herzog Wilhelm schien sehr krank zu sein.

»Ich nehme an, dass Pfalzgraf Heinrich die Vormundschaft für den minderjährigen Otto übernehmen würde. Eine stabile Lage im Norden ist wichtig, wenn es zur Schlacht kommt.«

»Du rechnest also auch damit?« Seine Mitstreiter lauschten aufmerksam.

»Sie ist unausweichlich. Kaiser Otto wird sich mit Johann Ohneland verbünden, um die Lage ein für alle Mal zu klären. Der englische König hat genügend eigene Interessen auf dem Festland, sodass er sich die Gelegenheit nicht entgehen lassen wird, seinem Verwandten zu Hilfe zu kommen und so die verhassten Kapetinger zu vernichten«, mutmaßte Esko ruhig.

Er sah in viele verwirrte Gesichter. »Aber wieso? Was mischen sich der englische und der französische König auf einmal ein?«

»Das englische Königshaus ist traditionell den Welfen verbunden, das französische den Staufern. Johann Ohneland und Philipp August haben auch noch miteinander eine Rechnung offen. Dem englischen König gehörte bis vor wenigen Jahren ein großer Teil Frankreichs, er ist sein Lehnsmann.«

»Der Lehnsmann war also mächtiger als der Lehnsherr.«

»Und genau das will er auch wieder werden. Dann ist da noch der Graf von Flandern …«

Die Männer stöhnten auf. »Genug!«, rief einer.

Grinsend hob Esko die Schulter. »Ihr habt gefragt …«

Er staunte selbst darüber, dass er in den letzten Jahren mehr oder weniger zum Experten für die komplizierten politischen Machtverhältnisse geworden war.

»Auf, auf, ihr Kerle!« Der Kommandant war eingetreten, und die Soldaten nahmen sofort Haltung an. »Wir brauchen einen Geleittrupp, der sich bei diesem unwirtlichen Wetter in die Wildnis traut. Herzogin Helena wünscht, eine ihrer Damen hier zu sehen …«, er hob die Stimme, da etliche Soldaten murrten, »… nämlich Vrouwe Ida von der Heien.«

Die Männer drängten sich nicht gerade zu diesem Auftrag, was Esko nur allzu recht war. »Na gut, bevor ihr euch darum prügelt, übernehme ich die Führung des Geleittrupps«, sagte er und hoffte, dass sein Tonfall genervt genug geklungen hatte.

Bis zum Bauch sackten die Pferde in die Schneewehen ein, kaum ein Wegstück konnte einigermaßen schnell geritten werden. Doch Eile war geboten, denn es stand dem Vernehmen nach schlecht um den Herzog. Esko konnte den größten Teil des Wegs nicht weiter sehen, als er spucken konnte, und als er ankam, hatte er kein Gefühl mehr in Händen und Füßen. Der Schnee türmte sich mannshoch auf der Windseite des Turms. Heftig bollerte sein Gefährte, der Panzerreiter, gegen die Tür. Dennoch dauerte es lange, bis jemand fragte, wer da sei, und noch länger, bis geöffnet wurde.

Im Turm war es stickig und warm. Jusarius und sein Schildknecht waren offensichtlich angetrunken, und Esko fragte sich, wie Ida das Zusammenleben mit den beiden groben Gesellen nur aushielt.

Misstrauisch blinzelte der Ritter und trat näher. »Ich kenne Euch doch.«

»Ich komme von der Lüneburg. Prinzessin Helena schickt nach Eurer Frau.«

Jusarius schnaubte. »Bei diesem Wetter – da kann sie lange warten!«

»Dem Herzog geht es sehr schlecht. Seine Gattin verlangt nach einer Vertrauten. Zudem hieß es, dass sich Eure Frau auf die Heilkünste versteht.«

Ida kam hinzu. Sie hatte ein einfaches Kleid übergeworfen, und die Haare unter ihrem dünnen Schleier schienen nur nachlässig hochgesteckt, aber sie strahlte trotzdem von innen, als sich ihre Blicke trafen. Hinter ihr versteckte sich ein etwa vierjähriger Junge. Das musste Jordan sein. Auch Mitglieder des Gesindes ließen sich nun sehen.

»Wenn die Herzogin nach mir verlangt, werde ich reiten«, sagte Ida entschlossen, ohne Esko noch einmal anzusehen. »Das bin ich ihr schuldig.«

»Pah, schuldig! Dieser Schneesturm ist tödlich«, widersprach Jusarius.

Ida schickte den Jungen zu der Magd. »Ich würde es mir nie verzeihen, wenn der Herzog stürbe und ich nicht an Helenas Seite wäre, obgleich sie es wünscht. Du würdest doch auch sofort losreiten, wenn der Kaiser dich riefe«, sagte sie zu ihrem Mann.

Dieses Argument schien zu ziehen. Der Ritter fuhr sich mit beiden Händen durch die schütteren Haare. »Dann reiten wir mit.«

»Aber …«, wollte der Schildknecht missmutig einwenden, und Esko sah, dass auch Ida den Mund geöffnet hatte.

»Nichts aber! Macht euch fertig, wir haben keine Zeit zu verlieren!«

Die sonst eher unnahbar wirkende Herzogin schloss Ida sogleich in die Arme und führte sie an das Bett ihres Gemahls. In der Burg herrschte schon jetzt eine Atmosphäre wie in einem Totenhaus. Allerorten knieten Diener und Hofdamen, bewegten Paternosterschnüre zwischen den Fingern und beteten. Aus dem Michaeliskloster klangen die Gesänge zur Burg empor. Esko ging zu den Pagen und Knappen, die sich mit einigen Rittern in und vor der kleinen Burgkapelle versammelt hatten. Im Gegensatz zu den Christen, die die heiligen Haine nicht ertrugen, scheute Esko die Kirchen nicht. Die Stille eines Gotteshauses konnte ihn durchaus für sich einnehmen, wenn er auch nicht glaubte, dass an einem so toten Ort wirklich ein Gott wohnte. Wenn er ein Gott wäre, würde er sich als Wohnort einen alten Baum aussuchen, eine Sommerlichtung, eine Quelle oder einen Wasserfall.

Viele Augen ruhten auf Otto iuvenis, Wilhelms Sohn. Es wäre hart für den Neunjährigen, ohne Vater dazustehen, zumal in einer Zeit, in der seine Familie ohnehin bekriegt wurde. Esko sah, wie Folcwin dem Jungen tröstend eine Hand auf die Schulter legte. Diese einfache Geste seines Sohnes rührte Esko zutiefst; sicherheitshalber sah er weg.

So richtig wusste Ida nicht, was sie am Lager des Herzogs sollte. Der Leibarzt traktierte den Sterbenden, indem er eine Kerze auf dessen Stirn abbrennen ließ, und der Priester hatte Wilhelm eine Mönchskutte umgelegt, die ihm das Sterben erleichtern sollte.

Wilhelm von Lüneburg war aufgedunsen, sein Körper hatte viel zu tragen gehabt, und bei Anstrengungen waren die Adern auf seinem Kopf hervorgetreten, weshalb er sich einfach nicht mehr angestrengt hatte. Mit seinem vielen Essen, dem Saufen und dem ständigen Sitzen im Burgsaal hatte er sich nichts Gutes getan, das hatte sie schon oft gedacht. Aber selbst Helena hatte ihren Mann nicht mehr dazu verleiten können, wenigstens der Beizjagd nachzugehen. Der Kopf des Herzogs war in die Kissen eingesunken. Er röchelte heftig. Seine Füße waren geschwollen, und wenn er sich bewegte, jammerte er leise.

»Ich habe hier einige Kräuter gegen die Schmerzen«, sagte Ida zu Helena, die auf dem Boden kniete und ihren Kopf auf das Krankenlager gebettet hatte, als hätte sie keine Kraft mehr, ihn zu halten.

»Und für mich … hast du …?«

Ida nickte. Bei aller Kraft, die Helena ausstrahlte, gab es doch Tage, an denen sie es vor Traurigkeit kaum aus dem Bett schaffte. Das Aqua Perlata hatte ihr oft geholfen, diese Momente zu überwinden – zumindest glaubte Helena das. Ida hingegen war eher der Ansicht, dass es der Prinzessin guttat, jemandem ihr Herz auszuschütten, der nichts von ihr verlangte, nicht über sie urteilte.

Sie flößte dem Herzog mit Erlaubnis des Leibarztes etwas von dem Kräutertrank ein, und tatsächlich atmete Wilhelm nun ruhiger. Doch es sollte noch Stunden dauern, bis seine Seele den Körper verließ und dieser endgültig ausruhen konnte.

Gemeinsam mit ihrem Sohn nahm die Herzogin die Beileidsbekundungen entgegen und schickte Boten in alle Himmelsrichtungen, um die Nachricht zu überbringen. Der Tod des Welfen würde die Machtverhältnisse im Reich erneut verändern.

Ida hatte den Gesprächen kaum lauschen können, weil ihre Blicke immer wieder zu Folcwin gewandert waren, der in der Nähe seiner beiden Väter stand. Fast schien es, als würde er sich in dieser Stunde der Not eher Esko anvertrauen als Jusarius, was Ida gut nachvollziehen konnte: Auch sie sehnte sich danach, noch einmal von ihrem Geliebten im Arm gehalten zu werden. Doch es durfte nicht sein.

Die nächsten Tage verbrachte sie ständig in Helenas Nähe. Die Herzogin beriet sich mit dem Pfalzgrafen Heinrich und Kaiser Otto, der ebenfalls zur Beisetzung seines Bruders im Benediktinerkloster Sankt Michael eintraf. Er war jetzt der Vormund seines Namensvetters, aber Helena würde die Regierungsgeschäfte übernehmen, bis Otto iuvenis mündig war. Die verbliebenen Söhne Heinrichs des Löwen schienen der entschlossenen dänischen Prinzessin diese Aufgabe zuzutrauen. Auch Ida glaubte, dass Helena eine geeignete Regentin war. Der einzige Mensch, der daran zu zweifeln schien, war Helena selbst, und Ida vermutete, dass sie noch viel Aqua Perlata herstellen musste, bis die Dänin ihrer eigenen Kraft vertraute. Es wurde Zeit, dass der Frühling kam.

Nach einigen Wochen packte Ida ihre Sachen; sie sehnte sich nach ihrem kleinen Sohn. Jusarius würde beim Kaiser bleiben. Der Schnee war verharscht, und Ida war erleichtert, dass Esko wieder ihrem Begleittrupp angehörte. Galant half er ihr aufs Pferd; es kam ihr vor, als ob seine Berührung ihre Hand zum Glühen brachte. Schnell steckte sie ihm eine kleine Perlensonne zu, die sie für ihn hergestellt hatte.

Esko zögerte überrascht, sagte dann aber gleichmütig: »Leider kamen Eure Heilkünste zu spät, Vrouwe Ida.«

»Das ist nicht unbedingt richtig.« Er saß ebenfalls auf. Auf dem Weg, den Berg hinunter, sagte sie: »Die Herzogin bedurfte meiner Hilfe ebenso wie ihr Gatte. Ich habe ihr Aqua Perlata gereicht. Es wird Zeit, dass der Frühling einkehrt und die Flüsse vom Eis befreit sind.«

»Damit Ihr perlenfischen könnt«, flüsterte er und sah dabei in die Ferne, als redeten sie über die Aussicht. »Ich würde Euch zu gerne dabei helfen.«

In diesem Augenblick preschten Reiter die Serpentine hoch – Jusarius war darunter. Als er sie sah, riss er an den Zügeln seines Rosses. Sein Blick wanderte von Ida zu Esko.

»Jetzt erinnere ich mich«, zischte er wutfunkelnd. »Ihr kennt Euch von früher! Ihr seid schon mal bei uns in der Motte gewesen und habt meinem Weib das Geschenk ihrer Mutter gebracht! Das ist doch mehr als bloßer Zufall!«

43

Flandern, 27. Juli 1214

Der vergoldete Reichsadler auf dem Fahnenwagen breitete die Schwingen so weit aus, als wollte er nicht nur die englische Drachenfahne, sondern gleich das ganze Heer beschützen. Vor lauter Menschen waren die fruchtbaren Felder der Grafschaft Flandern nicht mehr zu erkennen. Aber jeder, der auf diesem Acker in der Nähe des Ortes Bouvines auf den Beginn des Kampfes wartete, wusste, dass ihm niemand zu Hilfe kommen würde. Viele glaubten, dass nicht einmal Gott ihnen beistehen würde, denn sie waren im Begriff, den heiligen Sonntag zu schänden. Dieser Umstand war Esko relativ egal. Er fragte sich vielmehr, welche Verkettung von Ereignissen dazu geführt hatte, dass er überhaupt hier war.

Es war so heiß, dass ihm das Leibhemd am Körper klebte. Sein Gesicht war sonnenverbrannt und von einer feinen Sandschicht überzogen. Unwillkürlich wanderte sein Blick zu Jusarius, der mit anderen sächsischen Rittern unter Kaiser Ottos Fahne Aufstellung nahm. Eskos Wut auf Jusarius war noch immer groß. Der Ritter hatte ihn nach Herzog Wilhelms Tod beim Kommandanten der Kalkbergfestung angeschwärzt und dafür gesorgt, dass er seinen Posten verloren hatte. Genau genommen hatte Esko seinen Dienst quittiert, bevor Jusarius Spekulationen aussprechen konnte, die Ida hätten schädigen können. Wenn er je wieder mit Folcwin zu tun haben wollte, durfte er nicht aufgeben, sondern musste sich zurückkämpfen. Und das hieß in diesem Fall wirklich: kämpfen.

Manchmal hatte Esko daran gedacht, seinen Rivalen einfach

auf dem Kriegszug verschwinden zu lassen. Aber ein derartig heimtückisches Verhalten entsprach nicht seinem Charakter.

Noch einmal kontrollierte Esko seine Bewaffnung und beruhigte sein Pferd. Er war einer der wenigen Nicht-Adeligen, die auf einem Ross saßen, und auch dieses Privileg hatte er sich erkämpfen müssen. Anschließend wünschte er dem Bogenschützen Glück, mit dem er am Abend zuvor gefachsimpelt hatte und der mit den englischen Truppen die rechte Flanke besetzte. Die Engländer hatten sich über die Franzosen mokiert, die zwar als beste Turnierkämpfer der Ritterwelt galten, aber keine Schlachten gewöhnt waren. Jetzt würde sich zeigen, ob etwas Wahres an diesem Vorurteil war.

In seiner goldglänzenden Rüstung ritt Kaiser Otto mit seinen Paladinen neben den Fahnenwagen. Am Arm trug er ein Seidenband seiner frisch angetrauten Ehefrau Maria von Brabant, das von den Kämpfen schon ganz ausgefranst war. Viele sagten ihm nach, dumm zu sein, eitel oder geizig, das wusste Esko. Aber eines konnte man dem Kaiser wirklich nicht vorwerfen: Feigheit. In jeden Kampf hatte er sich bislang mutig gestürzt, und er hatte auch den Sold seiner Leute immer bezahlt. Der Plan, den französischen König und sein Heer in die Zange zu nehmen, war allerdings gescheitert. Der englische König Johann Ohneland kämpfte mehrere Tagesritte von Bouvines entfernt an der Loire, aber sein Wille und sein Geld hatten zu der Schlacht beigetragen. Angeblich waren vierzigtausend Mark Silber in seinem Namen an die Kämpfer seines Neffen König Otto verteilt worden. Auch Esko hatte seinen Teil bekommen. Bald hätte er genügend Geld zusammen, um sich zu Hause ein Stück Land zu kaufen und endlich in Frieden zu leben.

Die Gesänge der Geistlichen setzten ein. Die Truppen machten sich kampfbereit. Die Front war unglaubliche dreitausend Schritt lang. Etwa fünftausend Mann begleiteten den Kaiser auf seinem Heerzug, ein paar Hundert davon waren Ritter. Die

Engländer führte Wilhelm Langschwert an, der Graf von Salisbury und illegitime Halbbruder des Königs. Auch der Graf von Flandern hatte sich auf Ottos Seite geschlagen. Das Heer des französischen Königs war kleiner, aber dafür verfügte er über mehr Reiter, was ihm einen Vorteil verschaffte. Mit ihren Panzerhemden, Topfhelmen, Wappenschilden, Lanzen und Streitkolben waren die Ritter ein beeindruckender, ja, beängstigender Anblick – an der Ausrüstung hatten sie scheinbar nicht gespart. Aber vielen ging es anscheinend auch um die Wirkung. Noch nie hatte Esko so viele Pfauenfedern, Wappen und Goldborten auf den Helmen gesehen. Oft waren Kleidung und Satteldecken der Ritter Ton in Ton. Allein das bestickte Zaumzeug würde einem Plünderer gutes Geld einbringen. Esko küsste Idas Perlensonne, die er am Hals trug. Sein Pferd tänzelte nervös.

Schallende Trompeten und Kriegsgebrüll. Schlachtgesänge setzten ein.

»Tod den Franzosen!«

»Tod dem Gebannten!«

Schon griff ein Trupp berittener Knechte auf einer Flanke die Flamen an. Die Verbündeten des Kaisers verharrten jedoch in ihrer Stellung, vermutlich, weil sie es unter ihrer Würde fanden, nicht von Rittern herausgefordert zu werden. Es war einer der vielen absurden Aspekte dieser ritterlichen Kriegsstrategie, wie Esko fand. Mit ihren Lanzen gingen die Ritter aufeinander los. Erst wenn diese zerbrochen waren, zogen sie die Schwerter. Mit dem Dolch anzugreifen galt als unehrenhaft. Aber ging es nicht allein ums Überleben – egal, wer einen wie angriff? Und natürlich schonte nun auch kein Mann den anderen. Lanzen suchten das weiche Fleisch über oder unter den Schilden, Pferde wurden abgestochen, um die Reiter zu Fall zu bringen, Ritter aus ihren Sätteln gezerrt und von Söldnern massakriert. Oft genug wurden die Kämpfe durch unehrenhafte Handlungen gewonnen.

Esko hielt sich an die Leibgarde des Kaisers und versuchte

mit anderen Schützen, den Rittern den Weg freizuschießen, denn Otto hatte nur ein Ziel: den französischen König Philippe gefangen zu nehmen. Nur dann hätte er einen guten Ausgangspunkt für Verhandlungen, nur dann könnte er ein hohes Lösegeld fordern. König Philipp August würde es hingegen vermutlich darauf anlegen, den Kaiser zu töten, damit sein Verbündeter, der Staufer Friedrich, keinen Konkurrenten mehr hatte. Ihre Auseinandersetzung glich einem tödlichen Tanz, bei dem sich die Partner mit ihren Leibwachen einander annäherten und sich voneinander entfernten. Stundenlang kämpften sie unter der glühenden Sonne. Beide Seiten erlitten hohe Verluste. Nach einiger Zeit jedoch gerieten die Truppen des Kaisers immer stärker ins Hintertreffen.

Esko sah, dass Jusarius in Bedrängnis geraten war und ihm auch sein treuer Schildknecht Lentz nicht zu Hilfe kommen konnte. Es wäre vermutlich ein Leichtes, zuzusehen, wie der ältere Mann dahingemeuchelt wurde. Doch der Mut des Ritters ließ Esko nicht kalt. Außerdem war Jusarius Folcwin ein Vater gewesen, als er selbst es nicht sein konnte. Er spannte den Bogen und traf Jusarius' Angreifer. Doch sein Pfeil kam zu spät – Jusarius stürzte von seinem Ross. Gleich wäre es um ihn geschehen. Esko gab seinem Pferd die Sporen und peitschte durch die Reihe der Kämpfenden. Er rief Jusarius etwas zu und hielt ihm den Arm hin. Jusarius, der bereits aus etlichen Wunden blutete, starrte ihn fassungslos an. Doch dann umfasste er Eskos Ellbogen, damit dieser ihn hochziehen konnte. Gemeinsam retteten sie sich aus dem dichtesten Gedränge.

In diesem Augenblick sahen sie, dass der Kaiser zum französischen König vorgedrungen war. König Philippe wurde mit Hakenlanzen vom Pferd gezerrt. Sogleich wurde mit Trompeten und dem Lilienbanner um Hilfe gerufen. Ein Kampf der Leibgarden entbrannte. Würde die Schlacht gleich entschieden sein? Aber da gelang es einem der Ritter, sein Pferd an den König zu übergeben, und dieser saß wieder auf. Jetzt hatte ein französischer Ritter die Zügel von Kaiser Ottos Ross ergreifen können. Dessen Vasallen versuchten, das Ross des Kaisers zu befreien, doch da stürzte sich schon jemand mit gezücktem Messer auf den Welfen und stach wiederholt auf ihn ein.

»Wir müssen dorthin!«, schrie Jusarius.

»Du bist verletzt! Denk an deine Frau und deine Söhne!«

»Ich muss zu meinem Kaiser!«, beharrte der Ritter.

Esko neigte sich vom Sattel und entriss einem Toten ein Schwert, das er Jusarius reichen wollte. Im gleichen Augenblick versetzte der Ritter Esko einen Stoß, gab Eskos Pferd die Sporen und stürzte sich erneut ins Getümmel.

Esko, der vom Pferd gefallen war, blieb zu Fuß zurück, ein leichtes Opfer für die Reiter, die ihn auch sogleich angriffen. Verbissen wehrte er sich. Aus unzähligen leichten Wunden blutend und abgekämpft gelang es ihm, ein Pferd zu erbeuten. Trotz aller Erschöpfung brannte Hass in ihm. Er hatte seinen Rivalen gerettet – und wie hatte Jusarius es ihm gelohnt? Für diese Schandtat würde er ihn zur Rechenschaft ziehen! Doch weder Jusarius noch der Kaiser waren zu sehen …

Schließlich zeichnete sich ab, dass die Schlacht verloren war. Mit einem Krachen wurde Kaiser Ottos Fahnenwagen umgeworfen und der Reichsadler zerschlagen; die kaiserliche Fahne schleppten die Sieger johlend über das Schlachtfeld. Schon machten sich die Franzosen und ihre Verbündeten daran, jeden, der Rang und Namen hatte, als Geisel zu nehmen. Esko wich ihnen aus. Er war wie betäubt, wusste nicht mehr, wohin. Überall lagen Leichen, Tausende mussten gefallen sein.

Da entdeckte er zwei Männer seines Trupps, die das Schlachtfeld nach Überlebenden absuchten. Auch sie wirkten abgekämpft und erschüttert. Esko schleppte sich zu ihnen. »Was ist mit dem Kaiser geschehen?«

»Drei Pferde haben sie ihm unter dem Hintern weg getötet.

Dann wollten sie ihn erledigen, aber der Kaiser verteidigte sich heldenhaft. Schließlich musste er fliehen, heißt es«, berichtete der Ritter noch immer fassungslos.

»Und die anderen? Habt Ihr Jusarius von der Heien gesehen?«, fragte Esko.

Der Mann, der wie ein Ritter aussah, überlegte einen Moment. »Von der Heien? Dort hinten ist er«, sagte er. Esko reckte sich, sah Jusarius jedoch nicht. »Dem kann niemand mehr helfen. Hab selbst gesehen, wie ihm der Schädel gespalten wurde.«

»Wie lautet Euer Name, Herr?«, fragte Esko benommen, ohne so recht zu begreifen, warum er das wissen wollte.

»Alexander von Versne.« Er kam also aus einer Ortschaft im Ostlüneburgischen.

»Und Ihr?«

Der Nebenmann sah eher wie ein Bürger aus, was seine Antwort bestätigte: »Ich bin Heinrich Ruffus, aus Soest stamme ich.«

Esko dankte ihnen. »Herr Jusarius war ein guter Ritter. Ich werde ihm das Kreuzzeichen auf die Stirn machen«, gab er vor.

»Aber beeilt Euch, wir müssen verschwinden. Jetzt werden Geiseln genommen. Und für uns wird niemand ein Lösegeld zahlen. Für Euch etwa?«, meinte der Bürger.

Esko schüttelte den Kopf. Schwach und verwundet irrte er durch die Reihen der Toten, bis er Jusarius gefunden hatte. Es war, wie Alexander von Versne es gesagt hatte: Sein Schädel war gespalten. Neben ihm lag sein ermordeter Schildknappe. Esko schloss Jusarius die Augen und nahm seinen zerschlagenen und blutigen Helm, an dem eine graue Masse klebte. Doch statt ihn mit dem Kreuz zu segnen, legte er Idas Perlensonne auf seine Stirn.

»Grüß die Totengöttin von mir, Jusarius«, murmelte er aus tiefster Seele erschöpft. »Auf mich wird sie warten müssen. Ich habe noch etwas vor.«

44

Sachsen, August 1214

Ida sah den Helm.

Und fiel in Ohnmacht.

Dabei drängte es sie nur, Esko in die Arme zu schließen. Doch es war unmöglich.

Jetzt galt es, alles richtig zu machen.

Esko geleitete Ida und deren Magd zur Lüneburg. Es zeigte sich, dass die Botschaft von der Niederlage und der Flucht des Kaisers bereits eingetroffen war. Esko war jedoch der erste Augenzeuge und wurde schnell von den Bewohnern der Burg umringt. Ida hielt Ausschau nach ihrem Sohn. Sie wollte dabei sein, wenn er die Nachricht vom Tod seines Vaters erhielt, um ihn zu trösten.

»Ich werde Euch alles über die Schlacht berichten, aber lasst mich zunächst einer traurigen Pflicht nachkommen«, vertröstete Esko die Neugierigen.

Endlich entdeckte Ida ihren Sohn in der Menge. Der Zwölfjährige war lang und dünn, die Hände und Füße wirkten viel zu groß. Esko entbot ihm als Ranghöherem die Ehre und reichte ihm den Helm. »Euer Vater hat bis zum Schluss tapfer gekämpft.«

Gefasst betrachtete der Junge das befleckte, gespaltene Metall. Er wirkte angegriffen, und Ida sah, dass auch Esko ihn am liebsten umarmt hätte. Sie trat zu ihrem Sohn und legte ihm die Hand auf die Schulter.

»Habt Ihr an seiner Seite gestanden?«, fragte Folcwin mit brechender Stimme.

»Eine Zeitlang schon. Später …«

Harsch ging jemand dazwischen: »Die Herzogin wünscht, Euren Bericht im großen Saal zu hören.« Es war der Marschall Werner von Meding.

Ida schalt sich, weil es ihnen wichtiger gewesen war, ihren Sohn zu informieren, als Rücksicht auf die Herzogin zu nehmen. Wie unklug! Im Saal erwiesen sie der Herzogin und ihrem zehnjährigen Sohn, der neben ihr saß und die Beine schwingen ließ, ihre Ehrerbietung.

»Verzeiht meine Unhöflichkeit, aber ich sah es als meine Pflicht an, meinen früheren Schüler vom Tod seines Vaters in Kenntnis zu setzen«, entschuldigte Esko sich.

»Es ist gut. Berichtet uns nun von der Schlacht von Bouvines. Wird sie wirklich als größte Niederlage unserer Familie in die Geschichte eingehen?«, forderte Helena ihn auf zu sprechen. Ida sah aus den Augenwinkeln, dass der restliche Hofstaat ihnen in den Saal gefolgt war.

»Meines Wissens war es der Plan des Kaisers und des englischen Königs, den französischen König von Südwesten und Nordosten anzugreifen und so in die Zange zu nehmen«, begann Esko. »Doch König Johann wurde an der Loire aufgehalten, und gleichzeitig bot sich die Möglichkeit, die Franzosen an der Brücke von Bouvines zu stellen.«

Ruhig zeichnete Esko die Schlacht in allen Einzelheiten nach. Als er zum Ende gekommen war, wandte er sich noch einmal Folcwin zu, der an der Seite seiner Mutter stand. »Ich kämpfte im gleichen Trupp wie Euer Vater. Als wir in die Nähe des Kaisers gerieten, verschlug es uns auf unterschiedliche Flanken des Schlachtfelds. Nach der Niederlage suchten wir die Verwundeten, um sie zu verarzten und vor der Gefangenschaft zu retten. Ihr wisst ja sicher, dass beinahe einhundertfünfzig Ritter gefangen genommen wurden und nur gegen ein hohes Lösegeld freigelassen werden. Von zwischen hundert und sechshundert Mark

Silber ist die Rede.« Bei der Erwähnung der vielen Gefangenen und der hohen Summen sogen einige Zuhörer erschrocken die Luft ein. »Ich fragte dabei auch nach dem Verbleib Eures Vaters. Der Edelherr Alexander von Versne und der Bürger Heinrich Ruffus aus Soest berichteten mir von seinem Tod. Sie waren dabei gewesen, als Herr Jusarius starb, und wiesen mir den Weg zu seiner Leiche. Ich konnte nichts mehr für Euren Vater tun, außer, für ein anständiges Begräbnis zu sorgen.«

Ida konnte nicht mehr an sich halten und weinte. Sie hatte ihren Mann nie geliebt, und sie fand es nur gerecht, dass sein Schildknecht Lentz mit ihm den Tod gefunden hatte, dennoch war Jusarius ihr in gewisser Weise in den dreizehn Jahren ihrer Ehe ein Freund geworden.

Ihr Sohn hielt nur mühsam die Tränen zurück. »Ich danke Euch für diese Tat«, sagte Folcwin und legte den Arm um seine Mutter, was Idas Tränen nur noch mehr zum Strömen brachte. Die Herzogin schickte alle bis auf Ida, Folcwin und Esko hinaus.

»Sagt mir noch eines, Herr Esko: Warum wurde die Schlacht überhaupt an einem Sonntag ausgetragen?«, fragte Otto iuvenis etwas vorlaut, als sie allein waren. »Meinem Onkel musste doch klar sein, dass er damit eine Gottesstrafe heraufbeschwört. Und gerade in seiner Lage, wo er ohnehin vom Papst geächtet ist ...«

»Eine gute Frage, Sohn«, sagte Helena mit gedämpfter Stimme. »Allerdings solltest du sie aus Respekt vor dem Kaiser in der Öffentlichkeit nicht aussprechen.«

»Wenn ich trotzdem eine Antwort versuchen dürfte?« Esko sah die Herzogin fragend an, die ihm zunickte. »Der Plan war ursprünglich ein anderer. König Philipp August und sein Heer sollten aus Paris gelockt werden, damit der Kaiser die Hauptstadt im Handstreich übernehmen könnte. Aber dann entschieden der Kaiser und sein Kriegsrat, die Lage bei Bouvines zu nutzen.«

»Sie betrachteten diese Lage möglicherweise auch als göttliche Fügung«, sagte Herzogin Helena nachdenklich.

»Das entzieht sich meiner Kenntnis. Aber im Leben wie im Krieg lassen sich manche Dinge eben nicht genau berechnen.«

»Und was wisst Ihr über den Verbleib des Kaisers?«, fragte die Herzogin.

»Es heißt, Kaiser Otto floh nach Valenciennes, wo seine Wunden versorgt wurden, und von da aus weiter zu seiner Gattin nach Köln.«

Herzogin Helena dankte ihm für seinen Bericht. »Wie können wir Euch Eure Treue vergelten?«, fragte sie.

Esko beugte das Knie vor ihr. Auf diese Frage hatte er gehofft. »Es wäre mir eine Ehre, wenn ich mein Wissen über Eure Jagdgründe in Euren Dienst stellen könnte. Mit Verlaub: Ich bin überzeugt davon, dass Ihr Eure Wälder wie Felder regelmäßig beernten könntet«, sagte er.

»Wie das?«

»Indem Ihr gezielt nur einen gewissen Teil der Bäume fällen lasst und dafür sorgt, dass Schösslinge nachwachsen.« Sie zögerte, doch er sah sie geradezu bittend an. »Probiert es einige Jahre aus – dann werdet Ihr sehen, ob es gelingt und Eure Einnahmen dauerhaft gesichert sind.«

Helena sah ihren Sohn an. Otto iuvenis nickte verstohlen. »Dann sei es so. Ihr seid unser neuer Wildhüter«, entschied die Herzogin und entließ Esko aus dem Saal.

Als er gegangen war, sprach sie Ida und Folcwin noch einmal ihr Beileid aus. Idas Hände hielt sie besonders lange. »Jetzt sind wir beide Witwen«, sagte Helena gerührt. »Möge Gott Euch helfen, dieses Schicksal zu tragen.« Als sie sich von Ida löste, setzte sie gefasster hinzu: »Wir werden Jusarius in die Seelenmessen, die wir für die Gefallenen lesen lassen, ausdrücklich miteinschließen.«

Ida und Folcwin neigten die Köpfe. »Wir danken Euch, Durchlaucht«, sagte Ida.

»Selbstverständlich werden wir die Lehen an Euren Sohn

übertragen. Wir werden zudem die Ausbildung Eures Sohnes verkürzen, damit er seiner Verantwortung beizeiten gerecht werden kann. In der derzeitigen Lage können wir uns bei unseren Lehnsleuten keine Schwäche erlauben.«

Ida straffte sich. »Ich kann das Lehen für Folcwin verwalten, so, wie ich es zuvor für meinen Gatten getan habe«, schlug sie vor. Die Herzogin zeigte sich einverstanden.

Vor der Tür schloss Ida ihren Sohn endlich in die Arme. Als einige Hofdamen vorbeikamen, machte Folcwin sich schnell los.

»Nur eines verstehe ich nicht, Mutter«, sagte er dann. »Wieso kam Herr Esko überhaupt als Erstes zu dir? Wäre es nicht seine Pflicht gewesen, zunächst die Herzogin und Otto iuvenis aufzusuchen?«

45

Juli 1215

Es war der Jahrestag der Schlacht von Bouvines, und der Priester der Kirche Sankt Michaelis betete mit der Gemeinde für die Gefallenen. Ida gedachte Jusarius, der stets den Kampf gesucht hatte. Auch wenn sie es nicht nachvollziehen konnte, wäre er sicher einverstanden mit diesem ehrenvollen Tod auf dem Schlachtfeld gewesen. Für sie endete mit dieser Seelenmesse ein Lebensabschnitt, und etwas Neues begann. Etwas, auf das sie schon so viele Jahre gewartet hatte. Bange Erwartung und zugleich Glückseligkeit breiteten sich in ihr aus.

Ida sah verstohlen zu Esko, der es heute nicht hatte vermeiden können, am Kirchgang teilzunehmen. Viel zu selten waren sie sich in den letzten Monaten begegnet, aber es war besser, gar nicht in Versuchung zu geraten. Die Arbeit hatte es ihnen leichtgemacht. Esko hatte als Jäger, Ausbilder und Wildhüter der Herzogin alle Hände voll zu tun gehabt, und Ida war bei Hofe gewesen und hatte sich um das Turmhaus gekümmert.

Ihr Blick wanderte hinüber zu ihrem Sohn, der zwischen den Knappen stand. Richtiggehend männlich war er geworden. Sie bemerkte, dass die Hofdamen Folcwin mit wohlwollenden Blicken bedachten, doch ihr Sohn schien diese Aufmerksamkeit gar nicht zu bemerken. Sein kleiner Bruder, der sich müde an Ida lehnte, weil der Gottesdienst zu lang für ihn war, himmelte ihn ohnehin an.

Die Ereignisse des letzten Jahres hatten dafür gesorgt, dass die Ausbildung der Jungen härter geworden worden war. Nach seiner Niederlage hatte der Kaiser seinen Thron verloren. In Köln hatte er seine Wunden geleckt. Seine Frau hatte sich mit Glücksspiel abgelenkt und derart verschuldet, dass das Paar bei Nacht und Nebel die Stadt hatte verlassen müssen. Viele seiner Verbündeten waren von ihm abgefallen und auf die Seite Friedrichs II. geschwenkt. Inzwischen hieß es allerdings, dass Otto sich gefangen habe und daranmachen wolle, seine Krone zurückzugewinnen.

Eine besondere Rolle maß er anscheinend dabei auch seinem Neffen zu. Otto iuvenis war, seit der Sohn des Pfalzgrafen Heinrich im letzten Jahr gestorben war, der einzig mögliche Thronerbe der Welfen-Dynastie. An Verbündeten mangelte es allerdings; beispielsweise hatte der englische König selbst genug eigene Sorgen. Nach Bouvines hatte sich der Adel gegen ihn gestellt und die Wiederherstellung alter Rechte gefordert. Angeblich hatte Johann Ohneland deshalb eine umfassende Freiheitsurkunde unterzeichnen müssen, die sich Magna Charta nannte. Das hatte zumindest Magister Gervasius berichtet.

Nach der Messe lud die Herzogin sie zu Tisch. Anschließend schickte Ida ihren Sohn Jordan zu den anderen Kindern und bat Helena um ein vertrauliches Gespräch. Die Herzogin ging mit ihr in die Kemenate. Sie wirkte fahrig und angespannt, und Ida fragte sich, ob es der richtige Augenblick war, mit ihr über ihr Vorhaben zu sprechen.

»Bedrückt Euch etwas, Domicella?«, fragte sie.

Helena sah aus ihrem Fenster in den kleinen Lustgarten, wo die Blumen in der Sommerhitze die Köpfe hängen ließen. »Mich hat die Nachricht erreicht, dass mein Schwager mit seinen Truppen demnächst hier eintreffen wird. Otto beabsichtigt, gegen meinen Bruder Waldemar zu Felde zu ziehen. Der Staufer Friedrich hat Waldemar alle Ländereien nördlich der Elbe zugesprochen, Otto betrachtet aber Hamburg als sein Eigentum.«

Eine verzwickte Situation, die die Herzogin zwischen Baum und Borke stecken ließ.

»Wie wollt Ihr Euch verhalten?«, fragte Ida.

»Halte ich zu meinem Bruder, trifft mich Ottos Zorn. Solange mein Sohn noch nicht alt genug ist, um selbst zu herrschen, darf ich kein Risiko eingehen. Aber abgesehen von der familiären Verbindung ist der König von Dänemark sehr wichtig für das Lüneburger Land. Wenn Waldemar uns die Häfen sperrt oder die Salzstraße unsicher macht, leidet unser Handel.«

»Warum sollte König Waldemar das tun? Er profitiert doch selbst von dem Handel«, merkte Ida an, die durch Bendix und ihre Mutter gut informiert war.

Herzogin Helena wirkte skeptisch, kommentierte Idas Äußerung aber nicht. Dann seufzte sie schwer. »Ihr wolltet mich sprechen?«

Ida sammelte sich. Sie war zunehmend unruhig geworden. Was würde Helena wohl zu ihrem Vorhaben sagen? »Nachdem nun das Trauerjahr vorbei ist, beabsichtige ich, erneut zu heiraten«, kam sie direkt zur Sache.

Die Herzogin reagierte kühl, dabei hatte Ida gehofft, dass Helena sich zumindest etwas für sie freuen würde. »Das wundert mich. Ich dachte, Ihr wüsstet die Vorteile des Witwenstandes zu schätzen«, sagte sie.

»Ich bin erst zweiunddreißig und fühlte mich zu jung, um allein zu bleiben. Deshalb bitte ich Euch um Euren Segen und darum, dass Ihr auch weiterhin schützend die Hand über meinen Sohn halten werdet.«

»Folcwin ist ein wertvolles Mitglied unseres Hofes und meinem Sohn ein treuer Gefährte. Möchtet Ihr, dass ich einen angemessenen Gatten für Euch auswähle? Das wird nicht ganz einfach, Eures Standes wegen, dürfte aber nicht unmöglich sein.«

Ida stieg ob dieser Worte die Hitze ins Gesicht. »Ich weiß Euer Angebot zu schätzen, Hoheit«, sagte sie förmlich. »Aber ich habe bereits einen Mann erwählt. Es ist Meister Esko.«

»Mein Jäger?«, brauste Helena auf. »Habt Ihr denn gar keinen Stolz?«

»Er ist es, den ich liebe«, sagte Ida fest.

Die Herzogin schob ihr spitzes Kinn vor. »Obgleich Ihr so weit unter Uns steht, haben Wir Euch in Unsere Gnade aufgenommen. Und nun erdreistet Ihr Euch, dieses Geschenk einfach so wegzuwerfen? Es einzutauschen gegen die … Liebe« Sie spie das Wort beinahe aus. »Die Liebe eines dahergelaufenen Freien? Wenn Ihr einer meiner Ministerialen-Familien angehören würdet, würde ich Euch Euer Gut abnehmen lassen!« Obgleich es ihr schwerfiel, hielt Ida ihren Blick. »Wisst Ihr eigentlich, was Ihr Eurem Sohn damit antut? Weiß Folcwin schon davon?«

»Nein. Ich wollte erst mit Euch darüber sprechen, denn Eure Meinung bedeutet mir viel.«

Die Herzogin wandte sich ab. »Dann versichert ihm, dass wir ihn nicht fallen lassen werden, so schändlich sich seine Mutter auch verhält. Euch hingegen möchte ich nicht mehr bei Hofe sehen.«

Ida fand Esko auf dem Hof, wo er die Knappen im Umgang mit den Jagdhunden unterwies. »Wie ist es gelaufen?«, fragte Esko. Sie berichtete ihm leise von dem Gespräch. »Es mag dir bitter oder ungerecht erscheinen, aber letztlich sind es Folcwin oder dein Vater, die über dein Schicksal entscheiden. Deine männlichen Verwandten gelten als deine Vormünder, auch wenn du Witwe bist.«

»Ich weiß. Deshalb bin ich ja auch so nervös«, gestand Ida. Wie zufällig berührten ihre Hände sich, und ein angenehmer Schauer überzog Idas Haut. Wie sie sich danach sehnte, ihre Gefühle nicht mehr verstecken zu müssen!

Sie rief nach ihrem Sohn. Widerwillig brach Folcwin das Spiel ab. »Lass uns ein wenig spazierengehen«, schlug sie ihm vor.

»Gerade hat die Meute mir gehorcht!«, beschwerte sich Folcwin.

»Nur ganz kurz«, sagte sie. »Die Hunde laufen nicht weg.«

Folcwin wunderte sich: »Warum kommt Meister Esko mit?«

Ida achtete darauf, auf der Burgseite zu bleiben, die die Herzogin von ihrem Gemach aus nicht einsehen konnte. Nachdem sie ein Stück gegangen waren, eröffnete sie auch ihrem Sohn ihr Vorhaben.

Sein Blick flog von ihr zu Esko. »Er ist … nur ein einfacher Mann.«

»Ich weiß.«

Folcwin lief ein Stück voraus. Dann wandte er sich mit brennendem Blick um. »Wie stehe ich denn nun da?! Du weißt doch, dass sie mich Halbritter schimpfen! Und nun bin ich … gar kein Ritter mehr«, stieß er hervor.

»Du besitzt Jusarius' Lehen. Es ist von ihm auf dich übergegangen. Wir werden es für dich verwalten, bis du ein Ritter bist. Ich habe mit der Herzogin gesprochen, und sie hat mir versichert, dich weiter in Ihrer Gunst zu behalten. Du bist ein guter Knappe und wirst ein noch besserer Ritter sein. Du brauchst mich nicht, um dir Ehre zu verschaffen.«

»Das denkst du! Die anderen werden sich die Mäuler zerreißen! Sie werden vor dir ausspeien, wenn sie dich hier sehen.«

»Das wird nicht geschehen. Ich muss den Hof verlassen«, gestand Ida ein. Die Reaktion ihres Sohnes schmerzte sie mehr, als sie vorausgesehen hatte. Sie hatte überlegt, ob sie Folcwin gestehen sollte, dass Esko in Wirklichkeit sein Vater war, aber das wagte sie nun nicht mehr. »Das ist es mir wert. Ich liebe Esko und …«

Jetzt wandte Folcwin sich an Esko. »Ihr seid ein guter Bogenschütze und ein ehrlicher Mann. Lasst nicht zu, dass meine Mutter sich so erniedrigt.«

»Das tut sie nicht. Das Schicksal hat uns zusammengeführt. Die Ehren des Hofes bedeuten uns nichts. Du jedoch bedeutest uns viel.«

»Wenn ich Euch etwas bedeute, dürft Ihr schon gar nicht …«

Folcwin brach ab, blinzelte entsetzt. »Ihr seid bei meinem Vater gewesen, als er starb, seid nach seinem Tod als Erstes bei uns gewesen … Habt Ihr das etwa … geplant?«

Esko war entrüstet. »Glaubst du das wirklich von mir? Jusarius starb auf dem Schlachtfeld durch die Hand des Feindes. Ich habe dir die Namen der Männer genannt, die seinen Tod bezeugt haben – frag sie, wenn du an meinen Worten zweifelst.«

Auf Folcwins Gesicht hatten sich rote Flecken gebildet. »Das werde ich tun, verlasst Euch darauf!«

Ida quälte dieser Zwist, und sie wollte die Hand ihres Sohnes ergreifen, doch er riss sie weg und wandte sich ab. »Eines noch! Wir werden nach Lübeck reisen und meine Eltern und Bendix von unseren Plänen in Kenntnis setzen. Und wir möchten, dass du uns begleitest.«

Folcwin sah sich noch einmal um, die Arme verschränkt. »Auf keinen Fall! Du magst die Herzogin und Otto im Stich lassen – ich werde es nicht tun!«

Schon einen Tag später brachen sie in Begleitung ihrer Magd nach Lübeck auf. Es war vierzehn Jahre her, seit Ida zuletzt auf der Salzstraße gereist war, und sie staunte über den Ausbau des Weges und der Brücke und die vielen Höfe und Dörfer, die in der Nähe entstanden waren. Als sie auf einer Lichtung haltmachten und ihre Magd mit Jordan den Waldrand erkundete, brach Ida in Tränen aus. Immer wieder sah sie Folcwins entsetztes Gesicht vor sich. Schuldgefühle plagten sie.

»Vielleicht hätten wir ihm doch die ganze Wahrheit sagen sollen. Er begreift sonst nicht …« Sie musste sich schnäuzen.

Esko tröstete sie. »Lass ihm Zeit. Folcwin steht zwischen den Welten und hat seinen Platz noch nicht gefunden.«

»Ich hatte gehofft, dass wir nun endlich glücklich sein würden.«

Zärtlich nahm Esko ihr Gesicht in die Hände und küsste sie.

»Das sind wir doch auch. Wir müssen nur noch dies hier überstehen, dann kann uns niemand mehr etwas befehlen, niemand kann uns mehr auseinanderbringen. Unser Glück wird auch die anderen froh machen«, sagte er überzeugt.

Ida hoffte inständig, dass er recht behalten würde.

»Ehrlich? Ich hatte gehofft, ich könnte dich an einen Kaufmann aus Visby oder Riga verheiraten, damit ich verlässliche Partner in diesen Handelsorten habe. Aber ich habe ja auch noch eigene Möglichkeiten.« Bendix wies mit einer Kopfbewegung auf seine Töchter, die am anderen Ende des Tisches saßen und mit Idas Sohn herumalberten.

»Untersteh dich!«, schalt seine Frau ihn sanft. »Ich möchte keines meiner Mädchen entbehren!« Inzwischen war der Altersunterschied zwischen ihnen auffällig geworden. Während Bendix ein Mann in den besten Jahren war, den sicher nach wie vor die Damen umschwärmten, mischten sich in Petronillas Haar immer mehr graue Strähnen, und Falten gruben sich in ihr Gesicht.

Ida hatte bewusst zuerst das Haus ihres Bruders angesteuert. Sie hatte Bendix und ihre Mutter zwar nur ein-, zweimal im Jahr gesehen, aber ihr Verhältnis war eng und liebevoll geblieben. Die Reaktion ihres Vaters hingegen fürchtete sie.

»Es ist natürlich ein Jammer, dass du dann keine guten Verbindungen zum Lüneburger Hof mehr hast. Aber es dauert ja nicht mehr lange, dann ist Folcwin ein Ritter und kann Brücken für mich bauen. Oder bekommt er jetzt Schwierigkeiten? Das Lehns- und Adelsrecht ist ja so kompliziert!«, sprudelte Bendix weiter.

»Folcwin ist gebildet und findig, er wird sich schon mit der neuen Lage abfinden«, sagte Esko.

»Warum auch nicht? Du wirst ihm ein besserer Vater sein als Jusarius. Ich weiß, man soll über Tote nicht schlecht reden, aber er war doch für meine Begriffe ganz schön … wie sage ich es am besten? … beschränkt«, fand Bendix.

Ida lächelte unwillkürlich. Ihr Bruder wusste ja gar nicht, wie genau er den Sachverhalt traf. »Ich fürchte mich etwas vor Vaters Reaktion, deshalb sind wir auch zuerst hierhergekommen. Wie geht es unseren Eltern?«

Ihr Bruder wurde ungewohnt ernst. »Vater trägt es mir nach, dass ich einen Ratssitz angestrebt habe. Er teilt meine Ansichten nicht und ist unbelehrbar. Ja, er konnte viel für Waldemar bauen, aber der Dänenkönig ist ein Tyrann. Hast du gehört, dass er nun auch die Herzöge von Schwerin unter seine Knute gezwungen hat? Das werden sie sich nicht gefallen lassen – und das verstehe ich nur zu gut!«

»Ich hörte, dass Kaiser Otto gegen ihn zu Felde ziehen will.«

Bendix schnaubte. »Otto will retten, was noch zu retten ist. Aber die Zeit dieses Kaisers ist vorbei. König Waldemar hat sich auf die Seite der Staufer gestellt. Otto sollte einlenken, sonst wird es nie Frieden geben. Wir können keinen Krieg gebrauchen. Nur wenn es Frieden gibt, kaufen die Leute Goldwaren und Geschmeide! Apropos, möchtet ihr meine neuesten Stücke sehen?«

Bendix hatte sich bereit erklärt, ein Essen auszurichten, bei dem Ida und Esko ihre Heiratspläne verkünden konnten. Magda weinte, als sie ihre Tochter wiedersah. Sie war noch gebeugter geworden. Obgleich sie gegen ihre Krankheit ankämpfte, zeichnete diese doch ihren Körper immer mehr, und Ida fürchtete, dass ihre Mutter die Strapazen der Reise bald nicht mehr auf sich nehmen konnte. Überschwänglich hieß sie ihren Enkel willkommen. Und Jordan fremdelte überhaupt nicht, sondern kletterte gleich zu seiner Großmutter auf den Schoß.

Idas Vater hatte einen runden Rücken und eisengraues Haar bekommen, aber er wirkte noch genauso tatkräftig wie früher.

Während Magda sie zu ihrer Entscheidung beglückwünschte, ließ er seine von der Arbeit geschwollenen und vernarbten Finger über sein dunkles Samitwams fliegen, als müsste er es sauberhalten. Offenbar hatte er Schwierigkeiten, Ida in die Augen zu sehen. Aber auch Eskos Anwesenheit schien ihn in Verlegenheit zu bringen.

»Du hast ja schon immer gemacht, was du willst – warum fragst du mich überhaupt?«, brummte Gerold.

»Du bist mein Vater, und ich möchte dir mit angemessenem Respekt begegnen.«

Abwägend sah er sie an. »Und wenn ich euch meine Zustimmung verweigere?«

Ida lächelte freundlich, obgleich es sie viel Kraft kostete. Sie bemerkte ein leichtes Zucken um Eskos Mundwinkel, aber sie hatten besprochen, dass er sich zurückhalten würde; niemand nützte es, wenn alte Wunden aufgerissen wurden.

»Warum solltest du das tun? Ich habe mit meiner ersten Ehe meine Schuldigkeit an meiner Familie getan. Mein Sohn wird am Adelshof seinen Weg machen, und das war es doch, was du wolltest. Ich werde keine Rolle mehr in diesem Spiel um Ehre und Ansehen spielen.«

»Warum ausgerechnet Esko?«

»Du weißt, warum.« Ida nahm seine Hände. »Wie lange willst du mir denn noch grollen, Vater? Haben wir alle nicht genug durchgemacht? Wäre es nicht an der Zeit, wirklich als Familie zusammenzufinden und sich über das Glück des anderen zu freuen?«

Als Gerold weiterhin schwieg, schob Magda Jordan von ihrem Schoß und schloss erst Esko, dann Ida in ihre Arme. »Natürlich freuen uns mit euch, und natürlich werden wir eurer Ehe den Segen geben«, sagte sie.

Erstaunlicherweise nahm Gerold die Entscheidung seiner Frau hin. Allerdings forderte er Magda wenig später auf zu gehen. Ida schluckte den schalen Geschmack hinunter, den dieses Verhalten in ihr hinterließ.

Als der Tag gekommen war, an dem sie ihre Ehe in Sankt Cyriacus einsegnen lassen wollten – die Klosterkirche war für die Eheschließung nicht infrage gekommen, weil sie die Herzogin nicht noch mehr brüskieren wollten –, war Ida aufgeregt wie ein junges Mädchen. Ihr Bruder hatte es sich nicht nehmen lassen, ihr Silberzwirn und neuen Stoff mitzugeben, und sie hatte ganze Nächte an ihren Gewändern geschneidert. Um den Hals trug sie eine Kette aus Flussperlmuscheln, die sie selbst geerntet hatte. Der fünfjährige Jordan hatte sein erstes Wams bekommen.

Als sie vor das Turmhaus traten, wartete Esko schon. Fesch sah er in seinem neuen Gewand aus. Idas Herz floss über vor Glück, als sie ihn sah – allerdings hätte sie ihn auch in Lumpen geheiratet. Er hob sie auf ihr Pferd, und sie ritten nebeneinander nach Lüneburg hinein.

Ihre Eltern und Bendix waren bereits da. Während ihr Bruder aufgeregt an ihrem Kleid und ihrer Haartracht zupfte und ihre Mutter mit Jordan herumflachste, blieb ihr Vater schweigsam.

Folcwin entdeckte Ida erst spät. Er stand etwas abseits im Schatten der Kirche, als wollte er sich verstecken. Ida sah jedoch viele bekannte Gesichter in der Menge. Eines schreckte sie kurz auf – war da Anselm gewesen, Poppos Sohn? Sie wusste, dass die Familie nach wie vor in Lüneburg lebte, war ihr aber aus dem Weg gegangen. Noch immer klangen ihr die Verwünschungen im Ohr. Als sie noch einmal hinsah, war Anselm verschwunden; sie musste sich geirrt haben.

Während der Trauung hielt sie liebevoll Eskos Blick. Sie wusste, dass ihm dieser kirchliche Akt nichts bedeutete und dass er dieses Ritual nur ihretwegen auf sich nahm. Anschließend ritten sie zum Turmhaus, wo das Gesinde ihnen ein Festmahl bereitet hatte. Folcwin entschuldigte sich schnell und kehrte zur

Festung zurück, was Ida verletzte. Sie schob ihre Enttäuschung jedoch weg. Diesen Tag, von dem sie schon gedacht hatte, dass sie ihn nie würde erleben dürfen, wollte sie auskosten und sich durch nichts und niemanden verderben lassen.

Als ihre Eltern und Bendix abgereist waren, ritten sie zu Svea und Henniko. Ihre Magd Olessa und der Knecht Ciril begleiteten sie. Die beiden waren ein Paar, und jetzt, wo Ida und Esko den Haushalt führten, durften auch sie endlich zusammen sein. Eskos Schwester und sein Schwager hatten zu ihrer Überraschung alles für ein Fest vorbereitet. In einem verborgenen Hain gab Svea sie noch einmal vor den Göttern zusammen. Ihr Sohn begriff zwar nicht, was vor sich ging, fand aber das große Lagerfeuer, die Musik und die Tänze wunderbar.

Ihre erste gemeinsame Nacht als verheiratetes Paar verbrachten Ida und Esko in dem Waldstück am Fluss. Nur mit ihrer Perlenkette bekleidet, empfing Ida ihren Geliebten. Es war, als hätte sich ein Kreis geschlossen. Schützend streckte Neslins alte Eiche ihre Äste über die zugewucherte Lichtung aus. Esko opferte etwas Getreide, das er eigens zu diesem Zweck mitgebracht hatte, und bereitete ihnen ein Lager im weichen Ufergras. Endlich konnten sie einander ohne Sorge und Furcht lieben. Und sie genossen es vollauf.

46

September

Esko preschte in den Hof und sprang von seinem Ross. Ida war gerade dabei, die Kornsäcke der Zehntbauern zu verbuchen. Jordan, der mit seinem ersten Bogen übte, flog Esko in die Arme; er hatte sich schnell an seinen Stiefvater gewöhnt. Esko war oft unterwegs, da er Folcwins Lehen verwaltete und weiterhin als Wildhüter arbeiten durfte: Sosehr die Herzogin ihnen zürnte, auf seine Fähigkeiten als Spurenleser wollte sie denn doch nicht verzichten.

Er küsste Ida ungewohnt flüchtig. Als sie ihn umarmte, spürte sie, wie verschwitzt er war. Auch das Pferd hatte Schaum vor dem Maul.

»Was ist so eilig? Ist etwas mit Folcwin?«, fragte sie besorgt.

»Ja. Nein. Der Kaiser zieht gegen das Erzstift Magdeburg – und Folcwin und Otto sollen mit!«, platzte Esko heraus.

Ida sprang auf. »Wie bitte? Ich dachte, Kaiser Otto will erst einmal Stade und Hamburg an sich bringen!«

»Die Herzogin war auf der Jagd, und ich hatte währenddessen Zeit, ein paar Worte mit ihren Wachen zu wechseln. Stade hat der Kaiser bereits erobert, und Hamburg hat ihm freiwillig die Tore geöffnet, was den Dänenkönig zum Toben gebracht haben soll.«

»Aber Otto iuvenis – er ist erst zehn.«

»Alt genug, um das Kriegshandwerk kennenzulernen, meint sein Onkel. Und natürlich brennt Folcwin darauf, seinen Freund zu begleiten. Vermutlich will er sich im Kampf auszeichnen, dieser grüne Junge!«

»Wir müssen ihn aufhalten!«

»Das können wir nicht. Und es steht uns auch nicht zu. Nein, uns bleibt nur ...« Unschlüssig lief Esko auf und ab. »Mir bleibt nur ...«

Ida nahm seine Hände und brachte ihn zum Stehen. Sie spürte den Puls an seinen Handgelenken. Eine tiefsitzende Angst kroch in ihr Herz. »Bitte, tu das nicht.«

»Ich muss.«

Die Truppen lagerten vor dem Kalkberg. Es war eine Menge von Menschen, wie Folcwin sie noch nie gesehen hatte. Oft hatte er Meister Gervasius zugehört, wenn dieser über die Heerfahrten des legendären Alexander des Großen berichtet hatte. Folcwin hatte sich glänzende Pferde und Ritter in strahlender Rüstung und mit federgeschmückten Helmen vorgestellt, aber was er jetzt sah, als er dem Kaiser und seinem Neffen folgte, entsprach ganz und gar nicht seinem Bild. Viele Männer waren abgezehrt, mit verwilderten Gesichtern und verwundeten Leibern, die Pferde mager und struppig. Und dann dieser Gestank! Gefährlicher wirkten nur die Söldner, die Kaiser Otto angeheuert hatte.

Der Fahnenträger hielt inne, und der Trupp kam zum Stehen. Sie würden warten, bis sich alle versammelt hatten. Folcwin suchte die Reiterschar nach Bekannten ab, vor allem nach Rittersöhnen, mit denen er sich schon im Wettstreit gemessen hatte. Sein Blick blieb an Meister Esko hängen. Was machte er hier? Er respektierte diesen Mann, aber er brachte es nicht über sich, ihn seinen Stiefvater zu nennen. Als ihre Augen sich trafen, sah Folcwin schnell weg.

Hoffentlich erinnerte sich niemand ihrer Verwandtschaft! Noch immer war er voller Zorn über die Entscheidung seiner Mutter. In den ersten Wochen nach ihrer Heirat hatte er etliche Kämpfe ausfechten müssen, um ihre Ehre zu verteidigen. So erbittert waren die Prügeleien gewesen, dass schließlich die Herzogin ein Machtwort gesprochen hatte. Sie war es auch gewesen, die dafür gesorgt hatte, dass Folcwin ein altes Kettenhemd und ein anständiges Ross bekommen hatte.

»He, Halbritter, hol Wasser – mein Pferd braucht was zu saufen!«

Folcwin fuhr herum. Keiner der Ritter, denen er hätte gehorchen müssen, hatte gesprochen, sondern nur ein anderer Knappe. Allerdings stammte Theodoricus von Oberg, im Gegensatz zu ihm, aus altem Adel.

»Schaff dir selbst Wasser heran – oder bist du nach diesem kurzen Ritt etwa schon zu schwach dafür?«, blaffte Folcwin zurück. Jetzt lachten die Kumpane des Angesprochenen nicht mehr.

Der Knappe kam drohend näher. »Du weißt ja sicher, was es später dafür setzt. Wir passen dich ab …«

»Wir? Einen Kampf Mann gegen Mann scheust du wohl?«

»Ich mach mir doch nicht allein die Finger schmutzig, schon gar nicht an einem …«

Das Trompetensignal durchbrach ihren Disput. Es ging los. Folcwins Herz raste. Zum ersten Mal würde er die Abenteuer der Ritter teilen. Sicher würde er Gelegenheit bekommen, sich vor den anderen auszuzeichnen.

Die Felder brannten. Verzweifelt stürzten die Bauern mit Ledereimern über die Äcker, doch das Feuer war nicht mehr aufzuhalten. Ritter legten Fackeln an die armseligen Hütten, Söldner plünderten. Der Kaiser überließ diese niedere Arbeit seinen Vasallen und gab Anweisungen; sein Neffe Otto hatte alle Mühe, sich sein Entsetzen nicht anmerken zu lassen. Folcwin hatte seinen Dolch gezogen, wusste aber nicht, was er tun sollte. Was er hier sah, erschien ihm unmenschlich und falsch.

Neben ihm focht Theodoricus ein Scharmützel aus. Jetzt

wurde er vom Pferd gezerrt. Zu fünft stürzten sich die Bauern auf ihn.

»Folcwin, hilf mir! Dieses Pack ...« Seine Stimme erstickte im Tumult. Und natürlich kam Folcwin ihm zu Hilfe.

Hasserfüllt stachen und schlugen die Bauern zu. »Wir werden dich lehren, was es setzt, wenn ihr unser Land verheert, nur damit der Kaiser seinen Willen bekommt!«

Folcwin hielt sich jedoch zurück; er wollte die Bauern nicht töten. Ein Kind schrie markerschütternd – sein Kopf zuckte unwillkürlich in die Richtung, aus der der Schrei gekommen war. Der Kittel eines Mädchens, etwas jünger als sein Bruder, stand in Flammen. Ihre Haare brannten lichterloh. Gestank und Mitleid verursachten ihm Übelkeit. Ein Ruck – und Folcwin schlug hart auf den Boden auf. Ein Bauer hatte ihm einen Knüppel übergezogen, sein Kopf dröhnte. Der Dolch wurde ihm entrissen. Tritte in die Flanken, gegen den Hals, eine Faust auf seinem Auge. Sternenfunkeln in seinem Kopf. Folcwin wehrte sich wie wild, stieß einen Angreifer weg, sprang auf die Füße. Der nächste warf sich auf ihn, und da waren noch mehr, die jetzt angerannt kamen ...

Eine Klinge sauste durch die Luft, ein Befehl: »Verschwindet! Rettet lieber, was zu retten ist, vor allem Eure Kinder!«

Drohend trieb ein Mann die Bauern auseinander – Meister Esko. Folcwin wollte sich beschämt abwenden, doch Esko hielt ihn fest. »Bist du verletzt?«

»Ich kann mich allein verteidigen!«, zischte Folcwin statt einer Antwort.

»Ach ja? Warum hast du sie denn nicht einfach niedergestochen, dieses Pack?«, wiederholte der Wildhüter die Beschimpfung sarkastisch.

Folcwin starrte ihn an. Ihm fiel keine gescheite Antwort ein. »Was wollt Ihr überhaupt hier?«

»Auf dich aufpassen.«

»Ich brauche keinen Aufpasser!«

»Und ich würde es mir nie verzeihen, wenn dir etwas zustieße! Los, aufs Pferd mit dir – der Kaiser ist schon weitergeritten.«

Tatsächlich waren nur noch die marodierenden Söldner im Dorf. Esko und Folcwin fingen das Ross des verletzten Knappen ein, hievten Theodoricus aufs Pferd und preschten los.

Am Abend mussten die Knappen die Pferde versorgen und dabei helfen, das Zelt des Kaisers aufzubauen. Als Folcwin gerade dabei war, die Pferde abzureiben, kam Otto iuvenis zu ihm. Der Elfjährige wirkte sehr erwachsen in seinem neuen Harnisch, aber der Schrecken über das Erlebte hatte seine Augen groß und seine Haut bleich werden lassen, das sah Folcwin selbst mit einem Auge; das andere war bereits zugeschwollen.

»Habt Ihr etwas gegessen, Hoheit? Soll ich Euch etwas bringen lassen?«, fragte Folcwin besorgt.

»Du sollst mich doch nicht so nennen!«, protestierte Otto.

Folcwin lächelte. »Das lasst nicht Eure Mutter hören. Sie besteht sogar darauf. Und das vermutlich zu Recht. Auf Euch wartet eine große Verantwortung. Jedermann sollte Euch mit Respekt begegnen.«

Otto iuvenis ließ sich auf einen Strohhaufen fallen; die Futterer hatten ganze Arbeit geleistet, alle Pferde konnten versorgt werden. Der Junge sah sich um, als wollte er prüfen, ob jemand in der Nähe war. Dann sagte er leise. »Es gefällt mir nicht, irgendwelche Dörfer zu überfallen. Ich habe mir den Krieg anders vorgestellt. Prächtiger. Ehrenvoller.«

»Der Kaiser will seine Gegner schwächen. Er will sie auf seine Seite bringen.«

Ein Seufzer. »Ja, ich weiß. Trotzdem.«

Folwin ließ sich neben ihm ins Stroh fallen. »Mir gefällt es auch nicht«, gab er zu.

»Wirklich nicht?«

»Nein. Ich wäre lieber bei Meister Gervasius und würde ihm zuhören, wenn er Geschichten erzählt. Wenn es sein müsste, würde ich sogar lieber einen Text kopieren. Noch lieber aber jagen. Oder tjosten.«

»Ich auch. Aber der Kaiser … er darf das natürlich nicht wissen.«

Wieder lächelte Folcwin. »Von mir erfährt er nichts. Was macht er jetzt?«

»Beratschlagt, wie es weitergeht.« Otto iuvenis kämpfte sich aus dem Strohhaufen. Er war über und über mit Halmen bedeckt. Folcwin klopfte sie ihm ab. »Weitere Truppen werden zu uns stoßen. Eine führt den Tribok mit sich«, berichtete Otto.

»Den Tribok, wirklich? Das könnte spannend werden«, sagte Folcwin aufmunternd. Insgeheim fürchtete er jedoch, dass es nicht spannend, sondern schrecklich werden würde.

Er sollte recht behalten.

Als sie einige Wochen später nach Lüneburg zurückkehrten, erschöpft und ernüchtert, führte Folcwins erster Weg zum Turmhaus seines Vaters – *seines* Turmes, wie er sich immer wieder erinnern musste. Es würde noch ein paar Jahre dauern, bis er ihn in Besitz nehmen könnte, aber der Gedanke verursachte ihm schon jetzt Unbehagen. Sollte er seine Mutter und ihren neuen Mann etwa hinaustreiben? Mit ihnen unter einem Dach leben wollte er auf keinen Fall.

Nervös zupfte er an seinem Hemd. Die Ärmel waren schon wieder zu kurz, genau wie die Hosenbeine. Die anderen Knappen hatten es bereits entdeckt und lachten ihn deswegen aus. Nur die Hofdamen lachten nicht, die hatten ihn angelächelt, als sie zur Kalkbergfestung zurückgekehrt waren, was Folcwin mindestens genauso sehr verunsicherte.

Die Mägde und Knechte begrüßten ihn und wollten wissen, wie er den Feldzug erlebt hatte. Er vertröstete sie auf später und ging zu seiner Mutter hinein. Glücklicherweise war Meister Esko nicht im Hause.

Ida war gerade dabei, Perlen zum Sticken vorzubereiten. Sein kleiner Bruder trieb den Fiedelbohrer an. Dünnhäutig brauste Folcwin auf: »Was tust du da? Das ist eine Arbeit, die einer Dame unwürdig ist.«

Seine Mutter lachte gutmütig. »Erstens bin ich keine Dame mehr, zweitens hat dir das früher auch immer viel Spaß gemacht, und drittens ist selbst den vornehmen Damen das Sticken mit kostbaren Materialien sehr wohl erlaubt.«

»Das Sticken, aber nicht das Bohren!«

»Bendix hat mir die Perlen geschickt und meinte, ich wüsste sicher besser, wie groß die Löcher sein müssen.«

»Du arbeitest für den Onkel? Willst du meinen Ruf vollends ruinieren?«

Ida umarmte ihren Sohn so überschwänglich, dass es ihm schwerfiel, sich loszumachen. »Du hast sicher Hunger! Ein Eintopf köchelt auf dem Herd.«

»Ich habe keinen …«

Sie schob ihn zu einem Stuhl und ging zur Herdstelle. »Dieser Feldzug muss ja furchtbar gewesen sein«, sagte sie. »Esko hat mir schon alles erzählt!«

Folcwin ging gar nicht darauf ein. »Du brauchst mir keinen Aufpasser hinterherschicken! Und schon gar nicht deinen Mann!«

Ida schien unwillig, ihm böse zu sein. »Esko hat mir erzählt, dass er dir ein paarmal aus einer brenzligen Lage helfen musste«, sagte sie, als sie ihm die Schale hinstellte.

Folcwins Magen knurrte laut, aber er holte seinen Löffel nicht hervor. »Deswegen bin ich hier! Gut und schön, dass die Herzogin ihn als Wildhüter duldet, aber ich will ihn nicht in meiner Nähe haben. Er zieht mich runter.«

Nun wurde Ida doch ernst. »Runter, wie meinst du das?«

Folcwin rieb sich über die Lippen, über denen neuerdings einzelne Stoppeln sprossen. »Du weißt schon … er und ich … was du machst, das dulde ich ja, aber er …«

»Das *duldest* du also …« Irgendwie klang seine Mutter jetzt gefährlich. Sie schickte seinen kleinen Bruder hinaus.

Folcwin schluckte trocken. Überdeutlich spürte er, wie sein Adamsapfel hüpfte. »Er spielt sich auf, als wäre er mein Vater!«, verteidigte er sich hilflos.

Ida ließ so lange ihren Blick auf ihm ruhen, dass ihm ganz kribbelig wurde. Dann holte sie tief Luft. »Das ist er auch, Folcwin. Ich wollte es dir eigentlich schon lange gesagt haben. Esko *ist* dein Vater. Ich war schwanger, als ich Jusarius heiratete.«

Entsetzt sprang er auf. »Was … hat Esko dir angetan?«

»Nichts«, beruhigte sie ihn. »Wir haben uns schon damals geliebt, und wir lieben uns noch immer.« Sie drückte ihn zurück auf den Stuhl, als wäre er noch ein kleines Kind. »Ich möchte, dass du dir anhörst, was geschah. Danach kannst du entscheiden, ob du uns verurteilen willst.«

47

Frühjahr 1217

Folcwin entdeckte sie schon von Weitem. Esko gab den Arbeitern Anweisungen, das frisch geschlagene Holz zum Fluss zu bringen. Der Wald war ausgedünnt, er sah aus wie der Schädel eines Greises, auf dem vereinzelt Haare sprossen. Der siebenjährige Jordan lief zwischen den Stumpen umher. Er hatte das schwarze Haar seines Vaters und die feingliedrige Gestalt seiner Mutter geerbt. Mit einem kleinen Messer schnitt er geschickt gerade gewachsene Äste, die er in einem Köcher sammelte.

Esko kam auf ihn zu. Folcwin fiel es schwer, den Blick seines Vaters zu halten. Als seine Mutter ihm im letzten Jahr von ihrer Liebe zu Esko und der Entführung berichtet hatte, von der Suche nach dem Verräter, der Rettung durch Jusarius und ihrer Heirat, hatte er sie einfach stehen gelassen. Wie beschmutzt er sich durch ihre Tat gefühlt hatte! Wie gekränkt in seiner Ehre! Natürlich hatte er sich erkundigt, wie Jusarius gestorben war, aber jedermann, der die Schlacht von Bouvines überlebt hatte, hatte Eskos Bericht bestätigt. Dennoch hatte er kaum zur Geburt seiner Halbschwester gratuliert.

»Ist es nicht ein herrlicher Tag heute? Die Kraft der Natur ist schon überall zu spüren. Willst du unser Mittagsmahl teilen? Ida hat uns frisches Brot und ein gutes Stück Käse eingepackt«, begrüßte Esko ihn, als wäre nichts zwischen ihnen vorgefallen. Was Folcwin gleichzeitig ärgerte und beschämte.

»Ich komme, um Jordan zu holen. Mein Bruder ist alt genug, um Knappe zu werden. Die Herzogin hat eingewilligt, Jordan an ihrem Hof aufzunehmen«, sagte er fest.

Das Gesicht seines Vaters verschattete sich. Jordan hingegen hatte die Worte anscheinend auch verstanden und kam näher. Aufregung spiegelte sich in seinen Zügen.

»Das willst du deiner Mutter und mir nicht antun.«

»Dir?«, schnaubte Folcwin. »Du bist doch …«

»Jordan ist mein Sohn, und ich liebe ihn«, ging Esko dazwischen. »So, wie ich dich liebe.«

Folcwin begriff diesen Mann einfach nicht. Wie konnte Esko so freundlich, so friedlich sein? Jeder Ritter bei Hofe hätte ihn längst gefordert! Und das Gerede von Liebe verwirrte ihn. Kein Mann, den er kannte, sprach so – abgesehen von den Dichtern, und die waren ja ohnehin nicht ernst zu nehmen.

»Mein Vater …« Folcwin verletzte ihn bewusst. »Mein Vater hat uns einen guten Namen und einen angesehenen Stand hinterlassen. Ich werde nicht zulassen, dass meine Mutter diesen noch weiter …«

»Sieh dich vor! Ich bin durchaus in der Lage, für unsere Ehre einzutreten, das solltest du längst wissen«, sagte Esko plötzlich unerwartet scharf.

Folcwin blinzelte. Dass Esko als Kämpfer gefürchtet war, hatte er bei den Gesprächen über Bouvines gehört und vor Magdeburg selbst erlebt.

Jetzt ging Jordan zu seinem Stiefvater und ergriff dessen Hand. Wenn Folcwin nicht aufpasste, wäre der Junge bald ganz bäurisch! Er war doch für seinen Bruder verantwortlich! »Du weißt, dass ich auf der Lüneburg Knappe bin, oder, Jordan?«

Die Wangen des Siebenjährigen wurden rot. »Ja, Bruder.«

»Willst du auch Ritter werden, Jordan?« Heftig nickte der Kleine. »Dann musst du mich begleiten. Du bist alt genug, in den Dienst der Herzogin und ihres Sohnes Otto iuvenis zu treten, unseres zukünftigen Herrschers.«

Sein Bruder biss sich auf die Lippe. »Ich soll weg von Mutter und Vater?«, fragte er unsicher.

»Du hast viel zu lernen. Zunächst bist du Page, dann wirst du Knappe wie ich, und schließlich kannst du zum Ritter erhoben werden.«

Eskos Kiefermuskeln mahlten. »Du wirst unsere Familie nicht auseinanderreißen.«

Innerlich bebte Folcwin, aber er sammelte sich noch einmal. »Willst du es darauf ankommen lassen? Die Herzogin wird nicht zögern, ihren Willen auch mit Gewalt durchzusetzen. Viele bilden sich ein, sich ihr gegenüber Frechheiten herausnehmen und sich gegen ihren Stand versündigen zu dürfen. Glaub mir, Esko …« Das Wort Vater würde ihm nicht über die Lippen kommen. »Das lässt die Herzogin nicht zu.«

Seit dem Tod ihres Mannes griff Herzogin Helena hart durch, wenn es um ihre Interessen und die Belange ihres Sohnes ging. Wilderer wurden gehenkt, ungehorsame Vasallen mit Ruten gestrichen oder gar geblendet. Der Kaiser und seine Familie standen unter erheblichem Druck. Ottos Verluste waren hoch. Nordelbische Eroberungen wie Hamburg hatte er wieder an die Dänen abtreten müssen. Mit dem Tod des englischen Königs Johann hatte der Kaiser zudem eine seiner wichtigsten Stützen verloren.

Folcwin streckte die Hand nach seinem Bruder aus. »Als Erstes bekommst du ein feines Pagengewand, und dann darfst du bestimmt den Rittern beim Tjost zusehen.«

Jordan warf seinem Vater einen entschuldigenden Blick zu, dann löste er sich von ihm. Folcwin setzte ihn auf das Pferd und stieg hinter seinem Bruder auf. Jordan standen Tränen in den Augen, genau wie Esko.

»Du kannst jederzeit zu uns zurückkommen! Ich hole dich ab, wann immer du willst, Jordan!«, sagte Esko.

Folcwin hieb seinem Ross die Hacken in die Flanken und galoppierte davon, bevor sein Bruder es sich doch noch anders überlegte.

»Ich verstehe nicht, wie du das zulassen konntest!«, schluchzte Ida. Esko wollte sie an sich drücken, doch sie stieß ihn fort. Neben ihnen weinte Margrit. Die Kleine, die ein knappes Jahr alt war, hatte sich sofort von Idas Kummer anstecken lassen. »Er ist doch noch so klein!«, wisperte sie.

Esko nahm seine Tochter auf den Arm und wiegte sie. Margrit beruhigte sich, wie immer in seiner Nähe, sofort. »Mir bricht es das Herz, genau wie dir. Aber du weißt, dass das Recht auf seiner Seite steht. Wenn Folcwin mit der Herzogin gesprochen hat und sie darauf besteht, Jordan als Pagen anzufordern, hat sie die Macht, ihren Willen durchzusetzen.«

»Aber warum hat sie nicht mit dir darüber gesprochen?«

»Ich habe die Herzogin in letzter Zeit kaum gesehen. Sie scheint nicht viel Gelegenheit für die Jagd zu haben.«

Ida ging zu ihrer Truhe und wühlte darin. »Ich werde mit der Herzogin reden.« Tücher flogen auf den Boden. »Wo ist denn nur mein guter Schleier?«

Esko küsste Margrit auf beide Wangen und setzte sie auf den Boden. Dann ging er zu Ida und umfasste ihre Oberarme. »Bitte, beruhige dich. Es nützt uns gar nichts, für böses Blut zu sorgen. Wenn du die Herzogin verärgerst, wird sie dich von der Lüneburg bannen – und dann kannst du nicht mal mehr den kleinsten Blick auf Folcwin oder Jordan erhaschen.«

Ida hatte sich ab und zu, wenn bekannt wurde, dass die Herzogin unterwegs war, zur Festung geschlichen und nach ihrem Sohn Ausschau gehalten. »Wir können es uns nicht leisten, in Ungnade zu fallen – so hart, wie Helena im Zweifel durchgreift. Jordan war durchaus begeistert von der Aussicht, mit seinem Bruder zu gehen, obwohl er Angst hatte, uns zu verlassen. So wütend ich auf Folcwin bin, weiß ich doch, dass er auf den Kleinen achtgeben wird.«

Esko schloss Ida in die Arme. Jetzt ließ sie es geschehen; ihre Finger krallten sich in seine Schulterblätter. Ein zartes, aber beharrliches Zupfen an ihren Gewändern lenkte sie ab. Margrit hatte sich an ihr hochgezogen und stand nun auf wackeligen Beinchen.

»Jord… wo?«, nuschelte sie.

Ida wollte schon wieder in Tränen ausbrechen, doch als sie sah, dass auch Margrit ihr Gesicht kummervoll verzog, hob sie ihre Tochter hoch und schmiegte sich an sie. »Wir sehen deinen Bruder bald wieder«, flüsterte sie und sog den Duft ihres Kindes ein. »Versprochen.«

48

Mai 1218

Den Pferden flog der Schaum vom Maul, als sie die Hirten überholten. Folcwin schob den Oberkörper vor, um seinen wunden Hintern und das stechende Kreuz zu entlasten. Auch die Haltung seines Freundes Otto wirkte ungewohnt steif. Im Vorbeipreschen nahm Folcwin den ersten Duft frisch ausgetriebener Birken und Gräser wahr. Vor einigen Tagen erst hatte das Gesinde Maibäume geschlagen und vor der Burg darum getanzt; die adeligen Burgbewohner hatten sich erst über diesen Brauch lustig gemacht, sich dann aber doch unter die Feiernden gemischt. Sogar die Hofdamen der Herzogin hatten sich sehen lassen. Folcwin hatte zwar nicht gewagt, der jungen Dänin Dagmar seine Verse vorzutragen, aber immerhin hatte sie einen Zweig Maigrün von ihm angenommen und an ihr Kleid gesteckt.

Jetzt jedoch war alle Leichtigkeit verflogen. Eine düstere Stimmung lastete auf dem Reitertrupp. Das steile Wegstück zur Harzburg verlangte ihren Pferden noch das Letzte ab; sogar zwischen den Hinterbacken ihrer Rösser schäumte es. Es würde ein langwieriges Stück Arbeit werden, sie trocken zu reiben, auch brauchten sie nach diesem Ritt Ruhe. Aber wer wusste schon, wie lange es dauerte, bis ein Kaiser starb …

Sie kündigten sich durch Rufe an. Das Burgtor öffnete sich. Otto iuvenis sprang als Erster ab. Die Wachen des Kaisers grüßten ihn respektvoll; seine hohe Gestalt ließ vergessen, dass er noch keine vierzehn Sommer gesehen hatte.

»Kümmert Ihr euch um die Pferde«, wies Theodoricus von

Oberg Folcwin an. In Augenblicken wie diesen zeigte sich auch zwischen den Knappen die Rangfolge.

»Folcwin wird uns begleiten«, entschied Otto und schickte Theodoricus von Oberg zurück. Dieser wagte keinen Widerspruch, schon gar nicht jetzt, wo Otto dabei war, sich endgültig über ihre Riege zu erheben.

Drei Tage war es her, seit die Botschaft des kaiserlichen Schreibers in Lüneburg eingegangen war. Der Kaiser liege auf der Harzburg im Sterben, hatte der Schreiber der Herzogin und ihrem Sohn mitgeteilt. Es war zwar nicht die Rede davon gewesen, dass sie sich auf den Weg machen sollten, aber Otto hatte darauf bestanden, seinem Onkel in der Stunde des Todes beizustehen.

Der Saal war mit dem Hofstaat des Kaisers gefüllt. Die Menschen schwiegen oder beteten leise.

Ein hoher Dienstmann nahm sie in Empfang.

»Wie steht es um meinen Onkel? Kann ich ihn sehen?«, fragte Otto.

»Ihre Majestät ist sehr schwach, und sein Zustand ist …« Der Dienstmann zierte sich etwas und sagte dann mit gedämpfter Stimme: »Es ist der dünne Schiss. Der Kaiser stand noch voll im Saft, als er seine Burgen begutachtet und die askanische Feste Aschersleben berannt hat. Anschließend zog er sich zu seiner jährlichen Trinkkur auf die Harliburg zurück, wo der Allerhöchstselbe erkrankte.«

Folcwin folgte ihnen zum Kaisergemach. Aus dem Raum waren Stimmen zu hören. Sie wurden eingelassen. Etliche Adelige und hohe Geistliche drängten sich um das Bett des Kaisers. Zu seinem Erstaunen entdeckte Folcwin einen Mönch in grober Kutte und mit bloßen Füßen. Das musste einer der minderen Brüder sein, bei denen Kaiser Otto seit der Niederlage von Bouvines Trost suchte. Es hieß, der Kaiser sei wahrhaft fromm geworden. Weil er das Gefühl hatte, unerlaubt etwas beinahe

Heiligem beizuwohnen, hielt Folcwin sich dicht neben der Tür; er wollte seinen Freund Otto iuvenis allerdings auch nicht im Stich lassen. Selbst aus dieser Entfernung nahm der Gestank ihm schon den Atem.

Auf einmal drängten etliche der Anwesenden hinaus. Otto iuvenis half, in der Raummitte einen Teppich auszubreiten und fasste mit an, als der Sterbende aus dem Bett gehoben wurde. Der Kaiser bot einen erschreckenden Anblick. Ausgemergelt und eingefallen das Antlitz, erloschen der Blick – ein lebender Leichnam. Nun wurde er auf den Teppich gestellt, wobei ein Geistlicher ihn stützen musste. Ein Abt begann leise die Antiphon *In media vita* zu singen, und alle stimmten nacheinander ein: »Mitten im Leben sind wir vom Tode umfangen.«

Folcwins Stimme brach vor Rührung. Er sah, dass es seinem Freund ähnlich ging. Beim *Sancte deus* reckte der Kaiser die zitternden Hände gen Himmel. Den Blick nach oben gerichtet, betete er. Es war ein kaum erträglicher Anblick, wie der geschwächte Kaiser in einer rituellen Abfolge von Handlungen das Schuldbekenntnis ablegte. Vor allem sein Verhältnis zur Kirche reute ihn; mit letzter Kraft versuchte er, sich noch zu rechtfertigen. Schließlich forderte er die Priester auf, ihn zu geißeln. Er wurde auf den Bauch gelegt. Singend strichen die Priester ihn mit Ruten.

»Trefft mich Sünder heftiger!«, forderte der Kaiser. Den Priestern war anzusehen, dass es ihnen schwerfiel, den Sterbenden zu schlagen. Schon klaffte die Haut in Fetzen auf dem Rücken. Doch als der Psalm zu Ende war, befahl der Kaiser ihnen fortzufahren.

Nach zwei weiteren, endlos erscheinenden Psalmen schritt der Abt ein. »Nun genügt es uns und Gott, Majestät«, sagte er.

Folcwin atmete auf, als der Kaiser zurück auf sein Lager gebracht wurde. Maria von Brabant kniete sich neben ihren Mann, und auch Otto iuvenis fiel auf die Knie.

»Was habt Ihr hier zu suchen?«, zischte da jemand Folwin an. Der Truchsess des Kaisers hatte ihn erkannt und scheuchte ihn hinaus. »Nur die höchsten Mitglieder des Hofstaats dürfen unserer Majestät beistehen! Verschwindet zu den anderen Knappen!« Beschämt eilte Folcwin davon.

Vor der Waffenkammer hockten die Knappen und fachsimpelten mit einem Panzerreiter über ihre Dreikantdolche. »Die drei scharfen Schneiden durchschneiden Panzer wie Butter. So gefährlich sind sie, dass man sie *Gnadgod* oder *Misericordia* nennt. Auf dem Schlachtfeld von Bouvines …«

Die Knappen hingen an den Lippen des Panzerreiters. Zu jeder anderen Stunde hätte sich Folcwin zu ihnen gesellt, jetzt aber konnte er das Geschwätz nicht ertragen. Er gab vor, nach den Pferden sehen zu wollen, und suchte sich eine stille Ecke im Stall. Seine Gedanken waren durch das Erlebte gefesselt. Wie sehr musste den Kaiser das Zerwürfnis mit der Kirche quälen, wenn er so viel grauenvolles Leiden auf sich nahm! Welche Fehler hatte Otto noch zu bereuen? Und was würde ihn selbst martern, wenn seine Todesstunde bevorstünde?

Folcwin dachte an Eskos waidwunden Gesichtsausdruck, als er Jordan abgeholt hatte. An die anklagenden Blicke seiner Mutter, als er sie neulich bei den Ställen mit Jordan erwischt hatte. Glücklicherweise hatte sich sein Bruder bei Hofe gut eingelebt und war ein wissbegieriger Page. Erste Versuche der anderen Pagen und Knappen, Jordan als Halbritter zu drangsalieren, hatte Folcwin im Keim erstickt.

Doch dass sein Stand ihn zu diesem harten Verhalten gegenüber seinen Eltern gezwungen hatte, grämte ihn durchaus. Je älter er wurde, desto mehr gestand er sich ein, dass Esko und seine Mutter sich, abgesehen von ihrer jugendlichen Dummheit, vorbildlich verhalten hatten. Sogar das Trauerjahr hatten sie respektiert. Oft genug wurden ledige Mägde oder Hofdamen schwanger und mussten still und heimlich den Hof verlassen.

Und oft genug waren hohe Herren, die leichtfertig das sechste Gebot missachteten, die Verursacher ihres Elends.

Natürlich würde ihm das nicht passieren. Er eiferte der hövischen Minne nach und übte sich im Dichten, um seine Angebetete, die Dänin Dagmar, zu beeindrucken. Wenn er es recht bedachte, war Esko ein Mann der Ehre; er konnte ja nichts für seine Herkunft. Folcwin bereute jetzt seine Selbstgerechtigkeit, schämte sich dafür, dass er bei Idas und Eskos Trauung so abweisend gewesen war und dass er ihnen kaum zur Geburt ihrer gemeinsamen Tochter gratuliert hatte. Vielleicht sollte er endlich Frieden mit seiner Familie machen.

Vier lange Tage dauerte das Martyrium des Kaisers noch an. Erst als Glocken und Gesänge den Tod Ottos verkündeten, sah Folcwin seinen Freund wieder. Otto iuvenis sah so elend aus, als hätte er die ganze Zeit über gefastet. Er redete wenig, fragte nur, ob er Hilfe leisten könne, denn viel war nun zu tun. Auch Folcwin wurde als Bote ausgesandt, um die Nachricht vom Tode des Herrschers zu verkünden.

Gerade noch rechtzeitig war er zur Beisetzung in Braunschweig zurück. Zwischen der Burg Dankwarderode und Sankt Blasius warteten die Menschen, um dem aufgebahrten Kaiser die letzte Ehre zu erweisen. Die Stiftskirche war von Heinrich dem Löwen in Auftrag gegeben worden und noch immer nicht fertiggestellt. Kaiser Otto würde neben dem Grab seiner Eltern, Herzog Heinrich und der englischen Königstochter Mathilde, die letzte Ruhestätte finden.

Auch Folcwin reihte sich in die Schar der Trauernden ein. Im Tode bot der Kaiser wieder einen ehrfurchtgebietenden Anblick. Er war in die weiße Alba und den Königsmantel gehüllt, trug Samitstiefel, Sandalen, goldglänzende Sporen und Armillae. In der rechten Hand hielt er das Zepter, in der linken den Reichsapfel. Und er trug die Handschuhe, die Ida einst für ihn bestickt hatte und die Kaiser Otto nun mit ins Grab nehmen würde, genau wie die eigens gefertigte Grabkrone. Folcwin bewunderte die Fingerfertigkeit seiner Mutter. Trotzdem beschämte es ihn, dass sie in letzter Zeit zunehmend Stickarbeiten verkaufte. Es war seines Standes unwürdig.

Nach einigen Tagen ritten sie gemeinsam ins Lüneburgische zurück, dieses Mal in gemächlicherem Tempo. Otto iuvenis sah noch immer mitgenommen aus. Als sie ein Wegstück nebeneinanderher ritten, sagte er: »Ich wünschte, dieser prächtige Anblick der Grablege in der Stiftskirche würde mich das Elend meines Onkels in seinen letzten Tagen vergessen lassen. Er hatte furchtbare Angst vor den Qualen der Hölle, die ihm drohen würden, weil er doch von der Kirche ausgestoßen war.«

»Vielleicht tröstet dich das Wissen, dass dein Onkel seine Würde wiedergefunden hat. Plötzlich ehren ihn alle wieder – selbst diejenigen, die ihn zuletzt geschmäht hatten.«

Otto iuvenis sah ihn an. Auf einmal wirkte er sehr erwachsen. »Wusstest du, dass schon erste Wunderberichte die Runde machen? Angeblich ist eine Hostie, die der Kaiser aus Schwäche nicht mehr aufnehmen konnte, auf wundersame Weise in seinen Körper eingedrungen.«

»Das ging ja schnell. Pass auf, bald ist dein Onkel ein Heiliger.«

»Lass das Spotten!«, erwiderte der andere streng.

»Entschuldige, junger Herr. Ich wollte es nicht an Respekt mangeln lassen«, sagte Folcwin schnell und setzte hinzu: »Jetzt muss nur noch der Papst ihm verzeihen.«

»Das wird er wohl. Schließlich hat mein Onkel in seinem Testament verfügt, dass seine Gebeine nach Rom gebracht werden sollen, damit der Papst sie einsegnen und die Absolution bestätigen kann. Und dennoch wird es Streit geben.«

»Streit – worüber?«

»Der Bruder des Kaisers, Pfalzgraf Heinrich, ist der Haupterbe. Er soll die Reichsinsignien, also das Heilige Kreuz, die Heilige Lanze, die Krone und den Zahn Johannes des Täufers und andere Kostbarkeiten, an denjenigen übergeben, den die Reichsfürsten einmütig zum König wählen.«

»Das ist dann wohl Friedrich der Zweite. Der Kaiser wollte den Thronstreit also beilegen. Eine weise letzte Tat«, stellte Folcwin fest.

»Ja. Aber Onkel Heinrich hat bereits angedeutet, dass er den Preis für die Reichsinsignien in die Höhe treiben will. Und ohne die *Imperialia* ist ein König nicht vollkommen.«

»Und du? Welche Folgen hat der Tod deines Onkels für dich?«

»Ich gelte noch immer als unmündig. Aber immerhin hat der Kaiser meine Rechte bestätigt und angeordnet, dass die Feste Lauenburg am Harz an mich zurückgegeben wird. Könige und Fürsten werden jetzt versuchen, ihre Macht zu erweitern, allen voran Waldemar von Dänemark. Auch Mutter und ich müssen aufpassen, dass man unsere Rechte nicht beschneidet. Im schlimmsten Fall drohen Fehden, die das Land ins Elend stürzten.« Er wirkte sehr unglücklich. »Natürlich hat der Kaiser auch die Kreuzritter in seinem Testament bedacht. Er hat ihnen den Tribok vererbt, der in Quedlinburg verwahrt wird«, lenkte er ab.

»Ich dachte, im Osten sind nur Wald und Wilde. Gibt es dort überhaupt Burgen, die man mit dieser Belagerungsmaschine angreifen kann?«, wunderte sich Folcwin, bevor ihm einfiel, dass Esko das wissen könnte. Aber natürlich würde er sich nie die Blöße geben, ihn danach zu fragen.

49

Frühjahr 1220

Es war kurz nach der Schneeschmelze, als Folcwin sie aufsuchte. Er traf sie in der Nähe des Flusses an, wo Esko mit den Knechten einen kleinen, aber massiven Pfahlbau errichtete. Ida half dabei, ein Geviert für einen Pferch abzustecken. Ihre kleine Tochter trug ihr eifrig die Stangen hinterher. Als zwei Männer auf sie zuritten, wurde Ida erst mulmig zumute, aber dann erkannte sie Folcwin.

Ihr Sohn hatte sich in so vielen Dingen konsequent verhalten, dass sie seinen Besuch erwartet hatten. Im letzten Winter war er großjährig geworden. Er würde seine Knappenzeit abschließen. Nun war er auf die Einkünfte aus seinen Lehen angewiesen, um sich als Ritter zu behaupten. Sie hatte trotz aller Liebe, die sie nach wie vor für ihn empfand, nicht vor, es ihm leicht zu machen. Folcwin sollte wissen, was er ihr antat. Doch wer war der Fremde an seiner Seite? Sie tauschte Blicke mit Esko, der die Axt an den Gürtel steckte und zu ihr kam.

Lächelnd begrüßte sie Folcwin. »Sei gegrüßt, mein Sohn.«

Folcwin neigte förmlich das Haupt. »Mutter. Esko«, sagte er kühl.

Wie fremd er ihr geworden war! Nie hätte sie zulassen dürfen, dass er ihr so früh entrissen wurde! Ob es ihr mit Jordan ähnlich ergehen würde? Anfangs hatte ihr kleiner Sohn kaum von ihr lassen können, wenn sie ihn auf der Festung traf. Inzwischen war er so beschäftigt, dass er nur noch flüchtig mit ihr sprach und es kaum erwarten konnte, zu den anderen Knappen zurückzukommen.

»Was baut ihr da?«, riss Folcwin sie aus ihren Gedanken.

»Unser neues Heim. Du bist großjährig – also müssen wir sehen, wo wir bleiben.« Sie hatte die Worte gleichmütig ausgesprochen; trotzdem stieg Folcwin die Hitze ins Gesicht.

»Ich würde euch doch nicht …«

»… rausschmeißen? Nein, ich hoffe wirklich, dass du so viel Anstand hast«, sagte Esko.

Folcwin wurde noch röter. »Das Land hier am Fluss …«

»… gehört mir«, vollendete Ida seinen Satz. »Ich habe es von meiner Ziehgroßmutter geerbt, und dann hat Jusarius es mir als Morgengabe geschenkt.«

»Das weiß ich. Ich wollte die Rechtmäßigkeit eures Tuns nicht in Zweifel ziehen«, versicherte Folcwin ihr eilig. »Ich war gerade dabei, meinem neuen Verwalter die Ländereien zu zeigen.«

»Tatsächlich? Eine kostspielige Sache, so ein Verwalter. Dabei brauchst du ja sicher auch viel Geld für eine angemessene Ausrüstung«, merkte Esko an.

»Ich werde zunächst etwas Land verkaufen müssen. Aber da ich gedenke, mir weitere Lehen hinzuzuverdienen, um Jordan und mir ein standesgemäßes Leben zu ermöglichen, kann ich diesen Verlust sicher bald wieder ausgleichen.«

»Sicher«, sagte Esko in einem sarkastischen Tonfall. »Ich nehme an, dass der derzeitige Frieden nicht von Dauer sein wird.« Pfalzgraf Heinrich, der Herzog von Sachsen, hatte König Friedrich die Reichsinsignien gegen einen hohen Preis überlassen und einige Abkommen geschlossen. »Bis wann müssen wir den Herrenhof verlassen haben?«

Folcwins Blick flackerte umher. »Ich will euch natürlich nicht drängen, aber …«

Ida sah ihren Mann an. »So bald wie möglich also. Doch ein Rauswurf«, sagte sie. Und an ihren ältesten Sohn gewandt: »Weißt du eigentlich, was du uns da antust? Wie sollen wir in Zukunft über die Runden kommen?«

»Ich … ein Ritter braucht ein Lehen, ein Ross … und ihr mit eurer Arbeit und eurem Stand …« Schweißperlen glitzerten auf Folcwins Stirn. Hilflos hob er die Schulter. »Bleibt meinetwegen, so lange ihr wollt«, gab er schließlich nach. Sichtlich überfordert von der Situation ritt er los und rief ihnen erst nach einigen Schritten über die Schulter ein fahriges »Gehabt euch wohl« zu.

Ida lehnte sich an ihren Mann und schlang die Arme um seine Hüfte. Schon waren Folcwin und sein Begleiter hinter einem Wäldchen verschwunden. Eine tiefe Wehmut hatte sie erfüllt.

Esko küsste ihren Scheitel. »Wenigstens schämt er sich für sein Verhalten. Es gibt also noch Hoffnung.«

Der Umzug in den Pfahlbau verlief ohne Komplikationen. Ida vermisste die Motte nicht, dafür verband sie mit dem Gemäuer zu viele unangenehme Erinnerungen. Der Pfahlbau war zwar kleiner und zugiger, gefiel ihr aber besser. Vor allem hatte sie keine Verantwortung mehr für so viele Mägde und Knechte; lediglich Olessa und Ciril hatten sie an ihren neuen Wohnort begleitet. Einen deutlichen Nachteil hatte ihre neue Lage dennoch: Selbst wenn sie alles roden würden – was sie nicht tun wollten –, reichte das Land nicht aus, um sie zu ernähren. Esko hatte seine Arbeit, aber auch sie würde Geld hinzuverdienen müssen, ob es Folcwin nun gefiel oder nicht. Ihre Familie in Lübeck wollten Esko und sie nicht um Hilfe bitten, das verbot ihnen ihr Stolz. Sie hatte sich entschlossen, das Perlenfischen wieder aufzunehmen. Natürlich musste sie dabei Vorsicht walten lassen, denn die Herzogin verfolgte Wilderer streng. Und Perlwilderei galt nach wie vor als Verbrechen.

Sobald es warm genug war, machte sie sich in der Morgen- oder Abenddämmerung auf zum Fluss. Die Ilmenau war durch den vielen Handel in Lüneburg inzwischen stärker befahren, aber es gab ja auch noch die unzähligen Nebenflüsse und Bäche in ihrer Nähe wie Gerdau, Schwienau oder Neetze. Esko begleitete sie stets, doch als sie nach zehn Tagen noch immer keine Perle gefunden hatte und sie immer wieder an ihr Erspartes gehen musste, um die Vorräte aufzufüllen, wurde sie ungeduldig.

An einem klaren Tag im April, an dem die Sonne schon einige Kraft hatte, zog sie allein los. Sie wollte sich jetzt eine Einmündung in die Ilmenau vornehmen. Die Auenwiesen schimmerten rosa von unzähligen kleinen Blüten. An einer vielversprechenden Stelle außer Sichtweite der Wasserstraße band Ida ihr Pferd an einen Baum und seilte auch Margrit an. Die Kleine liebte es, im klaren Nass zu planschen, und konnte sich, strampelnd wie ein Hund, bereits einige Atemzüge lang über Wasser halten, aber Ida wollte kein Risiko eingehen. Noch einmal lauschte sie in alle Richtungen, dann zog sie ihr Kleid aus und ging mit den Füßen ins Wasser. Kaulquappen zappelten davon, eine Gelbbauchunke schimpfte. Es war bitterkalt, doch wenn sie den Schock hinauszögerte, wurde es nur schwieriger – also rannte sie los.

Sie schnappte vor Kälte nach Luft, als sie bis zur Brust im Fluss stand. Mit den Fußsohlen tastete sie den Grund ab. Tatsächlich, da waren Muscheln – und wie viele! Schon tauchte sie, suchte eine Muschel aus und schoss wieder hoch. Vorsichtig die Muschellippen lösen, hineinschauen, zurücksetzen. Gerade war sie wieder unter Wasser, als sie wildes Platschen hörte. Was war das? Sie stieß sich vom Flussgrund ab. Margrit stampfte aufgeregt und plapperte.

»Boot … Boot!«

Ida schüttelte sich das Wasser aus den Ohren und lauschte. Tatsächlich! Ihre Tochter hatte gut aufgepasst. Sie rannte hinaus – und hörte im gleichen Augenblick Schritte. Margrit schnappen, den Knoten des Seils lösen, im Dickicht verstecken. Gerade noch! Etwas peitschte durchs Buschwerk. Ein Mann hieb sich mit einem Knüppel den Weg frei. Jetzt sah er sich an der Stelle um, an der sie gerade noch gestanden hatte. Ihre Fußspuren entdeckte er sofort. Würde er sie bis in ihr Versteck verfolgen können?

»Ich komme gleich!«, schrie er jemandem zu, den sie nicht sehen konnte.

Ida hielt Margrit den Mund zu und selbst den Atem an. Ihr Herz hämmerte; sie zitterte. Er kam näher. Immerhin hatte sie den Dolch, mit dem sie die Muscheln geöffnet hatte.

Wieder ein Ruf. »Ja, verdammt!«, brüllte der Mann zurück und starrte genau in das Gebüsch, in dem sie sich verbarg. Die Züge kamen ihr bekannt vor. War das nicht … Anselm Asenmaker! Öfter schon hatte sie Poppos Sohn über den Fluss schippern sehen. Die Familie kam gerade so über die Runden, hörte man.

»Verfluchte Wilderer. Hätte die Belohnung gut gebrauchen können«, murmelte Anselm und drehte sich um.

Ein paar Augenblicke später passierte ein Lastkahn den Zusammenfluss. Auch vom Deck des Schiffes aus starrte Anselm in ihre Richtung. Erst als er außer Sicht war, gab Ida den Mund ihrer Tochter frei und küsste sie. »Du hast gut aufgepasst!«, lobte sie Margrit.

Die Kleine lächelte, runzelte dann aber die Stirn. »Böser Mann. Hat Büsche puttmacht.«

Ida nickte stumm. Ihre Gedanken rasten. Wenn es neuerdings eine Belohnung für das Ergreifen von Wilderern gab, konnte sie das Perlenfischen vergessen. Hoffentlich konnte Bendix ihr in dieser Notlage helfen.

50

Lübeck

Bereits vor dem Gildehaus herrschte helle Aufregung. Die Bürgermeister hatten den Rat zusammengerufen, die Vorsitzenden der Gilden waren da, aber auch viele Kaufleute und Schiffer.

»... richtiggehend blockiert! Da ist kein Durchkommen!«, hörte Bendix, als er seinem Vater durch das Gedränge half. Gerold ging auf die Sechzig zu, und die harte Arbeit hatte seinen Körper gezeichnet. Der Rücken wölbte sich, die Hände waren schwielig und geschwollen, aber vor allem quälten ihn seine Knie.

Im Gildehaus machte Gerold sich los und straffte sich etwas. Bendix holte ihm einen Stuhl heran, damit er sich setzen konnte. »Was ist denn nun eigentlich los?«, fragte der Baumeister laut.

Als sei dies ein Mahnruf gewesen, setzten sich alle, die einen Platz fanden. Einige mussten stehen, so viele waren sie.

»König Waldemar hat die Trave sperren lassen. Kein Schiff kann hinein, keines hinaus. Der Schiffsverkehr ist vollkommen zum Erliegen gekommen.«

»Wie das?«, fragte Gerold.

»Ein Teil der dänischen Kriegsflotte liegt vor der Travemündung. Die Besatzung ist bis an die Zähne bewaffnet. Hätten wohl nichts dagegen, das eine oder andere Schiff zu kapern.«

Nun wurde geschimpft, geflucht und wild durcheinandergeredet.

»Kriegsflotte? Nicht besser als Seeräuber sind die!«

»Der heilige Nikolaus steh uns bei! Ich habe gerade einen neuen Altar losgeschickt, ganz zu schweigen von dem Schrein mit den seltenen Reliquien«, platzte Jan heraus, fiel auf die Knie und richtete ein Stoßgebet gen Himmel. Bendix' Freund aus Kindertagen trieb inzwischen einen schwunghaften Handel mit religiösem Gut, was seinen Glauben noch befeuerte.

Aber auch Bendix war unruhig. Heute Morgen war ein Schiff mit seiner Fracht ausgelaufen: einem Goldkreuz für den Bischof von Riga, das ein Vermögen wert war. Seinen Lohn würde er erst bekommen, wenn der Bischof das Kreuz erhalten hatte. Er fertigte viele Goldschmiedearbeiten an und war mit dieser Art der Bezahlung immer gut gefahren. Wie sollte Schmuck dem Träger Glück bringen, wenn man schon beim Kauf Schuld auf sich lud? Außerdem ging es in Lübeck vielen gut. Der Handel florierte, und auch die Adeligen – mochten es Dänen oder Deutsche sein – profitierten von steigenden Abgaben und den einträglichen Kreuzzügen. Waldemar allerdings war auf der Höhe seiner Macht zu einem unbarmherzigen, radikalen Herrscher geworden. Drakonische Strafen gegen ungehorsame Vasallen und Bürger waren an der Tagesordnung.

»Aber warum? Was will der König damit erreichen?«, fragte Gerold.

Es wurde viel spekuliert, aber genau schien es niemand zu wissen. »Ich vermute, Waldemar will das Land im Osten für Dänemark sichern. Vor einiger Zeit hat er doch am finnischen Meerbusen eine Burg errichten lassen. Wenn er aber Herrscher über Livland und die umliegenden Länder werden will, muss er sich gegen den Bischof von Riga durchsetzen, der von unseren Kaufleuten versorgt wird«, setzte Bendix hinzu.

»Führt Graf Albrecht die Blockade durch?« Albrecht von Orlamünde, ein Graf aus dem Geschlecht der Askanier, war König Waldemars Neffe und seit mehr als fünfzehn Jahren dessen Statthalter in Lübeck und Holstein.

»Worauf warten wir dann noch? Die Bürgermeister müssen verhandeln«, forderte Bendix.

»König Waldemar ist unser Lehnsherr, wir sollten uns zurückhalten«, zierte sich einer der Bürgermeister.

»Dann reiten die Räte nach Travemünde.«

Niemand schien bereit, einen Streit mit dem Stadtherrn zu riskieren. »Du willst wohl nicht gehen, weil deine Familie so gute Geschäfte mit König Waldemar und den Seinen macht«, warf Meinolf Bendix vor. Sein früherer Arbeitskollege hatte den Nagel auf den Kopf getroffen. Er beobachtete Bendix' Aktivitäten nach wie vor kritisch und scheute sich auch nicht, ihn beim leisesten Verdacht bei den Gildemeistern anzuzeigen.

»Ich glaube, keiner von uns hat etwas gegen gute Geschäfte einzuwenden. Aber was König Waldemar tut, ist Unrecht, und muss beendet werden«, erwiderte Bendix und erhob sich hüstelnd, da er eine leichte Flauheit in sich aufsteigen fühlte.

Sein Vater starrte ihn entrüstet an; schließlich ließ er gerade die neue Mauer um den Außenrand der Stadt für den Dänenkönig errichten.

Da kam auch Wilhelm Witte, Kaufmann und Ratsmitglied, auf die Füße. »Verhandeln wir also.«

Haus und Turm des dänischen Statthalters an der Travemündung waren von empörten Kaufleuten, Rittern und Pilgern umringt. Obgleich die Trave hier eine Armbrustschusslänge breit war, standen die Schiffe gefährlich eng im Fluss. Keines wagte sich hinaus, denn auf der Ostseeseite hatte König Waldemar seine Kriegsschiffe postieren lassen. Selbst auf diese Entfernung konnte Bendix die Armbrust- und Bogenschützen ausmachen, die an der Reling nur darauf warteten loszuschlagen.

Bendix und sein Vater drängten sich mit anderen Ratsmitgliedern auf ihren Pferden durch die aufgebrachte Menge. Über ihre Köpfe flogen Steine und trafen die Holzläden vor den Fenstern der Vogtei. Doch auch zwischen den Protestierenden gab es Streit.

»Jemand muss die Menge zur Vernunft bringen!«, schimpfte ein Kaufmann.

»Genug ist genug«, sagte ein Mann in einer Schifferhose. »König Waldemar hat den Bogen überspannt. Er kann uns nicht einfach so die Weiterreise sperren!«

Die Lübecker saßen ab und erbaten Zutritt zur Vogtei. Wenig später wurden sie zu Albrecht von Orlamünde vorgelassen. Der Graf war ein gefürchteter Kämpfer und Stratege, das hatte er bewiesen, als er Kaiser Otto Hamburg wieder abgenommen und erst vor einigen Jahren ein Kreuzfahrerheer in Livland angeführt hatte.

»Sagt euren Leuten, sie sollen die Schiffe in den Hafen bringen und sich zurückziehen, sonst lasse ich unsere Truppen los«, drohte Albrecht von Orlamünde ohne höfliches Geplänkel.

Die Räte gingen nicht darauf ein, sondern lavierten so lange herum, bis Bendix es nicht mehr aushielt. »Seit jeher reisen unsere Kaufleute und Gehilfen mit Pilgern und Kreuzrittern nach Riga. Das könnt Ihr uns doch nicht verbieten, mein Herr«, sagte er.

Albrecht von Orlamünde schnaubte verächtlich. »Da irrt Ihr Euch. Ihr werdet Euch an die Bedingungen unseres Königs halten!«

»Wir dürfen uns aber nicht gegen Bischof Albert stellen«, beharrte einer der Räte. »Er hält in Livland schützend seine Hand über uns.«

»Ihr irrt: Ihr dürft Euch nicht gegen Euren König stellen! König Waldemar erhebt Anspruch auf die Oberherrschaft in ganz Estland und Livland, doch die Heiden sind verstockt, und deshalb müssen sie befriedet werden.«

»Ausgehungert werden, meint ihr wohl«, rief einer der Räte dazwischen.

Kurz schien es, als wollte der Graf ihn für diese Frechheit zur Rechenschaft ziehen, doch er beruhigte sich. »Nennt es, wie Ihr wollt. Verpflichtet euch, die Heiden nicht zu beliefern, und wir lassen euch ziehen.«

Nach der Rückkehr diskutierte ein kleiner Kreis der Räte im Lübecker Gildehaus weiter.

»Wo man auch hinschaut, zettelt der König Kriege an. Waldemar glaubt wohl, überall den starken Mann markieren zu müssen. Das ist für uns äußerst ungünstig. Wo Kriege sind, sind die Straßen unsicher, und der Handel leidet«, meinte Wilhelm Witte.

»Mit jedem Tag, den unsere Schiffe zurückgehalten werden, verlieren wir Geld. Ganz zu schweigen von den Koggen, die voll beladen in den Lübecker Hafen zurückkehren wollen. Wenn Waldemars Männer erst anfangen, die zu plündern …«, setzte Johannes von Bremen hinzu.

»Es ist eine verzwickte Lage«, gestand Gerold ein.

Mit einem kurzen Blick auf seinen Vater sagte Bendix: »Die Lage ist überhaupt nicht verzwickt. Wir sollten sehen, dass wir den Dänenkönig loswerden. Und zwar ohne dass sich gleich die Schaumburger wieder ins gemachte Nest setzen. Dann hätten wir das gleiche in Grün.«

»Leicht gesagt – aber wie?«, fragte Witte.

Bendix überlegte schweigend. Seine Kundschaft war weit gefächert; er machte keinen Unterschied zwischen Arm und Reich, zwischen Adeligen, Bürgern oder Handwerkern, zwischen Männern und Frauen. Er redete gern und viel mit seinen Kunden, und er hörte gut zu. »Letztlich gibt es nur eine Möglichkeit, der Ausbeutung und Drangsalierung zu entgehen«, sagte er.

Gespannt hörten seine Kollegen zu.

Später brachte er seinen Vater zurück zu dessen neuem Backsteinhaus. Es war das größte und schönste der ganzen Straße, und Gerold war mit Recht stolz darauf.

Schon an der Tür nahm Magda sie in Empfang. Sie schwenkte einen Brief in der Hand. »Ida hat geschrieben. Sie braucht unsere Hilfe«, sagte sie.

»Das trifft sich gut«, sagte Bendix und lachte auf. »Denn genau genommen brauchen wir auch ihre Hilfe.«

51

Lüneburg

»Der Hoftag ist schon im April? In Frankfurt? Wie soll ich das denn schaffen?« Ida schob ihre Näharbeit beiseite und nahm ihre Tochter auf den Schoß.

»Na, du musst uns begleiten! Die Lübecker Gesandten brechen in den nächsten Tagen auf. Wir schließen uns ihnen an«, sagte Bendix enthusiastisch. Als er Eskos halb skeptischen, halb warnenden Blick bemerkte, setzte er hinzu: »Die Reise ist ganz sicher, die Gesandtschaft ist gut bewacht. Wir haben sogar einen Wagen. Darin kannst du weiterarbeiten …«

»Während der Wagen über Schlaglöcher und Reifenspuren holpert?«, fragte Esko spitz.

»Nicht alle Wege sind so schlecht. Auf jeden Fall kannst du in den Gasthäusern weiterarbeiten. Und bis wir in Frankfurt sind, bist du fertig«, versuchte Bendix, seine Schwester zu überzeugen.

Die Begeisterung ihres Bruders belustigte Ida, obgleich der Grund für die Reise natürlich ernst war. »Das ist doch verrückt! Sag mir noch einmal, warum ich das tun sollte?«, fragte sie nach.

»Natürlich geht es darum, Friedrich dem Zweiten zu huldigen. Aber wir wollen mehr. Lübeck muss endlich frei von der Willkür der verschiedenen Adelshäuser sein.«

»Und da wollt ihr euch ausgerechnet bei einem weiteren Herrn anbiedern?«, fragte Esko.

»Nicht bei irgendeinem. Alle gehen davon aus, dass Friedrich seinen Sohn Heinrich zum deutschen König machen wird. Danach kann er selbst Kaiser werden. Und wenn wir unter dem alleinigen Schutz des Kaisers stehen, können uns die vielen Grafen, Fürsten und anderweitige Herrscher nichts mehr anhaben.«

Esko trat hinter Ida und legte ihr die Hände auf die Schultern; es war eine liebevolle, schützende Geste. »Warum sollte ich dir meine Frau mit auf diese gefahrvolle Reise geben?«

Bendix legte den Kopf schief. »Deine Fürsorge in Ehren, Schwager, aber Ida hat ihren eigenen Kopf. Außerdem kannst du gerne mitkommen – dann bräuchte ich mich überhaupt nicht mehr um unsere Sicherheit zu sorgen.«

»Ich kann nicht fort. Genau genommen dürfte ich auch jetzt nicht hier sein.« Esko klang besorgt, wie stets, wenn die Zeit des großen Fällens begann. Zu viele Haine gab es, die geschützt werden mussten.

Ida berührte seine Finger. Die Aussicht, von ihrem Liebsten getrennt zu sein, gefiel ihr gar nicht. Andererseits klang das Angebot ihres Bruders einfach zu verlockend. »Und Margrit?«, fragte sie.

Bendix hob die Schultern. »Von mir aus kannst du sie mitnehmen.«

»Oder du lässt sie hier. Sie kann mit mir in die Wälder gehen.«

»Au ja!«, meinte das Mädchen.

»Aber nur, wenn du immer in meiner Nähe bleibst.«

»Ganz bestimmt, Vater.«

Ida hielt ihr Lächeln jetzt nicht mehr zurück. »Wann fangen wir an?«

Ihr Bruder strahlte. »Sofort, wenn du willst. Ich habe einiges zusammengestellt.« Er hob eine schwere Truhe auf den Tisch und öffnete das massive Vorhängeschloss. Als er den Deckel öffnete, breitete sich ein zarter Hauch von Lavendel aus.

Margrit steckte die Hand aus, aber Bendix hielt sie zurück. »Hast du denn auch saubere Finger?«, fragte er streng.

Mit großer Geste holte er ein Leinenpaket hervor. Als er es aufschlug, kam prächtige rote Seide zum Vorschein. Aus einem kleineren Kästchen holte er Silber- und Goldfäden sowie verschiedenste Perlen und Edelsteine.

»Da unser genauer Auftrag geheim ist, sind unsere Mittel begrenzt. Wir können nicht mit sagenumwobenen Edelsteinen oder einer schieren Masse an Gold protzen, sondern sind darauf angewiesen, dass die Stickerei als solche überzeugt. Und da kommst du ins Spiel. So oder so wird mindestens eine Krönung bevorstehen – und dafür braucht man Gewänder, Armschoner, Strümpfe, Gürtel, Handschuhe und dergleichen. Die königliche Schatzkammer ist zwar gut bestückt, und die königlichen Werkstätten in Sizilien sind vorzüglich, aber für ein besonderes Stück, einen nordischen Gruß …« Zuletzt öffnete er ein Säckchen mit bunten, kunstvoll gewebten Bändern. »Vielleicht kannst du ja auch diese hier mit einarbeiten.«

Auf einmal schien Eskos Interesse geweckt. »Woher hast du die denn?«

»Ein Kaufmann hat sie aus Estland mitgebracht.«

»Hat er etwas über die Lage dort berichtet?«

»Vor allem die Esten schlagen anscheinend verstärkt gegen die Kreuzritter zurück. Es heißt, ein Este namens Lem… keine Ahnung, war ein komischer Name … habe sie geeint.«

»Lembitu?«

»Genau. Kennst du ihn etwa?«, wunderte sich Bendix.

Mit einem halben Lächeln ließ Esko versonnen die Bänder durch die Finger gleiten. Ida kam ihm jedoch zuvor; in Gedanken plante sie schon ihre Stickerei: »Ich kenne die Größe des Königs nicht, daher wäre es am sichersten, Armschoner oder einen Gürtel zu fertigen. Damit können wir nicht viel falsch machen«, sagte sie.

Ida nutzte jeden freien Moment, um zu sticken. Immerhin hielt die Arbeit sie vom Heimweh ab. Mit Bendix unterwegs zu sein war angenehm. Seit ihrer Kindheit hatten sie nicht mehr so viel

Zeit miteinander verbracht. Er erzählte unterhaltsam von der allgemeinen Lage in Lübeck, seiner Ehe und seinen Söhnen. Der Erstgeborene, Benedikt, arbeitete ebenfalls als Goldschmied, während der Jüngere, Geraldus, als Baumeister in die Fußstapfen ihres Vaters treten würde.

Schließlich erreichten sie nach vierzehn Tagen Frankfurt. Die Fülle, Größe und schiere Pracht der Menschen in der Stadt am Main übertraf alles, was Ida je gesehen hatte. Doch offenbar war es schwieriger, zur Kanzlei des Königs oder gar zum König selbst vorzudringen, als die Gesandten gedacht hatten. Die Zahl der Bittsteller war Legion und Friedrich II. ständig in Beratungen vertieft. Damit die Geistlichkeit und der Adel der Wahl seines Sohnes zustimmten, waren anscheinend umfangreiche Zugeständnisse nötig. Insbesondere drängte der Klerus darauf, dass König Friedrich endlich sein Kreuzzugsgelübde erfüllte. Ida hielt sich an Bendix, besuchte Vasallen des Staufers, andere Goldschmiede und Kaufleute in der Hoffnung, dass sie ihnen die Türen öffnen könnten. Schließlich, nachdem die Wahl des neunjährigen Heinrich endlich beschlossen war, erfuhren sie, dass der König bereits wieder abgereist war. Die Pläne der Kaiserkrönung sowie die Neuordnung seines sizilianischen Reiches drängten offenbar. Auch zürnte der Papst, weil Friedrich die Krönung ohne sein Wissen vorangetrieben hatte.

Enttäuscht reiste Ida mit der Lübecker Delegation wieder ab.

Erst zwei Jahre später, im Mai des Jahres 1222, konnten sie einen neuen Versuch in Angriff nehmen, das Geschenk zu überreichen. Ida hatte sich inzwischen durch Bendix' regelmäßige Lieferungen und den Prachtgürtel, den sie als Beweis ihrer Fähigkeiten bei den richtigen Gelegenheiten vorzeigte, einen Namen gemacht. So erfolgreich war sie als Stickerin, dass sie schon den Neid der Lüneburger Goldschmiede und Tuchhändler geweckt hatte. Als Bendix ihr erzählte, dass er mit einer Delegation zur

Krönung des nun elfjährigen designierten Königs Heinrich reisen würde, überredete sie ihn, sie wieder mitzunehmen. Gute Argumente dafür hatte sie auch, schließlich war der Prachtgürtel für ein Kind zu groß – passende Armmanschetten wären besser. Mit einem feinen Perlenmuster bestickt, würden sie jedes einfache Seidenhemd in eine Kostbarkeit verwandeln. Außerdem war Ida inzwischen zu neugierig darauf, einmal eine Krönung und den sagenumwobenen Hofstaat des Kaisers zu sehen, denn in diese hohen Würden war Friedrich II. im November 1220 erhoben.

Ida hatte sich die Krönung in allen Einzelheiten ausgemalt, aber als sie Aachen erreicht hatten, ging alles schief. Vor lauter Gedränge sah sie nichts von dem Schauspiel. Entsprechend enttäuscht war sie. Immerhin gelang es ihnen, durch Bestechung in den Thronsaal der Königspfalz eingelassen zu werden. Doch auch hier war es überfüllt. Alle Reichsfürsten, sonstige Adelige und reiche Bürger drängten sich, dem jungen König zu huldigen. König Heinrich wirkte ebenso müde wie gelangweilt. Ohnehin hatte sein Vormund, der Erzbischof von Köln, die Gespräche an sich gerissen. Auch Bendix und ein weiterer Vertreter der Lübecker Gesandtschaft überreichten ihr Geschenk. Der König bedachte die Manschetten kaum eines Blickes; vermutlich war er zu jung, um das Werk würdigen zu können.

»Ich verstehe nicht, wo der Kaiser ist! Ich gehe hier nicht weg, ehe wir unser Anliegen dem Kaiser vortragen haben!«, flüsterte Bendix ungehalten, als er wieder bei Ida war.

»Da könnt Ihr lange warten«, sagte ein Diener neben ihnen, der ihren Wortwechsel mit angehört hatte. »Der Kaiser ist bereits wieder abgereist.«

»Abgereist? Das kann ich nicht glauben!«, platzte Bendix heraus.

»Glaubt es oder nicht, er ist nicht mehr da. Er muss in Sizilien die Sarazenen niederwerfen, ehe er endlich auf den Kreuzzug ins

Heilige Land aufbrechen kann; der Papst verliert allmählich die Geduld mit ihm.«

»Und was das bedeutet, wenn ein Papst die Geduld verliert, haben wir ja bei Kaiser Otto gesehen: Exkommunikation.«

Der Diener schauderte. »Wer will schon gerne aus der Gemeinschaft der Gläubigen ausgeschlossen werden und der ewigen Verdammnis anheimfallen?«

Bendix und seine Gefährten befragten weitere Festgäste, die jedoch die Angabe des Dieners bestätigten. Trotz dieser erneuten Enttäuschung blieben sie in der Pfalz und knüpften Verbindungen. Schließlich wurde zum Festmahl gebeten. Der König und die hochrangigen Gäste zogen sich zurück, alle anderen wurden hinauskomplimentiert. Inzwischen waren aber auch etliche von dem guten Wein, der ausgeschenkt worden war, ziemlich betrunken.

Bendix war über den Ausgang des Abends untröstlich. Ida bedauerte anderes mehr. Als sie hinausgingen, gestand sie ihm, dass sie zu gerne die Krönungsgewänder gesehen hätte.

Ihr Bruder stieß einen unzufriedenen Seufzer aus. »Wenn sie denn noch da sind! Von den Gewändern Heinrichs ist vermutlich bereits vieles in fremden Händen.«

»Wie meinst du das?«

»Es ist üblich, dass der König nach der Krönung der Kirche einige kostbare Kleidungsstücke spendet.«

»Und was geschieht damit?«

»Vermutlich werden die Perlen und Edelsteine abgetrennt und zu Geld gemacht. Vielleicht bewahren die Geistlichen die kostbaren Gewänder auch auf. Oder sie machen etwas anderes daraus, Altarvorleger beispielsweise.«

»Das wäre ja eine Schande!«

Sie hatten beim Plaudern getrödelt, außerdem wurden sie aufgehalten, weil immer wieder Betrunkene und seltsam hastige Bedienstete ihren Weg kreuzten. Ehe sie es sich versahen, hatten sie den Anschluss an die Gesandtschaft verloren. Schlimmer noch, sie kannten den Weg nicht mehr. In diesem Augenblick trugen Diener Kisten aus einem Raum.

»Halt, wartet bitte!«, rief Bendix. »Wo geht es hinaus?«

Die Diener reagierten nicht. Die Tür des Raumes, aus dem sie gekommen waren, stand jedoch offen. Ida sah hinein.

»Was hast du vor?«, fragte Bendix und räusperte sich nervös.

»Nach dem Weg fragen natürlich.« Schon lugte Ida in die Kammer hinein. Durch einen Türspalt sah sie schräg gegenüber ein Holzgestell. Unter Seidentüchern schaute etwas heraus – etwas Vielfarbiges, Blitzendes und Funkelndes. Alles war still. Waren die Diener verschwunden?

Ida ergriff die Hand ihres Bruders und zog ihn mit sich; Bendix sträubte sich jedoch.

»Was hast du vor?«, wisperte er.

»Nur mal schauen.«

»Bist du verrückt? Wenn wir erwischt werden ...«

Sie wollte ihn weiterziehen, doch Bendix machte sich los. Schweißtröpfchen standen auf seiner Oberlippe. »Ich passe auf und sage Bescheid, wenn jemand kommt!«, sagte er.

Ida schlüpfte durch das Zimmer, in dem es nach üblen Magensäften roch. Nur noch einige Schritte bis in die Kammer. Niemand war zu sehen. Der Raum war groß und von Fackeln erleuchtet. Schneeweiße Seidenhemden mit rotem Stickwerk waren achtlos über Stühle geworfen, Schuhe, bestickte Kappen und da ... Ihr Herz schlug laut. Entschlossen lüpfte sie die Schutztücher. Die Krönungsgewänder! Besonders die Handschuhe, die man auf ein Zierkissen gebettet hatte, hatten es ihr angetan. Sie waren aus rotem Samit und reich mit Perlen und Edelsteinen, Goldplättchen, Goldfäden und Emaille verziert. In den Handflächen war der einköpfige Adler so filigran hineingestickt, wie Ida es nie für möglich gehalten hätte. Behutsam nahm sie den Saum eines Gewandes zwischen die Finger. Wie fein es war, und wie fest!

»Was macht Ihr hier?«

Ida fuhr herum. Eine schöne Frau mit sehr dunkler Haut und schwarzem Haar stand vor ihr. In den Händen hielt sie kostbare rotgoldene Strümpfe und ein spitzes, schmales Messer. Ihre Worte hatten einen fremden Klang.

»Trennt Ihr etwa diese wunderschönen Strümpfe auf? Vermutlich musstet Ihr sie für die Krönung des Jungen etwas verkleinern«, lenkte Ida ab. »Sind sie aus Samit? Und wie wurden die Perlen befestigt? Habt Ihr Pergament daruntergelegt?«

Das Messer wurde fester umfasst. Jetzt sah es gar nicht mehr wie ein Nähwerkzeug, sondern wie eine Waffe aus. »Ich frage noch mal: Was macht Ihr hier? Wenn ich wieder keine Antwort bekomme, werde ich die Leibwachen des Kaisers rufen. Und glaubt mir, die sind nicht so geduldig wie ich.«

Resignierend stellte Ida sich vor. Würde sie jetzt verhaftet und eingesperrt werden? Oder gleich als Diebin hingerichtet? Wäre sie nur nicht so leichtsinnig gewesen! »Ich habe nichts Böses im Sinn! Ich bin auch eine Stickerin und mit der Gesandtschaft aus Lübeck hier. Eine meiner Arbeiten haben wir dem König geschenkt – die Perlenmanschetten.«

Die Frau hob die Augenbrauen. »Schöne Stücke. Diese winzigen Perlen! Nicht dass wir so etwas in den *Nobiles Officinae* nicht auch herstellen könnten …«

»Ihr arbeitet in den kaiserlichen Werkstätten in Palermo? Eure Arbeiten sind wirklich wunderbar! Wie lange gibt es die Werkstätten schon? Wie viele seid ihr? Woher bekommt ihr das Material? Wer lehrte Euch diese Kunst?«, sprudelte Ida los.

Die strenge Mimik der Frau brach etwas auf. »Woher wisst Ihr von den *Nobiles Officinae?*«, fragte sie skeptisch.

»Ein Gelehrter berichtete mir am Adelshof von Lüneburg davon.«

Es machte nicht den Eindruck, als wüsste die Frau, um welchen Ort es sich dabei handelte. Doch sie rief auch nicht die

Wachen, und so berichtete Ida, was Magister Gervasius erzählt hatte, und fragte weiter nach.

»Es stimmt, wir haben einige der Gewänder im Auftrag des Kaisers bearbeitet«, sagte die Fremde schließlich. »Wie hätte es ausgesehen, wenn der Kaisersohn bei seiner Krönung über seine Kleidung stolpert? Und natürlich muss ich nun die Veränderungen wieder rückgängig machen, denn der nächste König dürfte wieder ein erwachsener Mann sein.«

»Sagt, ist es wahr, dass ein Teil des Krönungsornats verschenkt und zerstört wird?«, wollte Ida wissen.

Das Gesicht der Sarazenin verdüsterte sich. »So sagt man. König Heinrich wird seinen Rock den Kanonikern des Marienstifts überlassen, heißt es. Sie wollen daraus Kirchengewänder oder Altardecken machen!«

»Was für eine Barbarei!«, stieß Ida hervor, was ihr anscheinend die Sympathie der Frau eintrug, denn diese zog sich nun einen Schemel heran und trennte weiter die Nähte auf.

Ida bewunderte die Strümpfe, die sie aus der Nähe betrachten konnte. »Woher bekommt Ihr diese wunderbaren Stoffe?«

»Einen Teil stellen wir selbst her. Im kaiserlichen Palast in Palermo spinnen wir die Seide und andere Stoffe selbst. Wir haben die besten Seiden-, Brokat- und Bortenweber, Sticker und Goldschmiede, die die Welt je gesehen hat«, sagte die Fremde stolz.

»Ich habe noch nie so feine Stoffe gesehen«, gab Ida zu.

»Unzählige hauchdünne Fäden werden verwebt, das kann nicht jeder.«

»Natürlich nicht!«, versicherte Ida schnell. »Und die Perlen? Zieht Ihr sie auf Fäden?«

»Manche schon, andere fassen wir auch in Goldkörbchen.«

»Davon habe ich noch nie gehört«, gab Ida zu. Zu ihrer Freude beschrieb ihr die Sarazenin diese Technik.

Plötzlich trat ein Wachmann ein. Elend sah er aus, und ein saurer Gestank umgab ihm. Als er Ida bemerkte, brauste er auf und schimpfte etwas in einem fremden Zungenschlag. Dann redete er auf die Frau ein. Diese antwortete schnell und scharf in der gleichen Sprache. Die Sarazenin hob die Schultern und sah Ida entschuldigend an. Nun brüllte er etwas. Ida erkannte schon am Tonfall, dass er Verstärkung rief.

Jetzt ist es um mich geschehen, dachte Ida. Aber immerhin habe ich einen Blick auf die Krönungsgewänder erhaschen können.

Bendix hatte panische Angst. Verzweifelt versuchte er zu atmen, doch der muskulöse Arm, der sich um seinen Hals geklemmt hatte, schnürte ihm den Atem ab. Wie hatte er nur so leichtsinnig sein können! Er hätte seine Schwester einfach aus Königspfalz lotsen sollen, notfalls mit Gewalt.

Jetzt hatten sie eine Art Verlies erreicht, in dem es bestialisch stank. Bendix wurde auf die Knie drückt, der Griff ließ etwas nach.

»Hört, guter Mann … ich gehöre der …« Vielleicht ist es nicht so geschickt, die Lübecker mit hineinzuziehen, überlegte Bendix. »… einer Gesandtschaft an. Ich habe mich verlaufen. Zeigt mir doch einfach den Weg hinaus, dann seid Ihr mich los.«

Was wohl mit Ida war? Bendix hatte einen zweiten Wächter in den Raum hineingehen sehen. Hoffentlich geschah ihr nichts! Erinnerungen an den Überall auf Bardowick stiegen plötzlich in ihm hoch. So lange hatte er sie zu vergessen versucht, aber da waren sie wieder, als säßen sie ihm unter der Haut.

»Bitte, ich gebe euch mein Gold, mein Gut …«, flehte er.

Tatsächlich ließ der Wächter von ihm ab, jedoch nur, um ihm den Mund mit einem Tuch zuzubinden und die Hände auf den Rücken zu fesseln.

Zurück in der Herberge, konnte Bendix schon wieder lächeln. Er rieb seinen Nacken, der übel gezerrt war, und seine wunden

Handgelenke. »Mannomann, ich bin wirklich nicht für derartige Abenteuer gemacht. Warum bleibe ich nicht einfach in meiner Werkstatt?«, murmelte er. Dann sah er Ida von der Seite an. »Und die Sarazenin hat wirklich zu dem Wachmann gesagt, er könne gerne bleiben, wenn er mit euch fachsimpeln wolle; ansonsten solle er verschwinden?«

»Zumindest hat sie mir das später erzählt.« Ein Lächeln huschte über Idas Gesicht. Dass die Näherin auch gesagt hatte, der Wächter hätte sicher darauf bestanden, sie festzunehmen, wenn nicht die ganze Kompanie wegen Dünnpfiff außer Gefecht gesetzt wäre, verschwieg sie ihrem Bruder lieber. So aber hatte sie mit der Hilfe der Näherin auch Bendix aus dem Verlies befreien können.

In ihrer Herberge ging es hoch her. Ida graute schon vor der muffigen Kammer, die sie mit mehreren Frauen teilte. Bendix gesellte sich noch zu seinen Mitreisenden, die sich lautstark darüber wunderten, wo sie geblieben waren. Morgen früh würden sie zurückreisen, und Ida konnte es kaum erwarten. Sie sehnte sich nach ihrer Familie. Für die Gesandtschaft war die Reise nicht gerade ein Erfolg gewesen. Aber was verstand sie schon von Politik? Vielleicht würden der junge König und sein Vormund in Zukunft ein wenig auf Lübecks Wohl achten. König Heinrich könnte ihnen auch helfen, König Waldemar zu vertreiben und das Land jenseits der Elbe zu befrieden.

Ihr Bruder hielt in Lüneburg nicht mit seinem und Idas Erfolg hinter dem Berg. Der König würde ihr Werk an seinem heiligen Leib tragen! Ida war das beinahe peinlich – sie wollte nichts anderes, als endlich wieder Eskos Nähe und den Umgang mit ihren Kindern zu genießen.

Zu ihrer Überraschung stand jedoch Folcwin am Tag nach ihrer Heimkehr vor ihrer Tür. Er war nun schon einundzwanzig und hatte ein kampferprobtes Aussehen angenommen; auch hatten sich einige Narben auf seine Haut geschlichen. Kaum traute sie sich, ihn zu umarmen.

Folcwin sah sich in ihrer bescheidenen Behausung um. »Stimmt es, dass du in Aachen bei der Krönung gewesen bist und eine Audienz beim König hattest?«

»So kann man es nicht gerade nennen, aber – ja, wir waren da«, sagte Ida und umarmte ihren Sohn nun doch. »Sag, wie ist es dir ergangen? Bist du wohlauf?«

»Deine Sorge ehrt mich, Mutter.«

»Rede doch nicht so gespreizt! Geht es dir gut? Was hast du erlebt? Ist auf dem Herrenhof alles in Ordnung? Was ist mit dem Gesinde?«

Nun brach seine ernste Miene doch etwas auf. »Es ist alles in Ordnung – wirklich«, sagte er lächelnd und zwinkerte seiner kleinen Schwester zu, die sich hinter Ida versteckte.

»Willst du nicht hereinkommen? Esko muss jeden Augenblick zurück sein. Er würde sich sicher freuen, dich zu sehen.«

Folcwin schien daran zu zweifeln. »Ein anderes Mal gerne«, sagte er, doch es klang unverbindlich. »Die Kunde von deiner Reise ist bis zur Herzogin und Otto gedrungen. Sie wünschen, dich zu sprechen.«

Ida wunderte sich darüber, freute sich aber auch, dass dieses Ansinnen ihr die Gelegenheit gab, endlich wieder mit Folcwin zu sprechen und auch ihren mittleren Sohn zu sehen. »Warte einen Augenblick, ich ziehe mir nur schnell etwas Besseres an. Margrit kann ja mitkommen und dann gleich Jordan besuchen.«

Die Herzogin hatte eine strenge und reife Ausstrahlung bekommen, die durch ihre dunkle Kleidung und das feste Gebende noch unterstrichen wurde. Erstaunt war Ida jedoch vor allem über Otto, der mit seinen achtzehn Jahren enorm in die Höhe geschossen war. Er schien ein ernsthafter junger Mann zu sein, denn statt sich, wie viele andere Ritter, Wurfzabel hinzugeben oder sich in Wettkämpfen zu messen, saß er vor dem Kamin und lauschte einem Gelehrten, als Ida kam.

Helena ließ sich von dem früheren Zerwürfnis nichts anmerken. »Wie kam es, dass Ihr nach Aachen gereist seid? Selbst wir haben den Weg gescheut«, sagte die Herzogin.

»Mein Bruder ist ein angesehener Goldschmied und hat mich gebeten, ein Kleidungsstück anzufertigen, das die Lübecker Gesandtschaft dem König als Geschenk überreichen wollte.« Ida warf Folcwin einem Blick zu, der sich normalerweise bei derartigen Aussagen beschämt gezeigt hatte, doch seine Züge blieben unergründlich. »Tatsächlich hatte der König die Gnade, unser Geschenk anzunehmen.«

»Berichtet uns von der Krönung. Und was habt Ihr von den Beratungen mitbekommen? Worüber wurde geredet? War der Norden der Reiches auch ein Thema?«, fragte Otto nun.

Ida berichtete alles, was ihr wichtig erschien. Die Herzogin und ihr Sohn lauschten aufmerksam. Schließlich entließen sie Ida zufrieden. Folcwin geleitete sie hinaus und wies ihr den Weg zum Quartier der Pagen. Jordan freute sich sehr, seine Mutter zu sehen, und Margrit himmelte ihre beiden Brüder beinahe verliebt an. Auch ihrem zwölfjährigen Sohn musste Ida berichten, was für einen Eindruck sie von dem König gehabt hatte.

»Wie kann es sein, dass ein Junge, der so alt ist wie ich, König wird? Er kann doch gar nicht herrschen! Hilft ihm denn sein Vater?«, staunte Jordan.

»Der Kaiser ist in Italien, und König Heinrich bleibt in Schwaben, wie es heißt. Aber er hat ja einen Vormund und Berater.« Allmählich wurde Margrit müde. »Ich glaube, wir müssen zurück. Esko wird sich wundern, wo wir geblieben sind«, sagte Ida.

Folcwin nahm seine kleine Schwester hoch, die es genoss, getragen zu werden, und begleitete sie zurück. Es war, als habe sich seine Erbitterung gedämpft oder als habe seine Mutter etwas an Ehre zurückgewonnen; auf jeden Fall unterhielt er sich ungezwungener mit ihr.

»Otto scheint ein ernsthafter junger Mann geworden zu sein«, stellte sie fest.

»Das ist er. Zu ernst manchmal. Aber wird ja auch bald eine große Verantwortung tragen. Und das Verhalten seiner Onkel macht die Lage nicht einfacher.«

»Was meinst du?«

Folcwin sah sich um, als könnte sie jemand belauschen. Gleichzeitig schien er froh, mit jemandem über die Angelegenheit reden zu können. »Pfalzgraf Heinrich hat entgegen des Testaments des Welfenkaisers über Ottos Erbe verfügt. Das reut ihn jetzt, ist aber im Falle von Stade zu spät. Und König Waldemar scheint einfach jeden gegen sich aufbringen zu wollen. Wenn es zu Kämpfen kommt, wird erwartet, dass Otto mitzieht – ob er nun will oder nicht.«

»Und du?«

»Es gibt nicht viele, denen Otto vertraut. Auf mich kann er sich verlassen, und das soll auch so bleiben. Dafür nimmt er auch meine … Er nimmt mich so, wie ich bin.«

Ida hatte noch eine andere Frage, die ihr auf den Nägeln brannte. »Gibt es denn eigentlich jemanden in deinem Herzen?«, wagte sie sich vor.

Er wurde rot. »Ja, schon. Es gibt da eine.«

Sie lächelte erleichtert. »Aber der edle Ritter prahlt nicht mit seinen Eroberungen?«

»Das nicht gerade. Es ist nur so … diejenigen, die mir gefallen, sind unerreichbar für mich und die anderen … reizen mich nicht.«

»So ist das mit der Liebe. Aber wenn du den oder die eine gefunden hast, spürst du es. Und dann ist es richtig so.«

Herausfordernd sah Ida ihren Sohn an. Folcwin blinzelte verlegen. Es freute sie, dass sie diesen gestandenen Krieger noch so aus dem Konzept bringen konnte. Ihre Einladung schlug er jedoch ein weiteres Mal aus. Esko war ohnehin noch nicht im Haus; er war spät dran.

»Nehmt alle Bäume, die ich mit Kohle markiert habe – den Rest lasst stehen«, wies Esko die Holzarbeiter an. Sie kamen zu langsam voran. Es dämmerte schon.

»Sollten wir nicht allmählich nach Lüneburg zurück?«

»Nur dieses Feld noch. Fang wenigstens an, damit wir morgen fertig werden.«

Einer der Holzfäller spuckte durch eine Zahnlücke aus. »Warum nicht alle Bäume? Dahinten sind ein paar ganz hohe, das kann ich von hier aus sehen.«

Das sind Eichen, die mehr Kraft haben als ihr alle zusammen mit euren scharfen Äxten und den langen Sägen, dachte Esko, sagte aber: »Hörst du schlecht? Nur die Bäume, die ich markiert habe.«

Sie waren ganz in der Nähe von Sveas und Hennikos Dorf. Ein Stück weiter, in einem Birkenhain, hatte er Ida im letzten Jahr geliebt. Die Erinnerung brachte sein Blut in Wallung. Er war froh, dass sie gesund zurückgekehrt war. Noch einmal würde er sie nicht allein reisen lassen; er mochte sie nicht entbehren. Arndt hatte er bei diesen Arbeiten auch einmal gesehen, doch sein Bruder ging ihm aus dem Weg – und das war auch besser so. Es fiel Esko immer noch schwer, Arndt zu vergeben.

Sorgfältig verstaute Esko den Teil der Gerätschaften, die sie nicht mehr brauchten, auf dem Wagen. Die Sonne war schon fast hinter den Bäumen verschwunden. Etwa zwei Bogenschussweiten entfernt trabte ein Pferd gemächlich durch die Felder. Er war nicht beunruhigt. So hörten sich die marodierenden Ritter nicht an, die derzeit in der Gegend ihr Unwesen trieben. Vor allem die Vasallen der Grafen von Schwerin sorgten nach wie vor für Unfrieden.

Das Ächzen der umstürzenden Bäume ging Esko wie stets durch Mark und Bein. »Macht Schluss! Es reicht für heute!«, rief er seinen Leuten zu.

Jetzt näherte sich doch ein Ross. Er lauschte. Dem Hufstampfen nach war es ein schweres Pferd, dazu vernahm er das leise Klingen von Metall auf Metall. Esko ergriff Pfeil und Bogen und legte an. Der Reiter hatte gleich die Lichtung erreicht.

»Ich hatte Mutter einen Besuch abgestattet und gehofft, wir könnten auch ein wenig plaudern«, begrüßte Folcwin ihn, als ob nichts gewesen wäre.

Als Esko sich endlich zu Ida legen konnte, hatte sie schon geschlafen. Hitzig vom Traum drehte sie sich zu ihm und schlang die Arme um seinen Hals. Ihren Körper zu spüren erregte ihn sofort. Er bekam auch nach all den Jahren nicht genug von ihr. Ida küsste ihn, schlaftrunken und zart.

»Du glaubst nicht, mit wem ich heute gesprochen haben«, murmelte sie und ließ ihre Hände seinen Rücken hinunterwandern.

Esko erwiderte ihren Kuss, leidenschaftlicher jetzt. »Ich habe so eine Ahnung. Aber du glaubst nicht, mit wem *ich* heute gesprochen habe«, sagte er, schon etwas atemlos.

Sie ließ ihre Lippen weiterwandern, umspielte mit der Zunge seine Brustwarzen, was seine Erregung noch vergrößerte, und schob sich auf ihn. Ihr Atem ging schwer.

»Erzähl es mir später«, wisperte sie.

52

Braunschweig, Juli 1223

Die Lüneburger Ritter standen im großen Saal Spalier. In dem neuen Wams, das seine Mutter für ihn genäht hatte, wirkte Folcwin so ansehnlich, dass verschiedene Damen, die der Zeremonie beiwohnten, ihn beifällig musterten. Verlegen sprang sein Blick weiter. Der Saal war überfüllt. Auf einer Seite standen die adeligen Verbündeten und Gefährten der Welfen, auf der anderen Seite die Dienstmannen, und schließlich waren da noch die Räte und angesehenen Bürger Braunschweigs.

Pfalzgraf Heinrich saß bereits. Der letzte noch lebende Sohn Heinrichs des Löwen hatte schmerzhafte Geschwüre an den Füßen und wollte es vermeiden, deswegen angestarrt zu werden. Auf seiner Stirn glänzte der Herzogshut, ein edelsteingeschmückter Stirnreif mit Zacken. Seine Mutter hatte Folcwin einmal erzählt, dass man den Rang eines Herrschers an den verwendeten Perlen abzählen könne; auch danach waren die Welfen von hohem Rang.

Jetzt wurden die Herzogin von Lüneburg und ihr Sohn Otto angekündigt. Geschlossen traten Folcwin und die anderen Ritter zurück. Die Brust vorgeschoben durchschritt Otto neben seiner Mutter den Saal. Alle wussten, dass dies ein besonderer Moment war; ein Moment, der das Leben aller in diesem Raum auf die eine oder andere Weise berühren würde. Eine Veränderung tat Not. Seit König Waldemar durch einen Komplott des Grafen von Schwerin gefangen gehalten wurde, brandeten überall im Welfenreich und im Reich des Dänenkönigs Fehden auf. Jetzt waren entschlossene und allseits respektierte Herrscher nötig, damit sich diese lokalen Kriege nicht zu einem Flächenbrand ausweiteten. Auf Hilfe konnten sie nicht hoffen, denn der minderjährige König Heinrich war überfordert und der Kaiser noch immer in Sizilien in Kämpfe verstrickt. Die erneute Unsicherheit betraf ihn aber auch direkt: Folcwin hatte seine Knechte stärker bewaffnen müssen, was ein tiefes Loch in seinen Geldbeutel gerissen hatte.

Die Herzogin und Otto erwiesen ihrem Verwandten die Ehre. Mit leierndem Tonfall begrüßte der Pfalzgraf die Anwesenden. Es folgten lange Anrufungen um göttliche Führung und die Verantwortung der gottgewählten Adeligen. Einige der Zuhörer wurden langsam nervös. Immerhin war es trotz der Sommerhitze kühl in dem Saal.

Der Pfalzgraf bat nun Otto zu sich, der ein Knie vor seinem Onkel beugte, und reichte ihm die Herzogskrone. Während beide das kostbare Stück berührten, es gleichsam zwischen ihnen schwebte wie ein wahr gewordenes Versprechen, verkündete Heinrich, dass er Otto zu seinem Alleinerben und Nachfolger ernannte. Murmeln erhob sich; Folcwin sah, dass besonders um die Töchter von Heinrich aufgeregt getuschelt wurde. Heinrich bat die Herren der Kirchen von Bremen, Verden, Minden, Magdeburg, Halberstadt, Hildesheim, Werden und Corvey sowie die Äbtissinnen von Quedlinburg und Gandersheim, von denen er Lehen besaß, diese an Otto zu überbetragen. Auch die Untertanen seines Landes Stade beschwor er, Otto nach seinem Tode als Erben anzuerkennen. Ein heikler Punkt, wie Folcwin wusste, weil Herzog Heinrich damit den Vertrag brach, den er in Missachtung von Kaiser Ottos Testament mit Bremen geschlossen hatte.

Auf Ottos Zügen spiegelten sich Stolz und Erleichterung. An ihm war es nun, die Welfendynastie zu erhalten, und Folcwin wusste, dass sein Freund alles tun würde, um dieser Verantwortung gerecht zu werden. Nun gab einer der Bischöfe noch seinen

Segen, und sie beteten gemeinsam. Anschließend breitete sich freudige Unruhe aus. Jetzt ging es ans Feiern!

Im große Saal war für ein Festmahl gedeckt worden. Folcwin konnte sich nicht erinnern, je eine kostbarer geschmückte Tafel gesehen zu haben. Weißes Leinen schimmerte auf den Tischen, Silberkannen und Becker glänzten im Schein des riesigen Leuchters. Spielleute stimmten eine fröhliche Melodie an, und die Gäste mischten sich in angeregtem Gespräch. Gerne hätte er seinem Freund gratuliert, sich mit ihm ausgetauscht, aber Otto war von einer Menschentraube umringt. Folcwin unterhielt sich mit verschiedenen Rittern aus Lüneburg und anderen Landesteilen des Herzogtums. Während die aufwändigsten Gerichte aufgetragen wurden, gaben die Spielleute ihr Können zum Besten. Dann wurde getanzt. Folcwin war froh, dass Herzogin Helena darauf geachtet hatte, ihre Knappen umfassend auszubilden. So würde er sich nicht blamieren.

Die Damen und Jungfrauen plauderten scheinbar unbeteiligt, aber er vermutete, dass sie genau beobachteten, ob ein Herr um ihre Gunst bitten würde. Sie alle waren zauberhaft anzuschauen in ihren Gewändern. Merkwürdig fand er allerdings, dass die Prunkärmel und die Schleppen immer länger zu werden schienen; wie Schwalbenschwänze hingen sie herab. In den tiefen Falten blitzten oft Goldfäden und Perlenreihen auf wie verborgene Schätze. Sogar an den engen Männerhosen hatte er derartige Borten schon gesehen. Wie unpraktisch!

Wieder bemerkte er, dass Jungfer Dagmar ihn ansah, und die Hitze stieg ihm zu Kopf. Er sollte es wagen! Folcwin gab sich einen Ruck, doch da war ihm schon ein Ritter zuvorgekommen. Weil er nicht herumeiern wollte, steuerte er kurzerhand eine andere Hofdame der Herzogin an und bat sie um diesen Tanz. Als die Musik ausklang und er sie zurück zu ihrem Platz geleitete, suchte er Dagmars Blick wieder, der auffordernd und scheu zugleich war.

»Dürfte ich um diesen Tanz bitten?« Bevor sein Geist hadern konnte, hatte Folcwin die Frage schon ausgesprochen. Zart legten sich ihre Finger auf seinen Handrücken. Er glaubte, vor Aufregung stolpern zu müssen. Hoffentlich stellte er sich nicht zu ungeschickt an! Aber alles ging gut. Gemessen schritt er im Tanz dahin und machte an den richtigen Stellen gezierte Hüpfer. Es war eher so, dass seine Tanzpartnerin aus dem Takt geriet oder ihm sogar auf die Füße trat.

In der nächsten Tanzfigur entfernten sie sich voneinander. »Verzeiht mein tölpelhaftes Benehmen«, sagte Dagmar unglücklich, als der Tanz sie wieder zusammenführte. »Ich habe meinem Stand wahrlich keine Ehre gemacht.«

»Nicht doch, Jungfer Dagmar. Ich habe Euch schlecht geführt«, zeigte Folcwin sich ritterlich.

Sie lächelte scheu. »Ihr seid reizend. Ich bin mit den Gedanken wohl woanders.«

»Bedrückt Euch etwas?«

»Ich frage mich, ob mein Herz fröhlich sein darf, wenn doch mein König in Gefangenschaft ist«, sagte sie ernsthaft.

»Es ehrt Euch, dass Ihr Euch um König Waldemar sorgt.«

»Um ihn und seinen Sohn. Es erscheint mir unehrenhaft, die beiden bei einem Jagdausflug auf der schönen Insel Lyö zu überfallen. Ich frage mich, wo sie wohl gefangen gehalten werden.«

»Diese Gedanken teile ich. Heinrich von Schwerin hätte sich niemals derart gegen den dänischen König versündigen dürfen. Aber Ihr solltet auch an die Herzogin denken. Für sie ist es ein wichtiger, ein glücklicher Tag«, versuchte Folcwin, sie zu trösten.

Ein Lächeln huschte über ihr Gesicht. Wie fein ihre Haut, wie liebreizend ihr Mund war! »Ihr meint also, ich muss mich meiner Freude nicht schämen?«

»Auf keinen Fall.«

Dagmar bewegte sich nun sicherer. Grazil waren die Bewegungen ihrer Hände und Füße, und ihr Hals war so weiß und zart, dass sein Anblick Folcwin ganz verwirrte. Nun erklang der Refrain des Liedes, und alle Tänzer stimmten ein. Folcwin war sehr zufrieden mit sich. Er machte eine gute Figur, und eine der schönsten Damen in diesem Saal hatte ihn zum Tanz erwählt.

Als der Troubadour die nächste Strophe sang, blickte Dagmar Folcwin ein wenig keck an. »Auch Ihr könntet mir eine Freude machen, Junker Folcwin.«

»Was Ihr auch wünscht«, sagte er galant.

»Wenn ich mich richtig erinnere, wolltet Ihr mir neulich eines Eurer Gedichte vortragen.« Folcwin stolperte ein wenig vor Schreck und musste sich kurz an Dagmar festhalten. »Ich wollte Euch nicht aus dem Tritt bringen«, sagte sie.

So nervös war Folcwin noch nie gewesen! Er musste sich arg zusammenreißen, um Worte und Füße unter Kontrolle zu halten. Als der Tanz zu Ende war und er Dagmar zu den anderen Hofdamen geleitete, war er vollkommen durchgeschwitzt. Ihr allerdings schienen seine Verse gefallen zu haben.

Folcwin ließ sich von einem Pagen einen Wein kredenzen. Da entschuldigte sich Otto von Lüneburg bei den Herren, die ihn noch immer belagerten, und kam zu ihm. »Feiern wir den heutigen Tag, Freund«, sagte er.

»Es ist mir eine Ehre!«

Sie stießen an und gingen ein Stück durch den Saal. Wenn jemand ihn ansprechen wollte, vertröstete Otto ihn mit einer eleganten, aber bestimmenden Geste, wie sie nur Herrschern zu eigen war.

»Anscheinend wird mein Onkel Waldemar auf Burg Dannenberg gefangen gehalten, das habe ich gerade erfahren«, sagte Otto mit gedämpfter Stimme.

Folcwin zog eine Augenbraue hoch. »Und ich dachte, du schließt bereits Handelsabkommen, vereinbarst Gebietsübertragungen oder schmiedest Heiratspläne!«

»Ich muss meinen Geist auf das richten, was wichtig ist. König Waldemar, den Bruder meiner Mutter, und seinen Sohn derart zu behandeln ist ein Affront, der seinesgleichen sucht. Wenn der Graf von Schwerin so skrupellos ist – was macht er denn als Nächstes?«

»Und ausgerechnet auf Burg Dannenberg!«

»Vor unserer Nase – was für eine Dreistigkeit!«, stimmte Otto zu. Er vertröstete einen der Braunschweiger Bürgermeister, der ihn ansprechen wollte.

»Sobald wir zurück sind, sollten wir die Burg auskundschaften lassen. Vielleicht gelingt es uns mit ein paar Männern, den König zu befreien.«

»Wir müssen es auf jeden Fall versuchen. Meine Mutter sorgt sich sehr um ihren Bruder.«

»Seine Hofdamen ebenfalls«, setzte Folcwin hinzu.

Ein helles Lachen erklang. Otto ließ seinen Blick über die Riege der Damen gleiten. »Du hast bereits getanzt, wie ich gesehen habe.«

»Du hast mein Herumgestolpere gesehen? Lieber fechte ich zehn Zweikämpfe aus, als zu tanzen oder Verse zu schmieden«, seufzte Folcwin.

Otto legte ihm die Hand auf die Schulter. »So ungeschickt sah es nun auch wieder nicht aus. Halte du das Bild des galanten Ritters hoch und tanze weiter. Ich fürchte, ich habe noch einige Unterredungen zu führen.«

»Ist das Euer Ernst, edler *dux de Bruneswic dei gratia?*«, fragte Folcwin mit übertriebener Förmlichkeit; sein Entsetzen war nur halb gespielt.

Otto nickte mit einem unterdrückten Grinsen. Dann wandte er sich dem Bürgermeister zu.

Schon von Weitem ragte der rote Bergfried über der von Seen und Marschen durchzogenen Landschaft auf. Unauffällig näherten sich Folcwin und die drei weiteren Ritter, doch schnell entdeckten sie erste Wachen.

Folcwin und Otto saßen ab. Es tat gut, sich nach eineinhalb Tagen im Sattel die Füße zu vertreten. »Wir werden uns anschleichen, um uns einen Überblick über die Mannschaftsstärke zu verschaffen. Wenn wir gefangen genommen werden, dann flieht. Wir dürfen nicht riskieren, dass der Schwarze Graf dich auch noch in die Fänge bekommt«, sagte Folcwin.

Otto nickte, obgleich Folcwin wusste, dass er ein solches Verhalten für Feigheit hielt, die ihm zutiefst widerstrebte.

Schon pirschten Folcwin und Theodoricus von Oberg los. Es dauerte jedoch nicht lange, bis sie ihre Mission abbrechen mussten – zu stark war die Bewachung um die Burg.

»Um König Waldemar zu befreien, müsste man einen Bogen um die vielen Niederungen und Sumpfgebiete schlagen. Dabei läuft man Gefahr, eingekesselt zu werden«, schloss Folcwin, als sie zurückkamen und berichteten. »Und selbst dann bräuchte man ein ganzes Heer.«

»Das wir nicht haben.«

»Warum machen sich die dänischen Adeligen nicht selbst auf den Weg, um ihren König und dessen Sohn zu befreien?«, wunderte sich Theodoricus von Oberg.

Otto kniff die Augen zusammen und saß wieder auf. »Weil die dänischen Fürsten genauso darauf aus sind, sich in dieser Situation neue Pfründen zu sichern, wie unsere. Das Fell wird neu verteilt. Lehnstreue zählt da wenig«, sagte er. »Wir werden also darauf hoffen müssen, dass unsere Verhandlungen zum Erfolg führen.«

Doch ihre Hoffnungen wurden nicht erfüllt. Monat um Monat blieben die Geiseln gefangen, und mit jeder Woche nahm die Zahl der Fehden zu. Folcwin hörte von seiner Mutter, dass die Lage oberhalb der Elbe zusehends gefährlicher wurde. Schließlich musste auch Herzog Otto ein Heer aufstellen und mit seinen Lüneburger Rittern den Besitz seines Onkels verteidigen. Ihr Einsatz war jedoch nur ein Tropfen auf den heißen Stein. Und niemand war in Sicht, der genügend Macht hatte, um den Frieden wiederherzustellen.

53

Lübeck, März 1226

Es war ein kleiner Kreis, der sich an diesem grieseligen Tag im März in einer Seitenkapelle des beinahe fertiggestellten Lübecker Doms traf. Für ihre Angelegenheit, die besonderer Verschwiegenheit bedurfte, wäre das neue Rathaus viel zu auffällig gewesen. Die Ratslade, die Bendix und Johannes von Bremen zwischen sich trugen, durfte jedoch nicht fehlen.

Kalt war es in dem Gemäuer, aber immerhin hatte Domherr Marold ausreichend Kerzen entzünden lassen, um etwas Licht zu machen; schließlich wollten sie alte Schriftstücke entziffern. Dass sie mit den Herren des Domstifts hier zusammenkamen, bewies, wie unerträglich und dringlich die Lage war, denn eigentlich haderten die Domherren wegen des Baus der Marienkirche mit den Stadträten, weil schon jetzt abzusehen war, dass die Bürgerkirche den Dom um einiges überragen würde.

»Wir sind hier zusammengekommen, weil wir uns einig sind, dass es so nicht weitergehen kann«, begrüßte Bürgermeister Witte die Anwesenden. »Seit der Gefangennahme König Waldemars müssen wir damit leben, dass Handelszüge überfallen werden, Dörfer geplündert, Felder gebrandschatzt, Männer niedergemetzelt und Frauen geschändet. Nun ist der Däne endlich frei – und was will er als Erstes? Ordnung in seinem Reich herstellen und Rache üben.«

»Also wiederum morden, brandschatzen, rauben und schänden«, ergänzte Bendix ernüchtert.

Von Kunden aus dem dänischen Ritterstand hatte er erfahren, wie schwierig die Verhandlungen gewesen waren, die erstaunlicherweise unter anderem in Bardowick stattgefunden hatten. Die Forderungen für Waldemars Freilassung waren enorm hoch gewesen. Als König Waldemar endlich freigekommen war, hatte er getobt und sogleich versucht, die Bedingungen rückgängig zu machen; er hatte den Papst angerufen, und jetzt mussten die Waffen sprechen, fand der Dänenkönig.

Domherr Johannes räusperte sich. Er war ein gelehrter Geistlicher, der zudem einen erstaunlichen Sinn für das Praktische hatte. Das zeigte sich vor allem bei der Organisation des Dombaus, der nach Phasen des Stillstands jetzt wieder zügiger voranging. »Noch dazu gefährdet König Waldemar mit seinen wenig gottgefälligen Werken die Heidenbekehrung im Slawenland. Vor allem mit dem Orden der Schwertbrüder ist er über Kreuz. Seine Vasallen behindern die Schwertbrüder überall! Das kann nicht länger geduldet werden.«

»Der Einzige, der Waldemar im Zaum halten und uns dauerhaft Sicherheit geben kann, ist der Kaiser«, trieb Bendix das Gespräch voran. Ihm kroch bereits die Kälte die Beine hoch; je älter er wurde, desto mehr wusste er die angenehme Wärme in seiner Goldschmiede zu schätzen. »Erinnern wir uns: Sein Großvater Friedrich Rotbart hatte Lübeck nach den Auseinandersetzungen mit Heinrich dem Löwen an sich gezogen. Der Kaiser war schon einmal Lübecks Herr und wird hoffentlich diesen Bund erneuern. Zumindest beklagte er, bei dem damaligen Abkommen mit König Waldemar seiner jugendlichen Unwissenheit wegen übervorteilt worden zu sein. Wir werden den Kaiser also um die Erneuerungen der Privilegien und die Reichsfreiheit bitten. Als reichsfreie Stadt zahlen wir brav unsere Abgaben an Kaiser Friedrich – und niemand kann uns mehr etwas anhaben.« Bendix rieb sich die Hände und hauchte hinein. »Wer hat den Schlüssel?«

Der Bürgermeister nestelte die Schlüsselkette unter seinem Wams hervor und öffnete umständlich die beschlagene Kiste.

Obgleich sie alle schon lange dem Rat der Stadt angehörten, waren die Urkunden, in denen das Schicksal Lübecks festgeschrieben war, doch ein besonderer Anblick. Die Bürger überließen es dem Domherren Marold, die Schriftstücke herauszuholen und zu entrollen, denn er war geübt im Umgang damit.

»Hier haben wir also die Urkunde von Friedrich Barbarossa aus dem Jahre des Herrn 1188«, zeigte Marold eine goldgesiegelte Urkunde vor. »Nötig wäre zudem die Stadtrechtsurkunde Heinrichs des Löwen und schließlich das Dokument, mit dem König Waldemar 1202 die Rechte Lübecks bestätigte.«

»Aber wer soll uns Zugang zum Kaiser verschaffen?«

»Hermann von Salza findet sich sicher zur Vermittlung bereit. Er ist ein Vertrauter des Kaisers und ein Freund Lübecks; schließlich will er die Niederlassung seines Ordens in der Stadt noch ausbauen, damit er von hier aus die Einrichtung seines Ordensstaates vorantreiben kann.«

»Was das angeht, könnten wir den Ordensrittern entgegenkommen. Bleiben die inhaltlichen Fragen. Tragt uns die Texte bitte vor«, bat Bendix. »Ich weiß natürlich, was dem Sinn nach darin steht, aber gehört habe ich den Wortlaut noch nie.«

Domherr Marold kam seiner Bitte nach.

Die Räte waren nach dem Vortrag ernüchtert. Viele Regelungen waren unvollständig und gereichten Lübeck zum Nachteil. »Das Stadtgebiet müsste erweitert werden, damit wir sicher Handel treiben können. Auch wurden das Münzrecht und die Rückgabe von Waren bei Schiffbruch nicht berücksichtigt«, zählte Wilhelm Witte auf.

»Wir brauchen endlich ein Stück Land bei Travemünde, am besten auf dem Priwall, damit wir dauerhaft ein Hafenzeichen errichten können. Die Einfahrt in die Trave muss sicherer werden«, setzte Johannes von Bremen hinzu.

»Es kann auch nicht angehen, dass ein fremder Vogt Recht über uns spricht.«

»Außerdem müsste man den Bau von Burgen in der Nähe der Trave verbieten.«

Domherr Marold strich nachdenklich mit seinem beringten Finger über die Goldbulle. »Da gäbe es vielleicht Möglichkeiten«, sagte er vage.

Bendix beugte sich vor. »Was meint Ihr damit?«

»Wie soll ich es sagen?« Marold zierte sich etwas, aber Domherr Johannes nickte ihm ermutigend zu. Marold senkte die Stimme. »Die Urkunde von Herzog Heinrich hatte einige Lücken, die uns, nun ja, gravierend erschienen. Mit Billigung der damaligen Bürgermeister und des Domherrn besserte ich also etwas nach.«

»Eine Fälsch…«, platzte Bendix heraus.

»So würde ich es nicht nennen«, fiel Domherr Johannes ihm ins Wort. »Eher eine Vervollständigung des damaligen Textes. Der dänische König kannte die Ursprungsfassung nicht und unterzeichnete vorbehaltlos.«

Noch einmal nahm Bendix die aufwändig gezeichneten und kompliziert gestalteten Urkunden in Augenschein. »Aber wie könnte man diese Dokumente nachträglich verbessern? Müsste man sie nicht eigentlich neu schreiben?«

Die Domherren wechselten Blicke. »Unmöglich wäre das nicht«, sagte Marold. »Allerdings sollten die Urkunden nicht das Einzige sein, worauf der Kaiser baut. Eine Aufstellung seiner voraussichtlichen Einnahmen wäre sicher hilfreich, oder irgendetwas anderes, was ihn davon überzeugt, dass es ein lohnendes Geschäft ist, Lübeck vollständig in seine Gunst aufzunehmen.«

Einige Augen richteten sich auf Bendix. Der Goldschmied straffte sich. »Da ließe sich sicher etwas machen«, sagte er.

»Nur einmal noch!«, flehte Bendix einige Tage später und blickte Ida mit einem Augenaufschlag an, der trotz seiner knapp fünfzig Jahre die Damen vermutlich immer noch schwach werden ließ.

»Die letzte Reise hat mir gereicht! Ich bin zufrieden hier«, sagte Ida entschlossen.

Sie hatte in den letzten Jahren durch ihre Stickarbeiten so gut verdient, dass sie noch etwas Land dazugepachtet hatten. Nun hatte sie sich ihren lange gehegten Traum erfüllt und einen Garten anlegt. »Wenn im Frühjahr die Blumen und Kräuter sprießen, werde ich dieses Idyll bestimmt nicht verlassen, um in eine stickige Stadt zu reisen.«

»Natürlich wissen wir nicht genau, wo wir den Kaiser antreffen werden, aber Oberitalien wird es mit ziemlicher Sicherheit sein. Um sicherzugehen, wird eine Delegation vorausreisen«, sagte Bendix.

»Italien? Meinst du wirklich, ich gestatte meiner Frau dieses Wagnis? Ida wird sich ganz bestimmt keine Alpenüberquerung zumuten!«, bemerkte Esko.

Idas Augen blitzten. »Du könntest uns begleiten.«

»Gewiss nicht!«, lehnte Esko ab.

Resignierend steckte Bendix ein Stück Fruchtkonfekt in den Mund. »Dann fertige wenigstens für uns das Geschenk an. Du weißt, was dem Kaiser gefallen könnte, schließlich hast du einen Blick auf das Krönungsornat werfen können, ehe die Wachen kamen.«

Esko setzte sich auf. »Wachen? Davon hast du mir nie erzählt!«

Bendix warf Ida einen entschuldigenden Blick zu.

»Nicht der Rede wert. Ich hatte mich doch mit dieser reizenden Sarazenin unterhalten, als mich die Wachen hinausgeleiten wollten«, sagte sie beruhigend zu ihrem Mann und bemerkte, wie ihr Bruder unwillkürlich seinen Nacken massierte.

»Warum fertigst du nicht einfach ein Schmuckstück an? Dann brauchst du Ida nicht mit deinen Unternehmungen in Gefahr zu bringen«, sagte Esko.

»So viel Gold und Edelsteine, dass es den Kaiser beeindrucken würde, gibt es in ganz Lübeck nicht. Es heißt außerdem, dass sich Friedrich viel mehr für die Künste und die Wissenschaften begeistert, für Baukunst, Mathematik und Falkenjagd. Da wäre ein kunstvolles Kleidungsstück, ein Gürtel oder eine verzierte Schwertscheide, schon außergewöhnlicher.«

»Dann schick einen Boten mit dem Stoff und dem Schmuck – ich werde mir etwas einfallen lassen«, gab Ida nach, die sich insgeheim über die Aussicht freute, wieder einmal mit den erlesenen Materialien zu arbeiten.

Bendix erhob sich und holte seine Satteltasche. »Zufällig habe ich etwas dabei …«

Ida saß vor dem Haus, eine Decke über den Knien, und fädelte Perlen auf Golddraht. Sie hatte schon ein gutes Stück der Stickerei geschafft, und wenn sie weiter so gut vorankäme, würde sie auch die aufwändigeren Verzierungen noch schaffen, ehe Bendix ihre Arbeit abholte. Aus dem Inneren des Hauses hörte sie das leise Singen der Magd, die den Eintopf auf der Herdstelle umrührte, und das Plappern von Margrit, die mit der Tochter der Magd Getreide zwischen Steinen zu Mehl rieb. Das herannahende Hufgetrappel beunruhigte Ida nicht; das musste Esko sein. Er war im Wald gewesen und hatte später etwas in der Lüneburg besprechen wollen. Ihr Mann stieg ab und küsste sie zärtlich zur Begrüßung. Er wirkte jedoch, als ob ihn etwas bedrückte.

Ida verstaute ihre Arbeit sorgfältig und ging ihm nach in den Stall, wo er sein Ross abrieb.

»Hast du Jordan angetroffen? Wusste er etwas über Folcwin?«, fragte sie besorgt.

»Jordan geht es gut. Er übt sich eifrig in den Kampfkünsten, als könnte er es nicht erwarten, endlich auf dem Schlachtfeld zu stehen. Ich wünschte, ich hätte mehr Einfluss auf ihn nehmen können, denn er ist eigentlich ein guter Junge«, sagte Esko über den beinahe Achtzehnjährigen. »Folcwin zieht mit Herzog Otto gen Holstein, um König Waldemar zu unterstützen.« Sie schwiegen bedrückt.

Esko legte die Pferdedecke weg und schloss Ida in die Arme. Sie spürte deutlich, dass ihm etwas auf dem Herzen lag.

»Wir sollten uns vorerst nach Lüneburg zurückziehen. Hier auf dem Land …«

»Ich möchte unser Haus aber nicht verlassen.«

»Es ist hier nicht sicher. Marodierende Banden sind unterwegs. Adelige, die es ausnutzen, dass der Herzog und die meisten seiner Ritter weit weg sind. Überall hört man von Angriffen.« Esko legte die Hände um ihre Taille und sah ihr ins Gesicht. »Ich kann nicht immer bei euch sein, und der Knecht kann euch nicht allein verteidigen«, sagte er ernst. »Und jetzt, wo es sogar Bauer Bartel und seine Familie erwischt hat …«

Ida merkte auf. »Was ist mit Bartel?« Der Landmann hatte ihr immer Neslins Land geneidet, aber sie kannte ihn nun schon sehr lange. Inzwischen bewirtschaftete er den Hof gemeinsam mit seinen Kindern.

»Hast du es denn nicht mitbekommen? Sein Hof wurde überfallen. Der Stall geriet in Brand. Er und seine Familie, sie wollten das Vieh retten …«

»Konnten sie sich …«, fragte Ida. Esko wiegte nur verneinend den Kopf. Ida lehnte sich schockiert an ihn. Es hätte genauso gut sie treffen können.

Jetzt trat Margrit ein, über und über mit frischem Mehl bestäubt. »Ich soll euch sagen, dass der Eintopf fertig ist«, sagte sie und schüttelte ihren Kittel aus, dass es nur so staubte.

Mit ihren elf Jahren ist sie noch so niedlich und unbedarft; viel zu schnell werden die Kinder groß, dachte Ida wehmütig.

Esko lockte seine Tochter heran und umarmte auch sie. »Vielleicht solltet ihr, du und Margrit, doch mit Bendix und der Gesandtschaft reisen. Das ist vermutlich sicherer, als hierzubleiben.«

Mit zwei Wagen und einem Geleitzug waren sie unterwegs. Ihre Gemeinschaft bestand aus mehreren Räten der Stadt Lübeck, darunter der Bürgermeister Wilhelm Witte und der Bürger Johannes von Bremen, sowie dem Domherrn Johannes Volquardi. Die Herren tolerierten Ida und ihre Tochter stillschweigend. Im Mai erreichten sie nach wochenlanger, strapaziöser Reise Italien. Ida hatte die Zeit genutzt, um die Schwertscheide noch aufwändiger zu verzieren, als sie ursprünglich vorgehabt hatte; fast kam sie ihr ein wenig überladen vor. Die Scheide war aus Holz und mit Pergament beklebt. Auf die Leinenhülle, die darauf befestigt werden würde, hatte Ida mit Flussperlen, Goldfäden und Emailleplättchen ein Adlermuster gestickt; am Mundstück hatte Bendix Edelsteine verarbeitet. Das dazugehörige Schwert hatten die Räte von Lübecker Waffenschmieden herstellen lassen, um unter Beweis zu stellen, dass sie den Vergleich nicht zu scheuen brauchten.

Die Zustände in der Lombardei waren unruhig. Die Lombarden schienen eine Unterdrückung durch den Kaiser zu befürchten und leisteten ihm Widerstand. Ida kam es einigermaßen absurd vor, dass die einen sich gegen Friedrich wehrten, während die anderen in seiner Gunst Schutz suchten.

In Parma gelang es der Lübischen Gesandtschaft dennoch, an den Hof des Kaisers vorgelassen zu werden. Bendix war an diesem Tag sehr nervös, weil er fürchtete, dass einer der kaiserlichen Notare die Fälschung entdecken könnte.

Hermann von Salza, der Hochmeister des Deutschen Ordens, nahm sie in Empfang. Er wollte Ida abweisen, aber Bendix, der den thüringischen Kreuzritter von gemeinsamen Geschäften kannte, bestand darauf, dass sie die Gesandtschaft begleitete, falls der Kaiser Fragen zu ihrem Geschenk habe. Widerwillig duldete der Ordensritter ihre Anwesenheit. Immerhin war Margrit nicht dabei; Ida hatte ihre Tochter schweren Herzens bei der Wirtin gelassen.

»Der Zeitpunkt für Euer Anliegen ist günstig. Sicher habt Ihr Herren schon gehört, dass der Kaiser unseren Orden im Kampf gegen die heidnischen Pruzzen gestärkt hat. In der Goldenen Bulle von Rimini übertrug er uns das Kulmer Land mit allen Rechten«, verkündete von Salza nicht ohne Stolz. »Das dürfte auch für eure Stadt von Vorteil sein, da Lübeck der Ausgangshafen für unsere Besiedelungspläne sein wird.«

»Natürlich werden wir die Vorhaben eures Ordens nach Kräften unterstützen«, versicherte ihm Bürgermeister Witte. »Sobald Lübeck unter der Herrschaft des Kaisers steht, wird ein ungehinderter Transport von Kriegern, Waffen und Siedlern ohne Weiteres möglich sein.«

»Wir bräuchten auch ein geeignetes Grundstück, um unseren Ordenshof zu vergrößern«, merkte der Hochmeister an.

»Das sollte kein Problem sein«, sagte der Bürgermeister zu.

Was sie da hörte, bedrückte Ida. Esko hatte oft von den Ländern des Ostens gesprochen, von der wilden Landschaft, dem alten Glauben der Menschen, ihrer Gastfreundschaft und ihrem Mut. Und jetzt wollten sich nicht nur die Schwertritter, sondern auch noch der Deutsche Orden dort ausbreiten? Sie schüttelte den Gedanken ab. Was tat sie nur hier? Warum war sie nicht daheim, bei ihrem Liebsten?

Bendix räusperte sich unaufhörlich, wie immer, wenn er nervös war. Sie stieß ihm unauffällig den Ellbogen in die Seite. Gestern Abend hatten sie noch darüber gesprochen, was geschehen würde, wenn der Kaiser oder die Notare die Fälschung erkannten. Immer wieder hatte Bendix spekuliert, was wohl die Strafe für Betrug oder Hochverrat wäre. Sicher würde der Kaiser sie hinrichten lassen, mindestens, hatte er ängstlich gemeint. Ida hingegen war ganz ruhig. Natürlich verstand sie nichts davon, fand die Dokumente aber imposant – und Schwert und Scheide würden ohnehin jeden blenden.

Nach den vielen Anläufen in der Vergangenheit konnte sie es

kaum glauben, dass sie dieses Mal tatsächlich bei Kaiser Friedrich II. vorgelassen wurden. Hermann von Salza stellte die Gesandtschaft vor, und sie entboten dem Kaiser die Ehre. Der Kaiser machte mit seinen etwa dreißig Jahren den Eindruck eines weltgewandten, ernsthaften Mannes, der sich seiner eigenen Attraktivität sehr bewusst war. Nach den üblichen Höflichkeitsfloskeln kam Idas Stichwort, und sie überreichte ihm ihre Arbeit. Er dankte höflich und registrierte auch die Adler, die Ida als Zeichen seines Hauses eingestickt hatte. Schnell kamen die hohen Herren jedoch zur Sache.

»Uns grämt die Lage im Norden tatsächlich. König Waldemar nutzte meine jugendliche Unerfahrenheit und schlechte Berater aus, als ich Ende 1214 auf Nordelbien verzichtete«, sagte der Kaiser.

Ausführlich legten die Gesandten Lübecks Anliegen dar und erwähnten dabei auch dezent die finanziellen Vorteile eines Abkommens. Dann legten Bürgermeister und Domherr dem kaiserlichen Notar die Urkunden zur Prüfung vor.

Bendix schluckte und räusperte sich abwechselnd. Selbst Kaiser und Notar waren schon irritiert. Bürgermeister Witte warf Ida einen ratlosen Blick zu. Wenn Bendix sich so auffällig verhielt, könnte er Argwohn wecken!

Ida nahm Bendix am Arm. Er war blass geworden und strömte einen säuerlichen Geruch aus. Sie neigte die Knie. »Verzeiht vielmals, allerhöchste Majestät, aber ich fürchte, meinem Bruder ist nicht wohl«, sagte sie und geleitete Bendix hinaus.

Kaum waren sie aus der Tür, erbrach Bendix sich in eine Amphore, die auf dem Gang stand. Peinlich berührt gingen sie weiter, bis sie einen Diener trafen, dem Ida von dem Missgeschick berichtete. Der Diener eilte angeekelt davon, um eine Magd zu suchen, die die Bescherung beseitigen würde.

»Wir werden alle sterben«, jammerte Bendix. »Ich werde mein Weib und meine Kinder niemals wiedersehen! Nur gut, dass sie aus dem Gröbsten raus sind. Wenn ich nur gebeichtet hätte!«

Nur knapp konnte Ida ihn davon abhalten, auf die Knie zu sinken. »Reiß dich zusammen, es wird schon alles gut gehen! Sieh mich an!«, sagte sie so beschwörend, wie sie es einst von Neslin gelernt hatte. »Atme tief durch, Bendix. Alles wird gut gehen!«

Es dauerte lange, bis er sich einigermaßen beruhigt hatte. Allerdings fürchtete sie, dass er einen Rückfall erleiden würde, wenn sie in den Palas zurückgingen. Langsam sorgte sie sich ebenfalls. Die Gesandtschaft kam gar nicht wieder heraus. Vielleicht sollten sie sich besser aus dem Staube machen, solange sie noch konnten. Ida geleitete ihren Bruder zum Gasthof zurück. Margrit hatte der Wirtin bei ihrem Tagwerk zusehen dürfen und sie gar nicht vermisst.

Als Bendix gerade dem Kutscher befehlen wollte, die Wagen bereit zu machen, kamen die Gesandten zurück. Sie waren so aufgedreht wie Lausbuben, die beim Bäcker frischen Kuchen gestohlen hatten. In den Händen hielten sie die Ratslade. Als sie sie öffneten, schwankte Bendix derart, dass Ida ihn festhalten musste.

Knapp einen Monat, nachdem Kaiser Friedrich II. das Barbarossa-Privileg bestätigt hatte, ohne die Fälschung zu erkennen, stellte er in Borgo San Donnino den Gesandten den Reichsfreiheitsbrief aus und siegelte ihn. Auf dem Heimweg zitierten die Männer freudig immer wieder die wichtigsten Stellen daraus.

»Indem wir sie als Wohlverdiente mit freigebiger Gnade bedenken wollen, verleihen wir ihnen und bestimmen, dass die vorgenannte Stadt Lübeck für alle Zeiten frei sein soll, nämlich eine unmittelbare Stadt und Ortschaft des Reiches«, tönte der breit lächelnde Bürgermeister von seinem Ross aus.

»Da wir außerdem das Gebiet der Stadt unter unserer glücklichen Regierung zu erweitern wünschen …«, ergänzte Johannes von Bremen.

»… und fügen Kraft dieses Privilegs mit Nachdruck hinzu, dass durchaus keine Person, sei sie vornehm oder gering, geistlich oder weltlich, die genannten Bürger von Lübeck, unsere Getreuen, in allem Vorgeschriebenen zu hindern oder zu stören mit frevelem Mute sich unterstehe«, setzte Bendix fröhlich hinzu. Gebietsgewinne an der Trave und in Travemünde, Zollfreiheit, freies Geleit und vieles mehr hatte der Kaiser der Stadt zugesichert.

»König Waldemar wird toben«, sagte Ida und legte den Arm um ihre Tochter, als müsste sie Margrit jetzt schon vor seinem Zorn schützen.

»Soll er doch.« Ihr Bruder grinste.

54

Lüneburg, Juli 1227

Noch einmal ließ Ida den Blick vom Wehrgang über die Landschaft wandern. Soweit sie sehen konnte, drohte im Augenblick keine Gefahr, also wies sie die Knechte an, ihrem Sohn das Tor der Motte zu öffnen. Es war seltsam, wieder Herrin dieser Burg zu sein. Als sie aus Italien zurückgekehrt war, hatte sie erfahren müssen, dass Raubritter ihr Zuhause in der Nähe des Flusses abgefackelt hatten – es war ein furchtbarer Schock gewesen. Glücklicherweise hatte Folcwin ihnen wie selbstverständlich den Herrenhof angeboten.

Er war ohnehin seit Monaten nicht mehr hier gewesen. Die kaiserliche Urkunde hatte die Kämpfe um Nordelbien noch einmal entfacht, und nach wie vor mussten die Lüneburger auf der Seite des Dänenkönigs kämpfen. Krieg lastete auf dem Land wie ein Fluch. Folcwin kämpfte an Herzog Ottos Seite für König Waldemar. Soweit sie wusste, hatten die Truppen zuletzt versucht, die Festungen von Itzchoe und Segeberg zurückzuerobern. Gleichzeitig wurden sie von Süden her bedroht. Seit im April Pfalzgraf Heinrich gestorben war, versuchten dessen Schwiegersöhne, Braunschweig und andere Teile des Landes an sich zu reißen. Dabei wurden sie von Kaiser Friedrich unterstützt, der offenbar Rechte in diesem Gebiet aufgekauft hatte. Es erschien Ida absurd, dass ihre Familie nun zwischen derart viele Fronten – zwischen Dänemark und Deutschland, zwischen Kaiser und König, zwischen Norden und Süden – geraten war.

Jordan war abgestiegen und kam ihr entgegen. Inzwischen achtzehn Jahre alt, hatte er große Ähnlichkeit mit Jusarius, allerdings war seine Statur nicht so grob. Seine Rüstung und sein Pferd konnten sich sehen lassen. Folcwin sorgte anscheinend gut für seinen kleinen Bruder.

»Ich wollte mich verabschieden, Mutter«, sagte Jordan mit der tiefen Stimme seines Vaters. Er war sehr ernst, war es immer schon gewesen. »Ist Stiefvater nicht da?«

»Nein. Raubritter haben Feuer an ein Waldstück östlich der Ilmenau gelegt. Er verfolgt die Brandstifter.«

»Dann grüß ihn von mir und wünsch ihm Glück bei seinen Vorhaben. Die Herzogin entsendet mich mit einem weiteren Trupp, um König Waldemar zu unterstützen.«

Die Aussicht schreckte Ida. War es nicht genug, dass einer ihrer Söhne in diesem unseligen Krieg kämpfte? Aber sie wusste auch, dass sie Jordan nicht aufhalten konnte. »Ist die Besatzung der Lüneburg denn ohne dich noch stark genug?«, fragte sie mit einem tapferen Lächeln.

»Die Festung ist gut zu verteidigen. Wir haben zwei Dutzend Schwertkämpfer und etliche Armbrustschützen. Außerdem hoffen wir ja, dass wir bald zurück sein werden«, antwortete er ernsthaft.

Sie legte die Hand auf seinen muskulösen Arm. Er war ihr so nah und gleichzeitig so fremd, dass sie ihn kaum zu berühren wagte. »Möchtest du dich noch stärken?«

»Hab Dank für das Angebot, aber meine Kampfgefährten erwarten mich im Mittagshoch an der Wegkreuzung zur Elbfurt.«

»Ein Dünnbier vielleicht?«

»Ich erbitte nur deinen Segen, Mutter.«

Ida schluckte die Tränen hinunter, die in ihr aufgestiegen waren, und segnete ihren Sohn. Auch Margrit war aus der Stube gekommen und verabschiedete ihren Bruder.

»Mögen die Götter dir eine gute Reise geben«, schloss Ida. Etwas verwirrt sah er sie an. »Und grüß deinen großen Bruder von mir. Pass auf Folcwin auf«, setzte sie schnell hinzu.

Jetzt endlich zeigte sich ein Lächeln auf Jordans Gesicht. »Das werde ich, versprochen.«

Ein Ruck, dann zappelte das Kaninchen nicht mehr. Esko öffnete ihm den Hals und ließ das Blut an den Fuß von Neslins Eiche laufen. Um sie herum kämpften die Gräser gegen die verbrannten Flächen an. Die letzten verkohlten Pfosten ihres früheren Hauses hatte Esko gemeinsam mit Knechten bereits abgetragen. Von Idas Garten war nichts mehr zu sehen; hoffentlich würde es nicht wieder Jahre dauern, bis sich die Erde erholte.

Ida saß neben ihrem Mann auf der Erde und hatte den Arm um seine Hüfte gelegt. Jetzt lehnte sie sich an ihn.

»Ich möchte nicht, dass du auch noch gehst«, sagte sie leise. »Warum willst du für diesen Dänenkönig kämpfen, der um sich beißt wie ein tödlich verwundetes Tier?«

Esko vollendete das Ritual und küsste ihren Scheitel. »Ich kämpfe nicht für ihn. Ich kämpfe auch nicht für Herzog Otto. Ich kämpfe einzig und allein, um unsere Söhne zu schützen.«

Idas Hals fühlte sich wund an; ihre Brust war eng. »Ich weiß. Und doch möchte ich es nicht. Ich möchte, dass ihr alle hier seid, dass wir alle zusammen sind.«

»Das werden wir auch. Waldemar rüstet sich anscheinend zur entscheidenden Schlacht. Auch seine Gegner ziehen in Lübeck ein großes Heer zusammen, um ihn ein für alle Mal loszuwerden. Danach werden wir in Frieden leben.«

Seine Zuversicht beruhigte sie etwas. Trotzdem konnte sie die Tränen nicht mehr zurückhalten. Hoffentlich würden nicht auch Bendix und ihr gebrechlicher Vater kämpfen müssen, denn sie würden auf der gegnerischen Seite stehen.

55

Lübeck

Seid vernünftig! Überlasst es anderen zu kämpfen!«

Magda stützte sich am Tisch ab. In diesen Tagen spürte sie sehr deutlich, dass sie ihrem Körper mehr abverlangte, als er ihr geben konnte. Als hätte Gerold sie gar nicht gehört, gürtete er sich weiter sein Schwert um. So gebeugt war sein Rücken inzwischen, dass die Schwertspitze beinahe über den Boden schleifte.

»Ich bin doch kein Greis, der seinen Teil zur Verteidigung der Stadt und des Landes nicht mehr beitragen kann!«, knurrte er.

Magda ließ sich von ihrer Enkelin, die ihr im Haus zur Hand ging, ihren leichten Umhang bringen.

»Was hast du vor?«, fragte ihr Mann entsetzt.

»Was du kannst, kann ich auch. Ich will ebenfalls meinen Teil beitragen. Irgendwo werden sie schon meine Hilfe gebrauchen können, im Zweifel bei der Versorgung der Verwundeten.«

»Bleib hier! Du musst das nicht tun!«

»Du musst es, und ich muss es auch«, sagte Magda fest.

Da nahm Gerold ihr Gesicht in die Hände und küsste sie. »Was sind wir nur für Sturköpfe«, sagte er, und seine Augen wurden feucht.

In diesem Augenblick trat Bendix ein. Er trug ein blitzsauberes Wams und ein neu glänzendes Schwert am Gürtel. »Die Truppen sammeln sich, Vater. Wir müssen los.«

Bendix half seinem Vater auf ein Pferd, und sie ritten zum Stadttor. Ein imposantes Bild bot sich ihnen. Hunderte Krieger hatten sich versammelt, dabei war ein großer Teil bereits auf den

Schlachtfeldern. Endlich waren auch Albrecht von Sachsens Krieger eingetroffen, der für seine Teilnahme an der Schlacht eine hohe Belohnung ausgehandelt hatte. Lübeck hatte lange gebraucht, ein Bündnis gegen König Waldemar zu schmieden, aber jetzt standen Erzbischof Gebhard von Bremen, Adolf von Holstein, Heinrich von Schwerin, Heinrich von Werl und die wehrfähigen Bürger Lübecks zusammen.

Sie gesellten sich zu Bendix' Söhnen, die über ihre neuen Waffen fachsimpelten, und mussten warten, weil noch an etliche Bürger Piken und Schwerter ausgegeben wurden. Die Schmiede der Stadt hatten ganze Nächte durchgearbeitet, und selbst die Gold- und Silberschmiede hatten die Waffenproduktion unterstützt.

»Boten haben gemeldet, dass sich König Waldemar mit seinen Truppen nordwestlich von Lübeck aufhält, etwa einen Tagesritt von hier.« Bendix musterte seinen Vater. »Wir werden mindestens einmal unterwegs übernachten müssen, damit die Truppen nicht zu erschöpft dort ankommen.«

»Meinst du, das schaffe ich nicht?«, fragte Gerold ungnädig.

»Mich wundert nur, dass du gegen deinen alten Gönner antreten willst.«

Sein Vater drehte den Oberkörper ein wenig, damit er ihn ansehen konnte; sein Rücken war wirklich erschreckend steif. »Es fällt mir schwer, das zuzugeben, aber ich habe viel zu lange an König Waldemar festgehalten. Für ihn zu arbeiten war ein Gewinn für mich, und jeder wird zugeben, dass Lübeck von der Pax Waldemariana profitiert hat. Nun aber braucht Lübeck seine Freiheit, um sich weiterzuentwickeln.«

»Formiert Euch!«, rief der Kommandant der Stadtwache den Bürgern zu. Er war ein ehemaliger Ritter aus einem alten Adelsgeschlecht, der jedoch inzwischen in Lübeck als Kaufmann tätig war. Gewusel setzte ein. Man merkte, dass die Bürger die militärischen Anordnungen nicht gewöhnt waren. Jetzt kam der Kommandant auf sie zu. »Meister Ostmann, mit Verlaub, aber ich brauche Euch hier. Ich habe keinen verlässlichen und erfahrenen Mann mehr, um die Stadtverteidigung zu organisieren. Es wäre gut möglich, dass feindliche Truppen die Gelegenheit nutzen, um Lübeck anzugreifen.«

Gerold zögerte.

»Ich kämpfe für unsere Familie auf dem Schlachtfeld, kämpfe du hier«, redete Bendix seinem Vater gut zu. Daraufhin gab Gerold nach und lenkte sein Pferd zurück.

Bendix warf dem Kommandanten einen dankbaren Blick zu. Sein Vater würde hier in Sicherheit sein. Nun musste er nur noch hoffen, dass seine Lüneburger Verwandtschaft diesen Kampf meiden würde.

Sie zogen los, ein schier endloser Trupp von Reitern und Fußvolk. Die Fahnen der Anführer, die im Wind flatterten, waren ein erhebender Anblick, und doch wurde Bendix mit jedem Schritt, den sein Pferd machte, mulmiger zumute. Hätte er nicht ebenfalls die Stadtmauern verteidigen können? Was sollten diese ganzen Kriege und Kämpfe überhaupt? Seine Söhne neben ihm lachten; sie waren aus anderem Holz geschnitzt. Er dachte an seine Frau, die im Hospital helfen würde. Petronilla würde sicher gut auf seine Mutter aufpassen.

Auf einem weiten Feld schlugen sie ihr Nachtlager auf. Es gab nur ein karges Mahl. Bendix strich durch das Lager. Er konnte nicht schlafen, aber so wie ihm schien es vielen zu gehen. Die Männer redeten und lachten, doch er ahnte, dass viele sich nur fröhlich gaben, um ihre Angst zu überspielen.

An einem Lagerfeuer entdeckte er seinen alten Freund Jan und plauderte ein wenig mit ihm. »Sieht so aus, als wollte König Waldemar seine Truppen bei Bornhöved versammeln«, meinte Jan.

»Hat es dort nicht schon einmal eine Schlacht gegeben?«,

fragte Bendix und schlug den Kragen hoch. Wieder einmal spürte er das lästige Kratzen im Hals.

»Schon Karl der Große schlug in Bornhöved die heidnischen Abodriten nieder. Auch uns wird dieser Ort Glück bringen«, war Jan überzeugt. »Wenn ich überlebe, werde ich dem Heiligen des Siegtages einen Altar widmen.«

»Das ist eine sehr schöne Geste«, sagte Bendix.

»Was ist mit deiner Schwester? Lebt Ida nicht mit ihrer Familie in Lüneburg?«

»In der Nähe von Lüneburg, ja. Ihre Söhne stehen in Diensten des Herzogs.«

Eine Weile stocherte Jan im Feuer, dann sah er Bendix an. »Was wirst du tun, wenn du deinen Neffen auf dem Schlachtfeld gegenüberstehst? Wirst du sie schützen und uns verraten, oder wirst du sie angreifen und deine Familie verraten?«

Bendix erwiderte seinen Blick. Er wusste darauf keine Antwort.

Folcwin bat seinen Herrn, ihn für eine Weile zu entschuldigen, und durchschritt das Lager, um seinen Bruder und seinen Vater zu suchen. Dass Jordan es sich nicht nehmen lassen würde, zu Ottos Heer zu stoßen, war ihm klar gewesen. Wie alle jungen Männer wollte auch sein Bruder sich im Kampf beweisen. Dass aber sein Vater hier aufgetaucht war – ein einfacher Mann und in höherem Alter! –, machte Folcwin wütend. Gleichzeitig nötigte es ihm Respekt ab.

Er fand Jordan zwischen anderen Rittern, die sich im Armdrücken maßen. Auch Jordan wollte mitmachen, aber Folcwin hielt ihn auf. »Spar dir deine Kräfte«, sagte er.

Der junge Mann straffte sich; manchmal schien es Folcwin, als würde Jordan ihn eher als Respektsperson betrachten, denn als Bruder. »Hast du einen Auftrag für mich? Was soll ich tun?«

Folcwin lachte. »Nein, ich meine lediglich, dass du dich nicht vor dem Kampf verausgaben solltest. Wir wollen uns lieber eine Weile zu Vater gesellen.«

»Zu Vater? Aber der ist doch bei den berittenen Schützen.«

»Ja, klar. Bei den Rittern wird man ihn wohl kaum dulden.« Folcwin legte seinem Bruder die Hand auf die Schulter. »Vater ist ein erstklassiger Bogenschütze. Du solltest keinen Dünkel haben.« Beinahe hätte Folcwin über seine eigenen Worte gelacht. Es hatte viel zu lange gedauert, bis er zu dieser Haltung gelangt war.

Bendix stieg der Mageninhalt hoch – da waren sie. Menschen, so weit das Auge reichte. Die Geistlichen stimmten ein Gebet an, das für ihn wenig ermutigend, sondern eher unheilverkündend klang. Auch einige Priester der neuen Bettelorden, der minderen Brüder und der Dominikaner, leisteten ihnen Beistand. Viele Ritter, aber auch Bürger wie Hermann von Warendorp und Jan ließen sich auf die Erde sinken und beteten inbrünstig zur heiligen Maria Magdalena, deren Tag heute war, damit diese ihnen den Sieg schenkte. Am liebsten hätte Bendix seinem Pferd die Sporen gegeben, um zu fliehen. Aber wie würde er dann vor den anderen Bürgern und Räten dastehen? Er hustete nervös und spuckte aus.

Die Speerträger und Ritter formierten sich. Auch die Schützen marschierten in Angriffsstellung vorwärts. Auf einem Hügel in einiger Entfernung sah er einen Reiter, der Anweisungen schrie. War das König Waldemar?

Sein Pferd scheute, Bendix hielt es kurz. Sein Schwert – er bekam es einfach nicht aus der Scheide! Schweiß stand ihm auf der Stirn. Ein gewaltiger Schlachtruf erklang.

Esko beobachtete die Truppen genau, die sich mit dem Ertönen des Schlachtrufes in Bewegung setzten. Noch lief alles einigermaßen geordnet ab, aber sobald die Angriffsreihen durcheinandergingen, würde er sich zu Folcwin und Jordan vorkämpfen. Natürlich wollten sie nicht, dass er auf sie achtgab, als wären sie noch kleine Jungen – und doch würde er es tun.

Die Schützen neben ihm setzten erste Pfeile ab. Esko hielt sich zurück. Er hatte sich geschworen, nicht mehr zu töten. Was er heute tun würde, würde aus Notwehr geschehen – oder um seine Söhne zu verteidigen.

Ein Wurfspeer riss den Mann neben ihm von den Füßen. Die Lanzen der Ritter prallten splitternd aufeinander. Bilder der Schlacht von Bouvines durchzuckten ihn. Allerdings war dies hier ein vollkommen anderer Kampf als in Bouvines, wo die Ritter wie bei einem Turnier aufeinander losgegangen waren.

Er spähte über die Kämpfenden. Wo war Folcwin? Wo Jordan? Da sah er, wie einem Armbrustschützen der Kopf abgeschlagen wurde. Wie ein Söldner einen Ritter vom Pferd gerissen hatte und nun versuchte, den Dolch in die Helmschlitze zu stemmen. Das Banner der Lüneburger wankte heftig, als hätte jemand den Fahnenträger erschlagen. Die hohe Gestalt des Herzogs war von Weitem gut auszumachen. Folcwin kämpfte an Ottos Seite, aber sie waren weit von Esko entfernt. Wo war denn nur … Da, Jordan hielt mit seinem Langschwert zwei Angreifer auf Abstand. Esko stieg über einen Toten, um einen besseren Stand zu haben, und schoss – nun war es nur noch ein Angreifer. Im gleichen Augenblick sah er die spitzenbewehrte Kugel eines Morgensterns auf sich zusausen. Gerade noch konnte er sich wegducken.

»Tod den Dänen«-Rufe ertönten und darüber das anfeuernde Brüllen König Waldemars. Erbittert stellte Folcwin fest, dass der Dänenkönig den Angriff noch immer vom Hügel aus dirigierte, statt sein eigenes Leben für seine Sache einzusetzen. So viele gute Männer hatten schon für Waldemars Kampf das Leben gelassen! Er blinzelte sich den Schweiß aus den Augenwinkeln.

Schon jetzt war es sehr heiß, dabei war es noch lange nicht Mittag.

Einer der Angreifer preschte auf Folcwin zu. Dieser umfasste seine Lanze fester und ließ sein Ross die Sporen spüren. Sein Schild fing den Lanzenstoß ab, sein Gegner jedoch stürzte. Sofort waren einige aus dem Fußvolk da, die auf ihn einschlugen. Der Hass, mit dem manche dieser einfachen Leute vorgingen, erschreckte ihn immer wieder. Es war, als wollten sie sich für die Verachtung der Ritter rächen. Er hörte Otto fluchen und riss sein Pferd herum, um ihm zu Hilfe zu kommen. Der Herzog war beinahe eingekesselt und verteidigte sich mit einigen Rittern verbissen. Beruhigt stellte Folcwin fest, dass Jordan ebenfalls auf dem Weg war. Gemeinsam bekämpften sie einen ganzen Pulk Angreifer, bis Herzog Otto befreit war.

Da kreischte jemand, und ein Pferd galoppierte im gestreckten Lauf durch die Menge. Ein Mann klammerte sich verzweifelt in die Mähne. Verdammt, was machte sein Onkel denn hier? Warum war der verweichlichte Goldschmied nicht in Lübeck geblieben? Folcwin sah, wie ein Armbrustschütze auf Bendix anlegte. Für den Bolzen stellte das Lederwams kein Hindernis dar.

»He, Schütze, diesen Lübecker übernehme ich! Komm du dem Herzog zu Hilfe!«, befahl Folcwin. Der Armbruster gehorchte sofort.

Zu seiner Linken riss ein dänischer Söldner jetzt Bendix vom Pferd. Wer so ein neues Wams trug, versprach reiche Beute. Folcwin verpasste dem Söldner einen Tritt, riss den panisch schreienden Bendix hoch und schubste ihn in Richtung seines Pferdes. Dann pfiff er. »Jordan!«

Sein kleiner Bruder hatte gerade mit dem Schwertknauf einen Lübecker Bürger niedergeschlagen und fuhr nun herum. »Was?«

Folcwin wies auf Bendix, der mehr auf seinem Pferd hing als saß. »Schaff ihn hier raus.«

»Aber …«

»Schaff ihn raus, sage ich!«, schrie Folcwin und packte seine Lanze erneut, weil ein feindlicher Ritter auf ihn zupreschte. Weit warf ihn der Aufprall dieses Mal zurück; Folcwin glaubte, dass seine Arme und sein Rücken durchbrechen müssten. Zum Glück kam Otto ihm zu Hilfe.

Esko sah etwa in Bogenschussweite, wie Jordan ein zweites Ross vom Schlachtfeld trieb. Der Reiter darauf war kaum zu erkennen, doch Esko kam die Haarfarbe unter dem glänzenden Helm bekannt vor. Das musste Bendix sein! War er verletzt? Er musste sich darauf verlassen, dass Jordan das Richtige tat, denn Folcwin und Herzog Otto waren gerade in Bedrängnis geraten. Eine Gruppe Ritter hatten sie eingeschlossen. Folcwin schien verletzt; er bewegte seinen linken Arm nur schleppend.

Esko spannte den Bogen, doch der Pfeil ging daneben. Sein Pferd war zu unruhig, als dass er auf diese Entfernung hätte treffen können. Er wollte näher heran, da sackte der Vorderhuf seines Rosses in ein Schlagloch ein. Wiehernd wollte es den Huf befreien. In diesem Augenblick hechtete ein Angreifer auf ihn zu, den Zweihänder hoch erhoben. Esko warf den Bogen weg und wollte gerade sein Schwert ziehen, als der Angreifer die Klinge durchzog und brutal in den Hals seines Pferdes rammte. Das Ross erbebte. Esko sprang ab; er war entsetzt – das Tier hatte ihm jahrelang treu gedient.

Schon hatte der Angreifer sein Schwert befreit und holte gegen ihn aus. Kontern, gleichzeitig dem Blut ausweichen, das die Erde in eine glitschige Rutschbahn verwandelte. An einen Angriff war nicht zu denken, zumal der Schwertkämpfer ausgesprochen geschickt war. Nur mit Mühe konnte Esko ihn sich vom Leibe halten.

Endlich hatten sie sich heil bis zum Tross des Dänenkönigs an der Kirche des heiligen Vicelin durchgeschlagen. Jordan führte das Pferd seines Onkels am Zügel; dieser schien kaum bei Sinnen zu sein. Gleich wäre Bendix in relativer Sicherheit, und Jordan müsste auf das Schlachtfeld zurück. Er hatte einen metallischen Geschmack im Mund und fühlte sich wie betäubt. Bilder durchzuckten ihn. Die Schrecken der Schlacht würden ihn auf ewig in seinen Träumen verfolgen.

Sie umrundeten einige Leichen, die wie achtlos weggeworfen aussahen. Lieber nicht so genau hinschauen! Überall humpelten oder lagen Verletzte. Manchen fehlten Gliedmaßen, andere hatten klaffende Wunden an Kopf oder Körper, die meisten klagten oder riefen um Hilfe. Es stank bestialisch. Viele mussten sich vor ihrem Tod besudelt haben.

»He du, hilf mir mal!« Ein sehniger, langhaariger Mann mit dicht bewimperten Augen hatte ihn angesprochen. Er kniete neben einem Mann, aus dessen Armstumpf Blut sprudelte. »Nun komm schon!«

Jordan hatte es nicht eilig, in die Schlacht zurückzukehren. Auch mit Bendix schien so weit alles in Ordnung zu sein, also kam er der Aufforderung nach.

»Schnapp dir das Seil, und bind den Stumpf ab! Der Kerl hat mich bezahlt, damit ich ihn versorge, und wenn er mir unter den Fingern wegstirbt, bekomme ich den Rest meines Lohns nicht.«

»Ich muss aber … mein Bruder, er kämpft dort …«

»Dann geh, und verliere dort dein Leben, wo du hier welche retten könntest!«, fuhr der Langhaarige ihn an.

Jordan zögerte.

Rücken an Rücken kämpften Folcwin und Herzog Otto die Angreifer nieder, doch der Ansturm riss nicht ab. Besonders erbittert wüteten die Dithmarscher, die elendig unter Waldemars Heerzügen gelitten hatten. Aggressiv gingen sie gegen Folcwin vor; vermutlich wollten sie Otto lebendig in die Finger bekommen, um ein Lösegeld erpressen zu können. Folcwin machte einen Ausfallschritt und stach zu, gleichzeitig versuchte er, den Schmerz in seinem Arm zu ignorieren. Einmal nicht aufgepasst, schon hatte die Lanze seinen Arm aufgerissen … Zu diesem Zeitpunkt hatte die Sonne ihn geblendet, und ihm war so heiß gewesen, dass er glaubte, unter seinem Helm würde alles anfangen zu köcheln. Inzwischen dämmerte es bereits. Freund und Feind waren ohnehin schwer zu unterscheiden, aber wenn es erst dunkel wurde …

Der Gedanke an die Unwägbarkeiten der Nacht verlieh Folcwin neue Kräfte. Sie mussten die Schlacht jetzt entscheiden! Zudem kamen ihnen in diesem Augenblick zwei weitere Lüneburger Ritter zu Hilfe. Gemeinsam kämpften sie die Angreifer nieder, doch immer mehr kamen nach. Ihre Überzahl schien gewaltig. Sein Blick flackerte zu König Waldemar – der Hügel war leer. Hatte er sich nun doch in die Schlacht gestürzt? Wo war Jordan abgeblieben? Ob seinem Bruder etwas zugestoßen war? Und was war mit seinem Vater? Folcwin sah sich um und entdeckte Esko, der in einen erbitterten Zweikampf mit einem riesenhaften Ritter verwickelt war. Es durchfuhr ihn heiß – sein Vater war blutverschmiert. Er musste ihm helfen!

Folcwin sah sich nach Otto um. Sein Freund war im Augenblick Herr der Lage. Also los! Esko war es gelungen, die Oberhand zu gewinnen. Doch jetzt sprang ein Söldner dem Hünen bei und holte hinterrücks mit der Axt nach Esko aus.

56

Lüneburg

Jemand hämmerte gegen das Tor. Aufgeregte Rufe. Ida und ihr Knecht sprangen gleichzeitig auf und liefen hinaus. Die Sterne glitzerten über dem Wohnturm. Angenehm kühl war es nach der Glut des Tages. Vor lauter Sorge hatte sie wieder einmal nichts zustande gebracht, und die Hitze hatte sie zusätzlich gelähmt.

»Wer ist es? Freund oder Feind?«, rief Ida dem Knecht zu.

»Zehn, zwölf Leute. Ich kann sie nicht genau erkennen, aber sie behaupten, Euch zu kennen, Herrin!«

»Frag sie nach ihren Namen!« Obgleich sie die Antwort nur gedämpft vernahm, hörte sie genug. »Lass sie ein!«, befahl sie.

Svea und Henniko ritten in den Hof. Mit kleinen Kindern teilten sie die Pferderücken. Weitere Erwachsene folgten, Kinder und Greise hatten sie auf Maultiere gesetzt. Hastig verrammelten die Knechte das Tor wieder.

Ida schloss ihre Freundin und deren Mann in die Arme.

»Ritter und irgendwelches Fußvolk haben unser Dorf überfallen und unsere Hütten angesteckt. Wir wussten nicht, wohin«, erklärte Svea, die immer mehr Ähnlichkeit mit ihrer Mutter Rasmoda bekam.

»Es ist gut, dass ihr hierhergekommen seid! Ist jemand verletzt?«

»Nein, wir konnten gerade noch entkommen. Anderen Bewohnern unseres Dorfes ist es übler ergangen. Wo ist Esko?«

»Er ist mit Herzog Otto in die Schlacht gezogen. Ich konnte ihn nicht aufhalten«, sagte Ida niedergeschlagen und erzählte von den jüngsten Entwicklungen.

»Esko ist stark und geschickt, er wird deine Söhne heil wieder nach Hause bringen«, versuchte Svea, sie zu beruhigen.

Während Henniko von den Schandtaten der Angreifer erzählte, bewirteten Ida und ihre Mägde die Flüchtlinge. Ida kämpfte gegen eine ohnmächtige Wut an. Ähnliche Berichte hatte sie schon viel zu oft gehört.

»Wisst ihr, wer die Männer waren?«

Svea sah ihren Mann an. »Nicht genau. Aber Henniko meint, er hätte Arndt unter den Angreifern erkannt.«

57

Lübeck

Magda fand ihren Mann auf dem Wehrgang der Stadtmauer. Es hatte sie einige Mühen gekostet, mit ihrem Henkeltopf die steilen Stufen zu erklimmen, aber da Gerold in dieser Nacht nicht nach Hause gekommen war, hatte sie sich auf den Weg gemacht. Fast zwei Tage war es jetzt her, seit die Truppen aufgebrochen waren.

Die Sonne ging gerade über Lübeck auf, und die Flussschleife hätte malerisch gewirkt, wenn nicht die Waffentrümmer vor der Stadtmauer gewesen wären. In diesem Licht wirkten die gewaltigen Kirchenschiffe des Doms und von Sankt Marien umso beeindruckender. Die Stadt nimmt ein warmes rotbraunes Antlitz an, dachte Magda, denn weitere Kirchen und immer mehr Bürgerhäuser wurden in Backstein gebaut.

Eingesunken und fahl im Gesicht saß Gerold in einer Nische des Wehrgangs. Das Kinn war ihm auf die Brust gesunken. Sein Anblick rührte Magda und bereitete ihr gleichzeitig Sorgen; er mutete sich entschieden zu viel zu.

»Wir haben Meister Ostmann geraten, für ein paar Stunden nach Hause zu gehen, aber er wollte nicht«, sagte einer der Bürger, die gerade Wache schoben. »Dabei hat Euer Gatte gestern Abend, als die Raubritter angriffen, mitgekämpft, als wäre er noch ein junger Kerl. So gut hat er unsere Verteidigung dirigiert, dass die Angreifer nicht den Hauch einer Chance hatten.«

»Glücklicherweise hat es auf unserer Seite kaum Verletzte gegeben«, sagte Magda. Nur ein paar Männer mit Pfeilwunden waren ins Hospital geschafft worden. »Gibt es etwas Neues von unseren Truppen?« Die Sorge um Bendix und ihre anderen Familienmitglieder machte sie schier verrückt.

»Noch nicht.«

Magda ging zu Gerold und berührte ihn sacht an der Schulter. Er schreckte hoch, sein Blick war wirr. »Sind sie schon wieder da … diese … Halunken?!«

»Ich hab dir was zu essen mitgebracht.«

Gerold fing sich etwas. Er löffelte den Eintopf, sprang aber immer wieder auf, um über die Wehrmauer zu spähen. Noch immer war er sehr blass.

»Iss doch in Ruhe! Die anderen Wachen passen schon auf.«

»Wenn die Angreifer zurückkommen, muss es schnell gehen.«

»Du bist doch nicht der Einzige hier.«

»Aber es kommt auf jeden an, das weißt du doch. Wenn nur einer nicht mit am gleichen Strang zieht …«

Magda überlegte, ob sie ihrem Mann sagen sollte, dass man nie alles unter Kontrolle haben konnte – das hatte sie ja damals in Bardowick gesehen –, entschied sich aber dagegen. Gerold hatte immer das Gefühl, für alles verantwortlich zu sein, alles in Ordnung bringen zu müssen.

»Da – die Staubwolke!«

Gerold hielt ihr den Henkeltopf hin und stieß einen Warnruf aus. Sogleich strömten die Wachen auf den Wehrgang; ältere Männer allesamt. Magda überfiel eine tief sitzende Angst.

»Geh lieber zurück ins Hospital, nicht dass dir hier noch etwas zustößt!«, meinte Gerold und schob sie zur Treppe. »Soll ich dich runterbringen?«

»Nein, das schaffe ich schon.« Sie küsste ihn auf die Stirn. »Gib auf dich acht, Liebster.«

Es fiel ihr schwer, Gerold zu verlassen, aber sie fürchtete auch den Kampf. Als sie den Treppenfuß erreicht hatte, hörte sie Rufe und Jubel.

»Wir haben gesiegt!«

Erleichterung überschwemmte Magda. Es waren gar keine Angreifer gewesen, sondern ihre Leute! Die Stadttore flogen auf, und die ersten Reiter preschten herein. Die Männer waren blutbesudelt und sonnenverbrannt. Aufgeregt suchte sie die Gesichter nach Bendix und ihren Enkeln ab.

»Waldemar der Starke ist geflohen! Lübeck ist frei!«, verkündeten die Männer und ritten weiter in die Stadt hinein.

Gerold war plötzlich bei ihr. Er schloss sie in die Arme und stimmte in den Jubel ein. Dann wurde er jedoch schnell wieder ernst. »Haben wir viele Verluste erlitten? Wann kommen unsere Männer zurück?«

Einer der Reiter war abgesessen und berichtete vom Verlauf der Schlacht. »Die Heimkehr unserer Kämpfer wird noch etwas dauern. Der Zug ist langsam, denn viele sind verletzt. Fast das komplette dänische Heer ist vernichtet worden. König Waldemar hat in der Schlacht ein Auge verloren und ist dann geflohen. Viele Geiseln wurden genommen, darunter Otto, der Herzog von Braunschweig.«

Magda fühlte sich so zerschlagen wie schon lange nicht mehr. Sie nannte die Namen aller Familienmitglieder, die gekämpft hatten, aber der Reiter kannte keinen. Und was war mit ihrem Enkel Folcwin? Er war ein enger Vertrauter des Herzogs und hätte bestimmt nicht tatenlos zugesehen, wenn sein Herr und Freund gefangen und verschleppt wurde. Immer mehr Reiter strömten nun durch das Stadttor und wurden von den Bewohnern Lübecks gebührend gefeiert.

Plötzlich hörten sie ein so mächtiges Krachen, dass die Erde unter ihren Füßen erzitterte. Ein Ruf machte die Runde, und etliche Schaulustige stürmten los.

»Was war das?«, fragte Gerold die Umstehenden.

Der Krieger lachte laut und schwang sich wieder aufs Pferd. »Wir schleifen die Burg! Nie wieder soll ein unrechter Herrscher sich in der Lübecker Burg einnisten können und Macht über uns gewinnen! Auf, auf – ich will auch noch ein Stück Mauer einreißen!« Schon ritt er los.

Besorgt stellte Magda fest, dass Gerolds Hände bebten.

»Lasst die Burg stehen! Das Gebäude kann doch auch für etwas anderes genutzt werden!« Er stapfte los, so schnell es seine kranken Knie gestatteten. »Was für eine Dummheit!«

Magda wollte seinen Arm greifen, aber sie war zu langsam. »Gerold, bleib! Du kannst sie nicht aufhalten!«, rief sie ihm nach. Erneutes Donnern übertönte ihre Stimme.

Als sie die Burg erreichte, lagen Rauchschwaden über dem Gelände. Ein Scheiterhaufen brannte, auf den Türen und Fensterläden geworfen wurden. Eine Mauer lag umgestürzt, aus anderen waren Backsteine gebrochen. Plünderer trugen Kessel und Vorhänge heraus, machten sich mit Tischen und Stühlen davon oder warfen abgebrochene Ziegel auf Karren und schafften sie weg. Andere nutzten einen abgerissenen Wegbaum als Rammbock, um die nächste Mauer zum Einsturz zu bringen. Dazwischen lief Gerold herum, der ihnen erregt gestikulierend Einhalt zu gebieten versuchte. Jetzt packte er einen Büttel, der dem Schauspiel beifällig zuschaute. Magda bemerkte, dass ihr Mann sein Bein etwas nachzog. Auf seinem Gesicht lagen tiefe Schatten, und seine Augen flackerten. Sie musste ihn hier wegbringen!

»Das Gebäude ist doch völlig in Ordnung! Etwas ganz anderes könnte hier entstehen! Ein Spital, ein Kloster!«, rief Gerold. Doch niemand hörte auf ihn. Die Menschen waren wie entfesselt.

Endlich hatte Magda ihn erreicht. Sie wollte den Arm um ihn legen. »Du kannst sie nicht aufhalten. Komm lieber mit. Wir müssen herausfinden, was mit Bendix und unseren Enkeln ist. Vielleicht brauchen sie unsere Hilfe.«

Gerold sträubte sich. »Die Burg – sie war doch gerade erst fertig. So viel Arbeit, so viel Mühe«, brachte er hervor und presste nach Atem ringend seine Hand auf die Brust.

»Ich weiß, Lieber«, sagte sie sanft.

Rumpeln. Warnrufe. Eine Staubwolke. Gerold bäumte sich auf. »Nicht auch noch das neue Langh…«

Dann brach er zusammen.

58

Bornhöved

Das neue Lederwams, die Haarfarbe – Bendix gaben die Knie nach, als er den auf dem Bauch liegenden Toten entdeckte. Zitternd schob er die blutverklebten Haarsträhnen aus dem Gesicht. Es war nicht sein Sohn. Ein erleichterter Schluchzer entrang sich seiner Kehle. Wäre er nur nicht so feige gewesen! Hätte er nur an der Seite seiner Söhne gekämpft! Dann wüsste er jetzt, wie es um sie stand. Aber er hatte sich erst zurück aufs Schlachtfeld gewagt, nachdem die Nachricht von der Flucht König Waldemars sich wie ein Lauffeuer verbreitet hatte und klar war, dass die Dänen unterliegen würden.

Jetzt, einen halben Tag nach dem Ende der Schlacht, lichtete sich das Chaos etwas, aber noch immer lagen überall Tote und Verletzte, Menschen wie Pferde, Tausende waren es. Nur einige von denen, die den Kampf unverletzt überstanden hatten, waren aufgebrochen, um in Lübeck die frohe Botschaft zu verkünden.

Er zeichnete dem Gefallenen mit dem Daumen das Kreuz auf die Stirn. Ein alter abgerissener Kerl kam heran, als Bendix sich erhob. »Willste das Wams nich?«, fragte er.

Stumm vor Entsetzen taumelte Bendix weiter, während der Mann den Toten entkleidete.

In einiger Entfernung entdeckte er seinen Sohn Geraldus, der neben einem knienden Mann stand. Hatte er Benedikt endlich gefunden? Aber war der Kniende nicht der Chirurgicus, dem Jordan geholfen hatte?

Geraldus hatte seinen Vater bemerkt und eilte ihm entgegen. Er wirkte erschüttert. »Es ist Benedikt. Aber …«

Von tiefer Sorge erfüllt wünschte Bendix sich zu weinen, beherrschte sich aber mühsam. »Ist er tot?«

Sein Sohn schüttelte den Kopf. »Er war halb unter einem Pferd und einem Leichnam begraben. Hat einen üblen Schlag an den Kopf bekommen. Sein halbes Gesicht und vor allem das linke Auge ...«

Alles in Bendix sträubte sich dagegen, den Schwerverletzten zu sehen. Aber er musste es tun. Schon von Weitem sah er die blutigen Lappen, die die Männer umgaben. Kaum konnte er seine Übelkeit bezwingen. Er kniete sich neben seinen Sohn und tastete nach dessen Hand. Benedikt war bewusstlos. Der Chirurgicus hatte ihm bereits die Stirn umwickelt und schnitt nun mit einem schmalen Messer an dessen Auge herum. Bendix stierte vorbei.

»Wenn er die nächsten Stunden überlebt, kann es gut sein, dass er es schafft. Was das Augenlicht angeht, so wage ich keine Prognose. Von der Behandlung, die ich ihm angedeihen lasse, hatte ich bislang nur gelesen«, sagte der Arzt.

»Gelesen«, echote Bendix.

Der Arzt sah ihn an. Er wirkte erschöpft und schien gleichzeitig von einer beinahe fiebrigen Kraft erfüllt. »Ja, als ich an den Universitäten von Bologna und Montpellier studierte. Am besten lasst Ihr ihn noch bis morgen hier liegen und baut in der Zwischenzeit eine Trage für den Transport«, sagte er und erhob sich, nachdem er Benedikts Auge verbunden hatte.

»Wie kann ich Euch danken?«

»Etwas Geld wäre nicht schlecht, denn mein Gönner ist gestorben.«

Bendix tastete seinen Gürtel ab. Er musste seinen Geldbeutel im Tumult verloren haben. »Ich ... habe nichts mehr bei mir.«

Der Chirurg wischte sich die Hände am Wams ab. »Vielleicht verdient Ihr ja auch was an den Geiseln. Wenn sie denn überleben – und genau darum werde ich mich jetzt kümmern.«

Er machte sich in Richtung einer Wagen- und Zeltreihe davon. Bendix wachte bei Benedikt, während Geraldus Holz für den Bau einer Trage sammelte. Er würde es nie verwinden, wenn dieser Kampf, den er selbst ja mit provoziert hatte, das Leben seines Kindes fordern würde. Und was war mit Esko, Folcwin und Jordan? Unter den Toten hatte er sie nicht entdeckt, was allerdings nichts zu sagen hatte.

Einige Zeit später, Benedikt war noch immer nicht erwacht, ließ Bendix sich von seinem Sohn ablösen und ging zu der Wagenreihe. Hinter den Wagen und Zelten herrschte unbeschreibliche Enge. Die Gefangenen waren mit Seilen an Händen und Füßen gefesselt und kauerten dicht an dicht auf dem Boden. Es handelte sich um einige wenige Edelleute in ehemals feiner Rüstung und viele einfache Soldaten. Rund um sie wachten schwerbewaffnete Ritter.

»Was wollt Ihr?«, fragte ein Wächter barsch.

»Ich bin Lübecker Bürger und suche einen Verwandten.«

»Hier sind nur Gefolgsleute des Dänenkönigs«, sagte der Wachmann und unterdrückte ein Gähnen.

»Habt ein Einsehen, es ist wichtig. Es geht um meinen Schwager und meine Neffen. Vielleicht sind sie versehentlich hier gelandet. Ich kann nicht nach Hause zurückkehren, ohne sie gefunden zu haben.«

Der offensichtlich erschöpfte Mann winkte ihn durch. Vorsichtig setzte Bendix Schritt für Schritt zwischen die Gefangenen. Würde er hier kauern, wenn die Schlacht anders ausgegangen wäre?

Fast wollte er den Mut schon sinken lassen, als er am Rande des Pferchs Jordan entdeckte. Der junge Mann half dem Chirurgen, die Verletzten zu versorgen.

»Was für ein Glück – du lebst!«, platzte Bendix heraus, als er bei ihm war. »Und ich habe mich nicht einmal bei dir bedankt! Wo ist Esko? Und wo Folcwin?«

Ein Schatten huschte über das Gesicht des Achtzehnjährigen.

»Bendix … du musst …« Diese Stimme! Zwischen den Verletzten erkannte er jetzt Esko. Der Verband um Hals und Schulter war rotbraun von frischem und getrocknetem Blut. Das Gesicht war blau geschwollen und auf einer Seite durch Wunden gezeichnet. Bendix war mulmig zumute; es schien nicht gut um seinen Schwager zu stehen. Esko machte Anstalten, sich hochzustemmen.

Sogleich eilte Jordan zu ihm. »Vater, du darfst doch nicht … du hast den Chirurgicus doch gehört! Die Wunde ist zu tief!«, mahnte er ihn zur Ruhe.

Eskos Mundwinkel zuckten. »Immerhin lebe … ich noch.«

»Nur knapp konnte er dem Axthieb ausweichen«, berichtete Jordan seinem Onkel.

»Ausweichen? Das sieht mir nicht danach aus«, sagte Bendix matt und hockte sich hin.

»Ein Söldner wollte Vater hinterrücks den Schädel spalten, Folcwin konnte ihn gerade noch aufhalten. Das war aber auch die letzte Schandtat, die dieser Söldner unternommen hat, das kannst du mir glauben«, stieß Jordan voller Genugtuung heraus.

»Ist Folcwin auch so schwer verletzt?«, fragte Bendix und kämpfte gegen die Übelkeit an, die ihn wieder überfiel.

Esko mühte sich zu antworten, aber Jordan hielt ihn zurück. »Einige Kratzer und Prellungen, mehr nicht. Der Schwarze Graf hat ihn mitgenommen. Gleich als Erstes hat er sich Waldemars Söhne sowie Herzog Otto und dessen Getreue geschnappt und ist mit ihnen abgehauen. Der Schweriner fürchtete wohl, dass König Waldemar – dieser Feigling – zurückkehren und ihm die Geiseln entreißen könnte!«

»Wohin haben sie die Geiseln gebracht?«

»Wir gehen davon aus, dass er sie auf Burg Schwerin verstecken will.«

»Wir … müssen Folcwin … befreien«, stieß Esko erregt hervor.

Bendix straffte sich. Er trug die Verantwortung. Alle Hoffnung ruhte auf ihm. Er musste die Dinge in die Hand nehmen!

»Ich kann hier vorerst nicht weg, Benedikt ist ebenfalls schwer verletzt. Wir müssen Vater Bescheid geben und Ida. Sie müssen sich für eure und Folcwins Freilassung einsetzen.« Er wandte sich an Jordan. »Du bekommst mein Pferd und reitest los, um ihnen alles zu berichten. Gerold soll uns einen Boten mit Geld entgegensenden!«

Jordan zögerte. »Und Vater?«

»Ich werde nach ihm sehen, das verspreche ich dir.«

Jordan zögerte. »Sie werden mich nie freilassen. Auch ich bin ein Vasall des Herzogs von Braunschweig.«

»Oh doch, das werden sie. Dafür werde ich sorgen.«

59

Bei Lüneburg

Ida hielt ihren Sohn vor lauter Erleichterung so fest, dass er kaum vernünftig reden konnte. Als Jordan ihr gleich als Erstes versichert hatte, dass ihre Liebsten noch lebten, hatte eine Welle der Erleichterung sie beinahe von den Füßen gerissen. Doch seitdem hagelte es eine Schreckensnachricht nach der anderen: Esko schwer verletzt, Folcwin gefangen, ihr Neffe Benedikt verstümmelt. Und ihr Vater …

Jordan tippte ihr auf die Schultern; sie reichte ihm gerade bis zur Brust. »Mutter, könntest du … ich bekomme kaum Luft.«

»Natürlich!« Verlegen ließ sie ihn los. Was war denn nur in sie gefahren? Svea legte tröstend den Arm um Ida.

»Großmutter sagt, du sollst dich eiligst auf den Weg nach Lübeck machen, wenn du dich von Großvater noch verabschieden willst. Es steht nicht gut um ihn«, sagte Jordan.

Die Nachricht schmerzte sie sehr. So viel prasselte auf sie ein, dass sie ganz durcheinander war. »Aber was ist ihm denn nur passiert? Du sagtest doch, Gerold war nicht mit auf dem Schlachtfeld.«

»Der Schlag hat Großvater getroffen, als er verhindern wollte, dass die Lübecker die Burg schleiften. Seitdem dämmert er vor sich hin. Großmutter pflegt ihn, aber sie wirkt selbst sehr zerbrechlich.«

Das konnte Ida sich gut vorstellen. Magda hatte sich mit purer Willenskraft ins Leben zurückgekämpft. Wenn sie Gerold nicht mehr hatte, der ihr Halt gab …

»Und Esko? Warum ist er nicht mit in Lübeck?«

»Der Graf von Holstein hält ihn gefangen. Er glaubt wohl, er könnte eine hübsche Summe für seine Freilassung erpressen. Onkel Bendix hat mit Engelszungen auf die Männer des Grafen eingeredet, aber sie wollten Vater einfach nicht gehen lassen.«

Ida wandte sich an Svea und Henniko. »Ich muss nach Lübeck. Bleibt ihr hier und haltet die Motte?« Die beiden nickten wie selbstverständlich. Dann ging Ida an ihre Stollentruhe und packte ihre Sachen. »Kannst du mich nach Lübeck bringen?«, fragte sie ihren Sohn.

»Es könnte sein, dass die Herzogin …«

»Die Herzogin muss noch einige Tage auf dich warten. Die Familie geht vor«, entschied Ida.

Gerold war auf feinstes Leinen gebettet und duftete nach Seife, doch seine Augen waren geschlossen, und auf Idas Worte reagierte er nicht. Tränen strömten über ihre Wangen, als sie seine Hand streichelte. Wie hatte sie als Kind ihren Vater bewundert, und wie wütend war sie später auf ihn gewesen! Viel zu spät hatten sie sich versöhnt, aber ihr Verhältnis war nie mehr so eng geworden wie früher. Sie spürte die Berührung ihrer Mutter auf ihrer Schulter und schmiegte die Wange an Magdas Finger. Wenn sie doch nur etwas tun könnte, um ihrem Vater zu helfen! Aber sie wusste, dass in diesem Zustand selbst die besten Kräutermischungen und Heiltränke nutzlos waren.

Nun hörte sie Bendix' Stimme vom Eingang.

»Setzen wir uns. Die Magd hat Wein und Konfekt gebracht«, sagte Magda.

Stühle standen um das Lager ihres Vaters, als handelte es sich um eine große Tafel. Ihr Vater sollte in seinen letzten Stunden nicht allein sein. Bendix, Petronilla und ihre Kinder nahmen Platz, tranken und redeten.

»Dein Mann ist in guten Händen. Ein sehr guter Chirurg war auf dem Schlachtfeld. Nachdem sein Geldgeber gestorben war, hat er sich um die anderen Verletzten gekümmert. Ohne ihn wäre Benedikt nicht mehr bei uns. Ich habe ihn dafür entlohnt, dass er sich auch um Esko kümmert«, berichtete Bendix.

»Warum konntest du Esko denn nicht freikaufen?«, fragte Ida.

»Der Preis ist zu hoch, und ich habe zu viel Geld für die Vorbereitung der Schlacht, für Waffen und Harnische ausgegeben«, sagte Bendix und warf seiner Frau einen zerknirschten Blick zu, der ahnen ließ, dass sie von diesen Ausgaben nichts gewusst hatte.

Ida senkte die Stimme und sah ihre Mutter an. »Und ihr, könnt ihr mir das Lösegeld geben?«

Magdas Niedergeschlagenheit verstärkte sich noch. »Ich würde dir so gerne helfen, aber in der Geldkiste eures Vaters befinden sich vor allem Schuldscheine. Etliche davon hat König Waldemar unterzeichnet. Es ist fraglich, ob und wann wir das Geld zurückbekommen.«

Jetzt kamen auch Jan und Kethe hinzu, um dem Sterbenden beizustehen. Nach einer Weile setzten sich Bendix und Jan ans Schachbrett aus geschnitzten Figuren.

»Ohne Bendix und Herrn Gerold wäre ich nie zum Altarschnitzer geworden. Heute bin ich so angesehen, dass ich für das neue Kloster, das an der Stelle der Burg entstehen soll, eine Statue der heiligen Maria Magdalena herstellen darf«, sagte er. »Ich habe gehört, dass die Bürgermeister auch ein perlengeschmücktes Goldkreuz als Andenken an unsere Befreiung in Auftrag geben wollen. Das wäre doch eine Aufgabe für dich, Bendix.«

Ida dachte an ihre Kindheit zurück und versuchte, sich daran zu erinnern, wie Jan ausgesehen hatte, als er ein Kind gewesen war, aber es gelang ihr nicht. Das Leben hatte sich in Schichten auf ihre Gesichter gelegt, so wie Perlmutt eine Muschel bedeckt. Doch sein Wesen war unter diesen Schichten noch deutlich erkennbar, der Kern seiner Persönlichkeit. Jan und sie hatten vollkommen unterschiedliche Wege eingeschlagen, und doch waren sie noch immer miteinander verbunden.

Zwei Tage und Nächte saß Ida noch am Bett ihres Vaters, dann starb Gerold Ostmann, der die Zerstörung von Bardowick überlebt und sich in Lübeck ein neues Leben aufgebaut hatte. Nachdem er gestorben war, legte Ida ihm ihre letzten Perlen auf die Augen und zeichnete ihm ein Kreuz auf die Stirn. Ihr Vater hatte es verdient, in Frieden ins Totenreich zu gehen. Aber jetzt musste sie sich um die Lebenden kümmern. Sie tröstete ihre Mutter, bis diese sich einigermaßen gefangen hatte. So viel gab es zu tun!

Als sie Gerold gewaschen und aufgebahrt hatten, für Essen gesorgt und die Trauergäste bewirtet und verabschiedet hatten, saß Ida mit ihrer Mutter noch eine Weile still an der Bahre.

»Ich hätte gerne noch einmal mit Vater gesprochen, mich wirklich und wahrhaftig mit ihm versöhnt«, sagte Ida nach einiger Zeit. »Ich hatte das Gefühl, dass er mir noch immer grollt. Dass ich ihm nie ... gut genug war.«

»Ach, Ida.« Magda ergriff die Hand ihrer Tochter und sah ihr in die Augen; ganz müde und schwach wirkte sie. »Weißt du denn nicht, dass er alles nur aus Liebe zu dir getan hat? Er hatte dir schon lange verziehen.« Sie erhob sich mühsam und stieg hinauf zu Gerolds Schreibstube. Nach einer Weile kam sie zurück. In den Händen hielt sie etwas Glänzendes und legte es vor Ida auf den Tisch. Der Bucheinband sah ungeheuer kostbar aus; Ida war so fasziniert, dass sie Magda fast nicht mehr wahrnahm. Erst schaute sie es nur an, aber dann berührte sie doch das Gold, die Perlen und die Emaille-Einlagen. Mit angehaltenem Atem schlug sie es auf.

»Das Buch der Perlen«, las sie.

Es war ein Buch über Perlen: woher sie kamen, wie sie verwendet wurden, über die Bibel und die Reichskleinodien, über

Medizin und Schmuck. Ida erkannte manches wieder, was sie Magda erzählt hatte. Fragend sah sie ihre Mutter an.

»Viele deiner Berichte habe ich notiert, und auch etliches, was Bendix erzählt hatte oder was ich woanders aufschnappte. Bendix war es auch, der den Buchrücken gestaltet hat. Allerdings wusste er nicht, dass das Buch für dich ist. Gerold bat mich, es zu schreiben. Er wollte … es sollte eine Überraschung sein.«

Langsam blätterte Ida weiter. Ihr Blick blieb an einer Überschrift hängen.

»*Vom Perlenfischen*«, stand dort. »*Manch einer mag schon eine Perle im Essen gefunden haben. Perlen zu fischen ist jedoch eine Beschäftigung, die nicht nur Mut, sondern auch außerordentliche Kenntnis erfordert. Nur die Besten und Geschicktesten können zum Perlenfischer oder zur Perlenfischerin werden …*«

Wieder stiegen Ida die Tränen in die Augen. Es war ein so großartiges, kostbares Geschenk – und sie konnte ihrem Vater nicht mehr dafür danken.

60

Schleswig-Holstein

Esko schwitzte. Bilder verfolgten ihn, sein Leben, wild durcheinandergeworfen. Die Hitze in ihm und um ihn war unerträglich. Wenn er die Augen öffnete, waren da Fremde, Pferde, Wagen. Man riss an ihm, trug ihn, ließ ihn wieder liegen. Seine Kleidung war nass und stank. Und dann dieser Schmerz, der jede Bewegung zur Qual machte! Immer wieder rief er nach Ida, nach Folcwin und Jordan, brachte aber nur krächzende Laute heraus. Seine Zunge war trocken wie Pergament.

Jetzt traf ihn etwas im Gesicht – er zuckte zurück, wollte um sich schlagen. Sobald er sich bewegte, stach es, als triebe ihm jemand ein Messer in den Hals.

»Gnnnnn …« Ein beinahe tierischer Laut entrang sich seiner Kehle.

»Ruhig! Das ist nur Wasser!«

Esko blinzelte. Wer hatte da gesprochen?

Eine Hand an seinem Kinn. Der Mund, er sollte den Mund öffnen. Tropfen auf seiner Haut, fein wie Nadelstiche. Dann das Nass auf seiner Zunge, erquickend wie ein Sommerregen. Götter, er müsste die Götter anrufen. Ihnen opfern. Aber welchen Göttern? Vergessen. Er wollte sehen, hob den Kopf. Da war er wieder, der Schmerz. War er vielleicht selbst das Götteropfer?

61

Lüneburg

Die Kalkbergfestung war verschlossen. Nur Jordans guter Ruf öffnete ihnen die Türen. Still war es in der Burg, totenstill und dunkel. Die Herzogin saß im großen Saal. Nur zwei Hofdamen waren bei ihr. Seit der Schlacht und dem Tod ihres Vaters erschien Ida alles so traurig. Wie gelähmt war sie. Doch jetzt drängte sie ihren Kummer entschlossen beiseite.

»Willst auch du dich über meinen Vater beklagen? Über den Verlust deiner Männer? Willst auch du mir Vorwürfe machen?«, fragte Helena, ohne Ida eines Blickes zu würdigen.

»Wie könnte ich, edle Herrin? Ich hatte noch Glück. Mein Mann ist zwar gefangen, aber nur verletzt. Und Folcwin ist in der Gefangenschaft des Grafen von Schwerin, wie Ihr wisst. Hat der Schwarze Graf Euch schon seine Forderungen übermittelt, Durchlaucht?«

Die Herzogin lachte bitter. »Ein unverschämter Kerl ist er, dieser Graf Heinrich. Sollte ich nicht in seine Forderungen einwilligen, will er die Herrschaft über Lüneburg übernehmen.«

»Und werdet Ihr einwilligen?«

»Ich kann nicht! Das wäre das Ende unseres Hauses. Dann wäre allen Forderungen Tür und Tor geöffnet. Auch andere wetzen schon die Messer. Braunschweig soll uns ebenfalls genommen werden.«

»Gibt es schon Forderungen für Herzog Ottos Männer?«

»Meine Hofdamen werden dir die Liste zeigen. Aber ich bezweifle, dass du dir das Lösegeld leisten kannst.«

Ida folgte den Hofdamen hinaus. »Ich kümmere mich schon

darum; geh du zur Herzogin zurück, damit unsere Herrin nicht alleine ist«, sagte eine hübsche Blondlockige zu ihrer Gefährtin, ehe sie sich an Ida wandte: »Folgt mir in die Kanzlei. Unser Schreiber ist unterwegs, um zu verhandeln, deshalb müssen wir uns selbst um alles kümmern.« Sie öffnete ein Kästchen und holte einen gesiegelten Brief heraus. Während sie ihn öffnete, sagte sie: »Es heißt, dass es den Männern auf Burg Schwerin schlecht geht. Ihr Verlies ist kaum mehr als ein Loch. So feucht ist es darin, trotz des Sommers, dass sich etliche die Seele aus dem Leib husten. Immerhin ist Herzog Otto wohlauf, und von Junker Folcwins Wunden ist kaum noch etwas zu sehen, heißt es.«

»Kennt Ihr meinen Sohn gut?«, fragte Ida, um ihre Erschütterung zu überspielen. Was für eine dumme Frage!

Zu ihrer Überraschung wurde die Hofdame rot. »Folcwin ist ein aufrechter Mann und hat mehr Ehre im Leib als ein Ritter von höherem Stand. Und seine Verse sind …«

Ida stutzte verblüfft. »Seine Verse?«

Noch dunkler wurden die Wangen der jungen Frau. Sie starrte das Pergament an, als suchte sie darauf eine geheime Botschaft. »Hier steht es: Folcwin von der Heien, dreihundert Mark Silber.«

Ida ließ die Schultern sacken. Das war ein Vermögen! Woher sollte sie so viel Geld bekommen?

Da nestelte die Hofdame an ihren Ohrläppchen und legte etwas auf Idas Handfläche. »Nehmt dies. Ich werde behaupten, ich hätte sie verloren. Aber bringt uns Junker Folcwin bald zurück«, sagte sie scheu.

Als Ida die Ohrringe betrachtete, wusste sie auf einmal, dass nur eines sie retten konnte.

»Hier sind noch ein paar Perlmuscheln!«, rief Margrit, deren Haare nass und wirr ins Gesicht hingen, sodass Ida sich an die sagenumwobenen Flussnymphen erinnert fühlte.

»Ich komme gleich!« Ida versenkte die Muschel, die sie gerade behutsam geöffnet hatte, wieder im Flussgrund. Immerhin hatte sie bereits eine hellbraune, verformte Perle gefunden, die ihr der Gewürzkrämer sicher gerne abnehmen würde, um daraus einen Trank herzustellen. Die Hitze, die die Felder verdorren ließ, hatte für ihre Zwecke auch einen Vorteil: Der Körper kühlte im Fluss nicht so schnell aus, sodass sie länger tauchen konnte.

Später ritt Ida mit Henniko nach Lüneburg und suchte den Goldschmied auf. Sie hatte keine Ahnung, wie viel Geld sie für die Perlenohrringe und die frisch gefischte Perle – nach langer Suche hatte sich doch noch eine gefunden – bekommen würde.

In der Stadt herrschte Unruhe. Offenbar war ein Lehnsmann des Grafen von Schwerin mit einem Trupp Reiter auf der Kalkbergfestung eingetroffen. Ida war nervös, wenn sie an Jordan dachte, der dort mit einigen wenigen Rittern die Stellung hielt. Konnte sie es riskieren, bei den Schwerinern vorzusprechen und mit ihnen über Folcwins Freilassung zu verhandeln?

Während der Gehilfe des Goldschmieds den Schmuck begutachtete, beäugte sein Meister sie misstrauisch. »Diesen Schmuck wollt ihr verkaufen? Sieht mir nach einem Erbstück aus. Und diese Perle – hübsch rund ist sie ja, und dieser gelbliche Schimmer ist auch nicht zu verachten. So etwas findet Ihr beim Mittagsmahl?«

»Glück muss man haben«, sagte Ida leichthin, obgleich das Herz ihr bis zum Hals klopfte.

»Aber warum behaltet Ihr sie nicht selbst? Habt Ihr denn ausnahmsweise kein Kunstwerk für den Kaiser zu sticken?«, stichelte der Goldschmied.

Ida ging darüber hinweg. »Wollt Ihr sie nun haben oder nicht?«

Wie jeden Tag war sie am Fluss, allein dieses Mal. Die Sonne spiegelte sich gleißend auf der Wasseroberfläche. Idas Haut war schon ganz verbrannt, aber was scherte sie ihr Aussehen? Sie war wie im Fieber. Perlen, sie musste Perlen finden! Wie gut, dass sie die Ilmenau und ihre Seitenbäche in- und auswendig kannte. Sie wusste, wo die Schiffer vorbeikamen, wo Fischer unterwegs waren und wo es Muschelbänke gab. Es war nur eine Frage der Zeit, bis sie genügend Perlen hätte, um ihre Lieben auszulösen. Henniko hatte sich bereit erklärt, nach Norden zu reiten, um Esko zu holen.

Flink wie ein Otter tauchte sie zum Flussgrund hinab. Seit sie so oft nach Perlen suchte, hatten ihre Ausdauer und ihr Geschick noch zugenommen. An diesem Flussabschnitt war sie früher einmal mit Neslin gewesen, seitdem nicht mehr. Zu weit von zu Hause war der Fluss fort, und zu groß war das Risiko, entdeckt und belästigt zu werden. Auch verlief ganz in der Nähe ein Seitenarm der Ilmenau, der manches Mal genutzt wurde, wenn auf dem Fluss zu viel Betrieb war. Aber da Ida nur die vielversprechendsten Muscheln öffnete, musste sie es auch hier versuchen. Heute jedoch hatte sie keinen Erfolg. Sie war dem Fluss inzwischen weit gefolgt. An dieser Stelle war er flacher und die Kiesel von Schlamm eingehüllt.

Sie wollte gerade aufgeben, als ein Schwarm kleiner Bachforellen zwischen ihren Beinen hindurchschwamm. Oft hatte sie beobachtet, dass diese Forellen und die Muscheln sich die Gewässer teilten, also richtete sie ihre Aufmerksamkeit noch einmal auf den Flussgrund – und tatsächlich, da waren Muscheln, darunter einige große Exemplare. Ihr Herz schlug vor Aufregung schneller. Sie umfasste eine zerfressene, beinahe handgroße Muschel, deren Lippen sich wie fremdartige Schleier im Strom bewegten. Scheu überfiel sie. Wie alt diese Muschel wohl war? Manche Muscheln mit auffälliger Schale, die sie als Kind an ihren Platz zurückgesetzt hatte, lebten heute noch am Flussgrund – aber die waren nicht annähernd so groß. Behutsam löste sie die Muschel aus dem Boden. Die Lippen zogen sich zurück, und Ida spürte auf einmal eine enge Verbindung zu diesem seltsamen Wesen, das lebte und atmete wie sie. Gedankenverloren hielt sie die Muschel in der Hand. Sie wünschte sich, dieses Wesen an seinen Platz zurückzusetzen, wo es, unberührt von den Sorgen und Nöten der Menschen, vielleicht die nächsten Jahrhunderte überdauern würde. Gleichzeitig spürte sie so intensiv wie nie zuvor, dass diese Muschel eine Perle trug. Geschickt öffnete sie die Schale. Blauweiß und fleckig war sie, und da – ihr Finger bebte, als sie das Fleisch ein Stück beiseiteschob – befand sich die größte Perle, die sie je gesehen hatte! Perfekt rund, milchig weiß mit einem zarten hellgrünen Schimmer. Ida führte für einen Augenblick Muschel und Perle an ihre Brust und dankte dem Fluss. Mit dieser Perle würde sie ihren Lieben ganz sicher die Freiheit erkaufen können.

Eigentlich hatte sie ihr Säckchen mit den Perlen bislang mit in das Turmhaus genommen. Jetzt aber scheute sie sich, diesen Schatz im Haus zu verstecken. Was, wenn auch sie überfallen und ausgeplündert wurden?

Hitze flirrte. Hatte sich dort etwas bewegt? Ida war gerade wieder von Neslins Eiche gesprungen und spähte zu dem Gebüsch, in dem sie ihren Umhang und drei kleine braune Perlen versteckt hatte, die sie zu Aqua Perlata verarbeiten und verkaufen wollte. Ein Rascheln. Da war doch etwas! Das Blut rauschte in ihren Ohren, als sie, ihren Muscheldolch gezückt, zu ihren Habseligkeiten pirschte.

Der Gehilfe des Goldschmieds grinste sie an; ihre Perlen hielt er in der Hand. Ein weiterer Mann stand schräg hinter ihm. »Muschelmahlzeit, wie? Tja, jetzt bist du nicht mehr die Einzige, die es ausnutzen wird, dass unser Herzog handlungsunfähig ist …«

Die Männer warfen ihre Wämser ab und stürmten ins Wasser. Eine nach der anderen rissen sie die Muscheln aus dem Grund, brachen sie brutal auf und warfen sie an Land. In sandigen Wolken wirbelten der Flussgrund und zerfetzte Blätter um sie.

Ida war zutiefst schockiert über so viel Brutalität. »Nein! Lasst das! Nicht jede Muschel ist reif – bitte nicht, ihr zerstört doch alles!«, versuchte sie, die Männer aufzuhalten. Doch es war vergeblich. Ida musste bei dem Frevel an der Natur zusehen.

Erst als sich die Muschelschalen zu Hunderten auf dem Uferstreifen türmten, fand einer der Männer eine Perle. Dieser Erfolg trieb sie erst recht an weiterzumachen. Erschüttert versuchte Ida, einige Muscheln zu retten und wieder in den Flussgrund zu stecken. Was sollte sie nur tun? Wenn sie die Büttel der Herzogin holte, würden die Perlräuber sie verraten. Unfähig, dieses Elend weiter mitanzusehen, flüchtete sie nach Hause.

Am nächsten Tag hatte sich die Nachricht bereits herumgesprochen. Wohin Ida auch kam, überall waren schon Menschen und plünderten die Muschelbänke. Vor allem Kinder und Alte, die bei der Feldarbeit entbehrt werden konnten, hofften, sich durch den Fund von Perlen etwas hinzuzuverdienen. Sie entdeckte wieder den Goldschmiedegehilfen, Handwerksburschen und sogar Schiffer wie Anselm unter den Plünderern. Manche prügelten sich erbittert um Muscheln und Perlen. Der Gestank von vertrocknetem Muschelfleisch lag über der Auenlandschaft.

Ida verfluchte ihren Leichtsinn. Ihr war, als bräche ihre ganze Welt auseinander. Ihr Liebster verletzt und unerreichbar, ihr Vater tot, ihr Sohn gefangen. Sie konnte es gar nicht genug würdigen, dass Svea und Henniko ihr zur Seite standen, obgleich sie doch alles verloren hatten und eigentlich ihr Dorf wiederaufbauen müssten. Und jetzt das! Sie musste diese Barbaren aufhalten, bevor sie auch die letzte Muschelbank zerstört hatten! Aber wie?

»Ihr könnt nicht zur Herzogin. Sie empfängt keinen Besuch.« Der Torwächter schlug ihr das Sprechfenster vor der Nase zu.

Fahrig wischte sich Ida den Schweiß von der Stirn. Hier, auf dem Kalkberg, schien es noch heißer zu sein. Ohnehin war ihr schwummrig zumute. »Dann möchte ich meinen Sohn sehen! Ritter Jordan!«, rief sie.

Eine Bettlerin, die im Schatten der Mauer herumgelungert hatte, schnitt ihr den Weg zu ihrem Pferd ab. »Habt Ihr ein Almosen für mich, Herrin? Ich kann Euch auch verraten, was in der Burg los ist.«

»Ich habe kaum Geld«, sagte Ida und gab ihr einen Pfennig.

Die Bettlerin verzog das Gesicht. »Der Stellvertreter des Grafen von Schwerin hat die Kalkbergfestung übernommen«, sagte sie trotz der geringen Gabe. »Die Herzogin hat nichts mehr zu sagen, ihre Ritter sind gefangen. Weiß nur noch keiner, weil die Männer des Schweriners auf Verstärkung warten. Die lassen hoffentlich mehr springen als Ihr.«

Nur langsam sickerten die Worte in Ida ein. Um sie begann sich alles zu drehen.

62

Schleswig-Holstein

Esko zupfte an seinem Verband. Unter dem Leinen juckte es höllisch.

Der Arzt musterte ihn streng. »Ihr sollt den Verband in Ruhe lassen! Sonst reißt ihr die Wunde nur von Neuem auf! Und das solltet Ihr besser lassen, denn ich verschwinde bald.«

»Wie?«, fragte Esko heiser. Noch immer fühlte er sich ausgedörrt und fiebrig. »Wie … verschwindet Ihr?

»Das schafft Ihr ohnehin in Eurem Zustand nicht.«

»Wie?«, beharrte Esko.

Nun beugte sich der Chirurgicus zu ihm. »Es gibt bald einen Durchgang, eine Art Tunnel. Des Nachts, wenn die Bewachung nachlässt, werden wir fliehen.«

»Ich … will mit.«

Sein Gegenüber zog die Augenbrauen zusammen. »Ihr könnt doch noch nicht mal aufstehen!«

Esko wollte sich hochstemmen. Doch seine Arme klappten zusammen wie Schilfhalme.

63

Bei Lüneburg

Die Männer fackelten nicht lange, sondern packten Ida. »Im Auftrag des Grafen von Schwerin und neuen Herrn über Lüneburg verhaften wir Euch wegen Diebstahls und Perlwilderei.«

»Wagt es nicht! Der Graf von Schwerin hat hier gar nichts zu sagen«, wehrte sie sich.

Hilfesuchend sah sie sich um, aber im Moment waren nur Svea und die Kinder im Haus. Die Knechte würden nicht wagen, die Ritter anzugreifen, und Henniko war noch nicht zurückgekehrt.

Sie riss sich los. »Lasst mich!«

Die Ohrfeige riss die Innenseite ihrer Wange auf, dann fesselten die Männer Idas Handgelenke aneinander. An einem Seil zerrten sie sie hinter sich her. Ida konnte nur schwer mit den Pferden mithalten. Als sie fiel, schleiften die Männer sie einfach mit. Idas Füße und Knie platzten auf.

»Ich habe nichts getan!«, rief sie, als sie sich wieder hochrappelte.

Höhnisches Lachen. »Ja, leugnet nur! Aber die Perlohrringe gehörten Euch nicht, und Ihr wurdet beim Wildern gesehen!«

Der Weg näherte sich dem Fluss. Als Ida das Ufer sah, geriet sie erneut ins Straucheln. Jetzt hatte sie sich auch noch die Unterarme und Ellbogen aufgeschlagen!

»Schaut nur genau hin! Dann wisst Ihr, was Euch blüht!«

Trotz des Schocks konnte Ida den Blick nicht abwenden. Wie eine düstere Mahnung waren die Galgen am Flussufer aufgereiht. Ein Schild zeigte, grob mit Kreide und Kohle gezeichnet, eine abgehackte Hand mit einer Perle darin. Hände waren an Holz genagelt, Haare flatterten im Wind. Schon pickten die Krähen den Leichen die Augen aus. Vor sich im Gras entdeckte sie eine einzelne kleine Perle, blutbefleckt. Alte und Junge waren hingerichtet worden, Frauen und Männer. Diese Menschen würden keine Perlen mehr suchen, sie würden nicht mehr lachen, nicht mehr weinen. Wie wütend Ida auch auf die Plünderer gewesen war – aber das hatten sie nicht verdient.

Idas Blick verschwamm. Wie erleichtert sie nun war, dass es ihr nicht gelungen war, die Perlwilderei anzuzeigen! Mit dieser Schuld hätte sie nicht leben können. Die Büttel hatten keine Gnade walten lassen. Würde man auch sie hier aufknüpfen? Würde sie ihre Lieben niemals wiedersehen?

»Ich war mit Jusarius von der Heie verheiratet! Mein Sohn ist Ritter in Herzog Ottos Gefolge – ich verlange eine Anhörung und eine anständige Verhandlung!«, protestierte sie.

Doch sie wurde weitergeschleift, den langen Weg bis zur Festung und den Kalkberg hinauf. Schweißnass war sie und völlig ausgepumpt, als sie dort ankam. Zwischen ihren Zähnen knirschte der Sand, er brannte in ihren Augen und in ihren wunden Füßen. Schließlich brachte man sie hoch in die Kemenate. Es war dunkel in den Raum und stickig. Ida rang nach Luft und versuchte, ihre Panik in den Griff zu bekommen.

»Ach, du bist es …« Die Stimme klang resigniert.

Ida spähte ins Dunkle. Ein Umriss zeichnete sich vor der kalten Feuerstelle ab. »Herzogin? Durchlaucht?«

Der Umriss bewegte sich. »Weshalb hat man dir das angetan?«

»Man behauptet, ich hätte Perlen gewildert.«

»Und, hast du?«

Ida atmete tief ein. Die Herzogin würde es ohnehin erfahren. »Herzog Otto wird doch auch in dem Verlies gefangen gehalten! Ihr wollt Euren Sohn ebenso dringend befreien, wie ich den meinen! Perlen zu finden und zu verkaufen, erschien mir als einzige Möglichkeit, genug Geld zusammenzubekommen.«

»Und jetzt hast du alles verloren, genau wie ich.« Helena schwieg. Dann hörte Ida ein Schluchzen. Es war das erste Mal seit Langem, dass die Herzogin in ihrer Gegenwart weinte.

»Wo sind Eure Hofdamen? Und Eure Ritter? Warum ist niemand da, der Euch beisteht?«

Die Herzogin schnäuzte sich. »Was weiß denn ich? Man hat sie weggebracht. Ich weiß nur eins: Niemand ist mehr da, der uns zu Hilfe kommen kann.«

»Könnt Ihr Euch denn nicht an den Kaiser wenden? Oder vielleicht an den Papst?«

»Der Kaiser hat es auf Braunschweig abgesehen. Und Papst Gregor habe ich natürlich bereits angeschrieben. Aber wer weiß schon, wann und wie die Kurie reagiert. Das kann Jahre dauern!«

»Und Euer Bruder? Was ist mit König Waldemar?«

»Waldemar leckt seine Wunden und hat genug damit zu tun, seine Söhne zu befreien, die ebenfalls gefangen gehalten werden. Er wird den Teufel tun und sich in unsere Angelegenheiten mischen. Wir sind auf uns allein gestellt. Und das bedeutet, wir sind verloren.«

Mit einer Gürtelschnalle hatten die Männer einen Tunnel unter der Mauer her gegraben. Nacheinander quetschten sie sich durch die enge Höhlung.

»Eilt euch, gleich dreht der Wächter wieder seine Runde!«, trieb der Chirurg sie an.

Esko reihte sich auch ein. »Seid Ihr sicher, dass Ihr das schafft?«, fragte der Ritter. »Wir können auf Euch keine Rücksicht nehmen.«

»Das braucht Ihr auch nicht«, stieß Esko hervor. Er wollte nicht in diesem Loch versauern! Dies war vielleicht die einzige Gelegenheit zu fliehen.

Er kam als Letzter an die Reihe. Sich zu dem Loch hinunterzubeugen fiel ihm schon schwer. Aber als er erst die Füße, dann die Beine durchschob, raubte ihm der Schmerz den Atem. Bleib bei Sinnen, mahnte er sich. Seine Zähne knirschten aufeinander. Weiter! Die Hüfte, der untere Rücken. Ein Funkenregen tanzte vor seinen Augen. Esko stöhnte. Nur ein Stück noch! Er wollte sich festhalten, durchziehen. Schwindel, Schwärze. Er konnte nicht mehr. Ein Griff, ein Ruck. Esko wurde hochgerissen.

»Nun kommt schon!«, fauchte der Chirurg ihn an. »Die anderen warten nicht.«

Auf seinen Helfer gestützt, taumelte Esko über die Ebene. Wenn eine Wache vorbeikäme, wären sie im Nu wieder gefangen.

Hier draußen fühlte er sich besser, die klare Luft vertrieb die Benommenheit. Hunde kläfften hinter ihnen. Hatte man ihr Verschwinden bereits bemerkt? Sie erreichten ein Birkenwäldchen, einen Bach. Die anderen diskutierten, in welche Richtung sie laufen sollten. Esko hatte keine Schwierigkeiten, sich zu orientieren.

»Folgt rechter Hand dem Fluss und bleibt im Wasser, dann werden die Hunde unsere Spur verlieren!«, zischte er.

Gemeinsam hasteten sie im Bachlauf weiter. Das Hundekläffen schwoll an. Ihre Verfolger kamen.

Henniko fluchte. Das war schon die dritte Fluchtburg gewesen, an die man ihn verwiesen hatte, aber auch hier waren die Gefangenen nicht. Wie sollten die Ritter denn Lösegeld kassieren, wenn niemand wusste, wo die Geiseln waren? Er suchte die Gegend nach einem möglichen Versteck für die Nacht ab, aber die Ebene bot kaum Deckung. Ein einziges Wäldchen wölbte sich am Horizont. Viel zu lange hielt er sich schon hier auf. Es wollte zurück, wollte gemeinsam mit Svea und unter dem Beistand der Götter ihr Dorf wiederaufbauen! Andererseits fühlte er sich Esko und Ida verpflichtet.

In der Ferne bellten Hunde. Wer ging denn um diese Zeit noch auf die Jagd? Er sollte sich lieber davonmachen, ehe die Jäger auf ihn aufmerksam wurden, schließlich trug er einige Münzen bei sich. Henniko ritt weiter und schlug sich mit seinem Pferd in das Wäldchen. Ein Stück weiter öffnete sich das Dickicht um einen halbüberwucherten Tümpel. Mondlicht spiegelte sich auf der Oberfläche und wurde durch wippendes Schilf und eine leichte Strömung gekräuselt.

Da entdeckte er die Männer, die gebückt durch den Bach liefen, der in den Teich mündete. Räuber würden sich hier wohl kaum verstecken. Er saß ab und beruhigte sein Pferd, damit es nicht schnaubte.

Direkt in seiner Nähe hielten die Männer inne. »Obacht, hier hat sich jemand versteckt. Ich kann ihn und sein Ross riechen«, zischte einer.

Henniko erkannte die Stimme sofort. »Esko?«

Die beiden fielen einander in die Arme. Henniko berichtete, was vorgefallen war und dass er ihn hatte loskaufen wollen. Neben den Hunden waren jetzt auch die Rufe von Männern zu hören. Die Entflohenen wurden nervös. Sie mussten verschwinden.

»Ich lenke sie ab – aber ihr müsst schnell machen!«, wisperte Henniko.

Wenige Augenblicke später brachen schwere Jagdhunde und Reiter durch das Unterholz. Henniko erhob sich von seiner Satteldecke, als hätte er geruht. Die Hunde hechelten aufgeregt um ihn herum.

»Verzeiht, edler Herr! Ich habe nur ein ruhiges Fleckchen für die Nacht gesucht. Seht – ich habe weder gejagt, noch in Eurem Wald gefrevelt!«, sagte Henniko unterwürfig.

Der Reiter rief die Hunde zurück, die nun die schilfbewachsene Uferböschung abschnüffelten. »Hast du fünf Männer gesehen? Es handelt sich um Gefangene. Mein Herr wird dir eine schöne Belohnung zahlen, wenn du uns weiterhilfst.«

Henniko knetete die Hände. »Was für ein Pech! Hier ist niemand vorbeigekommen! Vielleicht könnt Ihr noch ein wenig warten? Wenn sie dann …«

»So weit kommt es noch, wir haben es eilig!«, fiel der Ritter ihm ins Wort und feuerte seine Männer an weiterzusuchen. Der Hundeführer trieb die Meute ebenfalls voran.

Als das Kläffen der Hunde leiser geworden war, stieß Henniko einen Pfiff aus. Fünf Köpfe hoben sich aus dem Tümpel, algenbedeckt und tropfend, in den Mündern hohle Rohrkolben.

64

Schwerin

Aus der Zelle nebenan war das leise Wispern der drei dänischen Prinzen zu hören. Waldemars Söhne Erich, Abel und Christoph kamen schlecht mit der Gefangenschaft zurecht, und Folcwin konnte es ihnen nicht verdenken. Otto und er versuchten, sie über die Zellengrenzen hinweg aufzuheitern, aber sie konnten ja auch nicht ständig Geschichten erzählen oder singen. Noch einmal drückte er die Arme durch. Zwischen seinen Schulterblättern perlte Schweiß; seine Muskeln zuckten. Er wusste nicht, wie oft er den Körper schon hochgedrückt hatte, aber er wusste, dass es jetzt reichte mit den Liegestützen. Neben ihm hatte Otto die Arme um die Metallgitter der Zelle verschränkt und hob die ausgestreckten Beine.

Zwei Ritter röchelten im Schlaf. Folcwin war überzeugt, dass sie sich so wenig wie möglich auf der klammen Erde aufhalten durften. Schon jetzt hustete er oft gefährlich, und vorhin hatte er beim Aufwachen den Eindruck gehabt, er fieberte. Ein Hustenanfall brachte Otto dazu, seine Übung abzubrechen; seine Augen waren trüb.

»Du könntest dich in eine Kammer bringen lassen. Dem Schwarzen Grafen nützt es nichts, wenn du stirbst«, sagte Folcwin.

»So schnell sterbe ich nicht«, meinte Otto, hielt sich aber die Brust. »Ich werde meine Männer nicht im Stich lassen.«

»Vielleicht legt der Graf es ja gerade darauf an.«

»Dass ich sterbe? Ach, ich weiß nicht. Der Schwarze Heinrich ist hart, aber ein derartiger Teufel ist er nicht. Mit seiner jungen Frau oder seinem Sohn Gunzelin würden wir uns leichter einig.«

»Die Gefangenschaft kommt dem Grafen gut zupass. Er wollte dich schon lange aus dem Weg haben. Mit deiner Herkunft könntest du jedem den Rang ablaufen und ihn mit Leichtigkeit wieder unterwerfen.«

»Du redest ja beinahe wie meine Mutter. Dabei nützen mir die glänzenden Aussichten gar nichts, wenn mein eigenes Haus nicht bestellt ist. Wenn das Fundament nicht trägt, kann das ganze Haus einstürzen.«

Folcwin dachte, dass dieser Satz von seinem Großvater stammen könnte, verkniff sich die Bemerkung aber.

Otto ließ sich auf ihren einzigen Schemel sinken. Er überprüfte mit einem wachsamen Blick, ob die anderen Ritter noch immer schliefen, und sagte: »Am schlimmsten ist, dass mein Haus mehr denn je ins Wanken geraten ist. Wir müssen das Reich unserer Vorfahren wiederherstellen und vergrößern, sagte mein Onkel, der frühere Kaiser, stets, aber die Zeiten haben sich verändert. Es erscheint mir irrsinnig, um jeden Preis Gebiete zu erringen, nur um diese in der nächsten Schlacht wieder zu verlieren. Zudem steht inzwischen eine neue Figur auf dem Schachfeld: der Bürger. Mir dünkt, wir müssen uns mit den Städten verbünden, um Stabilität zu erreichen.«

Folcwin hockte sich neben ihn und stützte die Ellbogen auf die Knie. »Unsere Welt ist wahrlich im Wandel, das sagte Meister Gervasius auch oft.«

»Die Gespräche mit ihm und den anderen Gelehrten vermisse ich am meisten.« Otto lächelte bitter. »Nichts gegen deine Gesellschaft, mein Freund, aber mir scheint, dass ein Herrscher seinen Kopf ebenso unterweisen muss wie seinen Körper. Auch der Staufer Friedrich scheint vielfältig gebildet zu sein.«

»Und ihm willst du nacheifern?«

Otto sah ihn nachdenklich an. »Ich muss meinen eigenen

Weg gehen. Verwandtschaft hin oder her, ich hätte mich nie in Waldemars Krieg hineinziehen lassen dürfen. Ich muss mein Land, meine Vasallen, meine Lehen an die erste Stelle setzen.«

»Mein Vater meint immer, alles im Leben hätte einen Sinn – wir müssten nur herausfinden, welchen.«

»Willst du damit sagen, dass auch diese Gefangenschaft einen *Sinn* haben könnte?«, fragte Otto halb spöttisch.

»Wer bin ich, dass ich das wissen könnte? Ich denke aber, dass wir die Zeit nutzen sollten.«

»Um uns Gedanken darüber zu machen, wie es weitergehen soll?«

»Sicher«, sagte Folcwin und erhob sich. »Aber auch, um unseren Leib bei Kräften zu halten. Los, Hoheit, Ihr übernehmt die Liegestütze, und ich klemme mich ans Gitter.«

»Ihr seid ein rechter Zuchtmeister, Junker. Einen härteren hätte auch der Schwarze Graf nicht auswählen können«, sagte Otto und grinste. »Wetten, ich schaffe mehr als Ihr?«

65

Bei Lüneburg

Das erste Stück waren Esko und Henniko gemeinsam auf dem Pferd geritten, aber dann hatten sie die Münzen, die eigentlich als Lösegeld gedacht gewesen waren, für einen Gaul ausgegeben – sie konnten ihn ja in Lüneburg wieder verkaufen. Dennoch hatte es Tage gedauert, bis sie endlich die Elbe überquert und die Siedlung erreicht hatten. Esko war noch zu krank, um lange Zeit auf dem Pferderücken zu verbringen. Dabei konnten es beide kaum erwarten zurückzukommen. Hennikos Bericht hatte Esko zutiefst beunruhigt. Die Schlacht mochte geschlagen sein, aber die Lage war noch lange nicht geklärt – zumindest nicht, was Lüneburg anging. Außerdem wusste Esko, wie sehr Ida um ihren Vater trauern würde. Nur zu gern wollte er ihr beistehen.

Endlich zeichnete sich der Turm gegen den Nachthimmel ab. Als sie eingelassen wurden, schloss Esko seine Schwester Svea und seine Tochter Margrit in die Arme. Doch er merkte gleich, dass etwas ganz und gar nicht stimmte.

»Was ist passiert? Wo ist Ida?«

Svea berichtete schnell. Ihre Schlussfolgerung war klar. »Wir müssen Ida retten, das steht fest. Und nicht nur das: Unter anderen Herrschern haben wir Slawen deutlich mehr zu leiden, das hören wir immer wieder bei Sonnenwendfeiern und sonstigen Zusammenkünften. Herzogin Helena und Herzog Otto lassen uns gewähren und halten auch ihre Klöster nicht zu übermäßigen Missionsanstrengungen an. Wir sollten unseren Teil zu ihrer Rettung beitragen.«

Henniko schien nicht begeistert. »Aber wie? Der Kalkberg ist befestigt und bewacht. Wie sollen wir hinein- und mit Pfeil und Bogen gegen die schwer bewaffneten Ritter ankommen?«

»Das lass nur meine Sorge sein«, sagte Esko.

»Du bist noch viel zu schwach, um zu kämpfen.«

Tatsächlich tat Esko nach dem Ritt jeder einzelne Knochen weh, ganz zu schweigen von seiner Wunde, die wieder nässte. »Ich werde nie zu verletzt sein, um Ida zu retten.«

Seit Tagen hatte sich niemand um sie gekümmert. Die Magd, die ihnen das Essen brachte, hatte berichtet, dass die Männer des Schweriner Grafen ständig unterwegs waren, um Adelige der Gegend für ihre Absichten zu gewinnen. Jetzt war es später Nachmittag, und die Wachen führten die Herzogin und sie hinaus. Ein Blick in den Saal der Kalkbergfestung ließ Ida erschauern. Nur wenige Tage hatten die Männer gebraucht, um den Saal zu verwüsten. Die kostbaren Tapisserien waren auf den Tischen ausgebreitet und bekleckert, Tonbecher lagen zerbrochen auf dem Boden, Holzbretter stapelten sich fettglänzend aufeinander wie weggeworfene Dachschindeln.

An einer Tafel im Burghof thronte Tymmo von Wopersnowe. Die Hofdamen standen bei ihm; Dagmar hielt einen Weinkrug in den Händen, als wäre sie eine Dienerin. Die jungen Frauen wirkten, als hätten sie gerade geweint.

»Was habt Ihr meinen Hofdamen angetan?«, fragte die Herzogin entsetzt.

»Ich habe sie dienen gelehrt. Ihr habt versäumt, es ihnen beizubringen. Wie Ihr so vieles versäumt habt. Aber nun werden hier andere Saiten aufgezogen. Ich werde im Auftrag des Grafen hier für Recht und Ordnung sorgen.«

Rufe hallten zu ihnen, dumpf und wie aus weiter Ferne.

»Wer ist dort in den Kerkern? Doch nicht etwa meine Ritter?«

Tymmo von Wopersnowe schien belustigt. »Sie waren ebenso

widerspenstig wie Eure Hofdamen. Aber auch sie werden sich fügen.«

»Das dürft Ihr nicht! Wenn mein Sohn das erfährt oder mein Bruder …« Herzogin Helena schnappte nach Luft.

»Euer Sohn wird ganz sicher die Kerkerwände vor Empörung hochlaufen! Und Euer Bruder – wie nannte er sich noch? Waldemar der … Verlierer?«

Die Herzogin riss sich zusammen. »Was wollt Ihr von mir?«

Der Besatzer erhob sich und spazierte seelenruhig auf sie zu. »Ich werde Euch zeigen, wie Recht gesprochen wird. Habt Ihr schon die hübsche Galgenreihe am Fluss gesehen? Ich will dieser Reihe einen weiteren hinzufügen. Tretet vor, Vrouwe Ida.«

Ida wurde es heiß und kalt zu gleich. Jetzt erst bemerkte sie die Schlinge, die jemand über dem Burgtor aufgehängt hatte.

»Ihr werdet nicht die Hand an eine meiner Hofdamen legen!«

Tymmo von Wopersnowe grinste. »Sie ist keine Eurer Hofdamen. Sie ist eine Bürgerin, wenn überhaupt. Mit einem Slawen verheiratet.« Er machte eine wegwerfende Handbewegung. »Nicht wert, dass Ihr Euch aufregt, Hoheit. Allerdings könntet Ihr auch einfach den Abtretungsvertrag unterzeichnen, Durchlaucht. Der Handel ist simpel: Ihr werdet Vasallen des Grafen von Schwerin – wir lassen Euch in Ruhe.«

»Niemals!«

»Dann wird Vrouwe Ida nicht die Erste und auch nicht die Letzte sein, die Ihr auf dem Gewissen habt.«

Ida bekam es mit der Angst zu tun. Die Rufe aus den Kerkern wurden lauter. War Jordan dort? Hörte er, was hier vor sich ging?

»Bringt sie zum Schweigen, Männer!«, fuhr von Wopersnowe seine Spießgesellen an. Die Soldaten rannten zum Verlies und gingen hinein. Aus dem Kerker waren Schreie und Poltern zu hören.

Ihren ganzen Mut zusammennehmend, straffte Ida sich. »Ich

habe es Euch schon einmal gesagt: Ich habe nichts Unrechtes getan.«

»Ach nein?« Auf seinen Wink hin wurde das Tor geöffnet, und etliche Adelige, Bürger und Handwerker strömten in den Burghof.

»Wir sind heute hier, um im Namen Gottes Recht zu sprechen. Frau Ida, Ihr werdet beschuldigt, eine Diebin und Wilderin zu sein«, verkündete der Besatzer laut.

»Das ist eine Verleumdung.«

»Der erste Zeuge soll vortreten«, rief er auf.

Die Reihen der Zuschauer öffneten sich, und der Goldschmied trat vor. Er berichtete, dass Ida ihm häufiger, als es der Zufall erlaube, Perlen zum Kauf angeboten habe und außerdem ein Paar Ohrringe, die ganz offensichtlich gestohlen seien. Idas Blick flog zur Hofdame, die rot anlief und beschämt die Lider senkte.

»Mir ist an rechtmäßigen Geschäften gelegen. Deshalb habe ich Erkundigungen eingeholt. Diese Ohrringe gehören der Hofdame Dagmar und wurden als verloren gemeldet. Jungfer Dagmar, erkennt Ihr diese Ohrgehänge wieder?«

Die Hofdame nickte.

»Ihr sagtet, Ihr hättet sie verloren. Diese Ohrringe wurden jedoch gestohlen – und zwar von dieser Dame!« Er wies mit ausgestrecktem Zeigefinger auf Ida.

»Er lügt!«, sagte Ida laut.

»Und wie seid Ihr dann in den Besitz dieser Ohrringe gekommen?«

Wenn Ida die Hofdame bloßstellte, wäre ihr Ruf ruiniert. Außerdem hätte Dagmar die Ohrringe vermutlich gar nicht verschenken dürfen. Und Ida hätte sie ebenso wenig annehmen dürfen. Aber sie war so verzweifelt gewesen!

»Das kann ich nicht verraten. Im Gegensatz zu Euch weiß ich nämlich, was Ehre ist«, sagte Ida.

Tymmo von Wopersnowe lachte laut, und seine Männer stimmten ein. Auch die Soldaten waren jetzt aus dem Kerker zurückgekehrt, wo die Rufe verstummt waren. Was hatten sie Jordan und den anderen Rittern nur angetan?

»Dann geltet Ihr als Diebin«, verkündete er.

Plötzlich hob sich eine helle Stimme. »Ich habe Vrouwe Ida die Ohrringe geschenkt.«

Alle starrten die Hofdame an.

»Unsinn! Warum solltet Ihr das getan haben?«

»Damit … damit Vrouwe Ida ihren Sohn, Junker Folcwin, aus der Geiselhaft freikaufen kann.« Nur mühsam brachte die Hofdame die Worte über ihre Lippen.

Viele der Anwesenden tuschelten aufgeregt. Der Besatzer wollte weiter nachfragen, aber die Herzogin fuhr ihm über den Mund. »Ihr habt diese Dame genügend beschämt. Besinnt Euch Eurer ritterlichen Erziehung und seht diese Angelegenheit als geklärt an.«

»Das ist aber noch nicht alles, was wir gegen Vrouwe Ida vorzubringen haben«, sagte von Wopersnowe zufrieden.

Der Gehilfe des Goldschmieds und Anselm Asenmaker traten vor.

Esko musste sich am Stamm der Krüppelkirsche festhalten, weil bunte Blitze vor seinen Augen tanzten. Er und seine Gefährten hatten die Ostseite des Kalkbergs erklommen und waren jetzt in Sichtweite der Schlossmauer. Die ganze Nacht hatten sie die slawischen Dörfer der Gegend abgeklappert und trotzdem nur zwanzig Männer zusammenbekommen, die bereit waren, für die Herzogsfamilie einzutreten. Aus der Burg waren Schreie zu hören.

»Dies ist die am schlechtesten bewachte Seite und zudem diejenige, an deren Außenmauer man am ehesten hochklettern kann. Wir müssen nur die Wache unschädlich machen, dann klettert einer hinein und öffnet den versteckten Fluchtgang hinter dem Haselgesträuch dort.«

Svea wedelte mit der Hand vor dem Gesicht. »Wie das stinkt! Das ist doch nicht etwa die Abortkuhle?«

»Das perfekte Ablenkungsmanöver«, sagte Esko und hob die Schulter, was ihn erneut schwindelig werden ließ.

Henniko drängte sich vor. »Ich gehe.«

»Dann kümmere ich mich um den Wächter und gebe dir Deckung.« Esko hielt Pfeil und Bogen bereit.

»Schaffst du das denn?«

»Natürlich.«

Svea wartete bei Esko, während die anderen schon durch das Dickicht weiter zur Mauer pirschten.

Da tauchte der Wächter auf dem Wehrgang auf und bewegte sich langsam in ihre Richtung. Obgleich sie sich nicht regten, starrte er in das Buschwerk. Esko spannte den Bogen. Sie durften kein Risiko eingehen! Seine Wunde brannte wie Feuer. Der Wächter beugte sich vor, um genauer hinzusehen, und öffnete den Mund. Im gleichen Augenblick löste Eskos Pfeil sich, streifte den Mann aber nur.

»Ala…«

Der nächste Pfeil durchschlug seine Kehle. Esko dankte Svea für den guten Schuss. Nun konnte sich Henniko unbemerkt an den Mauerritzen hochziehen.

»Uns kam es schon die ganze Zeit so vor, als hätte Vrouwe Ida ungewöhnlich viele Perlen zu verkaufen, auch wenn ihr Bruder gerade nicht in Lüneburg gewesen war. Also bin ich ihr gefolgt. Ich habe gesehen, wie sie in den Gewässern des Herzogs nach Perlen gefischt hat. Das kann auch Meister Asenmaker bestätigen«, sagte der Gehilfe des Goldschmieds.

»Ja, das kann ich«, bestätigte Anselm. »Ich habe auch schon mal vom Schiff aus beobachten können, wie sie gewildert hat.«

»Die Aussagen dieser angesehenen Bürger reichen mir. Wir werden also die gerechte Strafe an Vrouwe Ida vollziehen. Die Soldaten sollen alles für die Hinrichtung bereit machen!«

Aus den Zuschauerreihen kamen Protestrufe. Als Tymmo von Wopersnowe jedoch die Rufer ausfindig machen wollte, um sie zu bestrafen, fand sich niemand. Ida vermutete, dass einige von ihnen Angehörige durch die drakonischen Strafmaßnahmen gegen Wilderer verloren hatten.

»Wagt es nicht!«, rief die Herzogin.

»Wer sollte es mir verbieten?«

Schon wurde Ida unter den Torbogen gezerrt. In diesem Augenblick stürmten die gefangenen Ritter aus dem Verlies. Ida erschrak, als sie ihren Sohn sah – blau und grün geschlagen war sein Gesicht –, aber er stürzte sich mutig auf die Fremden. Es dauerte jedoch nicht lange, bis der Angriff abgewehrt war. Brutal wurden Jordan und die anderen zusammengeschlagen. Ida wollte zu ihrem Sohn, aber einer ihrer Bewacher packte ihr Handgelenk. Ida hieb ihm beherzt das Knie ins Gemächt. Ein, zwei Zuschauer wagten es, ihr zuzujubeln. Sogleich wurden sie ebenfalls niedergeknüppelt.

»Lasst das Seil herunter! Die Diebin soll am Galgen baumeln«, rief der Besatzer.

Henniko hatte die Mauer ohne Probleme überwunden, doch kaum hatte er den Weg zum Fluchttor eingeschlagen, den Esko ihm beschrieben hatte, hörte er Kampfgeräusche und sah Soldaten durch die Gänge eilen. Beinahe wäre er entdeckt worden. Er musste sich beeilen! Bald würden seine Gefährten vor der Geheimtür stehen. Außerdem war es nur eine Frage der Zeit, bis der nächste Wächter auf seinem Rundgang vorbeikäme.

Er lauschte. Schreie und Kampfgetöse drangen zu ihm. Von einem Galgen war die Rede. Was ging da vor sich? Ein paar Schritte in die andere Richtung, dann konnte er durch eine

Schießscharte einen Blick in den Hof werfen. Er schlich los, bog um die Ecke – und stand auf einmal direkt vor einem Wachmann, der zusammenfuhr, weil er ihn wohl nicht gehört hatte. Beherzt schlug Henniko den Mann nieder. Es fiel ihm schwer, den Tumult im Burghof zu begreifen.

Aber dann sah er, wie seiner Schwägerin eine Galgenschlinge um den Hals gelegt wurde.

Sollte er Ida retten und entdeckt werden oder seine Gefährten in die Burg lassen und dafür Idas Leben riskieren?

»Lasst das nicht zu! Helft mir! Nächstes Mal könnte sich diese Tyrannei gegen euch richten!«, flehte Ida die Zuschauer um Hilfe an. »Gemeinsam können wir die Eindringlinge besiegen!«

Die Soldaten zückten die Schwerter und sperrten den Tordurchgang ab. Keiner der Unbewaffneten wagte es, sie anzugreifen. Als Ida das Hanfseil auf ihrer Haut spürte, sah sie sich noch einmal verzweifelt um. Helena wurde inzwischen festgehalten, und auch ihre Hofdamen mussten gebändigt werden. Jordan zerrte an seinen Fesseln und beschimpfte die Ritter. Einer hatte genug davon und verpasste ihm eine Ohrfeige. Doch plötzlich taumelte der Schläger zurück – ein Pfeil ragte aus seiner Brust. Idas Augen folgten der Flugbahn. Da stand er. Konnte das wahr sein? Ja, sie täuschte sich nicht: Esko stand auf der Galerie! Weitere Pfeile zischten durch die Luft.

Als alles vorbei war, stürzte Ida ihrem Mann in die Arme. Das frische Blut auf seinem Verband erschreckte sie, doch Esko versicherte ihr, alles sei in Ordnung. Erleichtert sog Ida seinen Duft ein, genoss es, seine Nähe zu spüren.

»Von nun an wird uns nichts mehr trennen, nie mehr«, flüsterte Esko.

Sie befreiten die eigenen Ritter und kümmerten sich um die Verletzten. Jordan hatte einen Schneidezahn verloren und viele

Platzwunden und Prellungen davongetragen, war aber nicht ernsthaft verletzt. Die Besatzer, die überlebt hatten, wurden in den Kerker gebracht.

Einen der Knappen schickte die Herzogin nach Schwerin. »Richtet dem Grafen aus, wenn er seine Männer zurückhaben will, soll er mir meinen Sohn herausgeben«, sagte sie, inzwischen wieder gefasster. Dann wandte sie sich an ihre Retter und sah jedem Einzelnen von ihnen in die Augen. Helena wirkte gerührt. »Ihr alle habt euer Leben riskiert, um uns zu helfen. Ich weiß gar nicht, wie wir euch danken können.«

Henniko trat stellvertretend für die anderen einen Schritt vor. »Wir hätten tatsächlich eine Bitte …«

66

Schwerin

Eine Insel, nur über einen schmalen Weg mit dem Festland verbunden, die hoch aufragenden Palisaden, die Bewaffnung – kein Wunder, dass Burg Schwerin als uneinnehmbar galt. Dank der Empfehlung der Herzogin erhielten sie trotzdem Zutritt. Der Hofkaplan und Schreiber Giselbert prüfte Helenas Brief ausführlich. Sie mussten lange warten, bis sie zu Graf Heinrich vorgelassen wurden. Er war alt, bestimmt schon siebzig, und wirkte außerordentlich bärbeißig. Seine Ehefrau Audacia schien hingegen kaum zwanzig Jahre alt, was Ida als ihren Vorteil erachtete. Ida war froh gewesen, dass Helena sie, nachdem sie Svea und Henniko dauerhaften Schutz für ihr Dorf zugesagt hatte, nicht weiter zu ihrer Perlenwilderei befragt hatte. Es war vielleicht ein unausgesprochener Dank der Herzogin gewesen, Ida die Perlen zu lassen. Helena hatte lediglich darum gebeten, über die Besetzung der Burg zu schweigen, um ihre Position nicht noch weiter zu schwächen. Ihren verräterischen Bruder Arndt hatten Svea und Esko selbst zur Rechenschaft gezogen; er war außer Landes geflohen.

»Bringt Ihr mir Gold, damit ich endlich die unnützen Esser loswerde?«, brummte der Graf.

»Wir bringen Euch etwas Besseres, edler Herr«, sagte Esko.

»Was sollte besser sein als Gold?«

»Wir bringen Euch Heilung und Kraft, Schmuck und Schild«, sagte Ida.

Er winkte sie heran. »Zeigt her!«

Ida breitete ein umsticktes Seidentuch vor ihm aus, holte ihren feinen Samitbeutel hervor und ließ die Perlen auf den Stoff kullern. Viele waren es, ein ganzer Perlenteppich. Die größte Perle hatten sie und Esko jedoch zurückgehalten. Den Heidestern, wie sie die Kostbarkeit nannte, würde sie nur opfern, wenn es wirklich nötig war.

»Perlen?« Der Schwarze Graf lachte höhnisch. Doch seine Gattin beugte sich fasziniert vor und strich über den Perlensee.

»Perlen sind nicht nur wertvoll und schön, sie sind auch heilsam. Sie stärken schwache Glieder, beheben Trauer und Unfruchtbarkeit«, begann Ida, die merkte, wie mit jedem Wort das Interesse der Herzogin größer wurde. Nach einiger Zeit sagte Ida: »Es gibt Perlengeschichten voller Poesie, wie sie die Minnedichter nicht schöner ersinnen könnten. Habt Ihr schon einmal gehört, wie die Perlen entstehen, Durchlaucht?«

Sie verließen mit Folcwin so eilig das Burggelände, als würden sie gejagt; dabei hatte der Graf ihnen freies Geleit zugesichert. Es war Folcwin schwergefallen, Herzog Otto zurückzulassen, aber sie hatten ihm versichert, dass Herzogin Helena alles daransetzte, ihren Sohn zu befreien. Ida war glücklich, ihre Familie wieder beisammenzuhaben. Der Preis war weniger hoch gewesen als befürchtet: In ihrer Tasche verbarg sie noch immer die Ohrringe und den Heidestern.

Als sie ihr Tempo etwas mäßigten, musterte Ida ihren Sohn. Die Gefangenschaft hatte auch den letzten Rest Unbedarftheit aus dem Gesicht des Fünfundzwanzigjährigen getrieben. Sie wünschte sich so sehr, ihn wieder unbeschwert lächeln zu sehen!

»Eine gewisse Hofdame wird sich jedenfalls freuen, dich zu sehen«, sagte sie leichthin.

Folcwins Blick fixierte etwas in der Ferne. »Das kann ich mir nicht vorstellen. Hofdamen interessieren sich nicht für einen wie mich.«

Dieser Ton gefiel Ida gar nicht. »Ich glaube kaum, dass Dagmar ihre Ohrringe geopfert hätte, wenn du ihr gleichgültig wärst.«

Folcwins Augen wurden riesengroß.

Epilog

Lüneburg, Frühjahr 1229

Es war seltsam, im Saal der Lüneburg von so vielen Familienmitgliedern umgeben zu sein. Dagmar lachte hell, und das Kerzenlicht brach sich in ihren Ohrringen. Folcwin hatte seiner Frau gerade etwas zugeflüstert. Seit einem halben Jahr waren die beiden verheiratet und sehr verliebt; die Herzogin hatte Dagmars Eltern trotz des Standesunterschieds die Ehe empfohlen.

Esko unterhielt sich mit dem Bürgermeister Lüneburgs, der den Ausbau der Ilmenau weiter vorantreiben wollte, damit größere Schiffe den Fluss befahren konnten. Natürlich hatte Esko, der für das Herzoghaus Flüsse und Wälder überwachte, dagegen Vorbehalte.

Ida ließ ihren Blick über die Feiernden schweifen. Herzog Otto und Mathilde, Tochter des Markgrafen Albrecht von Brandenburg, waren ein schönes Paar. Otto hatte die Gefangenschaft äußerlich nicht geschadet; er war mit seinen fünfundzwanzig Jahren kräftig wie eh und je. Gleich nach Ottos Freilassung vor wenigen Wochen hatte er die Ehe angebahnt, und alle waren froh über diese Verbindung von Welfen und Askaniern. Der Fall Heinrichs des Löwen hatte den Norden vor knapp fünfzig Jahren ins Chaos gestürzt; es war Zeit, dass endlich wieder Frieden einkehrte.

Es war eine sehr gemischte Gesellschaft, denn alle waren geladen, denen Herzog Otto die Freiheit zu verdanken hatte. Erst nachdem der hartherzige Graf Heinrich gestorben war, war Bewegung in die Verhandlungen gekommen. Schließlich hatte sich sogar der Papst für Ottos Freilassung eingesetzt. Woran ein

Schmuckstück mit einer prächtigen Flussperle möglicherweise einen gewissen Anteil hatte, dachte Ida nicht ohne Stolz.

Der Preis war allerdings hoch gewesen. Zunächst hatte Otto dem jungen Grafen Gunzelin Urfehde schwören und ihm von Neuem seine Güter verleihen müssen. Dann musste er dem Schweriner einen Burghof in Lüneburg abtreten, damit dieser von dort aus seine Einkünfte verwalten konnte. Viele weitere Zugeständnisse waren hinzugekommen, und schließlich hatten nicht nur fünf Edelherren und dreißig welfische Ministerialen die Abmachungen beeiden müssen, sondern auch jeweils dreißig Braunschweiger und Lüneburger Bürger. Diese hatten geholfen, das Lösegeld aufzubringen. Im Gegenzug hatte Herzog Otto ihnen die Freiheit der Sodmeisterwahl zugestanden; der Einfluss der Bürger auf die Saline nahm immer weiter zu.

Idas Blick wanderte weiter. Ihr Sohn Jordan stand bei dem Chirurgen und hörte zu, wie dieser mit dem Gelehrten Eike fachsimpelte, der gerade an einem umfassenden Werk über das Recht der Sachsen arbeitete. Jordan hatte die Herzogin gebeten, ihn von seinen Pflichten zu entbinden, damit er ebenfalls die Heilkunst erlernen könnte; Ida und Esko hatten seine Entscheidung befürwortet. Bendix plauderte mit einer der Braunschweiger Damen. Es gefiel ihm natürlich, als neuer zweiter Bürgermeister Lübecks so umschwärmt zu sein, obgleich er für diesen Posten die Goldschmiedekunst vernachlässigen musste. Nur für die Herzogin machte er eine Ausnahme, denn sie hatte ihn mit einem Altarkelch für die Goldene Tafel des Michaelisklosters, einem Reliquienschrein, beauftragt.

Idas Mutter hatte sich bereits zurückgezogen. Ida hatte befürchtet, dass sie Gerold in den Tod folgen würde, aber Magda hatte als Witwe zu neuen Kräften gefunden. Entschlossen hatte sie ihren Haushalt aufgegeben und sich in das Kloster Lüne zurückgezogen, weil sie in Idas Nähe sein wollte. Zu Idas Erstaunen hatte ihre Mutter dort selbst mit der Perlenstickerei begonnen. Da die Nonnen als Zehnt auch Muscheln erhielten, hatten sich etliche Perlen bei ihnen angesammelt, die beispielsweise Altardecken schmücken sollten.

Ida beobachtete Herzog Otto, der wie so oft von allen Seiten umschwärmt wurde. Insbesondere ein Geistlicher hatte ihn in Beschlag genommen.

»Wer ist denn der Kleriker in dem kostbaren Gewand, der sich bei dem Herzog so wichtig macht?«, richtete sie das Wort an Folcwin.

Ihr Sohn neigte sich zu ihr und senkte die Stimme. »Ein Abgesandter des Papstes. Seit Gregor der Neunte sich mit Kaiser Friedrich dem Zweiten überworfen hat, versucht er Otto als neuen Kaiserkandidaten ins Spiel zu bringen. Diese Idee scheint auch dem englischen Hof zu gefallen. Sie hoffen, endlich die Allianz der Staufer und der Kapetinger zu zerstören.«

»Und was sagt Herzog Otto dazu?«

»Otto lehnt dieses Ansinnen ab. Er fragt sich, warum er die Hand nach einer nobleren Krone ausstrecken soll, wenn sein eigenes Haus nicht bestellt ist.«

»Ich fand ja schon immer, dass er für seine jungen Jahre erstaunlich reif ist«, sagte Ida anerkennend.

»Er will die Fehler der Vergangenheit nicht wiederholen. Auf keinen Fall will er enden wie sein Onkel, der Kaiser, der in seiner Todesstunde die himmlische Strafe fürchtete und elendig vor Angst zugrunde ging.«

Ida staunte darüber, wie vertraut ihr Sohn mit dem Seelenleben des Herzogs schien. Sie musste an ihre Eltern denken, die als einfache Leute, mittellos und dem Tode nahe, aus Bardowick geflohen waren. »Und du? Welche Pläne hast du?«, fragte sie ihren Sohn.

Folcwin wirkte auf einmal verlegen. »Ich stehe Otto zur Seite, wie immer. Es ist ja nicht so, dass schon alle Kämpfe ausgefochten wären. König Heinrich und Ludwig von Bayern wollen weiterhin in Braunschweig ihre Erbansprüche durchsetzen, Gunzelin von Wolfenbüttel ist nach wie vor rebellisch, genau wie der Erzbischof von Magdeburg, den wir vermutlich als Nächstes bekämpfen werden.«

Musikanten spielten auf, und Dagmar lockte Folcwin zu einem Tanz.

»Geh nur! Du freust dich sicher darauf, mit deiner Braut zu tanzen«, sagte Ida.

Folcwin lächelte ein wenig verkrampft, machte aber auch auf der Tanzfläche eine gute Figur.

Ida spürte Esko hinter sich, vertraut und doch auch nach beinahe dreißig Jahren noch aufregend. Zart legten sich seine Finger zwischen ihre.

»Meinst du, jemand würde uns vermissen?«, flüsterte er ihr ins Ohr.

Ida lächelte. Esko wusste immer genau, was sie sich wünschte. Unbemerkt schlichen sie hinaus.

Nach dem Trubel des Festes war es angenehm, durch die Stille zu reiten. Mondlicht und Nebelschwaden hüllten die Landschaft in einen sanften Schleier, und Ida war ganz verzaubert, als sie ihr neues Haus am Fluss erreicht hatten. Wie eine gewaltige Perle spiegelte sich der Mond im Flusslauf. Innig umarmt genossen sie den Anblick. Das Schilf raschelte in der leichten Brise, und der helle Rücken eines Fisches durchschnitt die silbrige Scheibe. Es war eine Nacht, in der die Kraft der Götter stark war, eine Nacht, in der die Engel vom Himmel stiegen, um sich mit den Flussperlmuscheln zu vereinen.

Ida streifte die Seidenschuhe von ihren Füßen. Hand in Hand ging sie mit Esko ein Stück in den Fluss hinein. Die Kälte ließ sie schaudern, aber dann, nach ein paar Schritten, spürte sie unter ihren Fußsohlen, was sie sich so sehr erhofft hatte. Sie strahlte ihren Mann an. Der Fluss hatte den Menschen ihren Frevel verziehen.

Glossar

Aquamanile Gießgefäß, oft bei der heiligen Messe oder zur Handwaschung bei Tisch verwendet

Aqua Perlata Perlwasser. Für diesen mittelalterlichen Heiltrank wurden Perlen gemahlen und in Zitronensaft oder Essig aufgelöst

Armilla Armband, Achselspange, Teil der Reichskleinodien

Baiesalz Salz aus der Bucht von Bourgneuf in Frankreich

Bruoch kurze Unterhose für Männer

Brünne Panzerhemd

Buhurt auf Geschicklichkeit angelegte Turnierform

Claret französischer Rotwein oder Würzwein

Daubenhauer fertigte Holzbretter zur Herstellung von Fässern an

Fritschal feines Tuch, oft grün oder gelb, kam meist aus Gent

Fürspann Brosche oder Spange zum Verschließen von Hemden, Kleidern oder Umhängen

Goldbulle vergoldetes Siegel, teilweise auch Bezeichnung für Gesetzessammlung

Hypocras Würzwein

Kötner wie Brinksitzer und Häuslinge Teil der Bauernschaft

Martini der 11. November, der Tag des heiligen Martin, war einer der wichtigsten Zahl- und Geschäftstage

Ministeriale unfreier Dienstmann, zu späteren Zeiten oft selbst Adeliger

Nordelbingen Gebiet nördlich der Elbe

Polabien Land zwischen Elbe und Trave, dort lebten die westslawischen Polaben

Reichskleinodien oder Reichsinsignien, Kronschatz des Heiligen Römischen Reiches

Rusalka Wassergeist der slawischen Mythologie

Samit bezeichnet eigentlich eine Webtechnik. Da diese jedoch vor allem bei feinen Seiden angewendet wurde, wurden auch kostbare Seidenstoffe allgemein so genannt

Sarrock auch Gambeson genannt, Textilpanzer, der über oder unter dem Kettenpanzer getragen wurde

Siva Hauptgöttin der Polaben. Gilt als Fruchtbarkeitsgöttin. Ihr Haupttempel befand sich in Ratzeburg an der Stelle des heutigen Doms

Tarapita estnischer Kriegsgott

Tasselmantel Schnurmantel, mit dem gezierten Griff in die Tasselschnur beweist jemand besondere Vornehmheit

Torneisfeld Feld, auf dem Turniere abgehalten wurden

Tribok Belagerungswaffe, auch Blide genannt

Trippe Holzüberschuh

Vila Naturgeist der slawischen Mythologie, oft Luft- oder Wassergeist

Anmerkung und Dank

Es gab einmal eine Zeit, in der es in vielen deutschen Flüssen Perlen gab. Was wie der Anfang eines Märchens klingt, ist doch die Wahrheit. Ehe ich in den Heideklöstern zum ersten Mal die Altarvorleger sah, die über und über mit kleinen Flussperlen bestickt sind, die wunderschönen Ketten aus bayerischen Flussperlen oder Ketten aus Elsterperlen, die im Grünen Gewölbe in Dresden verwahrt werden, konnte ich kaum glauben, dass es in unserem Land früher Perlen in dieser Schönheit gegeben hat. Ja, so viele Perlen waren es einst, und so begehrt waren sie, dass der Adel sein alleiniges Recht der Ernte gnadenlos durchsetzte und den Perlenraub sogar mit dem Tode bestrafen ließ. Das martialische Schild im Kloster Ebstorf aus dem 18. Jahrhundert, auf dem eine abgeschlagene Hand zu sehen ist, legt davon Zeugnis ab.

Ich habe mir gewünscht, in einem Roman von der Geschichte der Flussperlen, den damit verbundenen Sagen und Mythen und ihrer Verwendung in Mode und Medizin zu erzählen. Und ich danke dem Bastei Lübbe Verlag, insbesondere Stefan Bauer und Dr. Stefanie Heinen, sowie meiner Agentin Petra Hermanns dafür, dass sie sich von meiner Begeisterung anstecken ließen.

Wie vielfältig die Geschichte der Perlen ist, habe ich nicht zuletzt durch Elisabeth Strack erfahren, sowohl im persönlichen Gespräch mit der Perlenexpertin als auch durch ihr umfangreiches Buch mit dem schlichten Titel *Perlen*. Auch dafür danke ich. Einen tieferen Einblick in die Kunst der Perlenstickerei und ihre Erhaltung gaben mir freundlicherweise Wiebke Haase und Tanja Weißgraf, die in der Klosterkammer Hannover für die Textilrestaurierung zuständig sind und dabei ebenso viel Fachwissen wie Kunstfertigkeit unter Beweis stellen. Sehr viel Hintergrundwissen zu den Perlenstickereien im Mittelalter liefert u.a. Elke Brüggen mit ihrem Buch *Kleidung und Mode in der höfischen Epik des zwölften und dreizehnten Jahrhunderts.* Didos Jagdgewand wird in Heinrich von Veldekes *Eneasroman* ausführlich beschrieben.

Die deutschen Perlen erzählen aber auch eine traurige Geschichte. Perlenfieber, Flussbegradigungen und Umweltverschmutzung haben der Flussperlmuschel derart zugesetzt, dass sie seit Langem auf der Roten Liste der vom Aussterben bedrohten Arten steht und streng geschützt ist. Perlwilderei kann in Deutschland mit einem Bußgeld von bis zu 50 000 Euro bestraft werden.

Glücklicherweise gibt es in vielen Bundesländern Ämter und Vereine, die sich für das Überleben der Flussperlmuschel einsetzen. In Niedersachsen ist das u.a. der Niedersächsische Landesbetrieb für Wasserwirtschaft, Küsten- und Naturschutz. Dort stellte Manfred Raspe für mich einen Kontakt zu dem Flussperlmuschel-Spezialisten und -Schützer Dr. Reinhard Altmüller her: Auch diesen beiden Herren danke ich sehr.

Die Ilmenau-Niederung ist übrigens teilweise durch ein Naturschutzgebiet geschützt. Bundesweit müssten aber sicher größere Anstrengungen unternommen werden, um unsere Flüsse und Bäche, diese einzigartigen Naturräume, für kommende Generationen zu erhalten.

Eine weitere Inspiration für *Die Perlenfischerin* war die Geschichte von Bardowick. Heute ist Bardowick ein unscheinbares, landwirtschaftlich geprägtes Örtchen und das Zentrum der bedeutenden Gemüseproduktion in der Region. Auffällig ist nur der erstaunlich große und alte Dom St. Peter und Paul. Tatsächlich hat Bardowick in der Geschichte eine bedeutende Rolle gespielt. So wurde Bardowick bereits im Jahr 805 in einer Anordnung Kaiser Karls des Großen, dem Diedenhofener Kapitular, als einer von neun Grenzorten in seinem Reich urkundlich erwähnt. Die Zerstörung Bardowicks durch Herzog Heinrich den Löwen im Jahre 1189 war eine Zäsur in der Geschichte des Ortes, woran die Löwenfigur am Portal des Doms erinnert. Noch heute wird Bardowick archäologisch untersucht, und ich bin Mario Pahlow, dem zuständigen Bezirksarchäologen des Niedersächsischen Landesamts für Denkmalpflege, sehr dankbar, dass er mir einen Einblick in seine Arbeit gab.

Mehr über Otto das Kind erfahren interessierte Leserinnen und Leser in dem gleichnamigen Werk von August Michels. Dieser Otto unterstellte sich übrigens 1235 auf dem Mainzer Reichstag Kaiser Friedrich II., woraufhin der Kaiser die Loyalität des Welfen belohnte, indem er das Herzogtum Braunschweig schuf und Otto zum Reichsfürsten erhob. Zu den Gelehrten an Herzog Ottos Hof gehörten vermutlich Gervasius von Tilbury, der für Kaiser Otto IV. die Weltbeschreibung *Otia imperiala* und möglicherweise die Ebstorfer Weltkarte schuf, der Autor des *Sachsenspiegels* Eike von Repgow und der sogenannte Chirurg von der Weser.

Zu Kaiser Otto IV. empfehle ich das umfangreiche Standardwerk von Bernd Ulrich Hucker. Die Begriffe Staufer und Welfen als Gegensatzpaar entstammen einer späteren Zeit, sind aber so schön griffig, dass ich mir erlaubt habe, sie zu verwenden.

Die ritterlich-höfische Kultur des Mittelalters von Werner Paravicini gibt einen guten Überblick über die Entwicklung des Adels in Deutschland. In seinem Artikel *Bauern und Ritter im Hochmittelalter* betont Werner Rösener: »Zwischen Rittern und Bauern besteht zur damaligen Zeit zwar eine deutlich erkennbare ständische Scheidungslinie, aber sie ist verhältnismäßig durchlässig und ermöglicht Vorgänge von sozialem Auf- und Abstieg; Bauern können noch ohne große Schwierigkeiten zu Rittern aufsteigen und Ritter wieder in den Bauernstand absinken.«

Erstaunlich war für mich das Nord-Süd-Gefälle in der Quellenlage. Beispielhaft sind dafür die Schlachten. Über die Schlacht bei Bouvines gab es bereits am Ende des 13. Jahrhunderts über neunzig historiografische Quellenzeugnisse. Über die Schlacht bei Bornhöved hingegen weiß man kaum mehr, als dass der dänische König Waldemar besiegt wurde und Herzog Otto in Gefangenschaft geriet.

Es war mir eine Freude, nach *Hansetochter* und *Die Feinde der Hansetochter* auch über die Frühzeit Lübecks erzählen zu dürfen. Zu den berühmten Chronisten der Zeit gehört Abt Arnold, den ich kurz auftreten lasse. Nähere Informationen über diese Zeit finden Sie u.a. in *Dänen in Lübeck*, herausgegeben von Manfred Gläser und Doris Mührenberg, worin auch die gewaltigen Maßnahmen zur Baulandgewinnung in Lübeck beschrieben werden, bei denen rund zwei Millionen Kubikmeter Erdreich und 200 000 Kubikmeter Holz bewegt wurden. Empfehlenswert ist zudem das Buch *Lübeck 1226*, dessen Herausgeber Olof Ahlers ist. Die Stelle der Burg nahm ab 1229 ein Dominikanerkloster ein, das sogenannte Burgkloster, heute ein Teil des Europäischen Hansemuseums.

Mehr über die Kreuzzüge im Osten findet sich in der *Livländischen Chronik* des Priesters Heinrich von Lettland. Dort werden u.a. auch die Siege des estnischen Volkshelden Lembitu erwähnt. Weitere Hintergrundinformationen und Literaturhinweise finden Sie unter www.sabineweiss.com.

Für den Feinschliff des Romans gebührt der Lektorin Dr. Ulrike Strerath-Bolz mein Dank. Außerdem danke ich meinem Mann und meinem Sohn für ihre Geduld – ich wünsche mir weitere Kanufahrten mit euch!

Zum Abschluss möchte ich Ihnen ein Gedicht aus dem Manyoshu mit auf den Weg geben, einer beeindruckenden japanischen Gedichtsammlung, die um ca. 760 abgeschlossen wurde. Dieses Gedicht stammt zwar aus einem anderen Kulturkreis,